HEYNE
BÜCHER

W0087399

JOHN FARRIS

BRUDER DES SATANS

Ein unheimlicher Roman

Deutsche Erstausgabe

WILHELM HEYNE VERLAG

MÜNCHEN

HEYNE ALLGEMEINE REIHE
Nr. 01/6977

Titel der englischen Originalausgabe
SON OF THE ENDLESS NIGHT
Deutsche Übersetzung von Walter Ahlers

Printed in Germany 1988
Umschlagzeichnung: Vega/Luserke/T. Hallmann
Umschlaggestaltung: Atelier Ingrid Schütz, München
Satz: werksatz gmbh, Wolfersdorf
Druck und Bindung: Presse-Druck, Augsburg

ISBN 3-453-00751-4

Für meinen Vater John Linder Farris
1909—1982
und meine Mutter Elinor Carter Farris
1905—1984

Aus silberner Maske
der Geist des Bösen schaut

Georg Trakl
›An die Verstummten‹

ERSTER TEIL

Polly

1

AUS DER VERNEHMUNG VON DONALD RAY STEM-
MONS VOR DER GRAND JURY, HADEN COUNTY, VER-
MONT, AM 17. FEBRUAR 1984

*(Alter: 26 Jahre, Beruf: arbeitet gelegentlich als Barkeeper.
Adresse im Winter: 135 Barberry Lane, Sligo, Vermont. Groß.
Spitze Knochen, wirken wie Messerklingen unter der Haut. Dieses Gesicht würde unweigerlich an Abraham Lincoln erinnern,
wären nicht der ungepflegte blonde Bart und die verbrannte Gesichtshaut, die das grelle Sonnenlicht auf den großen, leuchtend
weißen Hügeln und den langgestreckten Buckeln der Skipisten der
Gegend nahezu entstellt hat. Er hat die nervöse Angewohnheit,
sich mit dem Zeigefinger über die Nasenspitze zu fahren, wenn der
Staatsanwalt von Haden County das Wort an ihn richtet.)*

Mr. Cleves: Was passierte, als Sie versuchten, die Terrassentür zu öffnen?

Mr. Stemmons: Nichts. Ging nicht. Soviel ich weiß, wird
diese Tür den ganzen Winter über nicht benutzt. Sie war
zugefroren, und nach dem frischen Schneefall wird wohl
mindestens 'n halber Meter verwehter Schnee davor gelegen haben.

Mr. Cleves: Sie konnten aber trotz der Schneeverwehungen sehen, was draußen vor sich ging?

Mr. Stemmons: Es reichte. Ich mußte die Scheiben mit
dem Hemdsärmel abwischen, und die anderen in der Taverne taten das gleiche. Aber ich mochte gar nicht richtig
hinschauen, nachdem mir klar geworden war, was da
draußen vor sich ging. Und das Mädchen schrie die ganze
Zeit. Ich versuchte, die Flügel der Tür auseinanderzudrük-
ken. Dann gab ich es auf und schlug eine Scheibe mit dem
Barhocker ein, um rauszukommen. Aber ich hatte schon so
ein Gefühl im Bauch, daß es zu spät war, um ihr noch zu
helfen.

Mr. Cleves: Warum?

Mr. Stemmons: Nun, das Mädchen hatte inzwischen aufgehört zu schreien. Sie lag wieder am Boden. Bewegte sich nicht mehr. Er muß Dutzende Male auf sie eingeschlagen haben, mit diesem Brecheisen, das heißt, ich glaube, es war ein Wagenheber. Als ich sie aus der Nähe ansah... Soviel Blut im Schnee. Ich konnte es gar nicht glauben. Es sah aus, als... als hätte jemand ein Stück Wild ausgeweidet.

Mr. Cleves: Haben Sie das Opfer gleich erkannt?

Mr. Stemmons: Nein, Sir. Niemand hätte sie erkennen können. So wie sie aussah.

2

Zwanzig Minuten südlich von Chadbury – es hatte begonnen zu schneien, und das Tageslicht wurde schwächer – spielte Richard Devon die kleine Kassette ab, die er aus seinem Anrufbeantworter genommen hatte.

Hi. Hier spricht Rich. Ich bin außer Haus, aber ich werde bald zurück sein und werde mich dann bei Ihnen melden. Hinterlassen Sie bitte nach dem Pfeifton Ihren Namen, die Zeit Ihres Anrufs und die Nummer, unter der ich Sie zurückrufen kann. Vielen Dank. Denken Sie daran, auf den Pfeifton zu warten, bevor Sie Ihre Nachricht hinterlassen.

Dann ertönte die Stimme des Mädchens: eine kindliche, hohe Stimmlage mit weinerlichem Tonfall, voller Angst und Verzweiflung.

Richard, hier spricht Polly! Du erinnerst dich doch an mich, oder? Du hast gesagt, ich könnte dich anrufen, wenn ich etwas brauche. Sie tun mir weh, Rich! Ich habe Angst, daß sie mir noch viel mehr weh tun werden, wenn sie niemand daran hindert! Du bist der einzige, der mir eingefallen ist. Ich weiß, daß ich dir vertrauen kann. Bitte komm! Laß nicht zu, daß sie mich...

Danach noch ein scharfes Einatmen, das Klicken des Hörers, und dann war es am anderen Ende der Leitung still. Richs klappriger Porsche kam auf einer Eisplatte oben auf dem Hügel bedenklich ins Schlittern. Er fühlte Karyns warnende Hand an seinem rechten Ellenbogen. Er sah sie an, hielt dann auf der Brücke vor ihnen Ausschau nach weiteren eisigen Stellen, nahm den Fuß etwas vom Gas und drückte auf einige Knöpfe am Kassettenrecorder, um Pollys Worte noch einmal hören zu können.

»... tun mir weh...«

»Ich will das nicht noch mal hören«, sagte Karyn gereizt.

Rich nahm die Kassette aus dem Gerät. »Was hältst du davon?«

Karyn streckte sich, entspannte ihre Wirbelsäule ein wenig. Sie waren schon gut zwei Stunden von New Haven unterwegs.

»Das, was ich schon immer davon gehalten habe. Sie ist ein kleines Mädchen mit einer allzu regen Fantasie.«

»Hattest du nicht das Gefühl, daß ihr das Wort abgeschnitten wurde?«

»Abgeschnitten? Nein.«

Karyn runzelte die Stirn. Der Schnee fiel immer dichter. Sie fröstelte, zog den Reißverschluß ihrer dunkelbraunen Daunenjacke höher. Die Heizung des Wagens hatte vor zwei Wochen ihren Geist aufgegeben. Rich hatte zwar endlich seinen Porsche — es war ein etwas dubioses Geschäft gewesen — aber nun fehlte das Geld für Reparaturen.

»Es wird schlimmer«, sagte sie. »Meinst du, daß wir die Schneeketten brauchen werden?«

Rich schüttelte den Kopf. Karyn nahm die Fleetwood-Mac-Kassette, die sie gehört hatten, bevor er sie mit Polly überrascht hatte, aber sie spielte sie nicht. Sie machte sich Sorgen und war außerdem wütend über seinen Mangel an Takt und Sensibilität, sein übermäßiges Interesse an diesem Problemkind. Ihm zuliebe hatte sie diese Polly schon einmal ertragen. Noch einmal wäre sie nicht dazu bereit.

»Ich dachte, wir wollten einfach nur Ski fahren.«

»Das können wir in Chadbury ebensogut wie anderswo.«

»Das ist doch Quatsch, Rich!« Sie wurde zunehmend ärgerlicher. »Wenn du nicht mit offenen Karten spielst, kann das für unsere Beziehung ganz schön schlimm werden. Die Wahrheit ist doch, daß du von diesem Mädchen noch immer wie besessen bist. Und ganz offensichtlich hast du Heimlichkeiten mit ihr. Jetzt nimmst du diesen dämlichen

Telefonanruf als Vorwand. War es ihr erster Anruf seit August?«

»Ja.«

»Na, hoffentlich stimmt das auch.«

»Ich mache mir Sorgen um sie, Karyn. Und ich will der Sache auf den Grund gehen.«

»Aber das ist doch nicht deine Sache. Ihr Vater...«

»Der schließt sie doch die meiste Zeit ein. Und niemand unternimmt etwas dagegen.«

»Weil sie...«

»Merkwürdig ist?«

»Unheimlich ist ein besseres Wort.«

»Du hast sie doch kennengelernt. Wie kannst du so etwas behaupten?«

»Wenn es dir nur darum ging, mir das Wochenende zu versauen, dann hättest du mich lieber auf dem Campus lassen sollen.«

Rich hielt den Mund — auch wenn es ihm nicht leicht fiel — und konzentrierte sich auf die Straße. Das Lenkrad hielt er nur mit dem Ballen einer Hand, wohl um ihr zu zeigen, daß er sich über sie ärgerte.

Karyn sah ihn einige Sekunden lang an, dann schaute sie bewußt weg. Sie hatten in Braxton den Interstate Highway verlassen und waren auf einer Landstraße in eine bergige Gegend gefahren, vorbei an winterlich verschneiten Dörfern. Der Himmel war jetzt schwarzgrau wie der Stahl eines Gewehrlaufs, nur ganz im Westen zog sich ein rosaroter Streifen wie eine blutleere Ader am Horizont entlang. Sie überquerten einen Fluß, der sich wie eine scharfe Klinge in das Herz des Winters bohrte. Rich hatte Scheinwerfer und Scheibenwischer eingeschaltet. Karyn sah eine große Scheune. Am Straßenrand stand ein roter Schneepflug neben einer hellen Laterne mit einem kegelförmigen Schirm. Daneben Männer, die karierte Wolljacken und Mützen mit Ohrenklappen trugen.

Jetzt, da die Windschutzscheibe zum Spiegel wurde, wurde sie sich ihres Aussehens bewußt. Locken waren wieder in Mode. Wie im 19. Jahrhundert bei den hübschen kleinen Frauenzimmern. Sie war immer einigermaßen mit der Mode gegangen, aber dieser Stil stand ihr wirklich nicht. Sie war unglücklich über diesen Mißgriff. Der Urlaub, auf den sie sich so gefreut hatte, fing nicht besondes gut an.

»Schau mal, Rich...«

»Ich weiß, daß sie nach Aufmerksamkeit hungert. Sie wird von ihrem alten Herren unterdrückt. Sie braucht Freundlichkeit. Freundschaft. Aber das ist nicht alles. Polly ist überzeugt davon, daß sie in großer Gefahr ist. Und ich will wissen, warum.«

»Rich, du läßt dich von ihr ausnutzen. Kinder in dem Alter können das besonders gut. Aber was ist, wenn es noch schlimmer ist, wenn sie eine Psychopathin ist?«

»Polly ist zwölf Jahre alt!«

Karyns Tonfall wurde weicher. Über diese Angelegenheit konnte sie mit Sachkenntnis sprechen.

»Ihr Alter hat damit gar nichts zu tun, Liebling. Du solltest einige der Fälle kennen, mit denen ich in der Kinderklinik in Mount Sinai zu tun hatte. Ich erinnere mich an einen Jungen, der seine Mutter mit einer Strumpfhose fesselte, während sie schlief, und ihr dann mit einer Nagelschere kleine Löcher in die Haut schnitt. Er hatte die nettesten braunen Augen, die ich jemals gesehen habe. Aber man durfte ihm nicht einmal für eine Sekunde den Rücken zudrehen. Er war zehn Jahre alt.«

Rich wollte etwas sagen, entschied sich dann aber für ein etwas gequältes Lächeln und sprach nicht weiter über Polly; sie näherten sich ihrem Ziel.

Karyn und Richard studierten in New Haven. Karyn hatte sich für den Beruf Kinderpsychologin entschieden, und Rich spielte seit seinem einjährigen Volontariat beim *Register* ernsthaft mit dem Gedanken, sich einer literarischen Form des Journalismus zuzuwenden. Er bewunderte Halberstam und McPhee. Karyn vermutete deshalb, daß sein Interesse an Polly nicht ausschließlich altruistischer Natur war. Vielleicht roch er auch eine interessante Story.

Sie hatten sich zu Anfang ihrer Grundstufenzeit getroffen. Karyn war vorher am Smith-College gewesen, hatte allerdings zwischendurch ein Semester im Ausland verbracht. Rich, der ein Stipendium hat, war auf dem Campus seines trotzigen, rebellischen politischen Engagements wegen bekannt. Er war vielleicht ein wenig kleingewachsen, aber er stand immer auf den Zehenspitzen, wenn es ums Argumentieren ging; er konnte reden wie ein Wasserfall und wischte unwichtige Einwände mit einer schnellen Handbewegung einfach vom Tisch. Vielleicht verhinderten nur sein liebenswürdiger Bostoner Akzent und die Hustenanfälle − er hatte schon im zarten Alter von dreizehn damit begonnen, sich zu Tode zu rauchen −, daß er ein wirklich großer Redner wurde. Er war auf der Straße groß geworden und kümmerte sich nicht sonderlich um gute Manieren. Sie mochte seine hellen Augen mit den etwas schweren Lidern, sein zartes, gewinnendes Lächeln und die zynische Art, sich auf die Lippe zu beißen, wenn er anderer Meinung war als sie.

Karyn war die Art von Ausstrahlung zu eigen, die Aufmerksamkeit erregt. Sie war frech, ohne bösartig zu sein, und sie war nicht übermäßig eingebildet. Die Typen in Yale hatten sie umschwärmt, aber sie hatte ihre Aufmerksamkeit Rich zugewandt. Mit ihrem letzten Liebhaber hatte sie Schluß gemacht, weil ihr dessen Interesse für Rugby, sein ungebrochener Hedonismus und vor allem die glatte, selbstsichere Art, mit ihr zu schlafen, auf die Nerven gegangen waren. Sie sehnte sich nach rauhen Kanten, nach einer Beziehung, die immer ein wenig auf der Kippe stand.

Rich hatte sich lange geziert, aber als die Zeit dafür gekommen war, hatte er entschlossen und dankbar zugegriffen. Auf einmal war die angespannte Vorsicht, die ihre sexuellen Beziehungen immer so belastet hatte, verschwunden gewesen. Rich war der erste Mann, neben dem sie jemals wirklich nackt hatte liegen wollen, einfach so, weil es, verdammt noch mal, ein gutes, natürliches Gefühl war. Schon nach ein paar Wochen hatten sie damit begonnen, nach Gemeinsamkeiten zu suchen und sich gegenseitig etwas beizubringen. Sie versuchte, ihm seine Raucherei abzugewöhnen, und er brachte ihr bei, sich klar und deutlich auszudrücken. Seit sie mit Rich zusammen war, hatte sie allerdings etwas von ihrer Unbekümmertheit verloren, ein Umstand, den ihre Freunde ein wenig beklagten.

3

Chadbury war eine kleine, T-förmig angelegte Stadt. Die Landstraße — oder Post Road, wie sie hier hieß — führte zum Teil durch anmutige, leicht ansteigende Grünflächen, um die sich Kirchen, bescheidene, windschiefe Gasthäuser, öffentliche Gebäude mit Marmorfassaden und einige schöne alte Wohnhäuser im Federal-Style gruppierten. Das Post Road Inn überblickte das parkartige Städtchen vom Querbalken des Ts aus. Er bestand aus drei Gebäuden, die nicht miteinander verbunden waren. Sie stammten aus dem späten 18. Jahrhundert. Dazu gehörten einige Hektar Grünfläche, die von Buchsbaumhecken umsäumt waren, die ebenso alt sein mochten wie die Gebäude, und ein Parkplatz, der für den Skibetrieb am Wochenende schon zu klein war.

»Bei denen hat's gebrannt«, sagte Karyn und kurbelte das Fenster herunter, um besser hinausschauen zu können. Rich mußte sich gerade darauf konzentrieren, seinen Porsche in die schmale Lücke zwischen einem Campingwagen und einigen schneebedeckten Felsblöcken zu quetschen.

»Was meinst du damit — ein Feuer?«

»Der hintere Flügel. Er ist ganz dunkel. Und einige der oberen Fenster scheinen mit Brettern vernagelt zu sein.«

Rich stieg aus, und Karyn folgte ihm auf seiner Seite. Sie mußte sich unter dem Lenkrad hindurchquetschen. Der dichte Schneefall behinderte die Sicht auf das Gasthaus. Die Gebäude hatten alle zwei Stockwerke, waren aber sonst ungleich in Größe und Anordnung. Der hintere Flügel, an den Hügel gebaut, war der größte. Er hatte ein pechschwarzes Dach. Rich hatte den Eindruck, als sei das westliche Ende des Daches teilweise eingestürzt.

»Da muß etwas passiert sein. Hoffentlich sind sie nicht ausgebucht.«

Karyn warf ihm einen düsteren Blick zu und zog ihre Reisetasche vom Rücksitz. Rich holte die Skier vom Dachgepäckträger, und dann trotteten sie in Richtung des Gasthauses.

Es war noch eine Viertelstunde Zeit bis zum ersten Abendessen, und der Gastraum im hinteren Teil des Hauptgebäudes war bereits dicht gefüllt. Eine größere Gruppe feuchtfröhlicher, rotgesichtiger Trinker hatte es sich um den Kamin am südlichen Ende der Eingangshalle bequem gemacht.

»Dort sind Benny und Elise«, rief Karyn. Zum erstenmal seit über einer Stunde hellte sich ihre Miene ein wenig auf. Sie winkte einem blonden Mädchen in Eskimostiefeln und Kasack und deren Freund zu, dessen langes Haar an den Kopf geschniegelt war und der eine Pfeife von der Größe eines kleineren Saxophons rauchte.

»Geh schon rüber«, sagte Rich. »Ich werde uns anmelden.«

»Möchtest du ein Bier?«

»Verdammt gerne«, antwortete Rich mit dankbarem Lächeln.

Die Sekretärin des Geschäftsführers vom Post Road Inn war ein etwas plumpes Mädchen. Sie hatte ihr Haar zu einem dicken Zopf gebunden, der wie ein Schiffstau über ihre rechte Schulter hing. Auf dem Schildchen, das sie an ihrem gelben Samtpullover befestigt hatte, stand ihr Name: Fran. Sie ging mit flinken Fingern den Karteikasten durch und zog Richs Reservierung heraus.

»Hier haben wir Sie. Sie wollten Nummer 21. Nach hinten hinaus.«

»So weit weg von der Straße wie möglich.«

Fran lächelte. »Offensichtlich waren Sie schon mal hier.«

»In der letzten Augustwoche.«

»So, dann wollen wir mal sehen. Wie zahlen Sie? Mit Scheck? Vielen Dank. Ich werde Ihnen nur schnell eine Kopie Ihrer Buchung machen.«

»Sie scheinen ein volles Haus zu haben.«

»Voll bis unters Dach.«

Rich begann, das Anmeldeformular auszufüllen. »Wann war das Feuer?«

»Vor sechs Wochen. Ich dachte, hier würde alles abbrennen. Aber die Feuerwache ist ganz in der Nähe, und die halbe Stadt hat beim Löschen geholfen.«

»Ist der Schaden groß?«

»Er konnte auf das obere Stockwerk begrenzt werden. Aber das Gebäude kann erst wieder benutzt werden, wenn die Reparaturarbeiten abgeschlossen sind. Das wird nicht vor Ende des Frühlings sein. Alle Zimmer stinken nach Rauch.«

»Wie ist das Feuer ausgebrochen?«

»Das weiß keiner. Wahrscheinlich ein Kurzschluß. Zum Glück passierte es am Nachmittag. Es waren nur ein paar Gäste auf ihren Zimmern. Warten Sie, Sie können am zweiten Abendessen teilnehmen. Das wäre um Viertel nach acht.«

»Ausgezeichnet. Ist Mr. Windross da?«

Fran öffnete eine kleine Tür hinter ihr. »Mr. Windross?«

Sie sah Rich an. »Vor einer Viertelstunde war er noch da. Vielleicht ist er in der Küche. Wollen Sie ihn aus einem bestimmten Grund sprechen?«

»Ich wollte ihm nur guten Tag sagen. Ich bin ein Freund seiner Tochter.«

Sie holte einen großen Messingschlüssel aus einem Fach und gab ihn ihm mit einem Lächeln. »Bitte schön. Nummer 21. Ich wußte gar nicht, daß Mr. Windross eine Tochter hat.«

Rich biß sich auf die Unterlippe. »Sie heißt Polly. Sie muß jetzt etwa zwölf Jahre alt sein. Blond. Seit wann arbeiten Sie schon hier?«

»Seit dem Beginn der Wintersaison. Schon fast drei Monate.«

»Und Sie haben Polly noch nie gesehen?«

Fran schüttelte kaum merklich den Kopf. Sie lächelte noch immer, obwohl jetzt ein fragender Ausdruck auf ihrem Gesicht lag. Sie behandelte Rich jetzt etwas kühler, als habe sie den Verdacht, er wolle sie hochnehmen.

»Mr. Windross lebt allein. Und er hat mir gegenüber niemals eine Tochter erwähnt. Ich hoffe, Sie haben einen angenehmen Aufenthalt, Sir.«

»Das hoffe ich auch«, murmelte Rich.

Fran ging ans andere Ende des Tresens, um das Telefon abzunehmen. Rich hielt Ausschau nach Karyn. Er wäre froh gewesen, wenn sie ihm mit der sperrigen Skiausrüstung geholfen hätte, aber sie war nirgends zu sehen. Wahrscheinlich zwängte sie sich gerade zur Bar durch. Er erwiderte die Begrüßung eines ihm bekannten Ehepaares aus New Haven, nahm die Reisetaschen, zwei Paar Stiefel und die Skier und quälte sich das enge Treppenhaus hinauf in den zweiten Stock und dann nach rechts, den dunklen Gang entlang.

Ihr Zimmer war niedrig, hatte einen unebenen Fußboden, und das große Doppelbett nahm gut ein Drittel der Fläche in Anspruch. Das kleine Badezimmer war nicht einmal groß genug für Karyn und ihn, es sei denn, einer von ihnen lag in der Badewanne.

Rich stellte das Gepäck ab und ging ins Bad. Er wusch sein Gesicht mit kaltem Wasser und betrachtete sein Spiegelbild.

›... er hat mir gegenüber niemals eine Tochter erwähnt.‹

Rich fühlte, wie ihm ein leichtes Frösteln über den Rücken kroch, und er verzog seinen Mund zu einem zynischen Grinsen. Das tat er immer, wenn er etwas Unerklärlichem, Unverständlichem gegenüberstand. Also schien Polly gar nicht hier zu sein. Von wo aus mochte sie ihn dann angerufen haben? Vielleicht vom Internat aus?

›... sie tun mir weh, Rich.‹

Wer tat ihr weh? Und wie? Körperliche Züchtigung? Psychische Qualen?

Der hastige Telefonanruf, das atemlose Flehen, auf einmal kam ihm das alles merkwürdig vor. Vielleicht war das auch ihre Absicht gewesen? Auf jeden Fall hatte er nicht genug in der Hand, um zur Polizei zu gehen. Aber er wollte auch nicht glauben, was Karyn vielleicht zu Recht vermutete, daß ihm nämlich ein etwas verdrehtes zwölfjähriges Früchtchen mit präpubertären Fantasien einen nicht eben netten Streich gespielt hatte. Theater am Telefon. Kinder lieben solche Scherze. Vielleicht war eine Freundin dabeigewesen, und nachdem sie aufgelegt hatte, hatten sich die beiden vor Lachen gebogen.

Nachdem er darüber nachgedacht hatte, verwarf Rich den Gedanken, Pollys Vater könnte sie in ein Internat gesteckt haben. Sie war einfach zu scheu und introvertiert, um in einer von Wettbewerb geprägten Umgebung bestehen zu können. Außerdem hatte Windross sich doch bisher starrköpfig geweigert, das Mädchen aus seinem Einflußbereich zu lassen, selbst als Rich ihn nur gebeten hatte, mit ihr ein wenig rausgehen zu dürfen. Als hätte er Angst, sie aus den Augen zu lassen, Angst, ihr könnte etwas passieren? Das war es nicht.

Es war, als hätte er Angst vor dem, was sie außerhalb seines Einflußbereiches anstellen könnte.

Eine unbestimmte, dunkle Ahnung begann sich unterhalb Richs Nacken einzunisten.

Ihm leuchtete nur eine Erklärung für den Telefonanruf ein: Polly stand unter großer Anspannung und hatte verzweifelt um seine Hilfe gebeten. Etwas anderes ergab keinen Sinn. In jener letzten Augustwoche waren er und Polly einen festen Bund eingegangen. Sie war vielleicht etwas rätselhaft, aber nicht unheimlich, wie Karyn behauptete. Sie hatte erst gezögert, weil sie etwas scheu war, aber als sie ihn näher kennengelernt hatte, war sie sehr gesprächig geworden. Sie war neugierig gewesen und hatte ihn ausgefragt. Sie war bestimmt nicht im Begriff, eine Hexe zu werden. Sie war nur sehr verängstigt, aber er hatte nicht herausbekommen, weshalb. Und sie war einsam. Es war die Erinnerung an diese Einsamkeit, die ihn jetzt durchdrang und die das Bewußtsein von der Wichtigkeit seiner Mission verstärkte. Er würde Polly finden, und zwar bald.

Als Rich aus dem Badezimmer kam, stand Karyn in der Zimmertür. Sie hatte zwei Krüge mit eiskaltem Faßbier in den Händen. Schneeflocken prallten stumm gegen die Fensterscheiben. Rich nahm den Krug, den sie ihm anbot, und trank einen ausgiebigen Schluck. Anschließend gab er ihr einen schaumigen Kuß. Karyn lehnte sich gegen ihn und legte den freien Arm um seine Schulter.

»Was tut sich unten?« fragte er sie.

»Benny und Elise sind zum Abendessen gegangen. Barbara Streisand dreht am Mount Snow einen Film, deshalb war einer der Sessellifte fast den ganzen Tag gesperrt. Wexler ist mit dem Mädchen vom *Vogue*-Magazin da. Du weißt schon, die so aussieht, als würde sie mit einem Eiszapfen masturbieren.« Karyn zog die Augen mit den Zeigefingern auseinander und machte einen abweisenden Schmollmund.

Rich lachte. »Wir haben noch eine ganze Stunde bis zum Abendessen. Komm, zieh'n wir uns aus.«

»Bis auf die nackte Haut? Warum?«

»Warum reiben die Pfadfinder Holzstückchen aneinander, wenn sie im Wald sind?«

Karyn küßte ihn noch einmal und verlieh dem Kuß mit ihrem ganzen Körper Nachdruck. Sie schloß die Augen. »Ich weiß nicht, ob's am Schnee liegt oder am Bier, an der lausigen Zugluft hier oben oder an dem großen Bett da. Ich habe das Gefühl, daß ich nicht nett zu dir war. Ich glaube, wir sollten uns wieder vertragen.«

4

Ihre verliebte Stimmung hielt bis nach dem Abendessen an. Sie aßen sehr viel: cremiges Hühnerfrikassee, vier Sorten Gemüse, getoastetes, hausgemachtes Brot und überbackenes Obst. Sie lachten viel, manchmal ganz grundlos, und berührten einander häufig. Rich sprach über die glorreichen Aussichten einer journalistischen Karriere (»Man kann über alles schreiben. Es gibt keine trivialen Themen. Es geht weniger um Eloquenz als vielmehr um Präzision: Der richtige Gedanke, der richtige Satz zum richtigen Zeitpunkt!«) und seine Entschlossenheit, es bis zum Reporter beim *New Yorker* zu bringen. Das war wohl der kühnste Wunsch nach Anerkennung seiner Fähigkeiten.

Karyn nickte. Sie war ganz fasziniert und machte sich allmählich ernsthaft Gedanken über eine Ehe mit Rich. Zum Teufel mit ihrer Familie. Es wurde bereits soviel über ihre Beziehung geredet, nur Negatives natürlich, und es bestand nicht die geringste Chance, daß ihr Vater sich jemals daran gewöhnen würde, einen ganz gewöhnlichen Bostoner irischer Abstammung zum Schwiegersohn zu haben. Die Anfeindungen würden wahrscheinlich niemals aufhören. Rich war nicht der Mann, der den Hohn ihrer Eltern leicht ertragen würde, aber schließlich war es ihr Leben, und in ihrem Leben sollte, verdammt noch mal, was passieren. Kein Mann tat ihrem Körper so gut wie Rich, und keiner forderte ihren Intellekt so sehr heraus.

Nach dem Essen quetschten sie sich an einen Tisch in der überfüllten Taverne. Rich und Benny kamen gleich zur Sache. Ihre gemeinsamen Abende gerieten immer wieder zu großen Diskussionen. Benny Childs war ein gepflegter junger Mann im zweiten Jahr an der theologischen Fakultät. Er hatte bereits ein Auge auf ein Priesteramt in einer der wohlhabenden kleinen Kirchen in New York City geworfen, das einen profitablen Nebenverdienst bei prunkvollen Hochzeiten und der Art von Begräbnissen versprach, bei der man zehn Cops auf Motorrädern benötigte, damit alles reibungslos ablief.

»Die Knie meines Bruders sind vom vielen Knien auf Betonfußböden ganz deformiert«, wandte Rich ein.

»Katholiken haben schon immer körperliche Kasteiung mit Frömmigkeit verwechselt«, erklärte Benny. »Als wenn es einen Gott näher bringen würde, wenn man sich mit kaltem Wasser rasiert. Ich fühle mich Ihm am nächsten und bin mir Seines Segens am meisten bewußt, wenn ich mit ein paar guten Freunden eine Flasche 71er Pol Roger entkorke.« Für den Augenblick mußte er sich mit dem Rest Faßbier in seinem Humpen begnügen. Dann umarmte er seine rundliche Freundin Elise und fügte noch hinzu: »Und ich will nicht die Gefühle vergessen, die ich empfinde, wenn ich noch ein paar lustvolle Stöße von...«

»Benjamin!« Elise machte ein strenges Gesicht, aber sie errötete nicht. Sie war auf eine überbordende Art hübsch. Sie hatte schräge dunkelblaue Augen, wie eine Siamkatze. Ihr rundes Gesicht war eingerahmt von kleinen goldenen Löckchen. Seit neuestem trug sie eine Zahnspange. Wenn sie lächelte, erinnerte das erstaunlicherweise an einen Fleischwolf. Jetzt brachte sie ihren Mund ganz nah an Bennys Ohr, um sein Verhalten den Freunden gegenüber zu tadeln, und biß ihn, wohl um ihre Worte zu unterstreichen, zärtlich ins Ohrläppchen.

Benny zog an seiner riesigen Meerschaumpfeife und sah Rich an.

»Du redest in letzter Zeit nur noch selten von Conor. Hat er dir erzählt, warum er den Priesterberuf aufgegeben hat? Vielleicht den Glauben verloren?«

»Das bezweifle ich«, antwortete Rich. »Er unterrichtet immer noch alle Kinder in der Gemeindeschule. Das ist 'ne ganz schöne Arbeit. Ich glaube eher, daß er keine Perspektive mehr gesehen hat. Es ging zuviel um Gott und zuwenig um die Welt, in der er lebte. Er hatte nachts Alpträume, träumte sich mit gefesselten Händen unter Wasser und so.«

»So entstehen die Neurosen, die von einer Religion hervorgerufen werden, die zuviel Wert auf Bestrafung legt. Ich will nicht sagen, daß es auf dem Priesterseminar keine guten Leute gibt, aber...«

»Entschuldigt mich bitte«, unterbrach Rich und stand auf. Benny schaute ihn verwirrt an, als befürchtete er, ihn verletzt zu haben.

Karyn sagte: »Die Blase fordert ihr Recht.«

Rich sah sie an, lächelte etwas geheimnisvoll. »Nein. Ich habe drüben an der Bar Windross gesehen. Ich möchte mich bei ihm nach Polly erkundigen.« Er war schon verschwunden, bevor Karyn einen eisigen Blick der Mißbilligung auf ihn abschießen konnte.

»Wer ist Polly?« fragte Elise.

»Bring mich bitte nicht auf die Palme.«

Rich konnte den Besitzer und Geschäftsführer des Gasthofs gerade noch abfangen, ehe er die Taverne verließ. Windross, ein Exilant aus der Bronx, war einer jener verdrießlich dreinschauenden Männer, die mit über fünfzig noch nicht von der Mutter entwöhnt zu sein schienen. Er war klein und dick und bedeckte seinen kahlen, rechteckigen Schädel mit ein paar langen Haarsträhnen, die nichts weiter bewirkten, als dessen nacktes, babyhaftes Aussehen noch zu betonen.

»Entschuldigen Sie, Mr. Windross.«

Windross sah ihn argwöhnisch an, als erwartete er eine Beschwerde.

»Mein Name ist Richard Devon. Ich war im August hier.«

»Schön, daß Sie wiedergekommen sind«, sagte Windross mit einem gekünstelten Lächeln. »Wir machen hier wohl doch nicht alles falsch.«

»Erinnern Sie sich nicht an mich? Ich habe viel Zeit mit Polly verbracht.«

Windross wurde von hinten angerempelt und ging widerwillig einen Schritt weiter in Richtung Tür. Er sah Rich wieder an. In dem gelblichen Licht sah er wirklich verbittert aus und schien durchaus nicht erfreut über Richs Anwesenheit zu sein.

»Ja, jetzt erinnere ich mich. Pollys bester Freund damals.«

»Wie geht's Polly?«

Windross zog die Schultern hoch. »Sie wird jeden Tag hübscher.« Aber er hörte sich dabei gar nicht wie ein stolzer Vater an.

»Ich würde sie gerne sehen. Ist sie schon im Bett?«

Auf dem Schädel des Mannes glänzte eine dünne Schweißschicht. Er befühlte sie mit den Fingerspitzen, dann langte er in die Taschen seines ausgebeulten Tweedjacketts und brachte ein zerknittertes Taschentuch zum Vorschein. »Nein. Das heißt, ich weiß es nicht. Polly ist nicht mehr hier.« Er machte ein saugendes Geräusch, redete mit den Händen weiter, als seien seine Stimmbänder plötzlich unbrauchbar geworden.

»Nicht hier?« wiederholte Rich.

Windross schüttelte den Kopf, seine Stimme kam zurück. »Das war doch kein Platz für sie, für ein junges Mädchen wie sie. Ohne Mutter. Ich habe viel zuviel zu tun. Sie sehen es ja.«

»Sicher. Wo ist sie?«

»Bei meiner Schwester. In Kanada.«

»Oh! In Kanada!«

»Ja. Tut mir leid. Sie hätte Ihnen sicher gerne hallo gesagt. Sie konnten es gut mit ihr. Polly mochte Sie.«

»Ihr geht's doch gut, oder?«

»Prima! Polly geht's bestens.«

»Das mit dem Feuer tut mir leid.«

»Hätte schlimmer kommen können. Zum Glück läuft der Laden weiter.«

»Wurde jemand verletzt?«

»Nein, natürlich nicht!« Windross schien beleidigt. »Es waren nur ein paar Gäste im Haus. Am schlimmsten war der Rauch. Nach zehn Minuten hatten wir das Feuer gelöscht.« Er zog Rich am Ärmel, als wolle er dessen Wohlwollen erbetteln. Er versuchte herzlich zu lächeln, aber es geriet ihm etwas säuerlich. Trotz des Lächelns schaute er ziemlich besorgt drein. Rich kam der Gedanke, möglicherweise würde die Versicherung nicht für den ganzen Schaden aufkommen. Oder vielleicht verlangte der Staat jetzt den Einbau einer kostspieligen Sprinkleranlage, die er sich nicht leisten konnte. Letzten Endes war so eine Wintersaison nicht besonders lang, und auch ein junges, betuchtes Skifahrervölkchen konnte das Überleben in einer Zeit der wirtschaftlichen Depression nicht unbedingt garantieren.

»Hören Sie, ich hab jetzt wirklich keine Zeit, länger mit Ihnen zu plaudern. Sie sehen doch, wieviel hier zu tun ist. Aber wenn es irgend etwas gibt, womit ich Ihren Aufenthalt hier angenehmer gestalten kann, lassen Sie es mich wissen.« Er ließ Richs Ärmel los, machte eine Faust und versetzte seinem jungen Gast einen leichten, kumpelhaften Stoß. »Wie ist Ihr Zimmer? Gemütlich?«

»Ja.«

»Gut!« Er versetzte Rich noch einen Knuff. »Bis bald, Rich. War nett, Sie mal wiederzusehen.«

Rich machte Platz für ein weiteres Pärchen, das sich in die überfüllte Taverne zu quetschen versuchte. Er sah Windross nach, der sich durch die Empfangshalle entfernte. Der Mann hinkte ein wenig, zog ein Bein etwas nach. Das Leder des einen der teuren, maßgeschneiderten Schuhe war an der Innenseite etwas abgewetzt.

Auf einmal stand Kayrin hinter Rich und tippte ihm auf die Schulter. Rich fuhr zusammen.

»Was hast du?« fragte sie ihn.

»Nichts. Ich war in Gedanken.«

»Also, wie lauten die letzten Neuigkeiten über Polly?«
Ihr Gesichtsausdruck schien sagen zu wollen: ›Schau nur,
wie wenig mich das interessiert.‹

»Er sagte, sie sei nicht hier.«

»Oh«, sagte Karyn und sah einen Moment lang mit ge-
schürzten Lippen zu Boden. »Bist du jetzt zufrieden?«

Rich rang sich ein Lächeln ab. »Das muß ich wohl sein.«

»Der Rauch hier drin ist tödlich für meine Stirnhöhlen.
Laß uns ein bißchen im Schnee herumspielen.«

»Willst du dir die Zehen abfrieren?«

»Die werden wir in der heißen Badewanne wieder auf-
tauen. Weißt du, woran ich den ganzen Abend denken
mußte? Wie schön es wäre, mit dir ein Kind zu haben. Meine Schwester hat mir mal erzählt, daß sie genau wußte, in
welchem Augenblick sie ihr Kind empfangen hat. Ich glaube, das ist das Höchste: Du hast ein wunderbares Erlebnis
im Bett und weißt gleichzeitig, daß du eben ein Kind gemacht hast.«

»Wie bist du denn auf die Idee gekommen?« sagte Rich.
Sein Erstaunen war nicht gespielt.

»Ich glaube, das hat was mit dem verrückten Zustand zu
tun, den man Liebe nennt.«

5

Eigentlich hätte er in dieser Nacht gut und tief schlafen
müssen, unter dem warmen Federbett, an Karyns warme
Hüften gekuschelt. Es gab eigentlich keinen Grund dafür,
daß er plötzlich aufwachte, von kaltem Schweiß bedeckt, so
als wäre er in einem eisigen See geschwommen. Er zitterte
so sehr, daß es sogar Karyn störte. Sie wälzte sich herum
und stöhnte. In dem Moment, in dem er die Augen öffnete,
schien etwas über das Bett zu gleiten, etwas Dunkles, wie
ein Schatten, aber trotzdem körperlich und bedrohlich wie
ein Raubvogel. Rich hielt den Atem an und setzte sich langsam auf. Er wollte Karyn auf keinen Fall wecken. Das Frösteln hielt an, seine Zähne klapperten. Er sah zum Fenster.

Durch das Zimmer ging ein leichter Zug, der die bodenlangen Vorhänge bauschte. Ein merkwürdiges Licht warf
frostige Tupfer auf die Zimmerdecke. Offensichtlich hatte
es aufgehört zu schneien. Es war ruhig im Gasthof, bis auf
eine weit entfernte, betrunkene männliche Stimme, die versuchte, einen bestimmten Ton zu halten. Plötzlich gab der
Betrunkene auf. Rich biß die Zähne aufeinander und trocknete sich sein feuchtes Gesicht mit einem Zipfel der Bettdecke. Er sah auf seine Uhr. Es war fünf Minuten vor zwei.
Er fühlte einen hartnäckigen Druck auf die Blase und beschloß, etwas dagegen zu unternehmen. Sechs Bier bedeu-
teten bei ihm mindestens zwei Ausflüge auf die Toilette
während der Nacht.

Es erwies sich als schwierig, sich unbemerkt aus der Bettdecke zu wühlen, und er störte Karyn ein zweites Mal. Sie
wälzte sich auf die linke Seite und tastete mit der einen
Hand zu ihm hinüber. In der anderen Hand hielt sie Moses, das Eichhörnchen, das Karyns Bettgenosse war, seit sie
zehn Jahre alt war. Rich hatte seine Schwierigkeiten, Moses, das Eichhörnchen, zu tolerieren, von dessen buschi-
gem Schwanz nur noch ein Stummel übriggeblieben war
und dessen Körper von zu vielen Maschinenwäschen
klumpig geworden war. Aber er hatte immer noch seine
beiden weißen Vorderzähne, die ihm ein siegesbewußtes
Grinsen verliehen.

»Wo willst du hin, Rich?«

»Für kleine Jungen. Schlaf weiter.«

»Hmm. Okay.« Karyn seufzte. Er setzte sich auf den
Bettrand und wartete eine Zeitlang, bis er ihre gleichmäßi-
gen Atemzüge hörte. Dann stand er auf und schlich sich
über die knarrenden Fußbodenbretter.

Es kam gerade genug Licht in den Raum, um einen
schwachen, aber auffälligen Schimmer auf dem dünnen
Metallband zu produzieren, das sich um einen der Bettpfosten ringelte. Die dunkel geheizten Pfosten hatten die Form
von Indianerkeulen: Oben waren sie schmal, dort wo sie
sich mit dem Bettrahmen trafen, wurden sie dicker. Das
Band befand sich ungefähr in Augenhöhe, sonst hätte er es
nicht bemerkt.

Rich studierte es neugierig. Es war noch nicht dagewesen, als er sich ins Bett gelegt hatte. Da war er völlig sicher. Als er es berührte, stellte er fest, daß es eine Kette war. Er tastete die winzigen Glieder entlang bis zum Verschluß, dann fühlte er weiter und stieß auf einen herzförmigen Anhänger, der etwas größer als sein Daumennagel war. Karyn besaß nichts Derartiges. Obwohl er sogleich versuchte, eine rationale Erklärung für seine Entdeckung zu finden wurde er von einem Taumel des Schreckens überwältigt, der ihn zwang, mit beiden Händen nach dem Bettpfosten zu greifen. Er zitterte, und seine Knie wurden weich. Egal, wie das Ding hierhergekommen war, *er wußte, was es war.*

Seine Finger waren ungeschickt und steif. Er brauchte einige Minuten, um den Anhänger vom Bettpfosten loszubekommen. Karyn schlief offensichtlich wieder. Sie atmete mit offenem Mund und produzierte blubbernde Geräusche wie ein Kind, das lernen will, wie man Speichelblasen macht.

Rich ging ins Badezimmer, schloß die Tür, erleichterte seine Blase und setzte sich dann auf den Rand der Badewanne. Er hielt den Anhänger in der rechten Faust. Er atmete tief, aber ungleichmäßig. Zuerst mußte er ein Gefühl der Panik unter Kontrolle bringen, dann eine schwindelnde Erregung, die, fast wie ein Kokainrausch, durch jede einzelne Zelle seines Körpers flimmerte.

Der Anhänger war aus vierzehnkarätigem Gold, die Kette war vergoldet. Zusammen hatte das Ganze etwas mehr als sechsundzwanzig Dollar gekostet. Im Cambridge Jewelry Store in Chadbury. Die Gravur hatte noch einmal fünf Dollar extra gekostet. Keine unbedeutende Summe für einen jungen Burschen mit kleinem Budget, aber er hatte ihr ein besonderes Geschenk machen wollen, das ihr zeigen sollte, daß ihm wirklich etwas an ihr lag. Und sie war den Tränen nahe gewesen, als er es ihr gegeben hatte.

›Für meine Freundin Polly, von Rich.‹

Er öffnete den Anhänger. Sein Bild war noch drin. Es war unsauber aus einem Polaroidfoto ausgeschnitten, wahrscheinlich mit einer Nagelschere. Er erinnerte sich, daß es mit Karyns Kamera aufgenommen worden war. Sie hatten zu dritt ein Picknick mit Ausblick von den Green Mountains gemacht. Polly hatte gebeten, einige von den Fotos behalten zu dürfen.

Und auf diesem Foto hatte sie jetzt das Gesicht weggekratzt. So glaubte er zumindest, bis er näher hinsah.

Über sein Gesicht war, vielleicht mit einer Nadel, eine Nummer geritzt worden.

Sie sagte Rich nichts. Jedenfalls im Moment nicht. Er war immer noch damit beschäftigt, eine vernünftige Erklärung dafür zu finden, warum der Anhänger ausgerechnet hier war. Aus dem Grund mußte er sich selbst die richtigen Fragen stellen.

›Wenn er noch nicht dort war, als wir ins Bett gingen — und das war er sicher nicht —, wie kam er dann in das Zimmer?‹

— ›Jemand hat ihn dorthin gebracht. Er ist ganz leise über die knarzenden Bohlen geschlichen und hat ihn am Bettpfosten befestigt. Dann hat er leise das Zimmer wieder verlassen.‹

›Gute Erklärung. Aber hab' ich wirklich so tief geschlafen?‹

— ›Was glaubst du, Devon?‹

›Ich glaube, daß die Tür verriegelt war, als ich ins Bett ging. Ich glaube, sie ist immer noch verriegelt. Das ist es doch, was ich glaube?‹

— ›Geh und sieh nach. Wenn die Tür von innen verriegelt ist, dann heißt das, daß niemand sie vom Gang aus öffnen konnte. Und wenn die Tür nicht geöffnet wurde, war auch niemand im Zimmer. Dann aber kannst du diesen Anhänger gar nicht gefunden haben. Du sitzt hier also nicht hellwach auf dem Rand der Badewanne und starrst darauf, während dir fast die Eier abfrieren und dein Kopf zu schmerzen beginnt.‹

Rich stand auf, legte den Anhänger auf die grüne Glasplatte über dem Waschbecken, drehte den Hahn auf und wusch sich das Gesicht. Das Zittern fing wieder an.

Er ging zurück ins Schlafzimmer und kontrollierte den Riegel an der Tür. Er war vorgeschoben. Er verspürte das Bedürfnis, das alles zu vergessen, den Anhänger auf die

George-II.-Kommode zu schleudern und sich wieder ins Bett zu legen.

Aber er konnte nicht. Polly mußte doch hier im Gasthof sein, und irgendwie hatte sie es fertiggebracht, ihn das wissen zu lassen. Und sie war in Gefahr. In so großer Gefahr, daß es ihm schwerfiel, sich eine Vorstellung davon zu machen.

Er wußte nur, daß er rauskriegen mußte, wo sie sich befand.

Rich zog sich vorsichtig an und nahm seinen Parka mit. Den Anhänger steckte er in seine Brieftasche. Dann ging er hinunter in die Halle.

Der Nachtportier saß hinter dem Empfangstresen. Er gähnte sich durch die Seiten der Weihnachtsausgabe des *Penthouse*-Magazins. Sah aus wie ein Student, groß, mit einer Akne, die seine Haut vom Hemdkragen bis hinauf zum Haaransatz bedeckte. Wurden solche schlimmen Fälle inzwischen nicht mit Sexualhormonen bekämpft? Die Ärzte hier in Chadbury und Umgebung empfahlen wohl immer noch Seifenwasser und den Verzicht auf Selbstbefriedigung. Der Junge sah auf und grinste Rich entgegen. Er drehte das Magazin um, damit Rich einen Blick auf das Faltblatt in der Mitte werfen konnte. Es zeigte eine dunkelhäutige junge Frau mit rosafarbenen Haaren, der man Ketten angelegt hatte.

»Glauben Sie wirklich, daß man das so macht?«

»Wie bitte?«

»Wenn man sich diese Fotografien ganz von der Nähe ansieht, ich meine, mit einer Lupe, dann sieht man keine Titten oder Muschis mehr, sondern nur noch kleine, farbige Punkte.«

»Dann ist die ganze Wirkung beim Teufel«, meinte Rich.

»Ein Kumpel von mir hat mal in 'ner Druckerei gearbeitet, wo diese Dinger gedruckt wurden. Er sagt, sie würden die Punkte so anordnen, daß sie sublime Botschaften enthalten. ›Werde geil‹ oder ›Willst du mich nicht ficken?‹ So 'n Zeug. Mit dem bloßen Auge kann man es natürlich nicht sehen, aber angeblich wird die Botschaft vom Unterbewußtsein aufgenommen.«

»Ganz sicher wird sie das. Können Sie mir sagen, wo ich Zimmer 331 finde?«

»Mein Gott, ich sitze nur zur Aushilfe hier. Ich kenn mich hier nicht so besonders aus. 331? Einen Moment.« Er sah unter dem Tresen nach, zog ein paar Stockwerkpläne hervor, die in gelben Plastikhüllen steckten. »Dann wollen wir mal sehen. Aha! In dem Zimmer wohnt bestimmt keiner. Es ist im ausgebrannten Flügel.«

Rich biß sich vor Ärger auf die Unterlippe. »Wahrscheinlich hat Jerry mir die falsche Zimmernummer gegeben, damit er seinen Fusel alleine saufen kann.«

»Gibt's hier irgendwo eine Party?«

»Ja. Aber große Lust habe ich sowieso nicht. Vor allem, wenn ich morgen bei Sonnenaufgang auf der Piste sein will.«

»Ich wollte, ich hätte Ihren Ehrgeiz. Gute Nacht.«

Rich ging langsam nach oben. Er zog den Anhänger aus seiner Brieftasche. Er öffnete ihn noch einmal und sah sich die Nummer an, die auf das Polaroidfoto gekratzt war. Dreihunderteinunddreißig. Er hatte gedacht, es könnte sich nur um eine Zimmernummer handeln, aber vielleicht bedeutete die Zahl etwas anderes. Oder überhaupt nichts.

Er ging den Flur entlang zu dem Zimmer, in dem Karyn schlief. Plötzlich blieb er stehen. Er wollte eigentlich nicht ins Bett gehen, trotz der vorgerückten Stunde. Andrerseits wußte er nicht so recht, was er sonst mit sich anfangen sollte. Die Bar hatte längst geschlossen, es bestand keinerlei Hoffnung auf ein frisches Bier, und würde er es auch noch so eindringlich verlangen. Sollten hier im Gasthof tatsächlich irgendwelche Partys stattfinden, dann mußten die Teilnehmer außergewöhnlich leise und zurückhaltend sein.

Rich ließ den Anhänger langsam an seiner Kette hin und her schwingen. Er reflektierte das Licht von der kleinen Glastulpe der Deckenlampe und verstreute es in lebhaften kleinen Blitzen, wie ein winziger Projektor. Rich glaubte Pollys Bild erkennen zu können, so, wie er die Einzelheiten im Gedächtnis hatte: ihre Angewohnheiten und selbstbewußten Posen. Sie war für den Spätsommer viel zu blaß gewesen. Anscheinend hatte sie kaum etwas von der Sonne abbekommen. Er sah ihr langes Haar, das sich, vom Wind zerzaust, der von den Bergen kam, wie Seide um ihr Gesicht legte und dort zu einer gewobenen Maske wurde, die nur noch das blaue Leuchten ihrer verliebten Augen durchscheinen ließ.

Wenn es hier etwas herauszufinden gab, dann machte er diesen Job verdammt schlecht.

Er ging nach unten. Der Aushilfsportier war in sein *Penthouse*-Magazin vertieft. Seine Augen schienen die abfotografierten Schönheiten zu verschlingen, während er abwesend einige Exemplare seiner unglaublichen Kollektion von Pickeln befingerte. Er sah auf. Rich rieb sich den Unterkiefer und versuchte ein schmerzverzerrtes Gesicht zu machen.

»Jetzt kriege ich Zahnschmerzen. Ich glaube, ich habe im Auto noch ein paar Aspirin.«

Draußen ließ ihm der Frost sogleich die Härchen in den Nasenlöchern gefrieren und brannte auf seinen aufgesprungenen Lippen. Rich zog den Parka bis zum Hals zu und wühlte die Lammfellhandschuhe aus den Taschen. Er bog in einen beleuchteten, aber nicht geräumten Weg ein, der direkt zu dem ausgebrannten Gebäude führte.

Auf dem Grundstück befanden sich ein paar schummrige Laternen mit kegelförmigen Schirmen. Er begegnete niemandem und sah niemanden. Von den Hügeln hinter dem Gasthof hörte er das schnarrende Geräusch eines Schneepflugs, das sich entfernte, bis es nur noch wie das Summen einer Wespe klang. Auf der Post Road fuhr ein Lastwagen. Dann war es so still, das die schmatzenden Geräusche seiner Stiefel auf der frischen Schneedecke ihn erschreckten.

Jemand hatte ein Auto rückwärts vor die Eingangstür zum ausgebrannten Flügel gefahren, die von einem Markisenskelett aus Metallrohren eingerahmt war. Das Auto war ein langer alter Cadillac mit Haifischfinnen auf den hinteren Kotflügeln, ein Schlachtschiff unter den Straßenkreuzern. In den späten Fünfzigern war er der König der Straßen gewesen. Hier stand eine Ausgabe in gediegenem Schwarz, aber ohne jeden Glanz. Der Lack war an den meisten Stellen bis auf die Grundierung abgeblättert. Rich, der an alten Autos immer interessiert war, blieb stehen, um einen Blick auf das Auto zu werfen. Es hatte Nummernschilder aus Vermont. Er sah die Abnutzung und den Verschleiß eines Vierteljahrhunderts: aufgesprungene, verrostete Chromteile, fehlende Radioantenne, vom Glas des Rücklichts war ein Stück abgesprungen, das Innere des Autos war ziemlich heruntergekommen. Aber, gemessen an den Spuren im Schnee, die Winterreifen schienen nagelneu zu sein. Wem auch immer dieser Cadillac Fleetwood gehörte, er schien wenig Wert auf Äußerlichkeiten zu legen, war aber offensichtlich ein vorsichtiger Fahrer. Die Karosserie ließ nicht auf irgendwelche größere Zusammenstöße schließen. Nur ein paar kleinere Beulen und Schrammen.

Hinten klebte ein Aufkleber, ohne Worte, nur mit dem Symbol des christlichen Glaubens darauf, dem stilisierten Fisch. Die Oberfläche des Aufklebers war reflektierend.

Die Motorhaube des Cadillacs war noch warm. Zwischen dem Auto und dem Hauseingang waren im Schnee verschiedene Stiefelabdrücke zu sehen, offensichtlich von Frauen und von Männern. Rich zählte sechs verschiedene Muster von Schuhsohlen. Sie war offensichtlich vor etwa einer Viertelstunde gekommen und direkt ins Haus gegangen, ohne auf dem Türabsatz noch viel Zeit zu verlieren.

Eine Fußspur kam direkt vom Hauptgebäude des Gasthofs. Wer immer das gewesen sein mochte, er hatte einen kurzen, breiten Fuß und, wie Rich zu erkennen meinte, er zog das linke Bein etwas nach.

Windross.

Rich ging hinauf zu der Doppeltür. Ein Schild war daneben angebracht: WEGEN BRANDSCHÄDEN GESCHLOSSEN: GEFAHR. KEIN DURCHGANG. An einer Kette baumelte ein riesengroßes offenes Vorhängeschloß. Einige Fensterscheiben in der Tür waren durch schlampig ausgesägte Sperrholzbretter ersetzt worden. Die Türflügel waren nicht fest geschlossen. Rich ging hinein, wobei er sich bemühte, so wenig Lärm wie möglich zu machen.

Eine batteriebetriebene Notlampe war an einer Wand des Vorraums befestigt. Sie verbreitete ein helles, kaltes Licht, das ungleichmäßige Schatten über das ganze Treppenhaus warf. Richs Zähne begannen wieder zu klappern. Er war angespannt und erregt, weil er glaubte, einer wichtigen Entdeckung auf der Spur zu sein. In dem Haus war es kalt wie in einem Kühlhaus, aber ein übler Geruch nach abgestandenem Qualm stand förmlich in der Luft. Die Tapeten an der Wand des Treppenhauses waren rußig, so als wären sie von einer schwarzen Wolke gestreichelt worden. Den Flur entlang hingen Eiszapfen von einem Rohr, das unter der Decke verlief.

Rich glaubte Stimmen zu hören, aber sie waren weit entfernt, nicht lauter als das Summen von Bienen, die um ihren Korb schwärmen. Kamen sie von einer der geschlossenen Türen im Erdgeschoß? Oder waren sie oben, dort, wo das Feuer ausgebrochen war?

Rich schloß die Tür zur Halle. Sein Schatten schlich sich nach oben in die Dunkelheit. Dort oben waren keine Notlampen. Er beugte sich nach unten und untersuchte den schmutzigen Läufer auf den Stufen. Er fand Schneespuren, die von den Stiefeln der nächtlichen Besucher stammen mußten. Er folgte den Spuren Stufe für Stufe, bis er den letzten Lichtschein verlassen hatte. Hier in der Dunkelheit kam ihm der brenzlige Geruch noch stärker und unangenehmer vor. Er konnte die Stimmen jetzt ein bißchen deutlicher hören.

Sie rezitierten etwas. Mal ein Mann, dann eine Frau, dann wieder ein Mann, dann alle zusammen. Die Worte konnte er nicht identifizieren, aber die Stimmen ergaben so etwas wie eine religiöse Litanei, die Rich Angst machte, denn er war hier schließlich nicht in einer Kirche, und eigentlich hätte hier um zwei Uhr in der Nacht niemand sein sollen.

Wo immer sie auch waren, er wußte, daß er ihren Aufenthaltsort nicht würde ausmachen können. Er befand sich jetzt oben auf der Treppe zum ersten Stock. Der Lichtschein von unten war hier so schwach, daß er gerade noch den Weg ins zweite, oberste Stockwerk erkennen konnte. Aber da die Fensterläden am Ende des Flurs verrammelt waren, hätte er spätestens nach einem Dutzend Schritten in der Dunkelheit nichts mehr erkennen können.

Dann hörte er den Schrei des Kindes.

Es war eher ein dünnes Heulen, vor Angst oder vor Schmerz, das die murmelnden Stimmen verstummen ließ und in Richs Hals eine muffig schmeckende Flüssigkeit aufsteigen ließ, die ihn fast zum Erbrechen brachte. Seine Nerven waren bis zum äußersten gespannt. Er preßte seinen Mund gegen den Ärmel seines Parkas, dann spuckte er auf den Boden. Er schluckte einige Male und strengte sich wieder an, etwas zu hören, durch die kalte Dunkelheit des ausgebrannten Gebäudes irgend etwas zu hören. Dabei fühlte er deutlich, daß er sich selber in Gefahr befand, und empfand so etwas wie Todesangst.

Plötzlich sah er, völlig unerwartet, am Ende des Flurs ein Licht, ein schlangenförmiges Glimmen in der stinkenden Dunkelheit. Es schien sich zu bewegen. Es sah aus, als schwebte der gebogene Lichtfaden etwa einen halben bis einen Meter über dem Fußboden. Plötzlich schien er zu einem abrupten Halt zu kommen.

Es war sicher nicht der schlimmste Anblick, der ihm vor Augen hätte kommen können, schon gar nicht nach den Stimmen und dem Schrei, der diese Stimmen zunächst hatte verstummen lassen. Wenn ein von Kugeln durchsiebter Leichnam von der Decke gehangen wäre oder ein großes, unförmiges, haariges Etwas seinen Weg gekreuzt hätte, wäre das sicher schlimmer gewesen. Aber dieses schwache Licht genügte, um Rich in Angst und Schrecken zu versetzen. Er drehte sich um und rannte auf die Treppe zu, um sich im Freien in Sicherheit zu bringen. Als er eben die Stufen hinunterflüchten wollte, brachte ihn eine Falte im Flurläufer, die etwa so hoch war wie der Randstein einer Straße, zum Stolpern. Er schlug einen Purzelbaum und kam hart auf der rechten Schulter auf, ein Sturz, bei dem er sich den Hals verrenkte und der ihm die Luft aus den Lungen preßte.

Als er jetzt einen Moment lang hilflos dalag, kam das Ding aus dem Dunkel auf ihn zugeschossen. Über seinem Kopf schien es eine Drehung um hundertachtzig Grad zu vollführen, dann landete es neben seinen Füßen, mit gekrümmtem Buckel und gestrecktem Schwanz, einen spielerischen Schrei ausstoßend. Rich sah eine große Katze neben sich stehen. Sie trug ein phosphoreszierendes Halsband, das sich offensichtlich an der Notlaterne im Erdgeschoß aufgeladen hatte. Die Katze sah ihn mit großen, runden Augen an und wartete, als hätte sie eine riesige Maus gefangen und wäre jetzt enttäuscht, daß das Spiel nicht weiterging.

Einmal, im Chaos des *Bladderball Day*, war Rich von jemandem aus dem Haufen der verrückten, aufgedrehten Yale-Studenten kräftig ins Zwerchfell getreten worden. Er war für mehrere Minuten wie gelähmt gewesen und unfähig, zu erkennen, was um ihn herum vorging. Seine Freunde hatten ihn nicht vermißt und hatten ihn irgendwo auf der sich schnell leerenden Straße vor dem Phelps Gate sich selbst überlassen. Jetzt fühlte er sich ungefähr genauso schlecht, wie er sich damals gefühlt hatte, nur kam diesmal hinzu, daß er sich fürchtete. Er war halb besinnungslos vor Angst.

Denn er hatte sie kommen hören. Sie kamen näher, und er konnte sich nicht bewegen.

Wer immer die Leute waren, was immer sie zu dieser nachtschlafenden Zeit hierhergeführt haben mochte, er wußte, er wollte nicht, daß sie ihn hier fänden, auf dem Boden liegend, benommen von dem Sturz und unfähig, seine Anwesenheit an diesem Ort zu erklären. Er zwang sich auf die Knie und schaute auf.

Schritte. Der Schein einer Taschenlampe traf nicht weit von ihm auf eine Wand. Sie waren am oberen Ende der Treppe in den zweiten Stock, und sie waren auf dem Weg nach unten. Aber sie waren stehengeblieben. Einer von ihnen befand sich in einem Zustand des Kummers, der an Hysterie zu grenzen schien. Es war schwer zu sagen, ob es ein Mann oder eine Frau war. Die anderen versuchten, die schluchzende Person zu beruhigen. Diese Unterbrechung gab Rich Zeit, sich aufzurappeln und ins Erdgeschoß hinunterzusteigen.

Die Katze kam hinter ihm hergeschossen, als er die Eingangstür erreicht hatte, und raste über den frischen Schnee davon, als er ins Freie hinaustrat. Die Tür hatte geknarrt, als er sie geöffnet hatte, aber das war ihm jetzt egal. Er wußte, daß sie direkt hinter ihm waren und daß sie ihn gleich sehen würden, egal wie schnell er sich davonmachte. Rennen konnte er nicht. Er wollte ihnen vor allem nicht über den Weg laufen. Aber er hatte nur noch wenige Sekunden Zeit.

Ganz in der Nähe war eine Buchsbaumhecke, beladen mit Schnee. Rich sprang vom Türabsatz in den dunklen Zwischenraum zwischen Haus und Hecke. Er duckte sich, so gut es ging. Er hatte jetzt den Hauseingang wenige Meter von seinem Versteck entfernt vor Augen.

Zuerst kamen zwei Frauen heraus, gefolgt von zwei Männern. Sie schienen alle in mittlerem Alter zu sein. Sie sahen etwas besorgt vielleicht auch traurig aus, sonst war nichts Besonderes an ihnen. Alle trugen sie dunkle Kleidung: Stiefel, lange Mäntel, Hüte. Rich erkannte ein Buch von der Dicke einer Bibel in einer behandschuhten Hand, ein rotes Bändchen hing daran. Die goldgeprägten Buchstaben auf dem Einband waren während vieler Jahre devoten Gebrauchs fast vollständig abgeblättert.

Sie drehten sich alle um und warteten, einige mit ausgestreckten Armen, auf noch jemanden.

Es war Windross. Man mußte ihn mehr oder weniger aus dem Gebäude tragen. Sein linkes Bein zog er nach. Möglicherweise konnte er nicht mehr alleine gehen. Nach seinem Gesichtsausdruck zu schließen, hatte man ihn grausam gequält. Er hustete und schluchzte in krampfartigen Anfällen. Eine dritte Frau, wesentlich größer als die beiden anderen, redete eindringlich auf Windross ein, aber sie sprach mit gedämpfter Stimme, so daß Rich nicht viel verstehen konnte. Es ging ihr darum, daß er, Windross, nicht aufgeben solle, egal was er mitansehen müsse. Sie sagte etwas vom absoluten Vorrang des Ziels, über die Notwendigkeit, durchzuhalten, es immer wieder zu versuchen. Die Frau hatte weit auseinanderliegende, eindringliche dunkle Augen, und eine faszinierende Narbe, die ihr etwas Herrisches gab, verlief quer über eine ihrer Wangen.

»Wir müssen ihn mitnehmen«, sagte sie zu einem gro-

ßen, schmalschultrigen Mann, der den erschöpften Windross stützte.

»Ich will zu Polly«, schrie Windross und wehrte sich gegen die Arme, die ihn hielten.

Die Frau mit den dunklen Augen redete wieder auf ihn
ein. Sie hatte ihren Mund direkt an seinem Ohr, während
ihr Blick sich irgendwo in der Dunkelheit verlor. Die anderen warteten stumm, mit ernsten Gesichtern, vor denen
der Atem in der kalten Luft merkwürdig leuchtende, fast
greifbare Wolken bildete, so als seien ihre Seelen für einen
Moment an die frische Luft gelassen worden.

Nachdem Windross ihr etwa eine halbe Minute lang zugehört hatte, stieß er plötzlich einen klagenden Laut aus
und schien in Ohnmacht zu fallen. Sein Kopf fiel auf die
Seite. Die Frau richtete sich auf und betrachtete ihn. Sie ließ
dabei weder Ärger noch Mitleid erkennen. Dann sah sie
den schmalschultrigen Mann an und machte eine Kopfbewegung in Richtung des Cadillacs.

Die anderen halfen, und zusammen trugen sie Windross
weg. Die Frau mit den dunklen Augen blieb zurück. Sie sah
den anderen nicht zu, sondern sie hob ihr Gesicht den Sternen entgegen. Sie seufzte und machte in diesem Augenblick den Eindruck eines verwundbaren Menschen, dessen
Geduld auf eine harte Probe gestellt wird.

Rich konnte seinen Blick nicht von ihr wenden, und vielleicht war das ein Fehler. Als hätte sie seinen musternden
Blick gespürt, wandte sie plötzlich den Kopf und sah ihm
ein paar Augenblicke lang direkt in die Augen.

Der Motor des Cadillac rumpelte los, und der Auspuff
spuckte Abgase aus. Rich, dessen hintere Partien sowieso
schon zu frieren begonnen hatten, erstarrte unter dem
Blick der Frau auf der Stelle zu einem Eiszapfen, obwohl
er nicht einmal sicher war, daß sie in der Dunkelheit
überhaupt etwas hinter der Hecke erkannte. Jemand rief
zu ihr herüber. Sie drehte den Kopf, bewegte sich aber
immer noch nicht von der Stelle. Sie wußte, daß er da
stand, aber offensichtlich konnte sie sich nicht entscheiden, was sie wegen Rich unternehmen sollte. So warteten sie beide gespannt.

Winterreifen drehten sich, drehten durch fanden Halt. Noch ein Ruf, diesmal etwas ungeduldiger: »Inez!«

Da entschied sie sich, und ohne noch einen Blick in die Richtung zu werfen, wo er versucht hatte, sich zu verstekken, ging sie in mädchenhafter Eile die Stufen hinunter, ließ sich neben dem zusammengesunkenen Windross auf den Vordersitz fallen und wurde davongefahren.

Rich wartete etwa zwei Minuten, dann richtete er sich langsam auf. Der Cadillac war nicht mehr zu sehen.

Es war ganz still. Die Sterne schimmerten in dem schüchternen Glanz, den verbannte Götter ihnen verleihen. Er befeuchtete seinen trockenen Mund mit einer Handvoll Schnee. Er brannte auf der Zunge, aber er schmeckte wundervoll. Rich sah an den geschlossenen Türen des dunklen Gebäudes hoch, und obwohl er Angst vor der Nacht und dem Grund hatte, der ihn hierhergeführt hatte, wußte er, daß er noch einmal da hinein mußte.

6

In ihrem Bett wachte Karyn auf. Sie war abgedeckt und fror.

Eines der Fenster im Zimmer war hochgeschoben. Die Läden standen sperrangelweit offen. Kalte Luft strömte herein und die Vorhänge bauschten sich.

Sie kroch splitternackt aus dem Bett und ging verschlafen zum Fenster. Ihre Zähne klapperten. Das Fenster bewegte sich nicht, als sie versuchte, es herunterzuziehen. Es schien festgefroren zu sein. Aber wer hatte es geöffnet? Und wo war Rich?

Der eisige Wind wand Meter um Meter des Vorhangs um ihren Körper, und der Stoff haftete an ihrer frierenden Haut, als sei er magnetisch aufgeladen. Die kleinen Härchen in ihrem Nacken und entlang der Wirbelsäule stellten sich auf. Sie gab es auf, mit dem Fenster zu kämpfen und konzentrierte sich darauf, sich aus dem Vorhang zu befreien. Aber es gelang ihr nicht, ihre Hände schnell genug unter den Kokon zu bringen, der immer länger und enger zu werden schien. Sie zupfte und zog, aber sie war benommen, ihr Kopf war heiß und sie verlor allmählich die Nerven. Der Stoff war nicht sehr dick, aber er schien in sich zu vibrieren wie die Flügel einer Biene. Karyns fruchtlose Versuche, sich zu befreien, erschöpften sie. Es gelang ihr nicht, ganz aufzuwachen und die richtigen Handgriffe zu tun.

Dann sah sie irgendwo ein Licht. Es leuchtete in der Ferne, ganz für sich, aber Karyn spürte eine gewaltige Kraft dahinter, eine Wucht wie die eines heranfahrenden Zuges. Ihr Herz pochte immer heftiger. Der Vorhang hatte sich jetzt auch um ihre Nase und ihren Mund gewunden, so daß sie Schwierigkeiten hatte zu atmen. Ihre Arme waren vor ihrer Brust gefesselt, ihre nackten Beine waren zusammengebunden. Sie spürte einen starken Druck auf der Blase.

»Hilfe«, sagte sie schwach, und kam sich auf einmal ziemlich lächerlich vor.

Das Licht kam näher, es schaukelte in der Luft und sendete farbige Ringe aus, die sich mit der flüssigen, verschwommenen Bewegung von Kreissägen drehten und die Dunkelheit zu zerschneiden schienen. Irgend jemand befand sich hinter dem Licht, und Karyn stand hier mit nacktem Hintern, den Blicken unbekannter Augen ausgesetzt.

»Ich muß hier aus dem verdammten ...«

Es war die Flamme einer Kerze, die in einem altmodischen zinnernen Kerzenhalter in die Höhe gehalten wurde. Die Flamme beleuchtete mit zitterndem Schein den geneigten Kopf eines blonden Mädchens, das ein Nachthemd aus verwaschenem Flanell von der Farbe eines Pfirsichs trug. Ihre schmalen, von blauen Venen durchzogenen Füße waren nackt. Sie ging auf den Fußballen, vorsichtig auftretend wie eine Ziege. Ihr Haar hatte sie sich aus dem Gesicht gekämmt, das jetzt, da es aus der Dunkelheit aufgetaucht war, von Kummer entstellt wirkte.

»Polly!«

Zu Karyns Bestürzung begann jetzt Urin zwischen ihren Schenkeln hervorzutröpfeln. Sie stöhnte.

Polly schien belustigt. Sie streckte den Arm mit der Kerze

bis zu seiner ganzen Länge aus, um Karyn besser sehen zu können. Pollys Augen waren ganz groß. Fast alles Topasblau war aus ihnen gewichen, das, was verblieben war, sah wie eine dünne Eisschicht aus. Sie bewegte sich wieder, jetzt zur Seite, fast tänzerisch in ihrer Ekstase. Dann stellte sie sich auf die Zehenspitzen, um Karyns Größe zu erreichen. Um der Frau als Frau gegenüberzustehen. Auf ihren Wangenknochen waren zwei leuchtende Flecken. Die unregelmäßigen Kanten ihrer Zähne schienen zwischen ihren geschwungenen Lippen zu glühen.

Es war ein wollüstiger Mund, den sie darbot, und Karyns Haut zog sich zusammen und spannte, wie das rohe Fleisch einer vernarbenden Wunde.

»Polly! P-paß mit der Kerze auf!«

»Rich möchte bei mir sein«, sagte das Mädchen.

Ihre Stimme klang so dünn, als käme sie von weit her. Aber das mochte auch an Karyns Wahrnehmung liegen, denn sie fühlte sich von einer lähmenden Schwäche befallen, seit sie festgestellt hatte, daß Blut ihr vom Kopf auf die Hüften tropfte. Sie erstickte fast in den Vorhängen, die sie förmlich umklammerten, und sie konnte den Fußboden unter ihren Füßen kaum mehr fühlen. Der Kokon um ihren Körper wurde immer undurchsichtiger. Er schien sich mit einem wolkenartigen Weiß zu füllen.

»Bitte, hilf mir!«

Polly tanzte wieder. Sie machte trippelnde Schritte zur Seite, die Kerze kam Karyns verschleiertem Gesicht immer näher. Sie hatte begonnen, wortlos zu singen. »La-la, la-la, la-la!« Dann hörte sie plötzlich auf und schüttelte ihr nach hinten gekämmtes Haar mit einer kräftigen Kopfbewegung. Selbstgefällig und gut gelaunt sagte sie: »Rich kommt!«

»Oh, mein Gott, ja! Wo ist er?«

»Er wird mit meinem Mäuschen spielen.«

Karyn biß sich in wilder Raserei auf die Lippe. Es wurde immer schwieriger, etwas Luft zu ergattern, um durchatmen zu können. Die Flamme der Kerze schien nur noch einen Zentimeter von dem leicht entzündbaren Vorhangstoff entfernt zu sein.

»D-du spielst m-mit...« Sie hatte ihre Lippe schlimmer verletzt, als sie geglaubt hatte. Es schmeckte nach Blut und etwas davon sprühte fein auf den Vorhang. »Ich weiß nicht, w-was du...« Der Geschmack ihres eigenen Blutes auf der Zunge, die Erniedrigung ihrer Nacktheit, die albernen Späßchen des Mädchens und seine vielsagenden Blicke; auf einmal wachte Karyn auf.

»Du abscheuliches kleines Aas! Stell die Kerze hin und hilf mir sofort hier raus!«

Polly erschrak. Sie nahm eine steife Haltung ein und ihre Zunge begann nervös über ihre Mundwinkel zu lecken. Dann fing sie sich wieder und lächelte herablassend.

Ganz langsam begann sie, mit der freien Hand ihr Nachthemd hochzuheben. Sie nahm es in Falten zusammen bis sie es zum Brustkorb hochgehoben hatte, ihren nymphenhaften Bauch und den Hauch von seidigem Flaum auf dem Schamhügel entblößend.

»Das ist mein Mäuschen«, sagte sie mit verschmitztem Ausdruck.

Karyn starrte durch den sich verdichtenden Kokon. Sie fühlte sich ganz schwach vor Angst und Ekel.

»Möchtest du noch was sehen?«

Pollys Gesicht sah wieder verdorben, von sündhafter Lust verdunkelt aus. Ihr heißer kleiner Mund bewegte sich ekstatisch. Mit einer großen Geste riß sie das Nachthemd von ihren hübschen, jungfräulichen Brüsten, die zitterten und bleich aussahen, wie unreifes Obst an einem Ast. Aber sie wollte nicht ihre Brüste vorzeigen.

Gleich unterhalb des Brustbeins, genau zwischen den beiden Hügeln mit den zarten Spitzen, befand sich eine pulsierende Membran. Sie glimmte wie ein glühendes Stück Kohle und schien unter ihrer trüben Haut etwas Lebendiges zu bergen. Karyn glaubte etwas Zusammengerolltes, Wartendes zu erkennen, vielleicht eine ungeborene Schlange. Aber es war auch gefiedert, hatte scharfe Knicke und Sporen, und es schien Karyn aus versteckten Augen anzusehen.

»Rich wird bei mir sein!« wiederholte das Mädchen. Sie hatte den Blick jetzt andächtig gesenkt. Das Glühen der heftig pulsierenden Membran warf einen roten Schein auf Pollys Gesicht. »*Für immer!*«

Karyn stieß einen schrillen Schrei aus.

Polly ließ den Saum ihres Nachthemds auf ihre Füße fallen. Für Karyns angegriffenes Bewußtsein, ihre irritierten Augen war es, als verliere das Mädchen an Substanz, als sei es nur noch ein flimmerndes Trugbild hinter einem Schleier von Nebel. Aber die Flamme der Kerze stand deutlich und aufrecht wie eine Messerklinge vor ihr. Der Geruch schmelzenden Kerzenwachses stieg in Karyns Nase.

Polly machte einen Knicks. Ihr Kopf berührte dabei fast den Boden. Dann erhob sie sich wieder, und mit ausdruckslosem Gesicht näherte sie die Kerze fast unmerklich Karyns Körper. Im Stoff bildete sich ein kleines, schwarzgerändertes Loch. Fast verrückt vor Angst warf Karyn sich nach hinten, auf das offene Fenster zu. Sie fühlte, wie der Vorhang zerriß und sich aus seiner Befestigung löste. Aber sie war zu langsam. Der eisige Zug von draußen schürte die Kerzenflamme und verwandelte sie in eine Explosion: Karyn wurde wie eine verbrannte Motte durch das offene Fenster gerissen, hinaus in die Dunkelheit.

7

Im ausgebrannten Gebäude des Gasthofs wurde Rich der Zugang zum Flur des zweiten Stockwerks durch zwei provisorische Wände versperrt, die Handwerker aus zentimeterdickem Sperrholz errichtet hatten. In jede Wand war eine Tür eingelassen, die irgend jemand jetzt verriegelt und zugekettet hatte.

Wenn jemand hinter einer der Türen sein sollte, dann würde er oder sie wahrscheinlich noch mehr frieren als er selbst.

Rich schlug ein paarmal gegen eine der Wände. Er lauschte und hörte ein schwaches Echo seiner Schläge. Er rief ihren Namen:

»Polly. Ich bin's! Rich!«

Er lauschte aufmerksam, bis ihn ein Hustenanfall schüttelte. Er wußte nicht, wie weit seine Stimme gedrungen war. Sehen konnte er fast überhaupt nichts. Hier oben war das Licht der Notlampe in der Eingangshalle nur noch wie der ferne Schimmer eines Planeten am dunklen Himmel. Kein Licht, keine Wärme. Hier oben hätte Polly die Nacht nicht überleben können. »Ich will zu Polly«, hatte Windross gebettelt, aber im nachhinein gab es keine vernünftige Erklärung für diese Bitte. Hieß das nicht, daß sie Polly zurückgelassen hatten? Mit Sicherheit würde ihr leiblicher Vater nicht zulassen, daß sie auch nur fünf Minuten allein an diesem dunklen, stinkenden, gefährlichen Ort zubringen mußte.

Aber dann war da die Sache mit dem Anhänger. Und die Katze. Rich hatte sie nur flüchtig gesehen, aber er war sicher, daß es Katrinka gewesen war, Pollys Kätzchen. Der große Kopf und das struppige Fell waren ihm bekannt vorgekommen. Wenn Katrinka hier war... Aber ohne Zweifel war die Katze zum Gasthof hinübergelaufen. Vielleicht war sie Windross nur zu dessen Treffen mit der merkwürdigen Gesellschaft hierher gefolgt.

Egal, wie alles gewesen war, Rich hatte das Gefühl, daß er in dieser Nacht nicht mehr viel herausbekommen würde. Sein Kopf und sein Hals schmerzten. Es war Zeit, ins Bett zurückzukehren, auch wenn er nur schlaflos daliegen und überlegen würde, was er am nächsten Tag tun sollte.

Er stapfte zum Hauptgebäude zurück. Der Nachtportier saß nicht mehr hinter dem Tresen, die Eingangshalle war menschenleer. Rich ging hinauf in ihr Zimmer.

Das Bett war leer, die Decken lagen in einem wüsten Durcheinander auf dem Boden. Er glaubte Rauch zu riechen, aber es erschien ihm möglich, daß er einer Illusion erlag. Zwar hatte er die kalte, frische Nachtluft auf dem Weg hierher kräftig eingesogen, aber vielleicht waren seine Atemwege immer noch verschmutzt von der verdorbenen Luft im ausgebrannten Flügel.

»Karyn?«

Er erhielt keine Antwort. Rich zog Handschuhe und Parka aus, warf beides auf einen Stuhl — er war sicher, daß sie sich am Morgen darüber aufregen würde –, hob die Decken vom Boden auf und glättete sie auf dem Bett. Die Tür zum Badezimmer war geschlossen. Karyn brauchte ziemlich lange da drin. Er ging zur Tür und klopfte sanft.

Er hörte sie drinnen, ihr Atem ging rasselnd, es war mehr ein Keuchen. Aufs äußerste besorgt rammte er die Tür mit der Schulter auf.

Karyn war splitternackt auf dem Boden neben der Wanne zusammengebrochen. Mit einer Hand krallte sie Moses, das Eichhörnchen. Es stank nach Erbrochenem. Ein Teil des halbverdauten Abendessen klebte jetzt an ihren nackten Beinen. Sie sah ihn mit herunterhängendem Unterkiefer an. Ihre Augen sahen aus wie Kieselsteine in Aspik.

»Was ist los?« fragte er dümmlich. »Bist du krank?«

»Hilfe«, seufzte Karyn kraftlos. Sie bemühte sich vergeblich, sich aufzurichten. Mit einem Stöhnen sank sie wieder in sich zusammen. Ein Ellenbogen schlug gegen die Badewanne. Rich wischte sie flüchtig sauber, hob sie auf und trug sie zum Bett. Sie war kalt und kraftlos. Ihre Unterlippe schien zerbissen zu sein, getrocknetes Blut klebte daran. Sie stöhnte wieder. Er deckte sie zu und rieb ihr die Hände warm.

»Rich. Wo warst du? Warum hast du mich allein gelassen?«

»Ich bin spazierengegangen. Um Gottes willen, was ist denn nur passiert? Ist jemand hier im Zimmer gewesen? Hat er...«

Karyn schüttelte energisch den Kopf. Ein seltsamer Glanz leuchtete in ihren Augen. Sie lachte auf eine Art, die ihm Schrecken einflößte, dann ging das Lachen in ein Würgen über. Aber ihr Magen war offensichtlich völlig leer. Nur ein bißchen gelblicher Schaum trat ihr auf die Lippen. Sie sah ihn wieder an, rollte theatralisch mit den Augen.

»Da war niemand! Nicht, was du glaubst. Ich will nach Hause. Ich kann nicht mehr länger hier bleiben. Jetzt nicht mehr!«

Karyn stürzte sich plötzlich auf ihn, schlang ihre Arme um ihn. Dann begann sie zu weinen. Ihr Atem roch nach Erbrochenem. Schluchzen schüttelte sie. Sie zog Rich zu sich herunter, als wolle sie ihn als Schutzschild gegen die böse Welt gebrauchen.

»Es war furchtbar!«

»Karyn, was ist passiert?«

»Ich habe ... Ich habe gebrannt!«

»Was redest du da?«

»Ich bin aufgewacht. Das Fenster war offen. Ich bin aufgestanden, um es zu schließen. Dann hat sich der Vorhang um mich gewickelt. Er hat mich eingewickelt, Rich, bis ich ... bis ich mich nicht mehr bewegen konnte. Und dann hat er Feuer gefangen ... Ich habe gebrannt! Es war so furchtbar!«

Rich sah zu den Fenstern hinüber. Sie waren beide geschlossen, die Vorhänge hingen ruhig und glatt herunter. Er wiegte Karyn beruhigend in seinen Armen.

»Es war ein schlimmer Traum. Weiter nichts. Einer von die ...«

»Nein! Es ist wirklich passiert! Ich kenne doch den Unterschied. Ich weiß, wann ich einen Alptraum habe!«

»Aber du bist nicht verbrannt! Dir fehlt nichts, außer daß du Angst hattest und dich vollgekotzt hast.«

»Ja, ich habe Angst! Ich habe schreckliche Angst! Du mußt mich hier rausbringen, Rich! Bitte, versprich es mir!«

»Es gibt keinen Grund, Angst zu haben. Es ist wieder die Geschichte mit deiner Mutter.«

Sie hatte schon immer diese Träume gehabt, seit ihrer Kindheit. Als Karyn sieben Jahre alt war, hatte ihre Mutter einen Unfall in der Küche gehabt. Sie hatte vor den Augen des entsetzten Kindes gebrannt. Ein schnelles Eingreifen von Vater Vale hatte das Schlimmste verhindert, aber das Trauma lastete immer noch schwer auf Karyn.

»Nein! Es war keiner von diesen Träumen!« Dann begann sie, ihn böse und irrational zu beschimpfen: »Hau ab! Du bist keine Hilfe für mich! Du verstehst überhaupt nichts!«

»Dann erklär's mir doch bitte.«

»Ich kann's doch nicht erklären! Aber es ist passiert! Alles!«

»Du warst in den Vorhang gewickelt? Hör zu, Karyn. Die

Decken lagen am Boden, als ich ins Zimmer kam. Du wirst dich während des Schlafs eingewickelt haben und dann aus dem Bett gefallen sein.«

Karyn antwortete nicht. Sie hörte auf zu weinen. »Ich habe das Gefühl, wieder kotzen zu müssen, aber es kommt nichts mehr. Kann ich ein Glas Wasser haben? Und bring mir bitte Moses.«

Rich brachte ihr ein Glas eiskalten Wassers aus dem Bad und ihr Stoffeichhörnchen, das sie achtlos beim Schwanzstummel packte. Er ging zurück ins Badezimmer. Sie hatte das meiste in die Badewanne erbrochen. Es ekelte ihn vor dem Gestank, aber es gab niemandem, der ihm die Arbeit hätte abnehmen können. Er hielt den Atem an und begann zu spülen und zu wischen.

Als er wieder nach Karyn sah, hatte sie sich ein Nachthemd angezogen. Sie lag so ruhig da, daß er hoffte, sie sei wieder eingeschlafen. Er zog sich aus und kroch neben ihr ins Bett.

»Rich?«

»Hmm?«

»Ich hasse diesen verdammten Ort! Ich hasse dich dafür, daß du mich wieder hierhergebracht hast!«

Es reichte ihm für diese Nacht, deshalb erwiderte er beleidigt: »Du bist kindisch.«

Sie drehte ihm den Rücken zu. »Wenn du mich nicht nach Hause bringst, nehme ich den Bus.«

»Es ist drei Uhr früh.«

»Etwas Schlimmes wird hier passieren, Rich. Ich fühle es. Ich hab' dir noch nicht alles erzählt.«

Ihre Stimme klang so verzweifelt, daß er sich näher an sie herankuschelte. Er zog ihr das Nachthemd bis zur Hüfte hoch. Sein Penis wuchs etwas zwischen ihren weichen Hinterbacken. Er tastete mit der Hand dorthin und fühlte mit einem Finger den langen, behaarten Streifen, der vom letzten Lendenwirbel bis zur Öffnung der Vulva reichte, wie ein keusch eingezogener Schwanz, der nur durch den kleinen, runden Anus unterbrochen wurde. Er rieb sie sanft mit seinem harten Glied, aber er konnte nicht wirklich mit ihr schlafen und wußte, daß sie es jetzt auch nicht wollte. Aber Karyn widersetzte sich nicht. Er küßte einen braunen Leberfleck auf ihrem Schulterblatt.

»Erzähl es mir jetzt.«

»Nein! Ich kann nicht. Ich glaube, daß ich es niemals jemandem erzählen kann.«

Er legte einen Arm um ihre Hüfte. »Ist es gut so?«

»Ja«, schluchzte sie.

Er legte die Hand zwischen ihre Brüste, aber da war schon Moses das Eichhörnchen.

»Ich liebe dich, Karyn. Was immer auch passiert sein mag, es tut mir leid.«

»Es tut mir leid, daß ich gesagt habe, ich würde dich hassen. Aber ich bin durch die Hölle gegangen, Rich. Anders kann ich es nicht beschreiben.«

»Okay, okay, es ist vorbei. Ich bin bei dir. Versuch jetzt zu schlafen.«

Es dauerte noch etwa zwanzig Minuten, bis die Spannung langsam aus ihrem Körper wich. Sie schlief endlich ein, aber sie schlief unruhig, warf sich im Bett umher, rief nach ihrem Vater. Immer wieder stieß sie Rich mit den Ellenbogen. Er stand irgendwann auf und ging zum Fenster. Ein schwacher Luftzug drang durch den geschlossenen Laden. An der Teppichkante war ein feuchter Fleck. Er berührte ihn mit einem Finger, und schnüffelte daran. Es roch wie Urin. Er sah sich die Vorhänge genau an. Außer einem kleinen, runden Loch, das jemand mit einer Zigarette hineingebrannt haben mußte, konnte er nichts entdecken. Aber Karyns Angst hatte ihn hellwach gemacht. Er konnte immer noch die Kotze riechen, die er weggewischt hatte. Jetzt verlangte es ihn nach einer Zigarette.

Um halb fünf zog er sich wieder an und ging nach unten. Er fand einen Automaten, zog sich ein Päckchen Kent und setzte sich rauchend in eine verlassene Ecke der Eingangshalle. Er fühlte sich irgendwie schuldig. Er lauschte der Standuhr und dachte nach. Sein Gehirn ging alle Einbahnstraßen noch einmal entlang, biß sich an allen Unwahrscheinlichkeiten noch einmal fest, bis sich draußen über den Kirchtürmen rings um den Park von Chadbury das erste Rosa des erwachenden Morgens zeigte.

8

Karyn war schon aufgestanden und hatte sich für einen Tag auf den Skipisten bereitgemacht, als er in ihr Zimmer zurückkehrte.

»Ich möchte nicht hier frühstücken«, sagte sie und wich seinem Kuß aus. Ihre Unterlippe war geschwollen. Es klebte noch verkrustetes Blut daran, das sie nicht hatte wegwaschen können.

»Ich habe wieder mit dem Rauchen angefangen«, gab er zu.

Sie verzog das Gesicht zu einer Grimasse der Mißbilligung, sagte aber nichts. Sie fuhren zum Hermitage Mountain und frühstückten sparsam auf der Glasterrasse des Davos Chalet Lodge, direkt am Fuße des Berges, nur hundert Meter von den wichtigsten Skilifts entfernt.

Richs Raucherhusten war zurückgekehrt, und sein Hals war so steif, daß er den Kopf kaum bewegen konnte. Eine große Dosis Aspirin verminderte die Schmerzen so weit, daß er sich wenigstens vorsichtig bewegen konte. Trotzdem hatte er noch ein Problem. Karyn hatte praktisch auf Skiern gestanden, seit sie laufen konnte, und war mit den schwierigsten Abfahrten im ganzen Land vertraut. Rich hatte sich diesen Sport während seiner Jahre auf dem College beigebracht, aber er konnte mit Karyn allenfalls mithalten, wenn sie einen gnädigen Tag hatte. Bei dem armseligen Zustand seines Nackens fürchtete er, im Streckverband zu enden, noch bevor der Tag zur Hälfte vorbei war. Er erklärte ihr seine Bedenken und sie einigten sich auf einige der leichteren Hänge im unteren Bereich des Berges.

Der Schmerz ging mit der Anstrengung der Bewegungen etwas zurück, und gegen Mittag fühlte Rich sich etwas besser. Es war ein wolkenloser Tag, die Temperatur stieg über den Gefrierpunkt. Karyn war immer noch nicht in der Laune für ein Gespräch. Sie versuchte, das Beste aus den Abfahrten zu machen, die für sie eher ein Kinderspiel als eine Anstrengung waren.

Als sie in der Snackbar vor dem Skigeschäft eine Pause einlegten, wimmelte es auf dem Gelände bereits von Skifahrern. An den Lifts mußte man inzwischen fast eine halbe Stunde warten. Während Rich sich für heiße Schokolade anstellte, hielt Karyn einen Schwatz mit ehemaligen Klassenkameraden aus Brearly, und als sie zurückkkam, machte sie den Eindruck, als hätte sie die Folgen des nächtlichen Alptraums endgültig abgeschüttelt.

»Tam und Brooksie meinen, daß man hier noch ein Zimmer kriegen kann. Ein paar aus der Gruppe, mit der sie hier sind, haben im letzten Moment abgesagt.«

»Du willst hierbleiben?«

»Ja! Überall, bloß nicht in unserem Gasthof. Rich, sieh zu, was du tun kannst!«

Rich erfuhr, daß die Geschäftsführung des Davos Chalet mit den freigewordenen Zimmern ein Überbuchungsproblem lösen konnte. Der Angestellte am Empfang deutete an, daß sich eventuell für den nächsten Tag etwas machen ließe. Er solle am Nachmittag noch einmal nachfragen. Rich hatte das Gefühl, daß seine Brieftasche nicht besonders dick war. Deshalb verspürte er wenig Lust, sich das Wohlwollen dieses Angestellten mit einem Zwanzig-Dollar-Schein zu sichern. Sie hatten doch ein wunderschönes Zimmer. Er sah nicht ein, weshalb er Karyns plötzlicher Abneigung gegen das Post Road Inn nachgeben sollte.

Als er zu den Lifts zurückkehrte, stand Karyn, wie gewöhnlich, inmitten einer Gruppe. Einer von ihnen sah in seinen klobigen Skistiefeln so riesig aus wie Frankensteins Ungeheuer, aber im Gesamtentwurf war dieses Exemplar dann doch etwas freundlicher ausgefallen als das Monster. Er hatte ein breites, glattes, humorvolles Gesicht, das leuchtete wie ein nagelneuer Penny. Die Frauen schienen nur ihn anzusehen, und Karyn, die ihn untergehakt hatte, schien sich über jeden seiner Sätze königlich zu amüsieren. Rich freute sich, die libellenhafte Flinkheit und Schönheit in ihren Augen zu sehen, aber er war auch eifersüchtig, daß es offensichtlich jemand anderem als ihm gelungen war, die Schatten der vergangenen Nacht daraus zu vertreiben.

»Hört mal her: Das hier ist Rich. Rich, das ist Popper, das ist Jerrill und das ist Kristy. Und dieser Riese hier ist Trux Landall.«

»Hi.«

»Hi.«

Rich schlürfte seine Schokolade und folgte der geschwätzigen Unterhaltung, ohne einen Beitrag dazu zu leisten, bis Karyns Freunde sich aufmachten, neue Berge zu erobern.

»Du hattest ja nicht gerade viel zu sagen«, schalt sie ihn.

»Bei diesen höheren Söhnchen halte ich mich lieber zurück. Mir fehlt das rechte Vokabular. Trucks heißt der?«

»T,R,U,X. Trux. Ich kenne ihn vom Smith-College.«

»War es eine ernste Geschichte?«

»Ich glaubte damals, verliebt zu sein.«

»Kann man dir nicht verdenken. Ein toller Mann. Was macht er?«

»Jura in Harvard.«

»Grips hat er anscheinend auch noch.«

»Sei nicht so bissig. Er ist keine Konkurrenz für dich.«

»Das glaubst du. Typen wie er waren für mich immer eine Konkurrenz.« Rich war gekleidet wie sie. Er hatte den richtigen Haarschnitt. Aber ihm fehlte für derlei die richtige Ausstrahlung. Sie verstanden einander alle. Blind. Wie Ameisen vom selben Haufen.

»Ach. So ist das. Erstaunlich, daß du nicht von deinen Straßenkämpfen mit den Negern angefangen hast oder von deinem Vorstrafenregister wegen Parkuhrenknacken.«

»Damals war ich dreizehn. Ich hatte Bewährung. Außerdem hat mein Bruder diese Flausen aus mir herausgeprügelt. Im Namen Jesu. Du weißt, wovon ich rede.«

»Ich weiß, daß du immer deinen abweisenden, ablehnenden Blick kriegst, wenn du mit Leuten wie Trux zusammentriffst.«

»Und Bates. Und Kyle. Und Justin. Die sind doch alle mit dem Silberlöffel im Mund geboren.« Ein Ausdruck seiner alten, irischen Großmutter kam ihm in den Sinn. »Hoi-poloi.« Er ließ den Ausdruck auf der Zunge zergehen. »Hoi-poloi.« Vielleicht sollte er die T-Shirt-Konzession dafür erwerben.

»Man braucht nicht viel Grips, um in Harvard Jura zu studieren. Als Trux siebzehn war, ist er mit seinem Onkel tausend Seemeilen auf einer Jacht gesegelt. Sie haben bei so 'ner Art Ozeanregatta den fünften Platz belegt. Trux wurde zweimal über Bord gespült, einmal von einer Welle, die fünfzehn Meter hoch war. Er hatte natürlich eine Schwimmweste an. Hast du schon mal eine Welle gesehen, die fünfzehn Meter hoch ist?«

»Ich schwimme nicht, und segeln kann ich schon gleich gar nicht. Ich werde schon seekrank, wenn das Badewasser nicht schnell genug abläuft.«

»Trux hat sich auf Segelturns schon ein paar Knochen gebrochen. Er hat eine riesige Narbe am Oberschenkel.«

»Wie hoch reicht die?«

»Ach, hör auf. Ich glaube, du könntest ihn ganz gut leiden, wenn du ihm eine Chance geben würdest. Du bist in deiner Ablehnung von Leuten ein ganz schöner Snob.«

»Snob?« Das Wort setzte ihm merkwürdig zu. Er fühlte sich auf einmal wie ein Aussätziger. »Ich brauch was zum Rauchen«, murmelte er und sah sich nach einem Stand um, an dem er sich ein Päckchen Kent kaufen konnte. Die Schlange am Kiosk war sehr lang.

»Haben wir hier ein Zimmer bekommen?« fragte Karyn.

»Nein. Vielleicht könnten wir morgen eins bekommen, aber wir müßten den Typen schmieren.«

»Rich, ich bleibe heute nacht nicht mehr in dem Gasthof!« Sie wollte mit dem Fuß aufstampfen, aber sie hatte die schweren Skistiefel an. Es war einer jener seltenen Momente, in denen er eine Ahnung davon bekam, was für eine kleine Primadonna sie als Kind gewesen sein mußte. Er hätte ihr am liebsten in den Hintern getreten.

»Was hast du dagegen? Hör mal. Nur, weil du dort einen schlimmen Traum hattest.«

»Es war kein Traum! Das hab' ich dir schon mal gesagt! Warum mußt du so gegen mich sein? Warum kannst du mir nicht einfach helfen? Dafür sorgen, daß wir heute nacht woanders wohnen?«

Rich wollte ihr die Hand auf die Schulter legen, aber sie wich zurück und wehrte ihn mit ausgestreckten Händen ab. Sie ließ den Kopf sinken. Ihre Augen waren unter tiefen Schatten versteckt, als würde sie die Maske eines Domino tragen. Rich machte sich Sorgen. Er dachte jetzt nicht lange nach.

»Karyn, ich muß dir was zeigen.«

Er warf den zusammengeknüllten Pappbecher in den Schnee, zog den Reißverschluß der Parkatasche auf und holte den Anhänger an der goldenen Kette heraus. Er hielt ihn ihr auf der geöffneten Hand hin. Karyn sah kurz hin, dann drehte sie abrupt den Kopf weg und sah den Schatten der Liftsitze nach, die sich langsam den Berg hinaufbewegten.

»Weißt du, was das ist?«

Er rechnete nicht mit einer Antwort. Seine Finger waren steif und brannten von der Kälte, weil er keine Handschuhe trug. Er bemühte sich, den winzigen Deckel des Anhängers zu öffnen, um ihr die eingekratzte Zahl zeigen zu können. Die glänzende Oberfläche reflektierte einen Sonnenstrahl direkt auf Karyns Gesicht, zeichnete einen runden Fleck auf einem Auge. Sie blinzelte und sagte mit leiser Stimme: »Ich weiß, was es ist. Tu es bitte weg.«

»Es ist der Anhänger, den ich Polly im August geschenkt habe. Ich habe ihn letzte Nacht in unserem Zimmer gefunden.« Etwas bewegte sich auf Karyns Wange, ein Grübchen bildete sich, wie ein kleines, zitterndes Fragezeichen, das ihn nur ermutigte, ihr das Mysteriöse des Vorgangs deutlich zu machen. »Ich weiß nicht, wie er dorthin gekommen ist, aber ich glaube, daß Polly damit versucht hat, mir etwas mitzuteilen. Ich bin überzeugt davon, daß man sie als Gefangene im...«

Er war auf den plötzlichen Wandel in Karyns Stimmung nicht vorbereitet. Mit der Rückseite ihrer Hand schlug sie ihm den Anhänger von der ausgestreckten Handfläche. Er lag im Schnee wie der abgeschlagene Kopf einer kleinen, blinden Schlange.

»Laß mich mit dem Ding in Ruhe!«

»Karyn, was willst du...«

»Ich hab dir's gesagt! Ich will kein Wort mehr von diesem bekloppten Mädchen hören! Ich weiß nicht, was in dich gefahren ist, ich weiß auch nicht, warum du von ihr so besessen bist, aber ich schwöre dir, in dem Gasthof stimmt etwas nicht und ich werde nicht dorthin zurückgehen! Und wenn du diese Polly nicht vergessen kannst, dann solltest du besser mich ganz schnell vergessen!«

»Schrei doch nicht so, um Gottes willen!« sagte er wütend.

Karyn, mit ihrem schmerzenden, geschwollenen Mund und Augen, die wie wäßrige Sterne hinter der weißen Fahne ihres kondensierten Atems verschwammen, ballte ihre Hand zu einer Faust.

So ziemlich alle, die am Kiosk anstanden, schauten jetzt zu ihnen hinüber.

»Ich werde mit Brooksie und Tam hierbleiben«, sagte sie jetzt mit etwas gedämpfter Stimme, um die unerwünschten Mithörer wieder auszuschließen. »Ich möchte, daß du meine Sachen aus dem Gasthof holst und mir bringst. Ansonsten will ich dich erst wiedersehen, wenn du mir versprichst, daß du nichts mehr mit diesem kranken, psychopathischen...«

Ihre Stimme überschlug sich fast vor Abscheu, so daß Rich sie unterbrach: »Hey, was gibt dir das Recht zu sagen, sie sei...«

Karyn schüttelte den Kopf und schnitt ihm ihrerseits das Wort ab, indem sie zwischen den Zähnen hervorpreßte: »Oh, ich weiß nicht, *was* sie ist. Irgend etwas Böses, Gemeines, Abscheuliches. Und niemand, *niemand* wird mich dazu bringen, noch einmal so etwas wie letzte Nacht durchzumachen! Ich habe nicht geträumt! Es ist besser, wenn du das einsiehst, und endlich die Finger von dieser Polly läßt. Laß die Finger von ihr, Rich!«

›Den Teufel werde ich tun.‹ Er sagte es nicht laut.

Einige Herzschläge lang starrten sie sich feindselig an. Dann wandte Karyn ihr Gesicht der Sonne zu.

»Ich werde noch einmal rauffahren zum Rocket.« Das war eine steile Abfahrt, die sich in atemberaubenden Biegungen durch den Wald schlängelte. Rich konnte sie nicht schaffen, und er fühlte sich erniedrigt durch die versteckte Mißachtung, die sie damit zum Ausdruck brachte. »Wir sehen uns wieder, wenn du bereit bist, zur Abwechslung einmal über mich nachzudenken.«

Karyn schnallte ihre Skier an und glitt scheinbar mühelos über den gewalzten Schnee in Richtung Lift. Rich hob den Anhänger wieder auf. Als er sich aufrichtete, stellte er fest, daß die Leute in seiner Umgebung sich wieder um ihre eigenen Angelegenheiten kümmerten. Da war niemand mehr, der sich für seinen heiligen Zorn interessierte. Er hörte die Schreie der Kinder auf dem Anfängerhügel. Um ihn herum herrschte die Fröhlichkeit eines Ferientages.

Ihre vornehmen Freunde würden hinter vorgehaltener Hand über ihn reden. Das ärgerte ihn viel mehr als ihre irrationalen Angriffe auf die wehrlose Polly. ›Karyn hat sich mit diesem – na, wie heißt der noch – rumgestritten.‹ Die üblichen Boshaftigkeiten. ›Was findet die bloß an dem?‹ Am liebsten hätte Rich jetzt einen von diesen Gesellschaftsschmetterlingen mit seinem spitzen Skistock an eine Bretterwand gespießt und gewartet, bis er ausgetrocknet und verwelkt wäre. ›Hi. Ich bin Trux. Ich wurde steinreich geboren und du nicht.‹

In Richs Magen sammelte sich eine säuerliche Wärme, als habe er einen brennenden Kohlkopf verschluckt. Er hatte sich oft so gefühlt, so ängstlich und erschöpft, wenn er mit Conor gerungen hatte. Der hatte gekonnte Scheinangriffe geführt, so lange, bis er völlig verwirrt gewesen war, und dann plötzlich, bums, hatte er hilflos auf der Matte gelegen. Conor war soviel größer gewesen, er hatte sich gar nicht anstrengen müssen. Er hatte ihm immer gerade so weh getan, daß er anfangen mußte zu weinen. Hatte ihm den Arm umgedreht, die Kopfschere angesetzt oder ihn seitlich ausgehebelt. ›Du wirst nie schnell genug werden, mein Junge.‹ Das alte krankhafte Gefühl von Minderwertigkeit. Und das alles ohne Karyn? Er gab seine gespielte Gleichgültigkeit auf und begann, nach ihr zu suchen. Sie stand noch in der Liftschlange. Ihr Anblick rüttelte ihn auf. Sie sah aufregend aus in den engen Rennhosen. Das Haar hatte sie sich für die rasante Abfahrt mit einem Stirnband festgebunden. ›Hast du schon mal eine Welle gesehen, die fünfzehn Meter hoch ist, Rich?‹ Nein! So schnell würde er den Kampf nicht aufgeben! Es gab andere Dinge zu tun. Er wußte schon, wie er den Rest des Tages ohne sie verbringen würde.

9

Er fuhr zurück zum Post Road Inn und packte Karyns Kleider und Waschzeug zusammen. Alles, was er in die Hand nahm, duftete nach ihr.

Anschließend legte er sich aufs Bett. Er gähnte und war unfähig, die Augen offen zu halten, Jetzt zwei Stunden schlafen. Das geräumige Bett war wundervoll. Im Gasthof war es still wie im Grab der Pharaonen. Es war unmöglich, überlegte er schläfrig, daß jemand ins Zimmer gekommen war und den Anhänger an den Bettpfosten gehängt hatte. Aber er wollte eine rationale Erklärung dafür finden.

Plötzlich hatte er eine.

Auf einmal war er hellwach. Er setzte sich auf und sprang vom Bett. Auf Socken schlurfte er zur Tür, bückte sich und entdeckte einen Zwischenraum von etwa einzehnhalb Zentimetern zwischen Tür und Fußbodenbrettern. Genug Platz, um eine New York Times durchzuschieben, wenn nicht gerade der Tag war, an dem die Stellenanzeigen erschienen. Mehr als genug Platz, um den winzigen Anhänger durchzuschieben.

Das wäre eine Lösung. Aber wie ist er an den Bettpfosten gekommen?

Sie hatten miteinander geschlafen. Dann war er eingeschlafen. Karyn war, wie immer, ins Badezimmer gegangen, um zu duschen. Dabei hatte sie den Anhänger gefunden, hineingeschaut und ihn am Bettpfosten befestigt, wo er ihn mit Sicherheit finden würde. Sie hatte den Anhänger erkannt, als er ihn ihr vorhin am Fuße des Berges gezeigt hatte. Das war genau die Ladung Öl ins Feuer gewesen, derer es noch bedurft hatte, um sie in die Luft gehen zu lassen. Ein strategischer Fehler seinerseits, denn er wußte ja, wie sie über Polly dachte.

Rich gähnte und wandte sich wieder dem Bett zu. Er ließ sich drauffallen und schlief auf der Stelle ein, mit dem Gesicht nach unten.

Das Telefon weckte ihn. Beim dritten oder vierten Klingeln. Draußen war es fast dunkel. Er wußte, daß es Karyn war. Er krabbelte über das Bett und griff nach dem Hörer.

Sein Nacken war wieder steif geworden. Er rollte sich mit aller Vorsicht auf den Rücken.

»Rich? Es tut mir leid.«

»Mir auch.«

»Was machst du?«

»Ich habe geschlafen.«

»Oh. Und was ist mit meinen Klamotten?«

»Hab' ich alles zusammengepackt.«

»Du, hör mal. Ich habe ein tolles Zimmer für uns im Davos Chalet. Mit Sauna.« Es war ein spitzbübischer Unterton in ihrer Stimme. »Eigentlich ist es die Suite für Frischvermählte.«

Rich jammerte: »Ja, alles schön und gut, aber ich muß hier noch für zwei Nächte zahlen.«

»Das ist mir wurscht. Ich werde mich beteiligen. Ich weiß, daß du mich für...« Sie klang verärgert, aber wohl mehr über sich selbst als über ihn. In freundlicherem Tonfall fuhr sie fort: »Hab' bitte ein bißchen Geduld mit mir.«

»Okay. Mach dir keine Sorgen.«

»Ich möchte mich um halb neun mit dir treffen.«

»Halb neun? Wo bist du jetzt?«

»In einem winzigen Nest.« Karyn wandte sich vom Telefon ab, erkundigte sich murmelnd und war wieder dran. »Brewster Center heißt es. Hier ist der fantastische Antiquitätenladen, von dem Tam erzählt hat. Ganze Hallen voll von tollen Sachen. Du meine Güte...« Ihre Worte wurden etwas undeutlich, weil sie offensichtlich versuchte, mit vollem Mund zu sprechen: »Ich habe das wun'rschön'te Gebu-r'a'sgeschenk gefun'en...«

»Für wessen Geburtstag? Und was ißt du da?«

»Walnußkuchen«, schmatzte Karyn. »Ausgezeichnet. Geburtstag meiner Eltern. Quatsch. Dreißigster Hochzeitstag meine ich natürlich.«

»Müssen wir da hin?«

»Klar. Dunkle Krawatte, mein Lieber. Am 28. Januar. Und wegen heute abend. Es ist ein Restaurant, ein paar Meilen nördlich von Londonderry. Es heißt ›Froschkönig‹. Soll ganz toll sein. Das Essen wird auf richtigen mit Holz befeuerten Herden zubereitet. Es ist ziemlich schwierig, dort einen Platz zu kriegen. Wir haben einen großen Tisch.«

»Bist du den ganzen Nachmittag Ski gelaufen?«

»Fast den ganzen. Mein Handgelenk fing an zu schmerzen. Ich glaube, ich hab's wieder überdehnt. Wie geht's deinem Hals?«

»Steif. Ich werde ein heißes Bad nehmen.«

»Sauna ist noch besser. Warum fährst du nicht gleich rüber ins Chalet? Wir sind schon angemeldet. Mach dir keine Gedanken wegen dem Geld. Ich habe noch immer nicht mein Geburtstagsgeschenk von Tante Bets kassiert.«

»Ich bezahle, Karyn. So ist es doch ausgemacht, oder? Ich werde mit der Kredit-Karte bezahlen und mich im Laufe der nächsten zehn Monate drum kümmern.«

»Danke, daß du das für mich tust, Rich. Und nun beeil dich.«

»Warum die Eile?«

»Ich will nicht, daß du noch länger in diesem Zimmer bist. Das ist alles.«

Die Vermittlung schaltete sich ein und forderte Karyn auf, Geld für die nächsten drei Minuten einzuwerfen. Statt dessen verabschiedete sie sich hastig von Rich.

Nachdem er aufgelegt hatte, ging Rich ins Badezimmer und ließ dampfendes Wasser in die Wanne. Dann ging er ins Schlafzimmer zurück. Durch die Vorhänge sah man ein paar vereinzelte Sterne an dem nachtblauen Himmel funkeln. Aber etwas anderes nahm seine Aufmerksamkeit viel mehr in Anspruch, als er sich gerade vom Fenster wegdrehen wollte. Hinter einem Fenster im obersten Stockwerk des ausgebrannten Flügels brannte Licht.

Zuerst hatte er es für eine Reflexion der letzten Sonnenstrahlen gehalten. Er kniff die Augen zusammen. Das Licht verschwand nicht. Im Gegenteil, es wurde immer heller, je schneller sich die kurze Dämmerung in Dunkelheit verwandelte. Das Licht kam aus einem Raum im zweiten Stock am westlichen Ende des Gebäudes. Statt Fenstern hatten dort alle Räume Türen, die auf kleine Balkons führten, die wohl mehr der Zierde als dem Gebrauch dienten. Die Türen hatten Läden, aber offensichtlich fehlte an diesen Läden die eine oder andere Latte.

Das Licht war gleichmäßig. Es schien weder von einer Taschenlampe noch von einer Kerze herzurühren. Die restlichen Fenster des Gebäudes waren dunkel.

Rich merkte, wie sich ein Frosch in seinem Hals festsetzte. Sein Puls schlug schneller. Er zog die Vorhänge zusammen, ging ins Badezimmer und drehte das Wasser ab. Auf dem Weg nach draußen schnappte er sich seinen Parka.

Er lief den ganzen Weg bis zum Parkplatz. Einige Male wäre er fast auf Eisplatten ausgerutscht. Er öffnete den Kofferraum seines Porsches und nahm die Taschenlampe heraus. Gerade als er die Klappe wieder zuschlagen wollte, entdeckte er noch einen Schraubenzieher mit einem blauen Griff, den er ebenfalls mitnahm. Er hatte oben seine Handschuhe vergessen. Er fror an den Händen, und er steckte sie in die Taschen seines Parkas. Sein Atem wurde vor dem Gesicht zu einer Nebelfahne. Er ging schnell den Hügel hinauf zu dem ausgebrannten Flügel. Der Eingang war sorgfältig mit einem Vorhängeschloß verriegelt.

Der ging ein paar Schritte zurück und reckte den Hals, um nach dem Licht zu sehen, das von seinem Zimmer aus zu erkennen war. Es würde nicht einfach sein, in den zweiten Stock zu kommen. Von unten aus hinaufzuklettern war unmöglich.

Der einfachste Weg schien über das Dach auf den Balkon zu führen. Das war ein Abstieg von nur zweieinhalb Metern. Er sah über seine Schulter hinüber zum Hauptgebäude, dessen erleuchtete Fenster wie kleine Laternen von den kahlen Ästen der Bäume zu hängen schienen, die davor standen. Er brauchte eine Leiter oder etwas Ähnliches. Aber ein Aufstieg an der Vorderseite kam nicht in Frage. Mit Sicherheit hätte ihn jemand vom Hauptgebäude aus gesehen. Er fragte sich, wo Windross war. Was mochte mit ihm passiert sein, seitdem man ihn in dem Cadillac weggebracht hatte?

Rich schlich um das Haus herum auf die Rückseite. Hier war der Schnee tiefer, und er hatte keine Stiefel an. Seine Füße begannen gefühllos zu werden, genau wie seine Nasenspitze. Die Kälte war fast greifbar, als bestünde sie aus dünnen Glaswänden, die einen durchsichtigen Sarg um ihn bilden wollten. Hinter ihm war ein Hügel, dann kam noch ein Hügel, und dahinter sah man gerade den Mond aufgehen. Er zitterte vor Kälte und begann mit den Füßen aufzustampfen. Der Feuerschaden war auf dieser Seite des Hauses schlimmer. Ein zerrissenes Stück Persenning, das der Wind zerfetzt hatte, hing vom Dach herunter. Wahrscheinlich war es irgendwo da oben befestigt, aber er konnte dessen nicht sicher sein. Und er konnte es nicht zu fassen kriegen, denn das Ende der Plane hing etwa zweieinhalb Meter über seinem Kopf.

Er machte vor Ungeduld und Kälte ein paar Laufschritte auf der Stelle. Dabei ließ er den Lichtstrahl seiner Taschenlampe umherwandern. Ganz in der Nähe entdeckte er einen Stapel Bretter, der mit verkrustetem Schnee bedeckt war. Dicke Nagelköpfe schauten durch die Schneedecke. Er nahm eine der schweren Planken von dem Haufen und richtete sie auf. Ihr Gewicht ließ ihn schwanken. Er lehnte sie dicht neben der herunterhängenden Plane an die Hauswand. Das Brett war etwa drei Meter lang. Nägel, deren Köpfe so groß wie Zehn-Cent-Stücke waren, schauten daraus hervor. Manche waren so günstig plaziert, daß man sie als Fußtritte benützen konnte. Aber es war natürlich keine richtige Leiter, und es konnte sehr gefährlich werden, von solch einem Brett abzurutschen.

Aber es gab keinen anderen Weg auf das Dach, und nach zwei bis drei Minuten wäre er so durchgefroren gewesen, daß ein Versuch keinen Zweck mehr gehabt hätte. Die Notwendigkeit, jetzt zu klettern, das Dach zu erreichen und sich von dort aus auf den Balkon herunterzulassen, stand außer Frage. Rich war inzwischen davon überzeugt, daß er Polly in dem Zimmer finden würde, und er war entschlossen, zu ihr zu gelangen.

Um das Ende der Persenning fassen zu können, bedurfte es eines schwierigen Balanceakts auf dem angelehnten Brett. Seine Finger wurden immer gefühlloser. Er streckte den Arm aus und packte einen Zipfel der steifen Plane. Er zog ein paarmal kräftig daran und kam zu der Einschätzung, daß sie sein Gewicht aushalten würde. Dann begann er seine halsbrecherische Klettertour. Handgriff für Handgriff zog er sich hinauf bis zu der alten Regenrinne aus Kupfer. In einer letzten verzweifelten Anstrengung hangelte er sich über den Rand des Daches. Auf dem Bauch zog er sich an der hartgefrorenen Plane weiter hinauf, bis alle seine Fingernägel aufgerissen waren. Seine Füße rutschten auf dem Dach, das von Eisplatten und festgefrorenem Schnee bedeckt war, immer wieder ab.

Als er die Höhe erreicht hatte, wo das Dach durchgebrannt war, wurde es einfacher: Verkohlte Holzblöcke, die man auf den Rand der Plane gelegt hatte, waren am Dach festgefroren. Nichts hätte sie bewegen können. Rich hatte es jetzt leicht, über den Dachfirst hinweg auf die andere, flache Seite zu klettern, wo er sich auf den Bauch legte und zum Balkon hinuntersah.

Der Balkon war ein kleines Ziel, leicht zu verfehlen, falls er zum Beispiel im entscheidenden Moment mit den Füßen den Halt verlor.

Er nahm den Schraubenzieher aus der Tasche und hackte damit Kanten in die Eisfläche, an denen er sich auf seinem Abstieg zur Regenrinne festhalten konnte. Auf den letzten Metern benutzte er den Schraubenzieher als Eishaken, indem er ihn kräftig in das Eis rammte und sich daran festhielt.

So erreichte er die Regenrinne. Als er mit den Füße einen festen Halt gefunden hatte, drehte er sich vorsichtig um, bis er mit angezogenen Knien auf dem Rücken lag. Er rang keuchend nach Atem. Er schaute zwischen seinen Knien hindurch, richtete seinen Oberkörper auf, stieß sich mit Händen und Füßen vorsichtig ab und rutschte über den Rand.

Eine zwanzig Zentimeter dicke Schneeschicht auf dem Balkon milderte seine Landung, aber der Schmerz in seinen halberfrorenen Füßen war trotzdem gnadenlos. Im Gebälk des Balkons krachte es, und einige schreckliche Augenblicke lang schien er bedenklich zu schwanken. Rich hatte schon die Vorstellung, jetzt in einem Klumpen von Holz und rostigem Eisen noch einmal zehn Meter weiter zu stürzen.

Rich wartete, auf Händen und Knien. Er wagte noch nicht, sich zu bewegen. Die kalte Luft, die er gierig einsog, schien ihm die Luftröhre zu verätzen, aber trotzdem konnte er nicht genug davon bekommen.

»Wer ist da?«

Also hatte er sich nicht getäuscht. Es war den ganzen Aufwand wert gewesen.

Rich stand zitternd auf und lehnte sich gegen den Türladen.

»Polly? Ich bin's. Rich.«

Sie stieß einen Freudenschrei aus, rief seinen Namen und wiederholte ihn immer wieder. Rich lachte und massierte seine Finger, um das Blut wieder in Bewegung zu bringen.

»Komm Kleines! Mach mir auf! Es ist verdammt kalt hier draußen!«

»Ich kann nicht.«

In einem der Läden fehlte gleich neben seinem Kopf eine Latte. Er schielte in das Zimmer.

Sie stand einen halben Meter vom Bett entfernt. Freudige Erwartung und Enttäuschung schienen auf dem schmalen, bleichen Oval ihres Gesichts im Widerstreit zu liegen. Sie war größer, als er sie in Erinnerung hatte, aber immerhin war sie jetzt schon zwölfeinhalb Jahre alt, stand an der Schwelle zur Pubertät und schoß dementsprechend schnell in die Höhe. Sie trug einen grauen Tweedrock, einen Norwegerpullover mit rundem Halsausschnitt und rote Kniestrümpfe. Sie hatten sie in einen großen, viereckigen Raum gesperrt, der von Feuer und Rauch verschont geblieben war. Er dachte nicht lange darüber nach, wie das möglich war, denn er war zu überwältigt von der Wiedersehensfreude, als daß ihn der Zustand der Wände besonders interessiert hätte. Der Raum war sparsam möbliert: Ein schmales Bett aus Ahornholz, daneben ein runder Tisch und auf diesem Tisch eine Lampe und ein kleines Fernsehgerät. Auf dem Bett lagen ein Federbett, eine Flickendecke, ein paar Puppen und Stofftiere sowie Teenagermagazine, die über das ganze Fußende verteilt und zum Teil auf den Boden gefallen waren. Ein kleines Radio spielte so leise, daß Rich es kaum hören konnte.

Polly versuchte, noch einen Schritt näher zu ihm zu kommen, aber sie konnte den linken Fuß nicht bewegen. Um ihr Fußgelenk war ein Metallreifen gelegt, den man mit einer etwa zwei Meter langen Kette und einem Vorhängeschloß am Bettrahmen befestigt hatte.

Mit einem Schrei der Verzweiflung sackte Polly zusammen. Weiches, blondes Haar fiel in einer sanften Welle auf ihre Knie.

»Rich, ich kann nicht!«

Er hatte beim Sprung den Schraubenzieher fallenlassen, und mußte sich nun bücken, um ihn im Schnee zu suchen. Die Läden waren mit einem Winkeleisen zusammengenagelt worden. Er fand den Schraubenzieher, bohrte ihn in das weiche Holz und bog solange an dem Winkeleisen herum, bis er die Läden öffnen konnte.

Die Flügeltür war nicht verriegelt. Rich trat in das Zimmer, drehte sich aber plötzlich, in einem Anfall von Vorsicht, noch einmal um, und schloß die Türläden sorgfältig. Es hätte ja sein können, daß jemand von drüben herübersah und sich über den Lichtschein wunderte. Und womöglich kam, um nachzusehen. Trotz seiner Wut fürchtete er sich davor. Er fürchtete sich und war vorsichtig. Schließlich wußte er noch nicht, womit er und Polly es zu tun hatten.

Und dann hielt er Polly in den Armen. In seinen Fingerspitzen pulsierte es schon, sie würden bald anfangen, entsetzlich weh zu tun. Er konnte ihre Knochen durch den Pullover fühlen, und den zarten Flaum ihrer Haare an seiner kalten roten Wange.

»Was ist hier los? Warum haben sie dich ans Bett gekettet? Um Gottes willen, ist dein Vater dafür verantwortlich?«

»Ja.«

Rich führte sie zum Bett. Polly versteckte ihr Gesicht an seiner Brust, als würde sie plötzlich von Scham über ihren Zustand überwältigt. Tränen begannen zu fließen. Immer mehr.

Auf dem Tisch stand ein Tablett mit Essen, kaum angerührt. Ein Geruch nach kindlichem Urin kam aus einem Nachttopf. Rich bückte sich, um das Vorhängeschloß zu untersuchen, mit dem die Kette am Bett befestigt war. Das konnte er vergessen. Auch das Bett war nicht zu bewegen. Die Pfosten aus Ahornholz waren am Fußboden festgeschraubt.

Er erhob sich, entrüstet, und berührte sanft das Mädchen, das sich inmitten der verschlissenen Stofftiere und der *Tiger-Beat*-Magazine zusammengerollt hatte. Immerhin war das Zimmer warm und trocken, obwohl der Rest des Hotelgebäudes so kalt und ungemütlich wie eine Katakombe war.

Auf Pollys Wangen zeigten sich Flecken der Aufregung, ihre Augen glühten trotz der Tränen.

»Ich habe gewußt, daß du kommen würdest.«

»Warum tut er das?«

Polly streckte sich auf dem Bett so plötzlich, daß er das Knacken der Wirbel hören konnte. »Weil er glaubt, daß ich es getan habe. Das Feuer gelegt habe. Aber ich habe es nicht getan! Vor ein paar Jahren hätte ich fast einmal ein Feuer angezündet, aber diesmal kann ich nichts dafür, Rich! Ehrlich! Ich war's nicht, und das habe ich ihm gesagt. Aber mir hört ja niemand zu. Sie sagen, ich sei ein kleines Biest, und ich... sie wollen einfach nicht...«

Polly riß sich hoch und krallte sich an seinem Parka fest. Sie verlangte verzweifelt nach seinem Verständnis. Er zog den Reißverschluß des Parkas auf und zog sie enger an sich, küßte sie auf die Wange, die Stirn, ein Ohrläppchen. Sie leckte sich verzweifelt über die Lippen, wie ein verwundetes Tier. Ihre Arme zitterten von der Anstrengung, sich an ihm festzuklammern.

»Sie waren gestern nacht hier, Richard. Sie tun mir weh!«

»Sie tun dir weh? Wie?«

»Sie schlagen mich. Gestern nacht hat *er* mich geschlagen.«

»Dein Vater?«

Er starrte sie an, mit Entsetzen in den Augen. Ihre Gesichter waren nur Zentimeter voneinander entfernt. Vielleicht war es zu warm im Zimmer — Rich konnte es nicht beurteilen, weil er noch nicht lange genug hier war —, jedenfalls hatten sich kleine Schweißtropfen in Pollys Augenhöhlen gebildet. Ein paar Haarsträhnen klebten an ihrem Gesicht.

»Glaubst du mir nicht, Rich?«

»Aber... Warum?«

»Sie wollen mir die dummen Streiche austreiben. Das sagen sie jedenfalls. Und sie sagen... Sie sagen, daß ich böse bin. Sie sagen, daß ich mal jemandem sehr weh tun werde, wenn es ihnen nicht gelingt, das Böse aus mir herauszutreiben. Ein bestimmtes Wort benutzen sie immer wieder. Ich kann mich nicht genau erinnern... Irgendwas mit Gei...«

»Geißel?«

»Ja! Aber ich halte das nicht mehr aus! Warum müssen sie mir so sehr weh tun? Ich habe solche Schmerzen, Rich.«

»Was haben sie... Womit tun sie dir weh, Polly?«

»Mit einem dicken Ledergürtel.« Die Erinnerung daran schien den Schmerz noch stärker heraufzubeschwören. Sie lehnte sich zurück und biß sich auf die Unterlippe. »Da sind so Dinger aus Metall drauf. Die tun schrecklich weh.«

»Nieten?«

Sie nickte.

»Willst du's sehen?« fragte sie zaghaft.

»Ich... Ja, es ist besser, wenn ich mir's ansehe.«

Polly rollte einen ihrer Kniestrümpfe bis zum Knöchel herunter, dann drehte sie sich auf die rechte Seite, um ihm die entblößte Wade ihres langen Beins besser zeigen zu können, auf dem dunkelrote bis rotblaue Streifen zu sehen waren und die von den vielen Schlägen dick angeschwollen war.

»Oh, Polly!«

»Aber da ist noch was Schlimmeres.«

»Noch schlimer?« Er konnte doch die Verletzungen kaum glauben, die er bis jetzt gesehen hatte.

Polly änderte wieder ihre Stellung, öffnete die Schnalle ihres Rocks und öffnete dessen Reißverschluß. Dann rollte sie sich auf den Bauch, vergrub ihr Gesicht in der Flickendecke.

»Schau's dir an.«

Zögernd ergriff er den losen Rock. Sie erhob sich ein wenig vom Bett und zog den Rock bis zu den Knien herunter. Sie trug weiße Baumwollunterhöschen, die offensichtlich seit einiger Zeit nicht mehr gewechselt worden waren. Er hatte nicht mit dieser rundlichen Reife und Fülle ihrer Hinterbacken gerechnet.

»Zieh sie aus«, sagte Polly nach ein paar Augenblicken. Ihre Stimme klang kühl und ungerührt. »Dann kannst du es besser sehen.«

Rich streifte das Unterhöschen vorsichtig runter. Es klebte an ihrer Haut. Polly zuckte und stöhnte und hämmerte mit den Fäusten aufs Bett. Ein unreiner, ungesunder Geruch stieg auf, wie von etwas Fauligem. Der nietenbeschlagene Gürtel hatte fürchterliche Schnitte hinterlassen, die unter dem Stoff geblutet hatten. Blut hatte die Baumwolle verschmutzt, und es war der Geruch nach Entzündung, der ihm in die Nase gestiegen war.

Er zog sie wieder an, zittend, sein Blick war getrübt von der aufsteigenden Wut, von dem Blut, das ihm in den Kopf schoß.

»Ich werde dich hier rausholen! Das... Er darf... Niemand darf dich so behandeln! Ich werde dafür sorgen, daß dein Vater ins Zuchthaus kommt.«

»Verlaß mich nicht, Rich!«

Er nahm Polly in die Arme, um alle ihre Gefühle von Verlassenheit zu vertreiben. Seine Gedanken waren immer noch mit den fürchterlichen Striemen beschäftigt, mit der Gewalt, die diesem jungen Körper angetan wurde. Es war genauso schlimm wie eine Vergewaltigung. Seine seltsame, fast zärtliche Erregung stand in krassem Gegensatz zu einem anderen, viel stärkerem Gefühl: Dem fast unerträglichen Verlangen, seine Fäuste immer und immer wieder in Windross' mehlige Visage zu schlagen.

»Rich, ich liebe dich so sehr! Niemand sonst hat sich jemals um mich gekümmert. Ich weiß nicht, warum. Ich bin nicht schlecht. Das muß du mir glauben.«

»Ich weiß es doch, Kleines.« Er wiegte das Mädchen in seinen Armen, sprach ganz ruhig zu ihr. »Wie hast du den Anhänger in mein Zimmer gebracht, wenn du am Bett festgekettet bist?«

»Rich, ich krieg keine Luft mehr. Du hältst mich zu fest.«

»Es tut mir leid.«

Er setzte Polly auf das Bett zurück, neben einen großen

braunen Bären, dem ein Auge fehlte. Polly hatte ihre reizenden, etwas knochigen Knie weit gespreizt. Ihre Finger lagen in seiner Hand. Die Kette, die sie gefangenhielt, spannte über seiner rechten Wade.

»Welchen Anhänger? Oh, du meinst den, den du mir ... Ich weiß ehrlich nicht, was damit passiert ist. Ich habe ihn einmal abgelegt, um mich zu waschen und ihn hier auf das Tischchen gelegt. Das war letzte Woche ... Und ... Wie hast du ihn gefunden?«

»Jemand hat ihn letzte Nacht in mein Zimer gebracht. Sie haben die Nummer von diesem Zimmer auf mein Foto gekratzt.«

Polly hielt den Atem an und riß die Augen auf.

»Wie merkwürdig.«

»Vielleicht war es einer von den Leuten, die mit deinem Vater hier waren.«

Sie runzelte die Stirn. »Ich verstehe das nicht.«

»Ich auch nicht. Aber vielleicht sucht jemand von denen nach einer Möglichkeit, dir zu helfen. Wie viele sind es?«

»Meistens sind es sechs. Manchmal mehr.«

»Seit wann bist du hier, Polly?«

»Ich weiß es nicht genau. Aber gestern habe ich mir im Fernsehen ›Dallas‹ angesehen. Es war das zweite Mal, daß ›Dallas‹ kam.«

»Und wie oft sind sie in der Zeit hierhergekommen?«

»Oh ...« Sie zählte still für sich. »Fünfmal.«

»Könntest du sie identifizieren? Ich meine, würdest du sie außerhalb dieses Zimmers wiedererkennen?«

Polly nickte aufgeregt. Für einen Augenblick glänzte so etwas wie Rachsucht aus ihren blauen Augen.

»Könnte es sein, daß sie heute nacht wiederkommen?«

»Nein«, sagte sie. »Sie kommen niemals in zwei aufeinanderfolgenden Nächten.«

»Das ist egal«, sagte Rich. »Wenn sie wiederkommen, wirst du nicht mehr hier sein. Nein, tu das nicht.« Rich hielt sie davon ab, ihren verletzten Hintern zu kratzen.

»Aber es juckt«, jammerte Polly. Ihr Kinn kräuselte sich, sie zog die Mundwinkel herunter. »Und es tut so weh.«

Ganz plötzlich füllten sich seine Augen mit Tränen. Er

lehnte sich vor, um Polly zu küssen. Zuerst auf eine Ecke ihrer zusammengepreßten Lippen, dann voll auf ihren Mund, der sich langsam entspannte. Jetzt flossen seine Tränen ungehemmt. Sie tat ihm so leid. Dem Herrgott und der Jungfrau Maria war er dankbar, daß ihr Geist noch nicht gebrochen zu sein schien. Auf ihre Art war sie wirklich ein gescheites Mädchen. Sie litt, sie war durch dieses Leiden in Angst und Schrecken versetzt worden. Aber sie schien immer noch Herrin ihrer Sinne zu sein, machte weder einen verrückten noch eine hysterischen Eindruck.

»Ich werde zur Polizei gehen. Wir werden dich so schnell wie möglich in ein Krankenhaus bringen, Pol, damit die Wunden behandelt werden können.«

Überwältigt von seiner Anteilnahme verteilte sie seine Tränen mit den Fingerspitzen zuerst über seine Wangen, dann benetzte sie auch ihre eigenen damit. Ihr ging es gut in seinen Armen, sie schloß die Augen.

»Du weinst für mich. Oh, Rich. Du kannst dir nicht vorstellen, wie sehr ich gebetet und gefleht habe. ›Du mußt meine Nachricht bekommen, Rich, bitte höre mich!‹«

»Du mußt mir noch erzählen, wie du das gemacht hast.«

Pollys Augenlider schnellten auf. Sie schien irritiert. Dann sah sie ihn eindringlich an und begann zu lächeln. Die beiden mittleren Schneidezähne waren etwas länger als die anderen, standen nicht genau in der Linie, gerade soviel, daß man es bemerkte, aber nicht genug, daß man den Wunsch verspürt hätte, etwas daran zu ändern.

»Das werde ich tun. Aber erst mußt du mich hier rausbringen. Ich will jetzt nicht mehr länger warten. Jetzt, wo ich weiß, daß du hier bist. Ich werde verrückt, wenn ich noch länger warten muß.«

Rich wußte, daß es für ihn erst einmal ein Problem werden würde, selber hier herauszukommen. Er glaubte nicht, daß er den umgekehrten Weg über das Dach gehen konnte. Und er erinnerte sich, daß die Eingangshalle mit Brettern verrammelt war und daß man die Tür verriegelt hatte. Jetzt, als er etwas Zeit fand, darüber nachzudenken, wurde ihm klar, daß er genauso gefangen war wie Polly.

10

Im Restaurant ›Zum Froschkönig‹ in der Nähe von Londonderry wartete Karyn bis halb neun, bevor sie den ersten Versuch unternahm, Rich zu erreichen.

Sie rief im Davos Chalet an, aber wenn er schon dort war, dann mußte er gerade in der Sauna sitzen, wo er das Telefon nicht hören konnte. Auch im Post Road Inn ging er nicht ans Telefon, und zu Karyns Ärger hatte er sie beide dort noch nicht einmal abgemeldet. Zu seinen Gunsten nahm sie zunächst einmal an, daß er sich verfahren hatte, daß er Schwierigkeiten hatte, das Lokal zu finden, das ja schließlich ein umgebautes Bauernhaus in einer Gegend war, wo alle Straßen Nebenstraßen waren, von denen die meisten nicht besonders gut ausgeschildert waren.

Sie kehrte an den Tisch zurück. Ihre Gruppe — insgesamt waren sie neun Personen — war bereits bei der dritten Flasche Cru Beaujolais, den sie sich vor dem Essen hatten servieren lassen. Sie kannte fünf von ihnen: Tam und Brooksie und ihre Freunde sowie Trux Landall, der mit einem jungen, gutaussehenden Belgier gekommen war, der offensichtlich die letzten beiden Jahre in der Amsterdamer Drogenszene verbracht hatte. Er schien sich bestens mit allen Methoden auszukennen, ›stoned‹ zu werden. Jedenfalls redete er über nichts anderes.

»Richtiges Kokain, völlig rein, gibt überhaupt keinen richtigen ›Flash‹«, erklärte er. »Das ist ein weitverbreitetes Mißverständnis, selbst hierzulande. Fast der ganze Koks, der hier in Amerika verkauft wird, vielleicht neunundneunzig Prozent, wird mit ›Müll‹ verschnitten. Nennt ihr das nicht so? Mit Amphetaminen, Koffein, eben allem möglichen Zeug, das dir das Herz hüpfen läßt und die Sinne elektrifiziert. Der richtige Stoff, ›Pink Flake‹ aus Peru oder ›Blue Diamond‹ aus Bolivien, ruft ganz andere Gefühle hervor. Eine Art Glühen. Wärme breitet sich in deinem ganzen Körper aus. Das tut total gut. Man fühlt sich... Wie soll ich es beschreiben?«

»Beschwingt«, sprang Tam ein.

»Genau! Beschwingt. Schwebend. Selig. Angefüllt mit

den edelsten Gefühlen und Gedanken, die ein Mensch sich vorstellen kann.«

»Wow!«

»Wo kann man was von dem Zeug kriegen?« fragte Brooksie.

»Ja, nun.« Der Belgier spreizte die Hände. »Da wären wir beim schwierigen Teil der Geschichte.«

Tams Freund, er hieß Larry, schaltete sich ein: »In Sligo gibt es einen Typen, mit dem mein Bruder mal Geschäfte gemacht hat. Der hat ein Gewächshaus. Ich werde Clubber anrufen und mir die Nummer geben lassen.«

Karyn war die einzige, die ein mürrisches Gesicht machte. Trux schenkte ihr Beaujolais nach. »Wie geht's dir?«

Sie rang sich ein Lächeln ab. »Ach, wunderbar, wie du dir denken kann.«

»Rich konnte nicht kommen?«

»Ich bin sicher, daß er auf dem Weg hierher ist. Das Lokal ist nicht ganz leicht zu finden.«

Trux drückte ihr aufmunternd die rechte Hand. »Es ist gut, daß wir uns mal wieder sehen, Karyn. Wir hatten doch 'ne Menge Spaß zusammen, oder? Warum haben wir uns eigentlich damals aus den Augen verloren?«

»Die Menschen kommen und gehen. Wenn ich mich recht erinnere, warst du damals hinter Penelope Wycherly her.«

»Aber du warst ja auch nie verliebt in mich.«

»Doch, war ich. Einmal, für neun Minuten an einem verregneten Nachmittag, als du mich aus Paris angerufen hast, und versucht hast, mir in deinem grausamen Französisch ein Gedicht von Mallarmé vorzulesen.«

»Da muß ich wohl besoffen gewesen sein. Ich kann mich nicht einmal daran erinnern.«

»Zum ersten und einzigen Mal während unserer Beziehung hast du damals etwas Verrücktes und Inkonsequentes getan, das nur von einer momentanen Stimmung inspiriert war. Ich nehme an, daß du inzwischen wieder auf deinem vorgeschriebenen Weg bist und dir den Arsch in Harvard breitsitzt. Wie gefällt's dir?«

»Etwas besser, als bei lebendigem Leib die Haut abgezogen zu bekommen. Aber nicht viel. Die juristische Fakultät wird noch immer von den Schleifern der alte Schule beherrscht. Die sokratische Methode. Die machen dich klein. Diese Art von Klassenzimmerdemagogie macht aus vielversprechenden juristischen Talenten hoffnungslose Speichellecker. Aber die meisten gehen davon aus, daß es nicht auf die Abschlußnote ankommt, sondern auf den Namen der Universität.«

Er ließ seine Hand auf ihrer liegen. Ein paar schuldbewußte Augenblicke lang hatte sie gewünscht, er würde sie zurückziehen. Brooksie sah nicht direkt zu ihnen herüber, aber sie hatte eine außerordentlich feine Nase für Klatschgeschichten. Sie schien sich anbahnende Geschichten direkt zu riechen. Aber Karyn war froh, daß Trux hier war. So mußte sie wenigstens nicht rumsitzen und von Minute zu Minute nervöser werden, weil Rich irgendwelchen Mist gebaut zu haben schien. Für einen Augenblick gestattete sie sich — allerdings gleich gefolgt von Reue — die Vorstellung von dem Porsche, der sich überschlagen hatte, von Rich, der bewußtlos neben einer vereisten Straße lag, vom flackernden Rotlicht des Polizeiwagens, das den Schnee rosa und das Blut pechschwarz färbte. Aber sie schob diese Vorstellung sofort gleich wieder beiseite. Er war ein guter, vorsichtiger Fahrer. Er würde bald auftauchen, und sie war so guter Stimmung, daß sie ihm die Verspätung ohne Vorbehalt verzeihen würde. Der Wein war ausgezeichnet, und sie war unter guten Freunden. Sie fragte sich, ob Trux wohl mit dem blonden Belgier ins Bett ging, aber sie beantwortete sich die Frage mit nein. Rauschgift und kleine Jungen waren nie seine Sache gewesen. Der Belgier war wohl eher einer jener Herumtreiber, deren Freundschaft er aus intellektueller Neugier suchte.

»Autsch!«

Sie zog ihre rechte Hand zurück, legte schützend die Finger der Linken um das Handgelenk. Trux sah sie an.

»Was hast du?«

»Ich habe mir beim Skifahren das Gelenk verrenkt.« Einer seiner Finger hatte unabsichtlich eine schmerzende Stelle berührt.

»Laß mich mal sehen.«

Er befühlte mit den Fingerspitzen vorsichtig die Sehnen an ihrem Handgelenk. »Tut das weh?«

»Ja! Genau da.«

»Sehnenscheidenentzündung. Das wird ein paar Wochen lang weh tun. Du mußt dein Handgelenk mit Jacuzzi einreiben und einen festen Verband rumbinden. In den nächsten Tagen wirst du einhändig Ski fahren müssen.«

Er beugte mit gespielter Würde seinen Kopf herunter und küßte ihr Handgelenk auf der Innenseite. Karyn fühlte das Kribbeln, das sie fühlen wollte.

Larry sagte zu Trux: »Bevor du reinbeißt, laß dir sagen, daß das gefüllte Kaninchen mit Basilikum wesentlich besser schmeckt.«

»Und beides wäre wohl ein bißchen zuviel«, sagte Trux leise zu Karyn.

»Du verrückter Typ!« sagte Karyn aufgekratzt. Sie genoß seine Aufmerksamkeit. Mit einem Schluck trank sie ihr Glas leer.

Erst um Viertel nach neun dachte sie wieder an Rich, und diesmal waren ihre Gedanken mit Gefühlen von Schuld verbunden. Sie amüsierte sich hier großartig, wie alle am Tisch, und seine verspätete Ankunft würde als Störung empfunden werden. Er würde sicher nicht besonders guter Laune sein, nachdem er in der Gegend umhergeirrt war, um sie zu finden. Und hier saßen nicht seine Freunde, sondern ihre. Das war schon immer ein Streitpunkt zwischen ihnen gewesen. Vielleicht hatte er sich auch in letzter Minute entschlossen, gar nicht zu kommen. Nun gut, damit konnte sie fertig werden. Jedenfalls für den Augenblick.

Und morgen würde sie ihm was erzählen!

11

Rich mußte ganz schön lange im zweiten Stock mit seiner Taschenlampe herumsuchen, bis er einen potentiellen Fluchtweg aus dem ausgebrannten Gebäude gefunden hatte. Er war völlig verschmutzt, seine Nasenlöcher und sein Hals waren fast verstopft von Ruß.

Hustend kehrte er in das Zimmer zurück, in dem Polly auf der äußersten Kante des Bettes saß, das Gesicht der Tür zugewandt und zitternd wie ein Engelfisch, der in einem zauberhaft beleuchteten Becken mit warmem Wasser lebt, in das jemand von außen eine eisige, schmerzhafte Strömung einleitet.

»Da ist ein riesiges Loch im Fußboden von einem der Zimmer auf diesem Flur«, erklärte er ihr. »Ich könnte eines der Bettlaken nehmen, es irgendwo befestigen und mich daran in den ersten Stock runterlassen. Von da ab ist die Treppe nicht mehr versperrt. Unten werde ich ein Fenster einschlagen müssen, um ins Freie zu kommen.«

»Wie lange wirst du fort sein?«

»Vielleicht eine Stunde. Mach dir keine Sorgen.«

»Versprich mir, daß du wiederkommst.«

»Kleines, du weißt, daß ich wiederkomme. Du warst bis jetzt so tapfer. Halt noch ein bißchen durch.«

Polly akzeptierte mit einem leisen Jammern und einem flatternden Ausstoßen aufgestauter Atemluft. Dann sank sie mit verschränkten Armen in sich zusammen. Die Kette rasselte. Sie langte nach dem zerlumpten Teddybären hinter sich und legte ihn in ihren Schoß.

»Halt noch ein bißchen durch. Für mich.«

»Aber beeil dich! Bitte, beeil dich!«

12

Das Abendessen im Restaurant ›Froschkönig‹ — es hatte mit Austern begonnen und einem Chèvres erlesenen Jahrgangs und herrlichen, leuchtend roten Erdbeeren, die man aus wärmeren Regionen importiert hatte und hier für sechs Dollar pro Schale servierte, geendet — dauerte bis elf Uhr. Karyn hatte die Übersicht über die Menge des konsumierten Weins verloren, aber sie nahm an, daß jeder von ihnen mindestens eine ganze Flasche getrunken hatte. Bis auf den

Jungen aus Belgien. Er war in dieser Hinsicht sehr zurückhaltend gewesen.

Man machte sich ernsthaft Gedanken darüber, den Abend mit ein wenig hochwertigem Cannabis abzurunden, um den Spaß, den man miteinander gehabt hatte, in einer gelösten Stimmung ausklingen zu lassen. In zwei Gruppen quetschten sie sich in zwei Autos, um den Gärtner aufzusuchen, den Larrys Bruder empfohlen hatte.

Karyn fand sich mit Trux und dem belgischen Jungen auf dem Rücksitz eines anthrazitfarbenen BMW-Sportcoupés wieder. Trux saß in der Mitte, und sofort begann er, sie zu küssen. Es gefiel ihr. Er war für sie ein guter Freund, den sie schon sehr lange kannte, und sie hatte nicht die Absicht, Rich untreu zu sein. Sie würde es nicht zu mehr kommen lassen. Trux schien sich ihrer Wünsche bewußt zu sein. Er legte es nicht auf eine Abfuhr an.

Der Gärtner — er hatte einen langen, gekräuselten Bart, und seine Haare waren zu einem Pferdeschwanz zusammengebunden — lebte mit seiner Freundin in einem schäbigen Bauernhaus an einer entlegenen Nebenstraße. Im Wohnhaus war es weniger warm und gemütlich als in seinem Gewächshaus.

»Das Wichtigste ist der Kompost«, erklärte er seinen Besuchern. »Ein Freund von mir hat ein vegetarisches Restaurant drüben in Saxton River. Er versorgt mich mit den Abfällen, die ich dafür brauche. Ich habe mit ein paar Hybriden experimentiert und damit sehr gute Ergebnisse erzielt.«

Karyn unterdrückte ein Gähnen und schmiegte sich enger an Trux, denn sie war in der Wärme des Gewächshauses plötzlich etwas wacklig auf den Beinen. Außerdem verursachte ihr das Illegale dieses Orts leichte Gewissensbisse. Sie hatte wenig Interesse an Rauschmitteln. Ihr Gastgeber bot ihnen einige Kostproben seiner Waren an. Karyn schnupperte vorsichtig daran. Larry und der Belgier verhandelten mit leisen Stimmen und kauften schließlich etwas Haschisch und ein paar Tütchen Marihuana.

Dann waren sie wieder auf der verlassenen, sorgfältig vom Schnee geräumten Landstraße. Das Auto füllte sich mit süßlichem Rauch. Karyn sah keine Häuser, aber die Hügel schienen sich zu bevölkern. Ihr von Marihuana umnebeltes Gehirn spielte ihr Streiche. Sie schienen durch ein enges Spalier weißer Elefanten zu rasen. Es ging um die nächste Kurve. Riesige Füße auf der Landstraße, böse rote Augen. Der Zorn der Albinos. Ein einziger Elefant hätte das Auto zerdrücken können wie eine Erbse. Ihr Herz raste. Sie war dankbar dafür, daß Trux sie unaufgefordert in die Arme nahm. Seine vertraute Gegenwart beruhigte sie.

Aber dann eroberten Gedanken an Rich versteckte Ecken ihres Gehirns. Auf einmal erschien eine dunkle Bühne, auf der sich etwas vorzubereiten schien. Dann wurde es vom blauen Lichtkegel des Spotlights zu fröhlichem Leben erweckt. Tra-raaa! Meine Damen und Herren! Wir präsentieeeren Ihnen... Niemand anderen als... POLLY!! WINDROSS!! In ihrem Nachthemd. Mit der Totenkerze. Nach einer schrägen Melodie tanzend. Ein böses Funkeln umrahmte ihre Augen wie von angeklebten Pailletten. Es blitzte einmal, zweimal — und das Kind stand in vollkommener, aufsehenerregender Nacktheit da. Obwohl ihr wenig entwickelter Körper solch einen unverschämten Auftritt eigentlich nicht rechtfertigte. Aber Polly wollte gar nicht ihren mageren Körper vorführen. Es ging um ihre böse Zwillingsschwester, die verkleinert, fast durchsichtig, aber Angst einflößend in dem wäßrigen Sack saß, der unter Pollys Brustbein pulsierte. Rich! Das Zimmer im Gasthof. Er konnte doch nicht so verrückt sein und noch eine Nacht dort verbringen, nachdem sie ihm alles erzählt hatte. Aber sie hatte ihm ja gar nicht alles erzählt. Sie hatte ihm nicht von den feindseligen Echsenaugen des Ungeheuers berichtet. Augen, die sich durch eine Seele brennen konnten wie glühendes Metall.

Sobald sie im Davos Chalet angekommen waren, ging Karyn nachsehen, ob Rich inzwischen angekommen war. Trux begleitete sie. Sie rannte. Rich war nicht in der Suite für Jungvermählte. Auch ihr Gepäck war noch nicht angekommen.

»Verdammter Mist! Ich habe nichts anzuziehen. Warum tut Rich mir das an?«

Karyn unterdrückte eine Schimpftirade und ging ins Badezimmer. Als sie wieder herauskam, auf wackligen Beinen, nur teilweise von den nassen Tüchern erfrischt, die sie sich auf die Stirn und in den Nacken gelegt hatte, saß Trux auf dem großen runden Bett. Er hatte seinen Mantel aus Seehundfell ausgezogen.

Er nahm Karyn vorsichtig beim linken Handgelenk und führte sie zum Bett.

»Ich glaube, es wird Zeit, die anderen sich selbst zu überlassen.«

Sie sah ihn durch einen Schleier von Alkohol und Marihuana an. Sie wußte, daß ihr der Kopf etwas schief und wacklig auf dem Hals saß, und sie machte eine ernsthafte Anstrengung, ihn einigermaßen geradezuhalten. Trux hielt ihrem Blick stand, und dann, als sie eigentlich damit rechnete, daß er beginnen würde, sie zu verführen, verwuschelte er sein Haar, schielte und schnitt eine dümmliche, zähnefletschende, liebeskranke Fratze, wie es Jerry Lewis in seinen frühen Filmen zu tun pflegte. Dann stotterte er mit Fistelstimme die Worte: »So, so, da wären wir nun. Aber, potz Teufel, ich war noch nie mit einer Frau allein.«

Karyn fing an zu kichern, es wurde allerdings ein Schluchzen daraus. Trux hörte sofort auf mit seiner Komödie.

»Er kommt heute nacht nicht mehr, Karyn. Das ist doch jetzt klar.«

»Doch. Er wird kommen!« Tränen liefen ihr über das Gesicht.

»Nein. Er wird nicht kommen. Komm, hör auf zu weinen. Ich kann nicht mit dir schlafen, wenn du in einem so jämmerlichen Zustand bist.«

»Ich will nicht, daß du mit mir schläfst, Trux«, sagte sie mit unsicherer Stimme. Ihre Zunge schien ihr im Weg zu sein.

Sie zitterte, während sie weiterredete, ihre Knie schlugen gegeneinander. Er legte einen Arm um sie. Es war eine freundliche, unverkrampfte Geste.

»Ich will Rich!« schrie sie.

»Ich weiß, ich weiß«, sagte er beruhigend.

»Ich liebe ihn!«

Er drückte sie fester an sich und kitzelte eines ihrer Ohrläppchen mit seinem Daumen.

»Natürlich tust du das. Und du bist verletzt, weil er heute abend nicht im Restaurant erschienen ist. Habt ihr große Probleme miteinander? Dieser Streit heute morgen...«

»Probleme? Jeder hat Probleme. Ich meine, was zum Teufel...«

»Pssst.«

Trux legte seine Hand über ihre fiebrige Stirn. Er strich ihr vorsichtig das Haar zurück, das nach dem Marihuana roch, das sie zusammen im Auto geraucht hatten. Karyn hatte es nie ausstehen können, wie ein kleiner Hund getätschelt zu werden, aber seine Berührung kam ihr, an diesem absoluten Tiefpunkt des Tages, fast wie etwas Himmlisches vor.

»Willst du mir nicht davon erzählen?«

Es war ihr immer leichtgefallen, zu tun, was Trux von ihr verlangte. Im ersten Jahr auf der Hochschule, als sie noch von nichts eine Ahnung hatte, hatten ihre Freundinnen behauptet, sie laufe hinter Trux her, als wenn sie einen Ring durch die Nase hätte. Aber die waren ja nur neidisch gewesen. Ihre Beziehung zu Trux war immer positiv, angenehm und unproblematisch gewesen. Nicht einmal der Sex hatte diese erste Männergeschichte auf dem Campus komplizieren könne, obwohl sie bestimmt keine großartige Liebhaberin gewesen war. Das war jetzt besser. Und wahrscheinlich wußte er das. Trux wußte immer fast alles über sie. Er mußte gar nicht viel fragen. Und jetzt brauchte sie seine Hilfe, ob sie es sich nun eingestehen wollte oder nicht. Und sie wußte, daß sie ihm vertrauen konnte.

»Da gibt es dieses Mädchen«, begann Karyn zaghaft. »Ihr Name ist Polly Windross.«

13

Das Polizeirevier von Chadbury war in zwei Räumen im Tiefgeschoß des Rathauses untergebracht. Es war fünf Minuten vor zehn, und eine Frau Ende dreißig wollte gerade abschließen, als Rich eintrat. Sie hatte ein angenehmes, ovales Gesicht und kräftiges braunes Haar mit grauen Strähnen, das sie streng in einem Knoten hinter dem Kopf zusammengebunden hatte. Ihre ausladenden Hüften wurden durch den herunterhängenden breiten Revolvergürtel noch betont.

»Kann ich Ihnen helfen?« fragte sie. Ihr Blick ruhte kühl auf seinem Gesicht, das völlig rußverschmiert war. Ohne hinzusehen, drückte sie auf einen Kassettenrecorder, um die Kassette mit klassischer Gitarrenmusik herauszuholen, die sie eben gehört hatte.

»Ich möchte einen Fall von Kindsmißhandlung anzeigen.«

Die Beamtin nickte kaum merklich mit dem Kopf und setzte sich in den Drehstuhl hinter ihrem Schreibtisch. Sie nahm ein Anzeigenformular zur Hand.

»Ihr Name?«

»Richard Devon.«

»D-E-V-O-N? Sind Sie von hier?«

»Nein, ich bin aus New Haven. Ich wohne im Post Road Inn.«

»Und wie ist der Name des betroffenen Kindes?«

»Polly Windross.«

Sie sah kurz auf und runzelte die Sirn. Dann machte sie sich eine Notiz. »Und wie wird das Kind mißhandelt?«

Er atmete einmal tief durch, um seiner Verwunderung über ihr gemächliches Vorgehen Ausdruck zu geben.

»Sie haben sie an ein Bett gekettet, und zwar...«

»Wer? Wer ist ›sie‹?«

»Ihr Vater. Und ein paar andere Leute. Polly weiß nicht, wer sie sind. Wohl irgendwelche verrückten religiösen Fanatiker. Sie lesen ihr aus der Bibel vor und schlagen sie dabei mit einem Gürtel. Ihr Hinterteil ist eine einzige Wunde. Ich will sie vor allem so schnell wie möglich da raus...«

»Wo ist das Mädchen jetzt?«

»In einem Zimmer des ausgebrannten Trakts des Gasthofs. Zimmer 331.«

»Im ausgebrannten Trakt? Seit wann ist sie dort?«

»Seit ungefähr zwei Wochen. Sie hat das Zeitgefühl verloren.«

Rich begann auf- und abzugehen, um seiner Nervosität besser Herr zu werden.

»Und sie ist an ein Bett gekettet?«

»Ja. Wir werden Bolzenschneider benötigen, um sie zu befreien. Und rufen Sie einen Arzt an. Sie hat sehr viele Schnitte und Striemen. Einige sind entzündet.«

»Nun mal langsam«, sagte die Beamtin. Sie drehte sich herum, um den Hörer des Telefons abzunehmen, das hinter ihr stand. Dann klemmte sie den Hörer mit der Schulter ein und begann zu wählen.

»Wen rufen Sie an?«

»Meinen Onkel.« Die Frau hatte mit dem Wählen aufgehört und sah ihn jetzt an. Der Stuhl quietschte. »Er ist hier der Polizeichef.« Sie sah auf die Uhr an der Wand, dann sah sie ihn wieder an. »Mein Name ist Stefanie. Nehmen Sie sich von dem Kaffee. Ich wollte ihn schon wegschütten.«

Rich schnüffelte in die Luft. Der Kaffee roch angebrannt. »Nein. Vielen Dank.«

»Jim? Hier ist Stefanie. Ichh habe hier ein Problem.« Sie berichtete ihrem Gesprächspartner, dann hörte sie zu. Dabei tippte sie sich mit einem Fingernagel gegen die Schneidezähne. »Das dachte ich auch. Irgendwo in Kanada, oder? Ah, ja. Einen Moment.« Sie sah Rich an. »Seit wann kennen Sie Polly Windross?«

»Ich bin ihr im August letzten Jahres zum erstenmal begegnet.«

»Und Sie sind sicher, daß sie es ist?«

»Absolut.«

Stefanie gab die Information ihrem Onkel durch. Dann hörte sie zu. »Zwei Wochen«, sagte sie und hörte wieder für ein paar Sekunden zu. »Okay, dann sehen wir uns dort.«

Stefanie hängte ein und stand auf. Sie nahm einen Schlüsselbund vom Schreibtisch. Zu Rich sagte sie: »Sind Sie zu Fuß vom Gasthof herübergekommen?«

»Gerannt.«

»Dann können Sie mit mir fahren. Ich brauche nur eine Sekunde, um abzuschließen.«

Sie warteten im Polizeiwagen in der Auffahrt zum Gasthof auf den Polizeichef, dessen Nachname Melka war. Die Heizung funktionierte nicht richtig, und Rich begann unkontrolliert zu zittern. Stefanie schien weder die Kälte noch seine Unpäßlichkeit zu bemerken. Sie verbrachte die fünf Minuten Wartezeit damit, ihn über die Hintergründe ihrer Arbeit bei der Polizei aufzuklären. Dann tauchte hinter ihnen ein Paar Scheinwerfer auf.

Der Chef stieg aus seinem Privatwagen, kam mit knirschenden Schritten den Weg herunter und lehnte sich gegen das Autofenster auf Stefanies Seite. Sie ließ es herunter. Polizeichef Melka hatte einen Tarnparka an, dessen Kapuze er sich fest um das Gesicht geschnürt hatte, das so rot wie ein gekochter Lachs aussah. Er hatte wilde, buschige Brauen über den Augen, und aus einer von ihnen wuchs eine Warze von der Größe einer Blaubeere. Er sah zu Rich hinüber.

»Ist das der Mann, der die Anzeige macht?«

»Richard Devon«, sagte Stefanie.

»Wann haben Sie das Mädchen zuletzt gesehen?«

»V-vor z-zwanzig Minuten.«

»Und wo ist sie?«

»Im ausgeb-brannten T-trakt.«

»Ist Ihnen kalt? Kommen Sie mit rein. Wir werden Windross holen lassen, und dann sehen wir mal, was da eigentlich los ist.«

Rich und Stefanie folgten Melka in den Gasthof. Der Nachtportier war wieder der Knabe mit den Pickeln und der ausgeprägten Vorliebe für gutgewachsene Mädchen auf ausklappbaren Magazinseiten.

»Wir wollen Mr. Windross sprechen.«

»Ich glaube, er ist schon ins Bett gegangen.«

»Dann wecken Sie ihn auf.«

»Jawohl, Sir.«

Der Portier rief in Windross' Wohnung an, während sich Melka auf den Tresen lehnte und Rich betrachtete.

»Sie waren also schon mal hier oben?«

»Ich kenne Polly vom letzten Sommer.«

»Windross hat den Laden erst etwas länger als ein Jahr. Er hat ihn von Shields und Blanche Ripley gekauft. Die beiden waren einfach zu alt dafür geworden. Man hat das Mädchen unten im Ort manchmal gesehen. Ganz hübsch. Aber das ist schon drei oder vier Monate her. Sie war eine Einzelgängerin. Ging auch nicht in die Schule. Ich glaube, da war was mit ihrer Gesundheit. Soviel ich weiß, hatte sie einen Hauslehrer.«

»Mit der Gesundheit hat bei Polly immer alles gestimmt. Ihr Vater wollte...«

»Können Sie ihn nicht erreichen?« raunzte Melka den Nachtportier an, der darüber so erschrak, daß er fast den Hörer aus der Hand fallen ließ.

»Es klingelt.«

Rich sagte: »Ich würde jetzt gerne zu Polly ge...«

»Wir werden alle zusammen gehen«, sagte Melka und bedeutete Rich mit einer Handbewegung, auf seinem Platz zu bleiben.

Dann drehte er sich um und nahm den Telefonhörer, den ihm der Aushilfsportier jetzt reichte. »Mr. Windross? Ich weiß, es ist schon spät. Hier spricht Polizeichef Jim Melka. Ich hoffe, daß Sie uns bei einer Beschwerde behilflich sein können, die bei uns eingegangen ist. Ja, es betrifft Sie persönlich. Und Ihre Tochter Polly. Wir haben die Information, daß sie an ein Bett gekettet sein soll. Jawohl. Angekettet. Genau das sagte ich, und es wäre nett, wenn Sie mich nicht immer unterbrechen würden. An ein Bett in einem Zimmer des ausgebrannten Flügels...«

»Dreihunderteinunddreißig«, sagte Stefanie.

»Zimmer 331. Ich möchte jetzt gleich hinaufgehen und nachsehen. Jawohl, Sir. Es handelt sich um eine ernstzunehmende Beschuldigung.« Die dunklen Augen des Polizeichefs blinzelten zu Rich hinüber, als wollten sie diesen Punkt besonders hervorheben. Rich fühlte eine unbändige

Wut auf den fetten Gastwirt, der am anderen Ende der Leitung Zeit zu schinden versuchte, während Polly allein und verängstigt an diesem furchtbaren Ort ausharren mußte.

»Sir«, fuhr Melka fort, »ich bitte Sie, in spätestens einer Minute hier unten zu sein, sonst werde ich Sie holen. Haben Sie verstanden? Also gut.«

Melka legte auf, sah auf seine Uhr und schüttelte nachdenklich den Kopf. Sie gingen weg vom Tresen, um außer Hörweite des Nachtportiers weiterreden zu können.

»Von allen Schweinereien, mit denen ich in meiner zwanzigjährigen Dienstzeit zu tun hatte, sind Kindsmißhandlungen immer noch die schlimmsten. Und die hat es auch hier bei uns immer wieder mal gegeben. Muß wohl an den langen Wintern liegen. In was für einem Zustand ist das Mädchen, Richard?«

»Nach allem, was ich gesehen habe, werden Narben zurückbleiben.«

Melka pfiff freudlos durch die Zähne. »Ich bin froh, daß Sie den Ärger auf sich genommen und die Anzeige gemacht haben. Mein Gott, Sie sind nur zum Skifahren hier. Da hat man nicht unbedingt Lust, in so etwas hineingezogen zu werden.«

»Polly ist eine gute Freundin von mir.«

Windross erschien nach kaum einer Minute mit zerknitterten Hosen und offenen Schnürbändern in der Empfangshalle. Sein Gesicht hatte das pockige, kranke, zerfließende Aussehen eines Klumpens Schweinefett, das an Vögel verfüttert wird. Seine Mundwinkel zitterten.

»Polly ist doch gar nicht hier! Gott ist mein Zeuge! Sie ist bei meiner Schwester in Kanada!« Der Blick des Gastwirts sprang hinüber zu Rich wie ein Blitz auf einen Blitzableiter. Er taumelte etwas. »Sie! Warum wollen Sie mir Ärger machen? Was haben Sie mit mir vor? Was habe ich Ihnen getan? Ich kenne Sie doch kaum!«

Stefanie hatte Notizbuch und Bleistift in der Hand. »Wo in Kanada? Wie heißt Ihre Schwester? Ihre Telefonnummer?«

»Telefon, Telefon. Da gibt's kein Telefon. Das ist ein winziges Nest. Noch viel kleiner als Chadbury. St. Janvier in Quebec.«

»Mr. Windross«, sagte Melka, »wir werden jetzt hinaufgehen und einen Blick in das Zimmer 331 werfen.«

»Also gut! Gehen wir! Da gibt es nichts zu sehen!«

Windross bewegte sich mit erhobenen, aber nicht übermäßig bedrohlich wirkenden Händen auf Rich zu, als wolle
er versuchen, einen Wellensittich einzufangen, bevor er
ihm davonfliegen konnte. Stefanie ging sanft dazwischen,
legte ihre kräftige Hand auf Windross' Arm, um einen Zu-
sammenstoß zwischen den beiden zu verhindern. Rich war
nicht in der Stimmung, einem Angriff auszuweichen.

»Was erzählen Sie da über mich? Was für Lügen verbrei-
ten Sie? Es ist nicht Ihre Aufgabe, in meinem Gasthof her-
umzuschnüffeln!«

»Es ist gut, daß ich das getan habe!« erwiderte Rich böse.
Er wurde vom Atem des Mannes gestreift. Windross mußte
ziemlich viel getrunken haben, bevor das Telefon ihn raus-
geklingelt hatte.

»Aufhören!« rief Melka. »Mr. Windross, nehmen Sie sich
zusammen, sonst kommt noch Körperverletzung zu der
anderen Beschuldigung dazu.«

»Was für eine Beschuldigung?« Die Stimme des Gastwirts versagte, seine Lippen bewegten sich unkontrolliert.

»Mr. Devon beschuldigt Sie der Kindsmißhandlung.«

»Gott ist mein Zeuge! Es gibt keine Kindsmißhandlung!
Ich versichere Ihnen, daß ich das Mädchen behüte wie meinen Augapfel.«

Windross begann hemmungslos zu schluchzen. Er bedeckte sein Gesicht mit den Händen. Angesichts dieses Ge-
fühlsausbruchs blieben sie wie angewurzelt stehen. Melka
betrachtete das Schauspiel mit einer mißbilligenden Grimasse. Er packte ihn an einem der herunterhängenden Arme und führte den schluchzenden, jammernden Mann zur
Tür.

»Mr. Windross, ich bitte Sie, sich zusammenzunehmen.«

Windross zog das linke Bein nach und fuhr mit seinem
Gewimmere und Gestöhne fort. Rich hielt das für pure
Angst und empfand nicht die Spur von Mitleid. Schon
bald, und zwar in der Anwesenheit von Zeugen, würde er
seiner erbarmungswürdigen Tochter gegenüberstehen, die

er so gewissenlos behandelt hatte. Die Frage war: Warum hatte er das getan? Was hatte diesen Haß auf seine Tochter hervorgerufen? Aber Rich war an der Psychopathologie von Windross nicht so sehr interessiert, wie Karyn es gewesen wäre. Er wollte Polly nur vor ihrem Vater in Sicherheit bringen. Für immer.

14

Sie fuhren im Polizeiwagen zum Eingang des ausgebrannten Trakts. Melka nahm einen Bolzenschneider aus dem Kofferraum des Autos, während Windross an seinem Schlüsselbund herumfummelte, um den richtigen Schlüssel zu finden.

Melka sah die Kette und das Vorhängeschloß und fragte Rich: »Wie sind Sie hier reingekommen? Haben Sie ein Fenster eingeschlagen?«

»Ich bin nach hinten gegangen und über eine improvisierte Leiter auf das Dach geklettert.« Rich zeigte auf den Balkon im dritten Stock, auf dem er gelandet war. »In dem Zimmer ist sie.«

»Ha!« stieß Windross nervös hervor. Eine kleine Wolke Atemluft hing über seinen Augenbrauen, als er die Kette öffnete. Er schüttelte seine nackten Hände, denen die Berührung mit dem eisigen Metall nicht gefallen hatte. »Ich sage Ihnen, Chief, davon ist kein Wort wahr. Das ist vielleicht so was wie... Wie ein dummer Studentenulk. Sie werden sehen! Dann werden wir genau wissen, an wem es ist, Beschuldigungen zu erheben. Meine Anwälte...«

»Gehen wir«, unterbrach Melka ihn und leuchtete ihm den Weg mit der großen blauen Taschenlampe, die er in der linken Hand hielt.

Als sie langsam die Treppe hinaufgingen, leuchtete Melka an den Wänden entlang, um sich den Schaden zu besehen. Rich ging hinter ihm, gefolgt von Stefanie.

»Woher wußten Sie, daß Sie das Mädchen hier finden würden?« fragte Melka.

Rich erklärte ihm die Sache mit dem Anhänger in seinem Zimmer und erzählte ihm von dem Licht, das er gesehen hatte.

Nachdem die Tür in der provisorischen Wand im zweiten Stock offen war, drängelte sich Rich ungeduldig an Windross vorbei und lief den Gang entlang zu Zimmer 331.

»Polly! Ich bin's, Rich!«

Die Tür, die er vorhin mit wenig Anstrengung aufgehebelt hatte, war jetzt fest verschlossen. Rich schlug dagegen, rammte seine Schulter gegen die massive Füllung. Schmerz fuhr durch seinen steifen Hals.

»Die ist verschlossen«, sagte der heranstapfende Windross hinter ihm. Er schien geschwächt, atmete schwer und machte einen niedergeschlagenen Eindruck. Er schien sehr angegriffen zu sein, so als schlage sein Herz auf einmal nicht mehr kräftig genug.

»Sie ist nicht verschlossen«, widersprach Rich. »Das kann nicht sein. Polly kann sich nicht weiter als zwei Meter vom Bett wegbewegen.«

»Ich habe einen Schlüssel«, sagte Windross. »Licht bitte!«

Stefanie leuchtete ihm mit dem Strahl ihrer Taschenlampe über die Schulter, während er wieder seinen Schlüsselbund absuchte. Der Atem der beiden vermischte sich in dem Licht zu einer großen Wolke.

Melka suchte den Gang ab. »'ne Menge Fußspuren hier.« Rich fragte er: »Sind Ihre auch dabei?«

»Ja. Ich habe nach einem Ausgang gesucht.« Rich starrte gebannt auf die Tür von Zimmer 331. Er wunderte sich, daß Polly ihm nicht geantwortet hatte. Sie konnte sich doch nicht schlafen gelegt haben. Er klopfte noch einmal. »Polly? Alles in Ordnung! Ich bin zurück. Du brauchst keine Angst zu haben.«

Windross fand den richtigen Schlüssel und sah langsam zu Rich hinauf. Seine Augen leuchteten, auf seinem Gesicht lag der Ausdruck von glühendem Haß.

»Sie können sich gar nicht vorstellen, was für einen Ärger Sie mir machen«, sagte er leise. »Und was für ein Leid Sie mir antun.«

»Machen Sie endlich die Tür auf«, sagte Rich, aber inzwischen war er derjenige, der Angst hatte.

»Na endlich.« Windross steckte den Schlüssel ins Schlüsselloch und mußte es ein paarmal versuchen, bis das solide Schloß aufsprang. Rich öffnete die Tür und stand... in einem leeren Zimmer.

Der Schreck durchzuckte seinen Hals wie ein elektrischer Schlag, der Unterkiefer sackte herunter. Er atmete den muffigen, sauren Geruch von abgestandenem Rauch. Etwas Ruß schneite von dem verkohlten Türbalken über seinem Kopf. Der Raum war kalt und verlassen, wie alle anderen Räume entlang des Flurs. Er drehte sich ungeschickt um, wobei er Stefanie anrempelte, und sah auf das verschmutzte Messingschild auf der Außenseite der Tür, um sich zu überzeugen. 331. Er sah hinunter auf die Fußabdrücke, die er vorhin auf dem verfilzten Flurteppich hinterlassen hatte. Dann nahm er Stefanie die Taschenlampe aus der Hand und leuchtete ins Zimmer. Es standen keine Möbel darin. Er sah eine verbogene Vorhangstange über der Doppeltür zum Balkon, daran hingen die Reste zerlumpter Vorhänge.

Rich drehte sich wieder um und begegnete Melkas skeptischem Blick.

»Das... Das war vorhin nicht so! Es war sauber und warm in diesem Zimmer. Und dort stand ein Bett.« Er zeigte mit dem Lichtstrahl der Taschenlampe auf die Stelle. »Dort. An der Wand. Und neben dem Bett stand ein kleiner Tisch mit einem Sony-Fernseher darauf. Dann war da ein Tablett mit Essen. Aber das hatte sie kaum angerührt. Und auf dem Bett lag eine Flickendecke. Orange und blau. Das Bettlaken war aus Flanell. Polly hatte einen Tweedrock und einen Skipullover an. Das hier... Das ist nicht das Zimmer. Es muß...«

»Nächste Tür«, polterte Melka. »Mr. Windross?«

Windross seufzte und öffnete widerwillig eine andere Tür. Das Zimmer daneben war so ziemlich im gleichen Zustand wie Nummer 331: ausgeräumt, verrußt, verlassen. Ein paar andere Türen auf dem Flur waren nur angelehnt. Windross stand wartend da, die Hände tief in den Taschen seiner Cordjacke vergraben. Das Kinn war ihm auf die Brust gerutscht. Er sah aus, als wenn er eingeschlafen wäre, während Rich von Zimmer zu Zimmer hastete.

Plötzlich war ihm etwas Wichtiges eingefallen. »Kommen Sie«, rief er Melka zu. »Ich werde Ihnen zeigen, wie ich rausgekommen bin. Ich habe ein Laken von Pollys Bett genommen.«

Er führte sie zu dem Zimmer, in dem das Loch im Fußboden war. Richs Gesicht brannte, aber sonst fror er erbärmlich. Der neue Schock jagte seinen Herzschlag für ein paar Sekunden noch etwas höher.

Keine Spur von einem Flanellaken. Seine Fußabdrücke waren rund um das Loch in den Ruß gedruckt. Es kam ihm vor, als sei er in einem Märchen, das kein glückliches Ende haben sollte.

»Haben Sie eine Erklärung?« fragte Melka. Seine Stimme klang nicht direkt unfreundlich, aber er schien auch nicht gerade angetan von dem Ergebnis der Untersuchungen.

»Nein.« Rich ließ sich gegen die Wand vor der Tür fallen. Er atmete keuchend durch den Mund. »Sie können ja sehen, daß ich hier war. Das sind meine Fußabdrücke. Aber ich bin nicht gesprungen. Ich habe ein Bettlaken befestigt. Ich schwöre es...«

Melka nickte geduldig.

»Ich... Ich kann mir nicht vorstellen, was sie mit Polly gemacht haben.« Er richtete sich wieder auf und lieh sich noch einmal Stefanies Taschenlampe aus. Dann zwängte er sich an Windross vorbei, der den Kopf hob und ihn anstarrte. Finsternis und Krankheit tropften aus diesem Blick wie Tinte von einem Tintenfisch.

»Wo wollen Sie hin?« rief Melka mit scharfer Stimme hinter Rich her.

»Ich werde eine Erklärung für das alles finden. Warten Sie nur.«

Er ging noch einmal ins Zimmer 331. Der Strahl seiner Taschenlampe wanderte von Zimmerecke zu Zimmerecke. Melkas Taschenlampe verdoppelte noch das herumwandernde Licht und verteilte Richs kopflosen Schatten über die schwarzbraune Wand. Windross begann zu jammern. Seine Stimme wurde dabei immer höher. Rich drehte sich verwirrt um, aus seinen abgehackten Atemzügen wurden Seufzer. Er mußte seine Verzweiflung eingestehen, hinzu gesellte sich die Angst, verrückt zu werden.

Auf einmal schien er sich vor etwas zu ekeln, er begann zu würgen und zu keuchen, taumelte hinaus auf den Flur, erbrach sich und sackte zusammen auf die Knie.

»Mein Gott, was haben Sie?« fragte Stefanie.

Rich sah sie aus tränennassen Augen an. »Dieser Geruch! Riechen Sie ihn denn gar nicht?«

»Was für ein Geruch?« Stefanie trat in die Zimmertür und schnüffelte deutlich hörbar.

»Verrottet. Verfault. Wie verwesendes Fleisch.« Rich krümmte sich wieder zusammen und würgte eine übelriechende Flüssigkeit hervor.

»Er ist verrückt«, sagte Windross zu Melka und wedelte mit den Händen, um seine Worte zu unterstreichen. »Ich verstehe das nicht. Ich habe mit Ihnen zusammengearbeitet. Warum unternehmen Sie jetzt nicht etwas gegen ihn? Bestrafen ihn? Er hatte nicht das Recht, mich in eine solche Situation zu bringen. Mich zu beschuldigen. Mir meinen Seelenfrieden zu rauben.«

Rich fuhr auf. Er schien wild entschlossen. Windross den Kopf von den Schultern zu reißen. Melka schlug ihn mit der offenen Hand hart auf den Hinterkopf, bevor er den Hotelwirt packen konnte. Rich stürzte zu Boden, wo er ausgestreckt liegenblieb. Melka richtete die Taschenlampe auf sein Gesicht.

»Beruhigen Sie sich, Richard, bevor Sie sich noch der Verfolgung durch das Gesetz aussetzen.«

»Ich mich?«

»Ich will ihn nicht anzeigen«, sagte Windross. »Ich will nur, daß er aus meinem Gasthaus verschwindet! Er soll mich in Ruhe lassen!«

Melka bot Rich seine Hand an und zog ihn wieder auf die Füße. »Habe ich Sie verletzt?«

Rich rieb sich den Hinterkopf. Er war über und über schwarz und roch nach Erbrochenem. Der Leichengeruch, der seine Nasenlöcher gefüllt hatte, ließ ihn immer noch um Luft ringen. Aber der Schlag hatte dazu beigetragen, sein seelisches Gleichgewicht wiederherzustellen, seinen unbeirrten Glauben daran, beweisen zu können, was er hier gesehen hatte. Polly mußte doch hier sein. Irgendwo. Er brauchte nur etwas mehr Zeit. Er würde jeden Raum durchsuchen.

»Ich habe nichts gerochen«, sagte Stefanie. Sie sah Rich dabei an und zuckte mit den Achseln, wohl um ihn darauf hinzuweisen, daß es ihr leid tat.

»Lassen Sie uns, verdammt noch mal, hier verschwinden«, sagte Melka.

»Warten Sie. Es gibt noch Dutzende von Zimmern, die wir...«

»Richard, was ich Ihnen jetzt sage, das meine ich todernst: Ich bin nicht mehr als dreißig Sekunden davon entfernt, Sie ins Gefängnis zu werfen, damit Sie über die Sache nachdenken können, über diese Zwangsvorstellung, die sich in Ihrem Kopf festgesetzt zu haben scheint.«

»Aber ich sage die...«

»Mein Junge, ich bin davon überzeugt, daß Sie wirklich ein Problem haben. Ich würde es nicht wagen zu raten, was das für ein Problem ist, aber ich würde Ihnen empfehlen, darüber weit weg von meinem Einflußbereich nachzudenken. Mr. Windross hat ja schon den Vorschlag gemacht, daß Sie Ihre Sachen packen und verschwinden. Tun Sie das! Stefanie wird bei Ihnen bleiben, bis Sie fertig sind. Und kommen Sie nicht so bald zurück!«

Richard richtete seinen Zeigefinger auf Windross. »Er weiß, wovon ich rede. Das können Sie mir glauben! Er weiß alles. Er versteckt Polly irgendwo. Fragen Sie ihn.«

Windross schaute erstaunt und betrübt drein. Melka tippte Rich mit dem Schaft seiner Taschenlampe auf die Schulter. Rich merkte, daß er sich hier auf immer dünnerem Eis bewegte und hielt jetzt den Mund.

»Ich würde gerne wieder abschließen«, sagte Windross. »Ist das alles?«

»Es sei denn, Sie wollen Anzeige gegen Mr. Devon erstatten.«

»Ich will das alles nur so schnell wie möglich vergessen«, antwortete der Hotelwirt müde und warf noch einen letzten, ziemlich desinteressierten Blick auf Rich, bevor dieser mit Stefanie davonging.

Stefanie gab Rich genug Zeit, um zu duschen. Nach der Dusche zog er sich an. Seine Hände waren fast so unbrauchbar wie Felsbrocken. Er zitterte immer noch. Mit jedem Atemzug wurde der grauenhafte Geruch wiederbelebt, der ihn im Zimmer 331 überfallen hatte. Jede Zelle seines Körpers schien von diesem Geruch durchdrungen zu sein. Ganz allmählich wurde ihm seine Hysterie bewußt. Die widerlichen Striemen auf Pollys Körper hatten ganz schwach nach Entzündung gerochen. Seine Angst hatte das Entsetzen darüber in eine übertriebene Geruchswahrnehmung verwandelt.

Als er draußen in seinem Porsche saß, schaute er sich noch einmal um, zum ausgebrannten Trakt des Hotels. Er ließ den Motor an und setzte den Wagen zurück, vorbei an der bewegungslos dastehenden Stefanie.

Aber Polly war dagewesen! Sie war dagewesen! Die vertrauten blaßblauen Augen. Die Lippen, die er geküßt hatte. Das war doch keine Einbildung gewesen. Ihre Finger, die sich an seinem Arm festgeklammert hatten. Jetzt, als er langsam von dem Gasthof wegfuhr, hörte er sie weinen. Es war eine herzzerreißende Klage. Er fühlte sich besiegt, mattgesetzt von einem unchristlichen Zauber. ›Verlaß mich nicht, Rich!‹ Ihre Stimme klang so wirklich, er wollte sich umdrehen. Aber er mußte aufpassen, daß er nicht von der Straße abkam. Tränen liefen über sein Gesicht.

›Du bist nicht verrückt‹, versicherte er sich selber.

›Wer immer sie sein mögen, sie haben dich reingelegt. Windross hat Polly rausgeholt, hat das Aussehen des Zimmers verändert. Aber sie können sie nicht für immer verstecken. Nicht für immer.‹

An der Peripherie von Talbot, einem kleinen Universitätsstädtchen, das elf Kilometer weiter an der Straße lag, wurde er von der Leuchtreklame eines Weinlokas angezogen, das blau durch die Nacht schien. Jetzt ein ordentlicher Drink. Ja. Abschalten. Es standen nur ein paar Wagen auf dem Parkplatz. Er fuhr den Porsche direkt vor die Eingangstür und ging hinein.

Es war ein beliebtes Lokal, aber zu dieser späten Stunde waren nicht mehr viele Gäste da. Die Gerüche und Gegenstände im Gastraum gaben ihm etwas von seiner Sicherheit zurück. (›Ich bin nicht verrückt. Ich muß nur ein wenig nachdenken. Mit Gottes Hilfe werde ich eine Erklärung finden.‹)

Er setzte sich in eine Nische, möglichst weit von der Bar entfernt, und bestellte sich einen Jameson's. Seine Hände zitterten, deshalb hielt er sie möglichst unter dem Tisch. Er hatte plötzlich heftige Kopfschmerzen. Zum erstenmal seit Stunden kam ihm Karyn in den Sinn, und mit einem Gefühl von Schuld dachte er an ihre Verabredung in dem Restaurant. Wie hieß der verdammte Laden noch, wo sie sich hatten treffen wollen? Er konnte sich nicht an den Namen erinnern. Londonderry hatte sie gesagt. Er sah auf seine Armbanduhr. Schon nach elf. Londonderry lag eine gute halbe Stunde weiter nördlich. Das Restaurant würde schon geschlossen haben. Es hätte keinen Sinn, dort anzurufen. Selbst wenn ihm der Name noch einfiele. Er wollte einfach ein bißchen hier sitzenbleiben, sich ein wenig sammeln, die geistige Ruhe finden, die es ihm ermöglichen würde, das alles noch einmal durchzudenken.

Rich trank das erste Glas Whiskey in ein paar Schlucken leer. Das war kein guter Stil, aber er brauchte schnelle Ergebnisse. Er trank selten Alkohol. Er profitierte vom schlechten Vorbild seines Vaters und einiger anderer naher Verwandter, die mit zerstörter Leber zur letzten Ruhe gebettet worden waren. Aber ebenso, wie er manchmal ein wenig Haschisch brauchte, gab es schwierige Situationen, die nach Whiskey verlangten. Er winkte der Bedienung und bestellte sich einen Doppelten.

15

»Sie dürfen sich da nicht einmischen«, sagte die Frau mit sanfter Stimme.

Für ein paar Sekunden war sich Rich nicht sicher, daß ihn

wirklich jemand angesprochen hatte. Sein Kopf, der in eine luftige Substanz eingepackt zu sein schien, die Rich an Zuckerwatte erinnerte, hing wackelig über dem fast leeren Glas, das vor ihm auf dem Tisch stand. Er hatte das komplizierte, flimmernde Durcheinander des Musters auf der Tischplatte studiert und mit den besten Arbeiten von Jackson Pollock verglichen. Das war ihm wie eine bedeutende Entdeckung erschienen, in Anbetracht dessen, daß er in einer abgelegenen Bar in der Wildnis Vermonts saß.

Er sah auf, den Mund vor Erstaunen weit geöffnet. Diese neue Position seines Kopfes brachte ihn fast aus dem Gleichgewicht, und er mußte aufpassen, daß er nicht seitwärts in die Nische kippte. Er hielt sich an der Tischkante fest, und blinzelte bei dem Versuch, seinen Blick auf die Frau zu konzentrieren. Der Gastraum war in Bewegung, er drehte sich ganz langsam und schaukelte auf und ab, wie ein ausgeleiertes Karussell. Rich leckte sich über die Lippen. Sie waren trocken von Zigaretten und mehreren doppelten Whiskeys, die er sich im Verlauf der letzten Stunde hinter die Binde gekippt hatte. Die anderen Gäste in der Bar nahm er kaum noch wahr. Er fühlte sich von der menschlichen Gemeinschaft abgeschnitten, wie ein ausgeleierter Kuckuck, der aus einer defekten Schwarzwälder Uhr hängt.

Sie kam etwas näher an seine Nische heran, bis sie nur noch eine Armlänge entfernt war. Sie war groß und dezent gekleidet, in Schwarz oder Nachtblau. Pullover, Rock, Stiefel. Als einzigen Schmuck trug sie Diamanten an den Ohrläppchen. Über eine Wange lief eine glänzende, sichelförmige Narbe.

»Wie sagten Sie, war Ihr Name?«

»Mein Name ist Inez Cordway. Wir hätten uns letzte Nacht fast getroffen. Ich entschied im letzten Moment, daß es zu nichts führen würde, aber ich glaube jetzt, daß das ein Fehler war.«

Er fuhr mit einem Finger seine eigene Wange ab, dort die Form ihrer Narbe nachzeichnend. Sie nickte.

»Genau! Das war ich. Zusammen mit Windross.«

»Heilige Mutter Gottes!«

Sie antwortete mit einem kühlen, nachsichtigen Lächeln. »Sie haben jetzt eine ganz schön lange Zeit mit sich selbst verbracht.«

»Erzählen Sie mir alles.« Die Wut machte Rich für ein paar Sekunden fast nüchtern. Er wollte sich erheben. »Sie... Sie müssen wissen, wo sich Polly befindet.«

Sie hinderte ihn mit einer sanften Bewegung am Aufstehen, einer winzigen Neigung des Kopfes, die jedoch von einem Blick begleitet wurde, der unerbittlich und gnadenlos war wie der Biß einer Viper.

»Es ist nicht mehr Polly«, sagte Inez Cordway.

Rich fiel zurück in die Sitzbank. Er atmete schwer, erstickte fast an den aufgestauten Alkoholdämpfen. Die Ecke, in der er saß, erschien ihm weit entfernt vom übrigen Gastraum, wie durch das falsche Ende eines Fernrohrs betrachtet. Seine Ohren und seine Stirn schienen zu brennen. Seine Fingernägel glühten auf der Tischplatte, und obwohl er seine Augen anstrengte, verschwamm die Frau zu einem undeutlichen Schatten. Nur ihre Stimme blieb glasklar.

»Das Kind ist von einem Dämon besessen. Vielleicht sogar von mehr als einem Dämon. Das wissen wir noch nicht genau. Wir haben eben erst mit unseren Sitzungen begonnen. Es kann Wochen dauern, bis wir endlich wissen, womit wir es zu tun haben.«

Der pure Whiskey stieg Rich in die Kehle. Er hielt eine Hand vor den Mund, aber etwas von der Flüssigkeit tropfte ihm durch die geschlossenen Finger.

»Sie haben zuviel getrunken«, sagte die Frau leidenschaftslos. »Aber ein kräftiger Rausch ist sicherlich nicht das Schlimmste, was Ihnen heute nacht passieren konnte.«

Ganz unerwartet fing Rich zu weinen an, vor Wut und Ohnmacht. Das Kinn hatte er dabei fest gegen sein Brustbein gepreßt.

»Was, zum Teufel, soll das heißen? Warum ist es nicht Polly? Ich habe sie gesehen, habe mit ihr gesprochen.«

»Ja, ich weiß. Im Zimmer 331 des Gasthofs.«

»Als ich zurückkam, war sie nicht mehr da. Was haben Sie mit ihr gemacht?«

»Hören Sie mir mal zu.« Sie lehnte sich etwas zu ihm hinüber, kam ihm dadurch zu seinem Mißvergnügen mit ihrem Gesicht sehr nahe. Er bemerkte das Leuchten der teuren Goldfüllungen in ihrem Mund und die dunklen, brennenden Augen. »Polly war niemals dort. Sie war seit über fünf Wochen nicht mehr im Post Road Inn.«

»Sie wissen ja nicht, was Sie sagen!« Er fühlte sein Herz schlagen. »Aber ich werde herausbekommen, was das alles zu bedeuten hat.«

»Sie können ganz sicher sein: Polly, unser Gast Polly, ist an einem sicheren Platz. Sie bekommt Liebe, Schutz und ihren Frieden. Jedenfalls im Augenblick. Es gibt eine Chance, das Kind zu erlösen, ihre unsterbliche Seele zu retten. Aber ich sage Ihnen noch einmal: Sie dürfen sich da nicht einmischen!«

»In was einmischen?«

Sie lehnte sich zurück und wuchs dabei zu respekteinflößender Größe.

»In den Exorzismus!«

Rich versuchte viel zu schnell aufzustehen. Er stieß an die Tischkante und setzte sich wieder hin. Er fühlte sich schwach und schwer, sein Gehirn war fast betäubt, als läge er am Rande einer unendlichen Finsternis, wie ein Tier, das auf einer Landstraße angefahren wurde.

»Ich will Polly sehen!«

»Sie tun ihr und uns anderen den größten Gefallen, wenn Sie sie so schnell wie möglich vergessen. Sie können ihr nicht helfen.«

»Wenn Polly nicht im Gasthof ist oder war, was haben Sie alle denn dort letzte Nacht gemacht?«

»Die strengen Regeln des Rituals verlangen einen Besuch an dem Ort, an dem die Inbesitznahme durch den Dämon stattfand. Sofern dieser Ort bekannt ist.«

»Inbesitznahme? Woher wollen Sie wissen, daß sie... Verdammt noch mal, wer sind Sie eigentlich?«

»Sie kennen meinen Namen. Ich habe lange Zeit meines Lebens mit Satan zu tun gehabt. Ich bin ganz sicher. Deshalb bin ich gekommen, um Sie zu bitten, uns in Ruhe zu lassen. Es ist ganz offensichtlich, daß Sie einen viel zu starken Einfluß auf Polly haben. Der Dämon weiß das, und er bedient sich Ihrer bereits. Das kann äußerst gefährlich werden. Bitte, glauben Sie meinen Worten. Sie sollten so schnell wie möglich nach Hause fahren.«

Inez Cordway drehte sich um, und hinter den Schleiern seiner Wahrnehmung verschwand sie ganz schnell, wie ein schlankes Schlachtschiff auf einem dunklen Meer.

Das Gastzimmer schwankte immer noch ein wenig vor seinen Augen, aber nicht mehr so beunruhigend wie vorher. Rich erhob sich und zwängte sich aus der Nische. Er zwang sich, gerade zu stehen, fingerte ein dünnes Bündel Banknoten aus seiner Hosentasche und warf einen Schein, den er für eine Zwanzig-Dollar-Note hielt, auf den Tisch. Dann ging er der Frau nach.

16

Der schwarze Cadillac bog gerade vom Parkplatz auf die abschüssige Straße, als Rich aus dem Lokal trat. Die frische Luft erweckte ihn wieder zum Leben. Der Adrenalinstoß, der folgte, vermittelte ihm das trügerische Gefühl, wieder nüchtern zu sein. Aber seine Reflexe waren noch sehr langsam. Er stieß auf dem Weg zu seinem Porsche mit der Hüfte schmerzhaft gegen ein fremdes Auto. Als er hinter dem Lenkrad saß, reckte er den Hals, um den Cadillac nicht auus den Augen zu verlieren, während er den Motor anließ.

Als er endlich rückwärts aus dem schrägliegenden Parkplatz herausgefahren war, war Inez Cordway schon in östlicher Richtung auf der Straße nach Talbot verschwunden.

Rich beschleunigte den Porsche auf achtzig. Es war ja nur eine halbe Minute vergangen. Er wußte, daß er sie in wenigen Sekunden wieder einholen konnte. Der Porsche jagte über einen Hügel und um eine enge Kurve. Es war kein Verkehr auf der Straße. Direkt vor ihm leuchtete eine rote Verkehrsampel an einer Kreuzung. Rich stöhnte vor Ärger auf, als er die Geschwindigkeit auf Schrittempo drosselte.

Er konnte vielleicht eine halbe Meile der Straße einsehen,

auf der er sich befand. Bis zu den Lichtern eines Dorfes. Sein Blick war vielleicht noch etwas verschleiert, aber er konnte immerhin so deutlich sehen, daß er die Rücklichter des Cadillacs erkannt hätte, wenn die Frau in Richtung Talbot weitergefahren wäre. Das einzige Fahrzeug, das auf dieser Straße fuhr, war ein alter Lastwagen, an den ein Schneepflug montiert war. Er kam auf ihn zu.

Rich blieben also zwei Möglichkeiten.

Er schlug das Lenkrad kurzentschlossen nach links ein und raste in nördlicher Richtung auf einer engen, kurvigen Straße entlang, die an Felswänden, die unter Schneebänken fast vollständig begraben waren, an einsamen Gehöften und Holzstapeln am Straßenrand vorbeiführte. Ihm war schlecht von der Fahrt und dem Whiskey, den er getrunken hatte. Er fror und schwitzte gleichzeitig. Er beschleunigte sein Auto bis zur Grenze des Verantwortbaren. Jetzt hätte jedes kleine Hindernis ihn in ärgste Schwierigkeiten gebracht. Es konnte immer eine unerwartete Eisplatte auf der Straße sein, oder ein langsam fahrendes Auto mit schwachen Rücklichtern hätte plötzlich vor ihm auftauchen können.

Gerade als er sich eingestehen wollte, die falsche Wahl getroffen zu haben, und das Tempo etwas drosselte, kam Rich hinter dem Grat eines Hügels zu einer unbeschilderten Kreuzung am Ende der Straße, auf der er sich befand. Der Schnee, den verschiedene Schneepflüge hierhergeschoben hatten, bildete eine zwei Meter hohe Mauer vor den dicken Stämmen einiger Birken. Wenn er nicht den Fuß ohnehin schon auf der Bremse gehabt hätte, wäre er wahrscheinlich mit hoher Geschwindigkeit auf die Wand aus Schnee und Bäumen geprallt. So drehte er sich jedoch zweimal um die eigene Achse, weil er zu hart gebremst hatte, und prallte mit der Breitseite gegen die Schneewand, die dick genug war, um den Porsche vor einem Zusammenprall mit den Bäumen zu schützen.

Rich stieg aus; ihm wurde schlecht und er erbrach puren, unverdauten Whiskey. Seine ohnehin schon schmerzenden Bauchmuskeln wurden dadurch bis zum äußersten gereizt. Dann sank er in den Schnee, weil er zu schwach war, um zu stehen oder sich auch nur an einen Baum zu lehnen.

Es vergingen einige Sekunden, bis er das leise, gleichmäßige Tuckern des Cadillacs hörte.

Als er den Kopf hob, sah er den Cadillac weniger als hundert Meter entfernt auf der linken Seite der Straßengabelung stehen. Sie hatte den Fuß auf der Bremse, die Bremslichter leuchteten durch die Dunkelheit. Das war so ziemlich alles, was er von dem Wagen sehen konnte: Bremslichter und Parklichter. Er schien mitten auf der Straße zu stehen. Er fragte sich, ob sie dort auf ihn gewartet hatte. Auf ihn und den zu erwartenden Unfall.

Rich erhob sich und ging auf den Cadillac zu. Er war unsicher auf den Beinen und atmete schwer. Es gelang ihm nicht, in gerader Linie zu gehen, aber er konnte das Gleichgewicht einigermaßen halten. Er ging unbeirrt weiter.

Dann war das Quietschen von Reifen zu hören. Der Cadillac fuhr schlingernd an.

»Warten Sie!« rief Rich und begann zu laufen.

Sie wartete nicht. Vielleicht hatte sie sich nur überzeugen wollen, daß er nicht ernsthaft verletzt war. Der Cadillac verschwand hinter einer Kurve; sie fuhr immer noch mit eingeschalteten Lichtern. Die Bremslichter leuchteten noch einmal durch eine Reihe Bäume, dann waren sie verschwunden. Rich blieb auf wackligen Beinen stehen. Er stieß ein paar müde Flüche aus.

Soweit er es beurteilen konnte, war sein Porsche nicht sehr schwer beschädigt. Aber beide Hinterräder steckten bis zu den Radkappen im Schnee. Er konnte den Wagen nicht wegfahren. Etwa vierzig Minuten lang saß er hinter dem Lenkrad und sehnte sich nach einer Zigarette. Die Standheizung versorgte das Wageninnere gerade mit so viel Wärme, daß er nicht erfror. Dann kamen ein paar junge Burschen in einem Jeep Renegade vorbei und nahmen ihn mit nach Talbot.

»Weiß einer von euch, wo Inez Cordway wohnt?«

Rich wiederholte den Namen. Die Jungen sahen sich an und schüttelten den Kopf. Er beschrieb sie.

»So sieht niemand aus, den ich kenne«, sagte der Jeep-fahrer. »Was ist mit dir, Ted?«

»Nein, ich glaube nicht, daß ich die schon mal gesehen habe.«

Rich beschrieb auch den Cadillac aus den Fünfzigern, und ärgerte sich, weil er sich die Nummer nicht gemerkt hatte.

»Das wäre ein Schlitten, auf den Bob Thurlow scharf wäre«, meinte Ted. »Er muß Dutzende von diesen alten Kisten haben. Er richtet sie wieder her.«

»Aber du hast Inez Cordways Auto hier auf den Straßen nicht rumfahren sehen?« fragte Rich den Fahrer.

»Nein. Und an einen so alten Cadillac würde ich mich bestimmt erinnern. Hier in der Gegend hat niemand so einen, das ist sicher.«

17

Rich mußte von seinen schwindenden Bargeldreserven noch einmal sechzehn Dollar für das Taxi von Talbot zum Davos Chalet am Hermitage Mountain abzweigen. Er erkundigte sich am Empfangsschalter nach der Zimmernummer und trug sein und Karyns Gepäck nach oben, ohne sich die Mühe zu machen, vorher auf dem Zimmer anzurufen. Es war zwanzig nach eins am frühen Morgen. Er war so erschöpft, daß er im Fahrstuhl fast im Stehen eingeschlafen wäre.

Er hatte den hell erleuchteten Flur schon bis zur Hälfte bewältigt, als ihm ein schmusendes Pärchen vor einer Zimmertür auffiel. Als er fast neben den beiden stand, merkte er, daß das Mädchen Karyn war. Sie wandte ihm den Rücken zu. Trux Landall hielt sie fest, seine eine Hand ruhte zwischen ihren Schulterblättern, die andere rieb langsam und besitzergreifend ihren Hintern.

»Ach du Scheiße!« sagte Rich.

Sie sahen ihn an. Karyns Lippen waren noch geöffnet. Sie sahen voll aus und waren feucht und gerötet. In ihren

Augen stand die ganze Inbrunst des unterbrochenen Kusses geschrieben. Sie machte einen Schritt rückwärts ins Zimmer und Trux trat hinaus auf den Flur. Er war von Kopf bis Fuß in dunkel glänzendes Seehundleder gekleidet.

Rich ließ die eine Tasche fallen und schleuderte die andere, Karyns braunen Sportbeutel, in Richtung von Trux Landalls Kopf. Der Junge wich ohne große Mühe aus und runzelte die Stirn. »Nun mal langsam, Kumpel.«

»Verschwinde hier, du Arsch!« schrie Rich.

»Ich wollte gerade gehen.«

Rich wollte ihm dort in die Leistengegend treten, wo es sich so auffällig vorwölbte. Trux wich ganz friedfertig aus, aber er hob für alle Fälle schon mal die Hände etwas höher. Rich nahm die zweite Tasche, seinen grünen Leinensack, und schwang sie am Lederriemen.

»Rich, hör doch auf«, flehte Karyn.

Er sah sie an, ließ den Sack fallen, weil er als Angriffswaffe ohnehin nicht zu gebrauchen war, und stürmte mit erhobenen Fäusten auf Trux los. Er schlug und trat heftig auf seinen Gegner ein, eine Technik, mit der er früher gegen größere Jungens so manchen Kampf auf der Straße gewonnen hatte. Aber diesmal war er zu müde und zu langsam. Trux parierte seine Angriffe, ohne selbst irgendwelchen Schaden zu nehmen. Er sah ratlos zu Karyn hinüber, während er sich Rich auf Armeslänge vom Leib hielt.

»Ich will das nicht, Karyn.«

»Rich!«

Sie griff nach einem seiner Arme, aber er schubste sie zur Seite. Trux hatte auf diese Weise Zeit, genau Maß zu nehmen und ihm einen harten Schlag unterhalb des Brustbeins zu versetzen.

Rich fiel mit offenem Mund auf den Hintern. Er rollte zur Seite und rang nach Luft.

»Tut mir leid, Karyn«, sagte Trux.

»Mein Gott, er kann unmöglich werden, wenn es mal soweit gekommen ist.«

Rich nahm undeutlich wahr, daß sich auf dem Flur noch eine andere Tür geöffnet hatte. Er sah verschwommene Gesichter, wie hinter einem Schleier. Noch mehr Zeugen seines tiefen Falls. Er erhob sich auf die Knie und muße feststellen, daß Stolz allein ihn nicht wieder kampfbereit machen konnte. Er blieb, wo er war, und massierte die Stelle, wo ihn die Gerade seines Gegners getroffen hatte. Er war sich im klaren darüber, daß er wackeln würde, wenn er jetzt aufstehen würde. Luft strömte in seine Lungen. Er keuchte und sah hinauf zu Karyn. Sie weinte.

»Ich kriege dich schon noch«, sagte er, ohne daß man wußte, wen er meinte.

»Ich wollte ihr nur eine gute Nacht wünschen«, erklärte Trux im Weggehen.

»Hast wohl nicht genug bekommen, da drinnen?«

Karyn sammelte mit gerötetem Gesicht die Gepäckstücke zusammen, die Rich auf dem Flur verteilt hatte, und trug sie in ihre Suite. Sie knallte die Tür hinter sich zu, öffnete sie aber gleich darauf wieder und schrie wütend, wobei es ihr egal zu sein schien, wer zuhörte: »Du verdammter Idiot, wo warst du den ganzen Abend? Hättest du nicht anrufen können? Ich habe mich zu Tode geängstigt!«

»Ein Unfall«, sagte Rich. Er stand jetzt aufrecht, angelehnt an die Wand. Aber es gelang ihm noch nicht, gerade zu stehen oder gar seine Füße in Gang zu setzen.

»Nein! Wo? Was ist passiert?«

»Das Auto. Es ist von der Straße abgekommen.«

Karyn legte einen Arm um ihn. »Kaputt? Komm doch rein.«

Aber er blieb trotzig stehen. »Hat ›Tricky Trux‹ dich gefickt?«

»Rich! Werde doch endlich mal erwachsen. Trux hat mir nur Gesellschaft geleistet. Du warst immer noch nicht hier, als ich zurückkam, und ich wollte nicht allein sein. Und nun komm doch bitte mit rein.«

Er brauchte dazu ihre Hilfe und akzeptierte sie murrend. Seine Füße schlurften über den Fußboden. Sie setzte ihn aufs Bett, das etwas zerknautscht, aber nicht unbedingt zerwühlt aussah. Rich legte sich zurück und verzog sein Gesicht vor Schmerz. Wenn er besser beisammen gewesen wäre, hätte er es Trux gezeigt. Viel Tamtam, aber nichts dahinter. Er kannte den Typ. Der hatte ihn mit einem Babyschlag von den Beinen geholt.

»Ich werde das Arschloch umbringen«, murmelte er.

Karyn bemühte sich, ein entschiedenes Gesicht zu machen, um die Tränen zurückzuhalten. »Halt jetzt deinen Mund! Es war nur ein Gutenachtkuß. Okay, vielleicht ist er etwas innig ausgefallen, aber schließlich bin ich mal mit ihm gegangen. Er ist ein sehr guter Freund.«

Rich verdrehte ungläubig die Augen. »Jetzt sag mir mal ganz ehrlich, hast du heute abend mit ihm gevögelt?«

»Nein! Habe ich nicht!«

Nach einer Weile sagte Rich großzügig: »Okay, ich glaube dir.«

»Es ist mir scheißegal, ob du mir glaubst oder nicht! Ich habe die Schnauze voll von der Art und Weise, wie du mich behandelst. Ich weiß nicht, was in dich gefahren ist. Ich will einfach nur glücklich sein. Ich will, daß es uns beiden gut geht, Rich. Kannst du nicht auch ein bißchen dazu beitragen?«

Er war still. Die Augen hatte er halb geschlossen, auf seinem Gesicht lag der angespannte, ausgehungerte Ausdruck äußerster Müdigkeit.

Karyn stand auf, ging ins Badezimmer, um sich ein Papiertaschentuch zu holen und setzte sich, als sie zurückkam, näher zu ihm. Seine Hand legte sich auf ihre kalten Finger. Karyn ermutigte ihn nicht gerade, aber sie zog ihre Hand auch nicht zurück.

»Tut mir leid«, sagte er.

»Ist der Porsche hinüber?«

»Ich glaube nicht.«

»Noch mal zu Trux: Es kann sein... Also, wenn du nicht gekommen wärst, wären wir vielleicht noch mal hier drin gelandet. Ich weiß es nicht. Aber was wir auch gemacht hätten, es hätte keine Bedeutung gehabt.«

»Sicher, sicher. Ich will nicht mehr darüber reden. Ich brauche Schlaf, Karyn. Ehrlich. Ich bin todmüde.«

Nach einigen Augenblicken rollte Karyn sich neben ihm zusammen und berührte zärtlich sein Gesicht. Rich küßte die Innenfläche ihrer Hand.

»Du hast das Licht angelassen«, beschwerte er sich.

»Oh — ich will nicht im Dunkeln schlafen.«

»Warum nicht?«

»Es gibt Dinge, die passieren einfach nicht, wenn das Licht an ist«, sagte Karyn, und sie zitterte ein wenig, als sie sich näher an ihn kuschelte. Sie hatte die Augen weit geöffnet und machte ein ängstliches Gesicht.

18

Karyn bemühte sich redlich, ihn bei Sonnenaufgang aus dem Bett zu bekommen, aber Rich protestierte energisch. Er sagte, er sei zu müde und habe am ganzen Körper Schmerzen. Endlich gab sie ihm einen versöhnlichen Kuß, deckte ihn wieder zu und ging alleine auf die Piste.

Gegen neun Uhr, als die Sonne ihm wie ein Laserstrahl aufs Gesicht brannte, gab es Rich auf, weiterschlafen zu wollen, und schleppte sich ins Badezimmer. Die Dusche brachte seinen Kreislauf ein wenig in Schwung, aber die tiefe Niedergeschlagenheit, mit der er aufgewacht war, ließ sich nicht so leicht vertreiben. Er hatte geträumt, die ganze Nacht — von dem dunklen Zimmer, von der abwesenden Polly, von Inez Cordways goldgefaßten Zähnen, ihrer glänzenden Narbe und ihren vielsagenden Warnungen.

Sie versteckten das Mädchen, schlugen es brutal und glaubten, sie könnten damit durchkommen. Rich würde sich nicht einschüchtern lassen. Aber er wußte nicht, was er als nächstes tun sollte. Er hatte nur die undeutliche Vorstellung, daß er um Pollys willen schnell handeln mußte.

Der Kaffee auf der sonnigen Terrasse hob seine Stimmung ein wenig. Er hatte Appetit auf ein großes Frühstück, das er langsam verdrückte, während er immer wieder zu der Auslaufstrecke der Abfahrten am Fuß des Berges hinübersah, um Karyn dort möglicherweise zu entdecken. Ein paarmal erkannte er sie in der Nähe des Sessellifts. Trux war nicht bei ihr.

Rich schenkte sich Kaffee nach und sah Benny Childs auf

den Tisch zukommen. Er konnte nur mit Hilfe eines Krückstocks gehen.

»Was ist denn mit dir passiert?«

»Ich habe mir gestern das Knie verrenkt. Aus mit dem Skifahren. Ich hab' gehört, daß ihr jetzt hier oben wohnt. Das würde ich mir auch gerne leisten können.«

Benny setzte sich in einen Stuhl und legte sein linkes Bein hoch, das von dem Verband unter der Hose dick ausgebeult war.

»Ja, wir wohnen in der Suite für Jungvermählte. Willst du Kaffee?«

»Danke. Ach, die Flitterwöchnersuite. Darf man denn schon gratulieren?«

»Das wäre zu früh. Es war nur noch diese Suite frei. Ich kann's mir auch nicht leisten, aber Karyn konnte nicht schnell genug aus dem Post Road Inn wegkommen.«

»Wirst du heute noch Ski fahren?«

»Nein. Ich habe mein Auto in eine Schneewehe gesetzt. Ich muß langsam anfangen, mir Gedanken über die Bergung zu machen.«

»Brauchst du einen Abschleppwagen?«

»Ich glaube nicht. Es ist direkt am Straßenrand.«

»Ich kann dir meinen Saab leihen. Hinten im Kofferraum liegt ein Abschleppseil.«

»Das müßte gehen. Vielen Dank, Benny!«

»Ich werde mit dir kommen. Ich könnte heute morgen sowieso nichts anderes machen, als ein stinklangweiliges Buch über Religionsphilosophie lesen.«

Nach ein paar Meilen auf dem Weg nach Talbot seufzte Benny und sagte: »Irgendwie fehlt mir in letzter Zeit deine Gesellschaft.«

»Wie meinst du das?«

»Ich meine deine brillante Art zu formulieren, dein zynischer Witz. Gibt's zur Zeit nichts, was dir stinkt? Zum Beispiel die Kohlköpfe in Washington? Oder die beschissene wirtschaftliche Lage?«

»Tut mir leid, Benny.«

»Bist du sicher, daß mit dir und Karyn alles in Ordnung ist?«

»Ja. Daran habe ich jetzt nicht gedacht.«

»Und was geht dir im Kopf herum?«

»Benny, sag mir mal, was sind das für Leute, die an den Teufel glauben?«

»Aha«, sagte Benny und rieb sich die Hände, weil er sich auf eine interessante Diskussion freute. »Nach allem, was ich weiß, ist der Teufel immer noch fester Bestandteil des katholischen Glaubens. Er gehört zu den Grunddogmen.«

»Ja, gut, aber gibt es ihn wirklich?«

»Willst du meine Meinung hören oder die offizielle Meinung der theologischen Fakultät in Yale?«

»Was glaubst du?«

»Wenn du mich fragst, ob ich an eine Macht glaube, die Gott ebenbürtig ist und ihm entgegensteht, dann sage ich nein. Gott ist das einzige Wesen, das seine Existenz nicht der Schöpfung verdankt. Gott schuf die Engel und gab ihnen einen eigenen Willen. Einige von ihnen mißbrauchten dieses Privileg, wurden Gottes Feinde und so indirekt auch meine und deine Feinde. Das sind die Teufel, und ihren Anführer nennt man Satan. Aber er ist der Gegenspieler des Erzengels Michael, nicht Gottes.«

»Aber es hat doch niemals einen Beweis dafür gegeben, daß es Teufel gibt oder daß es Satan gibt.«

Benny rieb sein geschwollenes Knie, das er auf dem Vordersitz des Autos nicht richtig ausstrecken konnte. »Satan ist, neben Jesus Christus, die bekannteste Figur in der biblischen Geschichte. Ich würde sagen, daß der Glaube an die Dämonen einhergeht mit der Überzeugungskraft der heiligen Schrift, mit der christlichen Tradition und der Überlieferung der allgemeinen Überzeugungen der Menschheit im Laufe der Geschichte. Außerdem, und das halte ich für besonders wichtig, steht ein solcher Glaube in keinerlei Widerspruch zu den Erkenntnissen, die uns die theologische Forschung als Wahrheiten geliefert hat.«

»Wenn wir einmal annehmen, daß es Dämonen gibt — wie sehen sie denn aus? Wie schaffen sie es, Besitz von menschlichen Wesen zu ergreifen? Bist du schon einmal bei einer Teufelsaustreibung dabeigewesen?«

»Ich habe mal den Versuch einer solchen mitangesehen.

Von einem Prediger der Fundamentalisten. Ich hatte damals den Eindruck, daß der Mann mehr Angst hatte als der arme Kerl, dem er den Teufel austreiben wollte. Traditionell stellt man sich die Dämonen als grauenhafte Mißgeburten aus der Tierwelt vor, als groteske Symbole, wie sie sich der menschliche Verstand gerade noch vorstellen kann. Aber wir sprechen ja über gefallene Engel, über Wesen, die auf einer höheren Ebene der natürlichen Ordnung zu Hause sind. Die haben keine aüßere Form. Sie besitzen nur den körperlosen Zustand spiritueller Energie, sie bestehen aus Schwingungen. Wenn sie menschliche Form annehmen wollen, und das müssen sie, dann müssen sie sie sich holen.«

»Warum wollen sie unbedingt menschliche Gestalt annehmen?« fragte Rich.

»Weil sie unter so etwas wie ›geistigem Kannibalismus‹ leiden, um mir einen hübschen Ausdruck von C.S. Lewis auszuleihen. Sie machen Jagd auf ihresgleichen und auf leichtere Beute, auf uns arme Menschen. Sie haben einen unstillbaren Appetit auf menschliche Seelen. Es steckt kein anderes Motiv als Hunger dahinter. Es ist das reine — oder auch unreine, wie du willst — Verlangen, zu rauben und zu beherrschen, der Stärkste zu sein. Das ist natürlich nicht möglich: Sie können Gott nur hassen, ihm aber niemals ebenbürtig werden. Sie sind höchstens Schatten, die von seinem ewigen Licht geworfen werden.«

Rich fand sein Auto ohne Schwierigkeiten, und mit Hilfe des Saab und des Abschleppseils hatten sie es bald wieder auf der Straße. Der Wagen hatte jetzt ein paar Schrammen und Beulen mehr, aber das Fahrgestell schien nicht beschädigt zu sein.

»Kannst du fahren?« fragte Rich seinen Helfer.

»Klar! Ich brauche ja nur den rechten Fuß.«

»Danke, daß du mir geholfen hast, Benny.«

»Warum setzen wir uns heute abend nicht alle zusammen? Elise und ich werden zum Chalet raufkommen. So gegen neun, halb zehn?«

»Okay.«

Benny fragte ihn, allerdings nicht so, als mache er sich

allzu ernsthafte Gedanken: »Warum interessierst du dich für Teufel, Rich?«

Rich war einen Moment lang versucht, ihm von Polly zu berichten, aber dann hätte er zu viele Dinge erklären müssen, die er nicht erklären konnte. Benny wartete mit dem verschmitzten Lächeln von jemandem, der eine lustige Antwort erwartet, aber Rich zuckte nur mit den Achseln und sagte: »Ich habe da so ein Taschenbuch gelesen. Über Dämonen. Ich glaube, daß es der größte Mist ist, aber ich wollte gerne mal den Standpunkt eines Theologen hören.«

»Die Dämonen sind von den meisten unserer heutigen Lehrmeister entmythologisiert worden. Es wurden zum Beispiel in letzter Zeit ganze Bücher über die christliche Lehre geschrieben, in denen der Teufel nicht einmal erwähnt wird. Von Männern wie Hans Küng und anderen. Auf der anderen Seite ist es so: Je schlechter die Dinge in der Welt stehen, desto mehr hören wir von Satan. Seine charismatische Wirkung ist stärker denn je. Wir wollen immer jemanden haben, dem wir die Schuld für unser Leiden und unseren Schmerz geben können.« Benny ließ sein Auto an. »Elise wird sich schon Sorgen um mich machen. Was fängst du mit dem Rest des Tages an?«

»Weiß noch nicht. Vielleicht werde ich einem Exorzismus beiwohnen.«

Benny lachte. »Matinee oder Abendvorstellung? Du kannst mir ja heute abend davon berichten.«

19

In Talbot machte Rich erst einmal das Naheliegendste: Er sah im Telefonbuch nach. Aber er fand keine Inez Cordway, er fand überhaupt niemanden mit dem Namen Cordway. Ihr Name war auch nicht im Computer des Einwohneramtes von Green Mountain zu finden, und sie stand nicht im Wählerverzeichnis.

Er kaufte im Buchladen des College eine Straßenkarte des County und verbrachte eine halbe Stunde in einem Café damit, Zigaretten zu rauchen und auf der Karte die Straßen in der Umgebung der T-Kreuzung zu studieren, an der er bei der Verfolgung der Frau mit seinem Auto baden gegangen war. Es gab keine Garantie dafür, daß sie tatsächlich in der unmittelbaren Nachbarschaft wohnte. Vielleicht hatte sie ihn absichtlich dorthin gelockt, um ihn irrezuführen. Die Jungen mit dem Jeep hatten sie nicht gekannt. Jedenfalls hatte er bei ihnen nichts von der Zurückhaltung bemerkt, die viele Yankees an den Tag legen, wenn Fremde von ihnen Informationen über Einheimische haben wollen. Das Kennzeichen des Cadillacs hatte er sich nicht gemerkt, deshalb brauchte er es bei der Zulassungsstelle gar nicht erst zu versuchen. Aber irgendwo mußte er anfangen.

Windross kam ihm in den Sinn, aber von dem würde er mit Sicherheit keine Informationen erhalten. Jeder Versuch in dieser Richtung konnte Rich ins Gefängnis von Chadbury bringen und ein juristisches Theater auslösen, auf das er gut verzichten konnte. Außerdem würde es Polly überhaupt nichts helfen.

Als er das Café verließ, verschwand die Sonne gerade hinter einer dicken Wolkendecke. Ein beißender Wind hatte eingesetzt, der einzelne Schneeflocken über die kleine Stadt trieb. Von Westen her war offensichtlich noch mehr Schnee zu erwarten. Er fuhr zurück zu der T-Kreuzung und begann systematisch alle Straßen in einem Umkreis von zehn Meilen abzusuchen. Es gab deren viele, und viele Häuser waren zurückversetzt ins Gelände, die einzigen Hinweise auf sie waren namenlose Briefkästen am Straßenrand. Die Zufahrten zu diesen Häusern waren für seinen flachen Porsche oft gar nicht passierbar. Er mußte in solchen Fällen das Auto am Rand der Landstraße abstellen und zu Fuß zu den Häusern gehen.

»Nein. Kennen wir nicht. Nie etwas von irgendwelchen Cordways gehört. Hier in der Gegend nicht. Tut uns leid.«

Tiefer Schnee auf dem Boden, Schneeflocken in der Luft, der Geruch nach Holzfeuer. Um drei Uhr hing der Himmel schon so tief, daß er die Baumspitzen zu berühren schien, und er wurde immer schwärzer. Wegen der schier betäubenden Kälte liefen keine Hunde frei herum. Das war sein einziges Glück. Immer mehr bleiche Gesichter, mißtrauische Blicke hinter beschlagenen Fensterscheiben, Posthalter, Schulkinder und Hausfrauen, die ihre Köpfe schüttelten.

Und endlich:

»Ich habe mal etwas von Cordways drüben in Ripington Four Corners gehört. Aber sie schrieben sich mit einem U und einem E am Ende: Courdeway. Wenn Ihnen das weiterhilft?«

Es waren siebzehn Meilen bis Ripington Four Corners. Schnee fiel in der frühen Dämmerung. Wieder ein Postamt. Eine Fassade mit weißen Fensterrahmen gegenüber der Kongregationskirche. Es war schon geschlossen. Hinten im Lagerraum war noch Licht. Eine bucklige Gestalt bewegte sich bedächtig hinter den trüben Fensterscheiben. Durch eindringliche Klopfzeichen machte Rich den Angestellten auf sich aufmerksam, einen rheumatischen Achtzigjährigen, der eine verschlissene blaue Dienstschürze trug. Er ließ Rich erst herein, nachdem er dessen Presseausweis vom *Register* gründlich studiert hatte.

»Courdeways? Ja, Sir. Die Courdeways lebten hier, ungefähr einhundertfünfzig Jahre.«

»Inez Cordway?« fragte Rich eifrig. »Wissen Sie, wo ich sie finden kann?«

»Ich sagte: ›lebten hier‹. Seit der Zeit kurz nach dem Krieg hat es hier keine Courdeways mehr gegeben.«

»Seit welchem Krieg?«

»Dem zweiten Weltkrieg«, sagte der alte Mann und zündete sich eine billig aussehende Bruyèrepfeife an.

Rich gab ihm eine genaue Beschreibung von Inez Cordway. Der Angestellte hörte aufmerksam zu und nickte manchmal feierlich dazu. Sein Kopf war eingehüllt in blauen Tabaksqualm.

»Wie alt ist sie?«

»Etwa Mitte vierzig.«

»Aha. Das hört sich alles nach Matt Courdeways Jüngster an. Leslie. Aber so gut könnte sich niemand halten. Sie war bei Kriegsende etwa zweiundzwanzig, dreiundzwanzig

Jahre alt, das heißt, wir reden über eine Frau, die jetzt über sechzig wäre, wenn sie noch leben würde.«

»Wie meinen Sie das?«

»Dahinter steht eben ein großes Fragezeichen. Sehen Sie, Leslie ging damals mit einem Kriegshelden auf und davon. Einem Major Michael Dunstan, gleich nachdem der von dem Theater da drüben in Europa zurückgekommen war. Das war, wenn ich mich recht erinnere, Ende 1945. Sie nahm ihn seiner Frau und seinen drei kleinen Kindern weg und ging mit ihm über alle Berge. Das war seinerzeit ein riesiger Skandal. Ihre Familie — es waren die letzten Courdeways — enterbte Leslie. Danach stieß allen von ihnen merkwürdiges Unglück zu. Matt wurde noch in dem Winter auf der Landstraße überfahren. Seine Frau starb am Gründonnerstag des folgenden Jahres an Krebs. Die anderen, Leslies Brüder und Schwestern, zogen einer nach dem anderen weg. Und Sie können sich vorstellen, daß auch Leslie und ihr Held nach allem, was passiert war, nicht glücklich und in Frieden bis an ihr Ende leben durften. Er hatte vom Krieg was im Kopf zurückbehalten. Er behandelte sie schlecht und war nicht in der Lage, regelmäßig zu arbeiten. Sie zogen im Land umher, später gingen sie nach Mexiko runter. Leslie und Michael kamen dort in schlechte Gesellschaft, wurden durch Rauschgift und Orgien nur noch verrückter. Anscheinend hat Leslie zwei Kindern das Leben geschenkt, aber sie war wohl alles andere als eine gute Mutter. Und der Geisteszustand ihres Mannes wurde immer schlechter. Sie selbst scheint auch seelisch nicht gerade im Gleichgewicht gewesen zu sein, jedenfalls nahm sie eines Tages Michaels Dienstrevolver und schoß ihm und den beiden Kindern Löcher in den Kopf. Danach übergoß sie alle mit Benzin und zündete sie an.«

»Großer Gott!«

»Seitdem hat man nichts mehr von ihr gehört. Ich nehme an, daß sie dort unten in irgendeiner Bruchbude gestorben ist, nachdem sie jeden Tag ihren Körper verkaufen mußte, um zu leben und sich regelmäßig die Nadel geben zu können. Das ist das Ende der Geschichte, aber eine Pointe hat sie auf jeden Fall: Es kann nicht Leslie Courdeway sein, nach der Sie suchen.«

»Nein. Das ist sie ganz sicher nicht. Aber vielleicht ist es ein anderes Mitglied der Familie. Einige sind doch von hier weggezogen.«

»Soviel ich weiß, ist niemand von den Courdeways auch nur für einen einzigen Tag hierher zurückgekommen.«

»Wo haben sie gewohnt?«

»An der Cutler Road. Bei der Feuerwache fahren Sie nach rechts, dann noch eine halbe bis dreiviertel Meile bis zum Haus. Backstein. Drei Schornsteine. Das Haus liegt etwas abseits von der Straße hinter einem Hügel. Von der Straße aus können Sie nur die Spitzen der Schornsteine sehen.«

»Ist das Haus verlassen?«

Der alte Postangestellte prustete los. »So ein tolles Anwesen wie das? Die Gannaways haben es 1949 gekauft. Leute aus New York. Der Sohn bewohnt das Haus jeden Sommer und manchmal während der Ferien.«

»Aber jetzt steht das Haus leer?«

Kopfnicken. »Avery Myatt sieht dort nach dem Rechten. Er hätte mir gesagt, wenn jemand aus der Stadt eingetroffen wäre.«

»Na ja, so wie's aussieht, sind das die falschen Courdeways.«

»Scheint so.«

Rich ging zurück zu seinem Porsche und folgte der Route, die der Posthalter ihm beschrieben hatte, zu dem Haus, das die Courdeways gebaut und in dem Generationen von ihnen gelebt hatten. Obwohl er über die versteckte Lage Bescheid wußte, hätte er das Haus in der hereinbrechenden Dunkelheit fast übersehen. Die Zufahrt war steil, aber geräumt. Es sah so aus, als seien im Laufe des Nachmittags mehrere Autos aus- oder eingefahren, das letzte vor gar nicht langer Zeit. Die Spuren waren erst schwach von frischem Schnee bedeckt.

Rich blieb im Leerlauf vor der Auffahrt stehen. Er wollte nicht unbedingt gesehen werden. Die Geschichte, die der geschwätzige Postangestellte ihm erzählt hatte, wirkte noch nach.

›... nahm sie eines Tages Michaels Dienstrevolver und schoß ihm und den beiden Kindern Löcher in den Kopf.‹

Eigentlich konnte es keine Verbindung zwischen der geistig umnachteten Leslie Courdeway und der Frau geben, die er letzte Nacht in der Bar getroffen hatte, aber die Suche nach ihr hatte ihn müde und nervös gemacht. Was war, wenn er ihr doch auf die Spur gekommen war? Ihre Warnung war deutlich gewesen: ›Mischen Sie sich nicht ein!‹ Er glaubte kein Wort von ihrer unsinnigen Geschichte über Pollys Besessenheit, aber der Frau schien es auf jeden Fall ernst damit gewesen zu sein. Vielleicht war sie geistesgestört und bedeutete deshalb eine Gefahr für ihn und Polly. Und es gab natürlich noch andere, die eventuell gefährlich werden konnten: die Leute, die mit Inez Cordway in dem ausgebrannten Gebäude gewesen waren. Vielleicht war es aus diesen Gründen gar nicht klug, einfach frech an der Haustür zu erscheinen und nach ihr zu fragen.

Er mußte einen Platz für seinen Porsche finden, wo er weder die Zufahrt zum Haus versperrte, noch vom nächsten Schneepflug auf der Landstraße zugeschaufelt werden konnte. Nachdem er eine Viertelstunde lang gesucht hatte, parkte er den Wagen neben dem Kiosk einer geschlossenen Tankstelle. Es war mindestens eine halbe Meile vom Courdewayhaus entfernt und es gab keinen anderen Weg als die glatte Straße. Zum Glück war sehr wenig Verkehr.

Die meisten Fahrer hielten an und boten ihm an mitzufahren. Nur der Fahrer eines Autos tat das nicht, und Rich mußte sogar in den tiefen Schnee neben der Straße springen, um von dem Auto nicht überfahren zu werden. Es handelte sich um einen ziemlich neuen Oldsmobile, in dem mehrere Mitfahrer saßen. Er hatte den Eindruck, daß sich mindestens zwei von ihnen interessiert nach ihm umgedreht hatten. Rich trug eine gestrickte Seemannsmütze, die er sich weit über die Ohren gezogen hatte, und die untere Hälfte seines Gesichts war in einen Wollschal gewickelt, aber da er nicht wußte, wer die Leute waren, drehte er vorsichtshalber den Kopf zur Seite.

Rich nahm die Kälte und den glatten Untergrund kaum mehr wahr. Er war von Adrenalin durchspült, jetzt, nachdem er immer mehr davon überzeugt war, daß er sich mit jedem Schritt Polly Windross näherte. Die Ähnlichkeit der Namen, die offensichtlichen Aktivitäten in einem Haus, das normalerweise den ganzen Winter über leer stand: Hier mußte es sich doch um Inez Cordways und damit auch um Pollys Versteck handeln.

Sein Verdacht wurde erhärtet, als er sich über die geräumte Zufahrt dem Haus näherte. Ein paar der längsgeteilten Fenster waren schwach erleuchtet, zwei Schornsteine rauchten und einige Autos, einschließlich des Oldsmobiles, das ihn eben nur um Zentimeter verfehlt hatte, standen vor dem Haus. Das Haus der Courdeways war untypisch für diese Gegend. Es handelte sich um die teure Backstein- und Schieferreproduktion eines englischen Herrenhauses des 18. Jahrhunderts und war groß genug, um für mindestens zwanzig Zimmer Raum zu haben. Hinter dem Haus gab es von Mauern eingefriedete Rasenflächen, deren Grundrisse im Schnee kaum zu erkennen waren, und einen zugefrorenen Teich; dazwischen standen Gruppen von riesigen Birken und Rotbuchen.

Es gab keine Möglichkeit, sich anzuschleichen, aber er bezweifelte, daß ihn ein zufälliger Beobachter in der einbrechenden Dunkelheit und dem Schneegestöber gesehen hätte.

Als er die Garage erreicht hatte, wischte er den Schnee von der kleinen Scheibe, schirmte die Augen mit den Handflächen ab und schaute hinein. Als sich seine Augen an die Dunkelheit gewöhnt hatten, erkannte er das fantasievolle, raketenähnliche Hinterteil des alten Cadillacs.

Diese endgültige Bestätigung seines Verdachts verbitterte Rich eher, als daß sie ihn in Hochstimmung versetzt hätte. Jetzt würde der schwierige Teil der Unternehmung beginnen, und er war seiner selbst weit weniger sicher als zuvor. Das Haus machte einen herrschaftlichen, unnahbaren Eindruck, und es war offensichtlich, daß Inez Cordway in großer Gesellschaft war.

»Wenn Sie schon einmal hier sind«, sagte eine weibliche Stimme hinter ihm, »dann können Sie auch reinkommen und mit uns zu Abend essen.«

20

Rich drehte sich entsetzt um. Inez Cordway stand nur einen Schritt von ihm entfernt, und der eisige Wind spielte mit ihrem langen schwarzen Rock und der losen Kapuze der grobgestrickten Wolljacke, die sie trug. Direkt zu ihrer Rechten stand ein riesiger Hund mit der schmalen Figur und dem durchhängenden Rücken eines Wolfshundes, obwohl sein Fell eher dunkelbraun oder schwarz zu sein schien. Trotz seines dicken Fells zitterte der Hund. Seine schräggestellten Augen, mit denen er Rich fixierte, waren bleich, aber lebhaft wie ein brennendes Talglicht.

»Ich ... Ich bin ...«

»Sie haben fast den ganzen Tag damit verbracht, mich zu suchen«, sagte sie achselzuckend. »Ja, ich bin genau darüber informiert. Sie sind einer von der hartnäckigen Sorte. Das spricht für Sie. Aber Sie hören nicht besonders gut zu. Vielleicht hätten Sie meiner Einschätzung der Situation mehr Glauben schenken sollen.«

»Ist Polly hier?« verlangte Rich zu wissen.

»Ja. Sie ist hier.«

»Also. Führen Sie mich zu ihr.«

»Jetzt kommen Sie erst mal rein. Wir können uns besser unterhalten, wenn wir nicht so frieren. Hugo!«

Der zottige Hund trottete gehorsam auf das Haus zu. Inez Cordway wartete, bis Rich ihr folgte. Ihre Hände hatte sie in die Taschen der weiten Strickjacke gesteckt. Trotz des Windes und des Schneegestöbers konnte Rich ihr durchdringendes tropisches Parfüm riechen.

»Mistwetter«, sagte sie und verzog das Gesicht. »Man kann sich nur daran gewöhnen, wenn man unbedingt muß. Ich wurde in diesem Haus geboren, aber ich lebe schon lange nicht mehr in Vermont.«

»Sie wohnen nicht hier?«

»Nein. In Mexiko.«

Seine finsteren Vorahnungen kristallisierten sich zu einem Schrecken, der ihm wie kleine, scharfe Glassplitter die Herzkammern zu füllen schien.

»Dann sind Sie ...«

»Ich *war* Leslie Courdeway. Das war vor einem ganzen Leben.« Es kam ihm so vor, als hätte er unter der Kapuze ein Lächeln gesehen, ein diabolisches Aufblitzen von Gold. »Was haben Sie in der Stadt über mich gehört?«

»Der Posthalter...«

»Jud Sweeny. Dieser alte Idiot. Aber das sind alles Idioten hier. Ich versichere Ihnen, daß ich meinen Mann nicht erschossen habe. Wir waren uns treu ergeben – und dem Leben, das wir dort in Paracuaro gefunden und geführt haben.«

»Und was ist mit Ihren K-Kindern? H-haben Sie...«

»Die sind vor Jahren gestorben. An natürlichen Ursachen. Gehen Ihnen die Fragen niemals aus?« Sie fragte ziemlich gutgelaunt.

Richs Zähne klapperten. Er fühlte sich in diesem Schneesturm wie ein zerbrechliches, klappriges Knochengerüst.

»Warum s-sind Sie nach V-Vermont z-zurückgekommen?«

»Weil ich auserwählt wurde«, sagte sie feierlich, als sie den Seiteneingang des Backsteinhauses erreicht hatten. Aus dem Inneren des Hauses hörte Rich Stimmen, das schallende Gelächter eines Mannes und Musik, klassische Musik, die feurige Ouvertüre zu einer berühmten Oper. Aber sein Gehirn war ebenso taub wie sein halberfrorenes Gesicht. Ihm fiel der Name der Oper nicht ein. Der hechelnde Hund zwängte sich zwischen ihnen durch und verschwand durch die Eingangsklappe für Haustiere, noch bevor Inez die Tür geöffnet hatte.

»Es hört sss-sich an ww-wie eine F-Feier«, sagte Rich.

»Überhaupt nicht. Es gibt nichts zu feiern. Aber wir haben auch keinen Grund, uns zu beklagen. Bis jetzt nicht.«

Drinnen empfing ihn, überraschenderweise, Kerzenlicht und der herrliche Duft nach einem Festtagsbraten, der ihm das Wasser im Mund zusammenlaufen ließ. Sie hatten das Haus durch einen kleinen Windfang neben der Küche betreten. Der Hund verschwand durch eine Schwingtür in die Küche, und Rich erhaschte einen kurzen Blick auf den Glanz von Kupfer und rostfreiem Stahl, Arbeitsplatten aus hartem Ahornholz, Köche und Küchenmädchen, die mit vertrautem Geklapper in einer Wolke von Dampf arbeiteten. Und er hatte ein goldbraun geröstetes Spanferkel gesehen, dem man einen Bratapfel ins offene Maul gesteckt hatte. Seine Besorgnis schwand angesichts dieser anheimelnden Betriebsamkeit immer mehr. Das alles machte keinen gefährlichen Eindruck.

Inez Cordway setzte sich auf eine Bank, um ihre Stiefel auszuziehen. Der Hund war wieder aus der Küche herausgejagt worden und winselte sie an. Sie kraulte ihn hinter den Ohren und sah Rich hilfesuchend an.

»Würden Sie mir bitte helfen?«

Rich zog ihr die Stiefel von den Füßen. Sie war auf einmal ein ganzes Stück kleiner, als sie jetzt vor ihm stand. Rich trampelte sich den Schnee von seinen Schuhen.

»Hier geht's lang. Hugo, du bleibst hier.«

Rich folgte ihr ein paar Stufen hinauf, die zur Speisekammer des Butlers führten, wo ein älterer Mann in einer gestreiften Weste Wein umfüllte. Auch hier Kerzenlicht.

»Haben Sie keinen Strom?«

»Natürlich haben wir Strom. Aber ich mag Kerzenlicht.«

Der lange Eßtisch war für sechzehn Gäste gedeckt. Das chinesische Porzellan sah alt und teuer aus, die Tischdecke war aus elfenbeinfarbener Spitze, eine unglaublich aufwendige, kostbare Handarbeit. Inez blieb stehen und fuhr mit einem Finger darüber.

»Spanisch«, sagte sie zu Rich. »Aus dem königlichen Haushalt der Aragons im sechzehnten Jahrhundert.«

»Wann kann ich Polly sehen?«

Inez legte den Kopf zur Seite. Ihr mißfiel seine Ungeduld. Die Narbe, die sich quer über ihre rechte Wange zog, sah aus wie ein immerwährendes Geisterlächeln.

»Polly schläft. Sie braucht Ruhe. Das Martyrium hat sie erschöpft. Vergessen Sie nicht, daß sie noch ein Kind ist.«

»Martyrium? Mein Gott, haben Sie das Kind etwa wieder geschlagen?«

»Geschlagen?« wiederholte Inez. Sie schien der Unterhaltung nicht mehr recht folgen zu können.

»Ihr wurden Schnitte beigebracht!« Feindseligkeit blitzte

in Richs Augen auf, als er die Frau jetzt ansah. Ihre selbstgerechte Art: ›Sie braucht Ruhe.‹ Inez war auch bei Polly gewesen. Auch wenn sie die Auspeitschung nicht selber angeordnet hatte, sie war trotzdem ebenso schuldig wie die anderen. »Die Striemen haben geblutet. Sie waren entzündet. Haben Sie einen Arzt geholt?«

Inez machte einen Schritt auf Rich zu und hielt ihr Gesicht nah an seines.

»Sie sind ein bißchen durcheinander.« Ihre Stimme klang leise, aber fest. Rich errötete noch stärker, aber in seine Wut mischte sich ein Prickeln der Furcht. »Was Sie glauben gesehen, gehört oder sogar gefühlt zu haben, hat in Wirklichkeit niemals stattgefunden. Das war nur eine Illusion. Die richtige Polly Windross ist hier. Und ich kann Ihnen versichern, daß sie nicht geschlagen wurde.«

Der Blutschwall, der Rich in den Kopf gestiegen war, machte ihn schwindelig. Er mußte versuchen, ihre Worte im Geiste zu sortieren, um ihnen einen Sinn geben zu können. Er dachte an Polly und kam zu dem Ergebnis, daß Inez entweder log oder aber verrückt war.

»Führen Sie mich zu ihr.«

»Sie werden mir doch wohl in meinem Haus keine Befehle geben wollen?«

Sie berührte ihn leicht, drückte ihm mit steifen Fingern gegen das Brustbein. Das ganze Gewicht ihrer unwiderstehlichen Autorität schien auf diesem einen Fleck zu lasten. Rich lehnte sich zurück gegen einen Sessel mit einer hohen Rückenlehne. Er leckte sich über seine ausgedörrten Lippen. Das klare Bild, das er von der festgeketteten Polly hatte, begann dahinzuschmelzen. Es verwischte sich, als hätte die Flamme einer Kerze sich durch das Zentrum seiner Vorstellungskraft gebrannt. Seine Zunge war gefühllos und taub von kalter Ungewißheit. Ihr unerbittlicher Blick nagelte ihn auf seinem Platz fest wie eine Motte, die man mit einer Stecknadel auf dem blutroten Samt eines Sessels festgespießt hat.

»Es tut mir leid... Ich kann... Ich weiß nicht, was ich von der ganzen Sache halten soll.«

Inez wurde etwas weniger unerbittlich. Sie trat zurück,

ihr Blick wurde weicher. In den Augenwinkeln bildeten sich kleine Fältchen.

»Natürlich nicht. Sie kamen her, um erleuchtet zu werden, und Sie werden erleuchtet werden. Wenn es an der Zeit ist.«

»Ich will doch nur Polly helfen«, sagte Rich.

Inez seufzte und drehte sich weg. »Ich bezweifle, daß Sie das können.« Sie zögerte, dann faßte sie ihn am Ellenbogen. »Kommen Sie trotzdem mit mir. Ich werde Sie den anderen vorstellen. Wir werden etwas trinken und uns ein wenig entspannen. Dann werden wir weitersehen.«

Rich begleitete sie aus dem Eßzimmer hinaus, einen Flur entlang, vorbei an einer hübschen Wendeltreppe in den Salon, aus dem die Musik drang und in dem ein Kaminfeuer einige Gesichter beleuchtete, die ihm vage bekannt vorkamen. Inez setzte bei ihrem Eintritt ein vornehmes Lächeln auf und stellte ihn vor.

»Ich möchte, daß Sie alle Richard Devon kennenlernen.«

Es trat eine plötzliche Stille ein, die ihn aus irgendeinem Grund irritierte. Neugierige, ja geradezu penetrante Blicke musterten ihn unverhohlen. Dann machte er mit Inez die Runde, um den Anwesenden die Hände zu schütteln. Er erinnerte sich nur an einige der Namen, die er jetzt hörte: Jim Seaclare, Andrew Tyding, Rose Benidorm. Er war sehr enttäuscht von der Gewöhnlichkeit dieser Leute. Er war sicher, daß einige von ihnen an dem Exorzismus teilgenommen hatten, der im ausgebrannten Trakt stattgefunden hatte. Die Freunde von Inez Cordway waren in den Vierzigern und Fünfzigern. Niemand war ausgesprochen fett oder mager, besonders schön oder häßlich. Die Männer waren ein wenig grauhaarig, die Frauen wurden etwas mollig an der Kinnpartie. Jeder hatte etwas zu trinken, einigen glänzten bereits die Augen. Er wurde höflich begrüßt und dann bald wieder vergessen.

Rich wurde von einem Mädchen mit einer weißen Haube auf dem Haar und einer schwarzweißen Uniform mit vielen Rüschen ein Glas Rotwein angeboten. Inez hatte ihn für einen Moment allein gelassen, um sich mit einem Ehepaar zu unterhalten. Der Wein war sehr trocken und schmeckte zu sehr nach Erde und zu wenig nach Frucht. Ein eher enttäuschendes Bouquet. Eine Standuhr an der gegenüberliegenden Wand schlug zweimal. Es war halb acht. Schon. Ihn überkam ein wehmütiger Schmerz, ein Gefühl der Verwirrung angesichts des schnellen Dahinschwinden des Tages. Rich starrte in die Flammen des Kamins, und auf einmal bekam er das Zittern, das ihn überkommen hatte, unter Kontrolle. Er fühlte, wie die Wärme des Hauses ihm in die Knochen kroch. Der sanfte Schein von den zwei Dutzend Kerzen, die entlang der getäfelten Wände aufgestellt waren, war wie Balsam für seine brennenden Augen.

Er trank mehr von dem Wein und wurde mit einer allmählichen Lösung der Spannung belohnt, die ihn den ganzen Tag gefangengehalten hatte. Über dem marmornen Kaminsims hing ein goldgerahmtes Portrait eines Mannes und einer sitzenden Frau. Die Familienähnlichkeit stach ins Auge, trotzdem hielt es Inez, als sie sich auf Strümpfen an ihn heranschlich und ihre Hand in seinen Ellenbogen legte, für nötig zu sagen: »Meine Mutter und mein Vater.«

»Ich dachte, das Haus würde jetzt einer anderen Familie gehören.«

Eine Grimasse der Abscheu faltete die Narbe in ihrem Gesicht und ließ sie für einen flüchtigen Moment lang uralt aussehen, ein Eindruck, der jedoch von der blütenzarten Glätte des restlichen Gesichts gleich wieder verwischt wurde.

»Sie sind den Winter über nicht hier. Ich habe ein paar Sachen vom Speicher geholt, als ich mich hier eingerichtet habe. Das Haus sollte so aussehen, wie ich es in Erinnerung hatte.« Sie sah ihn an, verstärkte den Griff ihrer Hand etwas und rieb ihre Hüfte ganz zart an seiner. Rich fühlte eine angenehme sexuelle Erregung. »Gefällt Ihnen das Haus meines Vaters?«

»Ja.«

»Ich werde Ihnen später mehr davon zeigen. Können Sie mich jetzt etwas besser leiden, Richard?«

»Ja«, sagte er, aber es gelang ihm nicht, ihr Lächeln zu erwidern.

»Sie haben sich letzte Nacht nicht verletzt, oder? Sie hätten in Ihrem Zustand nicht versuchen sollen zu fahren.«

»Sie... Sie waren plötzlich da, und...«

»Ich habe Sie überrascht und verschreckt. Ich glaube, ich war etwas zu schroff. Das ist einer meiner Fehler. Aber Sie gingen mir allmählich wirklich auf die Nerven. Schließlich liegt uns doch nichts mehr am Herzen als Pollys Wohlergehen. Jetzt, da ich Sie etwas besser kenne, sehe ich ein, daß ich Sie möglicherweise nicht richtig eingeschätzt habe, Richard. Sie könnten doch ganz nützlich für uns sein. Ich möchte, daß Sie heute nacht hierbleiben.«

Sie hatte Rich schon wieder überrascht, aber bevor er etwas erwidern konnte, war sie schon wieder unterwegs zu einer anderen Gruppe von Gästen, schaltete sich mit einer Geste und einer Bemerkung in die Unterhaltung ein, die alle zum Lachen brachte.

Rich zog die Schultern nach vorne, besah sich den Rest Wein in seinem Glas und kippte ihn hinunter. Das Feuer im Kamin brannte lichterloh. Sein Kopf war leer, er fühlte sich etwas müde. Halb acht. Karyn würde jetzt stinksauer auf ihn sein.

Er sah schuldbewußt um sich, fragte sich, ob es wohl ein Telefon gäbe. Es wäre nicht schlecht, sie wissen zu lassen, wo er war. Im Salon gab es kein Telefon.

Das Mädchen war in der Nähe. Sie hatte ein Tablett mit gefüllten Gläsern auf der Hand. Er ging auf sie zu.

»Ein Telefon? Ja. Ich werde es Ihnen zeigen. Möchten Sie noch ein Glas Wein?«

»Danke.« Rich nahm es sich selbst.

Das Mädchen nahm einen Kandelaber und leuchtete ihm den Weg. Rich folgte ihr über Marmorfußboden in das Eingangsfoyer, dann durch ein schwach beleuchtetes Wohnzimmer ins Familienwohnzimmer am anderen Ende des Hauses. Endlich stand er vor einem Telefon. Aber als er den Hörer abnahm, hörte er kein Freizeichen, sondern nur einen knisternden Ton.

Irgendwo werden die Leitungen unterbrochen sein, dachte er. Er hängte ein und versuchte es noch einmal, mit dem gleichen Resultat. Ärgerlich hielt er den Hörer ans

Ohr, mit der anderen Hand nahm er sich einen Schluck Wein.

»Richard?«

Die Stimme, die laut und deutlich an seinem Ohr erklang, erschreckte ihn. Das konnte nur jemand an einem Nebenanschluß irgendwo im Haus sein.

»Ja. Wer spricht denn da?«

Keine Antwort. Er lauschte einige Sekunden lang, aber er hörte nur das schwache Rauschen einer toten Telefonleitung.

»Ist da jemand?«

»Ich bin's. Windross.«

»Windross? Wo sind Sie?«

Er hörte das vertraute keuchende Atmen, das sich anhörte wie trockenes Schluchzen tief in der Kehle des Mannes.

»Um Gottes willen! Und um Ihrer Seele willen! Verschwinden Sie aus diesem Haus! Laufen Sie! Bevor sie...«

»Richard?« Inez rief ihn leise von der Tür her. »Was ist los?«

Den Hörer in der herunterhängenden Hand, wandte Rich ihr sein Gesicht zu, das von Angst und Schrecken gezeichnet war.

21

Wie es seine Gewohnheit war, schlief Avery Myatt gleich nach dem Abendessen vor dem Fernseher ein. Es lief eine Familienserie. Seine unverheiratete Tochter Min machte in der Küche den Abwasch fertig und wuchtete ihre dreihundert Pfund zusammen mit einer verknautschten Tüte ›Miau-Mix‹ zum Katzennapf neben der Hintertür, an der der Wind heftig rüttelte. Vorhin, in den Sechs-Uhr-Nachrichten hatten sie zehn Zentimeter Neuschnee angekündigt.

»Hier, Figgy. Figgy, komm, hol dir dein Fressi.«

Die uralte Hauskatze stand direkt vor ihr. Ein stummeliges, arthritisches Bein einziehend, humpelte sie auf drei Beinen zu ihrem Freßnapf. Min rationierte die Portionen drastisch. Sie wollte aus der fast leeren Tüte noch mindestens drei Mahlzeiten zaubern. Wie alles heutzutage waren auch die Preise für Katzenfutter in den Himmel geklettert.

Sie war überrascht, plötzlich ihren Vater im Wohnzimmer zu hören, wo er mit der Zeitung raschelte und am Fernsehr herumschaltete.

»Die Familienserie war noch nicht aus«, beschwerte sie sich von der Küche her.

»Ich wußte nicht, daß du zusiehst, Min. Du mußt auch im Hinterkopf Augen haben.«

»Ich habe vor allem zugehört, während ich abgewaschen habe.«

Myatt kam in die Küche. Sein eines Auge war halb geschlossen, wie bei einem Menschenfresser im Märchen. Seine Kinnpartie war von Pickeln übersät. Myatt hatte einen bellenden Dauerhusten, der durch jede Wand zu hören war und der seine Tochter des Nachts manchmal aus dem Schlaf riß. Er zog die Hintertür auf und spuckte einen dicken Auswurf in den Schnee.

»Machst du dir Sorgen, Dad?«

»Warum sollte ich?«

»Du stehst doch sonst nach dem Abendessen nicht mehr auf.«

Normalerweise dämmerte er bis zehn Uhr vor dem Fernseher vor sich hin, um dann ins Bett zu gehen.

»Ich glaube, es ist besser, wenn ich noch einmal zum Gannaway-Haus rüberschaue.«

»Warum?«

»Ich war seit drei oder vier Tagen nicht mehr da. Will mal nachsehen, ob alle Läden fest geschlossen sind.«

»Bei dem Wetter? Dafür zahlen sie dir nicht genug.«

»Die zahlen mir hundert Dollar im Monat. Das ist nachgeschmissenes Geld.«

»Ja, ja. Und wenn du's mal nachrechnen würdest, wären's vielleicht dreißig Cent in der Stunde, so oft, wie du da rüberrennst. Und hier läßt du alles verkommen.«

Myatt langte nach seiner karierten Wolljacke, deren Taschen mit den dicken Handschuhen ausgestopft waren. »Was laß ich hier verkommen?«

»Wenn du's selber nicht weißt – ich sag's dir nicht. Aber du weißt es ganz genau.«

»Das Dach ist fest und dicht. Letzten Oktober habe ich 'ne nagelneue Regenrinne aus Kupfer angebracht. Warum spielst du hier Ratespiele mit mir, Min?«

»Dann geh doch mal ins Badezimmer und sieh dir das Linoleum neben dem Klo an.«

»Oh.«

»Ja: ›Oh.‹ Das ist nicht das erste Mal, daß ich's dir sage. Hoffentlich ist es wenigstens das letzte Mal.«

»Warum bist du in letzter Zeit so unausstehlich?«

»Na ja. Du weißt genau, daß ich dringend ein künstliches Hüftgelenk bräuchte. Aber dafür wird wohl niemals Geld dasein.«

Myatt zog seine Gummischuhe über und ging wortlos hinaus zur Garage. Er fuhr den Isuzu mit der kleinen Ladefläche eineinhalb Meilen südlich die Cutler Road entlang. Selbst in seinem gut ausgerüsteten Lastwagen fühlte er sich bei diesem Schneegestöber nicht sicher. Er fuhr langsam. Niemand begegnete ihm, und er fragte sich, welcher verrückte Einfall ihn zu dieser späten Stunde noch in dieses Mistwetter hinausgetrieben hatte, wo es doch viel bequemer gewesen wäre, am nächsten Morgen nachzusehen. Das alte Courdeway-Haus hatte schon schlimmere Stürme überstanden als diesen halbherzigen Schneesturm. Er hielt den Thermostaten im Winter immer auf 10 Grad. Das war warm genug, um die Möbel und die Wasserleitungen zu schützen. Und die Gannaways konnten sich das leisten, auch wenn Gas sündhaft teuer war.

Als er sich der Zufahrt näherte, stellte Avery Myatt zu seinem großen Ärger fest, daß das Tor offen war und in einer Schneewehe feststeckte. Das Tor hatte einen soliden Riegel, und er hatte ihn bei seinem letzten Besuch genau überprüft. Vielleicht Kinder. Er würde das Tor gleich morgen früh freischaufeln müssen.

Selbst mit den Winterreifen war die Zufahrt fast unpassierbar. Myatts Isuzu quälte sich den baumbestandenen Hügel hinauf. Die kräftigen Scheinwerfer beleuchteten das dunkle Haus. Zuerst das Dach und die hohen Schornsteine, dann den zweiten Stock, und als der Laster in der Kurve wieder in der Waagerechten fuhr, tanzte der Lichtkegel der Scheinwerfer über die efeuumrankte Eingangstür. Die Fensterläden im Erdgeschoß schienen intakt zu sein. Es sah so aus, als sei um fünf Minuten nach acht alles so, wie es sein sollte.

Trotzdem...

Er stellte den Wagen gegenüber der Eingangstür ab, hakte den Schlüsselbund von seinem Gürtel und stieg aus der Kabine seines Lastwagens. Es waren nur ein paar Schritte bis zur Tür, aber auf einmal hatte der Wind eine Gewalt, die ihn überraschte. Er wurde wie von einer Flutwelle ergriffen und schmerzhaft gegen den Kotflügel seines Wagens geschleudert. Er krallte sich am Kotflügel fest, um nicht weggeblasen zu werden. Der Wind heulte und kreischte, wie er es noch nie in seinem Leben gehört hatte, und immerhin hatte Avery Myatt schon zweiundsiebzig Winter in Vermont mitgemacht.

Eine plötzliche, scheinbar unerklärliche Angst stieg in ihm auf. Er hatte das Gefühl, als würde ihm das Herz anschwellen wie der Hals eines Ochsenfrosches. ›Ich muß sterben‹, dachte er. Schnee war in seinen Ohren, in seiner Nase, und eine mittlere Lawine — war sie vielleicht vom Dach heruntergerutscht? — überschüttete ihn.

Er langte hinauf zum Seitenspiegel und klammerte sich daran fest, als ginge es um sein Leben. Der Orkan, der bei seiner Ankunft eingesetzt hatte, tobte mit ungeminderter Kraft weiter. Zentimeterweise drehte er den Kopf in Richtung des Hauses. Mitten im Geheul des Schneesturms hatte er etwas anderes gehört.

Musik.

Für ein paar Augenblicke hatte er die Vision von erleuchteten Fenstern, von männlichen und weiblichen Gestalten im Salon, von Kaminfeuer und den feierlichen, aristokratischen Gesichtern der Courdeways, die er doch seit über vierzig Jahren nicht mehr gesehen hatte.

Dann wurde alles wieder ausgelöscht von dem umhertreibenden Schnee. Aber die Eingangstür öffnete sich, dahinter Dunkelheit, und etwas, das in gut eineinhalb Meter über der Schwelle zu schweben schien, durchdringende feuerrote Augen in einem keilförmigen Kopf. Die Augen leuchteten hell genug, um eine erhobene, haarige Schnauze und lange, gebogene Schneidezähne erkennen zu lassen. Das Ungeheuer war zu groß für einen Hund und nicht groß genug für einen Bären; es war ohnehin ziemlich mißgestaltet: eher schmal in den hinteren Partien, stark und mächtig wie ein Gorilla in den Schultern. Der ganze Körper war von einem zottigen Fell bedeckt. Myatt konnnte das Vieh durch den Wind hindurch riechen, und er war sich sicher, daß es ihn und all seine ausgeschwitzte Angst ebenfalls schon gerochen hatte.

Er hangelte sich gegen den Wind, der ihn wegzureißen und den riesigen Pranken des Ungeheuers vorzuwerfen drohte, in Richtung der Tür zur Führerkabine seines Lastwagens. Die Musik spielte immer noch. Er wußte, daß sein Herz nicht mehr viel aushalten würde. Aber er hätte lieber einen Herzschlag bekommen, als Bekanntschaft mit den riesigen, zahnbewaffneten Kiefern des Ungeheuers zu machen, das jetzt in den Schnee hinaustrottete und dessen Verhalten weniger Neugier als vielmehr Angriffslust vermuten ließ.

Myatt zog seine Beine in die Kabine, schlug die Tür zu und ließ den Motor an. Die Räder drehten durch, der Wagen schlitterte zur Seite, bevor die Räder endlich faßten. Er schaltete verzweifelt alle Scheinwerfer ein, aber außer dem dichten Schneegestöber um seine Führerkabine herum war nichts zu erkennen.

Myatt fuhr los, obwohl er kaum etwas sah. Er bemühte sich, den Wagen einigermaßen auf dem Weg zu halten und nicht in den Graben hineinzurutschen. Er wußte, wenn er sich festfahren würde, würde er drinbleiben, würde es warm haben, bis das Benzin ausging, und würde sich lieber zu Tode frieren, als auszusteigen und seinen Weg zu Fuß fortzusetzen. Das Ungeheuer war alles, woran er denken konnte. Allein der kurze Blick, den er auf diese Scheußlichkeit hatte werfen müssen, lähmte ihn und vertrieb jeden vernünftigen Gedanken aus seinem Kopf.

Dann – es kam Myatt wie ein Wunder vor – hatte er den

Hügel vor der Villa irgendwie hinter sich gelassen und befand sich wieder auf dem Heimweg. Der Orkan schien wieder etwas abgeflaut zu sein. Er drehte sich um, aber er sah nur den blutroten Lichtschein, den seine Rücklichter auf der Landstraße hinterließen.

Die Gesichter. Die Musik. Das Ungeheuer. Sein Gesicht fühlte sich heiß an, Schweiß tropfte unter seiner Mütze mit den Ohrenklappen hervor. Sein Herz schien den Schrecken und die Anstrengung noch einmal überstanden zu haben. Tatsache war, daß es keine gute Idee gewesen war, bei solch einem Wetter, nach dem ausgiebigen Essen, mit dessen Verdauung er noch nicht einmal begonnen hatte, nach draußen zu gehen. Offensichtlich war das für seine Nerven zuviel gewesen. Das plötzliche, wilde Losbrechen des Orkans hatte ihm einen Schrecken eingejagt, und in seiner Angst hatte er sich alle möglichen Dinge eingebildet. Trugbilder. Das konnte bei solch einem Wetter selbst dem stärksten Mann passieren.

Bei Tageslicht würde er sich das morgen alles noch einmal ansehen, aber er würde nichts finden. Es gab keinen Grund, die Polizei zu benachrichtigen. Avery Myatt hatte die Musik immer noch im Ohr, aber sie wurde schwächer. Mit jedem beruhigten Schlag seines überanstrengten Herzen wurde sie etwas schwächer.

22

»Das Abendessen ist serviert.«

Rich hatte sich gerade ein neues Glas Wein geholt. Sein fünftes oder sechstes, er hatte bereits den Überblick verloren. Zu Beginn des Abends hatte er den Geschmack nicht besonders gemocht, aber jetzt konnte er nicht genug davon kriegen. Es war der köstlichste, aromatischste Tropfen, den er je zu sich genommen hatte, obwohl Inez ihm versichert hatte, daß weder Preis noch Prädikat den Wein besonders auszeichneten. Er war mit Sicherheit nicht von der Qualität wie die französischen Weine, die Karyns Vater ihm mit seiner unerträglichen Kennermiene bei seinen seltenen Besuchen im Hause der Vales in Rye serviert hatte. Normalerweise bekam Rich von jeder Quantität des Rebsaftes einen schweren Kopf, ein leichter Schmerz machte sich hinter seinen Augen breit, das Blut pochte gegen seine Schläfen, und er fiel in eine immer tiefer werdende Melancholie. Aber dieser Tropfen hatte genau den gegenteiligen Effekt. Er war nüchtern, angeregt, aufgeladen mit Energie, aber er war überhaupt nicht ruhelos. Vielleicht war er ein bißchen ungeduldig, was den eigentlichen Grund seiner Anwesenheit hier betraf. Aber er hatte sich durchaus unter Kontrolle, war sich sicher, daß er Polly von ihrem Leiden erlösen würde.

Aber Polly schlief. Die Zeit war noch nicht reif. Jetzt war es an der Zeit, sich zusammen mit seinen neuen Freunden zu entspannen. Sie hatten sich als die sympathischste Gruppe von Menschen erwiesen, mit der er seit langer Zeit zusammengetroffen war. Rich war eigentlich nicht schüchtern, und in der vergangenen Stunde war er wirklich aufgetaut, hatte seine anfängliche Reserviertheit über Bord geworfen. Ihnen gefielen die Anekdoten, die er über seine Jugend im Süden Bostons zum Besten gab, über sein Leben in einem streng katholischen Haushalt und über die lustigen Verwicklungen mit den Patern von St. Malachy, von denen keiner geglaubt hatte, daß er einmal in Yale studieren würde.

Selbst Windross erwies sich als ganz erträglich. Er war später heruntergekommen und hatte sich für seinen kindischen Scherz am Telefon entschuldigt. Rich war jetzt überzeugt davon, daß er seine Tochter Polly anbetete. Er schien doch kein so schlechter Vater zu sein. Nach ein paar Minuten hatte er sich entschuldigt, weil er oben seine Wache am Bett der schlafenden Polly fortsetzen wollte.

Rich hatte dem Gastwirt feierlich die Hand geschüttelt und ihm geschworen, daß er, noch bevor die Nacht vorüber wäre, dafür sorgen würde, daß das Kind seinen Frieden finde. Das hatte Tränen in die Augen des Mannes treten lassen. Er war vor Dankbarkeit förmlich übergeflossen.

»Ich weiß nicht, wie wir das alles ohne Ihre Hilfe schaffen sollen«, hatte Windross gesagt.

»Machen Sie sich keine Sorgen«, hatte Rich geantwortet.

Inez war ihm nicht mehr von der Seite gewichen. Er hatte sich an den süßsauren Duft ihres Parfüms gewöhnt, er war süchtig nach der Nähe ihres festen Körpers, der Wärme ihres Atems, wenn sie ihm Vertraulichkeiten ins Ohr flüsterte. Wenn er Inez ansah, stellte er sich vor, wie sie nackt auf einem Bett lag und auf ihn wartete. Aber auch das mußte natürlich noch warten, obwohl der Gedanke ihn heftig erregte und etwas da unten in der Leistengegend zum Anschwellen brachte. Er hatte schon im voraus die passenden Entschuldigungen parat: Niemand konnte ihm verübeln, daß er Inez begehrte. Es war nur die gerechte Rache an Karyn, die sich – gar nicht so sehr zu seiner Überraschung – als Nutte erwiesen hatte, die allzeit bereit war, mit Trux Landell oder jedem anderen Interessenten ins Bett zu hüpfen. Er hätte es gerne gehabt, wenn sie gesehen hätte, wie sehr ihn alle Frauen hier im Salon begehrten, und wie deutlich sie es durch die lüsternen Blicke auf die Stelle zeigten, wo er groß und hart und grenzenlos mächtig war.

Aber Rich gehörte Inez mit Leib und Seele. Schon ihren Körper fand er wunderbar, aber den größten Reiz übte die Narbe auf ihrer Wange aus. Er war einige Male mit den Fingern darübergefahren, und jedesmal war ein verführerischer Glanz in Inez' Augen getreten, und sie hatte sich mit der Zunge lüstern über die Unterlippe geleckt. Sie war älter als er, erfahrener in sexuellen Dingen, aber Rich war trotzdem überzeugt davon, daß er ihr einige Dinge beigebracht haben würde, noch bevor die Nacht vorbei war. Winseln würde sie, und fügsam würde sie sich winden, wenn er sie erst einmal auf dem unerbittlichen Altar seines harten Schwanzes aufgespießt hatte.

»Das Abendessen ist serviert.«

Endlich. Rich war halb verhungert. Er hätte sich mit Freude und Gier über das rohe Fleisch eines Kadavers her machen können, er hätte anstelle des köstlichen Weines, der seine Sinne so wunderbar geschärft hatte, auch heißes Blut hinunterstürzen können. Inez hakte ihn anmutig unter. Ihre Fingerspitzen lagen auf dem Puls seines rechten Handgelenks. Ihre sinnlich aufgeblähten Nasenlöcher verrieten ihm, daß sie sich über alle seine Begierden im klaren war und daß sie sie teilte.

Inez setzte ihn an das eine Ende der langen Tafel im Eßzimmer und nahm ihm gegenüber Platz. Drei Serviermädchen und ein Butler gingen aus und ein, beluden den Tisch mit köstlichem Rindfleisch und herrlich duftendem Geflügel. Rosiges Schweinefleisch wurde neben dampfenden Fasanen aufgetischt, deren Köpfe mit bunten Federn geschmückt waren. Der Rehbraten war in Zwiebeln und Bratensaft eingelegt.

Während sie aßen und noch mehr Wein tranken, lächelte Inez ihm immer wieder durch den Schein des dreiarmigen Kerzenleuchters hindurch zu. Das Zimmer war nur von Kerzenlicht beleuchtet, das die Körper der Anwesenden an den Wänden zu bizarren Schatten verzerrte.

Das Gespräch ging munter weiter. Inez hatte einen geradezu unerschöpflichen Vorrat an boshaften, aber amüsanten Geschichten. Rich hatte einen feuerroten Kopf und mußte um Atem ringen, als sie ihm in allen Einzelheiten erzählte, wie sie ihren beiden Kindern Disziplin beigebracht hatte. Arnold war im Alter von zehn Jahren gestorben, Mary im Alter von acht. Sie hatte die beiden von Kopf bis Fuß in dicke Wollsachen gesteckt und sie gezwungen, stundenlang in der mörderischen mexikanischen Sonne auszuhalten, bis sie vom Hitzschlag getroffen in ihrem eigenen Schweiß zusammengebrochen waren. Dann hatte sie den Prozeß der Austrocknung umgekehrt, hatte die Kinder mit Wasser aus einem Gummibeutel vollgepumpt, hatte sie nackt und fest aneinandergeschmiegt in der Badewanne stehenlassen, bis sie mit den Füßen in ihrem eigenen Urin gestanden hatten.

»Erzähl uns noch einmal das mit den Skorpionen«, quietschte Rose Benidorm. Ihr Doppelkinn zitterte vor Aufregung.

»Nun, die Kinder hatten unglaubliche Angst vor Skorpionen«, begann Inez.

Rich kicherte hysterisch.

»Zwei oder drei der großen schwarzen Tiere haben wir so lange auf Eis gelegt, bis sie halbtot und steif waren. Dann ließ ich die Kinder auf kleinen Stühlen Platz nehmen, setzte mich zwischen sie, stellte Musik an, und wir spielten das Spiel...«

»Mit der heißen Kartoffel!«

Die Gäste sahen Rich einen Moment lang amüsiert an, dann wandten sie ihre Aufmerksamkeit wieder Inez zu.

»Manchmal dauerte es drei bis vier Minuten, während der wir den Skorpion eilig von Hand zu Hand wandern ließen, bevor die kleinen Tiere wieder so weit belebt waren, daß sie zubeißen konnten.«

Inez machte eine Pause und hielt den Gästen ihre Handflächen hin. »Ich habe absolut fair mit ihnen gespielt. Es kam sogar vor, daß ich von einem Skorpion gebissen wurde.«

»Warum hast du Arnold und Mary getötet?« fragte Rich, nachdem die Begeisterung über die Geschichte ein wenig nachgelassen hatte.

»Nun, Liebling«, sagte Inez, nachdem sie langsam ein Stück krachender Schweineschwarte verspeist und sich mit einer schneeweißen Serviette über die fettigen Lippen gewischt hatte, »Mary war im Kopf nicht ganz richtig, und der arme Arnold, der war so schwindsüchtig, daß er sich nach der Umarmung durch seinen Herrn geradezu sehnte.«

»Du hast es mit Benzin gemacht, oder?«

»Ja, Richard«, antwortete Inez, aber es war ihr anzumerken, daß es sie langweilte, weiter von ihren Kindern erzählen zu müssen. »Benzin macht das heißeste Feuer.« Inez sah die anderen Gäste an. »Habt ihr alle gut gespeist?«

Grunzer der Zufriedenheit und begeisterte Komplimente für die Gastgeberin erfüllten das Eßzimmer.

»Mein Gott, geht's mir hier gut«, sagte Rich.

Inez sah ihn wohlwollend an. »Möchtest du noch etwas Wein?«

»Nein, danke. Ich kann nichts mehr trinken.«

»Also, ich hoffe, daß du dir darüber klar bist, daß der Rest des Abends nicht nur aus Spaß und Vergnügen bestehen wird. Du wirst dich noch um eine sehr ernste Sache kümmern müssen.«

»Ich weiß.«

»Wie fühlst du dich, Richard?«

»Ich bin bereit.«

»Bist du das? Ganz sicher?«

»Ja.«

Inez lehnte sich mit einem Seufzer zurück, nahm ein kristallenes Tischglöckchen zur Hand und läutete die Mädchen herbei, damit sie den Tisch abräumten. Nachdem die Reste des opulenten Mahls beseitigt waren, hörten sie alle, wie Windross mit abgehackter, heiserer Stimme das Lied *Scarborough Fair* sang. Die einzelnen Strophen wurden von überreizten Lachausbrüchen eines jungen Mädchens begleitet. »Daddy! Daddy!« Windross kam schwankend ins Eßzimmer. Er trug Polly auf seinen Schultern.

»Da ist sie!« rief Inez ehrfurchtsvoll aus. Windross brachte seine Tochter zum Tisch und bückte sich umständlich. Polly hatte ihre dünnen Ärmchen um seinen Hals geschlungen. Sie lehnte sich zu Inez hinüber und gab ihr einen flüchtigen Kuß auf die Wange.

»Hast du gut geschlafen?«

»Ja, Inez.«

»Rutsch da runter und setz dich her zu mir.«

Windross ließ seine Tochter von seinen Schultern gleiten, Inez nahm sie in Empfang und setzte sie auf ihren Schoß. Windross stand daneben, er schwitzte und war ganz rot im Gesicht. Er sah Rich mit einem wehleidigen Lächeln an. Rich saß ganz aufrecht auf seinem Stuhl. Pollys Anblick hatte ein Gefühl der Freude und Erregung in ihm ausgelöst. Sie trug ein weißes Rüschenkleid, das bis zum Hals zugeknöpft war, weiße Kniestrümpfe und weiße Schuhe. Ihr Haar war blankgebürstet, es glänzte im matten Kerzenlicht. Ihr Gesicht war blutleer, aber unterhalb der Augen waren ein paar dunkle Flecken zu sehen.

Inez flüsterte ihr leise etwas ins Ohr, und Polly lauschte aufmerksam. Dann warf Inez Rich einen dunklen Blick zu. Auch Polly sah ihn jetzt an.

»Kennst du den, der da auf der anderen Seite vom Tisch sitzt? Du hast dich extra für ihn feingemacht, oder?«

Polly nickte und lächelte schüchtern.

»Ja. Hi, Rich.«

»Hi, Polly. Wie geht's dir?«

Polly zog die Stirn in Falten und schien zu erröten. Sie wandte ihr Gesicht Inez zu, als suche sie Unterstützung.

»Nur zu, erzähl es ihm«, sagte Inez und gab dem Mädchen einen aufmunternden Klaps.

Polly sah jetzt wieder zu Rich hinüber. Die Winkel ihres kleinen Mundes kräuselten sich. »Sie sagen, daß ich... daß der Teufel in mir sitzt.«

Kreischen und Lachsalven erschallten am Tisch. Jim Seaclare platzte so laut heraus, daß er ein paar Kerzen ausblies, die vor ihm auf dem Tisch standen. Es wurde etwas dunkler im Zimmer.

Rich freute sich über den Witz mehr als alle anderen. Er streckte Windross einen anklagenden Zeigefinger entgegen.

»Sie haben sie soweit gebracht.«

Windross zuckte mit den Achseln, machte eine Geste der Unschuld. Er schwitzte jetzt noch stärker und wischte seine klatschnasse Stirn mit einem Hemdsärmel ab.

Als sich alle soweit beruhigt hatten, daß sie wieder auf Inez achten konnten, hob diese ihre rechte Hand. Leise schoben die Gäste ihre Stühle beiseite, standen auf und wichen zur Wand zurück. Ihre Gesichter waren jetzt im Schatten.

Rich blieb sitzen.

»Ist es jetzt soweit?« fragte Polly unsicher. Es war nur ein Flüstern.

»Das muß Rich entscheiden«, antwortete Inez.

Rich nickte entschlossen, aber er war jetzt, wo das Martyrium beginnen sollte, doch etwas aufgeregt.

»Richard, hast du den Mut, zu deiner Verpflichtung zu stehen, Polly von den irdischen Lasten zu befreien, die sie gläubig und voller Vertrauen ertragen hat?«

»Ja, den habe ich.«

»Polly...«

»Inez«, wimmerte das Mädchen und preßte ihr Gesicht fest an den Busen der Frau, »ich fürchte mich so.«

»Es wird alles gut werden, Polly«, sagte Rich. Seine eigene Stimme kam ihm in der Stille des Eßzimmers ungewöhnlich laut und eindringlich vor.

Inez machte eine Handbewegung, und der wartende Butler goß blutroten Wein in einen silbernen Kelch, den er dann auf den Tisch stellte.

Als Polly ihn sah, machte sie ein angewidertes Gesicht.

»Ich mag den Geschmack überhaupt nicht.«

»Es ist ein ganz besonderer Wein. Er ist gut für deine Nerven, mein Liebling.«

»Also gut.« Polly drehte sich auf Inez' Schoß und griff nach dem Kelch. Sie schluckte, bevor sie trank, schluckte noch einmal und trank den Kelch leer. Auf ihrer Unterlippe blieb ein dunkelroter Fleck in der Form eines Krummsäbels zurück, ein kleines Gegenstück zu der Narbe, die auf Inez' Cordways Wange leuchtete.

Pollys Augen, die hinter dem heißen Tänzchen der Kerzenflammen leuchteten, begegneten denen von Rich.

Inez glitt jetzt vorsichtig von ihrem Stuhl und ließ Polly alleine Rich gegenübersitzen.

»Ich liebe dich, Rich«, sagte sie mit halbgeschlossenen Lidern.

Er atmete tief durch, bevor er sagte: »Ich liebe dich auch, Polly.«

»Gefällt dir mein hübsches weißes Kleidchen?« fragte sie, und dabei bildeten sich Tränen in den Winkeln ihrer Augen.

»Du siehst wunderschön aus, Polly.«

Das Mädchen nahm den Kelch und entleerte ihn über ihrem Kleid. Ein paar Tropfen spritzten auf das Oberteil des Kleidchens und hinterließen dunkle Flecken. Sie stellte den Kelch auf den Tisch zurück und stand auf.

Die dunklen Flecken auf ihrem weißen Kleid wurden größer.

Kaum unterdrücktes Stöhnen der Wollust kam von den Zuschauern im Schatten. Rich zog es das Herz zusammen. Er erhob sich langsam und ließ den Blick nicht von dem Kleid, das sich jetzt immer rascher in ein Rabenschwarz verfärbte. Ein Schaudern durchlief ihn, er fühlte sich sehr schwach. Er mußte sich an der Tischkante festhalten.

Pollys blaue Augen waren weiß und durchsichtig wie Glas geworden. Sie starrte auf einen unsichtbaren Punkt über seinem Kopf. Ganz tief in diesem tiefen gläsernen Brunnen schimmerte ein geheimnisvolles rotes Licht.

Die Schatten um ihre Augen wurden im gleichen Maße tiefer, wie sich die Schwärze auf ihrem Kleid ausbreitete. Mit einem rauchenden Knall verlosch eine Kerze, dann noch eine. Pollys Kleid und ihre Haare begannen sich zu bewegen, als seien sie von einem starken Wind erfaßt worden, aber im Eßzimmer war die Luft stickig, unbewegt, und sie wurde durch den Atem der Anwesenden immer übelriechender.

Pollys Lippen öffneten sich, spannten sich über ihre schneeweißen, liebenswert unregelmäßigen Zähne. Sie begann, Schreie in einer fremden Sprache auszustoßen, deren einzelne Worte deutlich zu unterscheiden, aber nicht zu verstehen waren, und die deshalb eine scheinbar sinnlose Kette von Klängen bildeten. Blut begann aus Pollys Mundwinkeln zu tropfen.

Rich stöhnte. Er konnte den Blick nicht von ihr wenden. Ihr Körper zuckte jetzt in fremdartigen Verrenkungen, wie der einer exzentrischen Tänzerin, deren Füße man am Boden festgenagelt hatte. Das Kleid hatte sich inzwischen vollständig schwarz verfärbt. Ihre Augen hatten keine Pupillen mehr, sie leuchteten in einem feurigen Rot.

»Es ist Zeit, Richard«, mahnte Inez aus dem Schatten heraus. Rich hatte es die Sprache verschlagen. Er war nicht in der Lage, sich zu bewegen oder auch nur Atem zu holen. Er starrte mit aufgerissenen Augen auf die Veränderungen, die mit Polly vor sich gingen.

Polly, deren ganzes Gesicht jetzt von dem blicklosen Glühen aus ihren Augenhöhlen erleuchtet war, begann zu brennen, ohne daß Flammen zu sehen gewesen wären. Rauch stieg von ihren gestikulierenden Händen, von allen unbedeckten Hautpartien auf, die ebenfalls in einem tiefen Rot erglühten. Sie schrie, stieß eine schrille Klage aus, die seine Ohren kaum mehr hören konnten.

»Nein!« Aber seine Kehle war so rauh angesichts des Schrecklichen, daß sein Aufschrei darin stecken blieb.

Inez trat an seine Seite und ergriff seinen Arm.

»Mach schnell! ER ist bereit! Empfange IHN und befreie Polly von IHM!«

»Wer?«

»Du weißt es, Richard!« sagte Inez. Sie wirkte etwas ungeduldig, aber sie brachte immer noch ein Lächeln zustande. Er drehte ganz langsam seinen Kopf und erhaschte einen kurzen Blick auf sein Spiegelbild auf der glänzenden Oberfläche ihrer dunklen, tröstenden Augen.

Er nickte. »Aber...«

Inez schnitt ihm mit einem Kichern das Wort ab. Die Narbe auf ihrer Wange schien sich langsam zu verformen. »Es ist doch so einfach. Müssen wir denn alles noch einmal durchkauen? Denk nach, Richard. Umarme Polly mit all deiner Liebe. Rufe sie, und sie wird zu dir kommen.«

»Und... was passiert... dann?«

»Dann wird die Vereinigung vollzogen. Ach, Richard. Jetzt wird mir klar, daß ich dir zuviel zu trinken gegeben habe. Dabei erwartet dich der wunderbarste Moment deines ganzen bisherigen Lebens. Die Ekstase! Was hat dich immer so gequält? Was hast du am meisten gefürchtet? Die Gefahr, übersehen zu werden, nur ein Gesicht unter einer Milliarde anderer zu sein. Jetzt, Richard, jetzt ist der Moment gekommen, für den du gelebt hast. Du wirst einzig unter den Menschen sein. Und was mußt du tun, um diese Einzigartigkeit zu erreichen? Du mußt dich mit Polly vereinigen. Dann vereinigst du dich mit IHM!«

»Ich weiß nicht... ob ich...«

Unter Inez' festem Zugriff hatte die Blutzirkulation in seinem Arm ausgesetzt, und die Taubheit breitete sich aus wie die Schwärze auf Pollys Kleid. Das Mädchen sah nun aus, als sei sie eben dem Grab entstiegen, aber sie war immer noch zu erkennen.

»Natürlich kannst du es schaffen«, sagte Inez, die alles daransetzte, ihn zu ermutigen. Ihr Atem, den er auf seinem Gesicht spürte, erregte ihn, aber er roch so ranzig, daß ihm gleichzeitig etwas schlecht davon wurde.

»Rufe sie! Hörst du? Tu es! Sie leidet wirklich. Und wir alle haben einen langen Abend hinter uns.«

Ihr fester Griff ließ ihm keine andere Wahl, als zu der leidenden Polly hinüberzusehen.

»Ich... liebe... dich... Polly«, flüsterte Inez ihm vor.

»Ich liebe dich, Polly«, wiederholte Rich. Die Übelkeit wurde schlimmer.

»Komm zu mir, und ich werde dich für immer festhalten.«

Rich wiederholte auch das. Polly wimmerte und schluchzte jetzt hemmungslos.

»Lauter!« verlangte Inez.

»Komm zu mir, und ich...«

»Noch lauter!«

»KOMM ZU MIR, UND ICH WERDE DICH... WERDE DICH... FÜR IMMER FESTHALTEN!«

»Das ist es!« Inez war zufrieden mit ihm. Sie ließ ihn los und trat einen Schritt zurück.

Auf der anderen Seite des Tisches flatterte das schwarze Kleid auf, hob sich rauchend über Pollys Kopf und sie wurde mit angehoben, wie von einer mächtigen Woge, die sie über den Tisch trug. Das Kleid wurde in Fetzen gerissen, in flatternde Wimpel, aus denen vor Richs Augen kräftige Flügel wurden, die langsam in der stickigen Luft schlugen und dabei prasselten wie Wunderkerzen. Das Knistern sich entladender Elektrizität wanderte quer durch das Eßzimmer und erleuchtete die bleichen Gesichter entlang der Wand.

Das Ding schwebte weiter in der Luft, zum Teil war es ein Vogel, zum Teil eine Fledermaus, aber es war auch etwas aus der dunklen Frühzeit der Erde, das, beleuchtet vom Schein feuerspeiender Vulkane, durch die rußigen Himmel geschlingert war. Dort, wo Pollys Gesicht war, erschien jetzt eine Fratze mit irren, stechenden Augen, so rot wie frisch aufgeschnittenes Fleisch, mit hundert messerscharfen Zähnen in Kiefern, die zu einem Reptil zu gehören schienen. Das Ungeheuer reckte seinen Hals und starrte Rich an. Dabei ruderte es mit seinen scharfgeränderten Flügeln in der Luft.

»Ich weiß«, sagte Inez, und ihre Stimme klang deutlich und klar in seinem Kopf, während das Ungeheuer sich weiter ausdehnte und immer abscheulichere Formen annahm,

»jetzt kommt der schlimme Teil. Aber in ein paar Sekunden wird es vorbei sein.«

Rich schrie und schrie immer weiter und unterbrach sein Geschrei nur, um sich zu erbrechen.

Und als er am hilflosesten war, und das Innerste seines Magens sich nach außen gekehrt zu haben schien und seine Gedärme sich entleert hatten, da kam die Kreatur herunter- geflogen, um ihn zu ergreifen. Ein sakrales Klagen hob an, und alle Kerzen wurden von der Gewalt des Flügelschlags ausgelöscht.

Rich fühlte einen heißen, stechenden Schmerz im Unter- leib, so, als sei er von einem harten, spitzen Schnabel gesto- chen worden. Dann wurde wieder alles taub. Er hatte das Gefühl, sanft hinweggehoben zu werden von allem, das ihn noch Augenblicke vorher in Angst und Schrecken ver- setzt hatte. Ihm war, als würde er aus der entsetzlichen, kalten Finsternis eines geschlossenen Sarges fortgetragen in eine andere, wohltuende und schmerzlindernde Dunkel- heit, als würde ihn eine warme Strömung durch die sanften Windungen eines Schlauches oder einer Ader spülen, bis hin zu

seinem Hochzeitsbett.

Es stand in einem Zimmer von elfenbeinerner Reinheit. Hohe Kerzen standen rund herum.

Polly lag darin.

Sie lag nackt auf seidenen Laken. Nur ein Kranz von Blü- ten schmückte ihr Haar.

Kornblumenblau. Passend zu ihren Augen.

Ein Hauch von Make-up auf ihren hohen Backenknochen gab ihr ein aufregendes, hurenhaftes Aussehen. Sie biß sich mit den Zähnen auf die Unterlippe. Alles an ihr schien nach sexueller Erfüllung zu verlangen. Sie atmete schwer, ihre kleinen, spitzen Brüste hoben und senkten sich.

Rich kniete sich über sie und legte seine Hände auf ihre Schultern. Polly bewegte ihre flaumbedeckte Hüfte unge- schickt hin und her. Ihr Brustkorb war zart und leuchtete wie ein Lampion aus Papier. Pollys kleine, mit Salbe einge- cremte Vulva war zart wie Porzellan. Dort, wo sie sein von schlangenförmigen Adern durchzogenes Glied umfaßte, war sie von einem feurigen Rosa. Rich war dort riesig groß, wo sie zart und eng war. Er versetzte ihr mächtige, gewalttätige Stöße, jeder Atemzug, der aus ihr entwich, klang wie der Schrei von Geistern.

Als Rich auf einmal klar wurde, was er dem Mädchen antat, versuchte er erschrocken, aus ihr zurückzuweichen. Es konnte doch nicht richtig sein, was er hier machte. Das hatte er niemals gewollt. Das Kind war doch erst zwölf Jahre alt. Aber Polly reagierte auf sein plötzliches Zögern mit der Erregung einer läufigen Hündin. Mit der einen Hand umfaßte sie seine mächtigen Hoden, während die andere nach seinem Penis griff, um ihn daran zu hindern, aus ihr herauszuschlüpfen. Es bedurfte nur dieses Zugriffs, dieses Eingeständnisses ihrer Erregung und ihres Verlangens, und es kam ihm, er explodierte, er wurde fast zerrissen von dem Druck, den er so lange zurückgehalten hatte. Sie zuckte, als würde sie von Gewehrschüssen getrofffen, bog bei jeder seiner reichhaltigen Entladungen den Rücken und warf den Kopf in den Nacken, ausgedörrte, blaue Blüten tanzten dabei über ihren kleinen Ohren.

Ein Seufzen an seinem Ohr, eine zarte kleine Zungenspitze, die sich ihren Weg suchte, ein Kuß der Freude, den er nicht erwidern konnte. Er war schweißnaß und schämte sich. Sein Schwanz war immer noch versunken in ihrer schlüpfrigen Spalte. Etwas Speichel war ihr aus dem Mund gelaufen und bildete eine silbrige Spur von den sanften Erhebungen ihrer kindlichen Brüste bis hin zum Bauchnabel. Polly leckte sich über ihre Lippen, die bleich wie Marmor waren. Die Augenlider zitterten erregt, aber der Pulsschlag im Hals wurde immer schwächer. Die Kerzen flackerten: Flammen ohne Körper, Augen ohne Seele. Er betrachtete sie fasziniert, bis der Pulsschlag ganz auszusetzen schien. Der Zugriff ihrer kleinen Hände lockerte sich, die Finger glitten langsam von ihm ab, wie bei einer letzten, schwachen Liebkosung. Sie atmete einmal tief, dann schien sie gar nicht mehr zu atmen.

Erst nach einer Minute war Rich in der Lage, sich langsam von ihr zu lösen. Auf Pollys schlafendem Gesicht zeigte sich ein kleines, zufriedenes Lächeln. Einmal befreit von seinem Gewicht, drehte sie sich behaglich auf die Seite, zog die Knie etwas an und legte die Hände unter den Kopf.

Rich deckte sie mit einem Laken zu und richtete sich auf unsicheren Beinen auf. Sein Schwanz war immer noch so hart, als hätte er gar keine Ejakulation gehabt. Verwundert drehte er sich nach Inez um, die ein Nachthemd aus durchsichtigem Stoff trug und gelangweilt gähnend an einer Wand des Schlafgemachs lehnte.

»Ich dachte schon, du würdest niemals mit ihr fertig werden«, sagte sie mit leichtem Vorwurf in der Stimme. Ihr kräftiger, gesunder Körper war kaum verhüllt. Der Schamhügel war dicht behaart, wie eine Bärentatze unter ihrem Bauch. Perlmuttfarbene Brüste erhoben sich wie der aufgehende Mond überm Galgenberg. »Es ist schon so spät, Rich. Außerdem hat es aufgehört zu schneien. Du solltest dich jetzt besser anziehen.«

»Was... Was machst du hier?«

»Ich warte auf dich. Es wird Zeit, daß die Lichter gelöscht werden und sich jeder zu seiner wohlverdienten Ruhe begibt. Nur du darfst das nicht. Noch nicht. Du hast deinen Spaß gehabt, jetzt gibt es noch einige Pflichten.«

»Was meinst du damit?«

Inez zuckte mit den Achseln und ließ eine ihrer Brüste ganz beiläufig ein paarmal auf der Rückseite ihrer Handfläche hüpfen. »Es gehört nicht zu meinen Vorrechten, darüber Bescheid zu wissen. Alles, was du von jetzt an tust, tust du natürlich in SEINEN Diensten.«

»Natürlich«, plapperte Rich lustlos nach. »Ich brauche eine Dusche.«

»Dann geh duschen, aber laß dir nicht zuviel Zeit.«

Als er mit einem dekorativ um die Hüften drapierten Handtuch aus dem Badezimmer zurückkam, hatte sich das Schlafgemach verändert. Inez hatte alle Kerzen gelöscht bis auf eine einzige, die über Pollys wächsernes Gesicht wachte.

Rich starrte gebannt auf Polly, während er sich anzog. Er hatte den Eindruck, daß sie nicht atmete, aber er war durcheinander und erschöpft. Seine Leistengegend kam ihm wie abgestorben vor, als hätte er zehn Orgasmen gehabt und nicht einen. Aufgespießt hatte er das Kind, getötet hatte er es. Das Bett, auf dem diese schreckliche Vergewaltigung stattgefunden hatte, hatte inzwischen die Dimensionen eines ziemlich geräumigen Sarges angenommen. Schwerer Samt umrahmte ihr beherrschtes, nach oben gewandtes Gesicht. Er ging langsam auf den Sarg zu, der Inez versperrte ihm den Weg.

»Keine Zeit für zärtliche Abschiede.«

»Ist sie...?«

»Polly wird in deiner Erinnerung immer weiterleben, Richard.«

Er schluckte ein paarmal, wurde von einer fernen Traurigkeit gestreift und akzeptierte dann das Unvermeidliche mit einem kurzen Nicken. Er dachte, daß ihm die Tränen gekommen seien, aber seine Augen brannten nur ein wenig. Inez hielt ihm die Wollmütze, den Schal und seinen warmen Mantel entgegen. Rich sah nicht mehr auf Pollys Gesicht, sondern folgte Inez aus dem Schlafzimmer heraus und die Treppen hinunter in die Vorhalle. Inez blies im Vorbeigehen alle Kerzen aus, so daß ihnen die Dunkelheit bei ihrem Abstieg folgte.

Rich öffnete die Eingangstür und sah hinaus in die weiße Nacht, auf den zunehmenden Mond und die dünnen Silhouetten der kahlen Bäume. Der Wolfshund saß auf der obersten Treppenstufe, umgeben von einer Wolke seines kondensierenden Atems. Er wandte Rich seinen eleganten Kopf zu, wie eine Balldebütantin, die sich das Gesicht ihres nächsten Tanzpartners zum erstenmal aus der Nähe betrachtet.

»Gute Nacht, Rich«, sagte Inez und hüpfte auf der kalten Türschwelle von einem nackten Fuß auf den anderen. Sie küßte ihn auf die Wange. »Es ging doch eigentlich ganz gut, oder?«

»Ich denke auch. Werde ich dich wiedersehen?«

»Das gehört zu den Dingen, die wir nie so genau wissen.«

Sie schnipste mit den Fingern, und der Hund drehte sich um und folgte ihr ins Haus. Rich sah, wie die Tür sich langsam schloß, sah ihr Abschiedslächeln, sah die säbelförmige Narbe auf ihrer Wange und sah dort, wo ihre Augen gewesen waren, ein rotes Blitzen, wie aus einem Stroboskop. Dann ging er die freigeschaufelten Stufen herunter und begann seine Wanderung durch den spurenlosen frischgefallenen Schnee zu der Tankstelle, wo er vor einigen Stunden seinen Porsche zurückgelassen hatte.

23

Karyn hatte die Nase voll von Rich, und sie verbarg es auch nicht mehr vor den anderen. Normalerweise konnte sie eine schlechte Laune verbergen, wenn sie unter Freunden war, konnte sich amüsieren und die Zentnerlast auf ihrem Gemüt für eine Weile vergessen. Aber heute abend wollten sich — obwohl doch ein lustiges Völkchen in der Taverne des Davos Chalets beisammen saß und eine Gruppe namens ›Sons and Lovers‹ einen altmodischen, aber höllisch guten Rock spielte — die dunklen Wolken der Mißstimmung nicht von ihrem Gesicht vertreiben lassen.

»Er wird schon noch kommen«, sagte Elise aufmunternd.

Karyn sah hinüber auf Trux' breiten Rücken. Er saß am Nebentisch einer Blondine mit einem Pferdegebiß auf der Pelle, deren Haut von der Sonne so verbrannt war, daß sie radioaktiv aussah. Karyn kam sich jetzt doppelt verlassen vor. Trux hatte sie gesehen, er hatte ihr zugelächelt, aber er war nicht zu ihr gekommen, obwohl Rich doch gar nicht hier war. Was wollte er damit demonstrieren? Sie waren doch schließlich Freunde. Was konnte da die kleine Rauferei mit Rich schon ausgemacht haben?

»Riiischaaard hat gesagt, daß er kommen würde«, fügte Benny mit schmierigem Grinsen hinzu. Er war in einer seiner seltenen Stimmungen, in denen er meinte, sich so schnell wie möglich unter den Tisch trinken zu müssen.

»Hat gesagt? Hast du ihn denn heute gesehen?«

Benny nickte. »Frühstück.« Er hielt sein Glas schräg. Elise warnte ihn mit einem Fletschen ihrer metallgeklammerten Zähne.

»Spar's dir lieber noch ein bißchen auf. Es ist dein letztes für heute.«

»Elise ist gemein zu mir«, jammerte Benny.

»Ich geh nicht mit Besoffenen ins Bett.«

»Hört auf ihr beiden!« sagte Karyn. »Benny?«

»Immer zu Diensten.«

»Über was hast du heute morgen mit Rich geredet? Ich meine, hat er dir gesagt...«

»Ich hab' sein Auto aus einer Schneewehe gezogen.«

»Hat er dir gesagt, was er mit dem Rest des Tages anfangen wollte?«

»Nein.«

»Worüber habt ihr geredet?«

»Über Teufel.«

»Über Teufel? Machst du Witze?« fragte Elise und gab ihm dorthin einen Stoß mit dem Ellenbogen, wo sein Bauch über den Gürtel hing.

»'s is wahr. Riischaard war in einem sehr ernsten Geisteszustand heute morgen.«

»Was habt ihr über Teufel geredet?« fragte Karyn.

»Riischaard hat ein Buch gelesen und wollte meine Meinung darüber wissen.«

»Benny«, sagte Karyn noch einmal eindringlich. »Rich muß dir doch irgendwas gesagt haben. Wohin er wollte.«

Benny lehnte sich zu Karyn hinüber. Er nahm seine Brille ab, und rieb die Gläser an Elises Pullover sauber. Dann setzte er die Brille wieder auf und starrte Karyn mit dem milden Türkis seiner Augen an.

»Er sagte, er wolle einem Exorzismus beiwohnen. Ich fragte ihn noch, ob Matinee oder Abendvorstellung.« Benny gluckste und langte über den Tisch nach seinem Glas, das Elise allerdings rechtzeitig mit dem Handrücken aus seiner Reichweite schob.

»Ich meinte es so, wie ich es sagte, mein Liebling.«

Benny seufzte. »Das tust du nur, weil ich letzte Nacht versagt habe. Willst mir wohl keine Pause gönnen, was?«

»Du mußt nicht alle Welt mit deinen Problemen belästigen, Benjamin.«

Jemand am Tisch fragte: »Was ist denn letzte Nacht gewesen, Benny?«

Benny kniff den Mund yusammen, nickte, schien aber doch erst lange über eine Antwort nachdenken zu müssen. Seine Stirn legte sich in Falten. Er strich mit seiner Hand darüber und brach wieder in Kichern aus. »Ich bin zu früh gekommen«, flüsterte er dann.

»Benny, halt die Schnauze!« Elise war jetzt wirklich wütend. »Das interessiert überhaupt niemanden.«

»Na ja, *du* kommst ja überhaupt nie«, sagte Benny zu Elise, die ihm ihr Gesicht zugewandt hatte, das von einer gespenstischen Leere zu sein schien, wie der hohle Zahn eines Vampirs.

»Gib ihm doch noch einen Drink«, schlug eins der Mädchen am Tisch vor.

Karyn sah auf die Uhr. Es war viertel nach zwölf. Trux lächelte zu ihr herüber. Seine Blondine war auf der Tanzfläche. Die Haare wirbelten um ihr rosafarbenes Gesicht, und die Titten schienen bis unter das Kinn zu hopsen.

»Entschuldigt mich einen Moment«, sagre Karyn und stand auf.

Trux traf sie auf halbem Weg zur Tür.

»Hi.«

»Hi. Es gibt ein paar Themen, über die ich gar nicht erst mit dir diskutieren will.« Um ihre Worte zu unterstreichen, verschloß sie ihm mit zwei Fingern die Lippen.

»Einverstanden. Und was willst du statt dessen tun?«

»Was sonst könnte man in Vermont nach Mitternacht schon tun? Aber ich will es nicht tun. Hat es aufgehört zu schneien?«

»Ich glaub' schon.«

»Komm. Schnappen wir uns die Mäntel und gehen wir raus. Der Qualm in der Taverne war fürchterlich. Meine Augen brennen immer noch.«

Sie stapften durch den frischgefallenen Schnee auf den Sessellift zu. Er hatte den Arm um ihre Schultern gelegt. Karyn fühlte sich wieder besser, zumindest fühlte sie sich gut genug, um über einige seiner Witze lachen zu können. Mit Trux war es eigentlich immer lustig. War ihre Beziehung zu Rich nicht doch ein Fehler? Seine fixen Ideen, sein ständiges Verschwinden während der letzten Tage? Sie hatte keine Lust mehr, sich das gefallen zu lassen. Vielleicht wäre es besser, sich etwas selbständiger zu machen, sich auch mal mit anderen Männern zu verabreden, etwas Distanz zwischen sich und Rich zu schaffen, bis sie genau wüßte, was sie eigentlich wollte.

Sie erzählte Trux von ihrer Verstimmung und ihren eben erst gefaßten Vorsätzen.

»Manchmal läßt man sich von Bindungen fesseln, die man eigentlich gar nicht will«, erwiderte Trux.

»Es ist ja nicht so, daß ich Rich nicht liebe. Ich weiß, daß ich ihn liebe.«

»Das heißt noch lange nicht, daß er gut für dich ist.«

»Rich und ich, wir müssen uns mal ganz lange unterhalten. Ich werde so jedenfalls nicht mehr weitermachen.«

»Gut. Wenn du dich entschlossen hast, die Sache mit Rich ein wenig abkühlen zu lassen, dann könntest du doch mal für ein Wochenende nach Cambridge raufkommen.«

»Hey! Das wäre gar nicht schlecht.«

Sie gingen weiter, stolperten ein wenig durch den tiefen Pulverschnee, lehnten sich aneinander, allein, unbeobachtet, das heißt, beobachtet nur von dem Fahrer des Porsches, der inzwischen den Hügel zum Davos Chalet raufgefahren war und sein Auto auf dem östlichen Parkplatz abgestellt hatte.

24

Den Augen des Gebieters erschien die Welt, auf die er wieder einmal zurückgekehrt war, als ein verhaßter Platz.

Es war wahr, daß dies eine Welt war, die sich vollgesogen hatte mit dem Blut aus den Schlachthäusern der vergangenen Jahrhunderte, eine Welt, die sich die Menschen freiwillig und jeden Tag aufs neue zur Hölle machten, durch ihre Gier, ihren Verrat, ihren Sadismus, durch Sklaverei und Mord. Sie taten dies im Namen von Göttern wie El und Ishtar, wie Baal und Yahweh. Aber es konnte gar nicht soviel Blut vergossen werden, es konnten gar nicht so viele Knochen vor sich hin faulen, daß es dem Gebieter gereicht hätte. Er konnte nicht genug Seelen mit sich hinab in seine Finsternis ziehen. Er war unersättlich.

Heute nacht waren seine Gelüste eher bescheiden. Er hatte sie dem Besessenen mitgeteilt, hatte dessen Skrupel so weit erstickt, daß der Widerstand nur noch gering und der Rede nicht mehr wert war.

Richard.

»Ich sehe sie.«

Der Besessene sah durch die scharfen, unbestechlichen Augen eines Tieres. Die beiden sahen aus wie Spielzeugfiguren im Mondlicht. Pechschwarz hoben sie sich vom leuchtenden Schnee ab. Sie gingen gerade auf den letzten Tragepfeiler des Sessellifts zu. Dann blieben sie stehen, die Gesichter dicht nebeneinander. Sie hielten sich an den Händen. Mit der gesteigerten Sensibilität eines Tieres nahm der Besessene die erotische Spannung zwischen dem Mann und der Frau wahr. Alle Instinkte der Brunft waren in ihm geweckt, und damit vor allem der Haß auf den Rivalen. In Form männlicher Eifersucht machte er sich die Blutgier seines Gebieters zu eigen.

»Aber ich kann doch nicht...«

Das erneute Aufflackern von Widerstand wurde sofort erstickt.

Sie ist ungläubig. Es waren Worte einer uralten Sprache, rauhe, beschwörende Klänge, die ihren Widerhall in seinem geknebelten Geist fanden: *Sie ist eine kleine Lügnerin. Aber du weißt, daß das noch nicht alles ist.*

»Lügnerin. Miststück. Nutte. Schlampe.« Jedes Wort brannte auf Zunge und Lippen wie Phosphorkügelchen und heizte sein Blut an. Das Tier in ihm erwachte gleich wieder. Der Instinkt des Jägers hatte das Kommando übernommen.

Was wirst du tun, Richard?

Die Antwort war wortlos, aber so gewaltig wie ein Orgasmus.

Du könntest Schwierigkeiten mit ihm bekommen. Es könnte schlecht ausgehen. Er ist viel größer als du. Und er ist stark. Wir wollen nicht, daß dir etwas passiert, das unsere Sache gefährden könnte.

»Ich weiß.«

Dann denke darüber nach, was du noch tun könntest. Eigentlich ist es doch Karyn, der du weh tun willst.«

Karyn und Trux, eng aneinandergeschmiegt standen sie im Schnee, fast bewegungslos, die Gesichter jetzt ganz vereint zu einem langen, leidenschaftlichen Kuß. Sein Tierauge beobachtete scharf und genau, ohne auch nur einmal zu blinzeln. Er dachte darüber nach, wie er sich geräuschlos an sie heranschleichen könnte, um sie zu überraschen. Er dachte an Karyns lange, spielerische Küsse, an ihre unternehmungslustige Zunge und an ihre Lenden, die sie jetzt ganz eng an einen anderen Mann drückte. Seine Hand fuhr zum Türgriff des Autos.

Nein. Warte doch. Noch nicht.

Richs Hand entspannte sich wieder. Er schloß die Tür und blieb sitzen.

»Wann?«

Du wirst es erfahren.

25

Weil sie an dem Abend mehr Wein getrunken hatte, als sie eigentlich vertragen konnte, wurde es Karyn gar nicht kalt. Sie hatte sich lange mit Trux unterhalten. Sie waren langsam nebeneinander gegangen, hatten das Chalet immer in Sichtweite behalten. Es war schön, ihn zu küssen und ihn ohne verbotene Leidenschaft zu umarmen, es tat ihr gut, von ihm liebkost zu werden, und sie brauchte es in dieser Zeit quälender Selbstzweifel. Als sie sich dann vorm Hoteleingang voneinander verabschiedeten, wußte Karyn, daß sie nicht mehr mit Rich zusammenleben wollte, und sie wollte diesen Entschluß noch heute nacht in die Tat umsetzen, egal, ob Rich inzwischen eingetroffen war oder nicht. Es war verrückt, wie sich eine Beziehung in ein paar Tagen so drastisch verändern konnte. Aber sie mußte es wohl schon länger im Kopf gehabt haben, sie war wohl nur vor dem Schmerz zurückgeschreckt, den solch eine Trennung unweigerlich mit sich bringt. Trux hatte ihr klargemacht, daß es ja nicht unbedingt das Ende sein mußte. Wenn sie sich erst einmal von den ermüdenden Gewohnheiten befreit haben würde, die sich während solch einer langen Beziehung eingeschliffen hatten, wenn sie ein paar Monate, vielleicht auch ein ganzes Jahr lang über die Sache nachgedacht hatte, dann mochte sich ja ein Weg finden lassen, es noch einmal mit Rich zu probieren. Wenn er tatsächlich der Richtige für sie war, dann mußte er Verständnis dafür haben, daß sie diese Zeit brauchte.

Es war schon fast Sperrstunde, aber nachdem Trux gegangen war, lief sie kurzentschlossen in die Taverne. Sie hoffte, Rich dort zu finden. Es waren nur noch zwei Pärchen da, und ein einsamer Jüngling saß zusammengesunken an der Bar.

Der knochige, vollbärtige Barkeeper war gerade dabei, gespülte Gläser auf ein Regal hinter der Theke zu stellen. Er lächelte etwas müde, als er sie kommen sah.

»Wenn Sie sich beeilen, gibt's noch einen auf die schnelle.«

»Danke. Ich suche nur jemanden. Er müßte während der letzten Stunde hiergewesen sein. Etwa so groß, blond, kurzes Haar. Sieht ein bißchen aus wie Paul Newman in jungen Jahren. Spricht Bostoner Akzent.«

»Glaub' nicht, daß ich ihn hier gesehen habe.«

»Okay. Danke.«

»Soll ich Ihnen nicht doch noch schnell was mixen?«

»Ich hab' für heute genug gehabt.«

Auf einmal hörte man von der Terrassentür her ein Klopfen.

»Karyn!«

Die gedämpfte Stimme, die nach ihr rief, klang nach Rich.

»Ist er das?« fragte der Barkeeper.

Zuerst konnte Karyn es nicht genau sagen. Sie sah nur eine dunkle Gestalt auf der Terrasse, und die Türen waren zur Hälfte mit Eisblumen bedeckt. Außerdem nahmen die Schneeverwehungen vor der Tür ihr etwas von der Sicht.

Die Gestalt klopfte noch einmal heftig gegen das Glas und rief: »Karyn!«

Als sie immer noch nicht antwortete, wandte er ungeduldig den Kopf. Jetzt erkannte sie die vertrauten Umrisse seines Kinns. Es war Rich. Alles in Ordnung.

Sie rannte zu der Doppeltür und versuchte den einen Flügel zu öffnen. Die Tür war nicht verschlossen, aber die Flügel ließen sich nicht bewegen.

»Zugefroren«, rief ihr der Barkeeper zu. »Die kriegt man erst im Frühling wieder auf.«

Rich war etwa zehn Schritte zurückgegangen. Dort stand er jetzt und erwartete sie. Die Arme hatte er über der Brust verschränkt. Warum tat er das? Karyn machte eine hilflose Geste.

»Ich kann die Tür nicht aufkriegen, Rich. Komm doch durch die Empfangshalle herein.«

Aber er blieb dort stehen und sah sie an. Zumindest glaubte sie das, denn sie konnte sein Gesicht und seine Augen nicht erkennen. War er betrunken? Er schien eigentlich ganz fest auf den Beinen zu stehen. Sie sah den Barkeeper an.

»Gibt es einen anderen Weg auf die Terrasse?«

»Über den Flur zwischen den beiden Toiletten. Die Tür ist nicht verschlossen.«

»Rich, ich komme raus«, rief sie ihm zu und verließ die Taverne.

»Okay, Freunde«, sagte der Barkeeper zu den anderen Gästen. »Feierabend für heute.« Er kam hinter der Bar hervor und warf einen ratlosen Blick auf den einsamen Jungen, der auf dem Boden kniete, seinen Barhocker umschlungen hielt und gottserbärmlich schnarchte. »Kennt den jemand von euch?« fragte er. Niemand kannte ihn. Er schüttelte den Jungen kräftig durch, erhielt aber kaum eine Reaktion.

Donald Ray Stemmons stand da und fuhr sich mit seinen Fingern durch den Vollbart. Er überlegte, wie er den betrunkenen Jungen aus der Taverne bekommen konnte — einmal draußen, wäre er nicht mehr sein Problem —, als er den ersten Schrei von der Terrasse hörte.

26

»Rich«, sagte Karyn, »was ist los mit dir? Wo hast du den ganzen Tag gesteckt?«

Sie näherte sich ihm über die offene rechteckige Terrasse, ihre Stiefel schlurften durch den frischgefallenen Schnee. Darunter war der Untergrund gefroren. Das Management des Chalets hatte kein Interesse daran, die Terrasse im Winter von Schnee frei zu halten. Sie hatte ein starkes Profil in den Sohlen, trotzdem rutschte sie aus und verletzte sich an einem Knie. Er machte keine Anstalten, ihr zu Hilfe zu kommen, und sagte kein Wort. Sie wurde rot vor Wut.

»Ich habe mir am Knie weh getan, Rich.« Es klang wehleidiger, als sie beabsichtigt hatte, ja, es klang fast so, als lege sie es darauf an, bemitleidet zu werden. Trotzdem bewegte er sich nicht. Sein Verhalten war so merkwürdig, daß sie alleine aufstand, wobei sie das meiste Gewicht auf das unverletzte Bein legte. Sie humpelte ein paar Schritte auf ihn zu. Ihre Wut hatte sich in Sorge verwandelt, der ein erster, leichter Anflug von Angst beigemischt war.

»Hey. Ist mit dir alles in Ordnung? Was war heute? Sag doch was, verdammt noch mal!«

Karyn humpelte näher zu ihm. Sein Kopf hing herunter auf die Brust. Er war bedeckt mit der Wollmütze, die er bei frostigem Wetter am liebsten trug. Er sagte etwas zu ihr, aber so leise, daß sie es nicht verstehen konnte. Ihre Wut war jetzt einem schlechten Gewissen gewichen. Sie hatte ihren heroischen Entschluß vergessen, die Beziehung zu beenden, ihn rauszuwerfen aus ihrem Leben. Ihr war verzweifelt ums Herz. Sie wurde überwältigt von einem kalten, finsteren Gefühl des Verlustes, das sich sehr schnell in schreckliche Angst verwandelte.

Karyn ließ sich gegen ihn fallen und umschlang ihn mit ihren Armen.

»Oh, Rich, was...«

Er hob seinen Kopf. Nur ein ganz kleines bißchen. Ihre Augen waren Zentimeter voneinander entfernt, und Karyn bemerkte mit einem Schrecken, der ihr die Zunge unter dem Gaumen gefrieren ließ, daß es nicht Rich sein konnte, den sie da in ihren Armen hielt.

Sie schrie und taumelte einen Schritt zurück, als er mit der gekerbten Eisenstange eines Wagenhebers ausholte.

Er traf sie am schmalen Ende der Wölbung des Backenknochens, direkt unterhalb des Auges, und er traf sie so hart, daß der Knochen zertrümmert wurde. Auf er Stelle schoß ein Schwall Blut von der Nase in den Rachen.

Karyn schwankte und sackte in sitzender Haltung in den Schnee. Sie fuhr sich mit den Fingerspitzen vorsichtig über die zertrümmerte Stelle in ihrem Gesicht. Mit dem rechten Auge konnte sie nicht mehr richtig sehen. Sie fühlte keinen Schmerz, nur eine furchtbare Taubheit, aber sie wußte, daß sie schwer verletzt war.

Und er beugte sich mit der erhobenen Eisenstange über sie und nahm Maß für einen noch verheerenderen Schlag.

»Zarach'«, sagte er und holte aus.

Karyn warf abwehrend beide Arme in die Höhe, und der Schlag traf einen von ihnen. Ihr rechter Ellenbogen war zertrümmert. Dieses Mal schoß der Schmerz ihr bis in die Haarspitzen und raubte ihr fast das Bewußtsein. Aber sie konnte nur an seine roten Augen denken und an die Aussichtslosigkeit, der Verurteilung zu entkommen, die sie darin lesen konnte.

Ihre Kehle war voller Blut. Sie spuckte ein Gutteil davon in den Schnee, als sie versuchte, auf die Füße zu kommen. Ihr rechter Arm hing bewegungslos herunter. Sie schrie ihm ins Gesicht, befleckte ihn mit ihrem Blut. Er wischte sich ganz konzentriert einen dicken Tropfen vom Augenlid und setzte seinen fremdartigen, dämonischen Tanz fort. Er nahm wieder Maß, das Eisen fuhr von oben auf sie herab.

Diesmal zerschlug es sämtliche Knöchel der linken Hand, die sie erhoben hatte, um ihr Gesicht zu schützen. Außerdem wurde durch diesen Schlag ein Auge aus seiner Höhle gelöst und lag jetzt auf ihrer Wange wie ein übergroßer Kern, der aus einer Orange gepreßt worden ist. Er hielt keuchend inne. Karyn taumelte von ihm weg, dann drehte sie sich um, unerklärlicherweise, als müsse sie jetzt ihrerseits eine Figur dieses dämonischen Tanzes vollenden. Sie wurde oben am bereits gebrochenen Arm getroffen und fiel wieder zu Boden. Sie dachte nicht ans Sterben, statt dessen wurde sie fast erdrückt von Trauer und dem Gefühl, verraten worden zu sein. Und sie war fast verrückt vor Schmerzen. Sie erhob sich, sie schrie, und er antwortete ihr mit stummen Schlägen.

Das gräßliche Geräusch ihrer zerberstenden Schädeldecke machte Karyn nahezu taub, aber grausamerweise durfte sie auch jetzt noch nicht das Bewußtsein verlieren. Sie fiel ein letztes Mal, und mit dem Gefühl, daß jetzt alles verloren war, lag sie in heftigen Zuckungen auf dem Rücken, während die Eisenstange weiter auf sie eindrosch. Ganz langsam und ohne jedes Gefühl der Angst sank sie zurück in die weiche Decke des frischgefallenen Schnees, der von der Berührung mit ihrem Blut zu dampfen begann.

Ihr unbeschädigtes Auge schloß sich nicht mehr, und sie betrachtete ihn durch einen Schleier, während er weiter Schlag um Schlag führte. Sie suchte Rich, aber sie konnte ihn nicht finden.

Dann entschwand der letzte Rest von Licht aus ihrem Auge in die Dunkelheit. Seine weit aufgerissenen Augen waren jetzt alles, was von einem verwüsteten Universum übriggeblieben war. Sie waren rote Riesen, von denen ihr Körper, der jetzt ganz still war, auf eine traumhafte Reise durch die Nacht geschickt wurde.

›Wer‹ dachte Karyn Vale, als sie starb, und niemals erfuhr sie die Antwort.

ZWEITER TEIL

Zarach'

27

Einige Stunden, bevor Karyn Vale in Haden County, Vermont, starb, bestritt ein Catcher, der sich Irish Bob O'Hooligan nannte, einen Teamkampf mit seinem Partner, dem Bösewicht aus Matamoros, Chico Panache. Sie sollten die ›Guten Jungen‹ in einem Kampf vor dem Hauptereignis in der Turnhalle der High School von Dempster, Massachusetts, kräftig verprügeln. Der Kampf dauerte vierzehn Minuten und endete in einem lebhaften Getümmel, an dem sich alle vier Kämpfer beteiligten, und bei dem es vor allem darum ging, das Publikum anzuheizen und selber in einem Zustand zu überleben, der es einem ermöglichte, am nächsten Abend wieder anzutreten. Irgendwann während des Kampfes, als er gerade eine wirksame, aber verbotene ›Halskrause‹ bei einem seiner Gegner, dem ›schönen‹ Reno Studaway ansetzte, wurde Bob von Renos Partner mit dem Stiefel böse in der Nierengegend erwischt, und richtete sich gedanklich bereits darauf ein, während der nächsten beiden Tage Blut pissen und Aspirin schlucken zu müssen.

Nach dem Kampf teilten sich Irish Bob und Chico ihre Börse von zweihundertundfünfzig Dollar, und jeder von ihnen zahlte zehn Prozent an ihren Manager, den ehemaligen Weltmeister der World Wrestling Alliance, Buddy Dilworth. Buddy hatte ihnen eine Teilnahme an den Teammeisterschaften der New-England-Staaten in Aussicht gestellt, wenn es ihnen gelänge, die Leute an den kleinen Ringen, in denen sie ihren bescheidenen Lebensunterhalt verdienten, weiterhin mit ihrem bösartigen Stil zu vergnügen.

Der Schmerz in der Nierengegend widerstand auch einer heißen Dusche, und Bob überlegte, ob er seinen ohnehin hohen medizinischen Etat noch durch einen Besuch bei seinem Hausarzt am nächsten Morgen belasten sollte. Nach kurzem Nachdenken beschloß er, darauf zu verzichten. Er war zwar erst siebenunddreißig, aber sein Arzt hatte ihm bereits mehrmals geraten, mit dem Ringen aufzuhören. Er wußte selbst, daß es mit seiner Gesundheit bergab ging, aber was blieb ihm anderes übrig? Er hatte drei Kinder zu Hause, und heutzutage fand man nicht so leicht einen Ersatzjob, der einem die Schläge auf innere Organe und das beschwerliche Herumreisen ersparen konnte. Letztes Jahr hatte er an die sechsunddreißigtausend Dollar brutto gemacht. Und in diesem Geschäft gab's das Geld auf die Hand. Die eine Hälfte für mich, die andere für dich, und auf die Einkommenssteuer ist sowieso geschissen.

Für die Kämpfer, die wirklich Talent und die richtige Ausstrahlung besaßen, war bei diesem Job in der Tat was zu verdienen. Aber Irish Bob machte sich über seine Karriere keine Illusionen. Er würde keine Gelegenheit mehr erhalten, die Leiter hochzusteigen und woanders zu ringen als im Boston Garden oder im Bürgerzentrum von Hartford. Außerdem zog er es vor, bei Dilworths ›New England Circuit‹ zu bleiben, weil er dabei selten mehr als hundert Meilen von seinem Wohnort entfernt eingesetzt wurde.

Dempster, Massachusetts. Die Temperatur war noch einmal um einige Grade gefallen. Schneeflocken tanzten wild in dem heftigen Sturm, der seit einigen Stunden über die New-England-Staaten hinwegfegte. Irish Bob zog sich im Umkleideraum schnell um. Er bedauerte es, daß er nicht mehr die Zeit hatte, die Annehmlichkeiten der Infrarotliege im Fitnessraum zu genießen. Die Burschen hier waren wirklich erstklassig ausgerüstet, trotz der verheerenden Auswirkungen des Parlamentsbeschlusses, der die öffentlichen Mittel für Schulen und Sporteinrichtungen im ganzen Staat drastisch gekürzt hatte. Das hatte auch ihn seinen Job als Ringertrainer an der High School von Joshua, seinem Heimatort, gekostet. Und gleichzeitig hatten sie auch noch auf seine Fähigkeiten verzichtet, zurückgebliebenen Erstkläßlern in Förderkursen die Grundbegriffe der englischen Sprache beizubringen. Zehntausend Dollar pro Jahr den Bach hinunter.

Er versuchte den Schmerz zu ignorieren und verließ die Sporthalle durch einen Seitenausgang. Das Gejohle und Gebrülle der Zuschauer ebbte langsam ab. Jetzt waren gerade zwei weibliche Catcher an der Reihe. Ohne Bedauern schlüpfte Conor Devon fürs erste aus der Rolle des Irish Bob und machte sich mit eiligen Schritten auf den Weg zum eigentlichen Mittelpunkt seines Lebens.

Gina wartete in ihrem Ford-Kombi auf ihn. Sie hatte den Motor laufen und die Scheinwerfer an. Es gab eigentlich keinen Zweifel über die Person, die sich da aus dem Dunkel dem Wagen näherte, trotzdem vergewisserte sie sich erst ganz genau, bevor sie die Tür entriegelte und ihn hereinließ.

»Hi, Baby.«

Er gab ihr einen Kuß und händigte ihr das Bargeld aus. Sie war eine stupsnäsige Rotblonde. Ihr Mädchenname war Travitano, und sie hatte die Hautfarbe der Norditalienerinnen, aber die untersetzte, vollbusige Figur der Frauen aus dem Süden Italiens. Vom Rücksitz her hörte man ein leises Schnarchen, das von einer abklingenden Kopfgrippe herrührte.

»Wen hast du mitgebracht?«

»Dean. Er hat für Montag keine Hausaufgaben und er wollte mal wieder ein bißchen mit seinem Daddy zusammensein. Vielleicht solltest du ihn kurz aufwecken und ihm hallo sagen.«

Er tat mehr als das. Er langte nach hinten und hob den schlafenden Zehnjährigen über den Sitz. Dean gähnte und blinzelte sich den Schlaf aus den Augen.

»Wie ist es ausgegangen?«

»Die bösen Buben haben gewonnen. Gott sei Dank.«

Dean kicherte. »Du bist gar kein böser Bube.«

»Und was bin ich?«

»Du bist mein Dad. Wohin mußt du morgen?«

»Nach Albany, New York.«

»Okay.« Dean kuschelte sich näher an ihn und schloß die Augen wieder, während Gina den Wagen rückwärts aus der Parklücke setzte und von der Sporthalle wegfuhr. In den Lichtern eines entgegenkommenden Autos sah sie sehr müde aus, hatte Schatten unter den Augen. Die Boutique, die sie mit einer Freundin zusammen in Joshua betrieb, hatte ein klägliches Weihnachtsgeschäft hinter sich. Am Nachmittag war sie mit ihrer Partnerin Kay Finlay beim

Steuerberater gewesen. Er wußte, daß Gina an dem Laden hing, und er hoffte, sie würde ihn halten können.

»Was hat DiFalco gesagt?«

»Wir werden den Ausverkauf bis zum Ende des Monats fortsetzen. Wenn genug Bargeld reinkommt, können wir bis zum Beginn des Frühlings durchhalten. Das Frühjahr könnte besser werden, aber wir werden Werbung machen müssen. Radio, Zeitungen.«

»Was wird das kosten?«

»Ich denke... Etwa viertausend.«

Er seufzte. »Vielleicht könnten wir...«

»Nein! Auf gar keinen Fall! Darüber waren wir uns doch einig. Es werden keine Ersparnisse angegriffen, Conor. In diesen Zeiten hat es gar keinen Zweck, gutes Geld hinter schlechtem herzuwerfen.«

Für ein paar Meilen schwieg sie, bis sie auf der 495 in nördlicher Richtung ihrem Heimatort entgegenfuhren. Es schneite jetzt stärker; sie hatte die Scheibenwischer angestellt. Gina hatte zwar eine Brille auf, aber trotzdem sah sie in der Dunkelheit nicht besonders gut, und die Straßen waren glatt.

»Soll ich fahren, Liebling?«

»Nein, nein. Ist schon in Ordnung. Ich habe nur nachgedacht. Weißt du, wie viele kleine Unternehmen im letzten Jahr in diesem Land Pleite gemacht haben? Mehr als siebenundzwanzigtausend.«

»Das muß doch einfach mal wieder besser werden«, sagte Conor.

»Ich habe ganz vergessen dich zu fragen: Geht's dir gut?«

»Nicht ganz so gut wie vorher«, mußte er zugeben. Das Gewicht des schlafenden Jungen auf seinem Schoß bereitete ihm Schmerzen, aber er wollte ihn nicht nach hinten zurückbugsieren. Gelegenheiten wie diese waren selten und kostbar. Er streichelte Dean sanft über das blonde Haar.

Hillary, Dean und Charles, der mit acht Jahren der Jüngste im Devon-Clan war. Sie waren in den ersten Jahren ihrer Ehe mit erstaunlicher Regelmäßigkeit angekommen. ›Gar nicht schlecht für einen ehemaligen Priester‹, dachte er. Er machte sich ganz gut im weltlichen Leben, obwohl er sich noch sehr genau an die schlimme Zeit nach dem Widerruf des Gelübdes erinnerte. Wie wertlos und verlassen war er sich damals vorgekommen. Nichts außer dem Inhalt eines kleinen Koffers hatte er besessen, nicht einmal eine Vorstellung davon, was er mit sich anfangen sollte. Sechs Monate später hatte er das erste Mädchen geheiratet, das nett zu ihm gewesen war, aber eine Lebensperspektive hatte er immer noch nicht gehabt. Aber mit der Frau hatte er Glück gehabt. Nicht viele Frauen hätten bei ihm ausgehalten, hätten seine Neurosen, seine Anfälle von Depression und seine Alkoholexzesse ertragen.

Conor schlummerte sanft, als der Wagen die Auffahrt zu ihrem Haus hinauffuhr, das in der besten Wohngegend von Joshua lag. Das Haus hatte vier Schlafzimmer und einen großen Raum, den Conor in einen Gymastikraum umgewandelt hatte; es lag auf einem kleinen Hügel oberhalb der Straße. Gina manövrierte den Kombi am Honda des Babysitters vorbei in die Garage.

Conor trug Dean ins Haus und die Treppe hinauf zum Zimmer der Jungen. Dort legte er ihn vorsichtig auf die obere Liege des doppelstöckigen Betts. Er hoffte, Dean würde noch einmal aufwachen und auf eine Tasse heiße Schokolade und einen kleinen Schwatz in die Küche herunterkommen. Aber nur Charles wachte auf und verlangte nach einem Glas Wasser. Conor holte es ihm, nachdem er selbst vier Aspirin geschluckt hatte, und gab seinem Jüngsten einen Gutenachtkuß.

Gina bereitet ihm das späte Abendessen zu: sechs Rühreier, Polnische vom Grill und Zwieback. Dazu schwarzer Kaffee mit einem Schuß Bushmill's Whiskey. Er machte es sich vorsichtig auf einem gepolsterten Stuhl am Eßtisch bequem, und als sie den gutgefüllten Teller vor ihn hinstellte, ignorierte er sein Nachtmahl zunächst einmal und legte seinen Arm um ihre Hüfte.

»Du müßtest deinen Bart mal wieder etwas stutzen.«

»Ich weiß.«

Von den fettigen Würsten stieg schwacher Dampf auf. Gina öffnete die Hintertür einen Spaltbreit. Kalte Luft strömte herein. Dann setzte sie sich neben ihn und sah ihm beim Essen zu.

»Machst du dir Sorgen wegen der Boutique?«

»Wenn wir's nicht schaffen, kann man auch nichts machen. Die Frauen geben einfach nicht mehr soviel Geld für Kleidung aus. Kann sich doch niemand mehr leisten. Aber ich werde schon eine andere Beschäftigung finden. Wir sind ja nicht unbedingt auf die Einnahmen angewiesen.«

Sie zupfte einen Krümel Rührei aus seinem Bart. Conor schenkte sich noch einen Schluck Bushmill's in die Tasse und sah sie fragend an. Sie schüttelte den Kopf und tat sich statt dessen noch ein Stück Zucker in den Kaffee. Dann holte sie mit einem Teelöffel ein vollgesogenes Zuckerstück aus der Tasse und lutschte nachdenklich darauf herum. Plötzlich gab sie ihm einen flüchtigen Kuß auf die Wange und sprang von ihrem Stuhl auf. »Ich muß noch ein paar Näharbeiten machen, bevor ich ins Bett gehe. Kann ich dir noch was holen?«

»Danke. Ich bin restlos zufrieden, Liebling.«

Conor räumte den Tisch ab und spülte das Geschirr erst einmal mit klarem Wasser ab, bevor er es in die Spülmaschine stellte, die mit dem Geschirr vom Mittagessen bereits halb gefüllt war. Die sparsame Gina ließ die Maschine erst laufen, wenn sie ganz voll war. Er sah kurz zu der Whiskeyflasche hinüber, verwarf aber dann den Gedanken, sie ins Schlafzimmer zu schmuggeln. Vor langer Zeit, als es darum ging, ihn von dem Zeug wegzubringen, hatte Gina eine feste, unumstößliche Regel aufgestellt: »Das einzige, was ich in deinem Atem riechen will, wenn wir zusammen im Bett liegen, ist der Geschmack meiner Pussy.«

Der Gedanke daran ließ ihn lächeln und eine erregende Wärme kroch ihm in den Unterleib. Er ließ den Bushmill's stehen und ging hinauf.

Gina saß in einem bodenlangen, dunkelblauen Nachthemd à la Dior in einer Nische des großen Schlafzimmers an der alten schwarzen Singer-Nähmaschine, die schon seit fünfzig Jahren im Besitz ihrer Familie war, und nähte einen Flicken auf einen von Hillarys Turnanzügen. Conor zog sich aus und ging mißmutig ins Badezimmer. Er war erleichtert, als er in seinem Urin nur schwache Blutspuren entdeckte. In der Lendengegend tat es immer noch weh. Es war ein zäher, knotiger Schmerz, so als wäre ihm da unten ein neuer, überflüssiger Knochen gewachsen. Er kroch ins Bett, das bereits von einer elektrischen Heizdecke vorgewärmt war. Gina dachte wirklich an alles.

»Verbring nicht die ganze Nacht damit«, rief er ihr zu.

»Ich komme gleich.«

Tatsächlich schaffte sie es diese Nacht ins Bett zu kommen, bevor er eingeschlafen war. Er brauchte weniger als eine Sekunde, um ihr das Nachthemd auszuziehen.

»Oh«, sagte Gina und legte sich hin wie eine Sklavin in einem türkischen Harem. Die Vorfreude auf das sexuelle Erlebnis blitzte ihr aus den Augen. »Was ist los mit dir? Hat es dir nicht gereicht, diese fetten schwulen Hengste aus dem Ring zu werfen?«

»Das Dumme ist, daß die immer zurückgeprallt kommen.«

Sie rieb die Unterseite seiner riesigen Hoden mit ihrem breiten Ehering, während seine Finger auf ihren gewaltigen, weichen Brüsten herumpatschten, um dann an den kleinen Nippeln zu zupfen. Sie überschütteten sich mit Küssen. Ihr Haar ergoß sich über seine Wangen, ihre Zunge war naß und warm wie ein türkisches Bad. Er liebte das rötliche Gekräusel und die tiefe, nasse Furche ihrer wunderbaren Fotze, er liebte die Beweglichkeit des kleinen Muskels, der seinen Schwanz hineinzusaugen schien wie ein hungriger Säugling die Brustwarze der Mutter. Er liebte das Rasen ihres Blutes, das Kitzeln ihrer nackten Zehen, die an seinem Schienbein auf und ab krochen, er liebte die kleine Erhebung einer Krampfader auf ihrem Oberschenkel, er liebte ihr Lachen und ihre Gier.

(Du fickst mich, fickstmichfickstmich   mich
Nein, steck ihn noch nicht rein)

Irgendwann sah Gina verstohlen über ihre Schulter.

»Vielleicht sollte ich lieber die Tür abschließen. Dean läuft manchmal nachts herum.«

Sie kümmerte sich um die Tür und um das Licht, kroch zurück ins Bett und kniete sich über ihn.

(Kann er nicht größer werden? Härter? Was soll ich tun, damit der größer wird?
Lutsch ihn.
O ja, ich werde ihn lutschen. Und was soll ich dann tun
Leg dich auf mich drauf.
Magst du es, wenn ich auf dir liege?
Ich liebe es.)

Ein paar herrliche Minuten lang leckte und lutschte sie an seinem Schwanz, dann steckte sie ihn ganz tief in sich hinein. Von diesem Moment an verlor er fast den Verstand. Sie fickte ihn sehr langsam, und er mußte nichts anderes tun als stillhalten. Er konnte fühlen, wie die Muskeln in ihrem kleinen Hintern arbeiteten, der auch nach zehn Jahren und drei Geburten nichts von seiner Festigkeit eingebüßt hatte. Als sie mit jedem Atemzug lauter zu stöhnen anfing, steckte er ihr seinen angefeuchteten Zeigefinger in ihren After. Ihre Finger fuhren immer wieder durch die gekräuselten Haare auf seiner Brust. Als der Orgasmus mit rauhem Keuchen über sie kam, zog sie ihn an seinen zottigen Barthaaren. Er explodierte etwas später, wie eine Fontäne, die ihr Wasser so hoch in den Himmel schießen wollte, daß es zu weichen Wolken verdampfen kann.

Später kuschelte sie sich an ihn und sie schliefen beide ein. Ein verheiratetes Paar, für das der Sex etwas Alltägliches, immer wieder Schönes, manchmal sogar etwas Wunderschönes ist.

Das nächste, was Conor hörte, war das Telefon.

Er öffnete die Augen nach dem dritten Klingeln. Im Zimmer war es dunkel. Gina mußte inzwischen das Licht ausgemacht haben. Sie lag jetzt auf ihrer Seite, ganz am Rand des riesigen Doppelbetts. Er stützte sich auf einen Ellenbogen, wurde von einem stechenden Rückenschmerz durchfahren, zog eine Grimasse und wollte dann über sie hinweglangen, um den Hörer aufzunehmen. Sie kam ihm zuvor.

»Hallo? Ja ... Ja. Er schläft. Könnten Sie es nicht mir sagen?«

Conor hatte schon befürchtet, es seien schlechte Nachrichten von ihrer Mutter, aber zum Glück schien das Gespräch für ihn zu sein. Da war nichts zu befürchten. Das kam des öfteren vor. Sicher wieder irgend so ein besoffener Catchfan, der seine Telefonnummer trotz des Pseudonyms rausbekommen hatte und nun Irish Bob zu einem Kampf im Hinterhof seiner Lieblingskneipe herausfordern wollte. Er wollte das Ganze schon vergessen und sich wieder hinlegen, als er Gina plötzlich aufschreien hörte.

»Was sagen Sie da? Sind Sie sicher? Richard Devon?«

Conor saß kerzengerade im Bett. Er legte eine Hand auf Ginas Schulter. Sie war steif, hielt den Hörer mit beiden Händen umklammert.

»Ja, ja. O mein Gott! Ich kann es nicht glauben! Doch nicht Richard!«

»Gina ...« Ein Klumpen, so schwarz wie Kohle und so heiß wie Teer, stieg ihm in die Kehle. Sein Rücken schmerzte furchtbar.

Sie drehte sich zu ihm um. In dem milden, kalten Licht einer weit entfernten Straßenlaterne konnte er erkennen, daß ihr Gesicht von Entsetzen verzerrt war. Wortlos hielt sie ihm den Hörer hin, und sowie er ihn ihr aus der Hand genommen hatte, griff sie nach dem Rosenkranz, der immer auf dem Nachttischchen lag.

»Hier spricht Conor Devon«, sagte Conor, und er fühlte Ginas Atem an seinem Hals wie einen Nebel. Ängstlich, vielleicht sogar etwas entrüstet, auf jeden Fall aber fühlend, daß das Leben, das sie so sorgfältig geplant hatten und das sie eigentlich sehr liebten, auf einmal von Mächten bedroht war, auf die sie keinen Einfluß hatten, räusperte er sich und fragte mit heiserer Stimme: »Was ist mit meinem Bruder?«

28

Haden County, Vermont, im Osten vom Connecticut River und im Westen von den Green Mountains begrenzt, hat 35 000 Einwohner, die das ganze Jahr über dort leben. Der Appalachian Trail durchschneidet die nordöstliche Ecke des Haden County, und einige der spektakulärsten Skigebiete der Vereinigten Staaten liegen innerhalb seiner Grenzen. Ein paar berühmte alte Gasthäuser in stillen Dörfern ziehen sowohl im Sommer als auch im Winter Urlauber an, und zu den Spitzenzeiten der Saison kommt es vor, daß die Touristen die Einwohnerzahl glatt auf das doppelte ansteigen lassen. Viele von ihnen kommen aus nahegelegenen Großstadtregionen, von New York und Boston. Schwerverbrechen sind in Haden County immer noch die Ausnahme, aber die Zahl der kleineren Vergehen hat sich in den letzten Jahren vervierfacht. Die Möglichkeit, sich Drogen zu verschaffen und damit Mißbrauch zu treiben, ist ein vieldiskutiertes Problem. Auch Morde sind vorgekommen in den letzten fünf, sechs Jahren. Meistens hatten Drogenhändler damit zu tun, und die Mörder wurden im Haden County angeklagt, vor den höheren Gerichten und den Bezirksgerichten.

Aber der Mord an Karyn Vale war ungewöhnlich, einmal, weil er von einer spektakulären Brutalität war, zum anderen, weil auswärtige Feriengäste darin verwickelt waren, Studenten der Yale University. Außerdem war Karyns Vater ein erfolgreicher Börsenmakler, Präsident einer Firma, die sein Großvater aufgebaut hatte. Die Familie war steinreich, besaß ein untadeliges gesellschaftliches Ansehen und gute Freunde in hohen Positionen im In- und Ausland. Der Mordfall fand also zwangsläufig große Beachtung in den Zeitungen und den Nachrichtensendungen der Radio- und Fernsehstationen.

Noch bevor allerdings sehr viele Informationen aus Hade County herausgesickert waren, noch bevor die Fernsehleute eingetroffen waren und mit ihren Lageberichten von den Stufen des Gerichtsgebäudes und dem Davos Chalet Lodge, wo der Mord geschehen war, begonnen hatten, kam

Conor Devon kurz vor Sonnenaufgang des 21. Januar, eines Samstags, in Chadbury an. Ein paar Arbeiter, die eine Telefonleitung reparierten, erklärten ihm den Weg zum Gebäude der State Police.

Das Gebäude war von einem wirbelsturmsicheren Zaun umstanden. Es handelte sich um einen flachen Betonbau mit dunkel getönten Fenstern und einem Wirrwarr von Antennen auf dem Dach. Auf einem kleinen Landeplatz stand ein Hubschrauber, und auf dem Parkplatz standen eine Menge Autos. Conor fand eine kleine Lücke für seinen zehn Jahre alte Lincoln, den er wegen des großzügigen Fußraums besonders schätzte, und ging hinein.

Den Beamten hinter dem Empfangstresen fragte er nach Captain Moorman; er las den Namen von einem kleinen Zettel ab, den er aus seiner Hosentasche fischte. Man sagte ihm, daß der Captain zu tun habe, daß an diesem Morgen alle zu tun hätten. Die kleinen Leuchtziffern auf der Telefonanlage waren fast alle in Betrieb, und das Telefon klingelte immer noch.

Man bot Conor in der Empfangshalle einen Stuhl und eine Tasse Kaffee an. Er akzeptierte beides. Der Kaffee war nicht mehr frisch, und der Stuhl war für seinen kräftigen Körper zu schmal. Er stand auf und lehnte sich mit dem Rücken gegen eine kalte Betonwand, gleich neben einer gerahmten Fotografie des Gouverneurs, eines seriösen Herren mit silbernen Schläfen und einem nachsichtigen Lächeln.

Ein Pärchen, beide waren etwa Anfang zwanzig, kam durch zwei schwingende Glastüren aus dem Inneren des Gebäudes. Das Mädchen war hübsch, auch wenn ihre Nasenspitze ein wenig in die Höhe stand. Ihre dunklen Kleider waren ziemlich durcheinander. Der schlaksige Junge hatte die schmächtigen Schultern einer Ziege und karottenfarbenes, krauses Haar. Beide sahen aus, als hätten sie eine schlaflose Nacht im Verhörzimmer hinter sich. Conor fühlte ein leichtes Kribbeln auf der Kopfhaut. Zeugen. Sie hatten alles mitangesehen. Das Mädchen hatte verschnupfte, rotgeränderte Nasenlöcher. Sie blieb stehen, um sich eine Filterzigarette anzuzünden. Der Junge zitterte leicht. Vielleicht waren seine Nerven von zuviel Kaffee überreizt. Er hatte den starren, ziellosen Blick der Erschöpfung in den Augen.

Sie hustete den Rauch aus und beschwerte sich, daß die Zigarette nicht schmeckte. »Scheiße!«

»Komm. Hau'n wir hier ab«, murmelte der Junge.

»Meinst du, daß wir heute noch mal kommen müssen?«

»Was weiß ich, Caitlin.«

»Was macht denn eine Grand Jury? Ist das ein Prozeß? Mein Gott, dann kann das ja Monate dauern.« Sie machte eine ausladende Handbewegung, um die Zeitspanne auszudrücken, zu der sie, die doch gar nichts getan hatte, ungerechterweise verurteilt zu sein schien. »Morgen abend muß ich wieder auf dem Campus sein.«

Der Junge zuckte mit den Schultern.

»Hätte ich bloß nichts gesehen«, sagte Caitlin müde und sprühte sich etwas Schnupfenspray in die Nase. Sie sah Conor an, der mit zerzausten Haaren und blutunterlaufenen Augen an der Wand lehnte. Als ihre Blicke sich begegneten, sah sie schnell wieder weg. Er hätte gerne die Gelegenheit ergriffen, hätte sie ansprechen wollen − ›Ist es wirklich wahr? Hat mein Bruder das wirklich getan?‹ −, aber irgend etwas an seinem Aussehen, seine riesenhafte Gestalt oder die Verzweiflung in seinem Gesicht, hatte sie gestört und dazu bewogen, den Blick gleich wieder abzuwenden.

»Ich bete zu Gott, daß er mich wieder vergessen läßt, was ich gesehen habe«, sagte der Junge. Er hielt ihr die Eingangstür auf, und das Mädchen ging mit schlurfenden Schritten hinaus. Sie warf die Zigarette in einen Schneehaufen und schlüpfte in eine teuer aussehende Pelzjacke.

Die Glastür hinter Conor öffnete sich noch einmal.

»Mr. Devon?«

Ein weiblicher Cop. Gelb eingefaßte grüne Streifen auf dem Khakihemd. Blonde Elfenfrisur, der Busen einer Walküre und eine rauhe Gesichtshaut, aber trotzdem war sie ganz hübsch. In den hochhackigen Stiefeln war sie fast groß genug, um ihm direkt in die Augen schauen zu können.

»Ich bin Sergeant Wilde. Würden Sie mir bitte folgen.«

»Sagen Sie mir bitte...«

»Captain Moorman wird alle Ihre Fragen beantworten. Mein Dienst hat gerade erst angefangen.« Sie lächelte, ließ ihm den Vortritt. Hinter der Glastür ging es nach rechts. Am Ende eines langen Flurs kamen sie an eine Tür aus imitiertem Eichenfurnier, hinter der sich ein Büro befand, dessen Fenster mit Jalousien verschlossen waren und das von einer Deckenbeleuchtung erhellt wurde, die fast die gesamte Fläche der Zimmerdecke einnahm.

»Hatten Sie eine lange Fahrt?«

»Ich glaube, es sind ungefähr einhundertfünfundzwanzig Meilen.«

»Kaffee?«

»Nein, danke. Wo ist...«

»Captain Moorman wird gleich hier sein«, sagte sie und lächelte wieder. Dann verließ sie den Raum und schloß die Tür hinter sich.

Conor stand in der Mitte des Büros und schlug die geballten Fäuste gegeneinander. Vor einem kleinen Schreibtisch standen zwei Eisenstühle, auf dem Tisch befand sich ein Computerterminal mit Bildschirm und Tastatur. An der Tür zum Büro hatte kein Name gestanden. Die meisten Knöpfe auf der Konsole des Telefons leuchteten. Es schoß ihm der Gedanke durch den Kopf, einfach den Telefonhörer abzunehmen und auf einen der Knöpfe zu drücken. Sein Bedürfnis, endlich zu erfahren, was los war, wurde immer stärker. Statt dessen ging er zum Fenster, drückte die Lamellen der Jalousie auseinander und sah hinaus. Der Tag draußen war klar, die Sonne ein kreisrunder orangefarbener Ball, der hinter einer Reihe von Nadelbäumen entlang der Straße aufging. Seine Armbanduhr zeigte fünf Minuten nach acht.

Die Tür öffnete sich, und Captain Moorman kam herein. Der Mann war klein; er entsprach wohl so gerade eben der Mindestgröße für Polizisten in diesem Land. Conor hätte ihn in seine Hosentasche stecken können und immer noch Platz für ein paar Wölflinge aus der örtlichen Pfadfindergruppe gehabt. Moorman war etwa fünfundvierzig Jahre alt. Er hatte die Gesichtsbräune der Skitouristen und einen sauberen kleinen Schnurrbart. Auf dem Kopf waren ihm nicht mehr Haare geblieben als einem ausgedienten alten Teddybären.

Conor drehte sich vom Fenster um. Tränen liefen ihm ungehemmt über das Gesicht. Der Captain schien davon überrascht und betroffen zu sein.

»Mr. Devon?«

»Ja.«

»Sind Sie okay?«

»Was glauben Sie?« sagte Conor und gewann die Beherrschung über seine Gesichtszüge zurück. Er weinte schnell, wenn er wegen irgendwas traurig oder unglücklich war, und es störte ihn nicht, wenn ihm jemand dabei zusah. Das Weinen entflammte sein Gesicht, es gab ihm ein gefährliches, unkalkulierbares Aussehen.

»Es tut mir sehr leid, daß wir uns unter diesen Umständen kennenlernen. Möchten Sie sich setzen?«

»Nein. Ich möchte endlich etwas über meinen Bruder hören.«

»Natürlich.« Moorman nahm einen fotokopierten Bericht aus einer schmalen Ledermappe, die er unter dem Arm getragen hatte.

»Im Augenblick kann ich Ihnen nur sagen, daß Ihr Bruder unter Mordverdacht verhaftet wurde. Das Opfer...«

»Das weiß ich doch alles. Aber *warum* hat er es getan? Was hat ihn... In Gottes Namen, was hat ihn...« Conor schluchzte und unterbrach sich, um die Nase zu putzen. »Das ergibt doch alles keinen Sinn! Rich ist eigentlich nur mein Halbbruder, wir hatten denselben Vater. Aber *ich* war doch immer wie ein Vater für ihn. Auch wenn ich während seines Heranwachsens eine Zeitlnag im Priesterseminar war. Er ist doch... Er kann doch nicht... O mein Gott, sie ist doch so ein nettes Mädchen! *Warum*?«

»Ich fürchte, daß sich Richard seiner Motive nicht ganz bewußt war. Er war in einem sehr erregten Zustand, als wir ihn vor ein paar Stunden festnahmen. Er redete zusammenhangloses Zeug.«

»Zusammenhanglos?«

»Er schien nicht in der Lage zu verstehen, was passiert

war. Seine Worte klangen nach Auskunft der Beamten, die ihn verhafteten, wie aus einer fremden, ihnen unverständlichen Sprache.«

»Wie reagierte er, als man ihn über seine Rechte informierte?«

»Das schien er begriffen zu haben.«

»Ja, aber dann muß er doch auch wissen, was er getan hat.«

»Nicht unbedingt. Fünfundvierzig Minuten waren bereits vergangen. Er wurde noch einmal über seine Rechte informiert, als er hier angekommen war. Da wußte er, daß man ihn verhaftet hatte. Er bat uns, Sie zu informieren und gab uns sogar die Telefonnummer.«

»War er angetrunken?«

»Das wissen wir noch nicht. Nach Meinung der Beamten, die als erste am Tatort waren, zeigte er keine der üblichen Symptome von Alkohol- oder Drogeneinwirkung. Wir müssen aber erst den Laborbericht abwarten. Ihr Bruder stimmte einer Blutentnahme zu.«

»Aber warum hat er es getan? Captain, ich meine, wie...«

Moorman sah wieder in seinen Bericht. »Fünf Zeugen sahen ihn wiederholt mit einer Wagenheberstange auf Karyn Vale einschlagen; wir nehmen an, daß sie aus dem Kofferraum seines eigenen Autos stammte. Das Ganze passierte auf einer Terrasse des Davos Chalet am Fuß des Hermitage Mountain. Die Tatzeit war circa zwei Uhr heute morgen. Das Opfer hatte keine Chance, sich zu wehren oder davonzulaufen. Richard hat offensichtlich mehr als zwanzigmal auf sie eingeschlagen. Das Opfer wurde nach der Ankunft in der Nothilfe des Good Shepherd Hospital in Braxton offiziell für tot erklärt. Eine Autopsie wurde angeordnet.«

»Wo befindet sich Richard jetzt?«

»Er ist im County Jail und steht unter Beruhigungsmitteln.«

»Kann ich ihn gleich sehen?«

»Nein. Erst nach zwei Uhr heute nachmittag. Aber in der Zwischenzeit könnten Sie uns helfen.«

»Wie?«

»Wir müssen mehr über Ihren Bruder wissen. Er ist Student in Yale, arbeitet im Büro für Öffentlichkeitsarbeit der Universität und hat einen Teilzeitjob beim *New Haven Register*. So viel wissen wir von den Ausweisen, die er in seiner Brieftasche hatte. Aber Sie könnten mir vielleicht etwas erzählen, was ein... sagen wir mal, was seine Motive in einem etwas klareren Licht erscheinen läßt. Gab es bei ihm schon mal Anzeichen von Geisteskrankheit?«

Conor zögerte. »Einen Moment mal! Soweit sind wir noch lange nicht. Ich glaube nicht, daß ich mit irgend jemandem über Rich reden will, bevor ich ihn nicht gesehen habe und mit einem Anwalt gesprochen habe.«

»Das begrüße ich«, sagte Moorman. »Sie und Ihr Bruder sind aus einem anderen Staat. Vielleicht brauchen Sie Unterstützung bei der Wahl des richtigen Anwalts. Sie sollten nachher im Büro des Pflichtverteidigers vorbeischauen und sich von ihm beraten lassen.«

»Danke«, sagte Conor dumpf. »Wie wird die Anklage lauten? Wird man ihn des Mordes ersten Grades anklagen? Und gibt es in diesem Staat eigentlich noch die Todesstrafe?«

»Die Anklageerhebung liegt bei der Grand Jury. Todesstrafe? Nein, die gibt's bei uns nicht. Mord ersten Grades kann mit einer Strafe von mindestens fünfunddreißig bis vierzig Jahren bis hin zu lebenslänglich belegt werden.«

»Wie steht's mit einer Kaution?«

»Unter diesen Umständen unwahrscheinlich. Die Brutalität der Tat. Mangelnde soziale Bindungen des Täters in diesem Staat und so weiter. Wenn Sie eine Eingabe machen wollen: Der für Haden County zuständige Richter des höchsten Gerichts ist Sam Bracken. Aber Sie sollten sich vielleicht zuerst einmal um einen Rechtsbeistand bemühen.«

»Das werde ich tun. Sind Karyns Eltern schon...«

»Sie sind eben benachrichtigt worden. Es war nicht leicht, sie ausfindig zu machen. Sie machen auf Barbados Urlaub.«

»Ich... Ich glaube, ich möchte sie anrufen. Aber ich habe keine Ahnung, wie ich mit ihnen Kontakt...«

»Da kann ich Ihnen nicht helfen, Mr. Devon.«

»Was für eine Tragödie! Er hat das Mädchen wirklich geliebt. Es... Es kann doch gar nicht sein. Irgendwas... Irgendwas muß in ihn gefahren sein. Es kann nicht seine Schuld gewesen sein. Es kann nicht Rich gewesen sein.«

Moorman sah ihn erstaunt an. »Wie meinen Sie das?«

»Vielleicht hat ihm jemand was in den Drink getan. PCP. Irgendeine von diesen Drogen, die einen verrückt machen. Rich hat von sich aus keine Drogen genommen. Das kann ich beschwören. Er war erst an Weihnachten für zweieinhalb Tage bei uns. Ich kenne den Jungen wie kein anderer. Wer sind die Zeugen? Wer hat gesehen, wie es passierte? Ist es möglich, daß ich mit ihnen spreche?«

»Ich weiß nicht, ob das ratsam ist. Aber wir können Sie nicht daran hindern. Wir sind immer noch dabei, zwei der Augenzeugen zu verhören. Alle waren entweder Gäste oder Angestellte des Davos Chalet. Werden Sie in Chadbury bleiben?«

»Ja. Aber ich weiß noch nicht, wo. Bin gerade erst angekommen.«

»Wenn Sie was gefunden haben, teilen Sie uns bitte die Adresse mit.«

»In Ordnung.«

»Sie kommen mir irgendwie bekannt vor. Ich weiß, daß ich Sie schon mal gesehen habe.«

»Ich bin Catcher. In dem Beruf arbeite ich unter dem Namen Irish Bob Hooligan.«

»Genau! Mein Vater läßt im Fernsehen keine Catchübertragung aus. Lassen Sie mich Ihnen noch einmal sagen, wie leid mir das alles tut. Wir werden versuchen, Ihnen zu helfen, wenn wir das überhaupt können. Fragen Sie Sergeant Wilde nach der Adresse des Pflichtverteidigers. Sie sitzt hinter der dritten Tür auf der rechten Seite.«

29

»Gina?«

Conor mußte schon wieder weinen. Er hatte Schwierigkeiten gehabt, durch den Tränenschleier hindurch die richtigen Tasten auf dem Münzapparat zu finden. »Sie lassen mich nicht vor zwei zu ihm. Wahrscheinlich schläft er jetzt. Sie haben ihn mit Medikamenten ruhiggestellt. Er scheint gar nicht begriffen zu haben, was er getan hat. Kannst du dir das vorstellen? Vielleicht hat Rich bis jetzt noch gar nicht realisiert, daß er Karyn getötet hat. Ich werde es ihm klarmachen müssen.«

»O Conor!« Auch sie mußte gegen die Tränen ankämpfen. »Was wirst du jetzt tun?«

»Ich habe mir hier in Chadbury ein Zimmer genommen. Der Laden heißt Waites Inn. Ich habe Zimmer sechzehn. Ich möchte mit einigen von den Leuten reden, die das mitangesehen haben. Da gibt's ein Mädchen, die heißt Caitlin. Und dann... Ich weiß noch nicht. Ich habe eine Liste mit Verteidigern. Strafverteidigern. Rich muß sofort einen Anwalt haben. Ich glaube nicht, daß der Pflichtverteidiger der richtige Mann ist.«

»Aber wenn er gar nicht weiß, was er getan hat, dann kann man doch auf...«

»Zeitweilige Unzurechnungsfähigkeit? Das glaube ich auch. Ich kann mir nicht vorstellen, was in ihn gefahren ist. Rich war ein harter Bursche, aber immer ein fairer Kämpfer. Das habe ich ihm beigebracht. Er würde sich eher die Hand abschneiden, als jemanden mit einem Stock oder einer Stange zu schlagen. Gina, es gibt keinen vernünftigen Grund. Es gibt auf der ganzen verdammten Welt keinen vernünftigen Grund dafür, daß er das bewußt getan hat, und bevor man mir nicht das Gegenteil beweist, gehe ich davon aus, daß er unter Drogen gestanden hat.«

Ginas Selbstbeherrschung brach zusammen. »O heilige Maria, Mutter Gottes! Ich würde so gerne bei dir sein, Conor.«

»Ich weiß. Und ich bräuchte dich auch so sehr. Bete für ihn, Gina! Wenn jetzt irgend etwas helfen kann, dann ist das ein Gebet.«

»Das werde ich tun. Ich werde Gott anflehen. Ich liebe dich, Conor! Paß auf dich auf. Ruf mich gleich an, wenn du bei ihm warst. Das arme Mädchen! Rich hat sie doch angebetet! Conor, was glaubst du, was das Ganze kosten kann? Die Anwälte? Können wir das schaffen?«

Er war etwas irritiert. »Darüber kann ich mir jetzt wirklich nicht den Kopf zerbrechen.«

»Ich hätte nicht davon anfangen sollen. Zuerst kommt Rich. Ihm müssen wir helfen. Das Haus ist einiges wert. Wir werden das schon hinkriegen. Conor, ich muß Charley-Chuck vom Eishockey abholen und Hillary zu ihrem Jazzballett bringen.«

»Ich werde dich später im Laden anrufen. Mach dir nicht zu viele Sorgen.«

30

Es war halb zwei am Nachmittag, als Caitlin Miller in ihrem überheizten Zimmer im Davos Chalet aufwachte, das sie mit ihrer Cousine aus Biloxi in Mississippi teilte. Die schönen Ferien, die jetzt so furchtbar geendet hatten. Es dauerte nur den Bruchteil einer Sekunde, und die furchtbare Erinnerung war wieder da, diese Szene, die aus einem der schrecklichsten Horrorfilme stammen könnte und die sie jetzt bis ans Ende ihrer Tage bis in ihre Träume verfolgen würde. Sie atmete schwer und hatte Kopfschmerzen. Sie hielt sich den Kopf und stöhnte ganz erbärmlich.

Crystal kam aus dem Badezimmer, immer noch klatschnaß von der Dusche, die sie gerade genommen hatte. Eine schmale Bahn von Sommersprossen lief über ihre Schultern, sonst war ihre Haut makellos und rosafarben, wie das Innere einer aufgeschnittenen Erdbeere. Ihre langen, tropfenbehangenen Wimpern sahen wunderschön aus, ebenso die klaren braunen Augen darunter. Das Haar kringelte sich in nassen Ringellocken unter der Duschhaube hervor.

»Wie fühlst du dich, Kleines?« fragte Crystal in ihrem

schleppenden Singsang, der sich so anhörte, wie eine kandierte Birne schmeckt. Caitlin, die durch die Nase zu sprechen pflegte, hatte sich oft gewünscht, so sprechen zu können wie ihre Cousine. Aber dazu mußte man wohl da unten geboren und in Baumwollplantagen aufgewachsen sein.

»Ich fühl' mich beschissen.«

»Ich mich auch. Irgendwie.« Aber Crystals Augen glänzten viel zu sehr, als daß Caitlin ihr geglaubt hätte.

»Ich will hier weg!«

»Sie haben gesagt, daß wir abfahren können, sobald wir die eidesstattlichen Aussagen unterschrieben haben.« Crystal legte einen Finger an die Schläfe. »Was auch immer das sein soll.« Es gab die verträumte, schüchterne Crystal, hinter der die Jungen gleich in Scharen herhechelten, und es gab die erstklassige Schülerin Crystal, die in Rutgers weit über dem Durchschnitt lag, und zwar gerade in den Fächern, die Caitlin das Leben auf dem College so schwer machten. Chemie, Biologie, Physik. Igitt!

Crystal setzte sich neben Caitlin auf das Bett und legte die Hände auf die Knie.

»Soll ich dir was zu essen holen?«

»Nein. Warum ist es bloß so verdammt heiß hier drin?«

»Ich bin aufgewacht und hab' vor Kälte gezittert, da hab ich den Thermostaten etwas höher gedreht. Ich glaub, ich habe Hunger. Irgendwie.« Sie sah Caitlin auffordernd an. »Wie wär's? Ziehn wir uns doch was Hübsches an und gehn wir runter. Etwas Gesellschaft, etwas Sonne, eine schöne Tasse heiße Schokolade auf der Terrasse. Na?«

»Aber nur, wenn wir den Jungen aus dem Weg gehn können. Sonst reden wir nämlich die ganze Zeit nur über das eine.« Caitlin zog die Hand quer über ihre Kehle und röchelte ziemlich realistisch dazu.

Crystal bedachte sie mit einem sanften Lächeln.

»Du mußt jetzt einfach versuchen, es aus deinem Kopf zu verbannen. Mir ist es schon gelungen.«

»Es hätte genausogut eine von uns sein könn«, sagte Caitlin mit einem finsteren Blick. Ihre Unterlippe klemmte sie dabei zwischen die Zähne.

»Nein! Herrgott! Er war keiner von *den* Verrückten. Alles, was er im Sinne hatte, war, seine Freundin einzumachen. Wer weiß, ob's ihr nicht ganz recht geschah?«

»Recht geschah! Ihr Kopf war gespalten und das Gehirn lief ihr über die Backen. Ihre Knochen waren zertrümmert, als wenn...«

»Psst! Es war ein Verbrechen aus Leidenschaft. Es ist geschehen, und damit Schluß. Er wird die Strafe kriegen, die er verdient. Dadurch, daß wir Trübsal blasen, können wir das Mädchen auch nicht wieder zum Leben erwecken.«

Das Telefon klingelte. Caitlin zog die Stirn in Falten.

»Laß es klingeln.«

»Warum? Wahrscheinlich sind es meine Leute oder deine. Sie werden von dem Mord gehört haben und wissen wollen, ob mit uns alles in Ordnung ist.« Sie langte an Caitlin vorbei und nahm den Hörer nach dem zweiten Klingeln ab. Sie hörte zu.

»Ja. Das bin ich. Ja. Ja, wir beide. Was haben Sie gesagt?« Ihr Blick verdüsterte sich ein wenig. »Ich verstehe. Ja, Sir. Mir tut das wahnsinnig leid. Wie können wir Ihnen helfen? Ja, aber wir versuchen gerade, die Sache so schnell wie möglich zu vergessen...«

Caitlin zog sich die Decke über den Kopf und ließ sich mit einem erstickten Schrei der Verzweiflung zurückfallen. Crystal hörte weiter zu, sagte was, hörte wieder zu.

»Wer war das?« fragte Caitlin mit böser Stimme, nachdem Crystal eingehängt hatte.

»Sein Name war Conor Devon. Er ist der Bruder von dem Kerl. Er hat uns gebeten, sich kurz mit uns unterhalten zu dürfen.«

»Sag nicht, sag bloß nicht, daß du ihm zugesagt hast!«

»Is 'n armer Kerl. Er war in Tränen aufgelöst. Caitlin, das ist eine Tragödie. Ihre Familie. Seine Familie. Kein Mensch versteht, wie das passieren konnte. Ich sag' dir, der liebe Gott hat uns letzte Nacht dort in der Taverne sitzen lassen. Jetzt verlangt er auch von uns, daß wir unser Bestes tun, um zu helfen.«

»Ich steige erst aus diesem Bett, wenn es Zeit ist, nach Mount Holyoke zurückzufahren!«

»Caitlin, sei nicht so.«

»Es war nicht ein Quadratzentimeter an ihrem Körper, den er nicht...«

»Hör auf und zieh dich an! Sofort!«

»Heißt das, daß er hierherkommt? Ins Chalet?«

»Er sitzt schon unten und wartet auf uns, meine Liebe.«

Caitlin stellte sich ein paar Sekunden lang tot, dann riß sie die Decke zur Seite und stolperte ins Badezimmer. Die Hände hatte sie in die Magengrube gepreßt.

»Ich glaube, mir wird schlecht.«

Sie knallte die Tür hinter sich zu. Crystal sah ihr nach und rief ihr hinterher: »Caitlin, ziehst du den kürbisfarbenen Hosenanzug an oder den Wollrock und eine Bluse dazu?«

31

Conor merkte sehr schnell, daß es Crystal Kinsman aus Biloxi in Mississippi war, an die er sich halten mußte. Das andere Mädchen, Caitlin, das sich auf der Sonnenterrasse im ersten Stock des Hotels in seinem Stuhl zurückgelehnt hatte, war verschlossen und unfreundlich. Sie trank in kurzer Zeit zwei Bloody Mary mit einem Strohhalm. Eine Hand hatte sie schützend über die Augen gelegt, aus denen sie ihn anstarrte, als sei er für die Tat seines Bruders verantwortlich. Crystal zerschnitt ein Monte-Christo-Sandwich in mundgerechte Stückchen und aß ununterbrochen, während sie Conors Fragen beantwortete.

»Wir nahmen noch einen Schlummertrunk mit unseren Freunden, als sie in die Bar kam.«

Conor sah auf seine Notizen. »Die Jungen sind Warren Hasper, Jeff Pepperdine?«

»Ja, Sir. Warren ist mein Freund und Caitlin geht schon seit einem Jahr mit Jeff.«

»Er ist im achten Semester in Williams«, fügte Caitlin freiwillig hinzu und rührte mit finsterer Miene in ihrem Drink.

»Na ja, jedenfalls kam sie in die Bar. Sie fiel mir gleich

auf, obwohl es nicht besonders hell da drinnen ist. Sie war so hübsch, und ich fand es ziemlich ungewöhnlich, daß niemand bei ihr war. Und der Barkeeper... Mir fällt sein Name nicht mehr ein.«

»Donald Ray Stemmons«, sagte Conor.

»Richtig. Der fragte sie, ob sie noch einen auf die schnelle wolle. Weil er schon am Zumachen war. Und sie sagte: ›Nein. Ich suche nur jemanden.‹ Ich glaube, dann hat sie ihren Freund beschrieben, aber das konnte ich nicht genau verstehen, weil sie mir den Rücken zudrehte. Jedenfalls schüttelte Stemmons den Kopf. In dem Moment rutschte der betrunkene Knabe an der Bar von seinem Stuhl und blieb am Boden sitzen. Das sah ziemlich komisch aus. Und dann...« Crystal atmete tief durch, leckte sich über die Lippen und schien auf einmal den Skifahrern auf dem Berg zusehen zu wollen. »Und dann klopfte Ihr Bruder gegen das Glas der Terrassentür, um sein Mädchen auf sich aufmerksam zu machen.«

Caitlin zog eine Grimasse und schüttelte sich. Sie verkroch sich noch ein bißchen mehr in ihrem Sessel und drückte an einem Pickel auf ihrer Nasenwurzel herum.

Conor wiederholte: »Rich klopfte also von außen gegen die Scheibe. Konnten Sie sein Gesicht erkennen?«

»Nein, Sir, das konnte man nicht erkennen. Er war einfach nur ein dunkler Umriß hinter der Scheibe. Und er rief sie.«

»Wie nah war Karyn an ihm dran?«

»Oh, sie war mindestens sechs Meter von ihm entfernt. Zu Anfang schien sie ihn und seine Stimme nicht zu erkennen. Seine Stimme klang gedämpft, so als hätte er einen Schal über dem Mund. Dann ging sie zur Tür und versuchte, sie zu öffnen. Aber sie war festgefroren.«

»Und während der ganzen Zeit stand Rich da draußen?«

»Ja. Vielleicht ein, zwei Meter von der Tür entfernt. Weil sie die Tür nicht aufkriegte, bat sie ihn hereinzukommen. Durch die Eingangshalle. Aber er rührte sich nicht von der Stelle. Dann fragte sie den Barkeeper nach einem anderen Ausgang. Er beschrieb ihr den Weg, und sie ging raus. Stemmons kam hinter seinem Tresen hervor und sagte, daß er schließen müsse. In dem Moment fing das Mädchen draußen an zu schreien.«

»Ich weiß gar nicht, warum wir das alles noch mal durchkauen müssen«, beschwerte sich Caitlin. »Ich will nicht einmal über das nachdenken, was dann passierte.«

»Das ist sehr wichtig«, sagte Conor. »Ich muß genau wissen, wie sich alles abgespielt hat.«

»Danach ging alles ziemlich durcheinander«, fuhr Crystal fort. »Schon nach dem ersten Schrei wußten wir, daß da etwas ganz Furchtbares passierte. Wir schauten raus, aber es war wirklich nicht viel zu erkennen. Man sah nur schattenhafte Umrisse.«

»Ich sah nur ihn«, warf Caitlin ein. »Von ihr war nichts zu sehen, weil er sie schon niedergeschlagen hatte. Ich glaube, er stand direkt über ihr. Dann beugte er sich über sie, oder er kniete sich neben sie in den Schnee und hob die Hand, und der Barkeeper schrie ›Scheiße‹ oder so etwas. Er war näher an der Terrasse als wir. Er konnte sehen, daß Ihr Bruder etwas in der Hand hatte, mit dem er auf sie einschlug.«

Conor rieb sich den schmerzenden Kopf und nahm einen langen Zug aus seinem Bierglas.

»Aber«, sagte Crystal, »sie schrie noch einmal, bevor er sie zum zweitenmal schlug. Und dann sprangen wir alle auf und rannten zur Tür. Nach dem ersten Schrei waren wir völlig erstarrt, wie festgefroren an unseren Plätzen. Wir schlugen gegen die Tür, drückten dagegen. Es war wie in einem Irrenhaus. Und ein fürchterlicher Schrei folgte dem anderen. Sie stand ein paarmal auf. Weiß der Teufel, wie sie das geschafft hat. Sie drehte sich im Kreis und versuchte, ihren Kopf hochzuhalten, während er eine Pause machte. Und dann, krach, hatte er sie mit dem Ding, das er in der Hand hielt, wieder zu Boden geschlagen. Zum Schluß bewegte sie sich nicht mehr. Ich kann Ihnen sagen, wir haben auch geschrien. Und wir haben gegen die Tür gehämmert. Er hat sich nicht darum gekümmert, hat nicht mal zu uns hergesehen. Er drosch nur immer weiter mit seiner Keule oder seinem Wagenheber oder was immer das war.«

»Es war eine dicke Eisenstange«, sagte Caitlin. Die nervliche Anspannung ließ sie zittern. »Ich hab' sie hinterher gesehen. Er hat sie fallen lassen, und sie war verschmiert mit Blut und Haut und Gehirn.« Sie hustete rauh und drehte ihr hübsches, mageres Gesicht zur Seite. Conor sah Crystal aus traurigen, rotgeränderten Augen an.

»Ich weiß«, sagte Crystal mitfühlend, »es ist ganz furchtbar für Sie, sich das alles anzuhören.«

»Was hat Rich hinterher getan?«

»Ich weiß es nicht. Ich war nicht in seiner Nähe. Wissen Sie, Stemmons hat uns plötzlich alle zur Seite gedrängt und hat die Tür mit einem Barhocker eingeschlagen. Dann ist er in den Schnee hinausgestolpert. Die Jungens sind hinter ihm her. Es war wirklich tapfer von ihnen, denn Ihr Bruder hätte ja auch ein Messer oder einen Revolver haben können. Ich ging in die andere Richtung, zum Telefon, und rief die Polizei an. Als ich in die Taverne zurückkam, war schon alles vorbei. Es waren noch ein paar andere Leute gekommen, um nachzusehen, was da los war. Das Ganze war mittlerweile ein einziges Chaos. Aber ich muß zugeben, daß ich einfach nicht näher rangehen konnte. Sie lag da draußen im Schnee, nur eine dunkle Gestalt, mit dem Gesicht nach oben, aber sie sah aus, als wenn sie aus dem zwanzigsten Stock gefallen wäre. Und Ihr Bruder? Nun, sie standen alle um ihn herum. Drei große Männer. Jeff, Warren und der Barkeeper. Caitlin stand auch direkt dabei.«

»Ich...« Ihre Stimme versagte fast, und es kostete sie einige Anstrengung weiterzusprechen. »Ich wollte dem Mädchen helfen. Aber mir wurde schnell klar, daß es da nichts mehr zu helfen gab. Da war nur noch Fleisch. Rohes Fleisch. Als ich fünfzehn war, kamen wir mal von einem Footballmatch zurück. Ein ganzer Konvoi von Autos, mit Papierschlangen und allem Drum und Dran. Das erste Auto ist mit einem Lastwagen zusammengestoßen. Drei der sechs Burschen waren sofort tot. Und gleich nachdem man sie gesehen hatte, wie sie da auf der Straße lagen, wußte man, daß da keine Hoffnung mehr war.«

»Was hat Rich gemacht?« fragte Conor Caitlin, aber sie hatte aufgehört, über Glücksspiele mit dem Tod auf dem Highway nachzudenken. Sie hatte sich dumpfen Gedanken über ihre eigene Verletzbarkeit zugewandt und wollte nicht mehr reden.

»Verrückt«, half Crystal aus. »Zumindest hat Warren das gesagt.«

»Verrückt?«

»Ja. Angeblich hat er mit sich selbst geredet. Hat gesagt, daß sie eine Nutte war und den Tod verdient hat. Sie hätte an jedermanns Schwanz herumgelutscht und ähnliche Schlüpfrigkeiten. Das müssen die Sachen gewesen sein, die man verstehen konnte. Dann soll er noch in einer fremden Sprache geredet haben. Oder in irgendeinem Kauderwelsch. Die Männer haben ihn festgehalten, aber er muß trotzdem versucht haben, zu ihr hinzugehen. ›Komm, Karyn, steh auf‹, hat er gesagt. So, als sei er wirklich ärgerlich, daß sie dort am Boden liegt. ›Laß uns ins Bett gehen.‹ Das ist doch wirklich verrückt, nach allem, was er gerade vorher getan hatte. Es tut mir leid, daß ich Ihre Gefühle nicht schonen kann, Conor.«

Conor hatte den Kopf auf die Hände gestützt. »Reden Sie weiter.«

»Dann sind die Cops gekommen. Das ist ziemlich schnell gegangen, obwohl ich nicht sagen könnte, wie lange sie genau gebraucht haben. Zum Glück hat Stemmons die Bar noch einmal aufgemacht. Sie haben uns dort verhört. Dann haben sie uns alle aufs Revier mitgenommen. Das hat bis... Caitlin, wann sind wir heute morgen zu Hause gewesen?«

»Weiß ich nicht mehr.« Sie sah Conor böse an. »Ihr Bruder wußte ganz genau, was er tat. Hinterher hat er uns dann Theater vorgespielt. Wahrscheinlich wird er sogar damit durchkommen. Deshalb bin ich so... angeekelt. Für ihn wäre keine Strafe hart genug, aber...« Sie begann zu schlucken und zu weinen. »Aber jetzt wird jeder sagen: ›Ach, der arme Kerl hat ja nicht gewußt, was er tat.‹ Scheiße! Gottverdammte Scheiße!«

»Ich denke«, sagte Crystal und ignorierte den Ausbruch ihrer Cousine, »daß Sie keine Ahnung haben, wie er so etwas tun konnte, oder?«

»Ich weiß nur, daß er Karyn sehr geliebt hat.«

»Haben Sie schon mit ihm gesprochen?«

»Nein.« Conor sah auf seine Uhr. »Ich fahre jetzt rüber nach Chadbury.«

»Ich werde mal anrufen und fragen, ob die Aussagen zur Unterschrift fertig sind«, sagte Caitlin. Sie stand auf, warf ihr Cape um die Schultern und verließ wortlos den Tisch, ohne Conor noch eines Blickes zu würdigen.

»Normalerweise ist sie nicht so unhöflich«, erklärte Crystal. »Es ist nur, weil sie das alles so mitgenommen hat. Aber das ist nichts im Vergleich zu dem, was Sie durchmachen müssen. Auch wenn's Ihnen nicht viel hilft, aber ich fühle wirklich mit Ihnen.«

»Ich muß jetzt gehen. Ich danke Ihnen, daß Sie mit mir gesprochen haben, Crystal. Passen Sie auf sich auf.«

Crystal verputzte das letzte Stückchen von ihrem Monte-Christo-Sandwich und sah ihn an. In ihrer feinen rosigen Gesichtshaut, der weder Schokolade noch gebratenes Fleisch etwas anhaben konnten, in dem frohgemuten Lächeln, das dem eines Kindes glich, das gerade ein Gebet zu Ende gesprochen hat, lagen so viel Zärtlichkeit und Reinheit des Gefühls, daß er es kaum ertragen konnte. Mit der Andeutung eines Händeschüttelns trennten sie sich.

32

Ehe er das Hotel verließ, wollte Conor noch einen Blick auf die Terrasse werfen, aber die Beamten der Spurensicherung hatten alles abgeriegelt. Vom Inneren der Taverne aus könnte man nicht viel erkennen. Die zerbrochene Tür war mit Brettern vernagelt worden. Man sagte ihm, Donald Ray Stemmons werde erst am übernächsten Abend wieder Dienst haben. Conor hatte Lust auf einen Whiskey, aber er verzichtete lieber. Er ging hinaus zu seinem Lincoln und fuhr nach Chadbury, um seinen Bruder zu besuchen.

Das Gefängnis befand sich in einem Flügel des County Gerichtsgebäudes. Conor wurde fast alles abgenommen, was er bei sich trug, selbst sein Kleingeld und eine Rolle

Pfefferminz. Sie ließen ihm nur das kleine goldene Kruzifix, das er an einer Kette um den Hals trug, und sein Taschenbrevier.

Dann führte man ihn in den kleinen Besucherraum, der vollkommen leer war. Es gab nur zwei Sitzbänke, die sich gegenüberstanden und am Fußboden festgeschraubt waren. Die Eingangstür war aus Stahl und hatte ein kleines Beobachtungsfenster. Die Zimmerdecke war verdeckt von einem schweren Eisengitter, und ein ähnliches Gitter versperrte auch die beiden schmutzigen Fenster. Der Asphaltfußboden war von einer tristen grauen Farbe. Außer einem Schild, welches das Rauchen in diesem Raum verbot, gab es für Conor nichts anzuschauen, während er auf seinen Bruder wartete. Seiner Ansicht nach kam der Aufenthalt in diesem Raum einer subtilen Folter gleich; man hatte es hier wohl mit einem architektonischen Gegenstück zum härenen Gewand zu tun. Obwohl es tiefer Winter war, hatte Conor den ganzen Tag geschwitzt, und er begann seinen eigenen Geruch wahrzunehmen. Die Haut unter seinem Bart brannte und juckte. Nach der langen Autofahrt tat ihm der Rücken immer noch so weh, daß er es vorzog, sich nicht hinzusetzen. Er ging langsam auf und ab und versuchte, etwas aus der heiligen Schrift zu lesen, während er wartete, aber die Gedanken der Evangelisten beruhigten ihn nicht, sondern verursachten einen Aufruhr in seinem Gehirn, als habe sich eine Blutblase darin gebildet, die einen wahnsinnigen Kopfschmerz hervorrief.

Endlich öffnete sich die Tür, und mit lautem Schlüsselgerassel führte ein Wächter Rich herein und verschloß die Tür sorgfältig wieder.

Die Brüder standen sich auf etwa zwei Meter Entfernung gegenüber. Für ein paar Augenblicke sprach keiner von ihnen ein Wort. Rich trug einen khakifarbenen Overall und einen Baumwollanorak mit einer Kapuze, die sein Gesicht fest umschloß, das weiß wie Marmor war. Seine nackten Füße steckten in einem Paar billiger Cordpantoffel. Seine Zähne klapperten deutlich hörbar. Spuren von getrocknetem Rotz waren auf seiner Oberlippe. Er war unrasiert. Ohne Schuhe kam er Conor irgendwie geschrumpft vor. Die

Lippen waren blau, seine Augen hatten einen fremdartigen Glanz, vielleicht machte ihm der Anblick des Bruders Angst.

»C-Conor.«

»O mein Junge! Gott segne dich!«

Sie umarmten sich. Rich begann zu schluchzen, das Schluchzen rasselte und klirrte, als käme es tief aus einem verlassenen Stollen seines Gemüts. Dieser Ausbruch von Gram und Schmerz klang so ausgedörrt, daß es Conor Angst machte. Ihm fiel wieder ein, warum er damals nicht mehr länger Priester sein wollte.

»Karyn ist tot.«

Es hätte auch eine Frage sein können. Conor nickte nur. Er hatte kein Vertrauen zu seiner Stimme.

»Aber ich, ich weiß nicht, wie es passiert ist. Ich war dort, aber es... war... nicht... so... als... wäre... ich... dortgewesen.«

»Was meinst du damit?« Conor legte die Stirn in Falten.

»Es ist die Wahrheit«, platzte Rich heraus. »Ich hab's dem Arzt auch erzählt. Sonst habe ich ihm nichts erzählt. Er hätte mir ja doch nicht geglaubt.« Innere Bewegung blitzte kurz in seinem Gesicht auf, wie ein Funken an einem blanken Kabel. Sie beobachteten einander aufmerksam. Conor biß sich auf die Zunge, um gegen einen schmerzhaften Krampf in seinem Bauch anzugehen.

»Du glaubst mir ja auch nicht.« Rich umklammerte Conors Hände mit seinen eigenen.

Die Berührung war auf eigenartige Weise unangenehm, so als seien Richs Hände enthäutete Klumpen rohen Fleisches. Seine Fingernägel waren dunkelrot. An ihnen klebte immer noch Karyns Blut. Conor mußte gegen seine eigene Abscheu ankämpfen. Sein Blut gefror fast. In diesem Augenblick haßte er seinen Bruder mit einer solchen Inbrunst, daß der Junge aufmerksam wurde und sich in seinen Augen das Leuchten ängstlichen Erkennens zeigte.

Gleich darauf wurde Conor von Scham überwältigt. Er wischte die zerstörerischen Gefühle weg, die ihn seinen Bruder verraten lassen wollten. »Ich werde dich hier rausholen, Rich. Ich werde dir einen verdammt guten Anwalt besorgen. Und einen Priester.«

Rich wandte seinen Kopf zur Seite. »Das wird mir nicht helfen«, sagte er kalt. Von einem Augenblick zum anderen schien er sich in einen völlig anderen Menschen zu verwandeln. »Ich habe Karyn umgebracht. Findest du nicht, daß ich den Tod verdiene?«

Er sah Conor an, dann sah er wieder weg. Plötzliche, kühle Ablehnung, dann verdrehten sich seine Augen in schwachsinnigem Entzücken, sein Mund verzog sich zu einem bösen Grinsen.

Conor ging gegen dieses Grinsen an. Er schüttelte Rich, versuchte einen anderen Gesichtsausdruck hervorzurufen, so als sei Rich eine naturgetreue Spielzeugpuppe.

»Nein, Rich! Das meinst du nicht! Es war nicht deine Schuld. Du mußt unter Drogen gestanden haben. Sieh dich doch an! Das Zeug ist immer noch in dir drin. Das wird vor Gericht berücksichtigt werden. Keine Jury...«

Richs Gelächter klang wie ein ohrenbetäubendes Gewieher. Conor hätte ihn fast fallen lassen.

Er sah hinüber zu einem formlosen Gesicht, das hinter dem Beobachtungsfenster in der Tür erschienen war; das neugierige Auge erinnerte ihn an die kindlichen Fantasien von der Allgegenwärtigkeit Gottes, aber auch an das Auge des riesigen Tintenfischs in dem Film *Zwanzigtausend Meilen unter dem Meer*. Nach ein paar Augenblicken verschwand das Gesicht wieder.

»Rich! Rich! Nimm dich zusammen!«

Der Junge hatte zwischen heftigen Atemzügen etwas vor sich hin gemurmelt. Conor waren die Worte fremdartig und heidnisch vorgekommen. Rich sah auf. Er war irritiert durch die Schärfe in der Stimme seines Bruders. Er verstummte. Sein Gesicht wurde schlaff. Die Lider seiner Augen schienen schwerer zu werden, und er wurde noch bleicher, als er ohnehin schon gewesen war. Dann, nach einer kleinen Ewigkeit, während der Conor sich beinahe unwiderstehlich von der tiefen Finsternis angezogen fühlte, in der sein Bruder versunken zu sein schien, kam Rich langsam wieder zu sich. Es war, als käme das

Gesicht eines Halbertrunkenen doch wieder zurück an die Oberfläche.

»Drogen? Wahrscheinlich. Aber ich wäre froh, wenn das alles wäre. Es ist noch viel schlimmer, Conor.«

Er setzte sich auf eine der Bänke, die ineinandergekrampften Hände hielt er zwischen den Knien. »Und du bist der einzige, der mir helfen kann.«

»Ich werde alles tun, was in meiner Macht steht, mein Junge. Und mit Gottes Hilfe werden wir es...«

Bei den letzten Worten hatte Rich eine abwehrende Handbewegung gemacht und eine verächtliche Grimasse gezogen. Aber er sah jetzt wieder viel mehr wie er selbst aus. Das Aufblitzen anderer Persönlichkeiten in seinen Gesichtszügen hatte aufgehört. Es gab Drogen, die so etwas bewirken konnten. Das wußte Conor. Er hatte mit Drogen zu tun gehabt, sowohl als junger Bursche in dem Bostoner Viertel, in dem er aufgewachsen war, als auch während seiner Zeit als Priester. Er kannte die Wirkung von Drogen, die schizoide Zustände hervorrufen können, wie zum Beispiel LSD, Angel Dust und sogar Kokain. Wer auch immer Rich das angetan hatte, das Braten in der Hölle wäre eine viel zu geringe Strafe für ihn. Conor fühlte ein leichtes Brennen entlang der Wirbelsäule, ein Kribbeln in den Knochen. Er setzte sich seinem Bruder gegenüber und lehnte sich vor.

Rich sah zur Tür. Sie waren jetzt unbeobachtet. »Wieviel Zeit haben wir noch?« fragte er leise.

»Ich weiß nicht genau. Vielleicht ein paar Minuten. Aber ich komme ja wieder.«

»Ja, aber ER kommt auch wieder!« Rich zitterte, obwohl es nicht kalt war. Seine Poren hatten sich geöffnet und Schweiß stand ihm auf der Stirn, im Gesicht. Tropfen davon fielen auf seine Hände. Er sprach jetzt hastig, fast flüsternd: »Finde sie für mich, Conor! Windross. Polly. Das heißt, ich glaube, daß Polly auch tot ist. Hör dir die Kassette von meinem Anrufbeantworter an. Sie ist in meinem Auto. Darauf hörst du, wie mit Polly alles angefangen hat.« Er sprach immer schneller, nahm sich kaum noch Zeit zum Atmen. Er schien unter einem enormen inneren Druck zu stehen.

Conor litt mit ihm, obwohl er sich kaum einen Reim auf das machen konnte, was Rich sagte. Sie rückten noch näher zueinander, so daß ihre Köpfe sich, wie bei einer Beichte, fast berührten.

»Und Inez! Inez Cordway. So nennt sie sich jetzt, obwohl ihr Name früher Courdeway lautete.« Er buchstabierte und nickte aufgeregt. Mit der Zunge leckte er sich über die salzigen Lippen. »Inez kennt die ganze Wahrheit. Die anderen? Bei denen weiß ich es nicht. Egal. Du mußt Inez finden. Sie kann dir sagen, was mit mir passiert ist. Aber wenn sie dir Wein anbieten sollte, dann trinke nichts davon. Um Gottes willen, Conor! Keinen einzigen Schluck!« Conor lehnte sich zurück. Richs Tonfall machte ihm Angst. Richs Blick sprang ihn an, wandte sich wieder ab. »Ich wollte Polly doch nur helfen! An so vieles kann ich mich nicht mehr erinnern. Ich kann mir nicht vorstellen, daß ER auch mich will.« Richs Gesicht war jetzt dunkelrot angelaufen. Er rang keuchend nach Atem.

»Ich kann dir nicht folgen... Wer bist du...«

»Nein, Conor! Hör mir nur zu. Versuche, es zu behalten. ER ist jetzt gerade nicht hier. Aber ich weiß, daß er zurückkommen wird, und dann... Ich weiß nicht, was ER mich als nächstes tun lassen wird. Ich habe geträumt... Ich habe geträumt, ich wäre eine Fliege, die mit dem Kopf nach unten von der Zimmerdecke hängt. Ich *glaube*, daß es nur ein Traum war. *Hörst du mir zu?* Das Courdeway-Haus. Ripington Four Corners. Du kannst jeden in der Stadt danach fragen. Man wird dir den Weg erklären. Ich erinnere mich nur, daß es schneite. Stark schneite. Ich kann nicht... Es ist alles so verschwommen... Die meiste Zeit...«

Richs Körper hatte sich wieder versteift. Er kniff die Augen fest zu, sie verschwanden hinter den geschlossenen Lidern, als würden sie in ein Vakuum gesogen. Die tiefe Finsternis breitete sich wieder über ihn aus, und er kippte langsam zur Seite. Conor hielt ihn fest.

Richs Kopf begann auf schaurige Art zu kreisen, als wolle er mit den Blicken etwas verfolgen, das im Zimmer umherflog. Aber die Augen blieben fest geschlossen. »Schau hin! Schau hin!« schrie er. »Was ist das? Es ist irgendein schreckliches...«

Er wurde einmal durchgeschüttelt, als habe ihm jemand mit aller Kraft auf den Solarplexus geschlagen, dann verblieb er für fünfzehn bis zwanzig Sekunden in einer katatonischen Starre. Er schien dabei nicht zu atmen. Er war da unten in der Tiefe, wo Gott sein mußte. Oder etwas, das nicht von Gott geschaffen war. Versteckt. Unsichtbar. Conors Sinne taumelten, er war selbst fast unfähig, Atem zu holen. »Lieber Gott, errette ihn«, betete er.

»Mir ist schlecht, Conor«, klagte Rich, nach Atem ringend, aber immer noch unbeweglich.

»Lieber Gott«, sagte Conor noch einmal. Aus Rich hatte eben die Stimme eines Kindes gesprochen.

Richs Gesicht schwamm dem Licht entgegen, eine Flamme des Schmerzes schien aus ihm emporzulodern. Seine Augen öffneten sich, und er starrte seinen größeren Bruder an. »Es ist mir wieder zugeflogen, Conor! Mach, daß es verschwindet!«

Sein Gesicht zog sich krampfhaft zusammen. Der tapfere Junge war entschlossen, nicht zu weinen. Aber ein Geruch nach Urin breitet sich im Raum aus. Er hatte sich naß gemacht. Es lief an seinen Beinen entlang. »Er hat mich, Conor! Er ist in mir! Er hat Karyn getötet. Er hat gemacht, daß ich sie schlug. Und schlug und schlug. Und immer wieder schlug. Bis sie tot war.«

»Was sagst du?« Conor packte Richs Kopf, der kraftlos zur Seite hing. Er sah etwas aus den geschlossenen Augen entweichen, wie einen Käfer, der schnell fortkrabbelt, wenn man das Licht einschaltet. Dieses flinke, heimliche Verschwinden von etwas Ungreifbarem, Scheußlichem ließ Conor erzittern. Auf Richs Gesicht lag immer noch der ernsthafte Ausdruck eines kleinen Jungen.

»Der Dääämon!!«

»Heilige Mutter Gottes! Willst du etwa sagen, daß du ... besessen bist?«

Rich schrie hysterisch auf und schaukelte auf der Bank vor und zurück.

Conor schlug ihm mit der flachen Hand hart ins Gesicht. Die Maske fiel von Richs Gesicht ab. Sein Blick war jetzt unstet, wirkte wie zerbrochen in Scherben von Licht. Seine Stimme hatte sich schon wieder verändert.

»Pol-Polly. Hab' versucht Polly zu helfen. Aber sie ist auch gestorben. Das war... nachdem... ER mich in Besitz genommen hatte. Arme Polly. Armer Richard.« Er sprang auf. Seine Hände griffen nach Conors Gesicht, nach seinem Bart. »Du bist ein Priester, Conor! Du kannst mir helfen, oder? Schmeiß ihn raus aus mir! Bevor er mich wieder so etwas Furchtbares tun läßt.«

Die Tür wurde geöffnet. Der Wächter kam herein, der Knüppel aus Hickoryholz baumelte an einem Lederband um sein Handgelenk.

»Was geht hier vor?«

Conor sah ihn ratlos an. Er hielt Rich auf Armeslänge von sich entfernt.

»Es ist ein Anfall. Er ist krank. Tun Sie das nicht!« Der Wächter hatte den Knüppelgriff gepackt, bereit, zuzuschlagen.

»Werden Sie so mit ihm fertig?«

»Ja, ja.« Conor drückte Rich auf die Bank zurück. Der Junge saß dort in einer theatralischen Kauerhaltung. Er zitterte. Eine Wange war purpurrot und begann infolge Conors Schlag anzuschwellen. Eine einzelne Träne rollte langsam darüber.

»Er gehört in ein Krankenhaus, nicht in ein Gefängnis!« Conor war außer sich vor Wut.

Der Wächter musterte ihn von oben bis unten. Den Knüppel hielt er schlagbereit.

»Ich muß ihn jetzt wieder zurückbringen, Kumpel.«

»Ihn in die Zelle sperren? Sehen Sie ihn sich doch an.«

»Da kann *ich* doch nichts dran ändern.« Der Wächter zuckte mit den Achseln und sagte in einem gespielt frommen Tonfall: »Vergessen Sie nicht, warum er hier drin ist. Man hat mir gesagt, daß das Mädchen nicht einmal mehr ein Gesicht hatte, nachdem er mit ihr fertig war.«

»Seien Sie ruhig«, sagte Conor zu ihm. Das klang einigermaßen beherrscht, aber die Adern auf seiner Stirn waren bedrohlich angeschwollen.

Der Wächter, der darauf achtete, daß die Bank zwischen ihm und Conor stand, langte hinunter zu Rich und zog ihn hoch. Er legte ihm die Handschelle mit einer behenden Geschicklichkeit um das Handgelenk, wie es sonst nur Zauberkünstler auf der Bühne bei ihren Assistentinnen fertigzubringen pflegen. Conor konnte nicht hinsehen.

»Hast dir in die Hosen gepißt, was?«, sagte der Wächter angeekelt zu Rich. »Gehn wir.«

»Denk dran«, flüsterte der Junge seinem Bruder zu, »Windross. Courdeway. Hilf mir!«

Rich schlurfte hinter dem Wächter her, sein Kopf war auf seine Brust gesunken. Er taumelte gegen eine Wand und stieß sich dabei den Ellenbogen, so daß er laut aufschrie. Der Schrei befreite Conor von seiner Lähmung, und er wollte Rich nachgehen, wurde aber an einer verriegelten Gittertür aufgehalten. »Ich werde dir helfen, Rich!« Er sah nur noch den Rücken des Gefangenen, die Umrisse seiner Schulterblätter unter dem Baumwollanorak, die vor allem deshalb so deutlich hervortraten, weil Rich jetzt die Hände auf dem Rücken gefesselt waren. Conor war sich nicht einmal sicher, daß der Junge, der mit hallenden Schritten eine Eisentreppe hinabgeführt wurde, ihn noch gehört hatte.

33

Conors Besuch bei dem Franziskanerpater, der in der kleinen Gemeinde Chadbury der einzige katholische Priester war, brachte nicht sehr viel. Zunächst einmal mußte Pater Gregorius aus seinem Nachmittagsschläfchen geweckt werden. Die Haushälterin, die aus der deutschen Schweiz stammte und ein nahezu unverständliches Englisch sprach, wies Conor mürrisch auf die Sprechstunden hin, die doch deutlich an der Eingangstür zum Pfarrhaus angeschlagen seien. Conor machte geltend, daß es sich um einen Notfall handle, und wurde in einem kleinen, schmummrigen Arbeitszimmer empfangen, dessen einzige Beleuchtung die bläulichen Flämmchen in einem Ofen zu sein schien.

Pater Gregorius war ein alter, schwerhöriger Mann, der ein Jahr vor seiner Pensionierung stand. Er war mit einer braunen Kutte angetan, zu der er Sandalen trug. Er hatte von dem Mord gehört und machte aus seiner Abscheu keinen Hehl. Das Husten, mit dem er seine Kehle befreite, und dessen Klang, Dauer und Intensität er ständig zu variieren wußte, hörte sich an wie eine selbständige Sprache, mit der er seiner Antiphatie Ausdruck verleihen wollte. Trotzdem wollte er natürlich seine Pflicht tun, wenn es galt, einer katholischen Seele in Not beizustehen. Nachdem er versprochen hatte, Rich zu besuchen, bot er Conor an, ihm die Beichte abzunehmen. Conor lehnte ab und ging statt dessen in den Altarraum, um in stillem Gebet vor dem Allerheiligsten niederzuknien.

Allein, auf den Knien, wurde er sich auf einmal seiner Ohnmacht bewußt. Es gelang ihm nicht zu beten. Sein Gehirn verweigerte ihm jeden Dienst. In dieser winzigen Landkirche wurden ihm die Konsequenzen der Aufhebung seines Gelübdes so eindringlich bewußt, als wäre ihm das Kreuz der heiligen Verkündigung, das neben der Tür zur Kanzel stand, mit seinem ganzen steinernen Gewicht auf den Rücken gefallen. Konfrontiert mit den Qualen des Herrgotts am Kreuze, fielen ihm die Worte seines Bruders ein.

›Courdeway. Windross. Polly. Finde sie, Conor!‹

Er fuhr zurück zum Gebäude der State Police und fragte nach Captain Moorman, der bereits nach Hause gegangen war. Conor telefonierte mit ihm.

»Haben Sie Ihren Bruder gesehen?«

»Ich weiß nicht, *wen* ich da gesehen habe. Er hatte kaum Ähnlichkeit mit meinem Bruder. Ich weiß nur eines: Er gehört nicht in eine Gefängniszelle. Er ist offensichtlich ein sehr kranker Mann. Er halluziniert. Er braucht ärztliche Aufsicht. Kann man ihn nicht in ein Krankenhaus bringen?«

»Unsere Möglichkeiten hier sind sehr begrenzt. Nur die staatliche Nervenheilanstalt besitzt Wachen, die dafür ausgebildet sind, sich um mordverdächtige Patienten zu kümmern. Aber zu seiner Überführung bedürfte es eines psychiatrischen Gutachtens, und das kann ich nicht anordnen.«

»Wer war der Arzt, der ihn heute morgen untersucht hat?«

»Harbison? Der kann doch nichts anderes tun, als Ihren Bruder ruhigstellen.«

»Besser als nichts«, murmelte Conor.

»Waren Sie schon bei einem Anwalt?«

»Hatte noch keine Zeit. Was ist mit Richs Auto passiert?«

»Dem Porsche? Den haben wir beschlagnahmt.«

»Ich würde ihn mir gerne ansehen.«

»Warum?«

»Da ist etwas im Auto, und Rich möchte gerne, daß ich es an mich nehme. Eine Kassette von seinem Anrufbeantworter.«

»Warum sollen Sie die an sich nehmen?«

»Es soll was mit einem Mädchen zu tun haben, das Polly heißt. Rich will, daß ich das Mädchen ausfindig mache.«

Moorman dachte einen Moment nach. »Alle Gegenstände in dem Wagen wurden beschlagnahmt, zusammen mit den Sachen aus seiner Suite im Davos Chalet. Ich kann Sie Ihnen nicht herausgeben, aber ich könnte es so einrichten, daß Sie sich das Band morgen anhören können. Natürlich will ich auch dabei sein.«

»Vielen Dank!«

»Ist Polly eine andere Freundin von ihm?«

»Ich habe den Namen noch nie zuvor gehört. Aber Rich hat von einigen Leuten gesprochen, die er möglicherweise hier getroffen hat. Inez. Windross. Und Polly. Er sagte, sie wüßten, was mit ihm passiert sei.«

»Was hat er damit gemeint?«

»Ich weiß nicht, Captain. Er sagte, er habe Polly helfen wollen. Wer immer das sein mag. Sie waren anscheinend beide in einem Haus mit dem Namen Courdeway House in Ripington Four Corners. Sagt Ihnen das etwas?«

»Ripington Four Corners liegt etwa zwanzig Meilen nördlich von hier. Ich weiß auf Anhieb nichts von einem Courdeway House. Ist es ein Gasthof?«

»Ich habe keine Ahnung. Aber was immer es sein mag, nach allem, was ich von Rich gehört habe, muß ihm dort etwas zugestoßen sein, das einen... einen dramatischen Einfluß auf sein Verhalten gehabt und möglicherweise zur Tötung von Karyn geführt hat.«

»Wenn Sie an Drogen denken: Nein! Das Blut wies etwas Alkohol auf, aber nicht so viel, daß man wirklich von Trunkenheit sprechen könnte.«

Conor fiel nichts mehr ein, was er hätte sagen können. Keine Drogen. Das war ein harter Schlag. Eine Hoffnung weniger. War Rich einfach nur verrückt geworden, ohne jeden vernünftigen Grund? Vielleicht ein Gehirntumor? Conor weigerte sich, an die dritte Möglichkeit zu denken, von der Rich selber gesprochen hatte.

›Dämonen!‹

Das Wort wirkte wie eine Bombenexplosion in seinem Gehirn.

›Er hat mich in Besitz genommen! Er ist in mir, Conor! Er hat Karyn getötet!‹

»Hallo?«

»Oh, tut mir leid, Captain Moorman. Ich danke Ihnen für die Zeit, die Sie für mich geopfert haben. Wann kann ich mir morgen mit Ihnen das Band anhören?«

»Um neun Uhr würde es mir passen.«

34

Conor fuhr zurück zum Waites Inn. Es war kurz vor sechs. Die Cocktailstunde ging zu Ende. Eine Glocke rief das ausgelassene Volk der Skitouristen in den Speisesaal. Conor stieg der Geruch von Schmorbraten in die Nase, und er spürte seinen Hunger. Aber der Akt des Essens im großen Speisesaal kam ihm vor wie ein Martyrium, auf das er sich erst vorbereiten mußte. Er holte sich einen Whiskey an der kleinen Bar im Foyer, wo der Zigarettenrauch noch in dicken Schwaden unter der Decke hing. Er setzte sich auf eine lange Couch, die direkt gegenüber vom Kamin stand. Eigentlich hätte er Gina anrufen sollen, aber er wußte nicht, was er ihr sagen sollte.

»Mr. Devon?«

Conor drehte sich unwillig um. Er sah einen etwa dreißigjährigen Mann, der einen braunen Tweedanzug, ein blaues Oberhemd mit einem Button-Down-Kragen und eine gerippte Krawatte trug. Er hatte braunes, kurzgeschnittenes Haar, das etwas hochstand, und einen wesentlich zotteligeren Schnurrbart, der seine Oberlippe fast verdeckte. Die Frau, die bei ihm war, war wohl ungefähr genauso alt wie er. Sie war sehr hübsch. Zwischen den oberen Schneidezähnen hatte sie eine niedliche Zahnlücke, die so etwas wie einen Ausgleich zu der Schwere der dicken, buschigen Augenbrauen bildete. Beide hatten das anbiedernde Lächeln von Sektenpredigern oder Klatschjournalisten um die Lippen.

Conor wollte zunächst unhöflich reagieren, begnügte sich aber dann mit einem Schulterzucken und wandte sich wieder dem Kaminfeuer zu. Ein Scheit brach auseinander. Funken flogen wie kleine Meteoren in den Abzug. Der junge Mann kam um das eine Ende der Couch herum und bot Conor die Hand zum Gruß.

»Ich bin Adam Kurland. Das ist mein Sozius, Lindsay Potter.«

»Hallo«, sagte Conor kühl und erwiderte den Händedruck mit übertriebener Kraft. Der junge Mann zuckte mit keiner Wimper. Er hatte stärkere Knochen und mehr Muskeln, als Conor auf den ersten Blick vermutet hatte. Er beschloß, seine Feindseligkeit aufzugeben und entließ den Mann aus dem Griff. Der Frau nickte er freundlich zu. »Reporter?«

»Anwälte«, sagte Kurland und überreichte seine Visitenkarte. Geprägt. Zweifarbig. Dunkelblau und gold. Die Karte in Conors Hand zeugte ohne Zweifel von einem gewissen Stil. »Kurland, Bates und Harpold in Braxton. Kennen Sie Vermont?«

»Ich habe in Burlington und in Rutland ein paarmal gerungen.«

»Oh«, sagte Lindsay Potter mit einem leichten Anheben ihrer mächtigen Augenbrauen. »Sind Sie Berufsringer?«

»Richtig. Ich kämpfe unter dem Namen Irish Bob O'Hooligan.« Er sollte sich ebenfalls Visitenkarten drucken lassen. ›Spezialist für Knochenbrechen und andere diverse Vergnügungen.‹

Sie nickte, aber es war deutlich zu merken, daß ihr der Name gar nichts sagte. Sie hatte einen langen Hals und Haltung und Aussehen eines Wildfangs. Sie gefiel Conor. Ihre vorwitzigen, schlauen Augen waren braun; im Licht des Feuers hatten sie fast die gelbliche Farbe von Messing. Dann die kräftigen Knochen an ihren Handgelenken, ihre Ohrläppchen: ohne Zweifel eine Frau aus dem einfachen Volk. Aufsteigerin. Sie war nach Conors Geschmack, er hatte viele Frauen wie sie gekannt. Sie war mit genug Intelligenz auf die Welt gekommen, um der Vorstadt, der Enge einer erdrückenden Ehe und dem unvermeidlichen halben Dutzend an Kindern zu entgehen. Sie war auf ein gutes College gegangen, hatte ihren Akzent ein bißchen abgefeilt, aber offensichtlich hatte ihr niemand beigebracht, wie man sich anzuziehen hatte. Ihr konservatives Kostüm war für ihren Teint zu braun. Der Lippenstift war zu grell. Aber diese Fehlgriffe setzten sie nicht herab, sie machen sie im Gegenteil sogar noch ein wenig interessanter.

»Braxton ist die drittgrößte Stadt in Vermont«, sagte Kurland. »Sie liegt etwa sechzehn Meilen von hier entfernt. Man muß den Connecticut River überqueren.«

»Was wollen Sie von mir?« fragte Conor.

Kurland zögerte keine Sekunde. »Ich möchte Ihren Bruder verteidigen.«

Conor atmete tief durch und machte es sich auf der Couch etwas gemütlicher. Er versuchte, den stechenden Schmerz in der Nierengegend einfach zu ignorieren.

»Sie scheinen mir für jemanden, der einer Anwaltsfirma vorsteht, ziemlich jung zu sein.«

»Ich habe die Firma von meinem Großvater und meinem Vater übernommen. Aber ich bin jetzt der einzige Kurland in dem Laden. Ich bin zweiunddreißig und ich arbeite nur als Strafverteidiger.«

»Dealer? Vergewaltigungen? Überfälle?«

»Ich habe auch schon drei des Mordes Verdächtigte verteidigt. Zwei von ihnen habe ich frei bekommen, der dritte sitzt jetzt in der staatlichen Nervenheilanstalt.«

»Dieser Fall könnte eine Nummer zu groß für Sie sein,

Mr. Kurland. Wissen Sie, wer Karyn war? Ich meine, aus was für einer Familie sie stammt?«

Die Frage brachte Kurland nicht aus der Ruhe. »Ich habe seit halb neun heute morgen einiges über die Vales in Erfahrung gebracht.« Er sah hinüber zum Speisesaal, wo gerade der erste Gang serviert wurde. »Haben Sie schon gegessen, Mr. Devon?«

»Noch nicht.«

»Linds und ich kennen ein gutes Steakhaus in Talbot. Morecambe's. Haben Sie da schon mal gegessen?«

»Nein.«

»Ich möchte Sie bitten, unser Gast zu sein. Und natürlich möchte ich Sie auch davon überzeugen, daß ich im Staate Vermont der geeignetste Mann bin, um ihren Bruder zu verteidigen. Ich nehme an, Sie haben bis jetzt noch keinen Rechtsbeistand?«

»Ich bin ja gerade erst angekommen.« Conor sah Kurland an, der einen seriösen und ernsthaften Eindruck machte, wenn man von seiner Angewohnheit einmal absah, das elastische Armband seiner Uhr ständig ums Handgelenk zu drehen, als wolle er für eine neue Runde der Verhandlungen einen höheren Gang einlegen. Lindsay lächelte nett und schien allergrößten Anteil an Conor und seinem Unglück zu nehmen.

Selbst wenn er Kurland nicht engagieren würde, es könnte nicht schaden, sich ein paar kostenlose Ratschläge zu holen.

Morecambe's erwies sich als bessere Schankstube mit roh gezimmerten hölzernen Wandpaneelen. Der Raum hatte keine Fenster, und das Licht war nicht einmal hell genug, um eine Speisekarte lesen zu können. Aber es gab gar keine Speisekarte. Man wählte sich sein Steak aus einem Schaukasten, dazu gab es gebratenen oder gekochten Reis, und den Salat konnte man sich aus einem reichhaltigen Angebot zusammenstellen, das am Ende des langen Raumes auf zerhacktem Eis ausgestellt war. Sie tranken Whiskey, während sie auf ihre Steaks warteten.

»Also, überzeugen Sie mich«, begann Conor.

»In meiner Klasse auf der Juristenschule in Georgetown

war ich Drittbester. Das macht mich natürlich noch nicht zu einem guten Strafverteidiger. Dazu muß man ein angeborenes Talent haben, das man nur im harten, alltäglichen Betrieb im Gerichtssaal immer wieder aufpolieren muß. Ich hatte das Glück, meinem Vater oft bei seiner Arbeit zusehen zu können, während ich heranwuchs. Er war einer der besten Strafverteidiger in New England. Das wird Ihnen jeder bestätigen können.«

»Und seit wann sind Sie in diesem Geschäft?«

»Jetzt werden es bald acht Jahre.«

»Und was ist mit Ihnen, Lindsay? Sind Sie auch Anwältin?«

»Ja. Universität Boston. Ich bin seit vier Jahren bei Adam... Ich meine, bei Kurland, Bates und Harpold.« Eine große Kerze stand mitten auf dem Tisch. Sie saß Conor direkt gegenüber. Ihre Augen sammelten das Licht, während der größte Teil ihres Gesichts im Schatten war. Conor wurde süchtig nach dem Glanz ihrer Augen. Sie waren anregend wie chinesischer Senf.

»Warum wollen Sie Rich verteidigen?« fragte Conor den Anwalt. »Kann er denn überhaupt verteidigt werden?«

»Natürlich. Bevor ich Ihnen erkläre, warum und wie ich ihn verteidigen möchte, muß ich Sie noch auf eine mögliche Alternative zu einem Gerichtsverfahren hinweisen. Wenn man die gewalttätige Natur des Verbrechens in Betracht zieht, dann wird Richard zweifellos des Mordes ersten Grades angeklagt werden. Sollte er für schuldig befunden werden, dann gibt es nach oben keine Grenze für die Strafe, es gibt nur eine Mindeststrafe von mindestens fünfunddreißig Jahren. Der Richter kann weit darüber gehen. Aber wenn Ihr Bruder einmal unter Anklage gestellt worden ist, dann können wir es mit einem Rechtshandel versuchen. Können Sie sich darunter etwas vorstellen?«

»Ich bin mir nicht sicher.«

»Wir würden auf ›schuldig‹ plädieren und damit versuchen, die Anklage auf Mord zweiten Grades zu drücken. Darauf stehen in Vermont zehn Jahre bis lebenslänglich, aber nach sechs Jahren und acht Monaten kann man Haftentlassung auf Bewährung beantragen.«

»Das hört sich gar nicht so schlecht an«, sagte Conor hoffnungsvoll. »Er ist doch noch ein halbes Kind. Sechs, sieben Jahre, dann ist er dreißig, wenn...«

»Leider werden wir aber mit diesem Handel nicht weit kommen. Wahrscheinlich wird der Staatsanwalt, trotz der hohen Prozeßkosten, nicht auf eine Anklage ersten Grades verzichten wollen. Vor allem, wenn ein Mord mit so viel Publizität und öffentlichem Interesse verbunden ist wie in diesem Fall. Und es gibt noch einen Gesichtspunkt. Vermont hat ein lobenswertes System, bei dem Laienrichter gewählt und dem vorsitzenden Richter am hohen Gerichtshof zur Seite gestellt werden. Sie haben das Recht, bei Fragen der Strafzumessung in Strafprozessen mitzureden. Und es ist in der Vergangenheit meistens so gewesen, daß Rechtshändel unserer Art bei Mordprozessen an diesen ›Nebenrichtern‹ gescheitert sind.«

»Also? Was können Sie für Rich tun?«

»Na allem, was ich bis jetzt über den Fall weiß, erscheint es mir als das einzig Logische, auf Unzurechnungsfähigkeit zum Zeitpunkt der Tat zu plädieren. Und wir müssen versuchen, den Fall vor das Distriktgericht zu bringen, weil es hier, im Gegensatz zum höchsten Gerichtshof, keine Laienrichter gibt, die die Sache erschweren könnten. Ich bin zuversichtlich, daß ich für Richard vor dem Distriktgericht einen Freispruch erreichen kann.«

»Wieso können Sie da so zuversichtlich sein?«

»Vor allem wegen eines Umstands: Ich weiß, daß ich dort gegen Staatsanwalt Gary Cleves anzutreten hätte. Gary macht seinen Job gut, und er arbeitet hart. Aber die einfache Wahrheit ist: Im Gerichtssaal bin ich besser als Gary. Vor allem, wenn es um Geisteskrankheit geht.«

Lindsay bekundete mit einem Nicken ihr Einverständnis; als Adam den Namen Gary Cleves erwähnt hatte, hatte sie ein Gesicht gezogen. Conor bewunderte Lindsay jetzt ganz offen, und es gefiel ihm, daß sie es zur Kenntnis nahm. Er mochte die Art, wie sie ihren Whiskey trank, ohne mit etwas anderem nachspülen zu müssen. Sie hörte aufmerksam zu und verspürte offensichtlich nicht den Drang, sich selbst hervorzutun oder allem beizupflichten, was Adam

Kurland von sich gab. Bis jetzt gefiel Conor so ziemlich alles an ihr. Nach diesem Tag der Anspannung, des Schmerzes und der Verwirrung wurde Conor von einem träumerischen Verlangen nach der attraktiven Lindsay gepackt. So etwas passierte ihm manchmal, genau mit dieser Heftigkeit, aber niemals unternahm er etwas, um die Frau zu kriegen, die ihn so erregte. Er würde auch bei Lindsay Potter nichts in der Richtung unternehmen, obwohl er sich wünschte, einmal über seinen Schatten springen zu können.

»Wie dem auch sei«, fuhr Adam fort, »ich will den Fall nicht nur deshalb, weil ich davon überzeugt bin, daß Ihr Bruder die Tat ohne Vorsatz ausgeführt hat, sondern weil ich befürchte, daß wir Gefahr laufen, die Möglichkeit, bei Mordfällen ersten Grades auf Unzurechnungsfähigkeit zu plädieren, immer mehr zu verlieren. In mehreren Staaten wurden die Paragraphen bereits geändert. Das ist teilweise auf die Überreaktion auf die Tat des Lennon-Attentäters Hinckley zurückzuführen. Aber ich halte diese Möglichkeit für wertvoll und unverzichtbar. Es gibt Menschen, die geisteskrank sind und die Verbrechen begehen, weil sie ihre Handlungsweise nicht unter Kontrolle haben, aber wahrscheinlich macht ihre Zahl nicht mehr als zwei Prozent aller Verbrecher aus, die vor Gericht gestellt werden. Es bedeutet also wahrlich keine Aushöhlung unseres Rechtssystems, wenn wir die Möglichkeit beibehalten, auf Unzurechnungsfähigkeit zu plädieren. Ich glaube, der Fall Ihres Bruders könnte zu einem Musterbeispiel für die Berechtigung eines solchen Plädoyers werden.«

»Und Rich müßte nicht ins Gefängnis?« fragte Conor. Er war nach diesem Tag der Verzweiflung etwas erstaunt über die Hoffnung, die sich da aufzutun schien.

»Wir wissen, daß er nach der schrecklichen Tat völlig verwirrt war. Das können mindestens fünf Augenzeugen beschwören. Ich glaube, daß ich beweisen kann, daß Rich zum Zeitpunkt der Tat unter einem psychischen Zwang stand. Trotzdem, er wollte sie bestrafen. Das war seine Motivation. Aber nachdem er es einmal getan hatte, war er, nach allem, was ich bis jetzt erfahren habe, nicht einmal in der Lage zu begreifen, daß er sie ernstlich verletzt hatte.«

»Glauben Sie, daß Rich *jetzt* verrückt ist?«

Adam zuckte mit den Achseln. »Ich habe nicht mit ihm gesprochen. Sie waren bei ihm.«

»Er ist zweifellos verstört. Ich weiß nicht, wie ich es ausdrücken soll. Er ist nicht der Rich, den ich kenne.«

Adam lehnte sich zuversichtlich nach vorn. »Ich würde auf eine sofortige psychiatrische Untersuchung drängen. Morgen wäre dafür nicht zu früh.«

»Warum, sagen Sie, wollte er Karyn bestrafen?«

»Es gibt im Davos Chalet Zeugen, die gesehen haben, wie sie mit einem anderen Mann flirtete.«

Conor trank seinen Whiskey aus und hatte auf der Stelle Lust auf einen zweiten. Lindsay las ihm diesen Wunsch von den Augen ab und machte der Bedienung ein Zeichen. Er lächelte Lindsay an. Sie sah ihm direkt in die Augen. Es verwirrte Conor, aber er fand es auch aufregend.

»Das kann ich mir von Karyn gar nicht vorstellen.«

»Sein Name ist Trux Landall. Ob Sie es nun glauben oder nicht.«

»Ein umwerfender Typ«, murmelte Lindsay. Sie versuchte kleine Knoten in den Strohhalm zu machen, den Adam zu seinem Whiskey Soda bekommen hatte.

»Karyn hatte offensichtlich einmal eine Affaire mit Landall, als sie damals am Smith-College war. Jetzt tauchte er hier in Vermont wieder auf, und Rich geriet vorgestern nacht mit ihm aneinander. Er erwischte die beiden in inniger Umarmung auf dem Flur vor Karyns Zimmer. Er wollte Trux zu Boden schlagen, aber er wurde nur zweiter Sieger.«

Conor sah ihn bewundernd an. »Wie haben Sie das alles rausgefunden?«

»Ehre, wem Ehre gebührt«, sagte Lindsay.

Adam warf ihr ein Lächeln zu und hielt seine rechte Hand segnend über ihren Kopf. »Lindsay ist eine hervorragende Ermittlerin. Offensichtlich konnte Rich den Rivalen nicht ertragen. Irgend etwas ist bei ihm ausgerastet.«

»Verbrechen aus Leidenschaft? Es fällt mir schwer, das zu glauben. Sicher, Rich hat Karyn geliebt. Aber ich kann mir nicht vorstellen, daß er tollwütig wurde, nur weil da ein anderer Mann auftauchte.«

»Tollwütig ist genau das richtige Wort für sein Verhalten. Und das Ergebnis kennen wir.«

»Ja«, sagte Conor niedergeschlagen.

Sein Whiskey wurde gebracht. Lindsay bekam auch einen. Nach einer Weile hatte er nur noch für sie Augen. Die hohen Backenknochen, die reizende kleine Zahnlücke. Er stellte sich vor, wie es sich anfühlen würde, wenn sie ihre Lippen um seinen harten Schwanz legte. Der pure Wahnsinn! Das ergab doch alles keinen Sinn. Er war tatsächlich im Begriff, hier ein paar Anwälte auszuwählen – eine Wahl, die entscheidend für das weitere Leben seines Bruders sein konnte –, nur weil er Lindsay Potter morgen abend wiedersehen wollte und weil sich in seiner Fantasie eine pornographische Vorstellung festgesetzt hatte.

»Ich habe nicht viel Geld«, sagte Conor. Er wußte, daß seine Zunge schwer wurde. »Die Leute glauben immer, daß es mir gut gehen muß, weil ich Catcher bin, aber sie vergessen dabei, daß wir die am schlechtesten bezahlte Sparte im professionellen Sport sind. Ich riskiere täglich innere Verletzungen oder einen Wirbelbruch für zweihundert und ein paar zerquetschte.«

»Das Honorar ist mir in diesem Fall nicht so wichtig«, erklärte Kurland. »Ich bräuchte fünftausend als Vorschuß. Den Rest könnten Sie in Raten abzahlen.«

»Fünftausend? Ich glaube, ich muß erst mit meiner Frau darüber sprechen.«

»Ich verstehe. Warum machen wir es nicht so, daß ich Sie morgen früh anrufe?«

»In Ordnung.«

Sie besiegelten die Abmachung mit einem Händedruck quer über den Tisch. Conor stieß dabei ungeschickt ein volles Wasserglas um, dessen Inhalt sich über Lindsays Schoß ergoß.

Sie trug es mit Fassung, bat ihn sogar, sich keine Sorgen zu machen. Er schämte sich so sehr, daß er zu weinen anfing. Er konnte nicht mehr. Lindsay begriff, daß er ein sehr empfindsamer Mann war, und ihr Verständnis machte ihn etwas selbstsicherer.

Anschließend führten die beiden Conor hinaus zu Kurlands schneeweißem Seville, obwohl Conor sich redlich bemühte, ohne fremde Hilfe auf seinen Füßen zu stehen. Auf dem Rücksitz, eingelullt durch die Wärme und den Geruch des nagelneuen Autos, schlief er sofort ein und begann nach kurzer Zeit laut zu schnarchen.

Lindsay fand eine melodische, ruhige Musik im Radio und lehnte ihren Kopf gegen Adams Schulter.

»Verdammt armes Schwein«, sagte sie.

»Conor? Warum?«

»Das ist wahrscheinlich der schlimmste Tag seines Lebens heute. Und er hat keine Ahnung, daß die Scheiße jetzt erst anfängt.«

»Vielleicht wacht er morgen auf und schmeißt uns raus.«

»Nein. Das wird er bestimmt nicht tun. Er ist seinen Freunden gegenüber loyal. Und wir sind jetzt schon die besten Freunde, die er je gehabt hat.«

Adam drückte zärtlich gegen ihr Knie. »Wollen wir es hoffen. Wir werden die Sache knallhart angehen, Linds.«

»Ich habe ein bißchen Angst.« Sie lachte unsicher. »Ich habe sogar 'ne ganze Menge Angst. Was machen wir mit den großen Nullen der Summe, die wir aufwenden müssen, wenn wir eine vernünftige Verteidigung aufbauen wollen? Conors Ersparnisse dürften kaum der Rede wert sein.«

»Als erstes werden wir uns morgen mal die Publikationsrechte sichern.«

»Was werden die wert sein?«

»Ich weiß nicht. Conor hat einen Beruf, der ihn interessant macht. Das Mädchen war hübsch. Wir werden mit einem guten Agenten in Manhattan Kontakt aufnehmen. Vielleicht sollten wir für Montagmittag eine Pressekonferenz ansetzen.«

»In unserem Büro oder im Distriktgericht?«

»Im Gericht«, sagte Adam. »Nachdem ich mit unserem neuen Klienten geredet habe. Du könntest Maggie Renquist anrufen und sie fragen, wann sie von Hartford rüberkommen und ein paar psychologische Tests machen kann. Wenn wir schnell genug sind, schaffen wir es vielleicht sogar, Devon für verhandlungsunfähig erklären zu lassen.«

Lindsay lächelte skeptisch. »Pross wird seinen eigenen Irrenarzt heranziehen, sobald wir unseren Antrag einreichen. Höchstwahrscheinlich Ingersoll. Der hat schon seit Jahren nicht mehr mit der Verteidigung gemeinsame Sache gemacht. Erinnerst du dich an das arme Schwein, das auf dem Kopf seiner toten Mutter saß und sich einen runterholte, als man ihn fand? Für Ingersoll war das keine Psychose, sondern nur neurotisches Verhalten.«

»Aber das macht es doch so interessant«, schloß Adam die Diskussion ab. Er bog seine Finger auf dem Lenkrad durch. Er war ein schneller, sicherer Fahrer. Ein kleines Lächeln huschte über sein Gesicht, als er in die Dunkelheit hinaussah, die sich von den weißen Wällen zu beiden Seiten der Straße nach Chadbury so deutlich abhob.

35

Conor wurde am nächsten Morgen um fünf vor acht geweckt. Er hatte Kopfschmerzen. Gina war am Telefon.

»Warum hast du mich gestern abend nicht angerufen?« beschwerte sie sich. Ihre Stimme klang etwas schrill vor Sorge.

»Ich war... Ich hatte eine lange Konferenz mit Richs Anwälten.«

»Oh! Wer sind sie?«

»Sein Name ist Kurland. Kommt aus einer alten Vermonter Juristenfamilie. Sie heißt Lindsay. Lindsay. Ihren Nachnamen hab' ich vergessen.« Ihm war, als sei sein Schädel von einem riesigen Nußknacker geöffnet worden und sein Gehirn über Nacht ausgetrocknet.

»Ihren?«

»Sie arbeiten zusammen.«

»Was werden sie kosten?«

»Hab' ich noch nicht ausgemacht.«

»Mach einen Vertrag.«

»Werde ich machen.«

»Ich will ihn lesen, bevor du unterschreibst. Hast du Rich schon gesehen?«

»Ja. Der arme Kerl. Er... Sein Kopf...« Das einzige Wort, was ihm einfiel war ›Chaos‹. »Man wird nicht recht klug aus Rich, Gina.«

»Ich wollte, ich könnte zu euch kommen. Vielleicht würde es ihm helfen, wenn er ein bißchen mit mir reden könnte.«

Conor glaubte das nicht, und er wollte auch nicht, daß sie Rich in diesem Zustand sah. Er fragte sie, wie die Kinder die Nachricht aufgenommen hatten.

»Du weißt, wie Kinder sind, wenn etwas so Unbegreifliches geschieht. Sie wissen nicht, wie darüber reden, also gehen sie darüber hinweg. Hoffentlich hast du nicht vergessen, den Kampf in Albany abzusagen.«

»Ich habe Dilworth angerufen. Ich glaube, Kurowski ist für mich eingesprungen. Ich hab' ihm schon gesagt, daß er sich auch für Worcester am Dienstag nach einem Ersatz umsehen muß.«

»Conor, da stimmt doch irgendwas nicht mit dir. Du weißt, daß ich es an deinem Tonfall erkenne.«

»Ich habe einen Kater.«

»Das habe ich mir gedacht«, sagte Gina mit einem Mangel an Verständnis, der an Schroffheit grenzte. »Ich meine, was hat Rich gesagt? Hat er dir viel erzählt?«

»Nicht viel. Er hat gesagt...« Conor fand sich zu dieser frühen Stunde nicht in der Lage, den Inhalt dessen, was Rich ihm mitgeteilt hatte, einigermaßen zusammenzufassen. Jeder Versuch, sich zu konzentrieren, wurde mit physischem Schmerz belohnt, mit einem Stechen in den angespannten Halsmuskeln unterhalb des Schädels. Der Schmerz ließ ihm Tränen in die Augen steigen. »Es ist alles verschwommen in meinem Kopf«, murmelte er in der Hoffnung, sie würde ihn in Ruhe lassen.

»Conor! Erzähl es mir!«

»Gina, ich weiß nicht... Es war solch ein Unsinn. Irgendwie hat er die verrückte Vorstellung, besessen zu sein.«

Er hörte ein scharfes Einatmen, dann sagte sie etwas in schnellem Italienisch, das er nicht verstehen konnte. Auf

Englisch rief sie dann aus: »Heilige Mutter Maria! Wie ist er denn auf die Idee gekommen?«

»Ich weiß es nicht.«

Sie stieß einen bebenden, klagenden Ton aus, der ungewöhnlich für sie war. Er erinnerte ihn an die Klageweiber bei einer irischen Totenwache. »Conor, ich bekomme eine Gänsehaut. Das gefällt mir überhaupt nicht.«

»Es ist nichts. Der Junge wußte nicht, was er sagte. Karyn ist tot, und er kann sich an nichts mehr erinnern. Er ringt förmlich um Antworten. Wie wir alle.«

»Bist du sicher?«

»Gina, ich bin gerade aufgestanden. Ich bin mir meines eigenen Namens nicht sicher. Ich werde Rich heute morgen noch einmal besuchen, und ich werde mich mit anderen Leuten unterhalten, die vielleicht mehr wissen. Gestern abend habe ich erfahren, daß ein ehemaliger Freund von Karyn hier aufgekreuzt ist. Rich war eifersüchtig, verstehst du?«

»Meinst du? Er hätte dem Jungen vielleicht eins verpaßt, wenn er von ihm provoziert worden wäre. Aber Karyn hätte er kein Haar gekrümmt. Jedenfalls nicht wegen einer lächerlichen Eifersuchtsgeschichte.« Ihr Tonfall hatte sich wieder verändert. Sie klang jetzt müde und fatalistisch. »Conor, vielleicht solltest du... Weißt du, nur für den Fall... Vielleicht solltest du einen Priester mitnehmen, wenn du wieder zu Rich gehst. Und geweihtes Wasser.«

»Gina! Hör auf!«

Sie schwieg ein paar Sekunden lang. Er hörte sie seufzen. »Aber es gibt keine vernünftige Erklärung für das, was er getan hat. Oder? Ich will nur, daß du auf alles vorbereitet bist.«

»Rich ist doch nicht gefährlich!«

»Aber der Leibhaftige ist es! Schließlich warst du Priester. Und du weißt, was für Sorgen ich mir deshalb mache.«

Jetzt mußte er lachen. »Du meinst, daß ich einer Versuchung eher ausgesetzt bin, weil ich schon einmal gefallen bin?« Conor veränderte seine Haltung und sah sein Spiegelbild in dem Wandspiegel, der gegenüber dem Fußende des Bettes hing. Aus seinem spontanen Lachen wurde ein tiefes, wenig überzeugtes Glucksen. ›Vater, vergib mir, denn ich habe gesündigt. Gestern abend begehrte ich eine Frau, die nicht mein Weib ist.‹

»Mach dich nicht über mich lustig. Du fehlst mir. Ich konnte heute nacht nicht schlafen. Die Kinder wollten nicht frühstücken, obwohl ich Walnußwaffeln gemacht habe. Ach, Conor, unsere Stimmung ist so gedrückt. Nach der Messe werden wir mit Monsignore Raines sprechen. Ich hoffe, daß es ihm gelingen wird, den Kindern ein bißchen Mut zu machen.«

»Sicher wird ihm das gelingen. Ich sollte auch mit ihnen sprechen. Bei meinem nächsten Anruf, okay? Sagen wir um Punkt sechs heute abend?«

»Sie werden auf deinen Anruf warten. Wo kann ich dich erreichen, wenn ich dich ganz schnell brauche?«

»Versuch es bei der State Police in Chadbury. Wenn ich nicht dort bin, kannst du eine Nachricht hinterlassen.«

»Ja. Aber ich darf dabei nicht vergessen, auf welcher Seite die Leute dort stehen. Das wichtigste ist jetzt, und das wollen wir, glaube ich, alle wissen: Warum hat Rich das getan?«

36

Richard, hier spricht Polly! Du erinnerst dich doch an mich, oder? Du hast gesagt, ich könnte dich anrufen, wenn ich etwas bräuchte. Sie tun mir weh, Rich! Ich habe Angst, daß sie mir noch viel mehr weh tun werden, wenn sie niemand daran hindert!

Captain Moorman spielte die Kassette aus dem Anrufbeantworter zweimal. Er saß zurückgelehnt in seinem Sessel und beobachtete mit unbeweglichem Gesicht Conors Reaktionen auf das Gehörte. Conor schüttelte nur den Kopf.

»Ich weiß nicht, was das soll und wer das Mädchen ist.«

»Aber wir wissen es«, bekannte Moorman. »Sie heißt Polly Windross. Sie ist zwölf Jahre alt. Ihr Vater ist Henry Windross. Er ist der Besitzer und Geschäftsführer des Post Road Inn, wo Karyn und Rich sich ein Zimmer nahmen, als sie vor drei Tagen zum Skifahren hierherkamen.«

Nach einem kleinen Erschrecken, das seine Kopfschmerzen aufweckte wie einen bösen Hund, an dem er sich hatte vorbeischleichen wollen, sagte Conor: »Windross. Das ist einer der Namen, die Rich erwähnt hat.«

Moorman setzte sich auf die Kante seines Schreibtisches, um seine Pfeife neu zu stopfen. Der Tabak war dunkel, stark und sehr aromatisch. Für Conor, der um Genesung von seinem Kater rang, roch er so schlecht wie der Gestank von Wundbrand aus einer entzündeten Öffnung seines mißbrauchten, kaputten Körpers.

»Der Chef der Polizei von Chadbury heißt Jim Melka. Er hatte ein paar interessante Informationen über Ihren Bruder für uns. Es scheint, daß Rich am Donnerstagabend kurz vor zehn auf dem Polizeirevier erschien. Er war schmutzig, seine Kleider waren rußverschmiert. Außerdem war er, wie die diensthabende Beamtin, Stefanie van Zant, berichtete, sehr aufgeregt und wollte eine Anzeige wegen Kindesmißhandlung loswerden.«

»War Polly Windross das mißhandelte Kind? Dann muß Rich sie gesehen haben.«

»Ihr Bruder behauptete, Polly in einem Zimmer des ausgebrannten Trakts des Gasthofs gesehen zu haben. Er sagte, sie sei an ein Bett gekettet gewesen und habe Striemen gehabt. Sie soll von ihrem Vater und einigen religiösen Fanatikern ausgepeitscht worden sein. Die Beamtin van Zant rief Melka an, der beim Gasthof zu den beiden stieß. Sie befragten Mr. Windross, aber der wies alle Beschuldigungen zurück. Er behauptete, seine Tochter sei bei seiner Schwester in einem winzigen Dorf in Quebec.«

»Warum erzählte er solche offensichtlichen Lügen?«

»Tat er das? Polly war mit Sicherheit nicht im Zimmer 331 des ausgebrannten Gebäudes. Sie war in keinem der Zimmer, ganz im Gegensatz zu den Behauptungen Ihres Bruders. Melka war stinksauer. Er war nahe daran, Rich einzulochen. Das einzige, was ihn daran hinderte, war die Tatsache, daß Rich so überzeugt von seiner Geschichte zu sein schien. Er war wie vor den Kopf gestoßen, als sie das Zimmer leer vorfanden. Melka sagte, daß er ein großartiger Schauspieler sein müsse, wenn das alles Theater war. Und

Rich blieb bei seiner Geschichte, obwohl es nichts gab, was deren Wahrheit hätte beweisen können.«

»Es muß etwas geben. Das Mädchen hat Rich angerufen. Alles, was sie sagt, paßt zu Richs Geschichte. Sie hatte Angst, daß man ihr weh tun würde.«

»Aber wir haben keinen Beweis, daß es die Stimme von Polly Windross ist«, stellte Moorman klar.

»Ihr Vater müßte es wissen. Können Sie ihn nicht herbestellen?«

»Ich werde es tun«, sagte Moorman. Seine Stimme klang etwas kühl.

»Ich glaube nicht, daß das Mädchen in Kanada ist.«

»Jim kümmert sich um die Geschichte, aber bis jetzt hat er von den kanadischen Behörden keine Antwort.«

Conor zupfte ratlos an seinen Barthaaren. »Nun mal zurück zu Richs Geschichte...«

»Sie klang sehr plausibel«, mußte Moorman zugeben. »Immerhin ist es ihm gelungen, zwei Polizeibeamte davon zu überzeugen, daß ein Notfall vorlag. An seinem Verhalten war offensichtlich nichts Auffälliges. Aber ich bin sicher, daß es geistige Störungen gibt, die nicht einmal erfahrene Psychologen so schnell diagnostizieren können. Es gibt Psychopathen, die einem wie die vernünftigsten Leute vorkommen, denen man je über den Weg gelaufen ist. Ich will damit nicht sagen, daß Rich ein Psychopath ist. Verstehen Sie?«

»Ich weiß, daß er keiner ist. Trotzdem, was er mit... nun, was Karyn passiert ist.« Conor sah Moorman an. Er war sich nicht sicher, ob er ihn noch mehr anvertrauen sollte. »Aber Rich hat mir gestern zwei Dinge erzählt, die von Bedeutung sein könnten. Bevor er das Tonband erwähnte, sagte er: ›Ich glaube, daß Polly auch tot ist.‹«

»Meinte er damit, daß er sie auch getötet habe?«

»Nein, nein. Den Eindruck hatte ich nicht. Er wollte mir nur mitteilen, daß etwas wirklich Furchtbares in diesem Haus in Ripington Four Corners passiert sein mußte.«

»Im Courdeway-Haus?«

»Haben Sie es gefunden?«

»Ja. Aber es gehört der Courdeway-Familie schon seit

Jahren nicht mehr. Und seit Weihnachten ist dort niemand mehr gewesen. Das hat der Mann gesagt, der auf das Haus aufpaßt.«

Conor fuhr auf. »Aber Rich ist dort gewesen. Ich bin ganz sicher.«

»Was hat er noch über das Mädchen gesagt?« Moorman tippte sich mit dem Mundstück seiner Pfeife gegen die Vorderzähne. »Vielleicht sollten wir uns einen Durchsuchungsbefehl besorgen und in dem Haus mal das Unterste nach oben kehren.«

»Ich denke auch, daß Sie das tun sollten.«

»Sie sagten etwas von einer zweiten Sache, die von Bedeutung sein könnte.«

»Also gut, warum soll ich es Ihnen nicht sagen: Rich glaubt, daß er besessen ist.«

Moorman zog zuviel Rauch auf einmal ein und hustete. »Was soll das heißen? Besessen?«

»Rich ist katholisch. Für die Kirche kann das nur eines heißen: ein übernatürliches Phänomen. Diabolische Besessenheit eines Menschen von Satan oder anderen Dämonen der Hölle.«

»Das ist doch eine ziemlich weit verbreitete geistige Verwirrung, oder? Vor allem wenn man zum Glauben an solche Dinge erzogen worden ist.«

»Ich spreche von einem übermenschlichen Geist von unvorstellbarerer Bösartigkeit, der die Macht hat, sich eines menschlichen Körpers zu bemächtigen und dessen Handlungen im Sinne des Dämons zu beeinflussen. Das kommt selten vor. Verdammt selten. Aber die Kirche erkennt die Möglichkeit einer solchen dämonischen Besessenheit an. Es gibt im Vatikan ein Büro, das sich ausschließlich mit solchen Fällen von Besessenheit beschäftigt.«

»Glauben Sie selbst daran?«

»Ich war Priester«, antwortete Conor, und der Polizist zog die Augenbrauen etwas nach oben. »Dämonologie ist Gegenstand wissenschaftlicher Untersuchungen an der päpstlichen Universität in Rom. Ich glaube an das, was man mir beigebracht hat. Und man hat mir beigebracht, daß der Teufel existiert und daß wir alle nicht gegen die

Übergriffe des Bösen und seiner Legionen gefeit sind, nicht einmal die heiligsten Männer der Kirche. Lassen Sie mich Ihnen erklären: Rich hat versucht, dem Mädchen zu helfen. Jetzt glaubt er, daß sie tot ist. Es gehört nicht allzuviel Logik dazu, zu dem Schluß zu kommen, daß Polly und ihr Vater in einen Dämonenkult verwickelt waren. So etwas gibt es massenhaft. Das Mädchen wurde zum unfreiwilligen Opfer. Diese Leute müssen sehr geübt darin sein, ihre Spuren zu verwischen, trotzdem sind sie irgendwo hier draußen. Es gibt sie. Ich würde mich an Ihrer Stelle eingehend mit diesem Henry Windross unterhalten, denn irgend etwas stimmt da nicht in seinem Gasthof. Und in diesem Courde-way-Haus. Egal was der Mann sagt, der nach dem Rechten sieht. Er könnte lügen.«

Conor merkte, daß Captain Moorman ihm nicht mehr besonders aufmerksam zuhörte. Es lag ein geduldiges Lächeln auf seinem Gesicht, das allerdings auch Anzeichen von Langeweile aufwies.

»Jeder lügt hier, nur Rich nicht«, murmelte der Polizist. »Rich ist der einzige, der unschuldig ist. Meinen Sie das?«

»Ich habe das Gfühl, daß Sie das alles nicht besonders ernst nehmen.«

»Es gehört nicht zu meinem Job, den Psychiater zu spielen und die Einflüsse einer religiösen Erziehung auf einen verwirrten Geist zu untersuchen. Ich werde weiterhin allen Tatsachen nachgehen, die es im Zusammenhang mit dem Mord an Karyn Vale gibt. Dafür werde ich bezahlt.« Er langte an Conor vorbei und griff nach dem Telefonhörer. »Versuchen Sie, Henry Windross für mich aufzutreiben. Er ist der Besitzer des Post Road Inn.«

Conor stand am Fenster und ließ die Gelenke seiner Finger knacken. Es waren laute, ärgerliche Geräusche. Dann ging er langsam auf die Tür zu.

Moorman beobachtete ihn. »Ich hoffe für alle Beteiligten, daß wir nicht noch eine Leiche finden, bevor die Sache vorbei ist. Übrigens, haben Sie schon mit einem Anwalt gesprochen?«

»Adam Kurland. Wir werden heute vormittag gemeinsam Rich besuchen.«

»Ah, ja«, sagte Moorman und nickte mit dem Kopf. Es sah nicht unbedingt wie eine Empfehlung für den jungen Anwalt aus, aber er schien auch nicht ausgesprochen unzufrieden mit Conors Wahl zu sein. Dann lächelte er ihn abwesend an. »Wie lange waren Sie Priester?«

»Drei Jahre.«

»Warum haben Sie's hingeschmissen?«

Ihm war diese Frage schon so oft gestellt worden. Als sei es so einfach, eine kurze Antwort darauf zu geben. Je ausführlicher und engagierter seine Erklärungen zu diesem Thema waren, desto verschwommener wurden ihm selbst seine Motive. Aber diesmal hatte er gleich eine passende Antwort bereit.

»Als ich mich von der Theorie der Praxis zuwandte, stellte ich fest, daß ich es nicht schaffte. Aus dem gleichen Grund könnte ich auch nicht Polizist werden.«

37

Am späten Nachmittag des 24. Januar, drei Tage nach Karyns Tod, machte es sich Thomas Horatio Harkrider auf einem Regency-Sofa im Wohnzimmer des Hauses der Familie Vale in Rye, New York, bequem und sah den Eltern des Mädchens fest in Augen. Deren Gesichter waren noch gebräunt von der tropischen Sonne, erholt, sie schienen im Widerspruch zu der Trauer zu stehen, die sich wie ein Gewicht auf die Seelen und wie eine Schlinge um die Kehlen gelegt hatte. Er hieß Martin und sie Louise. Ihre Haut war unterhalb des Halses und auf Armen und Händen von dem zerknitterten Weiß vernarbten Fleisches entstellt. Brandnarben. Sie ertrug ihre Trauer tapfer. Harkrider vermutete, daß sie keine Zuflucht bei Beruhigungspillen oder alkoholischen Getränken suchte, um die Wellen des Schmerzes, die gegen ihr Herz anbrandeten, ein wenig zu lindern. Das Glas Sherry, das ihr vom Hausmädchen eingeschenkt worden war, hatte sie jedenfalls noch nicht angerührt.

Martin Vale begann in kurzen, energischen Schritten im

Zimmer auf und ab zu gehen. Sowohl seine Augen als auch seine Hände waren dabei ständig in Bewegung. In seiner Jugend war er Auktionator an der Wall Street gewesen und die nervösen Bewegungen traten, besonders in Zeiten der Anspannung, immer wieder auf. Er war ein Mann von durchschnittlicher Größe, hatte breite Schultern, und sein volles Haar war bis auf zwei graue Strähnen über den Schläfen dunkel geblieben. Er hatte kräftige Kiefer, seine Augen waren klein wie die eines Spatzen, und bei jeder plötzlichen Drehung des Kopfes schossen sie böse Blitze in die Umgebung.

»Es war vorsätzlicher Mord«, sagte er zu Harkrider.

»Woher wissen Sie das?«

»Sie haben sich gestritten, haben in aller Öffentlichkeit Auseinandersetzungen gehabt. Karyn wollte Rich verlassen, und jeder wußte das.«

Louise Vale fügte mit einem bestätigenden Kopfnicken hinzu: »Noch vor einer Woche hat sie mir am Telefon gesagt, daß sie sich nicht so glücklich fühle, wie sie es eigentlich gern hätte. Sie zweifelte sehr an dem Jungen.«

»Waren sie verlobt?«

»Nicht offiziell«, sagte Vale.

»War Karyn Ihr einziges Kind?«

Dieses Mal antwortete Louise. »Da ist noch Norma. Meine Älteste. Sie kommt heute abend mit Frank aus Kansas City. Frank ist ihr Mann.« Sie preßte ein schneeweißes Leinentaschentuch vor den Mund, wohl in Vorwegnahme des Schmerzes eines Wiedersehens unter diesen schrecklichen Umständen. Die obersten Glieder von zwei Fingern ihrer rechten Hand fehlten. Wahrscheinlich eine Folge desselben Feuers, das so viele Narben hinterlassen hatte.

Tommy Harkrider hob das Kristallglas mit Bourbon und sprudelndem Mineralwasser von seinem Bauch und nippte daran. Er machte auf den zitronengelben Streifen des Sofas keine besonders elegante Figur. Er besaß die Umrisse eines gestrandeten Walfisches. Seinen Schuhen mangelte es an Glanz und den schäbigen Anzug schien er aus zweiter Hand von einem Straßenbahnschaffner erstanden zu haben. Wenn es seiner Frau einmal gelang, ihn lange genug auf einer Stelle festzuhalten, dann kämmte sie ihm die schneeweiße Mähne. Seine Nase sah aus wie eine gebackene Kartoffel, die man in rote Stanniolfolie gewickelt hat; er hatte weiße Augenbrauen von der Größe eingerollter Fallschirme und das leutselige, in sich selbst vernarrte Mundwerk eines Parkbankphilosophen. Er war einer der drei besten Strafverteidiger Amerikas und protzige Umgebung, großes Vermögen oder soziales Prestige konnten ihm überhaupt nicht imponieren. Sein eigenes Einkommen lag bei einer Million Dollar jährlich.

»Bevor ich zu Ihnen kam, habe ich mit dem Büro des Staatsanwalts in Haden County gesprochen. Natürlich sagen die nicht viel, bevor Anklage erhoben worden ist, aber diese Anklage wird, nach allem, was ich über den Fall und die Beziehung zwischen Karyn und Richard Devon weiß, auf Mord ersten Grades lauten. Der Tod des Opfers war das Ergebnis einer eindeutigen Absicht des Täters, diesen Tod herbeizuführen.«

Seine Stimme klang laut in dem geräumigen Wohnzimmer, als halte er eine Rede, obwohl er sich bemühte, einen normalen Konversationston zu treffen. Aber es war an diesem Tag sehr still im Hause der Vales.

»Kann er zum Tode verurteilt werden?« fragte Martin Vale.

»Nicht in Vermont. Wenn ihm der Vorsatz nachgewiesen werden kann, die kaltblütige Planung des Verbrechens, dann könnte ein Urteil von lebenslänglich herausspringen. Ohne die Möglichkeit einer vorzeitigen Entlassung auf Bewährung. Aber normalerweise sprechen die Vermonter Richter kein so hartes Urteil gegen überführte Mörder aus. Denkbar wären vierzig Jahre bis lebenslänglich, mit der Möglichkeit der Begnadigung nach fünfzehn Jahren. Ich glaube, daß ein Rechtshandel, bei dem die Anklage als Gegenleistung für ein Schuldbekenntnis auf Mord zweiten Grades abgemildert wird, in unserem Fall auszuschließen ist. Aber es wäre zu früh, sich über das Urteil Gedanken zu machen. Der Staatsanwalt wird alle Hände voll zu tun haben, um überhaupt eine Anklage auf die Beine stellen zu können.«

»Wie bitte?« rief Martin Vale. Mit finsterem Gesicht blieb er wie angewurzelt stehen. Selbst der Rauch seiner eben angezündeten Zigarette schien bewegungslos in der Luft zu hängen. Das Telefon klingelte, ein leises, melodisches Läuten, das die Vales überhaupt nicht beachteten. Die Anrufe wurden von einer Verwandten in einem anderen Teil des Hauses entgegengenommen.

»Devons Anwalt wird versuchen, die Anklageerhebung niederzuschlagen, und wenn er einigermaßen was taugt, dann wird es ihm auch gelingen. Er wird vorbringen, daß Devon zum Zeitpunkt der Tat nicht Herr seiner Sinne gewesen ist. Nicht schuldig wegen Unzurechnungsfähigkeit.«

Louise Vale saß Harkrider auf einmal viel aufrechter gegenüber. Ihr glänzendes Gesicht erschien noch einigermaßen gefaßt, aber es lag etwas Verstörtes, fast Gespenstisches in der Art, wie sie das Taschentuch gegen Nase und Mund drückte, das als letzte Bastion gegen einen stürmischen Ausbruch von Verzweiflung und Wut zu dienen schien.

»Und was wird dann mit ihm geschehen?« fragte sie.

»Er wird in eine staatliche Anstalt für geistesgestörte Kriminelle eingewiesen werden. Dort wird er behandelt und wahrscheinlich irgendwann entlassen werden. Nach einem Bericht, der vor ein paar Jahren vom Gesundheitsministerium herausgegeben wurde, wurden Straftäter, die man wegen Unzurechnungsfähigkeit freigesprochen hatte, im Durchschnitt 238 Tage nach ihrer Einlieferung entlassen.« Harkrider wartete in Ruhe die unvermeidliche Reaktion auf seine Ausführungen ab. Er zog es vor, zu schweigen und die nicht unerhebliche Zahl jener Straftäter unerwähnt zu lassen, die aufgrund einer entsprechenden Diagnose ihr ganzes Leben in einer Anstalt verbringen müssen.

»Acht Monate!« Martin Vale durchquerte den Raum und stützte sich auf die Rückenlehne des Stuhls, auf dem seine Frau saß. Sie rollte den Kopf seufzend auf den Knöcheln seiner Hände hin und her, ließ Harkrider dabei aber nicht aus den Augen.

»Das ist nicht gerecht! Das ist einfach nicht gerecht!«

Der Anwalt bedeutete ihr mit einer Grimasse, daß er ihrer Meinung war. »Trotzdem, das Plädoyer auf Unzurechnungsfähigkeit ist ein legitimes Rechtsmittel für die Verteidigung, und sie wird es nützen. Und seine Anwendung stellt nicht immer einen Mißbrauch des Rechts dar. Aber es ist nicht leicht, vor Gericht eine Geisteskrankheit nachzuweisen. Ich kenne keine zwei Psychiater, die sich auf eine gemeinsame Definition für Geisteskrankheit einigen könnten.« Er nippte an seinem Bourbon. »Außerdem müssen wir die Möglichkeit in Betracht ziehen, daß Devon tatsächlich geisteskrank ist.«

»Oder daß er so tut. Sie müßten Rich kennen, um zu verstehen, was ich meine.« Harkrider zog eine Augenbraue hoch, erwiderte aber nichts. Vale fuhr fort: »*Mich* werden Sie bestimmt nicht davon überzeugen können, daß er verrückt ist. Aber was wissen wir, welcher zynische, selbstsüchtige Schweinehund ihn vor Gericht verteidigen wird? Es gibt keine Zweifel, daß Richard meine Tochter ermordet hat. Karyns Blut klebte an seinen Händen, und ein halbes Dutzend Zeugen haben ihm dabei zugesehen.«

Louise atmete tief ein, fast unhörbar. Ihr Ehemann sah auf sie herab. Tief bewegt drehte er sich weg und nahm die Zigarette aus dem Mund. Er sah sie an, als sei er versucht, sie zum Zeichen der Buße auf seiner Handfläche auszudrücken.

»Der Junge ist ohne Zweifel schuldig an diesem Verbrechen, und er wird angeklagt werden. Was uns selbstsüchtige Schweinehunde betrifft: Jeder Strafverteidiger muß Schuldige verteidigen. Die traurige Wahrheit ist, daß es in unseren Gerichtssälen nur wenige unschuldige Angeklagte gibt. Das angloamerikanische Rechtssystem ruht vor allem auf dem massiven Felsen zweier unveräußerlicher Rechte, dem Recht auf eine Verhandlung und dem Recht auf eine angemessene Verteidigung.«

»Würden Sie ihn verteidigen?« fragte Louise mit weicher Stimme, in der nur ein Hauch von Vorwurf mitschwang.

»Es hat mich niemand gebeten, Richard Devon zu verteidigen. Ich bin bis jetzt um überhaupt nichts gebeten worden, außer, meine Meinung zu äußern, und die teile ich Ihnen freimütig mit.«

»Tommie«, sagte Martin Vale, »ich möchte Sie hiermit bitten, meine Tochter vor Gericht zu vertreten. Ich will, daß die Toten dieselben Rechte haben wie die Lebenden. Ich will nicht, daß man sie vergißt, wie man das arme Mädchen aus Scarsdale vergessen hat, während ihr Mörder mit einem Klaps auf die Schulter aus dem Gerichtssaal verabschiedet wurde.«

Harkrider nickte. Er wußte, auf welchen Fall Vale anspielte. Auch damals waren zwei Studenten aus Yale verwickelt gewesen. »Den Fall ›Vermont versus Richard Devon‹ wird der Staatsanwalt von Haden County, Vermont übernehmen. Und wenn ich nicht aufgefordert werde, der Staatsanwaltschaft bei der Abfassung der Anklageschrift zu helfen, was absolut ungewöhnlich wäre, dann gibt es auch nichts, was ich tun könnte.«

»Dann vertreten Sie uns! Helfen Sie uns! Sie sind der Beste, Tommie! Und ich will, daß er bestraft wird! Ich will, daß er mit der ganzen Härte des Gesetzes bestraft wird. Sollte es eine Frage der Kosten sein...«

»Es ist immer eine Frage der Kosten. Ich denke bei nicht an mein Honorar. Aber ich glaube nicht, daß es viele Laien gibt, die sich vorstellen können, wieviel Geld es kostet, einen solchen Mordprozeß vorzubereiten. Vor allem wenn es gilt, gegen ein Plädoyer auf geistige Unzurechnungsfähigkeit anzugehen. Das Verfahren kann Monate dauern. Umfangreiche Untersuchungen sind notwendig, Gutachter müssen bezahlt werden. Für Haden County werden die Kosten für das Verfahren ungefähr den Umfang des Budgets annehmen, das dem Büro der Staatsanwaltschaft in den nächsten fünf Jahen zur Verfügung gestanden hätte. Wenn man da keine Geldquellen auftut, dann läuft man von seiten der Staatsanwaltschaft große Gefahr, den Fall zu verlieren.«

»Also, wie können wir da helfen?«

»Ich kann mit dem Staatsanwalt reden. Es ist ein junger Mann namens Cleves. Ich persönlich weiß nichts über ihn, aber ich nehme an, daß er ehrgeizig ist und noch nicht über die Erfahrungen verfügt, um den Anforderungen gerecht zu werden, die man in diesem Verfahren an ihn stellen wird. Ich werde ihm klarzumachen versuchen, wie förderlich eine Verurteilung für sein eigenes Fortkommen und wie unehrenhaft die Abschiebung eines weiteren Mörders in eine staatliche Heilanstalt wäre. Ich denke, daß ich ihn davon überzeugen kann, daß die Hilfe, die mein Büro ihm leisten könnte, der Qualität seiner Vorbereitungen auf das Verfahren sehr zugute käme. Und ich werde ihn meiner Bereitschaft versichern, ihm im Rampenlicht in keiner Weise im Wege zu stehen. Ich denke, wenn wir unser Gespräch beendet haben werden, werden wir einen hohen Grad an Übereinstimmung erreicht haben.«

Harkrider kicherte leise in sich hinein, dann leerte er sein Glas auf einen Schluck, ein Zeichen dafür, daß die Zeit die er bereit war, seinen Gastgebern zur Verfügung zu stellen, abgelaufen war.

»Wann können Sie anfangen?« fragte Martin Vale.

»Ich muß erst meinen Terminkalender konsultieren, aber ich denke, daß ich am Montag nächster Woche nach Haden County fahren werde.«

Sie begleiteten ihn zur Eingangstür. Harkriders Limousine stand in der Einfahrt. Es war ein langer silberblauer Cadillac mit Fenstern, die so dunkel getönt waren wie die Brillen von Blinden. Tommie Harkrider hatte sich genau neunzehneinhalb Minuten bei den Vales aufgehalten. Sie hatten so reagiert, wie er sich das vorgestellt hatte, hatten ihm alle Vollmachten erteilt, deren er bedurfte, um in diesen Fall einsteigen zu können. Der Ausgang des Falles Devon interessierte ihn nicht besonders, aber trotzdem war es genau der Fall, auf den er schon seit ein paar Jahren gewartet hatte. Alle Umstände, einschließlich der Aufregung einer kleinen Stadt vor einem großen Prozeß, waren einfach ideal. Der Gerechtigkeit würde, mit seiner unbezahlbaren Unterstützung, nicht nur zum Sieg, ihr würde zu einem Triumph verholfen werden. Wenn man auf seine Vorschläge einging. Und er war zuversichtlich, daß dies geschehen würde. Er war — zusätzlich zu seiner Fähigkeit, in besonders vielbeachteten Prozessen den Gerichtssaal zu beherrschen — ein Fachmann auf dem Gebiet der Beeinflussung der Medien.

»Gott schütze Sie«, murmelte Louise Vale, die er bereits ganz für sich eingenommen hatte.

Thomas Horatio Harkrider umarmte die trauernden Eltern spontan zum Abschied. Er war größer als die beiden. Seine weiße Mähne flatterte im Wind, und um seinen Mund spielte ein gelassenes Lächeln, als seine neuen Klienten in seinen gewaltigen Armen hilflos schluchzten.

38

Nachdem er zweimal an dem Haus vorbeigefahren war, in dem Generationen von Courdeways gelebt hatten, beschloß Conor, Avery Myatt, den Mann, der sich um das Haus kümmerte, nicht aufzusuchen, um ihn zu überreden, ihm Zutritt zu verschaffen. Er hatte keinerlei Berechtigung, ja nicht einmal einen vernünftigen Grund für seinen Wunsch, in das Haus hineinzukommen. Richs halb delirierende Behauptungen, in diesem Haus sei etwas Furchtbares geschehen, hätten ein Eindringen in keiner Weise gerechtfertigt. Aber Conor war entschlossen, in das Haus zu gelangen, wenn nötig mit Gewalt, auch wenn er genau wußte, daß er sich damit des Einbruchs schuldig machte.

Der Schnee war vor dem Tor weggeschaufelt worden, das die Zufahrt versperrte und mit einem nagelneuen Vorhängeschloß versperrt war. Conor wartete, bis keine Autos in der Nähe waren, dann kletterte er über das Tor und kämpfte sich durch den hohen Schnee, der ihm bis zu den Hinterbacken reichte, zum Eingang des großen, backsteinernen Herrenhauses.

Wie er erwartet hatte, war die Eingangstür verschlossen. Er sah durch ein kleines Fenster, konnte aber von der Halle und den großen Räumen an ihren Seiten nicht viel erkennen. Er stapfte um das Haus herum, blieb erneut stehen und versuchte, durch Fenster, deren Glas doppelt so dick war, in das Innere zu spähen. Er sah nur das flirrende Tageslicht auf großen Spiegeln und, weit entfernt, sein eigenes Spiegelbild, wie es einsam auf die luxuriöse Einrichtung der Zimmer und auf einen großen Eßtisch starrte, auf dem Platzdeckchen für sechzehn Personen lagen.

Die Seitentür war verriegelt. Er ging zur Hintertür, in deren unterem Teil eine große Luke war, ein rundes Loch, das nur mit einer Gummidecke verhängt war und durch das Haustiere hinein- und herausschlüpfen konnten.

Draußen im Schnee waren deutliche Abdrücke von Pfoten zu erkennen. Große Pfoten. Hundepfoten. Der Schnee hatte eine dicke Kruste. Nach der Tiefe der Abdrücke zu urteilen, mußte es sich um einen Hund handeln, der mindestens hundert Pfund wog.

Conor sah über seine Schulter. Etwa vier Meter von der Türschwelle entfernt erkannte er einen gelben Fleck Hundepisse im Schnee, der immer noch dampfte.

Conor überlegte. Wenn ein Hund im Haus war, dann mußte jemand da sein, auch wenn die Auffahrt keine Spuren aufwies und keine Fahrzeuge vor dem Haus standen.

Er zögerte einen Moment, dann klopfte er mutig an die Tür.

»Ist jemand zu Hause? Hallo!«

Hinter der Tür hörte er ein Winseln.

Ein Hund. Na gut. Jetzt nur keinen Fehler machen. Er sah hinunter auf die runde Gummiklappe in der Tür. Beunruhigt trat er zwei Schritte zurück. Aber das Tier hatte weder gebellt noch geknurrt, wie es jeder gute Wachhund schon in dem Moment getan hätte, in dem er sich der Tür genähert hatte. Vielleicht war dies ein eher zurückhaltendes Exemplar. Oder krank. Conor klopfte noch einmal etwas sanfter gegen die Tür.

»Hallo!«

Wieder keine Antwort. Nur ein leises Scharren an der Innenseite der Tür. Irgendwie ein hilfloses Geräusch. Aber trotzdem stellten sich Conor die Nackenhärchen auf, denn er sah den Hund nicht. Er hatte nur alle möglichen Hinweise auf seine Gegenwart. Weniger als einen Meter von ihm entfernt.

Conor kniete neben der runden Öffnung nieder. Mit einer Hand schob er den Gummivorhang zur Seite, immer bereit, die Hand sofort zurückzuziehen, wenn womöglich eine Hundeschnauze nach ihm schnappte. Aber es geschah überhaupt nichts. Er machte die Öffnung ein wenig weiter auf und schaute hinein. In diesem Moment hörte er klikkende Geräusche, als würde sich das Tier auf einem harten Untergrund entfernen. Dann war es wieder ruhig. Conor sah durch die Öffnung einen Teil des gekachelten Küchenfußbodens und den seidigen Glanz der Stahltüren zweier Kühlschränke, die nebeneinander standen. Er hörte das Summen der Elektromotoren. Irgendwo tropfte Wasser aus einem Hahn. Conor konnte den muffigen Gestank des feuchten Hundefells riechen. Auf dem Boden, gleich hinter der Tür, standen ein paar Pfützen geschmolzenen Schnees.

Conor zog eine Grimasse und griff nach dem Türknauf, um sich daran hochzuziehen.

Der Knopf drehte sich in seiner Hand. Die Tür öffnete sich.

Das unerwartete Zurückspringen des Riegels erschreckte und alarmierte ihn. Er kaute auf den kleinen Eisbröckchen in seinem Bart, während er auf den schmalen Spalt zwischen Tür und Rahmen starrte.

Er öffnete die Tür ganz und trat ein.

»Ihre Hintertür war nicht verschlossen. Ist jemand zu Hause?«

Er wartete auf eine Antwort, vielleicht eine Einladung näherzutreten. Er wollte niemanden erschrecken, aber er wollte auch selber keine bösen Überraschungen erleben, wollte nicht auf einmal der Mündung eines Gewehrlaufs gegenüberstehen.

»Mr. Myatt? Sind Sie hier? Mein Name ist Conor Devon. Ich würde mich gerne einmal mit Ihnen unterhalten, Sir.«

Eine halbe Minute verging. Er begann sich zu fragen, ob er nicht in ein menschenleeres Haus rief. Die Hundespuren führten eine kleine Treppe hinauf in einen Raum, der wie die Vorratskammer des Butlers aussah. Conors Augen gewöhnten sich langsam an das Dämmerlicht.

Er stampfte mit den Füßen auf eine Matte in der Nähe der Tür, um den Schnee von seinen Schuhen zu klopfen. Dann trocknete er sie notdürftig mit einem Taschentuch. Es wäre unhöflich, den Fußboden zu beschmutzen, auch wenn der Hund schon Spuren hinterlassen hatte. Er zog seine Handschuhe aus und stopfte sie in die Taschen seines Mantels. Dann ging er die Stufen hinauf zu der Vorratskammer und durch eine Schwingtür weiter in ein großes Eßzimmer.

»Mr. Myatt?«

Conor blieb regungslos stehen und lauschte, eine Hand auf die samtene Rückenlehne eines Stuhls gelegt. Über dem Eßtisch hing ein riesiger Kronleuchter. Ein häßliches Ding, aber wahrscheinlich sehr wertvoll. Er schien etwas zu schaukeln, während er hinaufstarrte. Aber seine Augen tränten immer noch von der Kälte draußen. Das Schaukeln mochte eine Illusion sein.

Oder durchquerte da tatsächlich jemand mit schweren Schritten den Raum darüber?

Conor blickte noch einmal hinauf und wischte sich mit dem Handrücken über seine tropfende Nase. Das Eßzimmer hatte eine weißgetünchte Stuckdecke. Jeder Zentimeter war kunstvoll geformt. Als er genauer hinsah, entdeckte er kleine Figuren, mythologische Gestalten, von eleganten Einhörnern über geflügelte Pferde bis hin zu fetten Satyrn, die sich von Nymphen und Schäferjungen mit Flöten und anderen Musikinstrumenten umgarnen ließen und sich dafür mit den enormen Erektionen ihrer gewaltigen Schwänze zu bedanken schienen.

Conor verzog seinen Mund zu einem verächtlichen Grinsen. Wie konnte jemand nur das Bedürfnis haben, sich beim Essen mit derlei zu umgeben?

Er hörte das Knallen eines Korkens und drehte sich erschrocken zur entfernteren Tür um. Dann setzte er sich in Bewegung; er lief fast, das Parkett knarrte unter seinen schweren Schritten. Er verließ das Eßzimmer und durchquerte einen kleinen Vorraum, von dem aus eine Tür nach draußen, eine weitere Tür in ein kleines Treppenhaus mit einer Wendeltreppe und eine dritte Tür in den vorderen Teil des Hauses führte.

Diese letzte Tür stand halb offen. Dahinter sah er einen grauen Plüschteppich und eine solide Wandtäfelung aus poliertem Kirschholz, die den gelblichen Schein einer Gasflamme reflektierte, die hinter einer Kohlenfeuerimitation brannte. Ein gemütliches Arbeitszimmer. Er ging hinein.

»Hallo?«

In diesem Haus schien Conor ständig Zimmer zu betreten, die gerade jemand verlassen hatte. Er fühlte sich an der Nase herumgeführt. Warum trieb man solche Spielchen mit ihm? Nach einem Augenblick des Zögerns durchquerte er das Arbeitszimmer in Richtung einer weiteren Tür, die zwischen den hohen Bücherregalen fast versteckt war. Er riß sie auf. Sein Blick fiel durch eine große marmorne Eingangshalle auf ein weites dunkles Treppenhaus. Er öffnete den Mund, um noch einmal zu rufen, aber er wußte, daß man ihm wieder nicht antworten würde.

Also knallte er die Tür des Arbeitszimmers wieder zu und wandte sich dem Kamin mit der Holzfeuerimitation zu. Um den Kamin herum standen eine schmale Couch und ein paar Ohrensessel; auf dem grob behauenen Steinsims lag ein Ofenbesteck. Ein kleines Serviertischchen trug ein silbernes Tablett mit einer Flasche Rotwein und zwei Gläsern, die bis einen Zentimeter unter dem Rand gefüllt waren.

Zwei Gläser?

Conor sah hinauf zu dem Portrait, das über dem Kamin hing.

Sie war ganz in Schwarz gekleidet, trug ein spanisches Reitkostüm mit Bolerojacke, langem Rock, hochhackigen Stiefeln und dem typischen flachen, breitkrempigen Hut. Die Reitpeitsche, die sie mit einer Faust umklammerte, stemmte sie sich in die linke Hüfte. Von einem Finger leuchtete ein Turmalin von der Größe eines Rotkehlchen-eis. Die andere, leere Hand war zu einer Geste des Willkommens ausgestreckt, so als wolle sie zum Genuß des Weines einladen, der unter ihr auf dem silbernen Tablett stand. ›Wollen Sie mir nicht Gesellschaft leisten?‹ Ein selbstbewußtes Lächeln umspielte ihre Lippen, das von dem verwegenen Glanz eines goldgefaßten Zahns noch zusätzlich geschmückt wurde. Auf einer Wange konnte man eine Narbe erkennen. Ihre pralle Vitalität wurde durch den Stil hervorgehoben, in dem das Bild gemalt war: kräftige

Pinselstriche und breite Fahrer mit dem Palettenmesser. Im Feuerschein wirkte das Bild, als sei es eben erst fertiggestellt worden. Auf den Lippen schien noch der feuchte Glanz frischer Farbe zu liegen.

»Inez?« sagte Conor halblaut vor sich hin. Er wußte, daß dies die Frau sein mußte, von der Rich gesprochen hatte.

›Cordway. So nennt sie sich jetzt, obwohl ihr Name früher Courdeway lautete... Inez kennt die ganze Wahrheit. Die anderen? Bei denen weiß ich es nicht.‹

Als Conor sich an die Worte seines Bruders erinnerte, bemerkte er den trockenen Kloß in seinem Hals. Seine Kehle war wie ausgedörrt. Er warf der Weinflasche einen gierigen Blick zu, dann sah er wieder hinauf zu der Frau auf dem Gemälde. Sie machte auf ihn keinen sehr bedrohlichen oder einschüchternden Eindruck. Boshaft schien ihm ein passenderer Ausdruck zu sein — eine rücksichtslose Boshaftigkeit schien sich in ihren Zügen zu spiegeln.

Wenn das hier ihr Haus war — und daran zweifelte er eigentlich nicht mehr —, dann war sie auch anwesend. Er war sich dessen jetzt ganz sicher. Und er würde mit ihr reden, und wenn es den ganzen Tag dauerte, bis sie des Versteckspiels müde und bereit wäre, ihm Auge in Auge gegenüberzutreten.

Er nahm die Flasche und sah auf das Etikett. Ein spanischer Claret. Conor roch am Hals der Flasche. Ein bißchen zu scharf und erdig. Aber vielleicht hatte der Wein in den beiden Gläsern schon ausreichend geatmet. Er leckte sich über die trockenen Lippen, stellte die Flasche beiseite, lächelte, nahm eines der glockenförmigen Gläser und sah hinauf zu dem Porträt.

»Mit dem allergrößtem Vergnügen«, sagte er hämisch und nippte an dem Glas. Gut. Ohne Zweifel. Sehr gut...

›Aber wenn sie dir Wein anbietet, dann trinke nichts davon. Um Gottes willen, Conor! Keinen einzigen Schluck!‹

Das Schlückchen Wein geriet in die falsche Kehle, und Conor mußte husten. Er stellte das Glas schnell ab, um nur ja nichts zu verschütten, nahm ein Taschentuch zur Hand und hustete geradezu explosionsartig hinein. Sein Gesicht war dabei puterrot geworden.

Als er sich wieder einigermaßen unter Kontrolle hatte, hörte er erneut das Winseln des Hundes.

Conor ging auf die Tür zu, die in die Eingangshalle führte. Das Winseln wurde lauter. Er ging vorsichtig über den Marmorfußboden, sah, daß die Türen alle geschlossen waren, und blickte die geschwungene Treppe hinauf.

In der Dunkelheit des oberen Flures glaubte er das Glühen der Augen eines Tieres hinter dem Geländer zu erkennen.

Conor blieb stehen und stieß einen leisen Pfiff aus.

Es bewegte sich nichts. Seine Augen gewöhnten sich allmählich an die Dunkelheit und er vermeinte die schwachen Umrisse des Tieres erkennen zu können. Die Augen starrten unbeweglich und, wie Conor fand, etwas traurig auf ihn herunter.

»Hey, Bello, was ist mit dir? Ich tu dir doch nichts!«

Das Winseln war kaum noch zu hören. Conor ging langsam die Treppe hinauf, den Blick hatte er fest auf die Umrisse da oben im Halbdunkel gerichtet.

Erst als er sich auf wenige Meter genähert hatte, erkannte er, daß es kein Hund war, wie er geglaubt hatte. Es war ein Stofftier, wie man sie Kindern schenkt, eine Nachbildung des großäugigen Rehkitzes Bambi, das ihm aus dem Disney-Film vertraut war, den er schon mehr als einmal mit seinen Kindern hatte anschauen müssen.

Conor hob das Stofftier auf, fuhr ihm mit dem Daumen über die Schläfen und stellte es dorthin zurück, wo er es gefunden hatte. Er stieß einen tiefen Seufzer aus und blickte irritiert um sich. Vielleicht entdeckte er doch irgendwo eine Spur des Hundes, den er gehört hatte.

Bis auf eine waren alle Türen auf dem oberen Flur geschlossen. Diese offene Tür befand sich rechts am Ende des Flurs, auf der Vorderseite des Hauses. Diffuses Tageslicht warf Muster auf die Wand, die der Tür gegenüberlag. Es hatte einen leicht geschwungenen Bogen mit den angedeuteten Farben des Regenbogens gebildet. Er ging bis nach vorne und schaute in das offene Zimmer.

Es mußte einmal ein Kinderzimmer gewesen sein; jetzt standen allerdings keine Möbel mehr darin, nur die buntgestreifte Tapete und ausgeschnittene Tanzbären und Eich-hörnchen, die an den Wänden klebten, wiesen auf die ehe-malige Verwendung des Zimmers hin. Die Tapete war ver-kratzt und zerrissen, überall fanden sich die Spuren schmutziger Kinderhände. Unter dem Fenster war eine Sitzbank angebracht, darüber hing ein halbgeöffneter Vor-hang an einer Messingstange.

Es war kalt in dem Zimmer, wesentlich kälter als im üb-rigen Haus. Conor stand unsicher auf seinen Beinen. Er war innerlich aufgewühlt von Angst und Unbehagen. Die-ses Kinderzimmer war wahrlich kein fröhlicher Ort. Er ging langsam rückwärts in Richtung Tür. Sein Magen hatte sich zu einem harten Knoten zusammengekrampft und drückte schmerzhaft gegen das Zwerchfell. Das Atmen fiel ihm schwer. Es lag auf einmal ein schwerer, stickiger Geruch in der Luft. Conor rieb sich die tränenverschleierten Augen. In der Nähe der Sitzbank unter dem Fenster lag etwas auf dem Boden. Er war sicher, daß es noch nicht da gelegen hatte, als er das Zimmer betreten hatte. Jetzt aber lag es da — ein quadratisches Stück Karton.

›Ganz ruhig.‹

Trotz seines beinahe übermächtigen Bedürfnisses, das Zimmer so schnell wie möglich zu verlassen, konnte er das viereckige Stück Pappe nicht einfach ignorieren. Conor hielt sich sein verknittertes Taschentuch vor die Nase. Der dampfige Geruch war jetzt so stark, daß er ihn fast betäub-te. Er ging zum Fenster und bückte sich, um dieses

steife Stück Karton, das aussah wie

ja, genau, wie die Rückseite eines Polaroidfotos, und...

er achtete nicht auf die trockenen raschelnden Geräusche an der Wand neben ihm, denn er hatte das Foto schon in seiner Hand umgedreht und gesehen...

der Benzingestank brannte in den Augen, trieb immer mehr Tränen hinein

... gesehen

was?

O Maria und Joseph, was war das??

Conor hob den Blick von dem Foto und sah, immer noch ganz verwirrt, daß die Tanzbären mit ihren lustigen Hüten und ihre Freunde, die Eichhörnchen, daß sie alle durcheinandergepurzelt waren, daß sie in der neuen Anordnung jetzt ein Wort bildeten auf dem hellen Sonnenfleck an der Wand...

er erstickte fast an dem Benzingestank...
schnell...
das Wort war eine Warnung.
VORSICHT!
wollten ihm die lustigen Tierchen an der Wand sagen.

Die Sonne ging unter. Das Tageslicht versank in einem bedrohlichen blutroten Feuersturm, durch den Conor benommen in Richtung Tür stolperte, um den Flur zu erreichen. Die Tür knallte hinter ihm ins Schloß, um ein Haar hätte sie ihm die Finger der linken Hand abgeklemmt.

Seine Augen tränten fürchterlich. Die Wimpern waren verklebt wie bei einer Bindehautentzündung. Conor war fast blind, als er sich ins Treppenhaus vortastete, in Nasenlöchern und Atemwegen wütete der beißende Benzingestank. Womöglich würde gleich das ganze Haus in die Luft fliegen. ›Bloß raus hier!‹ Das zerknickte Polaroidfoto umklammerte er mit der Faust.

›Wer waren sie?‹

Er erreichte den oberen Treppenabsatz, griff nach dem Geländer. Auf einmal spürte er eine heiße Woge aus Tierfell und heißem Atem zwischen seinen Beinen. Er wurde hochgehoben, krachte gegen das Geländer und wäre beinahe darübergeschleudert worden. Er taumelte und kugelte die Stufen der Treppe hinunter, verfolgt von schnappenden Zähnen, die zuweilen seinen Geschlechtsteilen bedenklich nahe kamen. Ein gräßliches Knurren. Das wütende Etwas war jetzt über ihm. Seine Klauen — nein, es waren die Stangen eines Geweihs — knufften ihn, bohrten sich ihm in die Rippen, schienen ihn zerreißen zu wollen. Nur der wasserdichte, daunengefüllte Wettermantel hielt die Geweihstangen von seiner Haut fern. Einmal sah er in ein riesengroßes, böses Auge über einer langen, samtweichen Schnauze. Das goldbraune Fell! Als die beiden krachend auf dem Marmorboden am unteren Ende der Treppe aufschlugen, wußte er, daß es Bambi war. Bambi versuchte ihn umzubringen!

Conor war so hart auf den Rücken aufgeschlagen, daß seine Lebensgeister ihn erst einmal verlassen wollten. Kurz bevor sich der schwarze Film über seine Augen legte, nahm er noch einmal den unbegreiflichen Anblick dieses Untiers in sich auf, wie es sich mit gespreizten Beinen über ihm auftürmte, wie es den Kopf mit dem majestätischen Geweih senkte. Alles hinter diesen gefährlichen Spitzen, die sich nur Zentimeter von seinem Gesicht und seinem Hals entfernt bewegten, bestand aus lebendigem Fleisch, aus Muskeln und Sehnen.

In dem Moment, in dem er versuchte, Luft zu bekommen, fiel er in eine Ohnmacht, die allerdings nicht viel länger als ein paar Sekunden dauerte. Als er die Augen wieder öffnete, tat ihm das Atmen noch immer weh. Conor schlug abwehrend mit den Händen in die Luft über seinem Kopf, aber Bambi war verschwunden. Auch der schreckliche Benzingestank hatte sich verzogen.

Conor hob den Kopf; ein stechender Schmerz durchfuhr ihn vom Genick bis unter die Stirn. Sein Bewußtsein kam ihm vor wie ein undurchdringlicher, klumpiger Brei des Schreckens. Ihm war schlecht. Das Aufstehen von dem Marmorfußboden war so schwierig, als befände er sich auf einer spiegelglatten Eisfläche. Er stützte sich auf das Geländer. Vage erkannte er die Verwüstungen, die sein Sturz angerichtet hatte.

Das Stofftier, über das er gestolpert sein mußte, lag neben ihm am Boden und sah ihn aus vorwurfsvollen Augen an. Eines seiner Beine war abgerissen. Aus einer Naht quoll die Holzwolle, mit der das Tier gefüllt war.

Conor wurde mit einemmal die Absurdität dessen klar, was er getan hatte. Er mußte lachen, aber im selben Moment mußte er seinen Mund mit einer Hand verschließen, um sich nicht zu erbrechen.

›Irrsinn.‹

Der kürzeste Weg ins Freie führte durch die Vordertür, doch als Conor ihn ausprobieren wollte, stellte er fest, daß die Tür mit diversen Riegeln und Schlössern versperrt war. Er mußte humpelnd den ganzen Weg zurücklegen, den er gekommen war. Er vermied es, das Porträt im Arbeitszimmer und das Tablett mit den Weingläsern anzusehen, und er war taub für das erhabene, ruhige Ticken der großen Standuhr.

Als er das Haus verlassen hatte, war seine Übelkeit verflogen. Er ging auf die Knie und kühlte sich das brennende Gesicht mit Schnee. Die Kälte hatte einen beruhigenden Effekt, sie erfrischte sein Blut. So schnell wie möglich brachte er einige Meter zwischen sich und das Haus. Die Spuren, die er hinterließ, der Schaden, den er angerichtet hatte: Er konnte froh sein, wenn man ihn deswegen nicht einsperrte. Aber mehr noch bekümmerte ihn ein Gefühl der Scham. Jemand hatte sich einen Schabernack mit ihm erlaubt, da gab es keinen Zweifel. Ob ihn jetzt wohl jemand aus einem Fenster beobachtete — womöglich die Frau auf dem Gemälde — und sich ins Fäustchen lachte?

Auf halbem Weg zum Gartentor blieb er stehen und sah noch einmal zurück zu dem Courdeway-Haus.

Was war da drinnen tatsächlich passiert? Wieviel davon war wirklich geschehen, was hatte er sich eingebildet?

Aus einer Tasche seines Mantels fischte er das zerknitterte Polaroidfoto. Es war also Wirklichkeit gewesen. Und er brauchte nicht noch einmal draufzuschauen, um sich daran zu erinnern, was die Kamera auf diesem Foto festgehalten hatte.

Es waren zwei Kinder auf dem Foto, das er in dem ehemaligen Kinderzimmer gefunden hatte. Ein Junge und ein Mädchen — zumindest sah es aus wie ein Mädchen. Ihr Haar war länger und sie hatte eine zierlichere Figur. Aber wenn man ein Kind so mißhandelt hat, wenn es kurz vorm Tod durch Verhungern steht, dann kann man an der Figur nicht mehr unbedingt erkennen, ob es sich um einen Jungen oder ein Mädchen handelt. Die Kinder waren acht, vielleicht zehn Jahre alt, und sie trugen weiße Pyjamahosen. Oder waren es die einfachen weißen Baumwollhosen, die man in den ländlichen Gegenden Mexikos trägt? Das schien ihm naheliegender, denn die Kinder trugen Sandalen. Oberhalb des Hosenbunds sahen sie aus wie Skelette. Die einzelnen Rippen standen deutlich hervor, die Gesichter der beiden waren bleich und verhärmt. Ihre eingesunkenen Augen machten einen erschöpften Eindruck, als sei ein Licht dahinter erloschen. Die Gesichter erinnerten fatal an Fotos von Überlebenden der Konzentrationslager der Nazis. Die Kinder saßen da und sahen direkt in die Kamera; man hatte sie wie siamesische Zwillinge aneinandergefesselt.

Alles das war, weiß Gott, schon schlimm genug, die schreckliche Situation, der leere Ausdruck der Erschöpfung von Hunger und Folter. Aber es war noch eine Einzelheit auf dem Foto, die den Betrachter erst so richtig erschauern ließ. Eine Frauenhand lag in besitzergreifender Weise auf dem Kopf des Jungen. Vielleicht konnte man nicht direkt sagen, daß die Finger sich eingruben, aber sie umklammerten den geschorenen, knochigen Schädel, als wollten sie ihn im nächsten Moment von den mageren Schultern reißen und in das blaugrüne Meer werfen, das im Hintergrund leuchtete. Dieses Meer hatte exakt die gleiche Farbe wie der Edelstein auf dem silbernen Ring, der auf einem der Finger der Frauenhand steckte.

Conor hatte den gleichen Ring schon einmal gesehen, und zwar an der Hand, die auf dem Gemälde die Reitpeitsche hielt.

Und der Rotwein? Der Rotwein, dessen Geruch sich auf einmal in Benzingestank verwandelt zu haben schien?

›... dann trinke nichts davon. Um Gottes willen, Conor! Keinen einzigen Schluck!‹

Und was war mit den Tierbildern an der Wand? Und sein Sturz die Treppe hinunter? War das wirklich passiert? Der Kampf mit Bambi. Ein Lachen blieb ihm im Halse stecken. Er war wohl ein wenig durchgedreht. Hatte sich von seiner Angst verrückt machen lassen. Er wußte nur nicht, von was oder wem. Aber er wußte eines ganz genau: Er besaß mit Sicherheit nicht die Fantasie, um sich eine Szene einbilden zu können, wie diejenige mit den mißhandelten Kindern auf dem Foto. Nicht einmal träumen würde er so etwas Verabscheuungswürdiges. Ihm fiel der Benzinkanister ein, der im Hintergrund des Fotos zwischen den langen Schatten der Kakteen stand.

Den Blick hatte er immer noch auf das Haus gerichtet, das jetzt im dunklen Licht des späten Nachmittags lag, als er das Foto noch einmal aus der Tasche nahm und es glättete. Er mußte sich überwinden, um noch einmal hinsehen zu können. Ihm drohte schwarz vor Augen zu werden.

Alles war noch wie vorher: die Hand der Frau, die Terrasse am Meer, die Schatten, die Atmosphäre des Bösen.

Nur waren es jetzt nicht mehr zwei Kinder. Es waren drei.

Es waren seine Kinder. Hillary. Dean. Charley-Chuck.

Er unterdrückte einen gotteslästerlichen Aufschrei, warf das Bild zu Boden und bohrte es mit dem Absatz seines Stiefels in den Schnee.

Hinter seinem Rücken ging die Sonne unter. Für einen Augenblick ließ sie alle Fenster des Hauses in einem seltsamen, fremdartigen Licht erstrahlen. Seine Augen waren so geblendet, daß er wegsehen mußte.

Wem konnte er das alles erzählen? Mit wem konnte er wieder hierherkommen? Wen konnte er davon überzeugen – und er selbst war jetzt davon überzeugt –, daß Rich die Wahrheit gesagt hatte, über dieses Haus und das Böse, das dort auf ihn gelauert hatte.

Zitternd bückte sich Conor, um das Foto wieder aufzuheben.

Jetzt war fast nichts mehr darauf zu erkennen. Nur dort, wo die Hand der Frau gewesen war, schimmerte noch ein Rest Farbe.

Conor zerriß den steifen Karton in einzelne Schnipsel und verstreute sie in den Wind.

Er fragte sich, was ihn jetzt wohl in diesem Haus erwarten würde, wenn er noch einmal hineinginge.

Aber er wußte gleichzeitig, daß er das Courdeway-Haus niemals wieder betreten würde. Keine Macht der Welt würde ihn dazu bewegen können.

Er mußte andere Wege finden, um seinem Bruder zu helfen.

Conor fühlte sich hilflos und verlassen, als er sich umdrehte und diesen geheimnisvollen Ort verließ.

39

Officer Michael O'Donnell vom Police Department Casterbridge nahm um 20 Uhr 23 einen Funkspruch entgegen. Man hatte neben den Eisenbahngleisen südlich der Hungerford Avenue eine Leiche gefunden. Er hatte sich gerade auf den Weg zu einer kurzen Essenspause im New Daisy Diner an der Route 9 machen wollen, deshalb war er ziemlich mißgestimmt, als er sein Blaulicht einschaltete, den Wagen wendete und sich auf den Weg zum Fundort machte.

Die Hungerford Avenue durchquerte ein Industriegebiet, das nachts so gut wie ausgestorben war. Auf der Höhe der Kreuzung mit der Sixth Street winkten ihm zwei Männer in Parkas und mit Skibrillen auf der Nase. Das war bei diesem Wetter wahrlich nicht ungewöhnlich, trotzdem wollte O'Donnell lieber die Gesichter der beiden sehen. Er drosselte das Tempo etwas, öffnete den Lederbügel über seinem Police-Special-Revolver und überlegte kurz, ob es nicht besser wäre, Verstärkung anzufordern. Statt dessen richtete er seinen Suchscheinwerfer auf die Männer und auf den Lastwagen, der neben ihnen auf einen Wagenheber aufgebockt war. O'Donnell benutzte den Lautsprecher.

»Die Hände dorthin, wo ich sie sehen kann!« befahl er den beiden. Sie gehorchten.

O'Donnell stieg aus dem Streifenwagen. Den Revolver hatte er in der rechten Hand, gespannt und gesichert. In der anderen Hand hielt er die Taschenlampe mit dem langen Metallschaft. Er ging vorsichtig auf die beiden Männer zu.

»Hey, Mike«, sagte einer von ihnen. »Bist du das?«

»Ja.«

»Ich bin Jack Surrey. Das hier ist mein Schwager Pete Contardi aus Woonsocket.«

O'Donnell steckte den Revolver ins Halfter zurück. Er kannte Surrey.

»Was ist passiert?« fragte er mit einem Seitenblick auf den Laster.

»Platten«, antwortete Surrey. »Wir haben keinen Ersatzreifen dabei. Ich dachte, daß Angelo's Gulf unten auf der Brookman Avenue vielleicht noch offen hat, und wollte mir von ihm einen ausleihen. Als ich in östlicher Richtung an den Gleisen entlangging, entdeckte ich ihn.«

»Eine Leiche?«

»Glaub' schon, daß es so was ist. Aber sieh lieber selbst nach.«

O'Donnell ging mit den beiden Männern auf die Fifth Street zu, die an den Eisenbahngleisen endete. Etwa fünfzig Meter von der Kreuzung entfernt, wo der Laster stand, bedeutet Contardi dem Polizisten, mit der Taschenlampe den Abhang hinabzuleuchten. Der Lichtstrahl der sechszelligen Taschenlampe wurde von einer festen Eisschicht auf der Sohle eines Bachbetts reflektiert, dann wanderte er über kahles Gebüsch, das aus den bizarren Skulpturen überfrorener Schneewehen herausragte. Auf der Schneebank zwischen dem Rand des Gleiskörpers und dem Bach sah man merkwürdige dunkelrote Flecken.

Mitten im Gebüsch lag etwas, das aussah wie ein großer, unförmiger Mehlsack. Je länger O'Donnell hinsah, desto mehr kam es ihm vor wie menschliche Überreste, die in einen Kamelhaarmantel verpackt waren. Aber man sah weder Arme noch Beine. Und der Kopf fehlte auch. Nur die Wölbungen unter dem Stoff legten nahe, daß es sich um einen menschlichen Körper handelte.

O'Donnell grub sich mit dem Stiefelabsatz Stufen in den verkrusteten Schnee und stieg hinab, nachdem er Surrey gebeten hatte, sich am Ende der Fifth Street auf den Gleisen umzusehen. Contardi folgte ihm.

»Die Flecken auf dem Schnee sehen aus wie Blut.«

»Könnte sein«, grunzte der Polizist in dem Bemühen, Atemluft zu sparen.

Sie kamen unten an. Es war tatsächlich ein Kamelhaarmantel, also gut, und es gab auch eine höchst plausible Erklärung für die Tatsache, daß man von oben keine Beine hatte erkennen können: Sie waren abgetrennt worden.

O'Donnell sah die Gleise entlang. Die Güterzüge krochen hier mit geringer Geschwindigkeit entlang. Ein Blinder hätte genug Zeit gehabt, ihnen auszuweichen. Aber dieses arme Schwein hatte es nicht geschafft. O'Donnell bog die steifen Zweige auseinander und richtete den Lichtstrahl auf den Kopf des Opfers. Er war völlig zertrümmert, die Knochen des kahlen Schädels waren vermengt mit hervorquellender Gehirnmasse, auch aus einer Ohrmuschel war, wie eine Hämorrhoide, etwas von der Hirnmasse ausgetreten. Seine eigene Mutter hätte den armen Kerl nicht mehr erkannt. Aber beide Arme saßen noch am Körper. Er trug fast neue Seidenhandschuhe. So jemanden findet man eigentlich nicht in solch einer Umgebung. Eine Hand umklammerte eine braune Papiertüte, die mit — O'Donnell bückte sich und betastete sie mit seinen behandschuhten Fingern — Glasscherben gefüllt war. Trotz seiner verstopften Nase erkannte der Polizist den Geruch, der von einem Riß in der Tüte aufstieg. Scotch.

O'Donnell richtete sich auf und rekonstruierte im Geist, wie es wohl zu diesem schrecklichen Unfall gekommen war. Irgendwann während der drei Stunden, die seit dem Einsetzen der Dunkelheit vergangen waren, dürfte der Mann eine der drei Bars an der Hungerford Avenue mit einer großen Flasche Whiskey in einer Papiertüte unter dem Arm verlassen und versucht haben, die Eisenbahngleise zu überqueren. Da er sich hier nicht auskannte, hatte er für die Überquerung diesen ungünstigen Platz gewählt. So weit, so gut. Dann war er von einem vorbeifahrenden Zug erfaßt und getötet worden. Wie jemand so besoffen sein konnte, daß er den Zug nicht bemerkte, aber noch so nüchtern, daß er den steilen Abhang runtersteigen konnte, das war ein Geheimnis, dessen Lösung nicht O'Donnells Sorge sein sollte. Es war nicht viel Blut zu sehen. Es war wohl zu kalt. Und nach dem Aussehen des Kopfes zu urteilen war der Mann auf der Stelle tot gewesen.

Nun gut, auf jeden Fall mußte jemand benachrichtigt

werden, daß dieser Mann heute abend nicht mehr nach Hause kommen würde.

O'Donnell hatte Glück. Auf den ersten Griff zauberte er die Brieftasche des Opfers aus der Innentasche des Tweedjacketts hervor. Er klappte die Brieftasche auf und sah sich den Führerschein an.

»Jemand von hier?« wollte Contardi wissen.

»Nee. Vermont. Chadbury in Vermont. Wird wohl noch ein Auto irgendwo in der Gegend rumstehen, das ihm gehört.«

»Hey!« rief Jack Surrey, der etwas weiter hinten neben den Gleisen stand. Die beiden anderen Männer leuchteten zu ihm hinüber. Surrey hielt ein ganzes Bein in die Höhe, ordentlich mit einer Hose bekleidet, und auch der schwarzglänzende, maßgefertigte Lackschuh war noch da, wo er hingehörte.

»Was soll ich damit machen?«

»Leg's wieder hin«, sagte O'Donnell angewidert. »Und komm mir nicht mit noch mehr einzelnen Teilen, die du da rumliegen siehst.«

40

Conor Devon parkte seinen verdreckten Lincoln vor dem Eingang zur Küche und ging ins Haus. Das Abendessen war schon vorbei. Er hatte telefoniert und gesagt, daß man nicht auf ihn warten solle. Es roch nach leicht angebrannter Lasagne. Im Wintergarten, den sie zum Spielzimmer umfunktioniert hatten, lief der Fernseher, obwohl morgen Schule war und Fernsehen zwischen halb sieben und halb neun verboten war, weil in der Zeit die Hausaufgaben gemacht werden sollten.

»Gina?«

»Hier bin ich«, antwortete sie matt aus dem Wintergarten.

Er ging durch die Küche und fand sie auf dem karierten Sofa liegend. Ihre Beine, die sie in rote Beinwärmer gewickelt hatte, lagen auf dem Kaffeetischchen. Den Kopf hatte sie seitlich auf ein Kopfkissen gebettet. Sie schaute auf den Fernseher. In einer Hand hielt sie ein Weinglas, darin hatte sie mit Wasser verdünnten Chianti. Conor war etwas irritiert und besorgt. Sie pflegte sich sonst nicht so gehen zu lassen. Jedenfalls nicht vor elf Uhr am Abend.

»Hi, Honey.« Er setzte sich neben sie. Sie lächelte − zumindest machte sie den müden Versuch, ihren Mund zu einem Lächeln zu verziehen − und ließ ihren Kopf auf die andere Seite rollen, um ihn gegen seine muskelbepackte Armbeuge zu legen.

»Ich dachte schon, du würdest gar nicht mehr kommen.«

»Wie geht's den Kindern?«

»Sie sind in ihren Zimmern. Ich mußte sie nach dem Abendessen trennen. Sie haben mich mit ihrer Zankerei verrückt gemacht. Sie sind nervös. All diese Geschichten über den Mord. Im *Globe* und im Fernsehen. Man kommt nicht daran vorbei. Und es ist doch ihr Onkel Rich. Sie sind ganz durcheinander. Ich glaube, es könnte nicht schlimmer sein, wenn wir beide uns scheiden ließen. Du weißt doch, wie Hillary ist, wenn sie niedergeschlagen ist.«

Conor nickte. Hillary war die Melancholikerin der Familie. Sie geriet eher nach ihm. Daß sie schon vor der Pubertät so oft niedergeschlagen und bedrückt war, machte ihn sehr besorgt. Man sah sie dann ohne Grund und zu den außergewöhnlichsten Tageszeiten im Bett liegen; das Gesicht verzogen zu einer Maske der Trostlosigkeit, tat sie nichts, als sich ihre schwarzen Locken um die Finger zu wickeln wie eine enttäuschte Prinzessin.

»Du mußt Hillary beschäftigen, das ist es, was sie braucht. Ich werde gleich mit den Kindern reden. Ich will mir nur den Mantel ausziehen.«

»Soll ich dir einen Drink machen? Die Lasagne war gut und ich hab' dir auch was aufgehoben, aber die Temperatur im Herd war wohl ein wenig zu hoch eingestellt. Sie ist verbrannt. Tut mir leid. Es ist noch etwas vom Sonntagsbraten da. Willst du vielleicht ein Sandwich?«

»Ich... Ich weiß noch nicht. Ich werde später was essen.

Jetzt möchte ich nur ein Glas Bier. Nichts von den harten Sachen.«

Gina trank ihren Chianti aus und stand auf. Ihr Haar hätte einen Kamm gebrauchen können, und in dem flackernden Licht des Fernsehers sah ihr Gesicht verquollen aus. Gina bemerkte seinen Blick und erklärte ihm mit einem Schulterzucken: »Ich habe' ja schon 'nen Mann, und ich hatte heute keine große Lust, mich rauszuputzen. Aber ich werde mich später für dich hübsch machen, okay?«

Er murmelte etwas wie »Ich liebe dich« in seinen Bart, Gina murmelte etwas zurück und ging in die Küche. Charley-Chuck, der erst achteinhalb war, aber schon wie zwölf aussah, kam leise in den Wintergarten geschlichen.

»Hi, Dad.« Der Junge hatte einen großen, blutunterlaufenen Fleck auf der linken Wange.

»Wo hast du dir das geholt? Beim Eishockey?«

»Einer von den Rangers hat den Stock zu hoch gehalten. Aber wir haben sie sechs zu null geputzt.«

»Wann spielst du wieder?«

»Freitag um halb sechs.«

»Am Nachmittag, hoffe ich.«

»Nein. Morgens.«

Conor stöhnte und strich dem Junge über den Kopf. »Ich werde versuchen, dort zu sein.«

»Bleibst du jetzt eine Weile zu Hause?«

»Ich glaub' schon. Zwei bis drei Tage auf jeden Fall.«

Gina kam mit einem Glas schäumenden Biers zurück. Sie warf dem Jungen einen strengen Blick zu.

»Hey, es ist zehn vor acht. Und das Badewasser habe ich doch noch nicht einlaufen hören, oder?«

»Nein«, sagte der Junge mit einem Anflug von Widerspenstigkeit. »Ich wollte mit Dad reden.«

Conor sagte beschwichtigend. »Geh ins Bad. Ich werde nachher raufkommen.«

Als sie alleine waren, setzte sich Gina vor ihn auf die Kante des flachen Kaffeetisches. Ihr ovales Gesicht hielt sie geneigt, in dem sanften Schatten wirkte es jetzt wie eine geistliche Holzschnitzerei, Madonna in hölzerner Andacht, das Haar vom Gegenlicht des Fernsehers zu einem ausgedörrten Heiligenschein stilisiert. Aber in diesem Holz war der Wurm, als bitteres Zeichen für die Vergänglichkeit, den Tod. Conor glaubte auf einmal zu fühlen, wie das Herz in seiner Brust alterte.

Sie sagte: »Ich habe in den Sechs-Uhr-Nachrichten diesen Rechtsanwalt gesehen.«

»Adam Kurland?«

»Er ist jung. Verdammt jung sogar. Und aalglatt. Einer dieser Typen, die es nicht vertragen können, wenn ihre Krawatte mal schief sitzt. Verstehst du, was ich meine?«

»Aber er ist mit Rich zurechtgekommen. Ich weiß nicht warum, aber ich habe das Gefühl, daß Rich ihm vertraut. Und das ist das wichtigste.«

»Also...« Sie machte eine resignierte Geste mit den Händen. »Also habt ihr euch schon entschieden? Wie verhält sich Rich?«

»Nun, es geht ihm etwas besser. Er bekommt Beruhigungsmittel. Heute mittag hat er ein wenig gegessen. In letzter Zeit hat er nicht viel Interesse für Eßbares gezeigt.«

»Wirkt er nicht verrückt?«

»Was heißt verrückt? Rich benimmt sich und sieht aus wie jemand, der sehr verstört ist und medikamentös ruhiggestellt werden muß. Er sitzt da und raucht. Er wirkt nicht ruhig. Nur bewegungslos. Und dann ist er wieder sehr viel in Bewegung, läuft durchs Zimmer, sehr selbstverloren, aber trotzdem irgendwie hektisch, wie eine Maus in einem Versuchskäfig. Wenn man mit ihm spricht, weiß man nicht genau, ob er einem zuhört. Am zusammenhängendsten kann er noch über Dinge reden, die fünf oder zehn Jahre zurückliegen. Dann spricht er sehr schnell und lebhaft. Er redet von seiner Mutter, als wäre sie noch am Leben. ›Wie wird Mutter damit fertig?‹ Einmal nahm er Adams Aktentasche und begann sie zu durchsuchen. Er drehte jedes Stück Papier zweimal um, sah es sich an und steckte es dann zurück. Dabei war sein Gesicht so trostlos, es war, als hätte er das Dokument seiner Zugehörigkeit zur menschlichen Rasse verloren und versuche nun, es in dieser Aktenmappe wiederzufinden. Es ist so quälend, ihm zuzusehen, es dreht einem die Eingeweide um, aber Adam meint, daß man trotzdem damit rechnen müsse, daß er uns etwas vormacht.«

Gina, die gerade dabei gewesen war, sich an den furchtbaren Gedanken zu gewöhnen, daß Rich schwachsinnig sein könnte, schreckte bei dieser letzten Bemerkung, dieser Beschuldigung zusammen.

»Er soll Theater spielen? Aber... Aber das weißt du doch wohl besser, oder?«

Conor zuckte mit den schweren, breiten Schultern. »Ich habe versucht, ihn mir so vorzustellen: Verlogen, verschlagen, unmenschlich. Es will mir einfach nicht gelingen. Aber ich frage mich, was man annehmen soll, außer der Möglichkeit, daß er krank ist, zum Beispiel einen Gehirntumor hat. So traurig und schrecklich diese Dinge auch sein mögen, es ist das, an was ich glauben will. Man wird einen Psychiater benötigen, wahrscheinlich sogar mehrere, um zu einer Diagnose zu kommen. Adam hat schon einen engagiert. Gegen Ende der Woche werden psychologische Tests mit Rich durchgeführt.«

»Dabei sollte eigentlich etwas herauskommen. Hat er noch einmal etwas von... Besessenheit erwähnt?«

Conor hatte die Lüge auf der Autofahrt nach Hause immer wieder geübt, jetzt brachte er sie beiläufig genug heraus, um ihren Argwohn nicht zu erregen: »Nein.«

»Gott sei Dank!« Sie wirkte einen Moment lang fast verwirrt vor Erleichterung. »Aber vielleicht wollte er nur vor dem Anwalt nicht darüber reden.«

»Mach dir darüber nicht so viel Gedanken. Er ist einfach ein... ein sehr kranker Junge.« Conor stellte sein Bierglas ab und lehnte sich vor, um sie einen Augenblick lang zu umarmen. »Wir werden das überstehen. Wir alle werden das überstehen, Kleines.«

»Aber was ist mit Rich? Wie stehen seine Chancen?«

»Ich hatte gehofft, daß er um einen Prozeß herumkommt. Adam hat da seine Zweifel. Rich hat Perioden, in denen er relativ stabil ist. Rich ist sich über seine Situation im klaren, er weiß, warum er im Gefängnis sitzt, er weiß, daß Karyn tot ist. Aber er verkrampft sich sofort, wenn von ihr die Rede ist. Ist er überhaupt in der Lage, zu seiner Verteidigung etwas beizutragen? Das ist im Moment die Frage.«

Gina befreite sich sanft aus seiner Umarmung. »Ich habe das Sandwich in ein paar Minuten fertig. Willst du noch ein Bier?«

»Gerne.« Conor stand ebenfalls auf und nahm sein Glas mit. Er wollte nicht alleine in dem dunklen Wintergarten sitzen. Der Sturm zerrte in wütenden Böen an den Fensterläden. Conor stellte den Fernseher ab.

»Wirst du bald wieder arbeiten?« fragte Gina.

Conor rieb sich das linke Ohr, das als Folge seiner derzeitigen Beschäftigung dem Aussehen eines Blumenkohls immer näher kam. »Ich werde Dilworth anrufen. Ich glaube, daß Chico und ich am Donnerstag in Pawtucket gegen die ›Incredible Orlandos‹ antreten sollen.«

»Gewinnen oder verlieren?«

»Wir werden ihnen die Frühstückswurst aus dem Leib pressen, bevor wir uns totstellen müssen.« Er gähnte, so sehr langweilten ihn diese trüben Aussichten schon jetzt.

Nachdem sie ihm das Riesensandwich — zartes Roastbeaf und Tomatenscheiben zwischen zwei Scheiben Schwarzbrot — gebracht hatte, entschuldigte sich Gina, weil sie eine Dusche nehmen und sich die Haare waschen wollte.

Conor ging in sein Zimmer und setzte sich an den Schreibtisch. Gina hatte ihm eine Liste aller Telefonanrufe hingelegt, die für ihn gekommen waren und die er zu beantworten hatte. Er zog das Telefon zu sich heran und nahm aus seiner Hemdentasche das kleine Adreßbuch mit dem Einband aus Schweinsleder, der schon ganz zerschlissen und abgewetzt war. Die abgegriffenen Seiten waren vollgekritzelt mit den Adressen und Telefonnummern von Freunden; die meisten von ihnen waren Kommilitonen vom Priesterseminar, mit denen er in Verbindung bleiben wollte. Conor hatte heute schon einige Anrufe erledigt, den weitesten nach Rom. In seinem Büchlein war jetzt eine neue Eintragung mit Tinte, neben der Nummer des Instituts für Theologische Fragen am Heiligen Stuhl. Er betrachtete sie einige Augenblicke lang mit seinen müden, rotgeränderten Augen, hörte dabei dem zischenden Geräusch der Dusche im Badezimmer zu. Hillary lachte unten im Flur an einer anderen Telefonleitung — »Riesig, Debbie! Ganz einfach riesig!« — und Conor wurde sich mit einem Male schmerzlich der Tatsache bewußt, daß er demnächst ein Bündel giftiger Schlangen in ihrer aller Leben würde werfen müssen. Dann tätigte er den Telefonanruf, von dem er fast hoffte, daß er unbeantwortet bleiben würde.

41

»Ich mußte bis nach Rom telefonieren, um zu erfahren, daß du in Boston bist«, erklärte Conor.

Monsignore Paul Joseph Garen sah von der Luftpostausgabe des *Osservatore Romano* auf, in der er gerade gelesen hatte, und lächelte seinem Gast in erwartungsvollem Erstaunen entgegen.

»Conor! Was für eine Freude nach all den Jahren.« Er richtete sich zu seiner ganzen Größe auf; seine Augen befanden sich aber lediglich auf der Höhe von Conors Schlipsknoten; er ergriff Conors Rechte mit beiden Händen. In diesem Heiligtum lukullischer Traditionen, mit seinen englischen Hirtenszenen an den getäfelten Wänden und den riesigen Kristallkronleuchtern unter der Decke, war das Mittagessen ein gesellschaftliches Ereignis, über das Diener in Fracks aufmerksam wachten. Mehrere Geschäftsmänner in dunklen Anzügen hatten ungläubig von ihren Tellern aufgeschaut, als Conor auf seinem Weg zum Tisch des Geistlichen an ihnen vorbeigegangen war. Mit seiner riesenhaften Gestalt, dem zottigen paprikaroten Bart und einem Jackett in nicht gerade gemäßigtem Hahnentrittmuster wirkte er hier wie ein Beckenschlag in einer Fuge von Bach.

»Du wirkst noch beeindruckender, als ich dich in Erinnerung hatte«, fuhr Garen fort. »Den Bart habe ich ja bis jetzt nur auf Fotos gesehen.«

»Der gehört zu meinem Image als Wüterich«, sagte Conor mit einem Lachen, das eine Spur zu herzlich klang. Er war nervös, und das merkte man ihm an.

»Ach, du ringst also immer noch? Ich dachte du wärst jetzt Lehrer und Trainer.«

»Das bin ich auch, aber ich habe zur Zeit keine feste Anstellung.«

»Setz dich, setz dich. Ich glaube, wir haben uns einiges zu erzählen.«

»Ich war noch nie hier«, sagte Conor etwas müde und setzte sich auf einen der gepolsterten Stühle, die auf der anderen Seite des Tisches standen.

»Ich auch nicht. Aber der Erzbischof ist hier Mitglied, und seine Eminenz war so freundlich, das hier für uns zu arrangieren. Ich glaube, er mag diesen Tisch sehr.« Wie auf Kommando sahen sie beide zu dem großen Fenster hinaus, blinzelten dem warmen, milden Licht entgegen. Durch einen Spalt in dem grauen Gebirge der Wolken schien ein Sonnenstrahl auf den grimmig dahinschießenden Fluß, als wollte er einen Sommertag vorgaukeln. Conor wußte nicht recht, was er sagen sollte. Zum Glück erschien der Oberkellner an ihrem Tisch, um die Getränkebestellung entgegenzunehmen.

»Conor?«

»Ich glaube, ich nehme ein Bier.«

»Ein einheimisches oder ein importiertes?« fragte der Kellner mit dem Anflug eines sarkastischen Lächelns.

»Narragansett«, brummte Conor und ritzte sich mit dem Fingernagel eine Warze auf, die auf einem Knöchel seines linken Daumens gewachsen war.

»Für mich bitte einen Campari Soda«, fügte Garen hinzu. Er nahm seine zusammenklappbare Brille und steckte sie neben den elektronischen Taschenrechner in die Innentasche seines Jacketts. Conor fiel auf, daß das Futter des Jacketts aus purpurner Seide war. Auch der übrige Anzug war von vergleichbarer Qualität, und der feine Zuschnitt trug die Handschrift des Hauses Gammarelli in Rom. Er fühlte für einen Moment ein sehnsuchtsvolles Verlangen, wie ein ehemaliger Raucher, der schon seit zwanzig Jahren keine Zigarette mehr angerührt hat, der es aber trotzdem nicht lassen kann, die Auslagen der Tabakhändler zu betrachten. Paul hatte es also mit seinen siebenunddreißig Jahren zum

Monsignore gebracht. Er sah immer noch jugendlich aus, auch wenn die Geheimratsecken etwas größer geworden waren und sich in die ordentlich gekämmten Strähnen hinter den Ohren etwas Grau gemischt hatte.

Unter seinen Kameraden im Priesterseminar war wohl kaum einer gewesen, der nicht darauf geschworen hätte, daß Paul es mindestens bis zum Bischof bringen würde. Rom war schon immer sein großes Ziel gewesen, und jetzt hatte er gerade sein zehntes Jahr beim Heiligen Stuhl hinter sich gebracht. Er führte ein klug kalkuliertes Leben im unübersichtlichen Labyrinth der klerikalen Bürokratie, und er hatte gute Beziehungen zu anderen vielversprechenden jungen Verwaltungsbeamten in den verschiedenen Behörden des Vatikans.

»Bist du auf Urlaub hier?« fragte Conor.

»In Boston? Im fröhlichen Monat Januar? Nein. Ich habe hier an sehr wichtigen Finanzverhandlungen teilgenommen, die die Erzdiözese betreffen.« Er rieb sich die müden Augen. »Es macht mir keinen Spaß, mich mit Bankleuten rumzuschlagen. Das sind Huren auf gehobenem Niveau, nichts anderes. Aber es kann gut sein, daß die Verhandlungen noch weitere sechs Wochen in Anspruch nehmen.«

»Ich finde es prima, daß du dir die Zeit genommen hast, mit mir zu essen«, sagte Conor schnell.

»Aber nicht doch, Mousy*.«

Der Spitzname, den Conor im Seminar gehabt hatte und den er beinahe schon vergessen hatte, ärgerte ihn. Garen grinste ziemlich unverschämt.

»Das kam mir gerade in den Sinn. Waren schon komische Namen, die wir uns damals gegeben haben. Warte mal, ich hieß...«

»Kingsnake**.«

Garen nickte, sein ohnehin rötliches Gesicht wurde noch etwas röter. »Es muß sich wohl um eine Laune Gottes gehandelt haben, wenn man bedenkt, welchen Schwur ich abgelegt habe.«

»Ich glaube, es gab keinen von uns, der sich nicht ein

* Mousy = Mäuschen (Anm. d. Ü.)
** Kingsnake = Königsschlange (Anm. d. Ü.)

paar Dollar dazu verdient hat, indem er samstags bei Ed und Irma's auf dich wettete.«

»Ich muß nach all den Jahren zugeben, daß ich meine Berühmtheit damals sehr genossen habe. Glaubst du, daß es dort immer noch diese Wettbewerbe im Long-Shlong gibt? Ed & Irma's Bar und Grill. Ach ja, der Spieltisch. Und die fettigen Zwiebeln auf den angebrannten Hamburgers. Bier vom Faß. Ich vermute, daß es Ed und Irma immer noch gutgeht, selbst wenn der Erzengel Michael ihren Laden für immer geschlossen hat.«

Garen sah für ein paar Augenblicke vor sich auf die Tischplatte, sein Blick war nachdenklich, wehmütig, vielleicht sogar ein wenig traurig. Conor kratzte an seiner Warze herum, die jetzt angefangen hatte zu bluten. Die Drinks kamen gerade rechtzeitig, um die gedrückte Stimmung etwas aufzulockern.

»Auf dein Wohl, Conor. Wohnst du in der Nähe?«

»In Joshua. Etwa zwölf Meilen südlich von Lowell.«

»Wie geht's in der Gegend? Liegt sie wirtschaftlich immer noch so am Boden?«

»Nein. Die Revolution der Mikrochips hat uns gerettet. Ich würde wahrscheinlich immer noch in Dorchester leben, wenn's die Neger nicht inzwischen ganz übernommen hätten. Meine Frau und ich, wir sind beide in Southie aufgewachsen. Aber wir leben ganz gut in Joshua. Wir müssen uns ein wenig zur Decke strecken, aber unser gemeinsames Leben ist es wert.«

Garen nippte an seinem Campari und sah Conor jetzt mit der strahlenden und trotzdem distanzierten Zuwendung des reichen Onkels an, der sich darauf vorbereitet, einen Wermutstropfen in den allgemeinen Frohmut zu träufeln. Sein schmaler Finger, mit dem er sich sanft gegen die Nase tippte, war so etwas wie eine Vorwarnung.

»Ich habe das Gefühl, daß dir das Eheleben ganz gut bekommt«, sagte er.

»Ja, das tut es.« Conor räusperte sich, dann fummelte er an seinem Schlipsknoten herum.

»Ich habe mich oft gefragt, Paul, ob du mir eigentlich niemals Vorwürfe gemacht hast. Ich meine, weil ich davongelaufen bin. Ich mußte es tun.«

»Daran habe ich keine Zweifel.« Der Finger war jetzt ruhig, die klugen grauen Augen hatte Garen halb geschlossen. »Wir sind nicht alle dazu auserkoren, die Probleme unserer Identitätssuche im Dienste des Herrn Jesus Christus zu lösen. Du hast weise gehandelt, Conor. Und du hast Glück gehabt, wie es scheint. Victor, zum Beispiel, liegt in ständigem Kampf mit seinem Erzbischof. Mit seiner Trinkerei ist es deshalb nicht besser geworden. James wurde wegen ein paar Dollar in einer billigen Absteige in New Orleans ermordet. Man kannte ihn als Bettgesellen pubertierender Homosexueller. Andrew...« Garen zog die Stirn in Falten. »Ich habe Andrews Spur verloren. Weißt du über Glen Bescheid?«

»Er hat sich umgebracht.«

»Und Walter hat geheiratet. Aber soviel ich weiß, war es ihm nicht möglich, mit seiner Frau zu schlafen. Sie wurden geschieden. Ein hoher Preis. Mehr als dreizehntausend Männer haben in den sechs Jahren seit dem zweiten Vatikanischen Konzil den Priesterdienst quittiert.«

»Johannes Paul scheint ein härteres Regiment zu führen.«

»Ja. ›Es ist eine Frage der Einlösung des Wortes, das man Christus und der Kirche gegeben hat‹, sagt er. Aber trotzdem geht es mit den Gesuchen um Befreiung von Gelübden weiter, und jedes Jahr folgen weniger junge Männer dem Ruf zur Priesterschaft. Wojtyla mag ein brillanter Kopf sein, und er ist ohne Zweifel ein integrer Mann, aber er ist der falsche Mann für diese Zeit. Er verteidigt das Dogma, während es um das Überleben der Kirche überhaupt geht. Seine Art, Lefèbvre vor den Kopf zu stoßen und die radikalen Theologen zum Schweigen bringen zu wollen, macht uns möglicherweise den politischen und sozialen Sturmfluten gegenüber noch hilfloser. Die Zukunft der Kirche wird auch mit dem Blut der Bürgerkriege in Lateinamerika geschrieben. Und in Wojtylas Polen. Die Kirche lebt nur durch den Willen der Gläubigen und nicht durch den blinden Gehorsam einer archaischen Orthodoxie gegenüber. Wenn diese Wahrheit, die unsere Kirche am Leben erhält, nicht genug Beachtung findet, dann kann es sein, daß die

Sonne des dritten Jahrtausends über verödeten Landschaften aufgeht oder zumindest über einer Welt des Chaos, die jeder Hoffnung auf eine glückliche Zukunft der Menschheit beraubt ist.

Ach je, nun habe ich dich vollgequatscht, und das wollte ich wirklich nicht. Du sitzt hier vor mir, nach Gott weiß was für Turbulenzen, die du durchmachen mußtest, als ein nützlicher, in geregelten Verhältnissen lebender, gläubiger Mensch. Das freut mich. Aber vielleicht kannst du mir eine Frage beantworten, die ich mir die ganzen Jahre über immer wieder gestellt habe. Sind eigentlich alle diese furchtbaren Schläge, die ihr Catcher untereinander austeilt, sind die wirklich echt?«

Conor antwortete mit einem schwachen Lächeln. »Im Grunde genommen gehören wir zum Showbusiness, genau wie die Clowns von Barnum & Bailey. Auf der anderen Seite ist es aber so, daß ich den schmerzverzerrten Gesichtsausdruck nicht immer spielen muß, wenn ein Gegner stärker ist als ich und versucht, mir den Arm aus der Gelenkpfanne zu biegen. Jedes Business fordert seinen Preis, wenn man oben mitspielen will.«

»Kann man davon leben?«

»Man kann.«

»Na prima! Also bist du zu Hause glücklich und beruflich gut untergebracht. Du gehst regelmäßig in die Messe, und deine Kinder sind wunderschön. Ich kann also die leichte Neugier nicht unterdrücken, warum du nach so langer Zeit die Mühe auf dich genommen hast, mich hier zu treffen.«

»Vor einer Woche hat mein Halbbruder — sein Name ist Richard — seine Freundin in Chadbury, in Vermont, erschlagen. Es hat in allen Zeitungen gestanden. Ein Bericht über ihre Beerdigung kam vor zwei Tagen im Fernsehen. Rich nahm die Eisenstange seines Wagenhebers, und es gab kaum einen Knochen an ihrem Schädel, den er nicht zertrümmert hat. Bei drei aufeinanderfolgenden Besuchen im Gefängnis hat er mir erzählt, daß er von einem Dämon der Hölle besessen sei, der ihn gezwungen hat, Karyn zu töten.«

Monsignore Garen sah Conor fast eine Minute lang

schweigend in die Augen. Sein Gesicht, das so perfekt die Balance zwischen Bestürzung und Unglauben zu halten schien, hatte bei näherem Hinsehen gar keinen so bestimmten Ausdruck. Das Campari-Glas hatte er auf halbem Wege zum Mund vergessen. Eine Möwe schwebte am Fenster vorbei und verschwand mit einem so heftigen Flügelschlag, daß es die Augen des Betrachters irritierte, wie Regentropfen auf einer ganz ruhigen Wasserfläche. Garen stieß den aufgestauten Atem so heftig aus, daß der Kelch aus dünnem Kristall vor seinem Mund sich beschlug und die bittere rote Flüssigkeit leicht zu zittern begann.

»So ein Arschloch«, sagte er dann.

»Ich weiß nicht, was ich tun soll, Paul.«

»Ich weiß es auch nicht. Ich denke, wir sollten uns was zu essen bestellen und dann alles in Ruhe durchsprechen.«

42

Während Conor und der Monsignore ihr Menü im Storrow Club auswählten, trafen sich Dr. Margaret Renquist und Richard Devon in einem stickigen Vernehmungszimmer im Gerichtsgebäude von Chadbury. Er war jetzt seit fast einer Woche im Gefängnis, und noch immer bekam er Beruhigungsmittel. Sie hielt die Dosis Thorazin, die er bekam, für angemessen und war nicht der Ansicht, daß der Tranquilizer einen signifikanten Einfluß auf die Ergebnisse bei den standartisierten Intelligenztests haben würde, die sie ihm vorlegen wollte.

Margaret Renquist war eine gutaussehende, schwergewichtige Frau in den Fünfzigern. Sie trug jede Menge Perlenschmuck zu ihrem Nadelstreifenkostüm und der mayonnaisefarbenen Bluse. Ihre Haare waren von einem geradezu irisierenden Rot, wie der geschwellte Kamm eines Kampfhahns. Sie trug bei der Arbeit eine randlose Brille, die sie auf dem Nasenrücken hin- und herschob wie der Juwelier seine Lupe. Die Brille war mit einer goldenen Kette am Revers ihres Jacketts befestigt.

Sie nahm ihn sofort mit festem Blick in Augenschein. Er war eher scheu und schüchtern, wirkte etwas irritiert.

»Ich könnte eine Zigarette gebrauchen«, murmelte er Adam Kurland zu.

»Mein Lieber, ich bin Zeit meines Lebens Asthmatikerin gewesen«, erklärte Mrs. Renquist, »aber wenn Sie unbedingt müssen. Ich will ja, daß Sie sich wohl fühlen.«

»Nun...« Rich wandte sich von dem Päckchen Marlboro ab, das Kurland ihm hingestreckt hatte, und sah auf den einfachen Holzstuhl, in den er sich setzen sollte. Mrs. Renquist hatte sich schon hingesetzt, an einen abgewetzten Tisch, der vor dem leeren Stuhl stand. Rich unterdrückte ein Gähnen und leckte sich über die trockenen Lippen. Er setzte sich langsam hin und suchte nach einer Beschäftigung für seine Finger. Auf dem Tisch lagen zwei Ordner, ein Kugelschreiber; ein Notizblock lag zur Rechten von Mrs. Renquist, und vor ihr standen eine Plastikflasche, die zu zwei Drittel mit Wasser gefüllt war, und ein paar Styroporbecher. Rich stützte sich mit einem Ellenbogen auf die Tischkante und schützte mit den Händen sein Gesicht gegen die grellen Lichtstrahlen, die durch die Jalousien drangen. Seine Augen waren auffallend bewegungslos, die Pupillen erschienen riesengroß, und ein schwacher silberner Glanz lag darüber. Adam lehnte sich mit verschränkten Armen gegen eine Wand und beobachtete ihn.

»Haben wir Sie aufgeweckt?« fragte die Psychologin unwirsch, weil sie sich über seine Lässigkeit ärgerte.

Rich gähnte, dann nickte er. »Ich habe hier nicht viel zu tun. Ich schlafe die meiste Zeit während des Tages.«

»Und in der Nacht?«

»In der Nacht läßt er mich nicht schlafen«, antwortete Rich. Seine Stimme war so leise und unbewegt, daß sie sich über den Tisch lehnen mußte, um die letzten Silben verstehen zu können.

Adam wurde unruhig.

»*Wer* läßt Sie nicht schlafen?« fragte Renquist mit ihrem etwas schiefen, aggressiven Lächeln. »Ist jemand bei Ihnen in der Zelle?«

Der Rechtsanwalt, der es besser wußte, schüttelte den

Kopf. Rich schien die Frage gar nicht gehört zu haben. Plötzlich verdrehte er merkwürdig den Kopf, reckte den Hals und lächelte seinerseits. Es war kein fröhliches Lächeln. Die Gesichtsmuskeln spannten sich zu einer abscheulichen Fratze, und die Augen begannen zu tanzen wie im Delirium. Aber so plötzlich, wie dieses Grinsen erschienen war, verschwand es auch wieder. Seine Lippen schlossen sich zu einer harten Linie. Er sagte nichts. Sie warteten und hörten aus einem anderen Zimmer des Gebäudes eine senore Stimme, die ein Urteil erläuterte. Geräusche aus einem Gerichtsgebäude: eine schlecht geölte Fahrstuhltür, Absätze auf Marmorfußboden. Schließlich sah Mrs. Renquist ein, daß sie so nicht weiterkommen würden, zuckte mit den Achseln und schraubte ihren goldenen Füllfederhalter auf.

»Sie heißen Richard Devon. Haben Sie noch einen zweiten Vornamen?«

»Padraic«, antwortete Rich ohne zu zögern, und er fügte mit mahnendem Unterton in der Stimme hinzu: »Aber ich konnte es nie ausstehen, wenn man mich Paddy nannte.«

»Richard Padraic Devon. Alter?«

»Zweiundzwanzig.«

»Kennen Sie die Nummer Ihrer Sozialversicherung?«

Nach einem Augenblick des Zögerns spulte er sie herunter, dann sah er Adam an. »Kommt mein Bruder heute?«

»Nein, Rich, heute nicht. Er ist in Boston.«

Rich nahm die Nachricht mit einem Ernst auf, der an Traurigkeit grenzte. »Was haben wir heute für einen Tag?«

»Donnerstag.«

»Ah, ja.«

»Richard«, sagte die Psychologin und lenkte damit seine Aufmerksamkeit auf sich zurück, »wenn Sie schlafen, wie schlafen Sie dann?«

»Auf dem Rücken.«

»Ich meine, ob Sie gut schlafen oder ob Sie vielleicht unruhig schlafen. Wachen Sie häufig auf?«

»Ja.«

»Haben Sie Alpträume?«

Rich starrte sie an, schien durch sie hindurchzuschauen,

aber er tat das mit einer Intensität, die sie fast erblinden ließ. Dann senkte er plötzlich den Blick, griff vorsichtig zu einem der Ordner und öffnete ihn. Er sah den Stanford-Binet-Test.

»Das ist Zeitverschwendung. Ich kann Ihnen auch so sagen, daß mein Intelligenzquotient 136 ist, und das ist gar nicht mal so schlecht.«

»Zu diesem Punkt werden wir später noch kommen.«

»Wenn Sie das für nötig halten.«

»Ich halte das für sehr nötig.«

»Wenn Sie meinen. Ich kann Ihnen den Unterschied nicht mehr sagen.«

»Was für einen Unterschied, Richard?«

»Ich weiß nicht mehr, was ein Alptraum ist und was nicht, wann ich schlafe, und wann ich wach bin. Meinen Sie, daß ich verrückt werde?«

»Dieses Wort nehme ich nie in den Mund.«

Richs Aufmerksamkeit richtete sich jetzt auf den Rechtsanwalt, der leise in seine Faust gehustet hatte. »Es ist doch was passiert«, sagte er zu Adam. »Sie verschweigen mir doch etwas. Hat es was mit Conor zu tun? Ihm geht's doch gut, oder?«

»Aber klar, Rich. Warum sollte es ihm nicht gut gehn?«

»Man hat Drohungen gegen ihn ausgestoßen. Man mag ihn nicht.«

»Conor?« fragte Adam. Er hob das Kinn an und rieb an einer Stelle am Hals, wo die Rasur vom Morgen noch brannte. Dann sah er Mrs. Renquist an, die mit ihrer Brille spielte. Ihre Augen schienen so angespannt konzentriert zu sein, daß die Pupillen nicht größer als Nadelköpfe waren.

»Wer hat diese Drohungen ausgestoßen?« fragte der Rechtsanwalt.

Rich schüttelte diese Frage mit einem trübselige Zucken des Kopfes ab. »Es ist Hillary, seine Tochter. Sie ist so schwach, daß es schlimm für sie werden könnte. Vielleicht sollte ich Conor bitten, mich nicht mehr zu besuchen. Aber ich muß es ihm doch sagen. Karyn ist diese Woche beerdigt worden, stimmt das?«

»Das stimmt.«

Ein Ausdruck des Schmerzes flog über sein Gesicht und verschwand mit der Geschwindigkeit eines Kometen im Weltraum. »Karyn ist tot und begraben, aber Polly ist noch nicht so weit weg. Ich kann euch sagen, daß es noch ein ganz furchtbares Unglück geben wird.«

Mrs. Renquist schrieb etwas auf ihren Notizblock, dann sah sie mit einem harten, unbestimmbaren Lächeln auf. Sie griff nach der Flasche und einem der Becher und ließ Rich dabei einen Moment aus den Augen.

»Rühren Sie das lieber nicht an!«

Sie hielt in der Bewegung inne. »Warum nicht?«

»Sie können es sowieso nicht trinken. Es ist festgefroren.«

Die Psychologin nahm trotzig die Flasche in die Hand, aber sie ließ sie genauso schnell wieder los. Die Flasche fiel mit einem polternden Geräusch zurück auf den Tisch und beschrieb rollend einen Halbkreis.

»Hab' ich's nicht gesagt? Gefroren!«

Ihr Lächeln wurde zwar noch breiter, aber der Vorfall schien sie doch verwirrt zu haben.

»Es war vorher nicht gefroren. Woher haben Sie das gewußt?«

»Ich weiß eine Menge Dinge«, sagte Rich knapp. »Aber die sind alle nicht gut. Ich versuche, alles zu wissen. Was ich nicht weiß, das kann mir weh tun.« Seine Augen sprangen förmlich hinüber zum Rechtsanwalt. »Was ist passiert? Was versuchen Sie mir zu verheimlichen?«

»Ich glaube nicht, daß es für Ihren Fall von besonderer Wichtigkeit ist«, sagte Adam. »Die Polizei hatte mit ihm sprechen wollen, das ist alles, was ich weiß. Der Gastwirt, Windross — man hat ihn vor drei Tagen in Massachusetts nachts neben einem Eisenbahngleis gefunden. Er wurde von einem Güterzug überfahren.«

»Verdammt!« platzte Rich heraus. Für einen Augenblick schien er über die Konsequenzen dieser Nachricht nachzudenken, dann hatte er sie offensichtlich wieder vergessen. Er atmete tief durch. Seine Lippen begannen zu beben, dann sagte er, und die Worte sprudelten nur so aus ihm heraus: »Was ist das? Tot? Lebendig? Es gibt nur Anwesenheit und Abwesenheit. Manchmal kreuzen sich die Linien. Ich weiß nicht, wie das geschieht. Vielleicht bitten wir darum? Der Ort des Eintritts: der Solarplexus. Oder es kommt von links, an der Basis des Gehirns, wo Hals und Wirbelsäule zusammentreffen. Man wird mich bestrafen, weil ich zuviel rede. Das weiß ich, aber... Nehmen Sie mich beim Wort: Die menschliche Rasse ist in größeren Schwierigkeiten als je zuvor. Er wartet und wartet. Zeit? Scheiße. Zeit bedeutet ihm gar nichts.«

»Sie reden wieder von *ihm*«, sagte Renquist und tippte mit dem Füller auf den Notizblock.

»Ja«, sagte Rich und lehnte sich ihr ein wenig entgegen; die Ellbogen stützte er dabei auf dem Tisch auf.

»Können Sie mir seinen Namen nennen?« fragte sie.

»Er will es nicht. Es ist noch zu früh.«

»Warum ist es zu früh?«

»Ich mache nicht die Pläne, ich stelle auch nicht die Regeln auf«, sagte Rich mit fester Stimme. »Meine Zunge ist verknotet.«

»Ist sie das?«

»Wollen Sie es sehen?«

»Wenn Sie es mir zeigen wollen.«

Rich öffnete seinen Mund ein wenig und streckte die Zungenspitze heraus.

»Scheint ganz in Ordnung zu sein«, sagte die Psychologin.

Er öffnete den Mund noch weiter. Ein weiterer Zentimeter seiner Zunge kam zum Vorschein.

»Sie ist etwas belegt. Wahrscheinlich verdauen Sie Ihr Essen nicht richtig, aber das ist ja verständlich.«

»Ah, ahhhh.« Rich legte den Kopf in den Nacken und legte einen Finger auf seine Stimmritze. Die knorpeligen Ringe seiner Luftröhre wurden unter der stoppeligen Haut seines Rachens sichtbar.

»Also bitte, Richard!«

»Oooookkk!«

»Ich kann keine Knoten in Ihrer Zunge entdecken. Also können Sie mir auch alles erzählen.« Die Psychologin nahm ihre Brille ab und lächelte Richs aufgeblähtem Gesicht erwartungsvoll entgegen. Sein Gesicht hatte sich inzwischen zwetschgenblau gefärbt. Speichel lief an seinem Kinn herunter. »Alles wird unter uns bleiben«, versicherte sie ihm.

Plötzlich gab es einen lauten Knall, wie von einem Luftgewehr. Adam kniff die Augen zusammen, als er etwas leuchtend Weißes wie ein Projektil aus Richs Mund fliegen sah.

Durch Maggie Renquist ging ein Ruck. Sie stieß einen Schrei des Schmerzes und des Erschreckens aus und fuhr mit beiden Händen zu ihrem Gesicht.

Und im nächsten Augenblick, in Sekundenschnelle, geschah mit Rich etwas ganz Erstaunliches. Er machte aus der sitzenden Position einen Salto rückwärts und kam flach auf dem Fußboden hinter seinem Stuhl zu liegen, das Gesicht nach unten und beide Arme fest an seine Seiten gepreßt.

Adam war von diesem Kunststück vollkommen überrascht worden. Er konnte nicht glauben, was er eben gesehen hatte. Maggie Renquist schnappte mehrere Male nach Luft. Er wandte ihr seine Aufmerksamkeit zu.

»Was ist passiert, Maggie?«

»Mein Gott ... Ich weiß es nicht!« rief sie aus. »Mich hat etwas ins Gesicht getroffen.«

»Lassen Sie mich mal sehen.«

Renquist ließ ihre zitternden Hände in den Schoß fallen und sah zu dem am Boden liegenden Rich hinunter. »Wie ist er denn da hingekommen?« Aber ihr ganzes Empfinden wurde von dem blutigen Ding in Anspruch genommen, das mehr als einen halben Zentimeter aus ihrer rechten Wange herausstak.

»Ich weiß es nicht. Er ist irgendwie vom Stuhl gefallen. Nein! Fassen Sie da nicht hin. Lassen Sie mich erst nachsehen.«

Adam sah sich das Ding in ihrer Wange genau an und stellte fest, daß es aussah wie ein Schneidezahn, dessen blutige Wurzel nach außen schaute. Die scharfe Kante schien fest in das rosige Fleisch von Maggie Renquists Wange eingedrungen zu sein. Aber er traute seinen Augen nicht ganz. Das kam ihm doch zu unwahrscheinlich vor.

»Es sieht aus ... Nun, es sieht aus wie ein Zahn.« Seine Stimme versagte krächzend. Das war ihm seit der Pubertät nicht mehr passiert.

Sie sprang auf, schob den Stuhl zurück und starrte auf Rich.

»Es macht nichts. Mir geht's gut. Wir müssen uns um Richard kümmern.«

Er lag in katatonischer Starre da. Ihn zu bewegen war fast so schwer, wie den Deckel eines steinernen Sarkophags anzuheben. Mit vereinten Kräften gelang es ihnen schließlich, ihn auf den Rücken zu legen. Sein Mund war noch immer offen, und hinter dessen Rand konnten sie die Zunge sehen, zurückgezogen wie eine ängstliche Schlange. Aber immerhin hatte er sie nicht verschluckt. Er sah bleich aus, aber nicht vergiftet oder erstickt, obwohl Adam, der sich eilig neben ihn gekniet hatte, keinen Puls fühlen konnte. Der Anwalt hatte rasendes Herzklopfen. Er konnte jetzt deutlich sehen, daß einer von Richs oberen Schneidezähnen fehlte und nichts als eine burgunderrote Höhle hinterlassen hatte.

»Holen Sie Hilfe«, sagte Mrs. Renquist besorgt. Sie erhob sich mit wackeligen Knien und fühlte nach ihrer verletzten, pochenden Wange. Sie sah hinunter auf den jungen Mann. Bewegungslos lag er da, aber nicht tot. Es sah aus, als warte er, wie eine frische Aussaat auf den Regen wartet.

Sie lächelte, als Adam das Zimmer verließ, dann ging sie langsam rückwärts, bis sie mit dem Rücken fast die Jalousie vor dem Fenster berührte. Ein Tropfen Blut war aus der Wunde gesickert und lief ihr die Wange herunter. Die vielen Rüschen ihrer Bluse flatterten wie Kiemen, als ihre Brust sich in dem Versuch, Luft zu holen, vorwölbte. Noch in der Erstarrung des Jungen, in diesem plumpen Zustand der Bewegungslosigkeit schien etwas Eitles und Bösartiges zu liegen. Sie hatte das Gefühl, als sei noch jemand anwesend, der sie beobachtete, den Eindruck, als sei da ein waches, berechnendes drittes Auge irgendwo unter der Hautoberfläche. Maggie Renquist griff sich mit einer Hand zum Herzen. Sie hatte einen Asthmaanfall. Ihr Lächeln war immer noch breit und überlegen, aber die Augen hatte sie schon zusammengepreßt in Erwartung des aufkommenden Schmerzes und der immer wiederkehrenden Angst vor dem Ersticken.

43

Conors Hals war von dem vielen Reden ganz kratzig geworden. Er nahm seine Gabel wieder auf und stocherte lustlos in den Resten des Hummersalats rum, den er sich zum Lunch bestellt hatte. Sein kräftiger Appetit hatte ihn selbst überrascht. Das Bierglas war fast schon wieder leer, nur noch etwas Schaum und ein kleiner Halbmond der goldenen Flüssigkeit war auf dem fingerhutgroßen Grund des Glases. Er hatte Lust auf ein frisches Bier, aber er traute sich nicht so recht, eines zu bestellen. Er hatte nicht mitgezählt. Vielleicht hatte Monsignore Garen für ihn gezählt.

Garen hatte sich mit einem grünen Salat und einem kleinen Teller Tintenfische begnügt. Die meiste Zeit über hatte er dagesessen und zugehört, über seinen Teller gebeugt, hatte den Blick selten gehoben, nicht einmal dann, wenn er Conor Fragen stellte.

Das Kitzeln in seinem Hals reizte ihn zu einem trockenen Husten. Er nippte an seinem Glas Wasser.

»Also«, sagte er, »es ist wie eine Art... Versteckspiel, was da vor sich zu gehen scheint. Manchmal sehe ich Rich, dann sehe ich ihn wieder nicht. Er scheint auf jemand anderen zu hören, scheint ihm alles recht machen zu wollen. Oder zumindest ihn beschwichtigen zu wollen. Und dann tritt solch ein seltsames, böses Licht in seine Augen, und dann weiß ich, daß ich den sehe, der nicht Rich ist. Das ist... Das ist mehr als unheimlich. Es ist furchtbar.«

»Hmm.« Garen wischte sich mit der Serviette über die Lipppen und legte sie zusammengeknüllt neben seinen Teller. Nachdenklich berührte er das kleine Kruzifix, das er an seiner Weste trug. »Ich denke, daß dir auch aufgefallen sein müßte, daß das, was du beschreibst, ebenso ein klassischer Fall von gespaltener Persönlichkeit sein könnte. In den letzten Jahren hat die Psychiatrie nachgewiesen, daß diese Fälle viel häufiger vorkommen, als man früher annahm.«

»Psychiatrie«, sagte Conor mit einiger Geringschätzung. »Die Psychiatrie ist eine Wissenschaft, die immer noch in den Kinderschuhen steckt. Falls man überhaupt von Wissenschaft reden kann. Vor ein paar hundert Jahren wäre Rich einfach wegen Hexerei verbrannt worden.«

»Der Teufel existiert wirklich. Daran haben wir keine Zweifel — und hinter dieser Überzeugung steht die Autorität des Papstes. Und der Teufel ist hinter uns allen her, weil er neidisch ist. Seine Bösartigkeit speist sich aus seinem Ärger darüber, daß er nicht perfekt ist, daß er nicht Gott ist. Und er erscheint in hundertfacher Form. Die Menschheit wäre in einem desolaten Zustand, wenn uns der göttliche Wille nicht vor diesen trügerischen und verworfenen Geistern beschützen würde.«

»Was ich nicht verstehe, ist, warum gerade Rich mit diesen Geistern in Berührung kommen konnte.«

»Ist dein Bruder ein guter Katholik?«

»Einigermaßen. Zumindest ist er nicht gegen die Kirche, wie es ja heutzutage bei den jungen Leuten modern ist.«

»Möchtest du einen Kaffee, Conor?«

»Nein, danke.«

Der Monsignore sah auf seine Armbanduhr. »Ich muß in ein paar Minuten an den Konferenztisch zurück.« Er machte dem Kellner ein Zeichen mit dem erhobenen Finger.

»Es war wirklich sehr freundlich von dir, mich anzuhören«, sagte Conor.

»Aber ich bitte dich. Ich fühle mit dir. Es muß eine furchtbare Prüfung für dich und deine Familie sein. Ich muß dir sagen, daß ich die meisten deiner Beweise für eine Besessenheit deines Bruders den Umständen zurechne. Man könnte daraus genausogut einen eindrucksvollen Fall von, sagen wir mal, paranoider Schizophrenie konstruieren. Ich bin natürlich kein Fachmann. Du solltest bei alldem bedenken, daß die Fälle von wirklicher Besessenheit äußerst selten sind. Dem Herren sei Dank dafür. Tausende von Fällen werden jedes Jahr untersucht, aber nur ein winziger Prozentsatz davon macht tatsächlich den Einsatz eines Exorzisten nötig.«

»Aber ich bin davon überzeugt, daß es nötig wäre, diesen Fall genauestens zu untersuchen.«

»Conor, ich werde beten und ich werde die Sache im Auge behalten. Und wenn ich dir wirklich helfen kann...«

Die Rechnung kam. Garen drehte sich abrupt um und unterschrieb sie.

»Wirst du mit einem Exorzisten sprechen?« beharrte Conor.

»Aber ich kenne überhaupt keinen«, antwortete Garen mit milder Verärgerung. »Die Kirche ist der CIA in dieser Beziehung gar nicht so unähnlich. Natürlich haben wir Priester, welche die seltenen Gaben besitzen, die man für die Teufelsaustreibung benötigt, die Schüler des *Mysterium Inquitatis* sind, aber ihre Arbeit ist sehr geheim und sehr gefährlich. Und ich bin sicher, daß ein strenges Protokoll eingehalten werden muß, daß genaueste Untersuchungen durchgeführt werden müssen. Das kann sehr viel Zeit in Anspruch nehmen, Conor.«

Im Vorraum des Storrow Clubs ergriff der Monsignore Conors Hände mit einem Überschwang, der auch etwas mit der Aussicht zu tun haben mochte, seinem bedrückten Gast möglichst schnell entkommen zu können. Die Gesellschaft der knausrigen Bankleute würde ihm nach Conors jammervollen Erzählungen wahrscheinlich wie eine Wohltat vorkommen.

»Gott schütze dich. Überbringe deiner Frau und deinen prächtigen Kindern meine Liebe und meine Segenswünsche. Du wirst von mir hören.«

Er nahm den Fahrstuhl. Drinnen drehte er sich noch einmal um und sah Conor direkt ins Gesicht. Sein Lächeln war aufmunternd und zuversichtlich. Bevor die Türen sich schlossen, machte er noch das Zeichen des kirchlichen Segens.

Verlassen! Conors Herz sackte genauso schnell hinunter wie der summende Fahrstuhl. ›Ich bin kein Priester mehr.‹ Vorbei. Conor ging in das Männerklo und stand für ein paar Minuten bewegungslos wie ein Fels in einer der Kabi-

nen. Er war völlig verkrampft. Er wußte, daß er seinem an-
gegriffenen Verdauungssystem bei diesem Mittagessen viel
zuviel zugemutet hatte. Er entließ einen langen, kläglichen
Furz. In ein paar Stunden würde er wieder im Ring stehen.
Eine Woche ohne Training würde ihn noch verletzungsan-
fälliger gemacht haben, als er ohnehin schon war. Ein un-
glücklicher Sturz konnte seine Karriere für immer beenden.
Krankenhausaufenthalt. Kein Einkommen mehr. Die Zukunft der Kinder würde auf dem Spiel stehen. Rich war im
Gefängnis, und er konnte ihm nicht helfen. Wozu war er
überhaupt noch gut? Ihm war, als sperren ihn die grauen
Metallwände der Klokabine in das Grab seiner Schuld. Aufgeben oder einfach alles rauspissen. Er entschied sich fürs
Rauspissen. Der Strahl schien seinen Kopf ebenso zu ent-
leeren wie seine Blase. Aber der morgige Tag stand wieder
wie ein Granitblock vor ihm, durch den er sich würde
durchbeißen müssen. Als der solide Strahl des Urins zu einem müden Getröpfel versiegt war, schüttelte er die letzten
Tropfen von seinem Penis. ›Du wirst von mir hören.‹ Aber
Paul hatte ja recht. Wo waren denn die Beweise, die man
brauchte, um einen professionellen Skeptiker wie ihn für
die Sache zu interessieren? Trotzdem, er war mehr denn je
überzeugt von seinen Schlußfolgerungen, und jedes weitere Warten wäre für ihn eine Tortur. Und mehr noch für
Rich. Er mußte handeln. Es würde mit Sicherheit Bücher
über die Besessenheit von Dämonen geben. Selbst die öffentliche Leihbücherei in Boston würde sie haben. Jedem
zugänglich.

44

Am späten Abend des letzten Mittwochs im Februar kam
Lindsay Potter aus New Haven zurück und parkte ihren
schokoladefarbenen Mazda, der von den winterlichen Straßen eine gehörige Salzschicht mitgebracht hatte, neben
Adams Cadillac in dem überdachten Anbau der umgebauten Scheune, die die beiden bewohnten und die sich etwa

fünf Meilen vom Zentrum Braxtons entfernt befand. Der Connecticut River lag nur eine Viertelmeile hügelabwärts.

Sie holte ihr Gepäck vom Rücksitz und ging die Stufen zu einer großen, leeren Plattform hinauf, öffnete die Eingangstür und betrat die Scheune. Sie kam in den riesigen Innenraum. Die Schlafabteile befanden sich auf einer Galerie und konnten bei Bedarf mit Holzwänden abgetrennt werden, die auf Schienen liefen. Das Licht war sehr gedämpft, die Hälfte des Wohn- und Bürobereichs lag im Dunkeln. Es war ein fantastischer, modern gestalteter Raum, aber verdammt schwer zu heizen. Von den Heizkosten gar nicht zu reden. Sie hatten den Thermostat niedrig eingestellt und griffen oft auf bewährte Hilfsmittel wie Kaminfeuer, heiße Bäder und Heizdecken zurück.

Ein Telefon klingelte, aber der Anrufbeantworter hatte sich schon eingeschaltet. Ein einzelner, hoch angebrachter Punktstrahler hob die Plattform, auf der die Badewanne stand, gegen die Dunkelheit ab. Man hörte das Geräusch von plätscherndem Wasser und Lindsay sah Adam, der bis zum Hals im Badewasser lag. Den Kopf hatte er auf ein Gummikissen gebettet.

»Hey, ich bin wieder da«, rief Lindsay. Er drehte sich erstaunt um. »Linds?« – »Ja. Wen hattest du erwartet? Deine Mutter?« – »Komm zu mir.« – »Gleich. Ich will mir erst noch einen Drink machen.« Sie warf ihre Reisetasche auf eine Eckcouch und zog ihre Stiefel im Stehen aus, ohne den Weg in Richtung der Kücheninsel wesentlich zu unterbrechen. »Bist du recht erledigt?« – »Ich bin mausetot, Liebling!« Ihre erschöpften Augen wanderten über das Flaschenregal hinter der kleinen Bar. »Ginnygin, wo bist du? Wo hast du den verdammten Gin hingestellt?« – »Kühlschrank.« – »Ah, ja. Klar.« Sie schlurfte auf ihren hübschen kleinen Füßen zu dem schimmernden, rostfreien Stahlkühlschrank, der mindestens Großküchenformat hatte. Sie nahm die Flasche Tanqueray's heraus und suchte nach einer Flasche Bitter Lemon. Beides stellte sie auf eine Küchenplatte aus Ahornholz, wählte ein schmales hohes Glas, machte eine Pause, um sich die Strickjacke, die Bluse und den Büstenhalter auszuziehen, ließ die Sachen auf den

Boden fallen, knöpfte den Rock auf und ließ ihn ebenfalls fallen; sie zitterte so sehr, daß ihre Knochen förmlich klapperten, mixte sich ihren Drink, probierte, leckte sich über die Lippen und ging dann, nur mit ihrem rußfarbenen Höschen bekleidet, hinüber zu der Dampfwolke über der Badewanne. Sie gab ihm den Drink zu kurzer Aufbewahrung und stieg, immer noch mit dem Höschen bekleidet, erwartungsvoll zu ihm in das dampfende Wasser, setzte sich neben ihn und legte eine Hand auf seine warme Schulter. Sie küßten sich. Seine Hand glitt an ihrem Brustkorb hinunter zum Bund des Höschens. Er streifte es ihr ab und warf es auf den steinernen Sims über der Wanne. Sie fischte nach seinem Penis, hielt ihn umklammert und sagte dann: »Weißt du was? Ich glaube, daß ich viel zu müde für so was bin.«

Adam lächelte besserwisserisch, hielt ihr das Glas an du Lippen und sagte: »Du wirst dich schon erholen.«

Lindsay trank und rieb ihre Wange an seinem Schnurrbart. Sie sagte streng: »Hör mal zu, du Puppengesicht. Es ist eine sehr schlechte Angewohnheit von dir, in der Badewanne einzuschlafen. Irgendwann werde ich nachts nach Hause kommen und muß dann noch deine Knochen vom Wannenboden zusammensuchen.«

»Ich habe nicht geschlafen. Ich habe nur etwas gedöst. Ich sitze noch gar nicht so lange drin. Fühl mich an.«

»Ich fühle dich.«

»Ich meine den Rest von mir.«

»Wenn du noch mehr einweichst, kann man Kerzen aus dir machen. Du darfst nicht länger drinbleiben.«

Das Telefon klingelte schon wieder, wie ein klingendes Tröpfchen in dem riesigen Raum um sie herum. Das zweite Klingeln wurde vom Bandgerät unterbrochen.

Adam sagte: »Also, was wissen wir heute über Richard Devon, das wir vor einer Woche noch nicht wußten?«

»Er war noch nie in einem Krankenhaus und er wurde auch noch nie ambulant wegen irgendwas behandelt, was mit einer geistigen Instabilität in Zusammenhang stehen könnte. Er war ein recht temperamentvoller Junge. Hat sich viel geprügelt. So 'ne Art tollwütiger Straßenköter. Die üblichen Minderwertigkeitsgefühle wegen seines kleinen Wuchses. Einige kleinere Probleme mit dem Gesetz. Zwei Festnahmen, aber die Verfahren wurden eingestellt.«

»Eins zu null für den Staatsanwalt«, sagte Adam, aber es klang in keiner Weise resigniert. »›Er ist nicht verrückt, er ist schlecht. Sie hat ihm den Laufpaß gegeben, und das konnte er nicht ertragen. Eindeutiger Vorsatz. Er wollte ihr eine Lektion erteilen. Wenn er sie nicht haben konnte, sollte sie auch kein anderer haben.‹«

»Wir haben immer noch fünf Augenzeugen, die schwören werden, daß er sich in einem Zustand der Unzurechnungsfähigkeit befand, gegen den Tollwut gar nichts ist, als er Karyn umbrachte. Dann sind da die Zeugenaussagen der Beamten, die ihn festgenommen haben, und des Polizeiarztes, Dr. Arthur K. Harbison. Das alles ist natürlich nicht besonders viel mehr wert als der Tonbandmitschnitt eines Kaffeekränzchens im Altersheim, aber...«

Lindsay machte eine Pause, um Atem zu holen, während Adam kichernd untergetaucht war. Luftbläschen stiegen über dem Kreis seiner schwimmenden Haare auf. Sie grinste, wartete, bis er prustend wieder auftauchte, und fuhr dann fort: »Außerdem werden wir die Expertisen von genau so vielen freundlichen Irrenärzten vorlegen können die wir uns leisten können. Und da wir gerade bei Finanzierungsproblemen sind, ich habe noch insgesamt zwei Dollar im Geldbeutel.«

»Man kann wahrscheinlich davon ausgehen, daß wir vom County die gleiche Summe für die Verteidigung kriegen wie bei DuBois.«

»Siebenundsiebzigtausend? Aber das war ein Prozeß, der insgesamt zwölf Tage gedauert hat. Dieses Mal wird allein die Auswahl der Geschworenen Wochen in Anspruch nehmen, gar nicht erst zu reden von...«

»Okay, okay. Ich war heute in Montpelier und habe den ganzen Nachmittag damit verbracht rauszukriegen, was der Staat für uns zu tun bereit ist. Spru Norfleet wird uns Anfang nächster Woche anrufen. Spru hat schon immer eine Schwäche für mich gehabt.«

»Ja, ja! Sie und dein Vater...« Ein anderer Ausdruck war

in ihre Augen getreten, ein böser, kämpferischer Ausdruck. »Ich hoffe, du hast ihr keine allzu großen Hoffnungen auf ein Campingwochenende im August gemacht. Ringelpiez im gemeinsamen Schlafsack, he?«

»Spru liegt bereits ein paar Jährchen über dem, was ich als Mittelalter bezeichnen würde. Außerdem wäre das ja fast so etwas wie Inzest.«

Sie spürte keine Hinterlist, keine einstudierte Offenheit in seinen Worten, also sah sie ihn einigermaßen versöhnlich an und kämmte seinen Schnurrbart mit einem langen Fingernagel.

»Übrigens«, sagte Adam, »gestern habe ich mit Gary Cleves zu Mittag gegessen.«

»Na, und wie geht es unserem Kreuzritter Hase?«

»Kam mir ziemlich selbstgefällig vor. Er zitierte den Fall Powell gegen Texas. Außerdem hatte er mindestens einen Martini mehr, als gut für ihn war. Er war sehr zuversichtlich, daß ich schnell die Nerven verlieren und es mit einem Rechtshandel versuchen würde, noch bevor überhaupt die Anklageschrift fertig ist.«

Lindsay leckte die letzten Tropfen aus ihrem Glas und sagte mit einem frechen, boshaften Lächeln: »Gary ist so reaktionär, daß es ihn blind und dumm macht. Weiß er denn nicht, daß es in dieser Gegend noch Leute gibt, die an Hexen glauben? Je mehr ich darüber nachdenke, desto fester bin ich davon überzeugt, daß wir jeder Jury, die uns hier vorgesetzt werden wird, unsere Geschichte von verminderter Zurechnungsfähigkeit verkaufen können.«

Adam mahnte zur Vorsicht. »Die Presse vor dem Prozeß könnte uns ziemlich weh tun. Das ist Garys As.«

Lindsay streckte ihm die Hand mit dem Glas entgegen, biß sich auf die Unterlippe und fragte ihn mit einschmeichelnder Stimme: »Machst du mir noch einen Drink?«

»Klar.«

Adam stieg aus der Wanne und langte nach einem großen Frotteebademantel. Lindsays Augen glänzten wie Jagdhörner, auf die ein Sonnenstrahl fällt. Sie bewunderte seinen festen Po, seine schlanken Fesseln. Er ging in die Küche und mixte Gin und Bitter Lemon, dann öffnete er einen Wandschrank und legte eine orangefarbene Turnmatte vor den Kamin. Er stellte Fläschchen mit Salben und wohlriechenden Cremes daneben und zog den Bademantel wieder aus. Dann kniete er sich hin und wartete darauf, daß Lindsay aus der Badewanne steigen und sich abtrocknen würde.

Sie teilten sich den Drink, dann legte sie sich nackt auf den Bauch.

Er massierte sie; er bediente sich dabei der Shiastu-Methode, bei der man auf die problematischen Bereiche einen leichten Druck ausübt. Er begann mit den kalten, schrumpeligen Füßen und arbeitete sich langsam höher. Als er anfing, ihre Schultern zu lockern, saß er rücklings auf ihren gespreizten, rundlichen Hüften. Bei jeder seiner kräftigen Vorwärtsbewegungen rieb er mit der Spitze seines Penis über die Ausbuchtungen ihrer Lendenwirbel.

Lindsay hatte den Kopf auf die Seite gelegt. Sie stöhnte unter seinem kräftigen Schwung und verlangte nach mehr. Er drehte sie vorsichtig um, kniete jetzt zwischen ihren Beinen. Ihr Bauch war von einem dünnen Schweißfilm überzogen. Sie hatte nicht viele Haare am Körper, das kleine Büschel unterhalb des Bauches reichte nicht aus, um den vorwitzigen Schmollmund ihrer Schamlippen ausreichend zu bedecken. Der rote Kopf seines Schwanzes baumelte herunter auf diesen zarten, vom Schweiß salzigen Ort der Sinnlichkeit, berührte und liebkoste ihn in regelmäßigen Anflügen. Und in ihr erwachte etwas, eine glühende Lust, eine hurenhafte Verworfenheit brach sich Bahn, als ihre Lippen sich langsam öffnenten: »Fick mich! Fick mich! Ich bring' dich um, wenn du es mir nicht auf der Stelle besorgst!«

Später saßen sie in ihren Bademänteln mit den großen Kapuzen nebeneinander am Tisch und sahen aus wie Sparringspartner in einer Trainingspause. Sie machten sich Omeletts in kleinen, viereckigen Bratpfannen. Die Omeletts hatten eine dünne Kruste, sie waren gefüllt mit Pilzen und schwarzen Oliven, und sie verrieben über jedes einzelne etwa einen Teelöffel scharfer Chilisauce. Dazu gab es schwarzen Kaffee, aus den Lautsprechern tönte leise die einschmeichelnde Musik von Stevie Nicks. So saßen die beiden einträchtig schmatzend nebeneinander am Tisch.

»Glaubst du, daß Conor vorhin versucht hat, dich zu erreichen?« fragte Lindsay.

»Das bezweifle ich. Er hat die Häufigkeit seiner Anrufe auf ein halbes Dutzend pro Tag reduziert. Zum letztenmal habe ich heute nachmittag von ihm gehört. Er hat mich bis ins Sprus Büro verfolgt. Er wird morgen herkommen, um Rich zu besuchen. Er hat mir erzählt, daß er nicht mehr glaubt, daß Rich verrückt sei. Einen Gehirntumor schließt er nicht ganz aus, aber er hat wörtlich gesagt: ›Ich weiß, was zu tun ist. Ich weiß jetzt, wie wir der Sache auf den Grund kommen.‹«

»Welcher Sache will er auf den Grund kommen?«

»Richs Verhalten, nehme ich an. Mehr konnte ich nicht aus ihm herausbekommen. Er telefonierte von einer Zelle am New England Highway. Die großen Lastwagen donnerten direkt an ihm vorbei. Es war nicht leicht, ihn überhaupt zu verstehen. Wahrscheinlich war er unterwegs zu einem Ringkampf. Hast du rausbekommen, warum er sein Priesteramt niedergelegt hat?«

»Nein. Hätte ich das sollen?«

»Hätte ja sein können, daß jemand etwas erwähnt hat.«

»Ich habe nur den üblichen Klatsch gehört. Conor muß so etwas wie eine nervliche Krise gehabt haben, nachdem er sich von der Kirche getrennt hatte. Er hat sehr viel getrunken, war aber nie bei den Anonymen Alkoholikern. Die Ehe mit einer guten Frau muß ihn dann wieder ins Gleichgewicht gebracht haben. Eine banale Geschichte, aber ich kann von solchen Geschichten nicht genug kriegen.«

»An dem Abend bei Morecambe's hat er den Cutty Sark ganz schön eifrig hinter die Binde gegossen.«

»Er hatte sechs. Die hatte ich auch.«

»Ich weiß nicht, aber ich werde aus diesem Conor einfach nicht schlau. Er ist ein Riese und kann furchtbar grimmig dreinschauen, aber innen drin scheint er mir ziemlich zerbrechlich zu sein. Und er wird zerbrechen. Bald. Ich gebe ihm noch eine Woche.«

»Ich setze zehn Dollar auf Conor. Und auf die Ehre meines Volkes, auch wenn ich nur durch Adoption irisch bin.«

»Topp.« Sie hakten ihre kleinen Finger ineinander, um die Wette zu besiegeln.

Lindsay gab ihm einen Kuß. »Außerdem habe ich noch rausgefunden, daß Rich nie unter Epilepsie litt. Aber damit hätten wir ja sowieso nichts anfangen können.«

»Na ja. Trotzdem. Ich bin immer noch davon überzeugt, daß er einen epileptischen Anfall hatte. Er lag völlig steif auf dem Boden.«

»Wie lange?«

»Etwa sechs, sieben Minuten lang.«

»Du hättest auf einem sofortigen EEG bestehen sollen.«

»Darauf bestehen? Ich habe mich heiser geschrien! Dieser beschissene Harbison hat ewig gebraucht, bis er zu Rich kam, und dann hat er ihm in die Augen geleuchtet und ihm ein Aspirin gegeben.« Adam schüttelte den Kopf. »Ich habe beim Southern District sofort eine Eingabe gemacht, um Rich aus dem Gefängnis zu bekommen, zu einer mindestens zweitägigen Beobachtung im Krankenhaus. Aber Bracken hat mich abgeschmettert. Keine Notwendigkeit, meinte er, und vor allem wollte er keine Garantie für die Sicherheit übernehmen. Harbison sprach von einem gewöhnlichen Ohnmachtsanfall. Was sagst du dazu? Harbison. Da steckt in Vogelscheiße noch mehr Grips als in dem! Dabei war er gar nicht im Raum. Aber ich war dort. Ich weiß nicht, wer schlimmer aussah, Rich oder Maggie Renquist. Ihr Asthma, weißt du. Und der Schreck.«

»Ich glaube«, sagte Lindsay trocken, »mir wäre auch etwas mulmig geworden, wenn mir jemand seinen Zahn in die Backe gespuckt hätte. Sie kann froh sein, daß er ihr kein Auge ausgeschossen hat. Wie, zum Teufel, hat Rich das angestellt? Meinst du, daß er es mit Absicht getan hat?«

»Ich habe keine Erklärung dafür. Ich weiß nur, daß Rich einen Schneidezahn weniger hat, daß Maggies Backe mit drei Stichen genäht werden mußte und daß Rich verrückt ist. Und das werde ich vor Gericht beweisen können.«

»Ich nehme an, Maggie will mit unserem Klienten nichts mehr zu tun haben?«

Er legte die Gabel auf den Tisch. »Aber nicht doch. Die ist zäh. Und Rich fasziniert sie. Ich glaube, mit so einem hat sie bis jetzt noch nie zu tun gehabt. Sie will Rich in ein paar Tagen die Tests noch einmal vorlegen.«

Lindsay schenkte ihnen beiden noch etwas koffeinfreien Kaffee ein und machte sich gerade daran, den Tisch abzuwischen, als die Türglocke anschlug. Sie sah Adam an, der sich vorlehnte und die Videokamera einschaltete, die den Eingang überwachte. Auf einem der Monitore ihres Sicherheitssystems erschien ein flackerndes Schwarzweißbild.

Sie sahen einen einzelnen Mann ohne Hut. Er war groß, trug einen dunklen Mantel und einen flatternden Schal. Er stampfte sich auf der Matte vor der Tür den Schnee von den Schuhen. Sein Haar war auf interessante Weise ungebändigt, es war hellblond oder weiß, und er hatte eine hervorstechende Nase. Nach ein paar Augenblicken schaute er direkt in die Linse der Kamera, um den Bewohnern des Hauses sein Gesicht offen zu zeigen.

»Mein Gott«, sagte Lindsay, die ihre Hände auf Adams Schulter aufgestützt hatte, »weißt du, wie der aussieht? Der sieht aus wie... Das kann doch nicht sein. Mein Gott!«

»Er ist es«, sagte Adam, und er war so aufgeregt, daß sein Kinn zu zittern begann. Das war ein Reflex, den er seit der Kindheit nicht mehr losgeworden war, wie andere ihren Schluckauf oder ihre nervösen Ausschläge. Adam drückte auf einen Knopf. »Hallo?«

Das bekannte Gesicht vor der Tür verzog sich zu einem durchschaubaren Lächeln. »Habe ich die Ehre« — die Stimme klang metallen durch die Sprechanlage — »mit Mr. Adam Kurland zu sprechen?«

»Ja, ich bin Adam.«

»Ich bitte Sie, mein spätes Eindringen entschuldigen zu wollen. Ich habe ein paarmal versucht, Sie telefonisch zu erreichen, und dann bin ich eben selber vorbeigekommen, in der Hoffnung, Sie noch wach anzutreffen. Wo ich doch selber so eine Nachteule bin. Ich bin Tommie Harkrider. Darf ich reinkommen?«

Adam hatte Lindsay schon ein Zeichen mit dem Kopf gemacht, und sie war die wenigen Stufen zur Empfangsplattform hinter der Eingangstür förmlich hinaufgeflogen. Adam öffnete die Tür mit einem Knopfdruck, und Harkrider trat ein, nachdem er ihr aus einem leuchtenden, dünnen Nebel zugenickt hatte.

»Sie müssen Lindsay Potter sein.«

Sie schüttelte sich den schweren Ärmel des Bademantels von der rechten Hand und begrüßte ihn. »Ist das Ihr Auto? Sitzt noch jemand drin. Warum bringen Sie Ihre Begleitung nicht mit?«

»Nein, nein, das ist Bernie, mein Chauffeur. Wenn er den Motor laufen läßt, hat er's schön warm. Außerdem hat er zu seiner Unterhaltung Videokassetten dabei. Ich kann nicht lange bleiben, ich muß zu einer Frühstücksbesprechung in der Stadt zurück sein, aber ich wollte die Gelegenheit nicht versäumen, Sie und Adam einmal kennenzulernen.«

Adam war ihnen auf halbem Wege entgegengekommen. Sein Lächeln war angespannt, auch eine Spur Vorsicht lag darin. Harkrider begann etwas tolpatschig, seinen Hals aus dem unendlich langen Schal zu wickeln, den ihm Lindsay zusammen mit dem unförmigen Alpacamantel abnahm.

»Mr. Kurland.«

»Es ist mir eine Freude, Sir.«

Harkrider sah sich anerkennend im Raum um.

»Wunderbar, was man mit diesen alten Scheunen alles machen kann. Haben Sie sich das selbst ausgedacht?«

»Ich habe sie von einem Freund übernommen, der in Geldschwierigkeiten war. Darf ich Ihnen einen Drink anbieten?«

»Vielen Dank. Wenn ich einen Vorschlag machen darf: Zwei Fingerbreit Drambuie.«

»Wir haben Drambuie«, sagte Lindsay erfreut und machte sich eilig auf den Weg hinter die Bar.

Adam, der den Kaffeebecher noch in der Hand hatte, geleitete den Gast in die Sitzecke aus einfachen, niedrigen Sofas, die mit dunkelblauem Segeltuch bespannt waren. Er schaltete eine schotenförmige Lampe an, deren verchromter Stil aus einem Blick von Carrara-Marmor hervorwuchs. Harkrider ließ sich langsam nieder, nachdem er sich vergewissert hatte, daß sein Segment der Couchgarnitur nicht unter seinem Gewicht zusammenbrechen konnte.

Er lächelte. Es war ein freundliches, leutseliges Lächeln, hinter dem aber immer noch die Vorsicht des alten Wolfes sichtbar blieb.

»Ich habe den Eindruck, daß wir uns schon einmal getroffen haben.«

»Ja, das haben wir. Im Sommer vor drei Jahren, anläßlich eines Seminars des Nationalen Instituts für Anwälte in Strafprozessen in Virginia Beach. Wie Sie damals Arnold Sondheims Artikel über die Kreuzverhöre auseinandergenommen haben, das war schon...« Adam konnte das Wort ›brillant‹ gerade noch runterschlucken. Er wollte nicht den Eindruck erwecken, als ginge es ihm darum, sich anzubiedern, deshalb setzte er den Satz fort: »... das war schon sehr einleuchtend und lehrreich.«

Harkrider lächelte nachdenklich. »Ja, ja. Sondheim. Der ist schon einer meiner bevorzugten Prügelknaben, obwohl ich natürlich diesem allseits geschätzten Fachmann des Beweisrechts meinen Respekt gar nicht versagen will.«

Lindsay kam mit dem Likörglas für ihren Besucher und setzte sich mit großen Augen neben ihn. Die Holzsandalen an ihren Füßen klapperten.

Nach einer kurzen Pause, während Tommie Harkrider den dunklen Likör probierte und sich umsah, als habe er vergessen, wie er eigentlich hierhergekommen war, wandte sich der berühmte Anwalt Adam zu und kam zur Sache. »Sie haben den Tiger beim Schwanz gepackt. Ich werde mit größtem Interesse verfolgen, wie Sie die Verteidigung Mr. Devons führen werden.«

»Es gibt nur eine mögliche Art und Weise, ihn zu verteidigen. Aber ich bin mir ganz sicher, daß Sie nicht zufällig heute im südlichen Vermont herumfahren, Mr. Harkrider.«

»Bitte, für Sie bin ich der gute alte Tommie.«

»Also, Tommie, ich bin ziemlich froh, daß mir bis jetzt noch niemand gesagt hat, ich sei abgelöst.«

Harkrider schien belustigt. »Ich sehe, daß wir beide gut miteinander auskommen werden, Adam. Nein, ich vertrete die Familie von Karyn Vale. Ich bin hier, um dem Ankläger von Haden County meine Aufwartung zu machen und ihm meinen Rat und meine Hilfe anzubieten, obwohl ich davon überzeugt bin, daß Mr. Cleves gar keine Hilfe nötig hat. Nach allem, was ich gehört habe, sind Sie ein sehr vielversprechender junger Anwalt. Aber der Ankläger wird einen Schuldspruch erreichen. Ich glaube, daß nicht einmal ich Ihren Klienten rausholen könnte.«

Adam schluckte diese Prophezeiung oder gar Drohung wie Rizinusöl, ihm wurde etwas klebrig um den Mund, bevor ihm einfiel, daß er jetzt lächeln mußte. »Nach den Gesetzen des Staates Vermont – mit denen Sie vielleicht nicht so vertraut sein mögen – ist Richard Devon wegen positiver Ergebnisse in den einschlägigen Tests seines geistigen Zustands als nicht schuldig anzusehen. Er ist geisteskrank und gehorchte während der Tat einem Impuls, den er nicht kontrollieren und dem er nicht widerstehen konnte.«

»Es wird immer unpopulärer, die Dinge so zu sehen. Der Freispruch wegen Unzurechnungsfähigkeit ist sehr umstritten, und wenn wir ehrlich sind, dann müssen wir doch zugeben, daß mit diesem Plädoyer in letzter Zeit nicht wenig Mißbrauch getrieben worden ist.«

»Tommie, wir sind doch keine Moralisten, und das sollen wir auch gar nicht sein. Außerdem hat das Rechtssystem noch nie einen Strafverteidiger dafür belohnt, daß er sich was Neues hat einfallen lassen.«

»Trotzdem, populäre Ansichten können sich unter bestimmten Voraussetzungen in Gesetze verwandeln. Schon heute kann man die reaktionäre, herkömmliche Ansicht bezüglich Unzurechnungsfähigkeit den Geschworenen wieder viel besser verkaufen als noch vor ein paar Jahren. Die Leute haben einfach die Schnauze voll davon, einen Mörder einfach laufen zu lassen. Allem Anschein nach wird ›Vermont gegen Devon‹ ein exemplarischer Fall werden, den man genauestens beobachten wird. Schon jetzt hat die Öffentlichkeit ein überdurchschnittliches Interesse. Ich denke, es ist der Sache angemessen, daß wir in der Rechtssprechung hier an eine Weggabelung kommen. Unsere Standards für Geisteskrankheit sind alles andere als brauchbar. Das ist der eigentliche Grund, weshalb ich an dem bevorstehenden Prozeß so großes Interesse habe. Ich sehe hier eine Gelegenheit, durch eine wirklich erschöpfende Abwägung aller Für und Wider zu einer brauchbaren Alternative zu den herkömmlichen Kriterien von ›böse oder verrückt‹ zu kommen, zu einem klinischen Bild, das den Grad der Verantwortlichkeit und den Grad der Strafwürdigkeit tatsächlich herausarbeitet.«

Lindsay saß da, todmüde, aber fasziniert; ihr wurde auf einmal klar, warum dieser Harkrider es so großartig verstand, Prozesse zu führen. Er war so mitreißend, daß es jedem Gegner den Nerv töten konnte. Sie fühlte sich wie unter dem hypnotischen Einfluß eines Vollmonds, der sich weigerte, unterzugehen.

Adam sagte vorsichtig: »Ich bin nicht sicher, Sie verstanden zu haben.«

»Wofür ich plädiere, ist ein Prozeß auf zwei Stufen. Auf der ersten Stufe werden die Geschworenen befragt werden, ob sie der Meinung sind, daß der Angeklagte den Tod von Karyn Vale verursacht hat, egal ob man ihn dafür verantwortlich machen kann oder nicht. Auf der zweiten Stufe des Prozesses wird dann die Frage nach der Zurechnungsfähigkeit des Angeklagten gestellt. Die Geschworenen werden entscheiden — entsprechend dem Grad dieser Zurechnungsfähigkeit —, ob von einer Bestrafung zugunsten einer psychiatrischen Behandlung abgesehen werden soll. Ein wesentlicher Gesichtspunkt bei der Beantwortung dieser Frage muß natürlich auch der Schutz der Allgemeinheit sein.«

»Änderungen der Strafprozeßordnung zugunsten eines solchen Prozesses auf zwei Stufen sind in der Vergangenheit schon des öfteren vorgeschlagen worden.«

»So ist es«, stimmte Harkrider zu.

»Damit würde die Verteidigung wegen Unzurechnungsfähigkeit praktisch abgeschafft. Das würde natürlich den Job des Anklägers wesentlich erleichtern, und auch den Job der Geschworenen. Haben Sie mit Gary Cleves darüber gesprochen?«

»Er schenkte meinen Ausführungen ein aufmerksames Ohr.«

»Davon bin ich überzeugt. Ich frage mich nur, ob ein solcher Prozeß auf zwei Stufen nach Vermonter Recht überhaupt möglich ist.«

»Ich bin dieser Frage nachgegangen. Den dazu nötigen Spielraum lassen die Gesetze vieler Staaten, nicht nur die von Vermont. Aber die Entscheidung, einen solchen Prozeß zuzulassen, liegt ausschließlich beim vorsitzenden Richter.«

»Wobei die Zustimmung der Verteidigung einigen Einfluß hätte«, meinte Lindsay.

»Ihre Kooperation wäre zweifellos eine große Hilfe.«

Adam sprach leise und ohne sarkastischen Unterton. »Worauf das hinausliefe, wäre eine Preisgabe der Rechte meines Mandanten. Er würde bereits als schuldiger Mann den Gerichtssaal betreten, es bliebe nichts als die Entscheidung, wie mit seiner Schuld zu verfahren wäre. Ich möchte nicht gerne als der Strafverteidiger in die Rechtsgeschichte eingehen, der seinen Mandanten einem Laboratoriumsversuch auslieferte und ihm dann einen freundlichen Klaps auf die Schulter gab, weil er für seine Pioniertat mit einem ›lebenslänglich‹ belohnt wurde.«

»Ihre Schlußfolgerungen sind verständlicherweise etwas voreilig«, sagte Harkrider und stocherte mit einem Zeigefinger in der Luft herum, als wollte er einer möglicherweise aufkommenden Spannung zwischen ihnen gleich den Wind aus den Segeln nehmen. »Ich denke, Sie werden mir noch zustimmen, daß mein Vorschlag zumindest einer Überlegung wert ist, und sei es auch nur, um eine Alternative zu einer unvermeidlichen Niederlage zur Hand zu haben. Wird man Adam Kurland bald rühmen für seine Weitsichtigkeit und seinen Mut, oder wird man ihn schnell wieder vergessen? Ich kann diese Frage nicht beantworten, wir haben uns ja gerade eben erst kennengelernt. Außerdem bin ich nicht hierhergekommen, weil ich Ihnen etwas verkaufen will. Zwei bezahlte Revolvermänner haben sich mal zusammengesetzt und einen kleinen Plausch gehalten. Darum ging's mir. Ich hoffe aber, daß es mir gelungen ist, Ihren Blickwinkel ein bißchen zu erweitern. Die Sache will wohl überlegt sein, und das braucht seine Zeit. Aber ich bin fest davon überzeugt, daß Adam Kurland, wie auch immer, seinen Platz in der Geschichte der Rechtssprechung gefunden haben wird, noch bevor der Fall ›Vermont gegen Devon‹ seinen Abschluß gefunden hat.«

Ein Piepser, den er am Gürtel trug, meldete sich. Tommie Harkrider erhob sich auf der Stelle, hatte aber etwas Mühe, das Gleichgewicht zu halten. »Das ist ein Anruf, der mich in meinem Auto erwartet. Aber ich müßte mich sowieso auf den Weg machen. Ich würde mich sehr freuen, wenn wir uns in der Stadt mal zum Essen treffen würden. Ich könnte Ihnen das Flugzeug meiner Firma schicken, damit Sie etwas Zeit sparen. Ich weiß, wie fleißig Sie während der nächsten Wochen sein müssen.«

»Vielen Dank«, sagten Adam und Lindsay fast unisono. Sie sahen sich selbstbewußt in die Augen und Lindsay ging, um dem alten Anwalt Schal und Mantel zu holen.

Harkrider klopfte Adam auf die Schulter, beugte sich herunter, um Lindsay einen Kuß auf die Wange zu geben. Sein Mund roch nach dem bräunlichen, salzigen Saft alter Zigarren. Dann eilte er mit eifrigen kleinen Trippelschritten auf die Eingangstür zu. Als die Tür sich geschlossen hatte, sahen sie sich an. Lindsay, die sich etwas flau fühlte, wie von den Nachwirkungen eines gewaltigen Sturms, sagte zu Adam: »Du solltest mal dein Gesicht sehen.«

Adam lachte mürrisch, das blieb sein einziger Kommentar.

»Er wollte dir ein Geschäft vorschlagen«, sagte Lindsay. Ihre Augen waren vor Übermüdung ganz klein geworden.

»Warum gerade jetzt«, murmelte Adam. »Warum gerade ich? Das haut doch sowieso nicht hin. Ich lasse mich nicht einschüchtern. Also geht's gegen Harkrider. Irgend so etwas mußte ja passieren. Martin Vale mit seinem Einfluß. Wir konnten nicht erwarten, daß der so einfach stillhält. Der will Blut sehen.«

»Hast du nicht auch den Eindruck, daß Tommie ein paarmal kräftig kauen wird, und schon kommt Gary Cleves in kleinen Stücken wieder heraus?«

Die Luft um sie herum vibrierte förmlich von all den unbeantworteten Fragen. Adam mixte noch einen Schlummertrunk. Er blieb bei Gin und preßte frische Zitronen aus. Er hatte das Gefühl, als würde er von einem Adrenalinstoß in die Luft gehoben wie ein Papierdrachen, und als könne er von seinem hohen Beobachtungsposten aus ein neues Terrain der Herausforderung und der Auseinandersetzung überblicken, ein Terrain, auf das er sich sorgfältig vorbereitet hatte und dessen Eroberung sein ganzes späteres Leben verändern würde. Er wollte reden und Linds wollte schlafen, aber mit der Engelsgeduld einer Sektenangehörigen, die an den Haustüren ihre religiösen Überzeugungen verkaufen will, hörte sie seinen Ausführungen zu. Als er endlich fertig war, fühlte sie sich wie in einer tiefen Höhle der Schlaflosigkeit. Sie nickte nur noch, ihre Augendeckel flatterten wie Fledermäuse, aber beide waren sie frohen Mutes, als hätten sie gerade einen Probedurchlauf des Prozesses hinter sich gebracht und als hätte sich dabei gezeigt, daß sie gar nicht verlieren konnten.

Aber keine noch so lange Diskussion und auch nicht die zusammengenommenen Erfahrungen ihrer jungen Leben hätten sie auf das vorbereiten können, was sie am nächsten Vormittag erleben sollten.

45

Um zehn Uhr wartete Conor auf der Treppe des Gerichtsgebäudes auf die beiden. Er trug den üblichen karierten Mantel und rote Ohrenwärmer. Der wolkenlose Himmel versprach einen kalten, aber ruhigen Tag, während in seinen Augen ein anderes Wetter zu herrschen schien: Blitz und Donner, Aufruhr. Er ergriff Adams Hand und sah Lindsay an, ohne zu lächeln. »Ich bin vorhin in Captain Moormans Büro gewesen. Es ist etwas passiert, das Sie interessieren dürfte. Am vierzehnten Januar, also vor drei Wochen, ist Polly Windross aus St. Janvier in Quebec verschwunden. Ihre Tante hatte sie in den Bus nach Montreal gesetzt. Dort sollte ihr Vater sie abholen. Aber das letzte, was man von Polly weiß, ist daß sie den Bus an der Endstation verlassen hat. Und ihr Vater ist inzwischen tot, überfahren von einem Güterzug, wie wir ja alle wissen.«

Adam sah den riesigen Mann nachdenklich an, dann legte er ihm eine Hand auf den Ellenbogen, um ihm klarzumachen, daß sie jetzt reingehen sollten. Conor ging die letzten Stufen zwischen den beiden Anwälten hinauf.

Adam sagte: »Ich verstehe immer noch nicht, warum Sie glauben, daß es eine Verbindung zwischen Polly Windross, ihrem Vater und dem Mord gibt, dessen man Rich für schuldig hält. Haben Sie uns vielleicht irgend etwas verheimlicht, Conor?«

Conor öffnete die messingbeschlagene Tür zum Gerichtsgebäude. »Es gibt eine Verbindung, aber ich habe bis jetzt den Beweis dafür noch nicht bringen können. Ich glaube, daß ich das heute kann.«

Lindsay sagte: »Meinen Sie nicht, daß Sie uns informieren sollten, bevor wir mit Rich zusammentreffen?«

»Ich möchte, daß Sie die Geschichte von Rich hören. In seinen eigenen Worten.«

In einem Vorraum zu dem Verhörzimmer, wo Richard Devon und die Psychologin Maggie Renquist sich vor einer Woche getroffen hatten, legten sie ihre Mäntel ab, und die beiden Anwälte öffneten ihre Aktentaschen für die obligatorische Durchsuchung. Conor hatte eine Stange Kent mit Filter dabei und ein goldenes Kruzifix, das etwa zehn Zentimeter lang war. Der Wächter wog das Kruzifix mißtrauisch in der Hand, aber da es keine besonders scharfen Kanten hatte und nur wenige Gramm wog, würde es wohl keine besonders gefährliche Waffe abgeben. Conor durfte es wieder in seine Hosentasche stecken.

Sie bedienten sich an dem Kaffeeautomaten und begaben sich in das Verhörzimmer, während der Wächter das Gefängnis anrief. Conor ging direkt zu dem einzigen Fenster und regulierte die Jalousie, um etwas mehr Licht hereinzulassen. Das Fensterglas, in das ein Drahtnetz eingearbeitet war, war mit kleinen Eisblumen überzogen. Außen war ein kräftiges Gitter angebracht. Er drehte den beiden anderen ziemlich unkommunikativ den Rücken zu, während Adam über den Besuch von Tommie Harkrider berichtete. Lindsay legte eine neue Kassette in ihr Diktaphon und vergewisserte sich, daß alles richtig funktionierte.

Conor fragte: »Sie wollen uns also die Mittel aus der Hand nehmen, Rich angemessen zu verteidigen?«

»So stellt es sich im Moment dar. Ich brauche Ihnen wohl nicht zu sagen, daß ich nicht bereit bin...«

»Vielleicht gibt es eine viel bessere Verteidigungsstrategie. Ich habe Ihnen ja am Telefon schon gesagt, daß mein Bruder nicht verrückt ist.«

Adam reagierte etwas ungeduldig. »Wenn es eine bessere Verteidigungsmöglichkeit geben würde, dann wüßte ich nicht...«

Die Tür zum Verhörzimmer wurde geöffnet, und man brachte Rich herein. Er trug einen jener verknitterten Baumwolloveralls und ein Sweatshirt mit einer großen Kapuze, die zusammengefaltet auf seinem Rücken lag. Er hätte einen Haarschnitt nötig gehabt und hatte sich an diesem Morgen nicht rasiert. Er sah blaß und unausgeglichen aus, wie jemand, dem sein Äußeres ziemlich egal ist. Auf einer Wange klebte ein Pflaster in der Farbe des Overalls. Sein Blick war sanft und glanzlos, und seine Lippen schienen fest zusammengeleimt; insgesamt lag ein Ausdruck leichter Belustigung auf seinem Gesicht. Die Hände hingen asymmetrisch an den Seiten herunter, eine Handfläche hielt er nach innen, die andere nach außen. Es sah aus, als hätten sie mit dem Rest des Körpers nichts zu tun. Rich stand ungefähr in der Mitte des Raums, sein Gesicht hatte er vom Licht abgewandt; er betrachtete verstohlen seinen Bruder, der sich langsam umdrehte, aber er sprach erst, als sich die Tür wieder geschlossen hatte.

»Hi, Conor. Hab' dich ja eine Weile nicht zu sehen gekriegt.« Es lag kein Vorwurf in seiner Stimme, sondern er machte nur eine Feststellung, stellte die Dinge so dar, wie sie nun einmal waren.

»Ich muß nebenbei auch noch Geld verdienen, Kleiner«, antwortete Conor etwas schroff. Ihm steckte ein dicker Kloß im Hals.

»Klar.« Rich bewegte sich immer noch nicht, sein Blick wanderte hinüber zu Adam und Lindsay, die ihn anlächelten. Seine Lippen reagierten, als hätte er sich ein Lächeln ausgeliehen und sei gerade dabei, es als unbrauchbar zurückzugeben. Dann entdeckte er die Stange Zigaretten auf dem Tisch. »Sind die für mich?«

Conor hatte sich jetzt umgedreht, er sah Rich ernst an. Seine Augen waren rotgerändert und auf seinem Gesicht lag ein so tragischer Ausdruck, daß Adam erschrak.

Die Art, wie Conor seinem Bruder heute begegnete, baute ein Spannungsfeld auf. Adam merkte deutlich, daß hier etwas wirksam wurde, das tief aus Conors Innerstem kam, und er sah zu Lindsay hinüber, als wolle er sich von ihr die Bestätigung für seine Befürchtungen holen. Vielleicht war es doch keine so gute Idee gewesen, ihn mit Rich zusammenzubringen, bevor sie ihn nicht ausgequetscht und in Erfahrung gebracht hatten, was ihn so sehr bewegte.

Aber Conor sagte nur: »Nimm dir die Zigaretten, Rich.«

»Ich glaube, ich könnte auch eine gebrauchen«, sagte Lindsay. Sie war eine Gelegenheitsraucherin und konnte es ebensogut bleibenlassen. Adam hatte sie schon wochenlang keine mehr anstecken sehen.

Rich nickte, und Lindsay öffnete ein Päckchen, um zwei Zigaretten herauszunehmen. Eine gab sie ihm. Adam beschloß, auch eine zu rauchen. Er holte sein Dunhill-Feuerzeug heraus. Conor stand am Rande dieser Szene, nachdenklich und verschlossen.

»Schmeckt gut«, meinte Rich und nickte dankbar. Er nahm noch einen Zug und ließ den blauen Rauch zu den Nasenlöchern wieder hinaus. Er setzte sich auf einen Stuhl und schlug die Beine übereinander. Einer der schmutzigen Pantoffel rutschte von seinem Fuß. Seine Zehennägel waren blau angelaufen. Er sah wieder hinüber zu Conor. Ein irregeleiteter, greller Lichtstrahl schien seine Pupille getroffen zu haben, ließ sie ausweichen.

»Rich«, sagte Conor, »du hast mich gebeten, dir zu helfen. Und ich habe alles getan, was in meinen Kräften stand. Heute morgen habe ich mit Captain Moorman gesprochen. Windross ist tot, es gibt keine Spur von Inez Cordeway. Und Polly Windross scheint verschwunden zu sein. Möglicherweise warst du der letzte, der sie gesehen hat.«

Rich, der keine besondere Reaktion gezeigt hatte, nahm einen tiefen Zug aus seiner Zigarette. Den Kopf hielt er gesenkt, das Kinn näherte sich der Brust, bis seine Stirn und sein blonder Haaransatz im flachen Strahl des Sonnenlichts leuchteten. Er hatte jetzt den starren Blick eines Blinden.

»Was wir jetzt von dir wissen müssen, was du uns unbedingt erzählen mußt, damit wir uns weiter bemühen können, dir zu helfen und dich hier rauszuholen, ist alles, was in der Nacht passiert ist, in der du Polly gesehen hast. Rich, erinnerst du dich daran?«

Lindsay setzte sich in Richs Nähe. Das kleine Kassettengerät hielt sie – nicht zu auffällig – in der einen Hand, ihre Zigarette in der anderen. Adam konne von seinem Platz aus Rich und Conor im Auge behalten. Er war noch immer von dunklen Vorahnungen erfüllt, auch wenn er nicht genau wußte, warum.

»Ich erinnere mich.« Richs Stimme klang kehlig, als hätte der Zigarettenrauch sie rauher gemacht.

Ganz ruhig forderte Conor ihn auf: »Erzähl es uns.«

Richs Kopf fuhr hoch. Seine Augen waren jetzt weit aufgerissen, sie schienen das Licht mit unglaublicher Geschwindigkeit in sich aufzusaugen, dann wurde das Licht in einem Blick von geradezu übernatürlicher Leidenschaft zurückgestrahlt. Sein Mund verzog sich zu einem Ausdruck widerlicher Selbstzufriedenheit und seine Stimme klang wie das Knurren eines Löwen, den man beim Fressen gestört hatte.

»Ich habe mit dem Schweinchen Sodomie getrieben. Babyscheiße und Blut sind aus ihrem süßen rosa Arschloch getropft. Ich habe ihr meinen Saft direkt ins Gesicht geschossen, ihr hättet sehen sollen, wie sie ihn aufgeschleckt hat. Und dann habe ich ihre Pflaume geknackt, ich habe sie gefickt, bis sie ohnmächtig wurde.«

Lindsay's Hand mit der Zigarette verharrte auf halbem Weg zu den Lippen. Ein Ausdruck des Entsetzens schien ihre Gesichtszüge so sehr zu beherrschen, daß sie unfreiwillig nicken mußte. Sie blinzelte ungläubig, als Rich sich zu ihr umdrehte. In seinem Mund, der jetzt geöffnet war, sah man die Zahnlücke. Das gab seinem Aussehen jetzt etwas Bestialisches.

Er sprach wieder aus der Tiefe seiner Kehle, während sie das Gefühl hatte, als schiebe sich ein dünner Eispanzer unter ihre Kopfhaut. Ihre Glieder fühlten sich an wie eingefroren. Seine Lippen und seine Zunge bewegten sich nicht, während er sprach. »Fragen Sie doch meinen Bruder nach Lüsternheit. Fragen Sie ihn nach Sodomie. Er hat sich letzte Nacht in einem Hotelzimmer einen runtergeholt, und er hat dabei an Ihre kleine Fotze gedacht. In seinen Socken hat er es spritzen lassen, und hinterher hat er geweint.«

»Du bist nicht mein Bruder!«

Sein Kopf fuhr wieder herum, seine Augen verengten sich zu Schlitzen. Er hatte den anderen Pantoffel abgestreift und beide Füße standen auf dem Steinfußboden, sie versuchten sich wie die Klauen eines Tieres festzukrallen, sie scharrten und kratzten dabei. Seine Hände lagen ganz ruhig auf den Knien, die Zigarette glomm zwischen zwei Fingern.

»Bleib wo du bist! Rühr mich nicht an, du gescheiterter Pfaffe! Laß die Hände in den Hosentaschen und verschwinde! Komm bloß nie wieder! Ich brauche dich nicht. Ich brauche dich für gar nichts!«

Conor begann, sich in einer tänzelnden Art zu bewegen, als stünde er im Ring. Die linke Hand hatte er in der Tasche seines Jacketts, während er die Rechte durch die Luft bewegte, jederzeit bereit zuzugreifen. Er bewegte sich nicht direkt auf Rich zu, er tänzelte um ihn herum, seine Aufmerksamkeit hatte er dabei auf den zerwühlten Blondschopf seines Bruders gerichtet. Als Adam ihm im Weg stand, machte der Anwalt sofort einen Schritt zurück, ohne dazu aufgefordert worden zu sein.

Mit jedem Schritt, den Conor machte, drehte sich Rich ein wenig in seinem Stuhl, um ihn im Auge behalten zu können. Seine Augenbrauen hatte er hochgezogen, sein Mund verzog sich zu einem Ausdruck der Unsicherheit.

»Hey, Conor, was ist mit dir los?« Seine Stimme klang jetzt wieder einigermaßen vertraut. Er wedelte mit den Händen herum. »Kannst du nicht einmal einen kleinen

Spaß vertragen? Ich bin's doch, dein Bruder Rich. Wieso benimmst du dich so? Du willst mir doch nicht etwa weh tun?« Er fing jetzt an zu jammern. »Ich habe dir doch nichts getan! Weißt du nicht, daß ich dich liebe, Conor?«

Conor tanzte immer noch um ihn herum. Er machte Lindsay ein Zeichen, von ihrem Stuhl aufzustehen, und sie folgte der Aufforderung mit einer solchen Heftigkeit, daß sie sich ihre Knie an der Tischplatte stieß. Sie humpelte rückwärts in Adams Arme. Der hielt sie fest und sagte: »Conor, hören Sie zu. Ich glaube...«

Conor starrte Rich jetzt in die Augen und sagte grimmig: »Im Namen unseres Herren, Jesus Christus...«

»Halt die Fresse, die dämliches Stück Scheiße! Du wirst an Krebs sterben. Ich bin froh, daß ich es dir als erster sagen darf! Du wirst nicht einmal lange genug leben, um Charley-Chucks High-School-Abschluß mitzuerleben.«

Mit einer Bewegung, die so schnell war, daß der Anwalt ihr kaum hatte folgen können, riß Conor seinen Bruder vom Stuhl und schleuderte ihn mit dem Gesicht nach vorn gegen die entfernteste Wand. Aus der Jackentasche zog er das Kruzifix. Der Raum war förmlich aufgeladen mit gewalttätiger Spannung. Ein heißes Licht blitzte von dem Goldkreuz in Conors Hand. Er sprang auf Rich zu, der flach auf dem Boden gelegen hatte und jetzt völlig verdutzt versuchte, wieder auf die Füße zu kommen. Conor hielt das Kruzifix nur Zentimeter von Richs Hinterkopf entfernt.

»Dämon, Schlange, falscher Tyrann, ich zeige dir das Kreuz unseres geliebten Herren! Unseres Vaters, dem wir alle zu Gehorsam verpflichtet sind! Gehorche IHM! Gib dich zu erkennen, sage uns deinen Namen, du verdorbener Geist, der du vom Himmel geächtet bist! Satan! Der Vater, der Sohn und der Heilige Geist befehlen es dir! Hinweg!«

Eine von Lindsays lebhaftesten Erinnerungen war jene an ein Unglück, das sie im Alter von zehn Jahren auf einem Jahrmarkt im Staate New Hampshire hatte mitansehen müssen. Es war an einem Wochenende im September passiert; die Blätter an den Bäumen hatten sich schon zu einem frühen Rostbraun und flammendem Orange verfärbt. Über dem Gelände des Jahrmarkts, wo sich alles so schnell und so verrückt durcheinander bewegte, hatte der Himmel sich wie ein klarer, lichter Dom gewölbt, aufgeschürft von so vielen kleinen Kratzern, daß die Kraft der unsichtbaren Sonne ihm einen eigenartig schartigen Glanz verliehen hatte. Die Luft war schwül gewesen, sie hatte fast stillgestanden. Jeder Schritt hatte feinen Staub aufgewirbelt, so daß man die schwarzen Kabelschlangen, welche die sich drehenden, fliegenden und schaukelnden Metallkörper der verschiedenen Karussells wie Nervenbahnen miteinander zu verbinden schienen, teilweise nicht mehr hatte erkennen können. Sie war mit Robert, ihrem älteren, ebenfalls adoptierten Bruder auf dem Jahrmarkt gewesen, und er hatte nichts anderes im Kopf gehabt, als sich ihrer so bald wie möglich zu entledigen, um sich selbst dann unbeschwert in die aufregenden Abenteuer halsbrecherischer Unternehmungen stürzen zu können, von denen sich hinterher immer so schön prahlerisch erzählen ließ. Sie erinnerte sich noch an die trockene Kruste, die die vielen Süßigkeiten auf ihren Lippen hinterlassen hatten, an den feinen Film der Zuckerwatte auf den Zähnen. Taub war sie dem Höllenlärm gegenüber gewesen, der um sie herum getobt hatte, und ganz in ihrem Element hatte sie sich gefühlt. Auf einmal hatten sich schrille Angstschreie in das Gejohle der Vergnügungssüchtigen gemischt, aus den Augenwinkeln hatte sie ein vollbesetztes Riesenrad herunterfallen und zerbrechen sehen wie schwerfällige Mikadostäbe. Das Ganze war mit einer Langsamkeit und Behäbigkeit abgelaufen, als sei es das letzte gewesen, was der Tag ihnen an Aufregendem hatte bieten wollen, sozusagen der logische Höhepunkt der so wild durcheinanderbewegten Wirklichkeit um sie herum, auch wenn ihr Bewußtsein sofort und instinktiv vor der grausamen Realität dieser Katastrophe zurückgeschreckt war. Robert hatte sie gepackt und war mit ihr davongerannt. Später hatten sich diese fantastischen, schrecklichen Augenblicke oft in ihren Träumen wiederholt, dieser scheinbar bedächtige Schlag des Schicksals, das aus seiner Verankerung gelöste Riesenrad, die Umrisse der unglückseligen herunterstürzenden Menschenkörper.

Dieses Mal, in einem Raum von weniger als zwanzig

Quadratmetern, der einem keinen Platz zum Weglaufen ließ, kam das Verhängnis wieder auf ganz leisen Sohlen, obwohl Lindsay sofort so taub war, als wären ihre beiden Trommelfelle geplatzt. Sie hatte das Gefühl, als sei das alles in ihr, dieser wütende Schrei, oder was immer es sein mochte, dieses unsichtbare Messer, das unaufhörlich an ihren lebenden Knochen kratzte.

Eine Reihe grotesker, absurder, schrecklicher Ereignisse lief vor ihnen ab. Vielleicht passierte auch vieles gleichzeitig, jedenfalls schien die Realität um sie herum zusammenzustürzen.

Rich wurde hoch in die Luft geschleudert, als wäre er von einem flexiblen Boden abgesprungen. Oben unter der Decke zog er sich zu einem Ball zusammen, wie ein Turner legte er den Kopf gegen die Knie und umklammerte die Fersen mit den Händen. Seine Augen waren fest geschlossen, wie bei einem Fötus, sein ganzes Gesicht wirkte, als sei es niemals von so etwas wie einem Geburtstrauma berührt worden. Dann begann dieser menschliche Ball mit unglaublicher Geschwindigkeit im Zimmer umherzuprallen, vom Boden an die Wand, von da an die Decke und wieder zurück. Conor versuchte ihn zu fangen wie einen riesigen Medizinball, aber er wurde getroffen und zu Boden geworfen. Aus seiner gebrochenen Nase schoß Blut.

Die Jalousie, die vor dem Fenster heruntergehangen hatte, bewegte sich klappernd in eine vertikale Lage, als würde sie in das Schwerefeld dieses Körpers gezogen, der da auf seiner merkwürdigen Umlaufbahn durchs Zimmer flog. Dann begannen sich die einzelnen Latten mit einem zischenden, flüsternden Geräusch zu lösen und wie metallene Säbel über ihre Köpfe zu schwirren. Adam ergriff Lindsay und zog sie hinunter auf den Boden, aber er hatte nicht mehr verhindern können, daß ihr ein tiefer Schmiß quer über die Stirn zugefügt wurde.

Als Conor versuchte, sein Kruzifix abwehrend in die Luft zu halten, begann es in seiner Hand zu schmelzen und seine Haut und sein Fleisch zu verbrennen.

Er kroch auf Händen und Knien zur Tür und stieß sie auf. Im selben Moment war der Wirbelsturm, der im Zimmer getobt hatte, vorbei. Rich landete ausgestreckt auf dem Boden, nicht weit von der Ecke entfernt, in die sich Lindsay und Adam verkrochen hatten. Er blutete aus Nase, Ohren, und Mund. Sein Overall war an Dutzenden von Stellen eingerissen. Am ganzen Körper hatte er Striemen. Er sah aus wie tot.

Lindsay befreite sich strampelnd aus Adams Umklammerung und kletterte über den bewegungslos daliegenden Rich, kroch zwischen verbogenen Jalousielatten, noch glühenden Zigarettenstummeln und Papierresten hindurch. Sie klapperte mit den Augendeckeln, in dem Versuch, durch das Blut hindurchsehen zu können, das ihr von der Stirn lief und sich auf den Wimpern festgesetzt hatte, dann schleppte sie sich stöhnend durch die offene Tür.

Sie rannte durch den Vorraum, vorbei an den verdutzten Wärtern, die hinter ihr herriefen, die sie aber gar nicht hörte. Einer der Absätze ihrer Stiefel brach ab und sie wäre um ein Haar die breite Marmortreppe hinuntergestürzt, aber es gelang ihr im letzten Moment, das Messinggeländer zu ergreifen, so daß sie ihre Flucht fortsetzen konnte. Die Augen von Blut verklebt, stolperte sie quer durch die schattige Eingangshalle, hinaus in den hellen, rosafarbenen, schaurigstillen Morgen. Dort warf sie sich in einen Schneehaufen, den Kopf voran, und drehte und rollte sich herum; rote Blutspuren hinterlassend, versuchte sie, das Feuer des Schmerzes auf ihrer Stirn mit kaltem Schnee zu löschen. Sie fühlte Hände an ihrem Körper, aber sie spürte, daß es die falschen Hände waren, die versuchten, sie hochzuheben und sie zu trösten.

Dann endlich spürte sie Adams Hände, und sie drehte sich um, sie wagte es, sich aufzusetzen und ihm ins Gesicht zu sehen.

Er war bleich, aber er war nicht besiegt, seine braunen Augen waren erschrocken, trotzdem taten sie ihr gut. Er sprach zu ihr, zum Schluß hörte sie sogar etwas, aber das war nicht seine Stimme, das war das ohrenzerfetzende Heulen einer Polizeisirene. Hinter seiner Schulter sah sie, wie Männer in der Uniform der State Police mit gezogenen Revolvern ins Gerichtsgebäude liefen. Warum? Sie starrte

Adam fragend an und versuchte, ihre tauben Lippen zu bewegen, dann fuhr sie sich mit einer Hand über das nasse,
kalte Gesicht und sank ihm reglos in die Arme.

46

Hillary Devon versuchte, es ihrer Klassenkameradin Beth
LeMaster am Telefon zu erklären: »Also, Beth, es ist dieselbe Formel, du mußt nur das Problem analysieren, mußt dir
genau anschauen, welche Informationen du hast. Du
kennst die Relation. Du kennst den Prozentsatz. Jetzt setzt
du als Nenner m ein. Fünf Hundertstel sind gleich dreizehn
m-tel. Hast du das verstanden?«

»Wenn du es mir jetzt erklärst, schon, aber während der
Schulaufgabe kann ich mich dann einfach nicht mehr daran
erinnern. Mein Gott! Ich hasse Algebra.«

»Hör mal, wir haben morgen doch beide die erste Stunde
frei. Ich werde es dir dann noch einmal erklären. Es ist
wirklich ganz einfach.«

»Für dich ist es ganz einfach, Hillary«, sagte Beth, und es
hörte sich überhaupt nicht sarkastisch an, sondern es war
eher dieser weinerliche Tonfall, der Hillary so leicht auf die
Nerven ging.

Sie waren seit der ersten Klasse befreundet, manchmal
mehr, manchmal weniger, und jetzt machten sie gerade eine Phase der Gemeinsamkeit durch. Sie waren zum Beispiel in derselben Schulbusgruppe, obwohl Hillary sich das
nicht so ausgesucht hatte. Beth konnte manchmal so bissig
und so kalt sein, sie konnte einem Dinge an den Kopf werfen, die man ihr eigentlich niemals verzeihen dürfte. Aber
so war sie eben. Und sie war eine geborene Intrigantin. Hillary hing wohl vor allem deshalb an ihr, weil ihre Mütter so
eng befreundet waren. Außerdem war Beths vierzehnjähri-
ger Bruder ein Traum von einem Jungen, und ohne die Besuche bei Beth hätte Hillary keinen Grund gehabt, in seiner
Nähe zu sein.

Beth gähnte. Das war das sicherste Zeichen dafür, daß

sie gerne das Thema wechseln wollte. »Was hältst du von dem neuen Pater?«

»Für einen Jesuiten ist er ganz gut zu ertragen. Glaubst du, daß er Barb und Conni tatsächlich diesen Witz von Superman erzählt hat, der über das Nudistengelände fliegt?«

»Klar. Was ist daran so erstaunlich?«

»Aber... der Witz ist doch schmutzig, oder?«

Beth jauchzte auf. »Du willst mir doch nicht sagen, daß du den gar nicht verstanden hast?«

»Ich weiß ganz genau, was ein Ständer ist«, sagte Hillary beleidigt.

»Aber hast du auch schon mal einen gesehen?« fragte Beth mit einem leisen Kichern, das Hillary ziemlich geschmacklos fand.

›Nein! Und du auch nicht‹, hatte sie antworten wollen, aber dann war sie sich dessen gar nicht so sicher. Beth war schon dreizehneinhalb. Und sie hatte schon ihre Menstruation. Sie war schon eine richtige Frau. Hillary fand es jetzt ihrerseits an der Zeit, das Thema zu wechseln, deshalb sagte sie: »Samantha und ich haben heute unseren Schrank nicht mehr aufgekriegt. Als wenn jemand die Kombination geändert hätte. Mr. Eccles wird die Schlösser auswechseln müssen. Samantha hat einen richtigen Wutanfall bekommen. Ihre besten Hochglanzfotos waren drin, und dabei hatte sie doch heute nachmittag die Verabredung in Boston, mit der Frau von der New Yorker Agentur, weißt du, die auch Brooke Shields entdeckt hat.«

»Ach, Samantha. Ich verstehe wirklich nicht, warum die jeder so furchtbar schön findet. Wenn ihre Augen noch etwas weiter auseinander lägen, dann würden sie hinter den Ohren verschwinden.«

Hillary sah auf und sah gerade Dean vor ihrer Tür vorbeigehen. Sie rief ihm nach.

»Wenn du in die Küche gehst, dann bring mir bitte einen Apfel mit!«

»Warum?«

»Weil ich heute abend für dich die Teller abgeräumt habe. Weil ich Hunger habe. Weil ich gerne einen Apfel essen möchte. Brauchst du immer neunundneunzig gute Gründe, um jemandem einen Gefallen zu tun, du Idiot?«

»Du spinnst wohl! Ich tue niemandem einen Gefallen, der Idiot zu mir sagt.«

»Tut mir leid! Entschuldige bitte! Dean? Bring mir doch bitte einen Apfel!«

Beth meldete sich wieder. »Wer ist denn deine neue Freundin?«

»Ich habe mit Dean gesprochen.«

»Nein, ich meine das Mädchen, mit dem du zusammen vom Jazzballett nach Hause gegangen bist. Wohnt die in eurer Straße?«

»Was für ein Mädchen? Ich bin gar nicht nach Hause gegangen. Ich bin nur ein paar Blocks weiter gegangen, zu dem neuen Einkaufszentrum. Dort habe ich mich mit meiner Mutter getroffen. Da war niemand bei mir.«

»Du warst doch gegen halb fünf in der Sorenson Street, oder?«

»Ja, aber...«

»Also hat Judy McRudd dich doch gesehen. Ist es ein so großes Geheimnis? Ich will doch nur wissen, wer das andere Mädchen war. Judy kannte sie nicht.«

»Beth, ich hab' dir doch gesagt, daß ich alleine war.«

»Meinetwegen, dann bleibe eben dabei. Judy hat jedenfalls gesagt, daß sie lange blonde Haare hatte und ein bißchen größer war als du. Sie hatte eine rote Baskenmütze auf und trug einen hellgrünen Umhang mit einem dunkelgrünen Rand, wie ihn die Mädchen von der McMorrow Academy haben. Also, wer ist sie? Mehr will ich gar nicht wissen. Ist sie in deiner Klasse?«

Nach ein paar Augenblicken des Schweigens sagte Hillary: »Es gibt viele blonde Mädchen in meiner Klasse. Aber ich weiß, daß ich heute allein war und daß ich nicht weiter als bis zu dem Einkaufszentrum gegangen bin. Vielleicht hat Judy mich mit jemandem verwechselt.«

»Okayyy«, sagte Beth und tat so, als gäbe es nichts, das sie weniger interessierte, aber Hillary hatte ganz heiße Wangen bekommen. Es war, als hätte sie sich schuldig gemacht und würde heute abend den Anlaß für den deftigsten Teenagerklatsch geben, den es in Joshua jemals gegeben hatte. Aber warum? Sie war doch vollkommen aufrichtig. Warum stellte man sie als Lügnerin hin? Sie wünschte, daß Beths Mutter jetzt vorbeikäme, um ihre Tochter wegen ihrer Dauertelefoniererei ordentlich zusammenzustauchen.

»Schau mal, Beth, es ist schon ganz schön spät und ich muß noch sechs Kapitel von *David Copperfield* lesen, wenn ich bei dem Literaturquiz morgen bestehen will.«

»Hillariiii! Ich verstehe nicht, wie du diese stinklangweiligen Bücher erträgst.«

»Ich lese eben gerne. Gute Nacht, Beth.«

Nachdem sie aufgelegt hatte, blieb Hillary in der Mitte ihres Bettes auf dem Rücken liegen. Die Beine hatte sie elegant angewinkelt, während sie die durchschimmernden Zehen in ihren löcherigen Turnsocken betrachtete. Die Sauerstoffzufuhr ihres Vierzig-Liter-Aquariums plätscherte einschläfernd vor sich hin, aber Hillarys Gehirn war in Aufruhr. Sie hatte sich heute mit Sicherheit keinem Mädchen in einem grünen Umhang auf mehr als zwanzig Meter genähert. Schon gar nicht auf ihrem Weg durch die Sorenson Street. Es war typisch für Beth, auf einer solchen Sache so lange rumzuhacken, bis sie sogar ihr selbst mysteriös vorkam. Ach, zum Teufel damit. Es war doch ihr ernstgemeintester Vorsatz für das neue Jahr gewesen: ›Beth LeMaster werde ich im Jahre 1984 nicht den besten Teil meiner Freizeit opfern.‹

Dean kam wieder vorbei und warf ihr einen glänzenden McIntosh-Apfel von der Größe eines Baseballs zu, der sie ausgerechnet an der empfindlichen Innenseite ihres Oberschenkels traf.

Hillarys sorgfältig arrangiertes Beingewirr brach zusammen. »Hey! Dean, kannst du nicht ein bißchen aufpassen?«

»Wer kein Hirn hat, dem tut auch nichts weh«, rief Dean und verschwand in Richtung seines und Charley-Chucks Zimmer am anderen Ende des Flurs.

Hillary fand den Apfel, der vom Bett gekullert war. Sie wollte gerade reinbeißen, als sie feststellte, daß Dean in seiner Gedankenlosigkeit den Apfel nicht gewaschen hatte, nachdem er ihn aus dem Kühlschrank genommen hatte. Es waren immer noch schwache Spuren von einem milchigen Insektizid in der Nähe des Stengels zu erkennen. Ihh! Wahrscheinlich war das Mittel für Menschen nicht gefährlich, aber Hillary war immer sehr vorsichtig. Sie ging mit dem Apfel ins Badezimmer und ließ kaltes Wasser darüberlaufen. Dann trocknete sie ihn sorgfältig mit einem Handtuch ab. Sie beschloß, erst einmal eine Dusche zu nehmen und sich für das Bett fertigzumachen. Den Apfel konnte sie dann in Ruhe während der Lektüre von *David Copperfield* vertilgen.

Sie legte den Apfel auf ein Ende der rosafarbenen Porzellanablage über dem Waschbecken, drehte die Dusche an und regulierte die Temperatur des Wassers. Sie zog ihr Polohemd und ihr schwarzes Turntrikot sowie die Turnhose, die sie über dem Turntrikot getragen hatte, aus, band summend ihr Haar hoch und stülpte eine Plastikhaube darüber. Sie nahm ein frisches Badetuch aus der Kommode und legte es zusammengefaltet obenauf, schob die gläserne Schiebetür vor der Duschwanne zurück und stieg hinein, um sich unter den dampfenden Wasserstrahl zu stellen. Fast zehn Minuten lang rieb sich Hillary mit einem Stück milder Fliederseife von oben bis unten ab, produzierte kleine Kreise von Schaum um ihre Brustwarzen, die in letzter Zeit so kräftig aufgeblüht waren und seitdem eine ungeheure Faszination auf sie ausübten. Zwischen ihren beiden Brüsten hatte sie jetzt eine richtige Kluft, und wenn sie die Schultern nach vorne zog, konnte sie die Seife fast darin verschwinden lassen.

Aber da unten schien bis jetzt noch nicht viel passieren zu wollen. Manchmal hatte sie so ein merkwürdiges Gefühl um die Hüften, und als sie neulich im Badezimmer war, hatte sie einen rostroten Flaum entdeckt, den man aber fast mit dem Fingernagel wieder abkratzen konnte. Außerdem hatte sie festgestellt, daß man ein angenehmes, kitzeliges Gefühl erzeugen konnte, wenn man mit einem Stück Seife zwischen den fest geschlossenen Schenkeln hin- und herrieb. Es ließ einen ganz verstört und aufgeregt zurück. Manchmal wusch sie sich da unten so lange, daß sie ganz schnell aufhören mußte, weil sie Angst bekam und genau fühlte, daß sie etwas Verbotenes tat. Sie bekam dann ein schlechtes Gewissen, und zur Strafe wollte dieses sündhafte, falsche Gefühl zwischen ihren Beinen überhaupt nicht mehr verschwinden. Das waren die Nächte, in denen sie erst Ruhe fand, wenn sie sich ein Kopfkissen zwischen die Beine gestopft hatte und sich durch sanfte Schaukelbewegungen Erleichterung von der Spannung verschafft hatte, die sie nicht einschlafen ließ.

Als sie den Schaum abgespült hatte, stellte Hillary das Wasser ab und schob die Tür zurück. Durch den dampfigen Nebel im Badezimmer schimmerte etwas Dunkles, das sie kaum erkennen konnte, das sie aber irgendwie beunruhigte. Sie langte nach dem Badetuch und preßte es sich erst gegen das Gesicht, dann gegen ihre Brust.

Als sie sich weiter unten abtrocknete, drehte sie ihr Gesicht langsam dem beschlagenen Spiegel zu, und sie entdeckte auf der Ablage den braunen, verschrumpelten Butzen des Apfels, den sie vorhin dorthin gelegt hatte. Er schien mit Fliegen übersät zu sein. Während sie versuchte, sich einen Reim darauf zu machen, streifte eine der Fliegen, ein besonders großes grünliches Exemplar, brummend über ihre linke Brustwarze. Sie stieß einen schrillen Schrei des Schreckens und des Ekels aus. Anstatt wegzufliegen, schien sich die Fliege in einen zähen Brei aufzulösen. Die Flügel fielen ab. Sie glitschte über die Brustwarze und hinterließ eine übelriechende Spur auf der Haut. Hillary schlug sie unwillkürlich mit der Hand fort, ihre Überreste klatschten auf die Badematte. Andere Fliegen hoben von den Überresten des Apfels ab und flogen durch den dünner werdenden Nebel im Badezimmer; sie kamen dabei ihrem Kopf bedenklich nahe. Hillary schlug mit dem Badetuch um sich. Fliegen im Februar? Und so viele Fliegen hatten sie noch zu keiner Jahreszeit im Haus gehabt. Mehrere von ihnen taumelten in der Luft, fielen in die Duschwanne, die am Boden noch mit Schaumresten bedeckt war. Hillary ließ das Tuch fallen und drehte das Wasser voll auf. Auch diese Fliegen begannen sich aufzulösen. Sie griff wieder nach dem Badetuch und trocknete ihre juckende Brust, dann riß sie sich die Duschhaube vom Kopf und rannte nackt, wie sie war, in ihr Zimmer hinüber, nachdem sie die Badezimmertür hinter sich zugeknallt hatte. Für einige Augenblicke stand sie heftig atmend da; völlig aufgelöst und unfähig, einen klaren Gedanken zu fassen, sah sie sich im Spiegel an der Rückseite der Schranktür an. Dann sprang sie mit rotem Gesicht zum Schrank, riß Unterhosen und einen Pyjama heraus und zog die Sachen an.

Sie ging noch einmal zum Badezimmer, öffnete vorsichtig die Tür und sah hinein. Keine Fliegen. Der Apfelbutzen lag noch da. Sie langte hin und nahm ihn von der Ablage, dann rannte sie den Flur entlang zum Zimmer der Jungen, öffnete die Tür, schrie laut auf und zielte mit dem Apfelrest auf Deans Kopf.

»Du hältst dich für so verdammt witzig, Dean! Jetzt ist das ganze Badezimmer voller Fliegen!«

Der Apfelbutzen hatte den Kopf ihres Bruders weit verfehlt und ein Plakat an der Wand getroffen, das für den Film *Die Rückkehr des Yeti* warb, von da war es genau auf den Hamsterkäftig geprallt. Die kleinen Tiere flitzten aufgeregt durcheinander, dann kuschelten sie sich wieder in ihrer Schlafecke neben dem Wasserschälchen zusammen.

Charley sah erstaunt von dem Eishockeyschläger auf, um den er gerade ein Klebeband wickelte.

»Was ist denn mit dir passiert?« fragte Dean.

»Das weißt du ganz genau! Du weißt es! Du hast dich reingeschlichen, während ich unter der Dusche stand, hast dich in meine Privatsphäre geschlichen und den Apfel genommen, den ich mir aufgehoben hatte. Dann hast du dieses Ding da wieder hingelegt, und das hat die Fliegen angelockt.«

»Nein, das habe ich nicht getan«, sagte er, und er wurde angesichts dieser absurden und unsäglichen Anschuldigungen richtig feindselig.

»Du bist ein verdammter Lügner!«

»Ich war die ganze Zeit hier drinnen. Du kannst Charley-Chuck fragen.«

»Ihr seid beide ganz verdammte Lügner! Ich werde es Mama sagen Ich habe die Nase voll davon, wie ihr mich behandelt! Du glaubst, daß du dir alles mit mir erlauben kannst, nur weil ich ein Mädchen bin.« Sie stampfte mit dem nackten Fuß auf, als Charley ihr ganz offen und unverschämt entgegengrinste. »Das war nicht lustig! Überhaupt nicht lustig!«

»Schluß jetzt!«

Die Stimme ihres Vaters, der erst ein paar Minuten vorher nach Hause gekommen war, beendete den Streit auf ebenso energische wie überraschende Weise. Aller Augen richteten sich auf ihn. Hillary schluchzte immer noch.

Conor stand in der Tür, er füllte fast die ganze Öffnung aus. Fiebrig sah er ihnen entgegen, die Augen waren zu Schlitzen geworden, um die herum das Gesicht verquollen war von dunklen pflaumenblauen Schwellungen. Quer über seiner Nase klebte ein riesengroßes Pflaster. Die Wülste, hinter denen die Augen verschwunden waren, gaben seinem Gesicht das Aussehen einer heidnischen Maske, deren Anblick einem regelrecht Angst machte, weil sie nichts anderes zu symbolisieren schien als eine ketzerische, barbarische Liebe zum Tod. Seine linke Hand war sorgfältig in einen Verband aus fleischfarbenen Bandagen eingewickelt. Nur die Fingerspitzen schauten noch heraus. Conor hielt die Hand, die von keiner Schlinge gehalten wurde, ziemlich unbeholfen vor seine Brust. In all den Jahren, in denen er sein Geld als Catcher verdient hatte, war er nicht ein einziges Mal so gräßlich zugerichtet nach Hause gekommen.

Hillary, deren Herz durch rasende Donnerschläge angetrieben zu werden schien, sah an ihm vorbei; dort, wo sein Körper eine Lücke in der Türöffnung ließ, war das bleiche, farblose Gesicht ihrer Mutter erschienen, das von einer unermeßlichen Furcht entstellt zu sein schien, als hätte sie gerade erst den furchtbarsten Wehen mit einem Schrei Ausdruck gegeben, den niemand hatte hören können.

Der Blutspiegel in Hillarys Körper sank hinunter bis zu den Knien, ihr Kopf schien auf einmal unheimlich schwer zu werden. Dunkelheit begann sich auszubreiten, das Gift der Melancholie, das sie so gut kannte. Es war ihr, als sehe sie aus einer Entfernung, größer als die des Mondes von der Erde, mitten in ihr Leben hinein, wo ihr auf einmal alles verdorben und verrottet vorkam. Der braune Rest eines

Apfels, ein Badezimmer voller fetter grüner Fliegen. Als ihr Bewußtsein von ihren Sinnen losgerissen wurde, griff sie sich an eine kalte Brust, die sich im rasenden Rhythmus ihres Herzens hob und senkte. Sie schlug eine Hand vor den offenen Mund, so als wolle sie den Tod nicht hereinlassen. Die Pupillen ihrer Augen wurden kreideweiß, ihr Körper verrenkte sich in einem hysterischen Krampf und stürzte zu Boden.

47

Um Viertel nach sechs am Morgen war es noch stockdunkel, als Pater James Merlo seinen Honda Accord auf den Parkplatz vor dem Arcadia-Sportzentrum an der Route 38, gleich nördlich von Joshua lenkte. Selbst zu dieser frühen Stunde standen schon mindestens drei Dutzend anderer Autos auf dem Parkplatz, sauber aufgereiht vor dem Haupteingang zu der in Fertigbauweise hergestellten Halle aus Stahl.

Er stieg aus dem winzigen Mietwagen aus, ein erstaunlich langbeiniger Neger, der einen erbsenfarbenen Navyparka über den Stiefeljeans aus braunem Cordsamt und dem dunklen Rollkragenpullover trug. Er ging in die Eislaufhalle, die erfüllt war vom Lärmen eines Eishockeyspiels zwischen zwei Jugendmannschaften.

Merlo blieb am Kiosk stehen, um sich eine heiße Schokolade und einen Zimtpfannkuchen geben zu lassen, der mindestens einen Tag alt zu sein schien. Kauend betrat er die Arena, wo behelmte und dick eingepackte Knirpse dabei waren, sich entweder gegenseitig gegen die Bande zu schubsen oder sich ein wenig tapsig an die Verfolgung des Pucks zu machen, der in irrwitziger Geschwindigkeit über das Eis flitzte. Merlo schaute hinauf zu den kleinen Gruppen der Zuschauer auf den Tribünen; wahrscheinlich waren die meisten von ihnen Familienangehörige der kleinen Akteure auf dem Eis. Die Väter und Mütter erfüllten ihre Aufgabe als begeisterte Fans mit ziemlicher Bravour, vor allem wenn man die Tatsache berücksichtigte, daß die meisten von ihnen schon vor halb fünf aufgestanden sein mußten, um ihre Sprößlinge rechtzeitig herbringen zu können.

Der Priester machte seinen Mann, der alleine saß, ohne große Schwierigkeiten aus. Sein Bart wirkte wie eine aufreizende Flagge im leichten Dunst der oberen Sitzreihen. Merlo leckte sich einen Rest Zimt und Zucker von den Fingerspitzen, nahm ein paar Schlucke von dem wässrigen Getränk, das nur andeutungsweise nach Schokolade schmeckte, und rannte die Treppe hinauf, indem er drei Stufen auf einmal nahm.

»Conor Devon?«

Conor sah kurz auf, dann wandte er seinen Blick wieder der Eisfläche zu, wo gerade ein hochaufgeschossener Junge dabei war, mit dem Puck am Stock auf das gegnerische Tor zuzuflitzen.

»Jawohl!« schrie er. »Nimm dir Zeit, Charley-Chuck! Tricks ihn aus!« Conor erhob sich halb von seinem Sitz. Er achtete nicht auf Merlo, der inzwischen ebenfalls aufmerksam die Szene auf dem Eis beobachtete. Charley näherte sich dem Tor von der linken Seite, zögerte, tat so, als wolle er nach rechts schießen, was den Torwart veranlaßte, sein Gewicht so weit in Richtung des zu erwartenden Schusses zu verlagern, daß er ausrutschte und zu Boden fiel. Charley sah das ungeschützte Tor und feuerte den Puck aus einer Entfernung von ungefähr drei Metern ab. Er flog hinein.

»Jaaa!« schrie Conor mit heiserer Stimme. Merlo sah zu der kleinen Anzeigetafel hinauf. Blackhawks 7, Maple Leafs 2. Drittes Drittel.

»Ihr Junge?«

Jetzt sah Conor den Priester wieder an und nickte. Seine Augen, die vor zwei Wochen noch fast schwarz gewesen waren, sahen wieder einigermaßen normal aus. Es waren nur noch ein paar apfelgrüne und gelbe Flecken zu sehen. Seine Nase hatte wieder menschliche Proportionen angenommen. Die linke Hand, an der Partien neuer, glänzender Haut zu erkennen waren, war immer noch bandagiert, aber er konnte die Muskeln und Sehnen schon wieder bewegen. Nur die Teile der Innenfläche der Hand mußten noch geschützt werden, wo kleinere Hauttransplantationen nötig gewesen waren.

Merlo streckte ihm seine Hand entgegen. »Ich bin Pater Merlo.«

Conors Erstaunen kränkte ihn nicht, er hatte damit gerechnet. Ihm machte auch das Zögern nichts aus, mit dem Conor seinerseits den angebotenen Händedruck erwiderte.

»Sie sind ein Exorzist?«

»Ach je, Sie sehen ja ganz schön enttäuscht aus. Hatten Sie Max von Sydow erwartet?«

»Ich... Ich hatte keine Ahnung... wen ich zu erwarten hatte.«

Conor versuchte Merlo in dem schwachen Licht abzuschätzen, der von der Eisfläche heraufschien. Seine Haut war von der Farbe einer Aubergine. Er hatte eingefallene, unrasierte Wangen; der Bart mochte vielleicht zwei bis drei Tage alt sein. Seine Augen standen leicht schräg, und die straffen Lider gaben ihnen ein asiatisches Aussehen. Das ganze Gesicht besaß immer noch den Glanz, die Leichtigkeit und die Selbstgewißheit wie bei einem jungen Mann. Aber das Haar hatte sich, wie durch einen Brand, zu einer aschenfarbenen Kappe verfärbt, die über der hohen knochigen Stirn saß, von der man den Eindruck hatte, daß er sie als Rammbock einsetzen konnte.

Merlo sagte geduldig: »Möchten Sie, daß ich mich setze, oder haben Sie gerade beschlossen, auf meine weiteren Dienste zu verzichten? Das wäre völlig in Ordnung. Dann könnte ich gehen und mich ein bißchen hinlegen. Ich habe während der letzten sechzig Stunden nicht mehr geschlafen.«

»Ich... Natürlich brauche ich Sie. Es tut mir leid. Ich hatte zu dieser frühen Morgenstunde nicht mit Ihrem Bsuch gerechnet. Bitte, Pater, setzen Sie sich.«

»Vielen Dank.« Der Priester zeigte auf Conors linke Hand. »Sieht aus, als hätten Sie sich da ganz schön verbrannt.«

»Es wird allmählich besser.«

»Ihr Junge ist ein verdammt guter Schlittschuhläufer. Wie heißt er? Charley? Offensichtlich ist Ihre Familie sehr sportlich. Monsignore Garen hat mir gesagt, daß Sie professioneller Ringer sind. Das glaube ich gerne. Sie sind nicht gerade ein Zwerg. Mein lieber Mann! Ich habe ein Jahr lang in der National Basketball League gespielt. Bei den Bullets. In St. Peters habe ich im College Team gespielt. Drittbester Korbschütze in der gesamten Geschichte des Teams. Aber für die Profis war ich dann doch einen Kopf zu klein. Konnte meine Schüsse einfach nicht richtig loswerden. Immer stand irgend so ein Riese vor mir und stopfte mir den Ball in die Ohren, oder er klaute ihn mir im letzten Moment.«

Er schien erzählen zu müssen, nicht etwa, um sich selbst darzustellen, sondern um sich zu erleichtern, als könne er mit Worten, durch Sprechen seine psychische Stabilität wiederherstellen, nachdem er einen langen Aufenthalt in irgendeinem der finsteren Königreiche der Verlorenen und Bedrängten hinter sich hatte. Außerdem schien er wirklich sehr müde zu sein.

»Was wollen Sie sonst noch über mich wissen? Ich bin in South Ward in Newark geboren worden und aufgewachsen. Damals war das noch eine gute Gegend. Mein Vater arbeitete in der Hafenbehörde, meine Mutter ist Kosmetikerin. Ich kam ziemlich früh nach Vietnam, so etwa 1966, und dort begann ich mir zum erstenmal ernsthafte Gedanken über meine Religion zu machen. Ich überlegte mir, ob ich nicht für meine Kirche von Nutzen sein könnte. Nach dem Seminar gab man mir die Gemeinde der Holy Rosary in der 153. Straße, südliche Bronx. Aus irgendeinem Grund ist diese Gemeinde eine Brutstätte aller möglichen Hexen- und Voodookulte. Immer wieder rief man uns Geistliche, um irgend jemanden vom Satan zu befreien. Manchmal war es so schlimm, daß ich das Gefühl hatte, wieder in Saigon zu sein. Wegen meiner Erfahrungen in der Bronx berief man mich an die Apostolische Beichtbehörde. In den letzten Jahren habe ich alte Sprachen studiert. Ich habe an fast hundert Exorzismen teilgenommen, der letzte endete vor etwa sechs Stunden.«

»Hier in der Nähe?« fragte Conor ungläubig.

»In Providence, Rhode Island. Eine Heimsuchung, keine Besessenheit. Dämonen. Unverschämte kleine Taugenichtse, ohne großes Prestige im Königreich des Bösen, und ohne starken Willen. Ich habe ihnen die Bibel entgegengeschleudert, und sie kamen herausgeflogen wie Fledermäuse, die vor Sonnenaufgang in ihre Höhlen flüchten.«

Der Priester drehte den Kopf und sah Conor direkt in die Augen. »Wie ich hörte, haben Sie ein wesentlich ernsteres Problem.«

»Ich fürchte ja.«

»Bevor Sie es mir erklären«, sagte Merlo, »muß ich Ihnen sagen, daß ich hierhergekommen bin, um einem Freund von einem Freund einen Gefallen zu tun. Ich bin ein Priester Roms, und ich habe hier in keiner Diözese einen offiziellen Status. Ich komme sozusagen in meiner Freizeit zu Ihnen.«

»Was macht das für einen Unterschied?« sagte Conor mit einer Spur von Befremden in der Stimme. »Ich brauche Hilfe, und die Kirche...«

»Die Kirche wird, wie wir beide wissen, nach dem kanonischen Recht geleitet, und in meiner Sparte gilt es, die Regeln und Prozeduren, die vorgeschrieben sind, noch strikter zu beachten. Ich glaube nicht, daß Sie viel mehr als Ratschläge von mir erwarten können. Wenn Sie das bitte nicht vergessen wollen, dann können Sie mir jetzt erzählen, was passiert ist. Wenn's Ihnen recht ist, werde ich Sie durch Zwischenfragen unterbrechen.«

Conor begann mit dem ersten Treffen im Gefängnis von Haden County, er erzählte von Richs eindringlichen Appellen, Polly und Henry Windross und die mysteriöse Inez Cordway zu finden.

»Wie waren diese Personen in seine Situation verwikkelt?«

»Das hat er mir nicht genau erklären können. Er hat gesagt, daß er Polly helfen wollte, aber sie sei gestorben. Das waren seine Worte.«

»Ist keiner von diesen Leuten aufgetaucht seit der Nacht, in der der Mord passierte?«

»Windross wurde ein paar Tage später von einem Zug erfaßt und getötet. Polly ist nach Angaben der Polizei noch vor der Nacht verschwunden, in der Rich sie in diesem ominösen Zimmer im Post Road Inn gesehen haben will. Sie gilt offiziell immer noch als vermißt.«

»Waren Sie in diesem Haus in... Wo war das noch?«

»Ripington Four Corners. Ja, ich bin in dem Haus gewesen. Ich bin eingedrungen. Ich weiß bis heute noch nicht, ob außer mir noch jemand im Haus war. Ich habe keine Menschenseele gesehen. Das Haus machte den Eindruck, als sei jemand da, aber ich glaube nicht, daß es jemand war, den ich freiwillig gerne treffen würde, wenn ich die Wahl hätte. Ich glaube, ich drücke mich nicht besonders deutlich aus. Es sind dort merkwürdige Dinge passiert. Es war, als hätte man — einen Spuk mit mir getrieben.«

Conor erzählte von dem Wein, von dem winselnden Tier und dem sonnenerfüllten, aber unheimlichen Kinderzimmer. Er erwähnte den Benzingeruch und die schreckliche Fotografie.

»Ich weiß nicht, vielleicht war ich einfach zu überdreht und habe mir Dinge eingebildet, weil Rich mich gewarnt hatte. Und ich... Ich hatte nicht das geringste Recht, dort zu sein. Eines weiß ich ganz sicher: Ich würde dieses Haus nur noch betreten, wenn mir jemand eine Pistole an die Schläfe halten und mich dazu zwingen würde.«

»Also gut, fahren Sie fort«, sagte Pater Merlo mit ernster Stimme, nachdem Conor eine längere Pause gemacht hatte. Er hatte seine Fingerspitzen gegen seine hohe Stirn gepreßt, seine Hand schützte seine Augen so vor dem Licht, das von der Eisfläche reflektiert wurde. Die dick gepolsterten Jungen flitzen, stolperten und knufften sich dem Ende ihrer Partie entgegen. Ein Pfiff ertönte. Abseits.

Conor starrte abwesend auf das Eis, als wolle er die Hieroglyphen übersetzen, die die Spieler mit ihren Schlittschuhen in das Eis ritzten. Er erzählte, was er über das erste Treffen Richs mit der Psychologin erfahren hatte, erzählte von dem Zahn, der durch die Luft geflogen war, und von Richs Anfall. Dann machte er wieder eine Pause und wartete auf den Kommentar des Paters. Der aber schien eingeschlafen zu sein.

»Pater Merlo?«

»Ich hör zu.«

Dann kam Conor auf den beinahe verhängnisvollen Morgen vor dreizehn Tagen zu sprechen, auf die Ereignisse, die er selbst durch seinen Leichtsinn ausgelöst hatte.

»Was hat er denn nun über Polly gesagt?« fragte der Priester mit scharfer Stimme und hob den Kopf, als Conor zögerte, etwas von dem zu wiederholen, was aus Richs Mund gekommen war. »Ich brauche den exakten Wortlaut, wenn Sie sich daran erinnern.«

»Nein. Das kann ich nicht. Es war gemein und abscheulich, soviel kann ich Ihnen sagen. Aber Lindsay Potter hat alles mit ihrem Diktaphon aufgenommen, und Adam hat Kopien von dem Band angefertigt.«

Als Conor die Episode mit dem Kruzifix erzählte, das er Rich an den Hinterkopf gehalten hatte, fragte Merlo erschrocken: »Wo haben Sie denn diesen Trick gelernt?«

»Ich habe ein Buch über Dämonologie gelesen.«

»Und da konnten Sie es kaum erwarten, alle diese netten Sachen auszuprobieren, um böse Geister zu vertreiben. Glauben Sie, das sei genauso leicht, wie Pizzaflecken aus einem Hemd zu waschen?«

»Ich wollte sicher sein, daß Rich die Wahrheit sagte«, erklärte Conor verärgert. »Und ich hatte nicht geglaubt, daß die Kirche mir helfen würde.«

»Jetzt wissen Sie es, und Sie haben sogar mehr erfahren, als Sie eigentlich wissen wollten.«

»Wenn ich nur eine Ahnung gehabt hätte, was passieren würde...«

»Also, jetzt mal langsam und der Reihe nach.«

»Ich hielt das Kreuz hinter seinen Kopf. Dann gab es ein Geräusch wie... Ich weiß nicht, wie ich es beschreiben soll. Wie ein großer Felsbrocken, der auseinanderbricht. Ein tiefes, mahlendes Knurren, das in den Ohren schmerzte. Ich hatte das Gefühl, als würden kleine Knochen zerbrochen und die Splitter mir ins Gehirn gesteckt. Der Schmerz war so intensiv, und ich hatte noch drei Tage später Probleme mit dem Hören.«

»Wo kam dieses Geräusch her?«

»Es kam aus Rich. Er kauerte auf Händen und Knien am Boden. Dann blähte er sich auf einmal auf. Ich will nicht sagen, daß er zu einem Ballon wurde, aber man konnte ganz deutlich erkennen, daß sein Körper sich aufblähte, bis er tatsächlich ein paar Zentimeter über dem Boden schwebte. Während der ganzen Zeit hörte man dieses fürchterliche Knurren. Sie werden es zu hören bekommen. Dann... Dann hüpfte er plötzlich in die Luft, drehte sich um sich selber, zog sich zu einem Ball zusammen wie ein Zirkusartist und schoß durchs Zimmer. Ganz schnell, vom Boden an eine Wand, von dort an eine andere Wand, dann an die Decke. Ich versuchte, ihn zu fangen, aber es war, als hätte ich mich einer Lawine in den Weg gestellt. Der Aufprall zerschmetterte mein Nasenbein. Außerdem bin ich ein paar Zähne losgeworden, und überall auf der Brust hatte ich Blutergüsse und Prellungen. Außerdem passierten zur gleichen Zeit noch andere Sachen. Die Latten der Jalousie wirbelten herum, brennende Zigaretten flogen durch die Luft...«

»Haben Sie sich daran die Hand verbrannt?«

»Nein. Das Kruzifix in meiner Hand ist teilweise geschmolzen. Es war aus achtzehnkarätigem Gold.«

»Sehr eindrucksvoll«, sagte Merlo und stieß einen Pfiff durch die Zähne. »Können Sie mir sagen, wie Sie überhaupt lebend dort herausgekommen sind? Ich kann Ihnen übrigens versichern, daß Sie von Glück sagen können, daß Sie noch am Leben sind.«

»Ich bin zur Tür gekrochen und habe sie aufgestoßen. Dann war der ganze Spuk auf einen Schlag vorbei.«

»Aha. In was für einem Zustand ist Ihr Bruder jetzt?«

»Sie haben ihn für acht Tage ins Krankenhaus gesteckt. Er hatte eine gequetschte Leber, eine gebrochene Rippe, sein Genick war verrenkt, eine Schulter war ausgekugelt, und er hatte mehr Blutergüsse, als ein normaler Mensch zählen kann. Aber außer der gebrochenen Rippe hatte er keine Knochenbrüche. Das ist eigentlich kaum zu glauben, weil er nicht gerade ein durchtrainierter Typ ist. Wenn Sie gesehen hätten...«

»Ich habe schon so manchen menschlichen Körper durch die Luft fliegen sehen. Wie lange dauerte es, bis er sein Bewußtsein zurückerlangte?«

»Drei Stunden.«

»Wie hat er sich dann verhalten?«

»Wie ein Kind, das nach einem langen Fieberschlaf erwacht ist. Er konnte sich an nichts mehr erinnern, was passiert war, nachdem sie die Tür zu seiner Zelle aufgesperrt hatten, um ihn hinaufzubringen.«

»Und was haben die Behörden zu den Vorfällen gesagt?«

»Sie haben einfach angenommen, daß Rich durchgedreht hat, und wir haben nicht widersprochen. Er ist jetzt in einer Isolierzelle, deren Wände dick gepolstert sind. Das Licht brennt vierundzwanzig Stunden am Tag. Ohne Zwangsjacke lassen sie ihn dort gar nicht mehr heraus, und sie schließen auch die Tür nicht auf, bevor nicht mindestens eine Schußwaffe auf ihn gerichtet ist.«

»Sonst hat es keine derartigen Vorfälle mehr gegeben?«

»Keine.«

»Nur drei Zeugen. Sie und die beiden Anwälte. Hat es noch weitere Verletzungen gegeben?«

»Lindsay wurde die Stirn aufgeschlitzt. In der Nähe des Haaransatzes. Sechzehn Stiche.«

Ein Summer ertönte. Die Spieler nahmen ihre Helme ab und stellten sich in Gruppen an ihrem jeweiligen Ende der Eisfläche auf, um die gegnerische Mannschaft zu grüßen, dann fuhren sie vom Eis. Charley-Chuck hielt auf den Rängen nach seinem Vater Ausschau. Conor stand auf und winkte dem Jungen zu. Der Junge wedelte in seiner Siegesfreude mit dem Stock. Er hatte zwei der sieben Tore seines Teams geschossen. Sein Haar klebte an der Stirn, jetzt, als er den Helm abnahm. Es war so naß, als wäre er eben aus einem Schwimmbecken gestiegen. Er sog einen kräftigen Schluck Orangensaft aus einer Pappflasche, die ihm ein Mannschaftskamerad gereicht hatte.

Conor sah Pater Merlo an. »Ich muß losfahren. Charley-Cuck muß zum Duschen und sich dann für die Schule fertigmachen. Was werden Sie unternehmen?«

Merlo antwortete mit einem schwachen Lächeln. »Mich in den Ruhestand versetzen lassen.« Ein Schimmer der Enttäuschung huschte über Conors Gesicht. »Nehmen Sie's nicht ernst«, beruhigte ihn der Priester. »Das sage ich immer. Nein, ich würde Ihren Bruder gerne sehen.«

»Wann?« fragte Conor. Er machte keinen Versuch, seine Erleichterung zu verbergen.

»Heute noch, wenn sich das machen läßt. Die Tatsache, daß er im Gefängnis sitzt, bringt gewisse Probleme mit sich. Wir sollten vielleicht zuerst mit den Anwälten sprechen. Wann könnten wir losfahren, nach... Wie hieß der Ort noch mal?«

»Chadbury. Es sind etwa zwei Stunden Fahrt. Aber Sie sagten doch, daß Sie schon lange nicht mehr geschlafen haben.«

»Wenn's Ihnen nichts ausmacht zu fahren, werde ich unterwegs im Auto ein Nickerchen machen.«

48

Sowie die Besucher in dem Eckbüro im vierten Stockwerk der Deerhorn Valley State Bank in Braxton es sich bequem gemacht hatten, sagte Adam Kurland: »Bevor wir uns darüber unterhalten, was mit Rich geschehen soll, möchte ich Ihnen klarmachen, daß ich Conors Überzeugung, sein Bruder sei vom Teufel besessen, nicht teilen kann. Ich wurde als Unitarier erzogen, und ich bin beim besten Willen nicht einmal sicher, ob es den Teufel überhaupt gibt.«

Er saß auf der einen Seite seines Arbeitstisches, eines Ovals aus wassergrünem Onyx, das in Bronze eingefaßt war. Er hatte fast die Größe eines Billardtisches und sah aus, als wiege er mindestens soviel wie ein großer Banktresor. Alle Möbel in dem rechteckigen Raum sahen ähnlich antik und exzentrisch aus, wie Erbstücke aus zwei Jahrhunderten Familiengeschichte, aber irgend jemandem war es wenigstens gelungen, dieses Durcheinander von Stilen einigermaßen hübsch zu arrangieren.

Adam griff hinter sich und nahm einen Brief zur Hand. »Maggie Renquist hat die Tests ausgewertet, die Rich für sie ausgefüllt hatte, nachdem er aus dem Krankenaus zurück war. Außerdem hat sie sich die Bänder angehört, die Linds vor zwei Wochen aufgenommen hat. Nach den Testergebnissen hält sie ihn für einen klassischen Fall paranoider Schizophrenie. Eines der Persönlichkeitsbilder, die er im Rahmen dieses Krankheitsbildes an den Tag legt ist das der ›verlorenen Seele‹. Schwach, verwirrt und nicht in der Lage, seine primären Bedürfnisse den Forderungen der Gesellschaft anzupassen, in der er lebt. Das andere Verhaltensmuster ist das des manischen Renommierers und Raufbolds, der seinen Ausbrüchen von Feindseligkeit und Wut ausgeliefert ist. Er kann sehr stark und agil sein, wie wir wissen, und menschlicher Würde und menschlichem Leben absolut verächtlich gegenübertreten. Rich selber spricht von einem Dämon, und damit hat er ganz recht. Es war ein dämonischer Impuls, der ihn Karyn Vale töten ließ. Gigantisch war dieser Impuls und durch nichts aufzuhalten. Aber es gibt keinerlei religiöse Zusammenhänge, außer vielleicht seiner katholischen Erziehung.«

Pater Merlo, der auf einer schlittenförmigen Couch an der Wand saß und einen McMuffin mit Ei in einem Styroporbehälter vor sich auf dem Schoß stehen hatte, nickte freundlich zu diesen Ausführungen und sah Lindsay Potter an, die neben dem Fenster stand. Sie trug ein Tweedkostüm und eine aprikosenfarbene Bluse. Auf ihrer Stirn klebte das saubere Rechteck eines großen Pflasters. Das direkte Sonnenlicht verlieh ihrem abgewandten Gesicht das Aussehen strenger Nüchternheit.

Sie wurde sich seines prüfenden Blickes bewußt und sagte mit leiser Stimme: »Ich war nicht in der Lage, mir selbst oder irgend jemand anderem zu erklären, was ich gesehen habe. Deshalb will ich mich da jetzt raushalten.«

Adam faltete den Brief der Psychologin wieder zusammen. Seine zusammengepreßten Lippen signalisierten Mißbilligung der mangelnden Unterstützung von ihrer Seite. Eine Standuhr schlug halb elf.

»Vielleicht ist er schizophren«, sagte Merlo zu Adam. »Er könnte auch noch ganz andere Krankheiten haben. Psychologie ist nicht mein Fach. Ebensowenig vergleichende Theologie. Ich bin dafür ausgebildet, mit anderen Phänomenen umzugehen, mit Phänomenen, die wirklich sind, wie ich im Laufe meiner Tätigkeit feststellen konnte. Conor hat mich gebeten, mir seinen Bruder anzusehen, und ich bin hier, um das zu tun. Unter bestimmten Bedingungen. Wenn die nicht erfüllt werden, werde ich mich nicht mit ihm treffen.«

»Was sind das für Bedingungen?« wollte Lindsay wissen.

Merlo biß kräftig in seinen McMuffin mit Ei. »Niemand außer Conor darf dabei sein. Uns beide kann ich ausreichend beschützen, aber wenn zu viele Leute da sind, wird es komplizierter. Es dürfen keine Gefängniswärter mit Revolvern in der Nähe sein. Keine Waffen! Wenn es sein muß, werde ich mit Rich in einer Zelle sprechen, aber das wäre aus Sicherheitsgründen nicht erforderlich. Ich könnte ihn auch woanders unter Kontrolle halten.

»Er ist medikamentös ruhiggestellt«, warf Adam ein.

»Das war er auch bei Ihrem letzten Besuch, als er wie ein Gummiball durch das Zimmer schoß, in dem Sie waren. Ich habe ein besseres Beruhigungsmittel für ihn: das Wort Gottes.«

»Ich glaube nicht, daß sein Körper diesen Streß noch einmal aushalten würde«, sagte Conor entschieden.

»Ich kann nicht versprechen, daß es keine Erscheinung geben wird.«

»Ich habe mit Maggie Renquist über diese ... gewalttätige körperliche Aktivität gesprochen«, sagte Adam und drehte das Armband seiner Uhr wieder und wieder um sein Handgelenk. Er sah dabei selbstbewußt Conor an, der die geometrischen Figuren auf dem ausgetretenen Perserteppich studierte. »Maggie hat das Gefühl, daß es einen großen Spielraum gibt zwischen dem, was Linds und ich geglaubt haben zu sehen, und dem, was wirklich passiert ist. Und das, obwohl Linds und ich gute, geschulte Beobachter sind. Wir sind uns nicht einig geworden, in der Beschreibung dessen, was in dem Zimmer eigentlich geschehen ist, stimmt's? Nun bin ich kein Fachmann dafür, was Streßsituationen mit der Wahrnehmungsfähigkeit von Beobachtern anstellen können, deshalb benutze ich hier Maggies Ausdruck für das Phänomen: interreaktive Hysterie.«

»Schwachsinn!« rief Conor aus. »Und wie erklären Sie sich die herumfliegenden Jalousielatten? Die brennenden

Zigaretten? Und das hier?« Er hielt seine bandagierte Hand in die Höhe. »Wissen Sie, wo der Schmelzpunkt von Gold liegt? Ich habe nachgesehen. Bei eintausendunddreiundsechzig Grad! Celsius!«

Adam seufzte. »Ich will nicht immer wieder über dasselbe herumstreiten, aber wir sollten nicht vergessen, daß drei von uns Zigaretten angezündet hatten. Es war ziemlich verqualmt im Zimmer. Was die Latten betrifft, die hätte auch Rich abreißen können. Ich gebe zu, das Kruzifix war verformt. Aber es wäre nicht auszuschließen, daß jemand mit Ihrer Kraft das hätte bewerkstelligen können. Unbewußt vielleicht. Unter dem enormen Streß. Die Verbrennungen könnten Sie sich selbst beigebracht haben; ich kann auch das erklären. Ich habe viel darüber nachgedacht. Menschen, die jahrelang unter großen Schmerzen gelitten haben, unter nervlichen Problemen oder Kopfschmerzen, die können es lernen, ihren Schmerzen Herr zu werden. Und zwar durch Biofeedback, indem sie zum Beispiel den Schmerz aus ihrem Kopf in die Handflächen umleiten. Ich bin bereit anzunehmen, daß Ihre Hand durch so etwas wie ein Super-Biofeedback verbrannt wurde, das hervorgerufen wurde durch einen übergroßen Streß, vielleicht auch mit religiösem Hintergrund.

Ich jedenfalls bin mehr als zufrieden mit Maggies Einschätzung von Richs Geisteszustand, und ich habe das Gefühl, daß wir auf dieser Grundlage damit beginnen können, unser Plädoyer auf einen Freispruch von der Anklage vorzubereiten. Nicht schuldig wegen Unzurechnungsfähigkeit. Ich habe nicht das Gefühl, daß uns Pater Merlos Schlußfolgerungen diesem Ziel näher bringen werden.«

»Ich will, daß Rich mit ihm spricht«, beharrte Conor. »Sicher will ich sein Leben retten, aber, ehrlich gesagt, um seine Seele mache ich mir im Moment die größeren Sorgen.«

Adam breitete die Arme aus, und er schaffte es, in diese Geste gleichzeitig den Ausdruck des Entgegenkommens wie auch der Arroganz zu legen.

»Meinetwegen. Ich wollte nur meinen Standpunkt klarmachen.«

Lindsay fiel ihm in den Rücken. »Ich war fast drei Tage

lang taub. Ebenso ist es Conor ergangen. Dieses schreckliche Geräusch. Es ist doch nicht möglich, daß es aus einer menschlichen Kehle kam.«

»Hör auf, Linds. Du warst doch mit mir einer Meinung.«

»Adam, ich glaube nicht, daß ich mit dir einer Meinung war«, erwiderte sie in aller Ruhe. Sein Gesicht war verschlossen, so als würde er im Kopf komplizierte mathematische Probleme lösen. Lindsay wandte sich Pater Merlo zu, als wolle sie sich ihm offenbaren. Sie hob eine Hand zu ihrem Gesicht — es war in dem grellen Tageslicht, von dem es überflutet wurde, alles andere als schlecht zu erkennen —, wohl um ihm ein scheues Zeichen für ihre Resignation, für ihre Anerkennung der Macht zu geben, die er hier repräsentierte, auch wenn er nicht in seiner Amtstracht vor ihr saß und einem ehemaligen Mitglied der Harlem Globetrotters weitaus eher glich als einem Priester.

Merlos spülte einen weiteren Bissen seines Frühstücks mit einem kräftigen Schluck Kakao hinunter. »Wir wollen uns jetzt das Band anhören«, schlug er vor.

Adam spielte eine der Kopien, die er auf einem Band-zu-Band-Recorder aufgenommen hatte. Die meiste Zeit hörte der Priester ruhig zu. Als die Stimme, die gar nicht wie die Richard Devons klang, sagte: ›Fragen Sie doch meinen Bruder nach Lüsternheit. Fragen Sie ihn nach Sodomie‹, wandte Lindsay Potter ihr Gesicht von den Männern im Zimmer ab, und Conor stand da und preßte seine verbrannte Hand gegen seine Oberlippe, seine Backen waren feuerrot vor Scham. Aber außer Adam achtete niemand auf ihn.

›Kannst du nicht einmal einen kleinen Spaß vertragen? Ich bin's doch, dein Bruder Rich.‹

»Stell es leiser!« flehte Lindsay. Sie schaute immer noch von ihnen weg. Das Spiegelbild ihres Gesichts war am unteren Rand eines Glaskastens mit einer Sammlung staubiger Schmetterlinge gefangen. Man hatte fast den Eindruck, als sei sie selbst dort festgepinnt, lebendig wie sie war, auf schwarzem Samt. Und jetzt begann die Stelle, vor der sie sich so sehr gefürchtet hatte. Ein dunkles Knacken, dann ein Stöhnen; die Schwere des Schmerzes verursachte ihr ein Gefühl, als würde ihr flüssiges Blei in die Gehörgänge geträufelt, wo es langsam erhärtete.

Merlo saß jetzt kerzengerade auf der Couch.

»Lassen Sie mich das noch einmal hören! Können Sie es im schnellen Vorlauf spielen?«

»Aber sicher«, sagte Adam, spulte zurück, machte die notwendigen Einstellungen. Nach einem Augenblick unverständlichen Gebrabbels kam das Geräusch noch einmal.

»ZAAAARRRAAAACHHHHHHH! ROHHHHMMMMMMM! BRAAAAGHHHHHHHH!«

Etwa vier Sekunden, dann war es vorbei.

Adam hielt das Band wieder an und sah den Priester herausfordernd an. Er wußte, daß die Stelle für ihn eine große Bedeutung hatte.

Merlo hatte die langen Finger hinter seinem Kopf verschränkt. Er schaute an die Decke, als lausche er einer inneren Stimme.

»Es hat sich für mich fast wie eine Stimme angehört«, sagte Conor nach einer Weile.

»Es war eine Stimme«, bestätige Pater Merlo, scheinbar gleichgültig, ohne besondere Betonung. Seine Stimme klang weich und einschläfernd, als hätte er gerade eben über ein Schlafliedchen nachgedacht. Aber seine aufrechte Körperhaltung verriet noch immer eine innere Anspannung. Die Augenbrauen hatte er nachdenklich zusammengezogen. »Es ist eine sehr alte Sprache, deren Schrift ich gesehen habe, deren Klang ich aber bis jetzt nicht kannte, denn ich glaube, daß nur die sie sprechen, die schon lange tot oder noch nicht erlöst sind.«

Adam seufzte verärgert auf.

»Was hat die Stimme gesagt?« fragte Lindsay mit einem leichten Zittern in der Stimme.

»Ich muß das Band noch genauer studieren«, erwiderte der Priester, aber alle hatten den Eindruck, daß er die Antwort bereits kannte.

49

»Hilllarrrrryyyy!«

Hillary Devon lag mit einer fiebrigen Erkältung zu Hause
in ihrem Bett. Sie war etwas schläfrig von der vielen Medi-
zin, die sie geschluckt hatte. Trotzdem hörte sie ganz deutlich, wie jemand ihren Namen rief. Der Ruf brannte sich
schmerzhaft in den sich allmählich auflösenden Tagtraum
ein, der ihr halbwaches Bewußtsein beschäftigt hatte; sie
hatte sich selbst in einem altmodischen weißen Kleid auf einer Sommerwiese mit vielen gelben Blumen gesehen, die
jenen nicht unähnlich gewesen waren, welche die Tapete
in ihrem Zimmer zierten. Sie war auf einem Ausflug mit ihrem Vater gewesen, der viel dünner gewesen war als in
Wirklichkeit, und der ihr erlaubt hatte, ihm den Bart abzu-
rasieren. Er hatte ohne Bart viel schöner ausgesehen. Sie
setzte sich langsam auf; ein fiebriger Schauer überlief sie.

Vielleicht hatte sie nur den Fernseher gehört. Sie hatte
ihn den ganzen Morgen laufen lassen, um etwas Gesellschaft zu haben. Seifenopern. Besorgte Gesichter und ver-
weifelte Leidenschaften, endlose Großaufnahmen von
Schauspielern, die unter dem dicken Make-up einen
schlechten Teint hatten. Der Fisch in ihrem Aquarium blub-
berte sie an und schwamm über blauen Kies, durch die
winzige Nachbildung versunkener Tempel hindurch. Sie
rieb sich eine wunde Stelle an ihrer Brust, wo der Knopf
des Pyjamas sie gedrückt hatte. Ihre Mutter konnte es nicht
gewesen sein, die war arbeiten. Die Jungen waren in der
Schule. Oder vielleicht doch nicht? Sie sah hinüber auf die
roten Ziffern ihres Radioweckers. Zehn nach eins. Nein,
die Jungen mußten noch in der Schule sein. Sie war ganz allein im Haus. Der Ruf konnte nicht von unten gekommen
sein. Also von draußen.

»Hillllarrryyyy!«

Ohne Zweifel rief sie jemand von draußen. Es war eine
Mädchenstimme, aber keine, die ihr bekannt vorkam.

Hillary sah hinüber zum Fenster. Hinter den Vorhängen
sah man einen grauen Tag. Das langweilige, armselige
Licht eines Winters, der seinem Ende entgegengeht. Aber

für die Nacht war Schneefall angesagt. Sie schob die schwere Bettdecke beiseite und langte nach einem kleinen Fläschchen mit Nasenspray. Als sie mit den Beinen über den Bettrand rutschte, produzierte sie eine statische Aufladung auf dem Laken. Während sie sich in die Nasenlöcher sprayte, tastete sie mit den Füßen nach ihren Hausschuhen. Als sie sie anhatte, stand sie auf und schlurfte zum Fenster. Sie hustete kräftig in ein Papiertaschentuch. Ihr Hals brannte. Sie sah zwischen den Vorhägen hindurch nach draußen.

Ein Auto fuhr auf der Carroll Street vorbei. Matsch spritzte von den Hinterrädern. Auf der anderen Straßenseite, vor dem Haus der Capalettis, stand ein Mädchen. Sie schien dort auf niemanden zu warten, sondern schaute direkt zum Fenster von Hillarys Zimmer hinauf. Sie hätte so ziemlich jedes Alter zwischen zwölf und fünfzehn haben können. Das Mädchen trug einen hellgrünen Umhang, der dunkel eingefaßt war, eine rote Baskenmütze und rote Stiefel. Die Hände hielt sie unter dem Cape versteckt. Hillary war ein wenig zu weit entfernt, um ihr Gesicht deutlich erkennen zu können, aber sie war ganz sicher, daß sie das Mädchen nicht kannte.

»Hillary?«

Es war ganz merkwürdig, sie hörte die Stimme so nah und deutlich, als spreche das Mädchen neben ihr im Zimmer und stünde nicht mindestens hundert Meter entfernt auf der anderen Straßenseite. Hillary hörte jede Nuance. Das Mädchen schien froh zu sein, daß Hillary endlich ans Fenster gekommen war und sie gesehen hatte. Sie hatte anscheinend schon sehr lange da draußen gewartet. Offensichtlich hätte sie das Mädchen kennen sollen. Aber wo konnten sie sich schon einmal getroffen haben? Und was wollte sie von ihr? Das war alles so rätselhaft.

Hillary wünschte sich verzweifelt, klarer denken zu können. Ihr Gehirn war genauso trübe wie dieser bleigraue, finstere Himmel. Aber jetzt fielen ihr wieder Bruchstücke des Telefongesprächs mit Beth LeMaster ein. Die hatte doch von einem Mädchen gesprochen, mit dem sie vor zwei Wochen von Erickson's Dance Studio zum neuen Einkaufszentrum gegangen sein sollte. Dieses Mädchen da drüben paßte genau zu der Beschreibung, die Beth LeMaster ihr gegeben hatte. Sie trug die gleichen Klamotten.

Aber nein. Ich war doch damals wirklich allein. Oder nicht?

Es wurde immer merkwürdiger. Jetzt konnte sie nicht einmal mehr ihrem eigenen Gedächtnis trauen.

›Ich sollte runtergehen und sie hereinlassen.‹

Soviel Klarheit erlaubte ihr benebeltes Gehirn. Es war wie ein Befehl. Sie mußte jetzt unbedingt runtergehen und das Mädchen hereinlassen...

Aber es gab eine strenge Regel im Hause Devon. Ihre Mutter würde zu einer Furie werden, wenn sie diese Regel verletzte. Sie würde ihr nie wieder vertrauen. Und das war die Regel: Sollte sie, Hillary, aus welchem Grund auch immer, und sei es nur für ein paar Minuten, allein im Hause sein, dann durfte sie niemandem die Tür öffnen, der nicht zur Familie gehörte. Es gab von dieser Regel keinerlei Ausnahmen. Nicht einmal, wenn ein Polizist auf den Eingangsstufen erschiene. Gina hatte ihr klargemacht, daß es für die falschen Leute nicht besonders schwer war, sich eine Polizistenuniform zu besorgen.

Die falschen Leute.

»Hillllarrrryyyy.«

Es klang so kalt, so einsam und so verzweifelt. Es war ein Flehen um Freundschaft.

Hillary schaute noch einmal hinaus. Das Mädchen stand noch immer da, bewegungslos, der Atem eine weiße Fahne vor dem Gesicht. Ein Mädchen, das etwa so alt war wie sie selbst und das nach jemandem verlangte, mit dem es sich unterhalten konnte. Vielleicht hatte sie keine Eltern, oder sie war gerade irgendwo in die Nachbarschaft gezogen und hatte keine Lust, in die Schule zu gehen. Hillary wußte, was es bedeutete, ein Außenseiter zu sein und von der Gnade der Cliquen und ihren Anführerinnen abhängig zu sein. Sie hatte zwar jetzt ihre eigene Clique, aber sie war weit davon entfernt, zu den beliebtesten Mädchen auf der Blessed Sacrament School zu gehören. Manchmal machte sie zu große Anstrengungen, um geliebt zu werden, und das ging immer schief. Hillary entwickelte ein zärtliches

Mitgefühl für das Mädchen, das dort draußen so unverzagt auf eine Geste der Freundschaft wartete.

Hillary hatte es satt, krank im Bett zu liegen. Es war jetzt schon der dritte Tag. Sie hatte die dummen Fernsehfilme und die albernen Shows satt und die endlosen Stunden, die sie allein im Bett lag. Sie wandte sich vom Fenster ab und nahm ihren Morgenrock vom Fußende des Bettes. Sie war jetzt so erfüllt von dem Gedanken, mit dem Mädchen zu sprechen, daß ihr geisterhaftes Abbild, das sie aus dem Wandspiegel ansprang, ihr Angst einjagte. Sie zögerte. Der eisige Sprühregen der Skrupel zerfetzte für einen Moment die Schleier, in die ihr Bewußtsein eingehüllt gewesen war. Sie erinnerte sich an die Regel.

»Hillary, beeil dich bitte!«

Nur dieses eine Mal. Ihre Mutter würde es doch gar nicht merken.

»Ich komme«, murmelte Hillary. Die Aufforderung schien sich in ihrem Kopf genauso energisch durchzusetzen wie ein kräftiges Klopfen an die massive Eingangstür.

Sie verließ ihr Zimmer und ging langsam die teppichbelegten Stufen hinunter in den unteren Flur. Unten war es dunkler, weil die Vorhänge im Eß- und im Wohnzimmer geschlossen waren, um nicht soviel Wärme durch die Fenster entweichen zu lassen. Als sie sich der Eingangstür zuwandte, kamen die Skrupel wieder. Sie wurden hervorgerufen durch die Erinnerung an das besorgte Gesicht der Mutter am Morgen und ihre Aufforderung, unbedingt im Bett liegenzubleiben, nur dann in die Küche zu gehen, wenn sie unbedingt etwas brauchte, und vor allem die Türen fest verriegelt zu lassen.

›Geh nicht ans Telefon! Wenn ich anrufe...‹

›Du läßt es zweimal klingeln, dann legst du auf und rufst gleich hinterher noch mal an. Ich weiß, Mutter, ich weiß.‹

Dann ein Kuß auf Hillarys heiße Stirn. ›Ich lasse dich nur ungern allein, wenn du krank bist.‹

›Ach, es macht mir nichts aus. Mach dir nur keine Sorgen.‹

Die Eingangstür war aus solidem Ahornholz und hatte zwei kräftige Riegel. In der Mitte der Tür, in einer Höhe, die Hillary gerade erreichen konnte, wenn sie sich auf die Zehenspitzen stellte, war ein kleines Guckloch, durch das man den kleinen Vorplatz und die Stufen überblicken konnte. Durch dieses Guckloch sah Hillary das Mädchen jetzt kommen. Zuversichtlich stieg sie die paar Stufen hinauf und kam zur Eingangstür. Hillary konnte sie jetzt ganz deutlich sehen. Sie war hübsch, hatte ein schmales Gesicht mit wohlgeformten Backenknochen, aber sie war sehr bleich, so bleich, daß die Haut fast durchscheinend wirkte. Sie sah aus, als wäre es ihr in letzter Zeit nicht besonders gut gegangen.

»Hi, Hillary.«

Das Mädchen war immer noch ein paar Schritte entfernt, deshalb war die Klarheit ihres Grußes ganz erstaunlich, so als hätten sich die Worte in Hillarys eigenem Kopf geformt.

Hillary wurde von einem heißen, fiebrigen Schauer durchlaufen. Sie sehnte sich plötzlich nach ihrem Bett, nach der warmen, dicken Federdecke, nach dem sicheren Halbdunkel des Zimmers. Sie wollte gar keine Gesellschaft, sie wollte mit niemandem reden...

Trotzdem kroch ihre linke Hand zu dem oberen Riegel, als sich das blonde Mädchen der Tür näherte.

Sie wußte, daß sie sich jetzt endgültig dafür entschieden hatte, wieder hinaufzugehen und das Mädchen nicht hereinzulassen, nicht einmal kurz, um sie nach ihrem Namen zu fragen, aber ihre Hand schien nicht willens zu sein, diesem Befehl des Gehirns Folge zu leisten. Sie hatte schon den runden Knopf ergriffen, mit dem man den Riegel anheben konnte. Das Lächeln der Fremden war so selbstbewußt, und jetzt winkte sie wieder, als könne sie Hillarys Auge sehen, das an das gläserne Guckauge gepreßt war. Sie würde die Tür gleich erreicht haben. Nur noch zwei Schritte.

In Hillarys Kopf bildete sich eine schwarze Wolke.

Das Telefon klingelte. Zweimal.

Hillary hörte es, aber mit dem Zurückweichen der schwarzen Wolke, erst ganz schwach, dann immer stärker, übernahm eine fremde, unwiderstehliche Intelligenz den Befehl. Die schwarze Wolke schien die Wirbelsäule hinabzukriechen, Hillary fühlte merkwürdige Schwingungen, die sie ganz schläfrig und willenlos machten. Ihre linke Hand fummelte so lange an dem Riegel herum, bis er mit einem klickenden Geräusch aufsprang.

Das Telefon klingelte wieder, während sich ihre Hand dem unteren Riegel näherte.

›Oh, Mutter...‹

Sie drehte ihren Kopf weg von der Tür, versuchte, gegen die Willenlosigkeit anzukämpfen.

»Öffne die Tür, Hillary! Mein Name ist Polly, und ich möchte gerne hereinkommen.«

Es war ein ruhiger, kühler Befehl. Er erlaubte keinen Widerspruch.

Aber das Telefon klingelte und klingelte.

Der andere Riegel, obwohl er viel einfacher konstruiert war, erforderte mehr Kraft. Sie mußte an der richtigen Stelle ein wenig gegen die Tür drücken, um den Riegel öffnen zu können. Aber sie drehte sich erst einmal um und blickte in den hinteren Teil des Hauses, wo das Telefon an einer Wand des Frühstückszimmers hing.

»Du kannst drangehen, Hillary, wenn du mich reingelassen hast. Ich warte schon so lange. Schau nur. Ich stehe direkt hinter der Tür.

Laß uns Freunde werden, Hlary. Du brauchst meine Freundschaft. Und ich brauche dich.«

Das fünfte Klingeln. Das sechste. Ihre Mutter glaubte sicher, daß sie eingeschlafen wäre. ›Leg doch bitte auf! Ich...‹

»Du kannst sie doch zurückrufen, Hillary!«

Hillary stieß einen tiefen Seufzer aus. »Mein Gott!«

Sie fühlte förmlich, wie von der anderen Seite der Tür ein Pfeil des Mißfallens auf sie abgeschossen wurde. Die schwarze Wolke hatte sich auf dem Grund ihres Rückgrats eingenistet, wie eine Katze, die sich daranmachte, ihren Nervenbahnen mit einem einzigen Hieb der gespreizten Krallen zu zerreißen. Sie mußte jetzt alles zusammenklauben, was von ihrem eigenen Willen noch übrig war.

»O Gott!« rief Hillary noch einmal, und sie konnte sich aus dem fremden Zugriff befreien. Sie taumelte rückwärts weg von der Tür, kam wieder fest auf ihren Füßen zum Stehen und hastete in das Frühstückszimmer mit den Grünpflanzen und den gestreiften Tapeten an der Wand. Sie hatte das Gefühl, als würde sie von etwas verfolgt, als straffe sich die Litze einer schwarzen Peitsche hinter ihrem Rükken. Mit beiden Händen ergriff sie den Hörer des Telefons.

»Mutter!«

»Hillary? Ja, was ist? Was fehlt dir?«

Tränen flossen ihr über die Wangen. Sie mußte eine Pause machen, um tief durchatmen zu können.

»Fehlen...? Ich... Mir fehlt nichts. Es war jemand an der Tür. Ein Mädchen. Aber ich habe sie nicht reingelassen.«

Es war ihr nicht möglich, etwas von dem furchtbaren Schrecken zu beschreiben, von dem gräßlichen Gefühl, von etwas Übermächtigem, ganz gegen ihren eigenen Willen, dazu gezwungen zu werden, etwas zu tun, daß die schlimmsten Konsequenzen für sie selbst und ihre Familie hätte haben können.

»Mom, wann kommst du nach Hause?«

»Jetzt gleich. Ich habe angerufen, um es dir zu sagen. Hillary, bist du sicher, daß alles in Ordnung ist? Was wollte dieses Mädchen?«

»Ich weiß es nicht. Ich habe sie noch nie gesehen. Sie muß neu in dieser Gegend sein. Vielleicht sind sie bei den Stoltes eingezogen.«

»Ich glaube nicht, daß schon jemand Stoltes Haus gekauft hat. Bist du unten?«

»Ja.«

»Also, geh jetzt zurück ins Bett. Ich werde in zwanzig Minuten...«

Hillary stöhnte.

»Was ist mit dir los?«

»Ich weiß es nicht. Nichts. Ich bin etwas nervös.« In Wirklichkeit glaubte sie ein knackendes Geräusch gehört zu haben, als sei oben etwas zerbrochen. Sie wußte, daß sie gleich die Nerven verlieren und losheulen würde. Aber erst mußte sie auflegen. »Bye, Mom. Ich bin okay, ganz ehrlich. Bis gleich. Ich hab dich lieb!«

»Bye, Kleines. In zwanzig Minuten.«

›Bitte, beeil dich!‹

Mit dieser unausgesprochenen Bitte legte sie den Hörer auf. Sie hatte bei ihrer Flucht von der Eingangstür einen Hausschuh verloren. Ihr nackter Fuß fror. Nur ganz schwach konnte sie den Schuh im unteren Flur liegen sehen. Es war auf einmal so dunkel, von den kleinen Fenstern neben der Tür kam kein Licht mehr. Auf der Plattform vor der Tür schien es finsterste Nacht geworden zu sein. Sie wußte, daß sie nicht mehr die Kraft hatte, die Treppe zu erreichen.

Das Klingeln an der Haustür schien sie fast aus ihrer Haut schütteln zu wollen.

Neben dem Telefon an der Wand hing eine sehr alte Holzschnitzerei, eine Madonna mit Kind im Stil der Renaissance, eingerahmt in Gold. Sie riß es von der Wand und preßte es gegen ihre Brust, als sie die Hintertreppe hinaufrannte, zwei Stufen auf einmal nehmend.

Die Tür zu ihrem Zimmer war verschlossen. Sie hatte sie nicht zugemacht. Hillary legte eine Hand auf den Messingknauf. Die Holzschnitzerei hielt sie immer noch fest umklammert. Der Knauf war so kalt, daß ihre Hand beinahe daran festgefroren wäre. Sie riß sich ein Stückchen Haut ab, als sie die Hand erschrocken zurückzog.

›O mein Gott, heilige Mutter Maria und alle Heiligen des Himmels, bitte, bitte beschützt mich!‹

Dann hörte sie ein Geräusch auf der anderen Seite der Tür, ein gurgelndes Geräusch, das sie nicht identifizieren konnte. Auf einmal kam ihr eine schreckliche Einsicht und sie wußte, was da drinnen vor sich ging. Sie öffnete den Türknopf, indem sie ihre Hand mit einem Zipfel ihres Morgenrocks schützte.

Auf der Ecke ihres Schreibtisches brannte eine Lampe. Das Wasser aus dem Vierzig-Liter-Aquarium und ihre Sammlung von Fischen strömten aus einem faustgroßen Loch in dem Glasbecken und überfluteten den Teppich. Es waren keine Sprünge oder abgeschlagenen Kanten im Glas. Das Loch war kugelrund, wie ausgeschnitten. Die Kanten des Loches waren so glatt, daß man nicht einmal den Eindruck haben konnte, daß es mit einem Werkzeug ausgeschnitten war. Es schien eher so, als habe sich an der Stelle, aus der das Wasser schoß, das Glas einfach aufgelöst.

50

Conor und Pater Merlo bezogen nebeneinanderliegende Zimmer im Holiday Inn an der Interstate 91, nahe der Abzweigung der Greenleaf Avenue. Adam Kurland hatte darauf bestanden, sie zum Gefängnis zu begleiten und während des Gespräches anwesend zu sein, das der Priester mit ›seinem Klienten‹ führen wollte. Merlo hatte ihm deutlich gesagt, daß er mit Unannehmlichkeiten rechnete. Adam hatte darauf hingewiesen, daß sowohl die Polizei als auch die Staatsanwaltschaft Einwände gegen den Besuch vorbringen würden und daß sie es mit Sicherheit nicht zulassen würden, daß der Priester und Conor alleine zu Rich gingen.

Merlo hatte geantwortet: »Finden Sie heraus, ob wir einen Raum haben können, der weder Fenster hat, noch möbliert ist. Ich brauche nichts als einen einfachen Hocker.«

In seinem Zimmer im Holiday Inn nahm der Priester ein Bad, rasierte sich und zog seinen schwarzen Mohairanzug, Größe 46, an, legte den Priesterkragen um und verbrachte etwa eine Stunde in stiller Andacht und im Gebet, während im Zimmer nebenan Conor unruhig auf und ab ging und Kurland auf der Bettkante saß und ein Telefongespräch nach dem anderen führte. Lindsay Potter hatte an dem Treffen nicht teilnehmen wollen.

Als er fertig war, klopfte Pater Merlo an die Verbindungstür. Er lächelte nicht, als er bei den beiden anderen eintrat. In einer Hand trug er eine große schwarze Tasche. Conor wußte genau, was darin war.

»Ich werde Ihnen jetzt meinen Segen erteilen. Wir wollen nicht, daß sich so etwas wie bei Ihrem letzten Treffen mit Rich wiederholt.«

Er sprach ein kurzes Gebet, besprühte sie mit geweihtem

Öl und machte über dem Kopf eines jeden der beiden Männer das Zeichen des Kreuzes. Conor senkte den Kopf ganz tief und murmelte selber ein kleines Gebet. Adam, der in seinem sportlichen karierten Anzug etwas deplaziert wirkte, schaute seitlich aus dem Fenster und schwieg.

»Was glauben Sie, was passieren wird?« fragte Conor den Priester.

»Er wird sich provoziert fühlen, wenn er mich erblickt.«

»Rich?« fragte Adam.

»Nein. Den meine ich nicht.«

»Werden Sie ihn heute schon exorzieren?« fragte Conor?

Merlo legte ihm flüchtig eine Hand auf die Schulter, aber Conor spürte in der Hand das Gewicht des Mitgefühls, er sah die Trauer in den Augen des Paters. Conors Herzschlag geriet ins Stocken.

»Zuerst muß ich erst einmal sicher sein, daß ein Exorzismus nötig ist, sei es nun der große oder der kleine nach dem römischen Ritual. Dann erst kann man jemanden damit betrauen. Die Kirche verlangt einen unwiderlegbaren Beweis der Besessenheit. Die Vorbereitung auf einen großen Exorzismus ist der Vorbereitung auf einen Krieg nicht unähnlich. Es gilt bestimmte Formalitäten einzuhalten. Man muß schwarze Tracht tragen. Und kein Exorzist wird alleine arbeiten, wenn er die Absicht hat, die Angelegenheit zu überleben. Nein, dieses Mal will ich mir nur Informationen verschaffen und mir ein Bild machen.«

»Wir werden zu spät kommen«, drängte Adam.

Adam fuhr sie in seinem Auto die fünfzehn Kilometer zum County Gericht in Chadbury. Dort konferierte er zunächst einmal allein mit dem Beamten, der für das Gefängnis zuständig war. Steve Wendkos war ein dickleibiger Mann mit beginnender Glatze und einem erstaunlichen Schnurrbart, der aus so vielen buschigen Haaren bestand, daß es aussah, als habe er ein dickes Bündel Kupferdrähte unter der Nase. Der Gefängnisbeamte kam aus seinem Büro und gab dem Priester die Hand. Einen erstaunten Gesichtsausdruck konnte er dabei nicht unterdrücken.

Steve berichtete: »Der Gefangene hat sich während der letzten Tage ganz ordentlich benommen. Meistens sitzt er auf seiner Pritsche und führt Selbstgespräche. Aber ich denke, daß trotzdem ein oder zwei unserer Leute bei Ihnen bleiben sollten, Pater. Wenn ich richtig verstanden habe, ist dieser Mann hier...«, er machte eine Kopfbewegung in Conors Richtung, »... ein professioneller Ringer, aber selbst der hat sein Fett abgekriegt, als unser Freund da drin das letzte Mal Amok gelaufen ist. Sie haben die Dosis des Beruhigungsmittels zwar verdoppelt, aber trotzdem, Vorsicht ist die Mutter der Porzellankiste.«

»Er hat doch eine Zwangsjacke an, oder?«, fragte Pater Merlo. »Ich glaube nicht daß wir Ärger bekommen werden. Außerdem pflege ich ohnehin einen beruhigenden Einfluß zu haben.«

»Na, meinetwegen. Duke!«

Ein schmächtiger junger Mann mit einer Binde über einem Auge führte die Besucher eine eiserne Treppe hinunter ins Kellergeschoß, vorbei an einem zischenden Heizungskessel und einen Korridor entlang, von dessen Wänden die graue Farbe in pergamentartigen Streifen abblätterte. Unbeschirmte Glühbirnen, die einfach von der Decke hingen, beleuchteten den Gang. Ihre Schritte hallten. Adam pfiff nervös durch die Zähne. Als man sich von dem Kessel und den Dampfrohren entfernte, wurde es empfindlich kalt.

»Gestern habe ich hier eine Ratte erschlagen, die war fast so groß wie ein Cockerspaniel«, brummte Duke. Wenn er nicht in Uniform gewesen wäre, hätte Conor ihn sich ohne weiteres in einer verräucherten Billardhalle vorstellen können, wie er zusammen mit ähnlich zweifelhaften Spießgesellen Überfälle auf Supermärkte plante. Sie blieben vor einer Eisentür stehen, die dunkelrot gestrichen war Duke schloß sie auf und drehte das einzige Licht an, eine Hundertwattbirne, die in eine Porzellanfassung auf einem Holzsockel gedreht war. Sie ließ alle vier Ecken des Raums im Dunkeln. Der Raum war feucht, der Boden schmutzig. Das einzige Fenster hoch oben in der Wand war mit einer schwarzen Fettschicht überzogen. Davor war ein Gitter montiert. Eiserne Rohre, mit einem dunklen Orange und Rost bedeckt, zogen sich quer über die Decke. Pater Merlos

Kopf berührte sie fast, als er quer durch das Zimmer ging, um es in Augenschein zu nehmen. Adam hustete verdrießlich in ein Taschentuch.

Der Priester stellte seine Tasche auf den einzigen Hocker im Raum und öffnete sie. Er nahm eine dunkelrote Seidenstola heraus, küßte sie und legte sie sich um den Hals. Dann versank er in eine meditative Ruhe, die einer Trance sehr nahe zu kommen schien. Duke wartete bei ihnen. Er spielte an der abgegriffenen Lederschnalle über seinem Halfter herum, in dem ein riesiger Revolver steckte. Dann führten zwei Wärter Rich in den Raum.

Seine Wächter blieben aufmerksam neben ihm stehen, aber sie hielten sich außerhalb der Reichweite seiner Füße, falls er auf die Idee kommen sollte, sie zu treten.

In der engen Zwangsjacke sah Rich irgendwie verbogen, schief gewachsen aus. Aber in einer Zwangsjacke sieht wohl jeder etwas verrückt aus, Rich nur noch etwas mehr. ›Oder vielleicht sind es auch nur meine vorgefaßten Meinungen‹, dachte Conor, der sich seit Tagen mit nichts anderem als Richs Geisteszustand befaßt hatte. Richs bleiches Gesicht, das von den Opiaten etwas schlaff geworden war, machte einen ruhigen Eindruck, auch wenn seine Augen sich sofort an den Priester hefteten, der wie der Mast eines Schiffes zwischen Adam und Conor aufragte.

»Hallo, Conor, Hallo, Adam. Wer ist das?«

»Ich bin Pater Merlo, mein Sohn.«

Richs Mund verzog und kräuselte sich etwas, sein Tonfall wurde etwas rauher. »Ich brauche keinen Priester! Und schon gar nicht brauche ich einen Niggerpriester, der nichts anderes im Sinn hat, als die Fotzen menstruierender Nonnen abzulecken.«

»Paß auf dein Maul auf, mein Junge«, schnarrte Duke und die beiden anderen Wärter hoben ihre Schlagstöcke ein wenig höher, aber Merlo gebot ihnen mit erhobener Hand Einhalt.

»Es ist schon in Ordnung«, sagte er mit einer Stimme, die eher gelangweilt klang.

Duke sagte über die Schulter, und er machte dabei ein Gesicht, als hätte er nicht übel Lust, Rich eins mit seinem

Colt Trooper zu verpassen: »Zehn Minuten, Pater. Mehr erlaubt Steve nicht. Aber ich kann mir auch nicht vorstellen, daß Sie länger mit dem da zusammenbleiben möchten.«

Er behielt Rich im Auge, als er den Raum verließ; die beiden anderen folgten ihm, und die Tür wurde von außen geschlossen und verriegelt.

Rich sah zur Tür, dann sah er wieder seine Besucher an. Er lächelte etwas besorgt. »Ich werde dieses Ding ausziehen«, sagte er.

Er begann sich zu strecken und zu verbiegen und so verzweifelt zu ziehen, daß Conor unwillkürlich einen Schritt auf ihn zu machte. Merlo hielt ihn zurück. Sein Gesicht war unbewegt, als er Richs verzweifelten Kampf mit dem verschnürten Kleidungsstück beobachtete. Adam, der den Kassettenrecorder ausprobiert hatte, unterbrach seine Arbeit und schaute mit offenem Mund zu.

In weniger als dreißig Sekunden lag die Zwangsjacke auf dem Boden, aufgeschnürt, aber anscheinend nicht eingerissen. Rich streckte seine verkrampften Arme.

»So ist es besser«, sagte er. Er hob den Blick zum Priester empor. Erbitterter Haß leuchtete aus seinen Augen. Seine Stimme klang sehr tief, als er ihn fragte: »Was wollen Sie hier?«

»Ich will wissen, wer Sie sind.«

Die Stimme noch etwas tiefer, grollte es jetzt: »Warum wollen Sie das wissen?«

»Ich gehorche dem Willen Gottes.«

Ein Geruch erfüllte den Raum wie brauner Nebel. Es war der Geruch nach entzündeten, unbehandelten Wunden, nach verwesendem Fleisch, nach schwarzer Kotze, nach Klärgruben und nach geöffneten Massengräbern. Es war der Geruch nach einer verfaulten, verwüsteten, toten Welt, die sich ein letztes Mal um die Sonne dreht, bevor sie für immer im Meer der Ewigkeit versinkt. Conor schlug die Hände vors Gesicht. Adam schwankte, ihm wurde speiübel.

Pater Merlo nahm aus seiner schwarzen Tasche in aller Ruhe weiße Chirurgenmasken, die er in geweihtes Wasser getaucht hatte.

»Atmen Sie da durch«, riet er ihnen, während er seine Augen auf Richs Gestalt gerichtet ließ. Richard Devon beugte und streckte seine Hand- und Armmuskulatur, sonst tat er gar nichts.

»Würden Sie sich bitte vorstellen«, sagte der Priester mit fester Stimme. »Wir haben nur ein paar Minuten, und die will ich so gut wie möglich ausnützen.«

»Du wirst sterben, Nigger! Du wirst am ersten Tag des großen Gemetzels in Stücke gerissen werden, das man das Armageddon nennt. Du wirst mitansehen, wie dein Blut die Stufen zu dem Scheißhaus verschmiert, das man Petersdom nennt! Und wir werden dein Blut trinken, wir werden dein Gehirn aus der Schale deines zerbrochenen Schädels schlürfen!«

Pater Merlo seufzte fast unhörbar und holte ein hölzernes Kreuz heraus.

Etwas Schwarzes, Widerliches, Unsägliches begann aus dem Betonfußboden hervorzusickern, als sei er nur ein poröser Schwamm. Eins der Rohre an der Decke platzte, und sie wurden mit einer gelblichen, eiterähnlichen Flüssigkeit besprüht. Mit einem singenden Geräusch entließ Adam einen gewaltigen Furz.

»Ihnen kann nichts passieren«, beruhigte sie der Priester, dann wandte er sich an Rich. »Im Namen des Allerheiligsten! Wie heißt du? Wer bist du? Wo kommst du her?«

Die Haut in Richs Gesicht veränderte sich wie die eines Apfels, den man auf einem Ofen brät. Die verkrustete schwarze Haut begann zu platzen und aufzuspringen. Seine Augen, die doppelt so groß waren wie normal, traten aus ihren Höhlen hervor, die Haare standen ihm hoch und aus ihren Spitzen sprühten kleine Funken. Und während der ganzen Zeit lächelte er und spuckte schwarze Luftblasen.

Adam rutschte auf dem Boden aus und fiel hin. Er bewegte sich ruckartig, als habe man ihm in die Hüfte geschossen, und war unfähig, wieder aufzustehen. Er starrte Merlo flehend an.

»Sie sind nicht verletzt. Er will Ihnen nur den Verstand rauben. Widerstehen Sie! Es ist nicht die Stunde seiner größten Kraft.« Er wandte seine ganze Aufmerksamkeit wieder dem Wesen zu, das dabei war, den Kopf und den Körper von Richard Devon zu verformen. Die Knochen bogen sich unter der Haut, als seien sie aus Talg. Richs Brust blähte sich, bis sein Gefängnispulli an den Nähten aufplatzte. Mit heraushängenden Geschlechtsteilen begann Rich zu pissen, der Kopf seines Penis peitschte dabei herum wie der Kopf einer Schlange, die aus dem rostroten Dickicht seiner Schamhaare herausschaute wie aus dem Korb eines Fakirs. Die Pisse verdampfte in Säurewolken, als sie auf den Betonfußboden auftraf. Er furzte ganz gewaltig, es hörte sich an wie wilde, gotteslästerliche Orgelakkorde.

Pater Merlos Gesicht drückte Mißfallen aus.

»Im Namen des Herren, Jesus Christus«, sagte er, und jedes Wort hallte wie ein Pistolenschuß durch das tosende Gefurze, »ich befehle dir, deinen Namen auszusprechen!«

Das Gefurze hörte auf, und Kot flog durch die Luft, jede Menge davon schoß aus dem besessenen Körper hervor. Dann antwortete eine Stimme, die so kalt war wie der Donner eines Wintergewitters:

»ICH BIN ZARACH' BAL-TAGH!«

Gleichzeitig tönte das Gewimmere anderer Stimmen durch den Raum, ein aufgeregter Chor aus einem fernen Sumpfland, erleuchtet von blutroten Blitzen, zu Staub geschlagen von den kleinen Hufen der niederen Außerirdischen.

»BAL! BAL! BAAAAAL!«

Draußen vor der Eisentür standen Duke und die beiden anderen Wärter in Bereitschaft. Sie rauchten und spitzten die Ohren, aber sie hörten nicht einen Ton von den Vorgängen in der Zelle.

»Und wer ist Zarach' Bal Tagh?« verlangte der Priester zu wissen. Er wußte die Antwort, aber es ging ihm jetzt um die Unterwerfung des Dämon. Er hatte die Information, hinter der er hergewesen war.

»DER BRUDER LUZIFERS, DER FEIND GOTTES!«

In den Augen des Besessenen, die jetzt leer waren wie Wurmlöcher im Holz, begannen Funken zu glühen. Schwarze Spiralen von Rauch schlängelten sich dem Priester entgegen.

Merlo sagte, und er zeigte dabei auf Conor, der neben ihm stand: »Was willst du mit dem Bruder dieses Mannes?«

»ICH WOLLTE IHN NICHT! ER WOLLTE MICH! NUN WERDET IHR ALLE MICH BEKOMMEN!«

»Was meinst du damit?« fragte Merlo mit böser Stimme.

»EURE VERFAULTE, ARMSELIGE WELT BRAUCHT EINEN ERLÖSER. DAS PREDIGT IHR DOCH IMMER!«

»Niemand von uns ist so krank oder verloren, daß er dich brauchen würde. Geh dahin zurück, wo du herkommst, du Ausgeburt des Bösen!«

»ICH WERDE ZURÜCKGEHEN, WENN ICH GLAUBE, DASS ES AN DER ZEIT IST. ICH WERDE ZURÜCKGEHEN MIT ALLEN MEINEN JÜNGERN UND MIT UNZÄHLIGEN GERAUBTEN SEELEN! DIESES STINKENDE STÜCK FLEISCH IST NUR DER ANFANG!«

»Richard war ... er ist ein braver Mann. Wie ist es dir gelungen, ihn zu täuschen?«

»SEINE EIGENE LÜSTERNHEIT HAT IHN BETROGEN. SO WIE DIE SÜNDEN EINES JEDEN MENSCHEN IHN MICH LIEBEN LASSEN.«

Noch während er sprach, erhöhte der Zuchtmeister, der sich selbst Zarach' nannte, die Intensität und die Geschwindigkeit seines psychischen Angriffs auf Adam Kurland, denjenigen der drei Männer, der ihm den geringsten Widerstand entgegensetzen konnte. Adam wurde von Krämpfen durchzuckt, sein überanstrengter Geist versank langsam im Dunkel. Merlo beschloß, dem Ganzen möglichst schnell ein Ende zu machen.

Aus seiner Tasche zog er einen Weihwasserwedel. »Ich werde zurückkommen«, versprach er dem Dämon. »Um Richards Seele zu retten, Bruder Luzifers.«

Gelächter flog ihm entgegen wie ein schwarzer Vogel mit funkelnden Krallen.

»WENN DU DIESE MENSCHLICHE SEELE WILLST, DANN WIRST DU SIE MIR NEHMEN MÜSSEN! GLAUBST DU, DASS DU DIE KRAFT HAST, MIR ENTGEGENZUTRETEN?«

Der Priester begann, das Weihwasser sorgfältig im Raum zu versprühen, gläsern leuchtende Tropfen, die gefüllt waren mit der Liebe Gottes. Die Tränen Christi. Sie regneten auch auf den Besessenen herunter, und heraus kam ein wildes Kreischen, nicht etwa des Schmerzes, sondern der Wut.

Plötzlich brach Rich zusammen, lag am Boden als lebloser, verkrampfter Haufen, das Gesicht gegen den kotbedeckten Boden gepreßt. Dann begann er herumzukriechen und sich wieder aufzusetzen, als habe eine unsichtbare Hand ihn bei den Haaren gepackt. Sein furchtbar entstelltes Gesicht schrumpfte langsam wieder auf normale Ausmaße zurück, aber es war immer noch bleifarben und durchzogen von blauen Venen. Brauner Schaum saß in den Ecken seines Mundes, er würgte etwas von dem Kot wieder heraus, den er gezwungen gewesen war zu schlucken. Conor bekreuzigte sich zwei- oder dreimal, um die Bemühungen des Priesters zu unterstützen, der dabei war, die Herrschaft über den bösen Geist zu gewinnen. Rich brach wieder zusammen und lag bewegungslos da. Der zähe Brei der stinkenden Exkremente löste sich in wenigen Augenblicken in Luft auf. Es war still, bis auf Adam Kurlands panisches Stöhnen. Er lag zusammengerollt wie ein Embryo auf dem Boden und grinste ausdruckslos vor sich hin, es war ein Grinsen, das aussah, als wäre es in seine Kiefer eingenäht. Seine Augen rollten so verängstigt, daß Conor das Gefühl hatte, sie in seinem Kopf klickern zu hören wie Flipperkugeln. Aber auch sein Geist hatte sich noch lange nicht beruhigt, er war unfähig, das Schreckliche, auf das vorbereitet zu sein er geglaubt hatte, in seinem ganzen Ausmaß zu begreifen. Er hatte nichts anderes im Kopf, als so schnell wie möglich den Raum zu verlassen.

Als er Adam auf die Füße zog, stellte er fest, daß der Anwalt ziemlich leicht gebaut war. Sehnen und Bänder wie Gummi und nur dürftig mit Muskeln bepackt. Sein unitarischer Gott, eher eine Ausgeburt des Intellekts als des Glaubens, hatte sich unter Beschuß als ziemlich unbrauchbar erwiesen. Adams ganzes Leben war eben eher pragmatisch strukturiert. Das logische Denken und die Vernunft waren ihm Schwert und Schutzschild zugleich. Sein Verstand würde das eben Gesehene aushalten, oder er würde es nicht aushalten, die Antwort war so offen wie bei einem alten Auto, das mit ausgeleierter Handbremse auf abschüssiger Straße geparkt wird. Jetzt zählten Sekunden, also war keine Zeit für Freundlichkeiten. Conor schlug ihm mit der flachen Hand ins Gesicht. Adam biß sich auf die Lippe, Blut tropfte herunter. Dann erschien in seinem Gesicht die Andeutung von Ärger und Wut. Der Körper spannte sich etwas. Conor sah Merlo an und der nickte.

»Es gibt hier jetzt nichts mehr zu tun«, sagte der Priester nicht ohne Bedauern. »Lassen Sie uns hier raus. Wenn Adam wieder zu sich kommt, werden wir viel zu besprechen haben.«

51

Adams Nerven waren arg auf die Probe gestellt worden, aber sie waren nicht zerrissen. Sein Verstand, auf dem mit Pferdehufen herumgetrampelt worden war, funktionierte noch. In den Nachmittagsstunden erholte er sich allmählich wieder, wie ein Mann, der zum erstenmal einen richtigen Katzenjammer auskurieren muß. Sein Blick war merkwürdig getrübt. Er war allein, und typischerweise fand er beides, Trost und Überlebensmut, dadurch zurück, daß er sich anstrengender körperlicher Aktivität aussetzte. Er machte einen Skilanglauf, der bis zur Dämmerung dauerte, und legte dabei dreiundzwanzig Meilen unter einem stahlgrauen Wolkenhimmel zurück. Als er zu seiner umgebauten Scheune zurückkam, lag das Gewicht der Erschöpfung auf seinen Lungen, die Augen blickten müde und stumpf, alle jungenhafte Unbekümmertheit war aus seinem Gesicht gewichen.

Conor, Lindsay und Merlo erwarteten ihn. Er sah sie an, als seien sie Fremdlinge, sagte nur ein paar Worte und ging dann unter die Dusche und sich umziehen. Lindsay hatte in einem riesigen Eisentopf Irish Stew gekocht; dazu hatte sie Schwarzbrot gebacken. Sie brachte Adam einen Martini ins Badezimmer, und als sie mit ihm zurückkam, hielt sie ihn an der Hand. Sie machten es sich vorm Kamin bequem. Adam schaute lange in die Flammen, dann sah er den Priester an.

»Haben Sie so etwas vorher schon mal erlebt?«

Merlo zuckte mit den Achseln. »Nun, ich habe schon viel Schlimmeres erlebt, aber das hat meistens erst während des römischen Rituals der Austreibung stattgefunden. Dann kann es vorkommen, daß solche Vorfälle tagelang, ja sogar wochenlang andauern.«

»Wie kann man das nur durchhalten?« fragte Adam mit tonloser Stimme. Er trank so schnell, als habe er Wasser im Glas. Lindsay legte ihm ganz beiläufig eine Hand auf den Unterarm, um ihn ein wenig zu bremsen.

»Zum einen ich bin durch meinen festen Glauben an Gott dazu befähigt, jedem außermenschlichen Geist und der dahinterstehenden Intelligenz zu widerstehen. Zum anderen weiß ich, daß die Seite Gottes in neunzig Prozent der Fälle den Sieg davonträgt.«

»Und was ist mit den restlichen zehn Prozent?« fragte Conor. Er hatte sich in eine Ecke des blauen Sofas verkrochen und beschäftigte sich mit einem neuen Irish Whiskey Soda, einem von vielen, die er während dieses endlosen Nachmittags in sich hineingeschüttet hatte, um seine aufgewühlten Nerven ein wenig zu beruhigen und die grauenhaften Bilder auszulöschen, die er auf diesem Höllentrip in sich aufgenommen hatte und die immer wieder in ihm aufsteigen wollten. Ihm war jetzt, als trage er Scheuklappen vor den Augen, seine Wahrnehmung der Vorgänge um ihn herum war oberflächlich und begrenzt, manchmal schlich sich eines der Gesichter um ihn herum für kurze Zeit in seinen Gesichtskreis, verblaßte aber dann wieder wie ein Stern beim Heraufdämmern des Morgens. Was blieb, war der unausrottbare Punkt in seinem Herzen, von dem eine tödliche Angst ausging.

»Der besessene Körper«, erklärte Pater Merlo mit müdem, aber teilnahmsvollem Gesichtsausdruck, »ist in diesen Fällen der Belastung nicht gewachsen, der er durch das Tauziehen zwischen der Kraft Gottes und jener des Teufels ausgesetzt wird. Dann gewinnt keiner.« Sein Bier war ihm in den Händen warm geworden. Er hatte einen Punkt der Ermüdung erreicht, wo es ihm sogar schwerfiel, den Glaskrug zum Mund zu führen. Und er hatte noch die lange Fahrt nach Boston und den noch viel längeren Flug nach Rom vor sich.

»Könnte das auch in Richs Fall passieren?« fragte Lindsay. Sie trank überhaupt nichts. Sie hatte sich bereit erklärt, dafür zu sorgen, daß der Pater seinen Flug erreichte, der auf halb elf angesetzt war. Sie trug ein Stirnband, um die Narbe am Kopf zu verdecken.

»Ja. Es ist das erste Mal, daß ich auf einen Teufel treffe, der solch einen Status und solch eine Macht im Königreich des Bösen besitzt wie Zarach'. Das ist bisher noch nicht vorgekommen. Die bösen Geister, die hinter einer Besessenheit stecken, ziehen es im allgemeinen vor, ihre Identität geheimzuhalten. Deshalb kann ich eines Umstands schon ganz sicher sein: Es handelt sich nicht nur um eine gewöhnliche Inbesitznahme eines menschlichen Körpers und seiner Seele. Ich weiß noch nicht ganz genau, was das alles bedeutet. Aber Zarach' Bal-Tagh hat die Wahrheit über seine Stellung in der Hierarchie der Gefallenen erzählt. Bevor die Welt entstand, war sein Bruder, Luzifer, derjenige, der Gottes Macht am nächsten kam. Aber Luzifer war nicht zufrieden mit seiner Stellung als zweiter. Er wollte all das, was Gott besaß, er wollte der absolute Herrscher der Himmel werden. Für diese Sünde der Anmaßung wurden er und Zarach' und alle Engel, die sich ebenfalls Gottes Macht angemaßt hatten, verbannt, aus Gottes Haus ausgestoßen. Das nehmen wir jedenfalls an.

Aber sie nahmen die Strafe nicht an, und sie baten auch nicht um Gottes Vergebung. Sie schworen ihrem Schöpfer ewigen Haß. Aus Luzifer wurde Satan, was bedeutet: ›Vater der Lüge‹. Und der Name Zarach' Bal-Tagh bedeutet im palaischen Dialekt der hethitischen Sprache: ›Sohn der endlosen Nacht‹.«

»Der Hölle selber«, murmelte Conor, der in seiner Ecke zusammengesackt war. Das Glas mit dem winzigen Eisrest hielt er irgendwo zwischen den Knien.

Pater Merlo stand auf, um seinem fast übermächtigen

Schlafbedürfnis durch ein paar Schritte quer durchs Zimmer Herr zu werden. Jetzt war es noch zu früh. Vielleicht auf dem Flug nach Rom. Er hatte das Gefühl, noch nicht außerhalb der Reichweite der Gefahr zu sein, die er vor ein paar Stunden in dem kahlen Gefängnisraum heraufbeschworen hatte. Er rieb sich mit dem Handballen über die kahle Stirn.

»Nicht ganz. Die endlose Nacht ist der Schatten Gottes, in dem die gefallenen Engel gezwungen sind, sich aufzuhalten. Aus dieser Dunkelheit kommt ihr ganzer Haß, kommt all das Böse und die zerstörerische Energie. Vielleicht bedeutet das für uns die Hölle, aber für sie ist es das Element, ihr Element. In der endlosen Nacht ist alle negative Energie des Universums konzentriert. Es darf Sie nicht verwirren, daß diese bösen Geister als ›gefallen‹ bezeichnet werden. Sie haben eine unvorstellbare Kraft. Sie sind unsterblich, und sie gehorchen nicht den Gesetzen der menschlichen Physis. In ihnen vereinigen sich alle dunklen und mystischen Geheimnisse der Existenz. Sie arbeiten ohne Unterlaß an der Zerstörung der menschlichen Rasse. Mit anderen Worten: Man darf sich erst mit ihnen anlegen, wenn man genau weiß, was man tut. Hören Sie noch zu, Conor?«

»Ich höre zu«, murmelte der Ex-Priester in seinen Bart. »Sie sind zu gerissen für unsereiner.«

»Richtig«, sagte Pater Merlo und klatschte einmal in die Hände. Adam schaute verstört hoch. Er klimperte mit den Eiswürfeln in seinem leeren Glas und stand auf, um sich einen neuen Drink zu holen.

»Wenn sie so unglaublich mächtig sind«, wandte Lindsay ein, »warum ist es der menschlichen Rasse dann bis heute gelungen zu überleben?«

»Die Menschen haben ein Abkommen mit Gott, und dieses Abkommen versichert sie seines Schutzes, solange sie ihm gehorchen und seine göttlichen Gesetze beachten.«

Adam kam mit einem vollen Glas zurück und ließ sich neben Lindsay auf die Couch fallen. Seine Unterlippe war geschwollen, er hatte einen dunklen Bluterguß, der sich auf der Seite an der Linie des Unterkiefers entlangzog, auf der

Conor ihn geschlagen hatte. Er sah immer noch gehetzt und ängstlich aus. »Was ich heute vormittag gesehen habe, wird mir im Gedächtnis bleiben, bis ich sterbe. Okay, ich glaube, ich bin jetzt bereit zuzugeben, daß Rich unter dem Einfluß von irgendwas Übernatürlichem steht.« Er atmete ein-, zweimal kräftig durch. »Ein Geist. Ein Geist hat ihn... entmenschlicht und mag vielleicht auch direkt den Tod von Karyn Vale verursacht haben. Jetzt stellt sich natürlich die Frage: Wie können wir Richard retten?«

»Darauf gibt es keine einfache Antwort«, sagte Merlo. »Das Problem seiner Besessenheit wird durch seinen Aufenthalt in einem Gefängnis noch kompliziert. Und vor allem durch die Natur des Peinigers. Zarach' ist sehr mächtig. Ich werde mich sehr genau in alte Manuskripte einarbeiten müssen, aber ich weiß auch so, daß man während der vergangenen zweitausend Jahre wenig mit ihm zu tun gehabt hat. Er scheint immer dann aufzutauchen, wenn eine große, weltweite Katastrophe bevorsteht.«

»Er sagte doch etwas vom Armageddon«, sagte Conor. Es hörte sich an, als kaute er seine Worte durch Speichel und Schweiß. Als er seinen Kopf zurücklegte, um zu trinken, verschwanden seine Augen hinter den Lidern, die herunterhingen wie schmerzhafte Blutknoten.

»Armageddon«, wiederholte Adam, aber nur, weil er das Gefühl zu haben schien, es sei jetzt an ihm, die Unterhaltung fortzusetzen. Seine Kiefermuskeln waren auf der Seite zu Strängen gebündelt, wo er nicht verletzt war. Auf einmal kam die Angst zurück, ganz unerwartet, wie eine plötzliche Flutwelle. Er fragte sich ganz ernsthaft, ob er wohl jemals wieder zu einem richtigen Mann werden würde, nachdem er heute morgen so schmählich versagt hatte. Seine Zunge hatte im wahrsten Sinne des Wortes am Gaumen geklebt, und er hatte sich in die Hosen gemacht wie ein kleiner Junge. Er zitterte fast vor Scham und Zweifeln an sich selbst, aber nur Lindsay bemerkte es.

»Das Ende der modernen Zivilisation«, erklärte Merlo. »Welches wir angeblich mit dem Glockenschlag zu Mitternacht am 31. Dezember 1999 zu erwarten haben. Ich fürchte, daß ich diesen Zeitplan nicht so ganz ernst nehmen kann, wie ich auch den Vorhersagen globaler Katastrophen durch sogenannte Parapsychologen nicht so recht glaube. Aber Schwarzsehen ist in unseren Tagen zu einem florierenden Geschäft geworden. Es gibt nicht wenige, die glauben, Gott sinne auf fürchterliche Rache, die in Form eines nuklearen Krieges oder einer Naturkatastrophe, wie es zum Beispiel eine Verschiebung der Erdpole wäre, auf uns zukommen würde. Und in ihrer Furcht wenden sich die Unglücklichen nur noch mehr von Gott ab. Die dunklen Geister werden natürlich durch solch negative Einstellungen besonders angelockt. Es gibt eine geradezu unglaubliche Renaissance der heidnischen Kulte, des Okkultismus, des Glaubens an Satan. Die Kirche ist durch die Rundumschläge Johannes Pauls des Zweiten an einem Punkt der wirklichen Gefährdung angelangt. Das Auftauchen Zarach's ist also meiner Meinung nach kein Zufall. Vielleicht hat er nicht nur die einfache Besitzergreifung eines Menschen im Sinn. Deshalb will ich noch heute nacht nach Rom zurückfliegen. Ich muß mit meinen Vorgesetzten sprechen.«

»Sie dürfen nicht fortgehen«, schrie Conor und sprang auf. »Was soll aus Rich werden?«

»Conor, um den Teufel aus Ihrem Bruder auszutreiben, bedürfte es der erfahrensten, heiligsten Männer, die die Kirche hat. Ich kann Ihnen versichern, daß die Rituale Wochen dauern würden, wenn nicht Monate. Es wäre ein unglaubliches Martyrium, vor allem für Ihren Bruder. Wenn wir es tun könnten. Aber wir können nicht, weil er im Gefängnis ist.«

»Und zwar ohne Aussicht auf Entlassung gegen Kaution«, fügte Adam hinzu.

»Es gibt nichts, was die Kirche für ihn tun könnte, es sei denn, er würde freigesprochen.«

»Aber zu einem Prozeß würde es allerfrühestens im Mai kommen«, stellte Lindsay klar.

»Also beschleunigen Sie die Sache!« bellte Conor sie an.

»Wir brauchen Zeit, um uns vorzubereiten«, konterte Adam.

»Vielleicht sollte ich mich nach einem neuen Anwalt umsehen.«

Pater Merlo ging hinüber zu Conor, legte ihm einen Arm auf die Schulter und drehte ihn zu sich herum. Dann sagte er leise ein paar Sätze zu ihm, und Conor nickte.

»Selbst wenn Rich wegen Unzurechnungsfähigkeit aus dem Gefängnis entlassen würde, müßte er in eine Anstalt. Was könnten Sie dort für ihn tun, Pater?«

»Ich bezweifle, daß wir die Erlaubnis bekämen, irgend etwas zu tun. Unsere einzige Hoffnung wäre wohl, ihn in eine katholische Institution zu bekommen, wie zum Beispiel St. Elizabeh in Washington. Aber ich denke, daß es rechtliche Probleme gäbe.«

»Conor«, sagte Adam, »ich werde mein Allermöglichstes tun, und ich glaube fest daran, daß wir gewinnen werden. Die beste Strategie wird es sein, die Aufmerksamkeit der Geschworenen von den nackten Tatsachen auf Richs Verhalten zu lenken. Eine sehr große Rolle werden dabei unsere Augenzeugen spielen, aber ich benötige außerdem weitere psychiatrische Gutachten.«

»Das bräuchten wir alles nicht, wenn die Jury gesehen hätte, was wir heute gesehen haben.«

Adam pfiff eine kleine Melodie vor sich hin, die langsam die Tonleiter herunterkletterte und in einem kurzen Stoßseufzer endete. »Leider wurde es in diesem Land bis jetzt noch niemandem erlaubt, eine Verteidigung auf dem Plädoyer dämonischer Besessenheit aufzubauen. Es würde mir nichts ausmachen, der erste Anwalt zu sein, dem es gelingt, damit durchzukommen.«

Lindsay ging hinüber zum Herd in der Küchenecke, rührte das Irisch Stew mit einem Holzlöffel um und öffnete die Tür des Ofenrohrs. Der Geruch nach frischgebackenem Brot begleitete sie, als sie zu den anderen zurückkam.

»Falls jemand Hunger haben sollte«, sagte sie resigniert, »wir könnten jetzt essen.«

Adam schaute mit einem gelassenen, ironischen Lächeln ins Feuer. Conor, einmal dem Halt von Merlos Arm entrissen, torkelte, ein paar Schritte nach hier, ein paar Schritte nach dort, wie ein großes, leeres Wrack auf einem sturmumtobten Riff. Dann ließ er sich wieder auf die Couch fallen.

Da die anderen sich nicht äußern wollten, sagte Merlo schließlich: »Ihr Stew riecht wunderbar. Ich hätte gerne etwas davon.«

Lindsays Mine hellte sich auf. »Pater, Sie haben mir den ganzen Tag gerettet.« Sie eilte auf den Küchentisch zu, wo Platzdeckchen um ein Arrangement getrockneter Blumen in einer griechischen Vase lagen. Dann biß sie sich auf die Unterlippe und zögerte. Ihr Herz schlug etwas schneller. »Sie könnten noch etwas für mich tun, Pater.«

»Was denn, Lindsay?«

»Segnen Sie dieses Haus, bevor Sie uns verlassen.«

52

Crystal Kinsman und ihre Cousine Caitlin trafen sich am Freitagabend in New York, um zusammen zu Abend zu essen und sich einen Film anzusehen. Eine Komödie mit Neil Simon. Caitlin war mit dem Zug aus Springfield in Massachusetts gekommen, und Crystal war mit ihrem Ford Tempo aus New Brunswick herübergekommen, um sie abzuholen. Es war geplant, daß Caitlin später mit Crystal nach Rutgers fuhr, um dort das Wochenende zu verbringen. Ein Basketballmatch und eine Tanzveranstaltung waren vorgesehen. Crystal hatte Rendezvous für sie beide arrangiert.

Nachdem Caitlin am Grand Central aus dem Zug geklettert war, fiel sie ihrer Cousine in die Arme und beide stießen Rufe des Entzückens über ihr Wiedersehen aus. Dann bewunderte jede die elegante Aufmachung der anderen. Plötzlich erlosch Caitlins Lächeln. »Ich mache mir furchtbare Sorgen um Jeff. Er liegt jetzt seit drei Tagen auf der Krankenstube vom Williams College.«

»Warum? Was hat er denn?«

»Ich weiß es nicht genau. Er hat wahnsinnig hohes Fieber, und sie kriegen es nicht runter. Ich wollte ihn anrufen, aber sie lassen ihn mit niemandem sprechen. Er muß ganz furchtbar krank sein.«

Crystal hatte Jeff Pepperdine zum erstenmal auf diesem

verwünschten Skiwochenende in Vermont gesehen, und sie hatte ihn als liebenswert, lustig und selbstironisch erlebt, was für einen Rothaarigen beileibe nicht selbstverständlich ist. Normalerweise waren die doch penetrant selbstsüchtig.

»Das ist ja schlimm. Aber er wird sicher wieder in Ordnung kommen. Laß dir dadurch das Wochenende nicht vermiesen.«

Sie aßen im Four Seasons. Dann gingen sie ins Kino. Zumindest Crystal fand die Neil-Simon-Komödie wunderbar. Das Beste, was er in den letzten Jahren gemacht hatte. Caitlin wurde immer wieder von einer finsteren Stimmung überwältigt. Irgendwie war sie überzeugt davon, daß Jeff gestorben war, während sie sich im Kinosessel kugelig lachte und fühlte sich hinterher furchtbar. Aber sie hatte es auch nicht fertiggebracht, während der Pause das College anzurufen. Wahrscheinlich hatte sie einfach Angst gehabt, ihre schrecklichen Befürchtungen bestätigt zu finden.

Crystal holte ihren Ford aus der Tiefgarage an der Eighth Avenue, wo sie ihn zurückgelassen hatten. Es lag kein Schnee mehr in der Stadt, aber der eisige Wind drang bis auf die Knochen.

Crystal fuhr die Ninth Avenue Richtung Lincoln Tunnel, und sie unterquerten den Hudson River. Bis zum New Jersey Turnpike war wenig Verkehr. Caitlin suchte solange herum, bis sie eine Kassette mit ihrer Lieblingsband gefunden hatte, die sie in den Recorder schob. Aber auch die Musik konnte sie nicht aufheitern. Sie rauchte zwei weitere Zigaretten, als sie den langweiligen Turnpike vom Newark Airport bis zum Raritan River entlangfuhren.

»Ich glaube, es liegt an diesem Mord«, sagte Caitlin. »Ich habe ihn nicht aus meinem Gedächtnis verbannen können. Jede Nacht habe ich diese Alpträume. Crystal, du kannst dir das nicht vorstellen. Manchmal bin *ich* es und nicht sie, die ermordet wird.« Crystal wurde von einem mitfühlenden Schauer durchlaufen, aber Caitlin schien das gar nicht zu merken. Sie fuhr fort: »Du kannst dir nicht vorstellen, wie es mein ganzes Leben beeinträchtigt. Ich treffe einen netten Jungen, finde ihn wirklich süß, aber glaubst du, daß ich auch nur eine Sekunde lang mit ihm allein sein möchte? Nein!«

»Ach komm! Du wirst schon noch drüber wegkommen.«

»Vielleicht sollte ich mal zu 'nem Irrendoktor gehen«, sagte Caitlin mißmutig. Sie drehte sich um, als erwarte sie, daß gleich einer in einem kleinen Lieferwagen hinter ihnen auftauchen würde. Sie fuhren durch eine ebene Landschaft, über die Stahlgerippe von Ölraffinerien aufragten. Ewige Fackeln schossen aus schlanken, hohen Rohren in den Nachthimmel. »Schau doch mal«, sagte sie plötzlich.

»Was soll ich schauen?« fragte Crystal und warf einen flüchtigen Blick zu ihrer Cousine hinüber. Aber sie mußte auf die Straße achten, und sie hielt mit beiden Händen fest das Lenkrad umklammert. Fünf Meilen pro Stunde über dem Geschwindigkeitslimit, mehr riskierte sie nicht. Caitlin würde sie nicht ans Steuer lassen. Auf den Nervenkitzel konnte sie verzichten. Die drückte immer drauf, als hätte ihre Muschi Feuer gefangen.

»Es sind keine Bullen«, sagte Caitlin verächtlich. »Die würden sich doch nicht für *dich* interessieren. Es ist ein alter Cadillac. Der ist bestimmt älter als wir! Solche sieht man fast gar nicht mehr. Baujahr 58, 59 oder so.« Sie schaute — sie war etwas kurzsichtig — über Crystals Schulter nach hinten. »Cousine Bertie Armitage hatte mal so einen. Im Sommer vor drei Jahren, oben in Pass Christian.«

»Stimmt, ich erinnere mich!« Crystal drehte ihren Kopf und blickte kurz über die Schulter. Der Turnpike hatte in Richtung Süden vier Spuren, die rechts und links noch von Standspuren gesäumt waren. Sie sah den Caddy, zwei Spuren links von ihr überholte er langsam. Schien ein vornehmes Wrack zu sein, obwohl es natürlich nicht so einfach ist, den Zustand eines schwarzen Autos bei Nacht zu beurteilen. Aber die lächerlichen Rückenflossen konnte man deutlich erkennen, ebenso den schweren Kühlergrill und die verchromten Stoßstangen mit den merkwürdigen Hörnern, die aussahen wie übergroße Revolverkugeln.

Ein riesiger Lastzug überholte auf der Spur zwischen ihnen, und der Ford geriet von dem Luftzug regelrecht ins Schaukeln. Als der Riese vorbei war, konnte Crystal den

Cadillac nicht mehr sehen. Wahrscheinlich war er wieder zurückgefallen.

Etwa vier Meilen nördlich der Zahlstellen und der Abzweigungen zur U.S. 9 und dem Garden State Parkway wurde der Verkehr auf einmal dichter. Kolonnen von blendenden Scheinwerfern verteilten sich jetzt auf alle vier Spuren. Eine riesige Leuchttafel machte auf einen Unfall aufmerksam, der weiter vorne passiert sein mußte. Die Höchstgeschwindigkeit war auf zwanzig Meilen pro Stunde begrenzt worden.

»Irgendwas ist doch immer los«, seufzte Crystal und versuchte zu sehen, was passiert war. Aber sie waren noch nicht nahe genug am Unfallort. Sie sah weder Polizeiautos noch Krankenwagen. »Wir werden Ausfahrt 9 nehmen. Von dort sind es nur ein paar Minuten mehr zum Campus.«

Caitlin gähnte, dann biß sie weiter auf ihrem Fingernagel herum.

Crystal blieb auf der zweiten Spur von rechts. Als sie sich dem Bereich näherten, wo die Zahlhäuschen unter der Überführung der Amboy Avenue standen, konnten sie Flammen und dicke Rauchschwaden sehen.

»Es ist auf der Überführung«, sagte Caitlin. Sie kurbelte auf ihrer Seite die Scheibe herunter. Ein Umzugslaster vor ihnen, der mit Dreck überkrustet war, nahm ihr die Sicht. Caitlin lehnte sich hinaus.

»Ach, du große Scheiße!« Jetzt konnten sie auch Sirenen hören.

»Was ist los, Cait?«

»Ich kann's nicht genau sagen... Es könnte... Ich glaube, da oben auf der Überführung brennt ein Tankwagen.«

»O je«, sagte Crystal. Sie fühlte sich unbehaglich. »Meinst du, daß der gleich in die Luft fliegt?«

»Glaub' ich nicht. Dann würden sie doch keine Autos mehr unter der Unterführung durchlassen, oder? Aber wir rollen doch. Die Bullen leiten den ganzen Verkehr auf die beiden linken Spuren. Sieh zu, daß du rüberkommst.«

Crystal erschauderte. »Es wird kalt hier drin!«

»Tut mir leid.« Ihre Cousine drehte das Fenster wieder hoch.

Crystal setzte den linken Blinker, in der Hoffnung, gleich nach links rüberzukommen, obwohl dort die Autos und Lastwagen fast Stoßstange an Stoßstangen vorwärtskrochen. Sie konnte Feuer in keiner Form ausstehen, und dieses hier auf der Überführung (sie konnte es jetzt, da der Umzugswagen weiterrollte und eine Lücke freimachte, erkennen) war anscheinend riesengroß. Die Flammen schoßen meterhoch in den Nachthimmel.

›Der arme Fahrer‹, dachte sie und wieder erschauderte sie.

Sie rollten langsam, aber stetig vorwärts. Im Seitenspiegel erkannte Crystal eine Lücke und versuchte nach links zu ziehen, aber plötzlich erschien ein anderes Fahrzeug auf der linken Spur und füllte die Lücke aus. Es war der schwarze Cadillac, den sie südlich des Newark Airport schon einmal gesehen hatten.

»Verdammter Mist!«, rief Crystal und schlingerte zurück auf ihre Spur, wo sie zwischen dem Umzugswagen und einem Tieflader mit riesigen hölzernen Kabelrollen eingeklemmt war. Der Cadillac war nur Meter von ihr entfernt, als sie jetzt aus dem Fenster sah, und sie konnte den armseligen Zustand der Lackierung ganz deutlich erkennen.

Eine Frau saß am Steuer. Sie wandte Crystal ihr Gesicht zu und lächelte flüchtig. Die Frau machte einen lateinamerikanischen Eindruck, sie war blaß, hatte feurig-dunkle Augen, die über edel geformten Backenknochen saßen. Da war etwas auf einer Wange, das wie eine kleine Narbe aussah.

Es war vor allem das Lächeln, das Crystal ärgerte. »Ich wünsch' dir vier Plattfüße auf einmal, dann kannst du zu Fuß nach Perth Amboy latschen«, murmelte sie. Sie konnte die Frau nicht ausstehen, obwohl es keinen vernünftigen Grund für diese heftige Antipathie gab. Das Auto mochte sie noch weniger. Sah aus wie ein Leichenwagen.

Caitlin hatte sich eine neue Zigarette aus der Packung gefingert und knipste ihr Feuerzeug an. Dreihundert Meter vor ihnen konnte man jetzt den verkohlten Rumpf des umgestürzten Tanklasters erkennen, der beinahe auf dem Geländer der Überführung zum Liegen gekommen wäre. Er brannte immer noch, obwohl die Wasserkanonen aus den Feuerwehrwagen voll auf ihn gerichtet waren. Das Wasser, das von der Brücke gelaufen war, hatte sich in riesige Eiszapfen verwandelt, die bedrohlich über dem Turnpike hingen. Man sah Blaulichter und Polizisten mit Regenjacken und Taschenlampen.

»Was ist los, Kleine?«

»Ich krieg' das verdammte Feuerzeug nicht an«, schimpfte Caitlin. Sie hielt die Zigarette fest zwischen den zusammengepreßten Lippen.

Irgend etwas veranlaßte Crystal, wieder aus dem Seitenfenster zu schauen.

Die Fahrerin des schwarzen Cadillacs hatte jetzt auf einmal eine Mitfahrerin, und die hatte ihr Gesicht Crystal zugewandt. Sie waren nicht weiter als zwei Meter voneinander entfernt, Crystal konnte sie genau sehen. Crystal hatte das Gefühl, als würden ihr die Haare abgesengt. Es verschlug ihr den Atem.

Es war das Gesicht einer jungen Frau, aber es war völlig verformt, so als wäre jeder Knochen unter der Haut zertrümmert. In ihrem offenen Mund hatte sie nur noch Splitter und Stümpfe anstelle der weißen Zähne. Ein Auge sah aus wie ein heller Vollmond im September, dort wo die Pupille hätte sein sollen, sah man einen blutroten Fleck. Die andere Augenhöhle war leer, Blut sickerte daraus hervor. Nur das wundervolle schwarze Haar schien von jeglicher Zerstörung verschont geblieben zu sein.

Crystal Kinsman wußte, wer die junge Frau war. Noch Augenblicke, bevor sie damals die Bar des Davos Chalet verlassen hatte, hatte Karyn Vale ihr Zeit gelassen, diesen herrlich vollen schwarzen Haarschopf zu bewundern. Dann war sie nach draußen gegangen und auf so gräßliche Weise ums Leben gekommen.

Von dem brennenden Rumpf des Tanklastzugs schoß ein Feuerball in die Luft. Etwa siebzig Meter über den Autoschlangen auf dem südlichen Jersey Turnpike verlor der Feuerball an Schwung, beschrieb einen Bogen und schoß dann wie eine Rakete nach unten.

Als Crystal den zweiten Schrei des Entsetzens über die

grauenhafte Erscheinung neben ihr ausgestoßen hatte, löste sich der schwarze Cadillac in Luft auf wie ein Schatten, der vom Lichtschein geschluckt wird. Die Windschutzscheibe ihres eigenen Wagens wurde zuerst golden, dann schien sie vor Helligkeit förmlich zu glühen. Als der Feuerball auf sie zugeschossen kam, schrie auch Caitlin.

Der Feuerball traf genau die Mitte der Windschutzscheibe, löste das Verbundglas in Tausende von Teilchen auf und explodierte im Inneren des Autos, verwandelte sich in Millionen brennender Tröpfchen, von denen jedes so hell leuchtete wie eine kleine Sonne.

Die beiden Mädchen erglühten einmal ganz hell in diesem Mantel aus brennendem Gas und fielen in Bruchteilen von Sekunden zusammen zu Häufchen von Asche und Knochenresten. Das Feuer, wenn man es überhaupt so nennen konnte, war in weniger als einer Sekunde verpufft, als sei es von einem Vakuum aufgesogen worden. Der Benzintank des Ford blieb unberührt und explodierte nicht. Fast alles in dem Auto war aus synthetischem Material gewesen, das jetzt entweder völlig verdampft war oder in bizarren verkohlten Lappen von der Blechkarosserie hing.

Als die ersten Helfer das Auto erreichten, gab es absolut nichts mehr zu tun. Nur noch kleine Rauchsäulen erinnerten an die Mädchen, die Sekunden vorher noch dort gesessen hatten.

Innerhalb weniger Minuten hatte man mit Hilfe der Zulassungsstelle in New Jersey Crystal Kinsman als eine der Insassinnen des Ford Tempo identifiziert. Caitlins Gepäck fand man unbeschädigt im Kofferraum des Autos. In ihrer Reisetasche lag ein Brief, den ihr ein Jeff Pepperdine am 13. Februar geschickt hatte.

Genau um drei Uhr nachts wurde Jeff Pepperdine auf der Krankenstation des Williams College in Williamstown, Massachusetts von heftigen Krämpfen befallen. Er starb auf dem Fußboden neben seinem Bett, noch bevor ein Arzt ihm zu Hilfe kommen konnte.

53

Am letzten Tag des Februars lief Adam Kurland dem Staatsanwalt von Haden County, Gary Cleves, im Gerichtsgebäude in die Arme. Cleves war ein kleiner, schlanker Mann mit einem dunklen, gepflegten Bart. Seine Zähne waren etwas groß geraten, und es mangelte ihm an ausreichend vollen Lippen, um sie völlig zu bedecken. Diese Tatsache gab ihm — fälschlicherweise — ein ganz liebenswertes Aussehen. Aber Gary legte es, trotz seines eher schmächtigen Körperbaus, darauf an, als harter Bursche zu gelten. Er trug den schwarzen Karategürtel und hatte, wo er auch ging und stand, eine Pistole bei sich, was er mit dunklen Anspielungen auf Ex-Angeklagte legitimierte, die wieder auf freiem Fuß waren und ihm aus Rache an den Kragen wollten. Er war einer der Typen, die nicht einmal die beiläufigste Unterhaltung führen können, ohne ihrem Gegenüber körperlich nahe zu rücken, sei es durch eine Hand auf der Schulter oder einen untergehakten Arm. Aber niemals hielt er lange Augenkontakt.

Ohne besonderen Gruß nahm er Adam am Ellenbogen und drängte ihn in eine ruhige Ecke der belebten Eingangshalle. Alles, was er ihn dort fragte, während er ihm geschäftig über die linke Schulter guckte, war: »Haben Sie schon gefrühstückt?«

»Nein.«

»Wie wär's mit Kaffee und frischen Brötchen im German's?« Als Adam zögerte, gab Gary ihm einen kleinen Rippenstoß. »Wir hätten doch 'ne Menge zu bereden.«

»Ich glaube nicht, daß ich den Fall mit Ihnen besprechen muß, bevor die Verhandlung beginnt, Gary.«

»Meinen Sie? Ich habe Gerüchte gehört, Sie hätten erwogen, ihr Mandat niederzulegen.«

»Das ist absoluter Unsinn.«

Aber jetzt hatte Gary Cleves ihn an der Angel. Strahlend schlenderte er mit Adam die Straße entlang, auf das beliebte Café zu, wo sie sich an den Stammtisch des Anklägers setzten.

»Sie haben noch nicht allzuviel Zeit bei Ihrem Klienten

o

verbracht«, begann Gary und gab Adam einen aufmunternden Klaps auf den Unterarm. »Man könnte ja fast annehmen, daß Sie ihm aus dem Weg gehen wollen. In dieser Woche hat ihn niemand besucht außer dem kleinen Priester von der Gemeinde Pius des Zwölften, und nach allem, was ich gehört habe, muß der die Hosen hinterher ganz schön voll gehabt haben. Wollen Sie mir nicht verraten, was da vor sich geht?«

»Ich kann Ihnen nicht folgen, Gary.«

»Pater Gregus soll gesagt haben, daß Richard Devon vom Teufel besessen ist.«

»Pater Gregus wird allmählich alt. Er soll noch dieses Jahr in Pension geschickt werden. Aber er hatte kein Recht, zu Rich zu gehen, ohne das vorher mit mir abzusprechen.«

»Wahrscheinlich wollte er ihm seelischen Beistand zukommen lassen. Soviel ich weiß, ist Ihr Klient katholisch. Aber ich muß Ihnen wirklich sagen, Adam, ich glaube, daß da eine ziemlich miese Schmierenkomödie abläuft. Was glauben Sie, wie weit Sie damit kommen werden?«

»Womit?«

Unter dem Tisch berührten sich ihre Knie. Gary lehnte sich vor und stützte sich auf die Ellenbogen. Er blickte zur Seite, solange, bis die Bedienung hinter dem Tresen ihnen den Rücken zugedreht hatte.

»Mit dämonischer Besessenheit.«

»Ich habe keine Ahnung, wovon Sie sprechen«, sagte Adam mit fester Stimme.

Mit gesenktem Blick nickte Gary geduldig, als hätte er genügend Zeit, zu warten, bis Adam seine Meinung ändern würde. Adam ließ ihn warten. Dann sagte Gary: »Sie werden natürlich noch in dieser Woche auf ›nicht schuldig‹ plädieren.«

»Natürlich.«

»Und Sie werden Unzurechnungsfähigkeit oder Geisteskrankheit geltend machen.«

»Gary, Sie werden es erfahren, wenn ich mein Plädoyer einreiche.«

Der Ankläger zuckte mit den Achseln und lehnte sich zurück. »Klar. Lassen Sie sich nur Zeit. Mir ist das egal. Ich versuche nur, Ihnen zu helfen, Adam. Letzten Endes sitzen wir doch alle in einem Boot.«

Adam unterdrückte ein Lachen. »Sie hatten noch nie eine besondere Begabung für Metaphern, Gary.«

»Sie wissen genau, was ich meine. Nehmen Sie meinen guten Rat an und reden Sie Ihrem Klienten diesen Unsinn aus, der Teufel hätte ihn gezwungen, das Mädchen umzubringen.«

»Ich bin nicht für alles verantwortlich, was Devon von sich gibt.« Das war jetzt eine dumme Äußerung gewesen. In diesem Stadium der Ermittlungen sollte er die Verantwortung für alles übernehmen, was sein Klient sagte. Aber Gary widerstand der Versuchung, ihn noch zu weiteren Äußerungen dieser Art zu reizen.

»Ihr Klient ist gesund, und das wissen Sie ganz genau. Ich bin ganz aufrichtig, wenn ich Ihnen jetzt sage, daß ich wirklich nicht will, daß Sie mit diesem Fall allzusehr auf die Nase fallen, Adam. Aber das wird passieren, wenn Sie nicht aufpassen. Und wenn Sie sich nicht ganz ehrlich auf Ihre tatsächlichen Möglichkeiten besinnen. Ganz nebenbei, das war natürlich eine echte Tragödie, was mit den beiden Mädchen auf dem New Jersey Turnpike passiert ist.«

»Das kann man wohl sagen.«

»Und auch der andere Zeuge ist auf so schreckliche Weise ums Leben gekommen. Ein tragisches Zusammentreffen. In einer Nacht drei Augenzeugen verloren.«

»Es gibt aber noch zwei andere Augenzeugen. Donald Ray Stemmons und Warren Hasper. Und die beiden Männer von der State Police, die als erste am Tatort waren. Granger und Raff. Und außerdem sind es nicht nur die Zeugen, die diesen Fall für mich gewinnen werden, Gary.«

»Im Gegenteil. Die Zeugen werden ihn für Sie verlieren. Ich weiß genau, was Sie versuchen werden. Bei Brodkey hat das hingehauen, aber das hier ist eine ganz andere Partie, mein Freund. Sie werden Devon nicht als den armen Teufel verkaufen können, der von seiner Eifersucht überwältigt wurde, ohne Möglichkeiten, sein Handeln zu kontrollieren. Adam, er hat Karyn Vale zu Tode geprügelt, und er hat sich gründlich Zeit dazu genommen. Und bis zu dieser Stunde ist es ihm nicht eingefallen, auch nur das winzigste bißchen Reue oder Bedauern für das arme Mädchen an den Tag zu legen. Die Gefängniswärter sagen, er sei kalt wie Eis. Ein geborener Killer. Die haben Angst vor ihm, und die Burschen haben wahrlich Erfahrung mit harten Burschen.«

»Er hat verdammt viel Angst vor sich selber.«

»Ha!« Gary sagte es ohne Mitgefühl und studierte dabei genauestens einen Neuankömmling im Café. »Sie haben da einen verdammt schwachen Fall, Herr Anwalt. Und das schwächste Glied in Ihrer Kette ist Devon selber. Die Geschworenen werden ihn hassen, bevor der erste Verhandlungstag vorüber ist. Den hätte nicht mal Attila, der Hunnenkönig, gemocht. Ich glaube sogar, daß auch Sie ihn hassen. Immer wenn ich ihn erwähne, bekommen Sie so einen merkwürdigen Blick. Glauben Sie nicht, daß mir so was nicht auffallen würde. Mir entgeht so schnell nichts.«

»Ich weiß, Gary«, sagte Adam geduldig.

»Also, wenn Sie Ihr Mandat nicht niederlegen wollen, was meine Empfehlung wäre, dann bin ich bereit, Ihnen eine faire Alternative anzubieten. Die Sache könnte sich sogar positiv auf Ihre Karriere auswirken.«

»Was haben Sie im Sinn?«

»Einen Prozeß in zwei Stufen.«

»Genau das dachte ich mir. Sind Sie Tommie Harkrider in letzter Zeit mal über den Weg gelaufen?«

Gary entging die böse Anspielung. »Er war vor einer ganzen Weile mal hier in der Gegend. Ich habe seit der Zeit ein paarmal mit ihm telefoniert. Er vertritt die Familie von Karyn Vale.«

»Ich weiß. Und seit neuestem setzt er sich für zweistufige Verfahren in Fällen von Plädoyers auf Geisteskrankheit ein.«

»Mir gefällt die Idee auch sehr gut«, sagte Gary und tat dabei, als sei er der Rechtsverwalter des gesamten Staates Vermont. »Das Plädoyer auf Unzurechnungsfähigkeit hat sich zu einem Krebsgeschwür in unserem Rechtssystem entwickelt. Wir, damit meine ich Sie und mich und den Staat, wir könnten da etwas sehr Bedeutendes auf die Beine stellen. ›Vermont gegen Devon‹ könnte zu mehr als nur einem gewöhnlichen Mordprozeß werden, Adam. Die Sache könnte zu einem Meilenstein in der Rechtsgeschichte werden! Haben Sie nicht das Gefühl, daß das wichtiger sein könnte, als irgendwie von einer Anklage ersten Grades wegzukommen oder für Ihren Klienten einen Freifahrtschein in die Klapsmühle zu kriegen?«

»Ein zweistufiger Prozeß wäre ein Experiment, und ich würde meinem Klienten einen denkbar schlechten Dienst erweisen, wenn ich auch nur in Erwägung ziehen würde, ihn in solch ein Experiment mit hineinzuziehen. Zwei Dinge weiß ich ganz genau, Gary: Rich war nicht Herr seiner Sinne, als er Karyn Vale erschlug, und er braucht nichts dringender als professionelle Hilfe. Das einzige, was ich zu tun habe, ist, dafür zu sorgen, daß er diese Hilfe so schnell wie nur irgend möglich bekommt. Gary, ich gebe zu, daß wir vor Gericht schon ein paar ganz harte Auseinandersetzungen hatten, aber Sie müssen zugeben, daß ich immer fair Ihnen gegenüber war.«

»Fast immer«, schränkte der Ankläger mit einem Anflug von Verärgerung ein.

»Vielleicht können wir gleich hier zu einem vernünftigen Abkommen gelangen«, schlug Adam vor.

»Auf einen Handel Schuldbekenntnis gegen Anklage zweiten Grades lasse ich mich nicht ein.«

»Ich wäre bereit, mich mit der Idee eines zweistufigen Prozesses zu befassen, wenn die Anklage mir in einigen Punkten entgegenkommt.«

»Jetzt nehmen Sie allmählich Vernunft an, Adam.«

»Ich will nur das, was für meinen Klienten notwendig ist. Eine tragbare Kaution und Einweisung in eine Nervenheilanstalt unserer Wahl.«

»Ha! Keine Chance. Er ist viel zu gefährlich.«

»Und wenn ich für die Sicherheit garantieren würde?«

»Unmöglich. Bitten Sie mich um was anderes.«

»Richard Devon braucht die Behandlung *jetzt*, Gary. Das muß Ihnen doch auch klar sein, nach allem, was passiert ist.«

»Mir ist klar, daß wir es mit einem eiskalten Killer zu tun

haben. Wenn Sie wollen, daß sich noch ein paar Psychiater um ihn kümmern, ist das Ihre Sache. Aber die Untersuchungen müssen im Gefängnis vorgenommen werden.«

Adam erhob sich, warf einen Vierteldollar auf den Tisch, um den Kaffee zu bezahlen, den er nicht einmal angerührt hatte. »Wir sehen uns vor Gericht, Gary.«

»Warten Sie einen Moment, Adam. Wir haben doch noch nicht einmal angefangen, richtig zu diskutieren.«

»Keine Diskussion mehr. Sie wissen, was ich will. Sie können mich heute nachmittag um fünf anrufen.«

Adam ging durch den knirschenden Schnee zurück zum Gerichtsgebäude. Den Kopf hielt er gesenkt, um den beißenden Wind von seinem Gesicht fernzuhalten. Er hatte den Vertreter der Anklage nicht einmal mehr angesehen, als er das Café verlassen hatte. Er hatte nicht viel Hoffnung, daß Cleves sich auf einen Kompromiß einlassen würde.

Eine Sache hatte Gary Cleves wahrscheinlich ganz richtig beurteilt. Die Jury, jede Jury, würde Richard Devon hassen. Adam haßte seinen Klienten nicht, er hatte nur unglaublich die Hosen voll vor ihm, fürchtete sich, mit ihm in einem Raum zu sein. Und heute mußte er wieder zu ihm.

Der Gefangene wurde von dem tonnenförmigen Duke und zwei anderen Wärtern in das Verhörzimmer gebracht. Adam bat sie alle drei zu bleiben. Er setzte sich so weit wie möglich entfernt von seinem Klienten.

Der Gefangene trug wieder eine Zwangsjacke. Er ließ sich schlaff auf den Stuhl fallen und blickte Adam mit kalter Unverschämtheit entgegen. Adam erblickte in diesen Augen nichts von Richard Devon. Der Gefangene lächelte. Wenigstens seine Stimme klang einigermaßen vertraut, als er fragte: »Sie können mich nicht hier rausbringen, stimmt's?«

»Nein.«

»Warum lassen Sie den Fall nicht sausen, Adam?«

»Möchten Sie das?«

»Ich brauche einen Anwalt, und Sie sind so gut wie jeder andere.«

»Warum brauchen Sie einen Anwalt? Ich kann Ihnen

doch nur helfen, wenn Sie sich helfen lassen. Aber was wollen Sie wirklich? Wollen Sie, daß Richard Devon den Rest seines Lebens hinter Gittern verbringt? Würde Ihnen das gefallen?«

Der Gefangene antwortete nicht. Sein Grinsen zerrte an Adams Nerven. Seine Handflächen wurden feucht. Schweißtropfen liefen ihm den Rücken hinunter.

»Was ist es, das Sie heute so verdammt selbstsicher macht?« fragte Adam verzweifelt.

»Es wird einen Todesfall in der Familie geben«, sagte der Gefangene und hörte nicht auf zu grinsen.

54

Donald Ray Stemmons, der sechsundzwanzigjährige Barkeeper, dessen blonder Bergsteigerbart um den Mund herum braune Kautabakflecken aufwies, hatte die Schicht von sechs Uhr abends bis zur Sperrstunde übernommen. Auf die Art hatte er den Tag frei für Frauen und andere Sportarten.

Die erste Märzwoche brachte nach ausgiebigen Schneestürmen das beste Skiwetter der gesamten bisherigen Saison. Und sie brachte viel Betrieb. Die Häuser waren überbelegt, überall standen Skiausrüstungen in der Gegend herum, und der Service lag im argen. Die jugendlichen Angestellten in allen Hotels und Restaurants waren überarbeitet, erschöpft und gereizt von den langen Wochen der Überanstrengung. Stemmons hatte sich schon ernsthaft überlegt, den Job sausen zu lassen, wenn die Direktion seinem Wunsch nach einem zweiten Barkeeper nicht nachkommen würde. Er war zeitweise ohne weibliche Begleitung; das neunzehnjährige finnische Zimmermädchen, das er immer auf den ungemachten Betten der Hotelgäste gebumst hatte, war mit einer Gruppe von Skifahrern nach Smuggler's Notch im Norden weitergezogen. Aber zu Beginn dieser anstrengenden Woche hatte er in der überfüllten, verräucherten Bar die Frau gesehen, die er so aufregend fand wie noch keine in dieser Saison, mit der Kontakt aufzunehmen jedoch unheimlich schwer zu sein schien.

Dann hatte er sie auf der Sonnenterrasse des Galeatry Lodge wiedergesehen, keine drei Meilen unterhalb des Davon Chalet Lodge. Niemand war bei ihr gewesen. Sie hatte sich Grapefruit, Kaffee und Corn-flakes zum Frühstück bestellt. Die Frau war schwarz gekleidet gewesen, mit einem engen Skianzug, der ihre aufregende Figur – sie hätte ohne weiteres Showtänzerin, aber auch eine Edelnutte sein können – so aufreizend betont hatte. Selbst von seinem entfernten Standplatz aus hatte er erkennen können, daß sie kein junges Ding mehr war. Sie mochte gut und gerne vierzig Jahre alt sein. Stemmons hatte die Reiferen schon immer bevorzugt, deshalb war sie ihm wohl auch gleich aufgefallen. Der andere Grund war – vielleicht – die kleine, halbmondförmige Narbe auf ihrer linken Wange, die aussah, als sei der Kuß eines allzu stürmischen Liebhabers ausgerutscht und zu einem wilden Biß geworden, der diese Verwundung der Liebe zurückgelassen hatte. Sie hatte die Lässigkeit und das selbstbewußte Aussehen einer wohlhabenden Frau.

Die war wohl eine Nummer zu groß für ihn. Aber dann hatte sie sich an der Kasse auf einmal umgedreht und zu ihm hinübergesehen. Ihre Augen hatten ihn geradezu verschlungen, waren ihm wie Messerstiche ins Herz gefahren, und er hatte ein merkwürdiges Kribbeln entlang der Wirbelsäule verspürt. Vielleicht war da doch mehr drin.

Er hatte sich sein eigenes Frühstück zusammengestellt und sich auf der großen Terrasse umgeschaut. Sie war nicht mehr zu sehen gewesen. Eine verdammt schnelle Esserin. Er hatte sich gefragt, ob sie auch eine so gute und schnelle Skifahrerin war.

Sie war eine fantastische Skifahrerin. Das fand er Anfang der Woche heraus. Sie war wieder genau vor ihm, dieses Mal im Sessellift. Er folgte ihr bis zur Abfahrt High Hazard Two und hätte sie sicher schon an der ersten Waldschneise eingeholt, wenn er nicht Probleme mit seiner Bindung gehabt hätte, die ihn mehrere Minuten kosteten. So konnte er nur noch zuschauen, wie sie sich mit einer Reihe äußerst eleganter Schwünge in Richtung Tal arbeitete. Etwas später sah er sie vom Sessellift aus, diesmal fuhr sie die Piste Devil's Pigtail hinunter. Von oben wirkte sie wie ein flinker Tintenteufel, bis zu den Hüften in einer Wolke stäubenden Pulverschnees schwebend.

Von da ab sah er sie immr wieder auf den Pisten, aber jedesmal war sie merkwürdigerweise ziemlich weit von ihm entfernt. Er begann sich im Geiste einen Plan der Stellen zurechtzulegen, an denen sie auftauchte. Aber die Frau hatte keine festen Gewohnheiten. Konstant war sie nur in ihrer Unvorhersehbarkeit.

Eines Abends, als er vom Bierzapfen so richtig durchgeschwitzt war, erschien ihr Gesicht in der Eingangstür zur Bar vom Davos Chalet. Sie schaute zu ihm herüber, er glaubte sogar, sie lächeln zu sehen, und für ein paar Augenblicke hatte er den Eindruck, daß sie hereinkommen wollte. Dann schäumte ihm das Bier über das Handgelenk, und als er wieder aufblickte, war sie verschwunden.

Die Woche ging wie im Flug vorbei, und am nächsten Freitagmorgen sah er sie überhaupt nicht. Enttäuscht gab er seine schon zur Gewohnheit gewordene Suche nach ihr auf. Als die Sonne schon hinter den Bergspitzen versinken wollte, fuhr er noch einmal mit dem doppelten Sessellift hinauf auf die Spitze, von der aus die verschiedenen Pisten sich auf allen vier Seiten des Berges ins Tal schlängelten. Die meisten Skifahrer hatten es für diesen Tag schon aufgegeben, nur noch wenig Liftsessel waren besetzt. Wenn die Sonne ganz untergegangen war, würde der Lift seinen Betrieb einstellen. Er wollte noch eine letzte, ruhige Abfahrt im blutroten Licht des Sonnenuntergangs machen.

Als er die Liftrampe erreichte, blieb er ein paar Augenblicke stehen und wartete noch auf die Handvoll Unentwegter, die sich wie er noch ein letztes Mal an diesem Tag die Piste hinunterstürzen wollten. Dann glitt er von der Rampe hinunter und fuhr auf die schwierigste der Abfahrten zu, die dieser Berg zu bieten hatte, den Devil's Pigtail. Sie war bezeichnet durch ein Schild mit der Aufschrift: VORSICHT! NUR FÜR GEÜBTE SKIFAHRER!

Und dann sah er sie. Sie hob sich deutlich gegen den vio-

letten Himmel ab. Die Skibrille hatte sich auf die Stirn geschoben. Sie hörte seine Ski, die den eisigen Hang herun-
terklapperten, und drehte sich neugierig um. Er hielt den
Atem an, und er war sich fast sicher, daß sie schon wieder
verschwunden sein würde, bevor er seitlich abrutschend
den Platz erreicht hätte, wo sie stand. Aber sie lächelte und
machte keine Bewegung. Stemmons konnte sein Glück gar
nicht fassen.

»Hi«, sagte er, rutschte an ihr vorbei und drehte die Ski
mit einem eleganten Sprung, um direkt neben ihr, im Angesicht der halsbrecherischen Abfahrt zum Stehen zu kommen.

»Hallo!« Ein paar Grübchen. Diese riesigen, irgendwie
spöttisch herausfordernden Augen. Und die verführerische
Narbe. Sie trug einen pinkfarbenen Anstecker auf ihrer
schwarzen, halb aufgezogenen Windjacke. In weißen
Buchstaben stand darauf: ES GIBT VIELE ARTEN, SEINE
LIEBE AUSZUDRÜCKEN. BUMSEN IST DIE SCHNELL-
STE. Ihr Lächeln wurde noch breiter, als sie sah, wie er die
Aufschrift las.

»Ich habe Sie die ganze Woche lang beim Skifahren beobachtet«, sagte Stemmons. »Sie sind gut.«

»Ich bin verdammt gut«, korrigierte sie ihn. »Und Sie
sind's auch. Sie sind Donald Stemmons, stimmt's?«

»Stimmt.«

»Und Sie waren vor zwei Jahren im U.S.-Skiteam, oder?«

»Nein. Ich wollte, es wäre so gekommen. Aber selbst
meine schnellste Abfahrt war noch ein bißchen zu langsam.«

»Werden Sie es wieder versuchen?«

»Ich fahre nur noch zu meinem Vergnügen. Sind Sie in
Ferien hier?«

»Man könnte es einen Arbeitsurlaub nennen.«

»Oh.« Er wußte nicht so recht, was er damit anfangen
sollte. »Wie lange werden Sie noch bleiben?«

»Das kommt ganz drauf an.«

»Vielleicht könnten wir mal zusammen zu Abend essen.«

»Das kommt auch ganz drauf an.«

»Worauf?«

»Männer müssen mich erst verdienen, Donald«, sagte sie, aber sie sagte es freundlicher als alles Vorherige, und sie sagte es fast mit etwas Wehmut in der Stimme, als wäre ihr jetzt schon klar, daß er diese Lorbeeren nicht würde ernten können.

Das hätte er sich ja denken können. Eine Nutte. Das konnte nur ihm passieren. Sein Budget erlaubte ihm vielleicht ein Steakessen für zwei im Hickory Pit, aber für einen Hintern würde es kaum reichen. Schon gar nicht für solch einen erlesenen.

»Nein, nein«, sagte sie keck, als hätte sie seine Gedanken erraten. »Ich bin keine Prostituierte.«

»Ja, dann...«

»Das Abendessen zahle ich. Für den Fall...«

»Ja?«

»Wir machen ein Rennen bis ins Tal.«

»Und wenn ich gewinne, zahlen Sie das Essen?«

»So ist es.«

»Und was ist, wenn ich verliere?« Er konnte ein Lächeln nicht unterdrücken.

Sie wackelte mit dem Kopf hin und her. »Das Essen geht dann immer noch auf mich. Aber Sie machen den Abwasch.«

»Bei Ihnen zu Hause?«

»Bei mir zu Hause.«

»Hört sich nicht schlecht an. Aber wir wollen fair sein. Sie bekommen einen Vorsprung.« Er nickte in Richtung der Abfahrt. »Ich fahre hier seit Dezember runter.«

»Das ist sehr großzügig von Ihnen. Wieviel Vorsprung wollen Sie mir geben?«

»Fünfzehn Sekunden?«

»Oh, Sie müssen verdammt schnell sein. Das wird spannend. Sieht so aus, als würde es gleich dunkel. Fertig?«

Stemmons rammte seine Stöcke in den Schnee und sprang eine volle Drehung. Mit seitlichen Schritten ging er ihr aus dem Weg. Ohne ein weiteres Wort glitt sie an ihm vorbei und stürzte sich in die Abfahrt, die im Dämmerlicht nicht mehr besonders deutlich zu erkennen war. Er wartete, laut vor sich hinzählend, bis sie mit ein paar Schwüngen eine Waldschneise erreicht hatte und darin verschwand. Sie fuhr ziemlich schnell und er mußte sich zwingen, nicht zu schwindeln, aber er zählte brav bis fünfzehn. Dann stieß er sich kräftig ab, raste zwischen vereinzelten Birken hindurch und glitt dann in einem fast mühelosen Rhythmus über die Hänge, die zum Teil noch von sanften Sonnenstrahlen beschienen wurden.

Viel zu spät fiel ihm ein, daß er die Frau gar nicht nach ihrem Namen gefragt hatte. Aber er kannte die Abfahrt so gut, er hätte sie auch bei Mondschein fahren können, und er wußte die Stellen, an denen sie unweigerlich die Fehler machen würde, die es ihm erlauben würden, sie einzuholen. Er hoffte nur, daß sie nicht stürzen würde. Das hätte den ganzen Spaß verdorben.

Als er aus dem Wald herauskam und in die scharfe Rechtskurve am Anfang des zweiten Streckenabschnitts bog, sah er sie immer noch nicht vor sich. Dabei konnte er über dreihundert Meter weit sehen. Erstaunt schwang er ab und schaute hinter ein paar Felsen nach, ob sie vielleicht die scharfe Kurve nicht hatte nehmen können und den schattigen Abhang hinuntergestürzt war.

Er atmete keuchend, der Atem gefror sofort an der kalten Luft. Er legte die Hände an den Mund, um sie zu rufen, aber er wußte ja ihren Namen nicht. Vielleicht war sie nur bis zum Wald gefahren, und hatte dann beschlossen, das Rennen nicht fortzusetzen. Und jetzt hatte sie sich irgendwo versteckt und lachte ihn aus. Sie hatte ihn auf den Arm genommen, die Fotze. Auf einmal wurde er wütend. Ihm taten die Gedanken leid, die er an sie verschwendet hatte.

›Also gut, Lady, fick dich doch selber heute nacht! Ich hab' keine Lust mehr auf dieses Spiel.‹

Stemmons stieß sich wieder ab. Er kam jetzt durch einen Engpaß, der sogar für ihn bei diesem Dämmerlicht etwas zu vereist war. Ganz schön gefährlich in der Dunkelheit. Nach einer Linkskurve kam er zu einem kleinen Plateau, wo das Gelände fast flach war.

Und dann sah er sie wieder. Sie stand ein ganzes Stück weiter unten, nur eine undeutliche Figur in der Dämmerung. Er konnte einach nicht glauben, daß sie schon ein solch großes Stück der Strecke hinter sich gebracht hatte. Trotz des Vorsprungs, den er ihr gegeben hatte, und trotz der kurzen Pause, die er eben eingelegt hatte. Er zögerte einen Augenblick, dann warf er sich nach vorne und raste in Rennhocke und auf ratternden Skiern nach unten.

Die Frau ging ebenfalls in die Hocke, obwohl sie doch ihre Vorderseite ihm zugewandt hatte. Sie stieß sich mit ihren Stöcken ab und raste los.

Den Berg hinauf!

Sie fuhr den Berg hinauf, und zwar mit der gleichen, halsbrecherischen Geschwindigkeit, die er selbst drauf hatte.

Für ein paar Augenblicke konnte Stemmons Verstand einfach nicht glauben, was die Augen ihm meldeten. Es war doch eine physikalische Unmöglichkeit. Trotzdem kam sie auf ihn zu, ganz in Schwarz, der pinkfarbene Anstecker leuchtete auf ihrer Brust wie eine winzige, romantische Sonne, die Augen waren hinter der dunklen Skibrille versteckt und die weiße Narbe sah trotz der Entfernung, die noch zwischen ihnen lag, beängstigend lebendig aus. Bei dieser Geschwindigkeit würden sie in ein paar Sekunden zusammenstoßen. Es gab keinen Ausweg als seitwärts, und da ging es einen felsigen Abhang hinunter. ›Männer müssen mich erst verdienen, Donald.‹ Ihr Haar wehte wie eine Rauchfahne hinter ihr her, ihr ganzer Körper schimmerte jetzt schwarz, wurde immer formloser, je mehr sich ihre Geschwindigkeit erhöhte, und er konnte auf dieser eisigen Piste nicht bremsen. Nichts als ein freiwilliger Sturz konnte ihn jetzt noch aufhalten. Er hatte befreundete Rennläufer gesehen, die nach einem solchen Sturz vom Arsch bis zum Bauchnabel aufgerissen waren, deren Rippen oder Schlüsselbeine mit blutigen Enden aus der Haut herausgeschaut hatten.

Donald Stemmons fing an zu schreien. Seine Ski kamen in dem Augenblick von der Spur ab, in dem sie mit den Köpfen nach vorne aufeinander zurasten. Aber es war keine Frau aus Fleisch und Blut, mit der er da zusammenstieß, es war eine dichte, schwarze Wolke, sie war von einem tieferen Schwarz, als er es jemals zuvor in seinem Leben gesehen hatte. Nicht einmal das Totenhemd seiner Mutter war so schwarz gewesen. Die Wolke wickelte ihn ein und drehte ihn in halsbrecherischer Geschwindigkeit um seine eigene Achse. Sie preßte ihm die Atemluft aus den Lungen und riß ihm die Skier von den Füßen, bevor er in einen etwa dreißig Meter tiefen Abgrund auf der einen Seite der Piste geschleudert wurde. Mit dem Kopf zuerst schlug er mit solcher Wucht auf einem mit einer dünnen Eisschicht überzogenen Felsbrocken auf, daß jeder einzelne Knochen seiner Wirbelsäule zerbrochen wurde. Der größte Teil des Gehirns wurde ihm in die Mundhöhle und in den Rachen gepreßt, nachdem die Schädeldecke in Einzelteile zersplittert und die Augen aus ihren Höhlen gedrückt worden waren.

Noch bevor Donald Ray Stemmons starb, löste sich die schwarze Wolke über der eisigen Oberfläche des Devil's Pigtail auf. Ihre Reste schwebten auf die in blutrotes Licht getauchten Baumspitzen zu und verschwanden in der dünnen Luft irgendwo über dem Gipfel des Hermitage Mountain.

55

Während der ganzen Woche vor der Anklageerhebung gegen Richard Devon, die auf den 9. März angesetzt war, hatte sich das Verhalten des Gefangenen erheblich gebessert. Er war höflich zu seinen Wärtern, auch wenn er nur das Nötigste sagte. Er hatte um Lesestoff gebeten und verbrachte nun die meiste Zeit mit der Lektüre von *Krieg und Frieden* und einer Biografie Tolstois. Zweimal wurde es ihm erlaubt, mit anderen Gefangenen zusammen fernzusehen; allerdings mußte er dabei eine Zwangsjacke tragen.

Am 9. März trug der Häftling einen ordentlichen grauen Anzug, eine blaue Krawatte und wurde in Handschellen in den Gerichtsraum von Richter Ralph D. McComb geführt, wo er still und selbstvergessen dastand, während sein Anwalt für ihn einen Antrag auf ›nicht schuldig‹ des Mordes ersten Grades einreichte.

Lindsay Potter sah ihm zum erstenmal seit der furchtbaren Tortur in dem Verhörzimmer, die jetzt schon fast einen Monat zurücklag. Während Adam sprach, wandte der Häftling den Kopf, um sie anzusehen. Er hatte einen jungenhaften, aber auch grausamen Zug um seinen Mund, während die Augen ganz und gar leer waren. Dieser eine einzige Blick rief in ihr eine solche Aufwallung von Verzweiflung, Hoffnungslosigkeit und Todesangst hervor, daß sie sich bemühen mußte, nicht loszuheulen. Der Ansturm der Gefühle ging wieder vorbei, aber er hinterließ eine Leere in ihr, die furchtbarer war als die tiefste Depression.

»Rich ist nicht mehr da, stimmt's?« sagte sie hinterher zu Adam. »Es ist so, als hätte dieses andere ... Wesen Rich aus seiner Hülle genommen, ihn in einen kleinen Koffer gepackt und ihn auf dem Dachboden verstaut.«

»Hast du gesehen, wie McComb ihn angeschaut hat? Es gibt wohl kaum jemanden, der kleinlicher, pedantischer und fantasieloser ist als Ralph. Aber fünf Minuten, nachdem sie Rich in den Gerichtssaal gebracht hatten, war er so nervös, daß ich schon Angst hatte, er würde sein Gebiß verschlucken. Ich glaube, er ist heilfroh, daß er beim Prozeß nicht den Vorsitz hat.«

»Wo wird das alles noch hinführen?«

»Rich scheint völlig abwesend und desinteressiert zu sein. Wenn er beim Beginn des Prozesses auch so ist, dann weiß ich beim besten Willen nicht, wie ich der Jury Unzurechnungsfähigkeit verkaufen soll, mit oder ohne psychiatrische Gutachten.«

»Dann müssen wir eben versuchen, die Wahrheit zu verkaufen. Es ist nicht Rich, es ist ...«

»Die ›Wahrheit‹ ist bei solch einem Prozeß doch erst einmal nebensächlich«, erinnerte Adam sie an eine der Grundregeln. »Im Gerichtssaal kommt es darauf an, eine Entscheidung zu erreichen. Es kommt nicht darauf an, Wahrheit von Unwahrheit zu unterscheiden. Ich bin kein Philosoph, ich bin Strafverteidiger. Vergiß es, Lindsay. Es gibt nicht viel, was ich noch tun kann.«

»Willst du aufgeben?«

Seine Hände zitterten ein wenig, und er schüttete sich etwas Kaffee auf sein Revers. Er sah sie mit finsterem Blick an.

»Ich hasse dieses Wort, Lindsay.«

»Wenn du ihn nicht richtig verteidigen kannst oder willst, dann kannst du den Fall auch genausogut an den Pflichtverteidiger zurückgeben.«

»Nein. Wir können immer wieder einen Aufschub erreichen. Wir können weiterarbeiten, und wir müssen darauf hoffen, daß wir nicht noch mehr Augenzeugen verlieren. Ich kann keine Verteidigung auf Geisteskrankheit aufbauen, wenn ich nichts als eidesstattliche Aussagen und Gutachten habe. Ich brauche Leute im Zeugenstand, die den Geschworenen klarmachen, in welchem Zustand Rich war, als er Karyn Vale erschlug.«

»Adam, ich glaube nicht, daß wir es mit einem Fall von Geisteskrankheit zu tun haben. Trotz deiner Einwände bin ich immer noch der Meinung, wir sollten auf dämonische Besessenheit plädieren.«

»Wie denn? Du weißt doch, was aus dem Fall Arne Cheyenne Johnson geworden ist. Der Richter hat der Verteidigung verboten, ihr Plädoyer überhaupt vor Gericht vorzutragen. Johnsons Verteidiger mußte auf Notwehr umschalten. Ich glaube kaum, daß wir in Richs Fall damit durchkämen.«

»Aber in England sind Fälle von dämonischer Besessenheit vor Gericht durchgekommen. Ich habe für uns die Protokolle von zwei solchen Verfahren angefordert. Sie müßten in den nächsten Tagen eintreffen. Schau sie dir wenigstens einmal an, Adam!«

Er sah sie skeptisch und sogar etwas besorgt an. »Dir scheint es damit wirklich ernst zu sein.«

»Ja! Glaub mir, es macht mir bestimmt keinen Spaß. Am liebsten würde ich mich umdrehen und vergessen, daß ich Richard Devon überhaupt jemals gesehen habe. Aber ich kann es nicht, Adam! Ich möchte weiterhin mit gutem Gewissen in den Spiegel schauen können.«

»Und ich möchte nicht der erste Kurland sein, der sich vor einem Gericht des Staates Vermont lächerlich macht.«

»Du bist ein viel zu guter Anwalt. Alles, was du

brauchst, ist ein Anfang, damit die Sache ins Rollen kommt.«

Adam vergewisserte sich, daß seine Hand ruhig war, bevor er die Tasse wieder zum Mund führte.

»Ich werde mir diese Protokolle durchlesen«, sagte er. »Das heißt nicht, daß ich mich schon entschieden habe, Lindsay«, fügte er hinzu, aber sie sah so dankbar und gleichzeitig von neuer Entschlossenheit erfüllt aus, daß er fast das Gefühl hatte, er habe sich bereits entschieden.

»Ich werde versuchen, Pater Merlo heute zu erreichen und ihn zu fragen, wann er zurückkommt. Außerdem muß ich ihm das von Donald Ray Stemmons erzählen.«

»Warum?«

»Ach, Adam. Alle diese Todesfälle.« Lindsay wollte mit den Achseln zucken, aber es wurde ein kräftiges Erschauern daraus. Sie sah ihm direkt in die Augen. »Du glaubst doch auch nicht, daß es alles Unfälle gewesen sind, oder? Ich glaube es nicht! Wir brauchen ihn hier. Wir brauchen seine Führung, seine Gebete. Weil... Es könnte doch auch uns etwas zustoßen. Meinst du nicht?«

56

An einem ungewöhnlich milden Spätwintertag in Rom traf sich Pater James Merlo mit seinem unmittelbaren Vorgesetzten, dem Beauftragten des Vatikanischen Büros für Exorzismus, Monsignore Damiano, und dem Kardinal, dem das Apostolische Beichtamt unterstellt war, Seiner Eminenz Bernardo Luis Cosme. Sie saßen im Arbeitszimmer des Kardinals hoch über dem Innenhof von San Demaso. Das Mittagessen war serviert, die Fenster waren geöffnet und gaben den Blick frei auf ein Panorama von Dächern und Renaissancekuppeln und einen cremefarbenen Wolkenhimmel. Der Lufthauch, der durch die offenen Fenster zu ihnen hereinwehte, war erfrischend und nur ganz leicht mit dem Abgasgeruch durchsetzt, unter dem die Ewige Stadt tagtäglich so sehr zu leiden hatte.

Pater Merlo wandte sich in dem Gespräch bevorzugt an den Kardinal, einen Mann, von dem er den Eindruck hatte, daß er seinen Humor in diesen finsteren Räumen, in denen so oft vom Teufel die Rede war, noch nicht ganz verloren hatte, während Monsignore Damiano eher den Eindruck eines Mannes machte, der von den Anforderungen, die sein Amt an ihn stellte, von den endlosen Duellen mit Satan und den anderen Fürsten der Finsternis zu einem ausgeglühten Brikett zusammengepreßt worden war.

Pater Merlo wurde von einer Bindehautentzündung geplagt, ein Ergebnis der vielen lange Tage, die er im Archivio Segreto Vaticano, den geheimen Archiven des Vatikans, über brüchigen alten Manuskripten und Büchern verbracht hatte. Er behandelte die Entzündung mit Augentropfen, und während der letzten Tage, als sein Bericht über das Phänomen des Zarach' Bal-Tagh von Cosme und anderen Fachleuten studiert worden war, hatte er seine Freizeit zu einer Golfpartie im exklusiven Aquasanta Club, zu etwas Meditation und einem Opernbesuch genutzt.

Seine Eminenz hielt sich mit seinen Kommentaren zurück, bis sie fertig gegessen hatten.

»Es ist ganz offensichtlich«, begann er mit seiner rauhen Stimme auf Englisch, »daß Richard Devon nicht zufällig ausgewählt wurde. Es scheint eher so zu sein, daß alles sorgfältig so geplant worden ist. Ein sehr ungewöhnlicher Vorgang. Und wir müssen auch bedenken, daß er dieses Mal sein Opfer mit einiger Zurückhaltung behandelt, mit Ausnahme der Situationen, in denen er gezwungen wurde, seine Macht zu zeigen. Er scheint dieses Mal nicht mit der üblichen Rücksichtslosigkeit dem besessenen Körper gegenüber vorzugehen. Deshalb nehme ich an, daß er Richard Devon schonen will für etwas, das er später mit ihm vorhat.«

»Er will den Prozeß«, sagte Merlo.

»Ja. Genau das. Er will den Prozeß mit all seiner Aufmerksamkeit und Öffentlichkeit. Er braucht ein Forum, das ihm größte Publizität garantiert für seine Herrschaft des Schreckens.«

Kardinal Cosme klopfte sich ein paar Weißbrotkrumen

von seiner Baumwollsoutane. »Ich bin zu den gleichen Schlüssen gekommen wie Sie, und ich habe Wojtyla bereits von dem informiert, was uns erwartet. Ich brauche Ihnen nicht zu sagen, daß Seine Heiligkeit die Sache äußerst wichtig nimmt und es sehr begrüßen würde, wenn er demnächst ermutigende Antworten auf seine Fragen bekäme. Was können wir in der Sache noch unternehmen?«

»Eminenz«, sagte Merlo, »ich fürchte, wir können zunächst gar nichts unternehmen. Er steht unter Mordanklage, und unsere Sache muß bis nach dem Prozeß zurückstehen. Aber bis dahin könnte es zu spät sein, egal zu welchem Spruch die Geschworenen kommen. Und ich glaube, daß Zarach' keinen anderen Prozeß als einen nach seiner Façon zulassen wird. Wer von uns könnte die Konsequenzen tragen, die solch eine Entwicklung hätte?«

Cosme sah ihm direkt in die Augen. »Sind wir denn machtlos gegen dieses Monster?«

»Für den Augenblick sind uns die Hände gebunden, aber das heißt nicht, daß wir nicht die Mittel hätten, Zarach' entgegenzutreten.«

»Sprechen Sie weiter.«

»Wir brauchen eine Kombination aus juristischer und geistlicher Unterstützung des Besessenen. Ich denke, wir sollten uns an die Sonnenuhr wenden.«

57

Der Polizist Norm Granger fuhr über die Holzbrücke. Der andere Streifenwagen der State Police, nur mit Standlicht beleuchtet, folgte wenige Meter hinter ihm. Granger parkte an einer Stelle, wo die beiden Fahrzeuge von der Marsham Road aus nicht gesehen werden konnten. Er stieg aus dem Wagen. Die Lederjacke mußte er sich nicht zuziehen, denn es war erstaunlich mild. Er ging die paar Schritte zurück zu dem anderen Polizeiauto. Die Handschellen funkelten an seinem Gürtel.

Pete Raff hatte das Fenster heruntergekurbelt. Das Funkgerät schwieg. Es war Montagabend. Eine ruhige Schicht. Pete sah hinüber zu dem kleinen Landhaus, das etwa hundert Meter entfernt im Mondschein lag.

»Wohnt sie dort?« fragte er Norm.

»Ja«, antwortete Norm. Er war ein gutmütiger Mann, der ziemlich oft lächelte. Manchmal sogar im Schlaf. Er war vierunddreißig, aber ihm gingen schon die Haare aus, obwohl man es noch nicht deutlich sehen konnte, und er setzte einen Bauch an. Er hatte eine große Schwäche für die einfachen Freuden des Lebens: Frau, Kinder, Hunde, Sportgewehre, Dosenbier. Und manchmal, wenn es sich so ergab, war auch schon mal ein strammer Weiberhintern dabei. Er hätte viel mehr haben können. Die Weiber mochten die Art, wie er lächelte, aber Norm war ein bißchen träge, und zuviel Fremdgehen erforderte doch einen ziemlichen organisatorischen Aufwand.

»Kein Licht«, sagte Pete. »Und es ist auch kein Auto zu sehen.«

»Steht wohl im Schuppen. Sie ist bestimmt da. Ich hab' ihr doch gesagt, daß ich heute nacht kommen könnte.«

»Wie heißt sie?«

»Ob du's glaubst oder nicht, ich hab' ganz vergessen, sie zu fragen.«

Pete zündete seine Zigarette an und lehnte sich zurück. Er war neun Jahre jünger als Norm, blond, mager und hatte ein aschfahles Gesicht, und noch keine Frau hatte ihm nach einem kurzen Plausch im Supermarkt unauffällig ihre Telefonnummer zugesteckt. Norm war ja auch ganz anders als er, er hatte eine gute Hand für Frauen. Er zog sie an wie eine Lampe die Motten, er behandelte sie zuvorkommend und freundlich, er hauchte ihren langweiligen Hausfrauenexistenzen neues Leben ein, sie fühlten sich besser als vorher, wenn er wieder ging.

Norm Granger hatte nur eine eiserne Regel, die er immer einhielt, egal wie groß die Versuchung auch war: Er trieb es niemals zweimal mit derselben Frau.

»Okay, Partner, ich halte dir den Rücken frei.«

»Danke dir, Pete. Ich bin in deiner Schuld.«

Der Wind ratterte am Verandadach, als er auf die Eingangstür zuging. Durch einen Schlitz zwischen zwei Fenstervorhängen sah er das Flimmern eines Farbfernsehers. Er klopfte und wartete. Niemand reagierte auf sein Klopfen. Während er wartete, hatte er das Gefühl, beobachtet zu werden.

Norm drehte sich vorsichtig um. Ein paar Meter hinter ihm, die Füße schon auf den Stufen zu der hölzernen Veranda, stand ein riesiger Hund. Er hatte ein Winterfell, das so dick war wie frisch gemähtes Heu, und einen schmalen, schräggestellten Kopf. Eine Art Wolfshund. Irisch oder russisch. Nach der ersten Schrecksekunde erkannte Norm, daß der Hund ihn nicht belästigen würde. Entweder sie packen einen sofort oder sie lassen es ganz bleiben.

Während er noch zu dem Hund hinsah, wurde die Haustür geöffnet.

»Oh! Dachte ich mir's doch, daß es geklopft hat.«

Der Hund trottete die Stufen hinauf, und Norm machte ihm Platz. Er fegte die Frau aus dem Weg, als er sich ins Haus zwängte.

»Hugo«, schimpfte sie. »Warum hast du es denn so eilig?« Sie sah Norm an, hob die Augenbrauen etwas an und lächelte. »Sie sind ein Mann, der Wort hält. Kommen Sie rein.«

»Danke.« Norm trat in das Haus und sah sich um. Aufgrund des schäbigen Äußeren hatte er sich nicht viel erwartet, um so überraschter war er, sich auf einmal in einer kostbar eingerichteten Hazienda zu befinden. Der Boden war mit dunkelroter mexikanischer Keramik gekachelt, in der Ecke befand sich ein Kamin mit Gasfeuer. Die Wände waren weiß, die stabilen Polstermöbel mit einem rot-, orange- und goldfarben gestreiften Stoff bezogen. In kleinen Nischen und auf den Tischen standen Vasen und Krüge aus Kupfer und Steingut.

Der Hund hatte es sich sofort auf einem der Sofas bequem gemacht. Die Frau schaltete den Fernseher ab und schloß die Türen des Wandschrankes. Dunkles, altes Holz. Handgeschnitzt. Sie ging hinüber zur Bar, auf der Kerzen in antiken Kerzenleuchtern brannten. »Ich habe gerade ein Glas Wein getrunken. Möchten Sie auch eines? Oder lieber ein Bier? Ich habe Dos Equis.« — »Dos Equis wäre prima. Mein letztes hab ich in Tucson getrunken. Ist schon lange her. Ein schönes Haus haben Sie.« — »Es ist vielleicht etwas ausgefallen für diese Gegend, aber ich habe Heimweh.« — »Heimweh wonach?« — »Paracuaro, Mexiko.« — »Ach, sind Sie dort geboren?« — »Es ist eher meine zweite Heimat. Geboren bin ich in Vermont.« — »Oh, da wäre ich nicht drauf gekommen. Sie wirken auf mich eher... spanisch, verstehen Sie, wie ich das meine?«

Sie lächelte, machte den Eindruck, als hätte er ihr genau auf die richtige Art und Weise geschmeichelt, und brachte ihm ein Bier in einem hohen Glas. ›Eine Wahnsinnsfrau‹, dachte Norm. Ihre Hüften waren in straffe Seide verpackt, der flache Bauch warf keine Falten, wenn sie ging, und die Brüste waren für ihr Alter noch hoch und fest. Die Brustwarzen zeichneten sich unter der dünnen schwarzen Seide der Bluse deutlich ab, die sie unterhalb des Brustbeins zusammengeknotet hatte.

Sie stellte sich sehr dicht neben ihn; er hatte kaum genügend Ellenbogenfreiheit, um sein Glas anzuheben.

»Haben Sie dienstfrei?« fragte sie.

»Eher 'ne Art Essenspause.«

»Ich kann mir gar nicht vorstellen, wie das ist, ein Polizist zu sein.«

»Ziemlich langweilig ist das. Verkehrsunfälle, Autodiebstähle, ab und zu ein Überfall.«

»Und Morde?« fragte sie. Ihre Nasenflügel blähten sich bei dem Wort vor Aufregung.

»Vielleicht ein-, zweimal im Jahr. Einen ganz häßlichen hatten wir im Januar. Im Davos Chalet Lodge. Raff und ich waren die ersten am Tatort. Ein junger Bursche erschlug seine Freundin, weil sie ihn an der Nase herumgeführt hatte.«

»Ach«, sagte die Frau und biß sich auf die Unterlippe. »War er verrückt?«

»Ich glaube schon. Ich habe mein Lebtag noch keinen Körper gesehen, der so zugerichtet war wie der der jungen Frau. Aber wir sollten von etwas anderem reden.«

»Stimmt«, sagte sie und schüttelte sich vor Abscheu. Sie

legte eine Hand auf seinen Unterarm; sie trug eine Menge Ringe, Topase und Turmaline, in Silber gefaßt. Sie trank aus seinem Glas, ein bißchen Bier tropfte von einer Ecke ihres Mundes und hinterließ eine schaumige Spur auf der kleinen Narbe auf ihrer rechten Wange. Er lehnte sich zu ihr hinüber und küßte den Schaum weg.

Als er sie das nächste Mal küßte, strich seine Hand über die Blume, die sie im Haar trug und zerdrückte sie. Es gelang ihm einfach nicht, sein Bier auszutrinken.

Sie wollte ihn nackt, aber mit umgeschnalltem Revolvergürtel. Norm trug den größten Revolver, der erlaubt war, einen Smith and Wesson Highway Patrolman. Geladen wog er mehr als zwei Kilo. Es war das erste Mal, daß er eine Frau mit umgeschnallter Waffe vögelte, aber es schien ihr zu gefallen, mit der einen Hand am Revolverlauf zu spielen, während die andere seine herunterhängenden Glokken kräftig läutete. Sie hatte drei Orgasmen, Norm nur einen.

»Oh, du herrlicher Mann«, stöhnte sie, als ihre Hände langsam von ihm abglitten und ruhig neben ihrem Körper zu liegen kamen.

Norm lächelte auf sie herunter, aber er hatte längst nicht so viel Spaß gehabt, wie er sich das gewünscht hatte. Bauchkrämpfe hatten ihn überfallen und ihm beim Liebesakt ganz schön zu schaffen gemacht.

»War es für dich auch so schön«, fragte sie.

»Aber natürlich, Honey. Ganz toll.« Er rollte weg von ihr und setzte sich hin. Er mußte sich den Bauch halten.

»Du wirst doch nicht schon gehen wollen?«

»Ich müßte mal eben für kleine Jungen.«

»Na klar.« Sie erhob sich, wobei ihre Brüste auf und abhüpften, und zeigte ihm die Richtung. »Durch den Vorhang dort, dann durchs Schlafzimmer.«

»Danke.« Er ging ein paar Schritte, bis ihm auffiel, daß er ja immer noch den schweren Revolvergürtel trug. Er schnallte ihn ab und ließ ihn auf einen Korbstuhl fallen, dann verließ er den Wohnraum durch den Vorhang, ging einen kurzen Flur entlang, der zum Schlafzimmer führte.

Die Krämpfe wurden immer schlimmer. Er kam endlich

in ein exquisit eingerichtetes Klo mit goldenen Wasserhähnen, einem großen Hängekorb mit blühenden Kakteen und einem schneeweißen Klobecken mit einer roten, gepolsterten Brille. Wie ihr üppiger, lüsterner Mund. Er setzte sich hin, wobei er sich den Bauch hielt. Ihm war speiübel, und er wurde von Krämpfen geschüttelt. Es war sehr still im Haus. Er hörte nichts als sein eigenes Grunzen und Stöhnen.

Es dauerte einige Minuten, bis er herausgedrückt hatte, was ihn so böse verstopft hatte. Die Krämpfe hörten sofort auf. Norm säuberte sich. Er feuchtete das Papier etwas an, um möglichst gründliche Arbeit zu leisten, dann langte er nach hinten zu der goldenen Kette, um die Spülung zu betätigen.

Das Rauschen der Toilette war ungewöhnlich laut. Er fühlte einen kühlen Luftzug an seinen zarten Hinterbakken, einen Sog, der ihn an dem weichen Sitz festkleben ließ.

Es war so unerwartet, daß es ihm sogar ein wenig Angst machte. Und dazu dieses wilde Rauschen, als befinde sich da ein Whirlpool direkt unter seinen runterhängenden Eiern. Er versuchte aufzustehen, aber er stellte mit Schrecken fest, daß es nicht ging. Er war wie festgeleimt an den Sitz.

»Was, zum Teufel...«

Er stemmte sich mit beiden Händen ab und drückte mit aller Kraft. Dabei machte er die merkwürdigsten Verrenkungen mit dem Oberkörper; er versuchte seinen Hintern aus der Klobrille zu ziehen wie den Korken aus einer Weinflasche, aber alle Anstrengung half nichts. Im Gegenteil, er fühlte, daß er zusammengepreßt wurde. Er wurde Millimeter für Millimeter weiter in die ovale Öffnung der Klobrille gezogen. Der Sog wurde immer stärker. Seine Geschlechtsteile taten ihm weh. O Gott, wie weh die jetzt taten!

Verzweifelt versuchte er den Spülkasten zu erreichen, um die Wasserspülung außer Betrieb zu setzen. Das führte zu nichts Gutem. Er wurde mit nur noch stärkerer Kraft durch die Öffnung gezogen, die doch kaum breiter als dreißig Zentimeter sein konnte. Der Schmerz wurde noch schrecklicher, als die Knochen seines Beckens und seiner Hüften zusammengedrückt wurden. Seine Füße konnten den Boden schon nicht mehr erreichen. Die Toilette heulte jetzt wie ein Wirbelsturm.

Norm tat das einzige, was ihm in dieser Situation blieb, er schrie um Hilfe.

Pete Raff hatte das Fenster des Streifenwagens heruntergekurbelt gelassen, damit der Rauch der vielen Zigaretten in die Nacht entweichen konnte. Er kaute Kartoffelchips aus einer großen Tüte und dachte darüber nach, was in dem bescheidenen Landhaus jetzt so alles vor sich gehen mochte. Von anderen Kollegen hatte er gehört, daß es sogar Frauen gab, die es am liebsten hatten, wenn man ihnen Handschellen anlegte oder sie mit dem schwarzen Polizeiknüppel sanft auf die Hinterbacken schlug, bevor man es mit ihnen trieb.

Der Schrei schreckte ihn aus diesen Gedanken auf. Das paßte nicht so recht. Es hätte die Frau sein sollen, die um Hilfe rief, und nicht Norm Granger.

Pete sprang aus dem Auto und lief mit der Taschenlampe in der Hand auf das Haus zu.

Drinnen stieß Norm Granger jetzt grelle Schreie des Entsetzens aus.

Mit einer Gänsehaut am ganzen Körper trat Pete ein paarmal gegen die Tür, dann wandte er sich dem Fenster zu und riß die alten, morschen Läden auf. Mit dem Schaft seiner Taschenlampe schlug er die Scheibe ein und drehte verzweifelt an dem eingerosteten Fenstergriff, aber der ließ sich nicht mehr bewegen. Er gab es auf und holte sich einen herumliegenden Balken, um das ganze Fenster aus dem Rahmen zu rammen. Dann kletterte er über die Fensterbank in das Wohnzimmer des Hauses. Seine Stiefel knirschten über zerbrochenes Glas. Er zog den Revolver und spannte den Hahn.

In dem Raum war es kälter als draußen. Der Fußboden war mit käsefarbenem Linoleum ausgelegt, die grobverputzten Wände waren übersät mit braunen Wasserflecken. An Möbelstücken gab es hier nur ein kleines Sofa mit so vielen Löchern, daß man darin ein ganzes Mäusehotel hätte unterbringen können und einen dreibeinigen Stuhl, der an eine Wand gelehnt war, damit er nicht umkippte.

Pete sah Norms Revolvergürtel auf der Sitzfläche des Stuhls liegen, sein Uniformhemd und die Hose hatte er sauber zusammengefaltet auf einen rostigen Heizkörper gelegt. Norms Schreie hatten jetzt etwas Abgewürgtes, Atemloses.

Pete folgte dem Lichtstrahl seiner Taschenlampe in den hinteren Teil des Hauses, wo eine Tür schräg an einer einzigen Angel hing. Er hörte, daß irgendwo eine Toilettenspülung rauschte. Die Geräusche, die Norm Granger ausstieß, waren jetzt nur noch sehr schwach. Aber er hörte andere, laute, ächzende Geräusche, wie sie aus einem Birkenwald klingen, wenn nach einem nächtlichen Eissturm die Sonne aufgeht. Pete eilte durch ein kleines Schlafzimmer und fand im Schein der Taschenlampe zur Toilette.

Er sah Füße, Knöchel, Beine, er sah Hände, Handgelenke und Arme, und alles schaute aus einer alten, hölzernen Klobrille heraus wie eine besonders ausgefallene Arbeit eines modernen Bildhauers. Die Finger und die Fußzehen bewegten sich um den zentralen Teil dieses merkwürdigen Arrangements herum, das geschwollene, blutunterlaufene Gesicht von Norm Granger. Seine Lippen umschlossen die enorme Zunge. Die Augen reagierten kurz auf den Lichtstrahl, dann schlossen sie sich. Die Toilette röhrte wie ein Geysir, dann gab sie saugende Geräusche von sich, als Norm Granger ein weiteres Stück in die Öffnung gezogen wurde.

»Neeeiiiiinn!« schrie Pete Raff und wandte sich von diesem Anblick so heftig ab, daß er mit dem Kopf gegen den Türrahmen stieß und erst einmal Sterne sah. Er ließ die Taschenlampe fallen, die sofort erlosch. Tränen der Angst liefen ihm über die Wangen, als er in der schrecklichen Dunkelheit nach der Taschenlampe suchte.

Die knallenden, gurgelnden Geräusche hielten an. Pete nahm die Taschenlampe in beide zitternden Hände und schaltete sie wieder ein. Der starke Lichtstrahl erleuchtete das ganze Badezimmer. Er konnte es gar nicht vermeiden, Zeuge dessen zu werden, was jetzt in der Toilette passierte: das langsame Versinken von Fingern und Fußzehen. Er sah noch den frisch nachgewachsenen Nagel jenes großen

Zehs, auf den Norm sich vor ein paar Wochen einen Kühlschrank hatte fallen lassen, als er seinem Schwager beim Umzug geholfen hatte. Dann noch ein allerletztes, lautes Sauggeräusch, und alles war verschwunden. Die Toilette beruhigte sich langsam, aber da hörte Pete sowieso schon nichts anderes mehr als sein wild hämmerndes Herz.

Er näherte sich der Toilette Zentimeter für Zentimeter. Der Weg dorthin nahm einen Großteil der Lebenszeit in Anspruch, die ihm noch beschieden war.

Er sah in die blutverschmierte Kloschüssel, sah das Wasser, das die rote Brühe langsam klärte.

Dann kam eine riesige Luftblase aus dem Rohr herausgegurgelt, Wasser spritzte ihm ins Gesicht. Er fuhr zurück, ihm war, als würden seine Haarwurzeln zu Eiszapfen. Als er wieder runterschaute, sah er ein Auge im Wasser schwimmen, die Nervenenden hingen lose herunter wie die Fühler ein Qualle. Pete starrte mit Entsetzen darauf.

»Oh, Pete«, hörte er die Stimme seiner Mutter, die ganz deutlich von der anderen Seite des Flurs zu ihm herüberklang. »Wirst du denn die ganze Nacht da drinnen bleiben?«

Er drehte langsam den Kopf und antwortete mit jungenhafter Stimme: »Nein, Mama, ich bin mit dem Bad fertig.«

»Hast du dir die Ohren gewaschen?«

»Ja, Mama.«

»Hast du auch deinen Piepmatz gewaschen?«

»Ja, Mama.«

»Wirst du bitte die Wanne ordentlich ausschrubben? Papa wird bald nach Hause kommen, und er will auch ein Bad nehmen.«

»Hab' ich schon getan, Mama.«

»Ich glaube, daß ich King an der Hintertür gehört habe. Läßt du ihn bitte rein?«

»Okay, Mama.«

»Aber zieh erst deine Hausschuhe an.«

»Hab' sie schon an.«

»Ja, ja. Aber du weißt ja, daß man dich an alles erinnern muß«, erklärte seine Mutter mit milder Strenge.

Pete nahm sein Korkengewehr mit, um King reinzulassen. Es sah fast so aus wie ein richtiges Gewehr. Einen Einbrecher konnte man bestimmt damit verscheuchen. Pete war zwar erst sechs, aber er hatte keine Angst vor Einbrechern. Trotzdem nahm er das Gewehr überallhin mit.

King war nicht auf der hinteren Terrasse, als er hinaussah. Aber da waren frische Spuren im Schnee, die vom Haus wegführten. Sie führten zu dem Teil des Hofes, wo sie in jedem Frühjahr den Gemüsegarten anlegten und wo der Mond jetzt am hellsten schien.

Dort sah er den Hund herumspringen und weiße Schneewolken aufwirbeln, aber dieses langbeinige Tier sah nicht aus wie King. Es war groß, fast so groß wie ein Pony, und es hatte eine ganz lange Nase. Und da ritt ja jemand auf seinem Rücken. Fasziniert drückte der kleine Pete seine Nase an die kalte Fensterscheibe der Hintertür und hielt den Atem an, damit die Scheibe nicht beschlug.

Der Reiter auf dem Rücken des Hundes war eine Frau mit langem schwarzem Haar, und er hatte den Eindruck, als wäre sie nackt. Das Ganze schien ihr großen Spaß zu machen. Er konnte schwach ihre Freudenschreie und ihr Gelächter hören, und der Hund raste mit ihr von einer Ecke des Hofes zur anderen. Pete mußte kichern, aber ihm war gleichzeitig etwas unbehaglich zumute.

Er versuchte, dieses Gefühl zu verscheuchen, indem er das Korkengewehr hochnahm und auf die beiden anlegte. »Bäng«, machte er dabei. »Bäng!« Doch der haarige Hund tollte weiter in den Schneehaufen herum und tauchte sie mit seinen glühenden Augen in ein schwefliges Licht.

Die Frau bemerkte Pete, und bei dem gesellte sich jetzt Scham zu der Faszination, mit der er ihre Nacktheit und ihre riesigen Brüste betrachtete, die aussahen wie hartgekochte Eier, bei denen das dunkle Eigelb durchschien. Er konnte ihrem abschätzenden Blick kaum standhalten, diese schwarzen, einschüchternden Augen, jetzt, als sie den Hund in Richtung der Hintertür dirigierte. Er verkroch sich unter dem Glasfenster und lehnte sich mit dem Rücken gegen das Holz.

Er würde seiner Mutter von dem Auge in der Toilette erzählen müssen. Irgendwann.

Er hatte immer wieder gespült, aber das Auge hatte einfach nicht verschwinden wollen.

Sie würde ihm nicht glauben, daß er nichts dafür konnte, daß das Auge immer noch dort war.

Durch die Holztür fühlte er die schweren Stöße der Hundepfoten. Er hatte Angst.

»Du kannst nicht rein! Nicht bevor ich fertig bin!«

Er wußte, daß auf dem Rücken des Hundes auch für ihn Platz war. Aber wenn er jetzt aufstieg und zusammen mit der nackten Frau herumritt, wer garantierte ihm, daß sie ihn wieder nach Hause zurückbringen würde.

Pete erschauerte. Ab jetzt würde ihm niemand mehr ein Wort glauben. Das wußte er genau. Und alles nur, weil Norm einen Weiberhintern brauchte.

Mit dem Zeigefinger zog er am Abzug des Revolvers. Er klemmte.

Von oben rief ihn die Stimme der Mutter. Ein Schrecken durchzuckte ihn. Er kannte diesen Tonfall. Er bedeutete...
Er bedeutete...

Das würde großen Ärger geben.

»Woher kommt das Auge in der Toilette, Peter Raff? Ich möchte nicht in deiner Haut stecken, wenn dein Vater nach Hause kommt.«

Wumm! Wumm! Der Hund mit der langen Nase wollte, daß er rauskam. Aber Pete brauchte ihn gar nicht aus der Nähe gesehen zu haben um zu wissen, daß er lange Zähne und Klauen hatte.

»Ich würde ja nur zu gerne wissen, Raff«, sagte Captain Moorman mit strenger Stimme, »wie Sie es fertigbrachten, einfach danebenzustehen und zuzusehen, wie der arme Norm Granger sich selbst die Toilette runterspülte. Hören Sie mir überhaupt zu? Ich würde Ihnen raten, sich eine Antwort einfallen zu lassen.«

»Verdammte Scheiße«, murmelte Pete. Er wußte, daß er weg vom Fenster war. Niemand mochte ihn mehr. Er würde einfach unter sein Bett kriechen und dort liegenbleiben. Vielleicht wäre am nächsten Morgen alles wieder in Ordnung.

Er hatte die Dunkelheit noch nie leiden können. Er haßte

die Dunkelheit. Er wollte Licht, ganz viel Licht. Die schrecklichen Dinge schienen nie im prallen Sonnenlicht zu passieren.

Sein Finger zog wieder am Abzug des Revolvers. Sehnsüchtig. Streitsüchtig.

Die Morgenröte leuchtete Pete Raff voll ins Gesicht. Er hörte Hochrufe und Abschiedsrufe und Flaggen wehten im blutroten Wind. Ein winziger Meteor aus dem Weltall drehte sich immer und immer wieder um ein zugekniffenes, erstauntes Auge, während das Gehirn mit der verzweifelten Kraft eines gereizten Bienenschwarms seine letzten Blitze der Erinnerung und des Bedauerns aussandte, die dem schrillen Ton einer Kriegsfanfare glichen.

58

Hillary fühlte sich während der Sozialkundestunde plötzlich unwohl. Krämpfe ließen sie die Hände zu Fäusten ballen und sich über ihr Pult nach vorne lehnen, so daß Mr. Rauscher zu ihr kam und sie leise fragte, ob sie das Krankenzimmer aufsuchen wolle. Hillary konnte nur nicken.

Die Krankenschwester der Schule, Mrs. Groverman, bat sie, sich auf die Couch zu legen. »Glaubst du, es wird besser, wenn du dich übergibst?«

»Ich weiß nicht«, antwortete Hillary.

»Hast du schon deine Menstruation, Hillary?«

»Nein, Ma'am.«

»Das könnte es sein«, sagte die Krankenschwester freundlich. »Möchtest du nach Hause gehen?«

»Ja, Ma'am.«

»Ich werde dir schnell einen Umschlag machen und deine Mutter anrufen.«

Mrs. Groverman befeuchtete ein Tuch und legte es Hillary auf die Stirn. Dann steckte sie ihr ein Fieberthermometer in den Mund und ermahnte das Mädchen, jetzt nicht zuzubeißen. »Ich bin in fünf Minuten zurück«, sagte sie.

Der letzte krampfartige Anfall war der schlimmste gewesen, aber jetzt schien es vorbei zu sein. Hillary streckte sich vorsichtig aus und atmete ruhiger. Mrs. Groverman war schon zurückgekehrt. Ganz leise. Jedenfalls glaubte sie die Krankenschwester im Zimmer herumgehen zu hören. Das Tuch wurde von ihrem Kopf genommen. Hillary seufzte, nahm das Thermometer aus dem Mund und öffnete die Augen.

»Hallo, Hillary«, sagte Polly Windross und beugte sich lächelnd über sie.

Hillary sprang fast von der Couch herunter. Die Augen hatte sie weit aufgerissen. Ein paar dunkle Flecken hoben sich gegen die Leichenblässe ihres übrigen Gesichts ab.

Pollys blondes Haar fiel sanft auf eine ihrer Wangen und rollte sich unter der Nase wie ein kapriziöser, kleiner Schnurrbart zusammen. Sie trug ihre rote Baskenmütze und das grüne Cape. In der linken Hand hielt sie das feuchte Tuch, die Rechte hatte sie unter dem Umhang versteckt.

»Warum bist du so nervös? Ich bin's doch nur, Polly.« Sie warf das Tuch in einen Papierkorb und streckte ihre Hand zu einer schwungvollen, befehlenden Geste aus. »Komm. Wir müssen gehen.«

»Mrs. Grovermaaaaan...« Hillary brachte nur ein Krächzen zustande. Sie hatte fast keine Stimme mehr. Sie verkroch sich auf der von Polly entfernten Ecke der Kunstledercouch. Ihr karierter Rock rutschte ihr dabei über die Hüften hoch. Sehnsüchtig blickte sie in Richtung der Tür des Krankenzimmers, aber die blieb geschlossen.

»Ach, manchmal benimmst du dich wie ein Baby«, sagte Polly und seufzte altklug. »Ich habe dir doch gesagt, daß wir gehen müssen.«

»Wohin?«

»Unsere Freunde warten auf uns. Komm mit.«

Hillary konnte sich nicht bewegen. Sie war starr vor Angst, preßte ihren Rücken gegen die Wand. Polly sah sie nur an. In ihren blauen Augen lag ein Anflug von unerbittlicher Strenge. Außerdem leuchteten winzige Lichter darin, die um die Pupillen herumzuhüpfen schienen. Hillary fühlte etwas. Es kam ihr vor wie ihr eigener, undeutlicher Schatten, der hinter ihr an der Wand auf einmal groß und stark wurde und ihr einen kleinen Stoß gab, der sie gegen ihren Willen aufstehen und tapsig ein paar Schritte hinter Polly hergehen ließ, die, ohne sich noch einmal umzudrehen, in ihren roten Stiefeln zum Fenster geeilt war. Wann immer Hillary sich widersetzen und stehenbleiben wollte, schob dieses schwarze, schattenhafte Etwas sie von hinten an und trieb sie vorwärts. Sie mußte weitergehen, obwohl ihre schweren, gefühllosen Beine ihr nicht recht gehorchen wollten.

Polly ließ eines der Springrollos vor den Fenstern hochschnellen. Der Himmel draußen war grau, ein paar hellere Wölkchen zeichneten sich ab. Durch das Fenster hörte man lärmenden Tumult. Polly trat zur Seite.

»Da sind sie.«

Hillary ging die letzten Schritte zum Fenster und sah hinunter auf den asphaltierten Hof der Blessed Sacrament School, der gleichzeitig als Parkplatz für die Kirchenbesucher diente. Auf dem Hof war niemand, aber die Straße dahinter war von jungen Leuten bevölkert. Dutzende von ihnen wirbelten in einer Art Ausdruckstanz durcheinander. Einige spielten auf einfachen, selbstgemachten Musikinstrumenten, die jammernde, knallende oder zwitschernde Geräusche von sich gaben. Entweder trugen die Jugendlichen bunte Narrenkostüme und Make-up (es erinnerte an frische Blutflecken), oder sie waren nackt. Hillary sah kahlgeschorene, vernarbte Schädel, manche hatten keine Ohren oder waren noch fürchterlicher verformt und verstümmelt.

Ein Frösteln überlief Hillary. Sie drehte sich langsam zu Polly um.

»Ist es denn schon Halloween?«

»Du Dummerchen.«

»Ich will nicht da runter«, schluchzte sie. »Ich will mit denen nichts zu tun haben.«

»Dein Pech, daß dein Vater seine Nase in alles reinstecken muß. Er macht nichts als Ärger. Also wirst du mit uns kommen, damit er seine Lektion erhält. Und jetzt kein Wort mehr.«

Hinter Hillary wurde das Fenster langsam hochgeschoben. Sie hörte es, aber sie hatte Angst, sich umzuschauen, ihre heißen, tränenden Augen von Polly abzuwenden.

»Nein! Nein!«

»Jetzt fängst du schon wieder an. Hör zu, Kleine, dir wird es gefallen, wenn du erst mal bei ihnen bist. Hörst du es nicht? Die haben 'ne Menge Spaß da unten.«

Aber Hillary hörte nur Schreie des Entsetzens, der Erniedrigung und der Pein. Jetzt stieg der stolze, irische Zorn in ihr auf.

»Ich werde nicht gehen!«

»O doch, das wirst du!«

Pollys andere Hand schoß unter dem Cape hervor. Es waren weder Fleisch noch Haut daran. Die harte, rußgeschwärzte Knochenhand traf sie klappernd an der Stirn, während ein Windstoß aus dem offenen Fenster Pollys Cape anhob und ihr damit das Gesicht verdeckte. Hillary fühlte, wie die niedrige Fensterbank die Rückseite ihrer Oberschenkel streifte, wie sie langsam hinaus ins Freie gehoben wurde. Ihre Hände versuchten, sich an irgend etwas festzuhalten. Ein Aufschrei des reinen Entzückens erscholl aus den Kehlen der Verlorenen, die unten auf der Straße ihre obszöne Parade abhielten. Unter diesen Schreien hörte sie deutlich die Stimme eines Mannes, der nach ihr rief. Hillary hielt noch die Balance auf der Fensterbank, war fest entschlossen, nicht hinunterzustürzen. Aber dann rutschte sie mit den Füßen aus und tauchte nach hinten ab, mit dem Kopf voran. Sie hatte noch einen kurzen, verschwommenen Eindruck vom Asphalt des Schulhofs, den Gebäuden und dem grauen Himmel. Dann explodierte ein grelles Licht direkt hinter ihren Augen, und sie fühlte nichts mehr.

59

Um zwei Uhr nachmittags mußte der Logan International Airport schon zum zweitenmal an diesem 12. März für jeglichen Flugverkehr gesperrt werden, weil dichter Nebel aus Richtung des Bostoner Hafens aufgekommen war. Die Piloten der anfliegenden Maschinen, darunter auch der Alitalia Flug Nummer 60 aus Rom, wurden über die zu erwartende Verzögerung und eventuelle Ausweichmöglichkeiten informiert. Die Alitalia-Maschine, eine Boeing 747, hätte zum Bradley International in Windsor Locks, Connecticut umgeleitet werden können. Aber da es eine gute Chance gab, daß der Wind drehen und den Nebel innerhalb weniger Minuten wegblasen würde, entschloß sich der Pilot zu warten.

Er informierte die Passagiere, darunter auch Pater Merlo, über die Verzögerung. Merlo hatte gerade ein Nickerchen gehalten. Er hörte die Ansage mit halbem Ohr, murmelte verärgert etwas in seinen Bart und rückte die kleinen Kopfkissen, die immer runterfallen wollten, zurecht, so daß er weiterschlafen konnte.

In der Ankunftshalle des Logan International sah Conor Devon die Nachricht von der Verspätung in grüner Leuchtschrift auf einem der Fernsehmonitore aufleuchten. Er sprach mit einer schlanken Neapolitanerin hinter dem Alitalia-Schalter, die ihm sagte, daß Flug 60 auf eine Warteschleife gegangen sei und man hoffe, die Maschine könne bald landen.

Conor rief in der Boutique seiner Frau an; Kay Finlay antwortete ihm.

»Oh, Conor, sie ist nicht hier. Um halb zwölf rief jemand aus der Schule an. Es war was mit Hillary. Gina ist sofort hingefahren.«

»Was ist mit Hillary? Ist sie krank?«

»Sie muß wohl einen kleinen Unfall gehabt haben. Aber anscheinend ist es nicht so schlimm.«

»Danke, Kay.«

Das Wort ›Unfall‹ war ihm wie ein kleiner Pfeil ins Gehirn gefahren. Conor hängte ein, blätterte sein Telefonverzeichnis nach der Nummer des Direktionsbüros der Schule durch und wählte die Nummer.

»Irene Wimbledon.«

»Mrs. Wimbledon, hier spricht Conor Devon. Ich hörte gerade, daß Hillary einen Unfall hatte.«

»Oh, ja, aber es geht ihr gut, Mr. Devon. Sie müssen sich

keine Sorgen machen. Sie hat sich das Knie verrenkt, als sie die Treppe hinunterging. Die Krankenschwester hat einen Eisbeutel draufgelegt, und als ihre Frau kam, war die Schwellung schon fast abgeklungen.«

»Ist Gina bei Ihnen?«

»Nein, sie sind etwa vor einer halben Stunde gegangen. Mrs. Devon hat Hillary zum Lunch mitgenommen, und dann wollten sie noch ein paar Besorgungen machen.«

»Na dann. Wenn Gina sie zum Einkaufen mitgenommen hat, dann kann es ja nicht so schlimm sein.«

»Nein, nein. Vielleicht wird sie ein paar Tage lang ein bißchen humpeln.«

»Dann bin ich beruhigt. Danke, Mrs. Wimbledon.«

Conor legte auf und sah auf die Uhr. Achtzehn nach zwei. Draußen war von einer Wetteränderung nichts zu merken. Na schön, dann würde er eben warten müssen.

Er versuchte, es sich in einem Sessel bequem zu machen, der viel zu klein für ihn war, öffnete eine Erdnußtüte und blätterte ein Catchmagazin durch, das jemand auf dem Nebensitz vergessen hatte. Er sah sich die mittelmäßigen Schwarzweißfotos von Männern an, die er fast so gut kannte wie seine eigene Frau. Da er seine eigene Gaunervisage nirgends entdecken konnte, legte er das Heft wieder zur Seite. Er dachte liebevoll an Hillary und lächelte vor sich hin. Er hatte ja keine Ahnung, daß er gar nicht mit der Blessed Sacrament School gesprochen hatte, und daß die Stimme, die am Telefon so beruhigend geklungen hatte, nicht die von Mrs. Wimbledon gewesen war.

60

Gina war ein paar Minuten nach Mittag in der Schule angekommen und hatte auf der Straße vor dem Pfarrhaus einen Parkplatz gefunden. Es war Mittagspause und der asphaltierte Schulhof war bevölkert von schreienden, herumtobenden Kindern. Viele von ihnen waren in Hemdsärmeln, obwohl es kaum mehr als null Grad hatte.

Die Vorsteherin der Schule, Mrs. Wimbledon, erwartete sie im Schulbüro gegenüber der Aula im Erdgeschoß. Sie war klein und plump, hatte etwas von einer Taube, die ständig nickte und lächelte. Man konnte sich gar nicht vorstellen, daß sie eine resolute Verwaltungsangestellte war, die es immerhin fertiggebracht hatte, sich unter dem Regiment eines unnachsichtigen, immer schlechtgelaunten Gemeindepriesters zu halten, der keine andere Frau gelten ließ als die Jungfrau Maria, der er wahrscheinlich auch nur zugeneigt war, weil sie so gute Verbindungen ganz nach oben hatte.

»Wo ist sie?« schrie Gina atemlos. »Ist sie schwer verletzt? Was ist denn überhaupt passiert?«

Mrs. Wimbledon legte ihre Hand beruhigend auf Ginas Arm. »Hillary ist ganz, ganz knapp einem sehr bösen Sturz entgangen. Sie hat Beulen und Hautabschürfungen, aber sie ist nicht schwer verletzt. Äußerlich. Aber sie hat einen schweren Schock davongetragen. Pater Toomey ist jetzt mit ihr in der Kapelle. Ich weiß, daß Sie so schnell wie möglich zu ihr wollen, aber sie sollten vielleicht für ein paar Augenblicke mit mir in mein Büro kommen.«

Gina ließ sich an einer Reihe gläserner Büros vorbei in einen Raum führen, dessen Wände mit Rosenholz getäfelt waren. Am Boden lag ein dicker beiger Teppich. Mrs. Wimbledon schloß die Tür und sie setzten sich in einen der Ledersessel, die einander gegenüberstanden.

»Ich habe Dr. Wersheba angerufen. Unglücklicherweise hat er im St. Anthony's Krankenhaus zu tun, aber ein anderer Arzt wird gleich hier sein.«

»Warum braucht sie denn einen Arzt?« fragte Gina. Ihr Gesicht fühlte sich an, als wäre es mit einer Maske aus Leim bedeckt, die es ihr kaum erlaubte, die Lippen zu bewegen. Sie zitterte am ganzen Körper.

»Hillary ist . . . Sie ist in einem sehr erregten Zustand. Ich glaube, ich sollte Ihnen reinen Wein einschenken. Sie ist hysterisch und benötigt ein Beruhigungsmittel. Dann muß sie genau untersucht werden. Es besteht die Möglichkeit, daß sie überfallen wurde.«

»Hier? Hier in der Schule?«

»Ich fürchte ja.«

»Ich werde sie selber ins Krankenhaus bringen.«

»Ich habe meine Zweifel, daß Hillary Ihnen freiwillig folgen wird. Sie weigert sich, die Kapelle zu verlassen. Sie glaubt, daß es der einzige Platz sei, wo sie sicher ist.«

»Mein Gott, was ist denn passiert?«

»Wir wissen, daß sie während der dritten Stunde von Krämpfen befallen wurde. Mr. Rauscher hat sie daraufhin ins Krankenzimmer gebracht, wo Mrs. Groverman sie auf eine Couch gelegt hat. Dann mußte sie Ihre Tochter für ein paar Minuten allein in dem Zimmer lassen, um Sie anzurufen. Ihr Anschluß war immer besetzt. Nach dem Ende der dritten Stunde ist Mr. Rauscher noch einmal hinaufgegangen, um nach Ihrer Tochter zu sehen. Als er die Tür zum Krankenzimmer öffnete, sah er, daß Hillary ganz nah am Fenster stand, das sie wohl selbst geöffnet hat. Sie lehnte mit dem Rücken gegen die niedrige Fensterbank, und Mr. Rauscher sagte, er habe den Ausdruck blanken Entsetzens auf ihrem Gesicht gesehen.«

»Hatte sie ihre Uniform an?«

Mrs. Wimbledon nickte. »Sie war vollständig bekleidet. Mr. Rauscher blieben nur Sekundenbruchteile, um alles zu begreifen. Ein sechster Sinn muß ihm gesagt haben, daß sie kurz davor war, hinunterzustürzen. Sie kennen doch Mr. Rauscher? Er war auf dem College ein hervorragender Sportler und hat für jemanden von seiner Größe und Kraft ein außergewöhnlich gutes Reaktionsvermögen. Er schaffte es, Hillary gerade noch an einem Bein zu packen, als sie aus dem Fenster stürzte, und sie ins Zimmer zurückzuziehen. Es ging wirklich um Sekundenbruchteile.«

Gina starrte die Vorsteherin an. Tränen liefen ihr über das Gesicht.

»Was glauben Sie ... Warum wollte sie jemand vergewaltigen?«

»Ich habe nichts von Vergewaltigung gesagt. Sie wurde geschlagen. Der Zustand ihres Gesichts ... Nun, Sie werden es ja selber sehen.«

»Warten Sie ... Bitte warten Sie noch einen Moment.« Gina wühlte in ihrer großen Handtasche nach einem Taschentuch. Dabei berührte sie den Colt-Python-Revolver, für den sie einen Waffenschein besaß. Dann wischte sie sich die Backen ab und überprüfte ihr Gesicht in einem kleinen Taschenspiegel. Sie nickte. »Okay, ich bin fertig.«

Gina konnte ihre Tochter hören, als sie die Seitentür der Kapelle öffneten. Hillarys Stimme klang grimmig und schrill.

»GEBENEDEIT BIST DU UNTER DEN WEIBERN, UND GEBENEDEIT IST DIE FRUCHT DEINES LEIBES, JESUS.«

Hillary hockte zusammengekauert in der ersten Bank auf der linken Seite der Kapelle. Der Jesuit, der erst vor kurzem der Blessed Sacrament School zugeteilt worden war und dessen Name Toomey war, saß neben ihr. Die Lichter über dem Altar waren angezündet.

»MARIA, HEILIGE MUTTER GOTTES.«

Sie rang keuchend um Atem. Sie zitterte am ganzen Körper. In einer Faust hielt sie einen Rosenkranz.

»BETE FÜR UNS, JETZT UND IN DER STUNDE UNSERES TODES. AMEN.«

Gina rannte quer durch die Kapelle. Hillary und der Priester hörten sie kommen. Hillary blickte sich um, erst grimmig, dann erschauernd zurückweichend. Sie weigerte sich, ihre Mutter zu erkennen. Ihr Gesicht war naß von Schweiß oder Tränen. Mitten auf der Stirn erkannte man den Abdruck einer knochigen Hand. Das Mal sah aus wie von der Sonne eingebrannt.

Gina bekam einen furchtbaren Schrecken, blieb kurz vor der Kirchenbank stehen und schlug ihre Hände vor den Mund. Pater Toomey, ein spindeldürrer junger Mann, stand auf und kratzte sich verlegen seinen Wuschelkopf.

»Mrs. Devon?«

»ICH KANN JETZT NICHT MIT DIR SPRECHEN! ICH MUSS BETEN!«

Gina hatte noch niemals solche kranken, gequälten Augen gesehen. Sie mußte sich zusammennehmen, um nicht in Ohnmacht zu fallen. Hillary drehte sich wieder um und wandte sich einer Marienstatue an einer Seite des Altars zu. Die Statue war emailliert und in opulenten Farben bemalt.

Die leidenden Augen waren besonders eindrucksvoll herausgearbeitet.

»HEILIGE MARIA, MUTTER GOTTES...« Die versilberten Perlen des Rosenkranzes klimperten in ihren zitternden Händen.

»Was ist mit Hillarys Gesicht passiert?« fragte Gina den Pater.

»Wir wissen es nicht.«

»Wir wissen es nicht«, wiederholte Mrs. Wimbledon hinter ihr. Gina drehte sich um.

»Können Sie nicht dafür sorgen, daß der Arzt endlich kommt?«

Gina kniete sich vor ihre Tochter.

»Hillary.«

Hillary unterbrach ihre Litanei und atmete stoßartig. Dabei verdrehte sie ekstatisch die Augen.

»Geh weg! Geh weg! Ich will nur mit meiner gebenedeiten Mutter sprechen!« Sie hatte sich so fest auf die Unterlippe gebissen, daß Blut hervorgetreten war. Sie sah jetzt zu dem jungen Jesuiten auf. Gina folgte ihrem Blick. Sein Lächeln schien in dieser Situation herzlos, aber er versuchte nur, seine Nervosität zu überdecken. »SIE hört mich doch, oder?« wollte Hillary von ihm wissen. »SIE wird mich doch beschützen. Sie wird doch dafür sorgen, daß sie mich nicht kriegen.«

»Daß *wer* dich nicht kriegt?« fragte Gina. Mit mütterlichem Nachdruck hielt sie die Hand fest, die den Rosenkranz umklammert hielt. Hillary riß sich los und sprang schreiend auf.

»Neeeiiin!«

Sie strampelte sich über die Kirchenbank und rannte hinauf zum Altar, wo sie sich vor dem Kruzifix ausgestreckt auf den Boden legte. Als auch Gina sich langsam erhob, öffnete sich eine Tür mit hohltönendem Gedonner. Gina sah den Mittelgang entlang, wo sich eine schattenhafte Gestalt näherte, die etwas in der Hand hielt, das wie eine Arzttasche aussah.

»Hallo! Ich bin Dr. Richards.«

»Gott sei Dank!« murmelte Gina. Sie hob ihre Stimme an. »Hier entlang, Doktor!«

Hillary hatte begonnen herumzukriechen und dabei schrille Töne auszustoßen. Gina hielt sich den Bauch. Auf einmal erinnerte sie sich ganz deutlich des lange vergessenen Gewichts ihrer ungeborenen Tochter und der Vorfreude, die sie damals empfunden hatte. Diese Erinnerungen verstärkten ihr Entsetzen. Ihr wurde schlecht vor Kummer und Angst.

Der Doktor kam mit schnellen Schritten den Mittelgang entlang. Er trug einen grauen Nadelstreifenanzug und eine große rosagetönte Brille. Er war kaum älter als Pater Toomey. Seinem Gesicht fehlten jegliche markanten Konturen, er hatte eine blasse, etwas picklige Nase und dünne, fahle Augenbrauen. Im Kontrast dazu waren seine Augen von einem tiefen Schwarz und hüpften wie aufgeregte Knöpfe unter der Oberfläche der getönten Brillengläser herum. Gina fühlte sich von Richards abgestoßen, sie glaubte instinktiv dessen frostige Natur erkannt zu haben. Aber immerhin war er Arzt.

Er sah Hillary an, die jetzt, auf Knie und Ellenbogen gestützt, hin und her schaukelte.

»Was hat sie?«

Gina erklärte es ihm. »Sie ist meine Tochter. Jemand muß sie angegriffen haben. Sie scheint nicht einmal mich zu erkennen. Können Sie etwas für sie tun?«

»Wie heißt sie?«

»Hillary Devon.«

Der Arzt nickte und öffnete seine Tasche. Er nahm eine verpackte Einwegspritze und ein versiegeltes Fläschchen heraus.

»Zunächst einmal müssen wir sie beruhigen. Ich brauche dazu Hilfe. Sie werden Hillary für ein paar Sekunden festhalten müssen. Sie wird sich wehren. Packen Sie fest zu.«

Jetzt holte er eine kleine Flasche Alkohol und etwas Watte aus seiner Tasche und reichte Mrs. Wimbledon die Sachen.

»Sie müssen damit einen kleinen Flecken Haut gleich oberhalb des Ellenbogens desinfizieren, sowie Mrs. Devon Hillary unter Kontrolle hat. Wir müssen aufpassen, daß wir sie nicht noch mehr verängstigen.«

»Ich werde beim Festhalten helfen«, sagte Pater Toomey.

»Nein, nein, Pater. Wir wollen nicht alle um sie herum-hüpfen. Aber es wäre sehr hilfreich, wenn Sie einen Krug mit kaltem Wasser besorgen könnten.«

»Ich werde es aus der Cafeteria holen.«

Richards sah ihm nachdenklich nach, als er die Kapelle durch die Seitentür verließ. Dann lächelte er den beiden Frauen zu, allerdings hielt er die Lippen dabei zusammen-gepreßt, als täte es seinem Arschloch weh, wenn er den Mund zu weit öffnete. Sie gingen zusammen die teppichbe-legten Stufen zum Altar hinauf, wo Hillary in schrillen Tö-nen Gebete aufsagte.

»Was hat sie da in der Hand?« fragte der Arzt und schien für einen Moment zurückzuschrecken, als er sich über das Mädchen beugen wollte.

»Es ist ihr Rosenkranz«, erklärte Gina. Jedesmal, wenn sie den Doktor ansah, kam ihr sein Gesicht verändert vor, als wäre es nur ein Spiegelbild auf der Oberfläche eines be-wegten Teiches. ›Die Nerven‹, dachte sie.

»Sie werden ihn ihr wegnehmen müssen.« Sein Tonfall war etwas scharf, und Gina runzelte die Stirn. Richards ging noch einen Schritt zurück und versuchte ein Lächeln. Seine Knopfaugen rasten scheinbar ziellos hinter den Brill-engläsern hin und her. »Sie könnte jemanden von uns da-mit verletzen«, erklärte er. »Wir müssen aufpassen. Man weiß nie, was sie in diesem Zustand alles anstellen. Also, würden Sie bitte...?«

»Ja, Doktor.« Gina kniete neben ihrer Tochter nieder. Hilla-ry schrie bei dieser Annäherung und wollte wegkriechen.

»Aber, aber, mein Kleines! Ich bin's doch! Mom! Es wird alles gut werden. Niemand wird dir weh tun.«

Hillary verharrte ein paar Augenblicke lang bewegungs-los, dann fiel sie ihrer Mutter in den Schoß. Gina entwand ihr den Rosenkranz und steckte ihn in ihre Jackentasche, während sie das Gesicht ihrer Tochter streichelte. Hillary hatte die Augen geschlossen. Sie fühlte sich sehr heiß an, besonders dort, wo der Abdruck einer Hand, deren einzel-ne Finger so dünn wie die eines Skeletts gewesen sein muß-ten, auf der Stirn leuchtete.

Hillarys Augenlider flatterten. Nachdem Mrs. Wimbledon die Stelle am Arm desinfiziert hatte, stach der Arzt die Nadel der Spritze ein. Hillary stieß einen keuchenden Laut aus und verbog ihren Oberkörper, aber es war schon geschehen.

»Das Mittel wird in ein paar Minuten wirken. Reden Sie mit ihr, während ich sie mir ansehe.«

»Herr Doktor, ihre Stirn...«

»Ja, sie wurde geschlagen. Lassen Sie mich mal den Hinterkopf sehen. O je! Möglicherweise hat sie eine Gehirnerschütterung. Sie hat dort hinten eine Riesenbeule. Hillary! Hillary! Bitte, mach die Augen auf!«

Hillary reagierte sehr langsam. Sie wirkte benommen. Sie versuchte, etwas zu sagen, vielleicht auch wieder zu beten, aber die Worte waren völlig unverständlich. Ihre Lippen waren aufgesprungen und geschwollen.

Richards nahm eine kleine Lampe aus seiner Tasche und leuchtete ihr in die Augen. »Die Pupillen sind gleich groß und sie reagieren. Das ist ein gutes Zeichen, aber wir sollten trotzdem eine Röntgenaufnahme des Schädels machen. Könnte jemand von Ihnen einen Krankenwagen bestellen?« Gina sah völlig verängstigt aus. Er legte ihr beruhigend eine Hand auf die Schulter. »Es ist doch nur eine Vorsichtsmaßnahme, Mrs. Devon.«

»Vorhin waren alle Telefone im Haus gestört«, sagte Mrs. Wimbledon.

»Würden Sie es noch mal versuchen?«

»Sicher.« Die Vorsteherin sah Gina an. »Es gibt eine Telefonzelle an der Station Exxon. Nur zwei Blocks entfernt. Für den Fall, daß ich nicht durchkomme.«

Gina nickte. »Okay, ich werd's von dort aus versuchen.«

Hillary, die sie an der Hand hielt, sagte mit tonloser Stimme: »Mom.«

Weil sie in Tränen auszubrechen drohte, küßte Gina ihre Tochter nur kurz. »Ich bin gleich wieder da. Der Doktor wird solange bei dir bleiben.«

Gina folgte Mrs. Wimbledon durch die Seitentür und rannte zu ihrem Ford-Kombi. Als sie sich hineinsetzte und statt der Autoschlüssel zuerst einmal Hillarys Rosenkranz in der Jackentasche fand, hatte sie ganz deutlich das Gefühl, daß es ein Fehler war, ihre Tochter jetzt allein zu lassen, auch wenn sie in fünf Minuten wieder zurück sein würde. Kein guter Zeitpunkt für eine Störung der Schultelefone. Aber jetzt galt es, so schnell wie möglich einen Krankenwagen zu beschaffen.

Als sie zurückkam, nahm sie sich nicht die Zeit, einen Parkplatz zu suchen. Sie raste mit ihrem Ford quer über den Schulhof und stellte ihn direkt vor der Tür zur Kapelle ab. Dann rannte sie hinein, und fand die Kapelle und den Altar verlassen vor.

Gina schrie Hillarys Namen.

»Mrs. Devon?«

Pater Toomey stand hinter ihr in der Tür.

»Wo ist sie?«

Der Pater wirkte verstört. »Hillary? Dr. Richards hat sie in seinem Auto mitgenommen. Er wollte nicht auf den Krankenwagen warten. Er meinte, Sie sollten ins Krankenhaus...«

»Haben Sie ihn wegfahren sehen? Was für ein Auto hat er?«

»Einen... Einen von diesen japanischen Importwagen. Einen Toyota, glaub ich. Mit vier Türen. Dunkelblau.«

»Welche Richtung ist er gefahren?«

»Auf der Oxendine Street in östlicher Richtung.«

Als Gina zu ihrem Wagen rannte, hörte sie die Sirene eines Krankenwagens näherkommen. Sie war krank vor Angst. Sie umklammerte den Rosenkranz. Er würde sie nicht anrühren, solange sie den Rosenkranz festhielt. Warum? Wo wollte er mit ihrer Tochter hin?

61

Die Oxendine Street, eine breite Vorortstraße, führte bis zum Watkins Mill Shopping Center, einem viereckigen Block mit Discountläden, Fast Food Restaurants und einem riesigen Supermarkt. Das Shopping Center war etwa eine

Dreiviertelmeile von der Blessed Sacrament School entfernt, und es lag mit Sicherheit nicht auf dem Weg zum St. Anthony's Hospital.

Gina legte die Strecke mit neunzig Sachen zurück, wobei sie jeweils einen kurzen Blick in die Seitenstraßen warf, um dort eventuell eine Spur von Richards Auto zu entdecken.

Kurz vor dem Shopping Center teilte sich die Oxendine Street in drei Spuren, von denen eine für Linksabbieger auf die Route 38 vorbehalten war. Als drittes Auto wartete in dieser Spur vor dem Rotlicht der blaue Toyota.

Gina stand als siebte in der Linksabbiegerspur, ließ den Motor laufen und sprang aus dem Wagen, um zu dem Toyota zu laufen, vorbei an den verdutzten Fahrern der anderen Autos. Der Wind peitschte ihr das Haar in die Augen.

Der blonde Mann mit der rosagetönten Brille und der pickligen Nase reagierte nicht, als sie gegen das Fenster auf der Fahrerseite des Toyota klopfte. Die Fenster des Wagens waren ziemlich dunkel getönt. Das jugendliche Gesicht hinter der Scheibe wirkte fahl und unbestimmt, wie ein Fisch, der mit dem Bauch nach oben in einem verseuchten Aquarium treibt. Gina konnte nicht auf den Rücksitz sehen. Sie rüttelte an der hinteren Tür. Sie war verschlossen.

»Wo ist Hillary?« schrie sie.

Auf der Verkehrsampel vor ihnen leuchtete jetzt der grüne Pfeil nach links auf. Der Mann, der sich Dr. Richards genannt hatte, nahm Gina gar nicht wahr. Seine Hände lagen bewegungslos auf dem Lenkrad, den Blick hatte er starr nach vorne gerichtet. Es sah aus, als sei er in eine luftleere Kapsel eingeschweißt, in der es kein Leben gab und somit auch nicht die Notwendigkeit zu atmen.

Verzweifelt sah sich Gina nach einem Gegenstand um, mit dem sie das Fenster hätte einschlagen können. Die beiden Autos vor dem Toyota setzten sich in Bewegung.

Plötzlich wandte Richards den Kopf und starrte sie an. Seine schwammigen Lippen hatte er zu einem seelenlosen Kuß der Verachtung geschürzt, die Gläser seiner Brille glühten rötlich. Für einen kurzen Moment sah Gina in ihnen ein Bild ihrer Tochter. Sie hatte die Augen wie zu ewigem Schlaf geschlossen und ihre Haare standen in Flammen.

Gina wußte jetzt, wem sie hier gegenüberstand. Sie hatte sich seit dem Abend, an dem Conor mit einer gebrochenen Nase aus dem Gefängnis zurückgekehrt war und Hillary so unerwartet in Ohnmacht gefallen war, versucht, sich seelisch auf solch eine Begegnung vorzubereiten. Es gab jetzt nur zwei Möglichkeiten, und sie mußte sich im Bruchteil einer Sekunde entschieden haben. Sie konnte ihre Tochter aufgeben und sich in eine Geisteskrankheit flüchten, oder sie konnte hier, an dieser zugigen Straßenkreuzung in einem Vorort, den Kampf aufnehmen.

Richards Gesicht hatte sich wieder der Windschutzscheibe zugewandt, er schickte sich an loszufahren. Gina langte in ihre Handtasche, zog den Python-Revolver heraus und schoß ihm, indem sie ganz automatisch den beidhändigen Griff anwandte, den man ihr auf dem Polizeischießstand in Joshua beigebracht hatte, in den Kopf.

Das 375er-Magnum-Geschoß schlug nur ein kleines Loch in das Seitenfenster. Die Wucht der Kugel, die den Schädelknochen traf, ließ seinen Kopf nach vorne auf das Lenkrad prallen. Ein grausiges Gemisch aus Blut und Gehirnmasse spritzte gegen die Windschutzscheibe, die vordere Ablage und das Armaturenbrett. Gina war von dem Rückstoß der Waffe einen Schritt nach hinten geworfen worden. Der gewaltige Knall und der Schock hatten sie taub gemacht. Der Tag wurde noch etwas grauer. Ihr Gesichtsfeld engte sich ein auf die Wahrnehmung der glänzenden Waffe mit dem Chromgriff in ihren Händen, den toten Mann, der über dem Lenkrad zusammengebrochen war und dem stumpfen Funkeln der Glassplitter. Und auf die rote Flut im Inneren des Toyota.

Auf der anderen Seite der Straßenmarkierung hatte ein Mann seinen Lieferwagen angehalten und ihr entgeistert zugesehen. Mindestens ein Dutzend Leute auf den Bürgersteigen hatte gesehen, wie sie den Revolver herausgezogen und in den Toyota geschossen hatte. Aber sie wußte nicht, daß alle diese Menschen anwesend waren. Sie war allein auf der Welt, zusammen mit einem Mann, den sie gerade erschossen hatte.

Und dann war sie auf einmal ganz allein, denn Richards richtete sich hinter seinem Lenkrad auf, er hob den zerschmetterten Kopf und fuhr weg, bog nach links auf die Route 38, die hier noch Chopick Pond Road hieß, ohne sich noch einmal umzudrehen.

Gina, für die das noch schwerer zu begreifen war als die Tatsache, daß sie den Mann eben erschossen hatte, rannte kopflos, mit der Waffe in der Hand, hinter dem Toyota her, wobei sie um ein Haar von einem Tanklastzug erfaßt worden wäre, als sie die Straße überquerte. Der Toyota entfernte sich mit gleichbleibender Geschwindigkeit. Sie sah in das erstaunte Gesicht des Lasterfahrers, dann drehte sie sich um und rannte zurück zu ihrem Ford Kombi, den sie mit laufendem Motor stehengelassen hatte. Der Toyota war nicht mehr zu sehen.

Im Nu hatte sie den Wagen auf neunzig beschleunigt, überholte langsamere Autos und kam auf eine Straße, die sich hügelaufwärts durch eine halb ländliche Landschaft mit einer Mischung aus kleinen Gemüsegärten, schäbigen Handwerksbetrieben und vereinzelten Neubaukomplexen schlängelte. Die Chopick Pond Road hatte hier auf vier Meilen keine große Kreuzung. Gina rief laut die Schutzpatrone ihrer Familie und auch der Conors an. Immer wieder.

62

Die Kugel, die Gina in Richard's Kopf abgefeuert hatte, war von den Schädelknochen und der Gehirnmasse in ihrer Wucht und Geschwindigkeit nur unwesentlich beeinträchtigt worden. Sie war zweimal abgelenkt worden, einmal von einer Knochenkante, dann vom Lenkrad. Jedesmal hatte sie sich ein wenig verformt, zum Schluß sah sie aus wie ein kleiner metallener Pilz. Das Geschoß war auf seiner kurzen Reise durch den Tachometer, gleich neben der Markierung für 40 km/h geschlagen und im Vergaser geendet. Und hier hatte sie dem gehirnlosen Mann den größten Schaden zugefügt. Denn Richards brauchte weder ein Gehirn noch ein zentrales Nervensystem, um so lange zu funktionieren, bis er den Zweck erfüllt hatte, für den ihn seine Erschaffer vorgesehen hatten. Er brauchte nur Hände und Füße, und die konnten von den Wesen, die ihn kontrollierten, ohne Probleme gelenkt werden.

Eine andere Sache war es mit dem Auto. Im Gegensatz zu Richards Körper handelte es sich bei dem nicht um eine realistische, naturgetreue Nachbildung. Aus dem Vergaser begann der Kraftstoff ganz wirklich herauszuspritzen, der Motor begann zu qualmen und zu stottern, und der Wagen verlangsamte sein Tempo kurz vor dem geplanten Zielort auf der verlassenen östlichen Seite der Chopick Pond Road. Richards mußte den Wagen so schnell wie möglich von der Route 38 herunterfahren. Aber bis dahin hatte Gina ihn schon eingeholt, war direkt hinter ihm, folgte ihm laut hupend, wobei ihr die Sicht von dem schwarzen Qualm verdeckt wurde, der unter der Motorhaube des Toyota hervorquoll. Sie fuhren inzwischen einen holprigen Feldweg entlang, der auf beiden Seiten von hohen Wällen schmutzig verkrusteten Schnees gesäumt wurde.

Der Feldweg schlängelte sich etwa anderthalb Meilen abwärts auf den zugefrorenen Chopick Pond, einen kleinen Badesee, zu. Sie kam an vereinzelten hölzernen Sommerhäusern vorbei und an einer ganz merkwürdigen Konstruktion, die von irgendwelchen Amateurzimmerleuten hier errichtet worden sein mußte, die offensichtlich viel Begeisterung, aber nicht den geringsten Sinn für einigermaßen vernünftige Proportionen mitgebracht hatten. Vor diesem verrückten Gebäude gab es einen tief verschneiten Parkplatz und ein steinernes Tor. Es handelte sich um die Sommerresidenz der Kirche des Evangeliums des Rechten Weges und der Erneuerung der Pfingstbewegung. Ein eindrucksvoller, aber irgendwie landstraßenmüde wirkender grüner Sattelschlepperzug war hinter dem steinernen Tor geparkt. Die Kabine der Zugmaschine war über der Vorderachse hochgeklappt. Ein schlaksiger Mechaniker mit einer Schutzmaske vor den Augen, der mit einem blau züngelnden Schweißbrenner herumhantierte, sah nicht einmal auf, als die beiden Autos auf dem verlassenen Feldweg vorbeikamen. Aber andere Augen hatten sie beobachtet.

63

»Buddy Buck«, sagte Zipporah und machte eine Pause, um durch das Bullauge über der Koje, auf der sie zusammen mit ihrem Liebhaber lag, nach draußen zu schauen, »ich glaube, das Auto, das eben gerade vorbeigefahren ist, hat gebrannt!«

»Ach, Zipporah«, stöhnte Buddy Buck Mayhew. »Das ist doch im Augenblick nicht wichtig. Jetzt bin ich aus dir rausgerutscht und ganz aus dem Rhythmus gekommen.«

»Das tut mir ja auch furchtbar leid, aber es ist doch unsere Christenpflicht, unserem Nächsten zu helfen, wenn er in Not ist.«

»Aber hier haben wir doch gar keinen Nächsten, Zipporah. Wir haben den Parkplatz der Kirche gerade so lange gemietet, daß Sedalia Zeit hat, die Achse wieder hinzukriegen.«

»Aber Jesus sagt doch...«

»Zipporah, hör mir jetzt auf mit Jesus, wenn ich mich gerade auf den Höhepunkt vorbereite. Das macht mich echt böse.«

»Okay«, murmelte sie fügsam. Ihr kleiner, fester Hintern hatte aufgehört, sich ekstatisch hin und her zu bewegen. Auch Buddy Buck lag jetzt ruhig da und fragte beleidigt: »Mach ich's dir denn nicht gut genug?«

»Doch. Hast du gemacht. Aber als du mich dann mit deinen eiskalten Fingern angefaßt hast... Weißt du, in letzter Zeit sind deine Hände immer so kalt. Deine Zehen übrigens auch. Das macht einen nicht gerade an.«

»Ich kann nichts dafür, wenn ich kalte Hände habe. Schließlich sind wir hier oben in einer kalten Gegend.«

»Ich verstehe sowieso nicht, warum wir zu dieser Jahreszeit hier rauf nach Massachusetts fahren mußten. Ich gewöhne mich nie an den vielen Schnee und das Eis. Und ich bin jetzt schon seit über einer Woche heiser. Ehrlich. Ich habe Angst, daß ich meine Stimme ganz verliere. Warum können wir das alles nicht vergessen und zurückfahren nach Alabama. Uns geht's doch da unten viel besser.«

»Vergessen? Vergessen sagst du? Honey, ich weiß, daß die Luft hier kälter ist als Eskimoscheiße, aber du darfst eines nicht vergessen: Der Teufel schläft nicht und einen Winterschlaf hält er schon gar nicht. Und es wird ihm nicht gelingen, sich hier oben vor Buddy Buck Mayhew zu verkriechen, dem treuen Soldaten Gottes auf Rädern. Halleluja!«

»Aber hätten wir nicht einfach über Louisiana und Texas an die Ostküste fahren können?«

»Hier ist der ideale Platz, um unseren ersten interstaatlichen Kreuzzug zu starten. Der Teufel ist auf der Mayflower zusammen mit den Pilgervätern in dieses Land gekommen, und er hat es seitdem nicht mehr verlassen. Hast du denn noch nie was von den Salemer Hexenprozessen gehört?«

»Doch, ich glaube schon. Und das ist alles hier oben passiert?« Zipporah lief es kalt den Rücken hinunter.

»Natürlich ist es das. Und deswegen gibt es hier in Massachusetts 'ne Menge Seelen zu retten. Wir müssen sie nur dazu bringen, aus ihren Häusern rauszukommen.«

»Weißt du was, Buddy? Du bist da unten zwischen meinen Beinen zu einem winzigen Zipfel zusammengeschrumpft.«

Er war untröstlich. »Ich kann's eben nicht ausstehen, wenn du dabei die ganze Zeit quatschen mußt, Zipporah.«

»Es tut mir leid. Machen wir doch eine Pause. Wir haben es doch eh vorm Frühstück zweimal gemacht.«

»Aber es ist zu kalt, um einfach so rumzuliegen. Ich werde mir was anziehen und Sedalia bei den Reparaturen ein wenig zur Hand gehen. Wir dürfen auf keinen Fall später als halb vier beim Motorama-Gebrauchtwagenmarkt draußen sein.«

»Mir kommt es einfach nicht richtig vor, das Evangelium zu predigen, während um einen herum die Leute mit gebrauchten Autos beschissen werden.«

»Alle gebrauchten Autos, die Vetter Bob Pike verkauft, haben Garantie. Außerdem werden wir bei den verschiedenen Werbeeinblendungen live im Fernsehen zu sehen sein. Was meinst du, wie viele Leute am Nachmittag vor den alten *Starsky & Hutch*-Wiederholungen sitzen. Da kommen wir groß raus. Gepriesen sei der Herr dafür.«

Zipporah stieg aus der niedrigen Koje in dem kleinen Schlafabteil ihres Anhängers, den sie selbst ausgebaut hatten. Sie war über und über mit zarter Gänsehaut bedeckt. Die großen braunen Augen hatte sie in einer Art dunkler Vorahnung weit aufgerissen. Ihre Hände hatte sie unter den enormen Brüsten verschränkt, die wahrscheinlich, wenn sie nackt unter der hochstehenden Mittagssonne gestanden wäre, genug Schatten geworfen hätten, um ihre gesamte untere Körperhälfte und obendrein noch eine kleine Schar mittelgroßer Straßenköter vor der Sonne zu schützen.

»Buck, weißt du was?«

»Ich weiß«, sagte er zärtlich, »wenn das Busenwunder Dolly Parton dich jetzt so dastehen sehen könnte, dann würde sie vor dir und auf der Stelle vor Neid im Boden versinken.«

»Nein. Quatsch. Ich habe etwas gehört. Irgendwo da draußen. Als wenn Dynamit in die Luft geflogen wäre. Hast du das nicht gehört?«

»Wie könnte ich, wo ich doch auf dem rechten Ohr teilweise taub bin?« Er gab ihr einen freundlichen Klaps auf den Hintern, als er nach seiner langen Unterhose langte.

64

Der blaue Toyota brannte jetzt unter der Motorhaube lichterloh. Er war endlich von der Straße abgekommen und am Rand einer Wiese bis zur Stoßstange im krustigen Schnee versackt.

Gina bremste ihren Ford ein paar Meter entfernt und sprang heraus. In der rechten Hand hielt sie den Revolver.

Sie sah, daß die Fahrertür des brennenden Autos offen war. Richards stieg rückwärts hinter dem Lenkrad hervor. Sein zertrümmerter Kopf war in schwarzen Rauch eingehüllt. Er öffnete die hintere Tür und langte mit beiden Armen auf den Rücksitz. Als er wieder hervorkam, hatte er Hillarys bewußtlosen Körper auf den Armen.

»Halt! Legen Sie sie hin!«

Richards, der Hillary längs ausgestreckt vor seinem Bauch hielt, drehte sich nach Gina um. Jetzt sah sie ihn besser, aber es wäre ihr lieber gewesen, sie hätte ihn überhaupt nicht gesehen. Er hatte keine Stirn mehr, nur einen großen Krater im Schädel, der von den Augenbrauen bis zu den Schläfen reichte. Die rosagetönte Brille hing an einer Seite von dem unbeschädigten Ohr herunter. Es war so viel Blut an seinem Gesicht heruntergelaufen — und es hing immer noch in getrockneten Schlieren und Brocken am Kiefer —, daß es aussah, wie eine Qualle, die in trübem Meerwasser treibt. Ein Auge, mit dem er bestimmt nichts mehr sehen konnte, hing irgendwo in diesem roten Brei. Das andere Auge war gar nicht mehr da.

Richards drehte sich jetzt unentwegt um sich selbst, als versuche er, sich zu orientieren, oder als erwarte er ein Zeichen von einer übernatürlichen, unsichtbaren Instanz. Gina ließ all diesen Schrecken mit an Wahnsinn grenzender Gleichgültigkeit über sich ergehen. Sie konnte nur an den Toyota denken und hatte Angst, daß er in die Luft fliegen und den sich drehenden toten Mann und ihre kleine Tochter in Flammen aufgehen lassen könnte.

Aber vielleicht war Hillary schon tot. Sie wirkte so ausgezehrt und leblos.

»Hillary!« Gina schrie so laut, daß ihre Stimme von dem eisgrauen Himmel, dem zugefrorenen See und den verlassenen Wäldern um sie herum widerhallte.

Dann sah sie, daß sich die bleichen Augenlider des Kindes etwas bewegten. Nur das hatte sie wissen wollen.

Sie stapfte los, durch den tiefen Schnee am Straßenrand, nicht wissend, wie sie es anstellen sollte, diesen Mann, der sich jetzt über die Wiese entfernte, aufzuhalten. Sie hob den glänzenden Revolver hoch, aber sie konnte nicht ab-

Dieses Mal sah sie nichts als die Schwärme schwarzer Vögel, die sich Flügel an Flügel auf den kahlen Ästen der Bäume aufgereiht hatten. Plötzlich fühlte sie die Hand des toten Mannes an ihrem Fußgelenk, er umklammerte ihren Wildlederstiefel und zog daran. Sie strampelte sich wütend frei, sprang auf und steckte den Revolver in die Tasche. Sie benötigte beide Hände für Hillary. Der Schnee war überall um sie herum mit Blutspritzern bedeckt. Der tote Mann fuhr damit fort, auf seine unheimlich lautlose Weise nach ihr zu greifen. Wo war diese feindselige Stimme hergekommen? Ihre Halsmuskeln fühlten sich an wie eingefroren. Nicht von der Kälte, sondern vor Angst.

Irgendwie gelang es Gina, Hillary hochzuheben. Das Auto schien ihr eine Weltreise entfernt zu sein, aber es nützte nichts, sie mußte den Weg zurückgehen, den sie gekommen war. Hier waren wenigstens schon ausgetretene Spuren im verkrusteten Schnee.

Gib sie uns.

»Einen Scheißdreck werde ich tun!« Gina schrie es in die kalte Luft und brach in Tränen aus. Sie schaute noch einmal hinauf zu der Scheune und verlor dabei fast das Gleichgewicht. Die Frau war zurückgekehrt, und sie war jetzt in Begleitung. Ein hübsches blondes Mädchen mit einer roten Baskenmütze. Mit einer knochigen Hand streichelte es sich wie abwesend über die Wange. Dann erschienen noch andere Gestalten. Sie schienen alle menschliche Umrisse zu haben, aber jede von ihnen war irgendwie grauenhaft entstellt.

Gina blieb kurz stehen, öffnete die Jacke und riß sich die Bluse auf, um das kleine, goldene Kreuz freizulegen, das zwischen ihren Brüsten baumelte. Dann stolperte sie auf schwachen Beinen weiter den Hügel abwärts. Hillary hatte sie irgendwie quer über ihre Schulter gelegt.

›Ich werde es schaffen! Es wird gehen . . .‹

Sie hörte Schreie hinter sich, und diese Schreie rüttelten ihre Zuversicht auf. Fast mußte sie lachen über diese kindischen Ausbrüche des Grolls hinter ihr. Gott sei Dank hatte sie vorgestern erst gebeichtet. Sie war gestärkt in ihrem Glauben, unbelastet von ihren Sünden, es gab keinen schwachen Punkt, an dem sie sie hätten angreifen können.

Aber Hillary blieb natürlich verletzlich.

Ein Schatten erschien vor ihnen auf dem Schnee, zuerst ganz schwach. Sie hörte das aufgeregte Schlagen vieler kleiner Flügel.

»Auch wenn ich jetzt durch das Tal des Schattens gehen muß... ich werde das Böse nicht fürchten...«

Aber sie war nicht schnell genug. Der Schatten wurde immer größer, war jetzt überall. Gina sah den glühenden Handabdruck auf Hillarys Stirn, sah besorgt an ihrem Gesicht vorbei. Jetzt kamen sie. Ein flatternder Schwarm kleiner, schneller Vögel, eine finstere Wolke aus schlagenden Flügeln. Die Vögel kamen jetzt von allen Seiten, kreischten und hackten mit den Schnäbelchen, und auf einmal war Hillary verschwunden, war Gina von den Schultern gerissen worden. Sie flogen mit ihr auf den Hügel zu, als wäre sie so leicht wie ein kleines Stückchen Faden, und schon wurden sie von den Begeisterungsschreien der Spukgestalten empfangen.

All das sah Gina schon mit stark vermindertem Bewußtsein. Sie stolperte noch zwei Schritte vorwärts und fiel dann seitwärts in den Schnee.

65

»Herrgott im Himmel! Wenn ich das nicht mit meinen eigenen Augen gesehen hätte, ich würde es niemals glauben. Machen Sie die Augen nicht wieder zu! Sie müssen aufstehen. Sie frieren sich hier zu Tode. Wachen Sie auf!«

Gina nahm ganz schwach wahr, daß jemand zu ihr sprach, sie spürte den Druck einer Hand gegen ihre kalte Wange. Langsam gelang es ihr, den Blick auf das Gesicht vor ihr einzustellen. Ziemlich hübsch. Wenn ihre Augen nicht ein wenig zu nah zusammengestanden hätten und die kleinen weißen Zähne nicht etwas zu weit auseinander, wäre sie eine Schönheit gewesen. Ihr Gesicht war von einer pelzbesetzten Kapuze eingerahmt. Die Spitze ihrer frechen Nase war rot, aber selbst dieser diabolische Spritzer in ihrem Gesicht ließ sie nicht aussehen wie Satan oder einen aus seiner Bande. Ihre Augen waren so klar wie frisches Regenwasser.

Gina vesuchte zu sprechen. »Wer...? Wer sind...?«

»Ich bin Zipporah Honeycutt, und ich habe gesehen, was mit dem kleinen Mädchen passiert ist, das Sie getragen haben. Das war wie ein großer schwarzer Tornado. Schwupp und rauf auf den Hügel, wo die anderen gewartet haben. Wer ist das Mädchen?«

»Hillary. Meine Tochter.« Gina versuchte aufzustehen, und fiel vornüber, direkt in Zipporahs riesigen Busen. »Mein Gott!« jammerte sie. »Jetzt haben sie sie schon wieder.«

»Ist das so etwas wie ein Kult? Wissen Sie, was ich noch gesehen habe? Diese Leiche oder was das war, die ist einfach geschmolzen. Wie ein Klacks Speiseeis auf einem heißen Bürgersteig. Keine Spur davon ist zurückgeblieben. Puuhh!« Zippora stieß einen heftigen Atemstoß aus. »Buddy Buck hat ganz recht gehabt. Der Teufel sitzt hier oben in Massachusetts, und er scheint nur drauf zu warten, daß man den Kampf mit ihm aufnimmt.«

Gina mühte sich ab, um wieder auf die Beine zu kommen. Zipporah sagte in ruhigerem Tonfall zu ihr: »Ganz langsam. Ich habe gesehen, wo sie hin sind. Sie sind in der alten Scheune da oben auf dem Hügel.«

»Hillary!«

»Machen Sie sich keine Sorgen. Wir werden sie zurückholen. Aber wir brauchen die Hilfe eines starken Mannes, eines Mannes, der festen Fußes und aufrecht vor dem Angesicht des Herrn steht. Amen! Kommen Sie. Wir müssen erst einmal zurück zu Gottes großer grüner Maschine. Und zwar auf der Stelle, bevor die Teufel da oben auf die Idee kommen, nach uns zu suchen. Wie heißen Sie?«

»Gina.«

»Gina, könnten Sie mir bitte eine Frage beantworten? Sind Sie eine Wiedergeborene?«

»Oh... Nein, nein. Ich bin katholisch.«

Zipporah trat einen Schritt zurück, ließ Gina los, als liefe sie plötzlich Gefahr, sich an ihr die Finger zu verbrennen.

»Du heilige Scheiße! Eine Papistin! Ich weiß nicht, was Buddy Buck dazu sagen wird.«

Gina sah verletzt und verärgert zugleich aus. »Ich habe keine Lust, mit irgend jemandem über meine Religion zu diskutieren. Ich will meine Tochter zurückhaben. Ich werde alleine gehen.«

»Nein! Um Gottes willen, das dürfen Sie nicht. Sehen Sie mal da rauf!«

Gina drehte sich langsam zu der Scheune auf dem Hügel um. Sie war jetzt von einer Aura umgeben, einem Halbkreis von bedrohlich leuchtender Schwärze. Gina wurde von lähmendem Entsetzen gepackt. Einen Augenblick lang war sie bereit aufzugeben. Sie hatte auf einmal furchtbare Kopfschmerzen.

Zipporah legte einen Arm um sie. »Ich weiß nichts von Ihnen, aber mein Herz schlägt ganz oben in meinem Hals. Buddy Buck wird wissen, was zu tun ist. Gehen wir.«

Auf dem Rückweg zu Ginas Auto erzählte Zipporah von sich.

»Ich bin erst seit etwa acht Monaten mit Buddy Buck zusammen, aber in dieser Zeit sind einige wunderbare Dinge passiert. Wir haben uns zusammengetan, um den armen Menschen die gute Nachricht vom Evangelium zu bringen, denen der Weg zu Jesus bis jetzt versperrt gewesen ist. Er predigt und ich singe. Ist das Ihr Auto? Der Ford? Kommen Sie, wir müssen uns beeilen. Wollen Sie, daß ich fahre?«

Gina nickte und gab ihr die Autoschlüssel, dann ließ sie sich erschöpft, mit tiefliegenden Augen und bleichem Gesicht, in den Beifahrersitz fallen.

»Hier ist kein Platz, um umzudrehen. Ich werde rückwärts bis zum Parkplatz der Kirche fahren müssen. Es ist ein Wunder, daß ich das alles mitangesehen habe. Aber ich war seit Tagen in diesem furchtbaren grünen Anhänger eingesperrt. Da mußte ich einfach ein wenig Luft schnappen. Ganz nebenbei hatte ich natürlich auch die Explosion gehört. Und dann sah ich das brennende Auto und die Ansammlung furchtbarer Menschen da oben auf dem Hügel.«

Zipporah sah über die Schulter nach hinten und lenkte den Ford wagemutig rückwärts, auch durch die unübersichtlichste Kurve, immer der kleinen Kirche entgegen. Gina hatte die Hände vors Gesicht geschlagen.

Als sie durch das steinerne Tor und, immer noch rückwärts, auf den uralten grünen Peterbilt-Sattelschlepper zufuhr, drückte sie kräftig auf die Hupe. Dann stieg sie auf die Bremse, sprang aus dem Wagen und schrie, wobei sie wie wild mit den Armen durch die Luft fuchtelte: »Budddddyyyy Buck!«

Er kam hinter dem Anhänger vor, krummbeinig, in verwaschenen Jeans, und wischte sich die Hände an einem alten Lumpen ab. Der schlaksige Mann, der die Schweißermaske jetzt auf den Kopf geschoben hatte, tauchte gleich hinter ihm auf.

»Wen bringst du denn da mit, Kleine?«

»Das ist Gina. Ihre einzige Tochter wurde von Satan und seinen Spießgesellen entführt. Gleich da hinten, ein Stück die Straße runter. Ich habe alles mitangesehen! Ist erst zehn Minuten her. Wir müssen ganz schnell was unternehmen!«

»Nun mal langsam!« Buddy Bucks Blick wanderte von einer zur anderen, seine Lippen schürzten sich zu einem skeptischen Lächeln. »Hab' ich richtig gehört? Satan?«

»Buddy Buck, ich schwör's dir! Da ist ein ganzes Nest von denen. Da oben in einer alten Scheune. Und in den Bäumen sitzen ganze Schwärme zerzauster Vögel. Sehen jedenfalls aus wie Vögel. Ich bin nicht nah genug rangekommen, um sie mir richtig anzusehen. Aber ich habe gesehen, wie sie sich Ginas unschuldige Tochter geschnappt haben, und nur Gott allein weiß, was sie mit ihr vorhaben.«

Buddy Buck sah Zipporah in die aufrichtigen Augen und plötzlich bekam sein Gesicht die Farbe von Erbsensuppe. Er leckte sich über die Lippen, zog den Kopf zwischen die Schultern und ließ den Lumpen zwischen seine Füße fallen. Mehrmals schlug er sich mit der Faust in die flache Hand.

»Satan also? Was du nicht sagst. Also gut. Dann ist es jetzt soweit. Ich hätte mir denken können, daß er sich was einfallen lassen würde, um den Beginn unseres ersten interstaatlichen Kreuzzugs zu verhindern.« Buddy Bucks Augen traten weit aus ihren Höhlen hervor. Er rang nach

Atem. Dann warf er seinen Kopf mit der wasserstoffblonden Mähne in den Nacken und rief aus: »Wirst du es zulassen, daß mich der Teufel jetzt aufhält, o Herr? Das können wir doch nicht zulassen, oder?«

Zipporah drehte sich zu Gina um und legte ihr eine Hand auf die Schulter. Dann flüsterte sie mit aufgeregter Stimme: »Jetzt legt er los. Wenn er sich so reinsteigert, dann kann ihn niemand mehr aufhalten.«

»Aber was werden wir tun?«

»Psst. Das muß er erst mit Gott aushandeln.«

Buddy Bucks Knie begannen zu zittern. Er schlug gegen seine muskulöse Brust, dann warf er beide Arme fragend gen Himmel. Seine Lippen zitterten ebenfalls und er murmelte etwas mit leiser, unverständlicher Stimme. Plötzlich brach es laut aus ihm hervor: »M'hubla mempsa sabeth. O sho lo wolla coshra dullabublum!«

»Das ist eine unbekannte Sprache!« erklärte Zipporah triumphierend. Sie fing an zu tänzeln, sich zu winden und zu biegen und mit ihren kleinen Fäusen in die Luft zu stoßen. »Ja, Junge. Wir bekommen Arbeit! Auf, Buddy Buck!«

»Sholum boshra aketh! Wassakallah settai condai!«

Er begann, auf dem Kirchhof herumzustolzieren, den Blick irgendwohin in den leeren Raum gerichtet. Jetzt sah er wirklich aus wie der Krieger, der er vorgab zu sein. »Sedalia? Ich hoffe, Gottes große grüne Maschine ist bereit für ihre Mission?«

»Sie ist bereit, sich in Bewegung zu setzen!«

»Alle Mann in den Lastzug! Sedalia, du übernimmst die Beleuchtung!«

»Yahooo!«

Zipporah packte die verdutzte Gina bei ihren Jackenaufschlägen und zog sie dem Führerhaus des Sattelschleppers entgegen. Gina nahm den Laster mit dem grün gestrichenen Anhänger zum erstenmal richtig wahr. Auf das Dach war ein Holzbrett mit drei riesigen Lautsprechern montiert und auf den Anhänger waren rechteckige Schaukästen in verschiedenen Größen montiert. In der Mitte des Anhängers befanden sich zwei große Türen.

»Was macht ihr mit dem Ding?« wollte Gina wissen, als

Zipporah sie das Treppchen zum Führerhaus hinaufschubste.

Buddy Buck setzte sich hinter das Lenkrad, griff nach einem Paar Kopfhörer, das an einem Haken über seinem Kopf hing und setzte es auf. Zipporah machte es ihm nach. Auf einem Regal hinter ihnen standen zwei große Kassettendecks. Zipporah begann, an ihnen herumzufummeln. Die Kassettenrecorder waren mit den Lautsprechern auf dem Dach verbunden. Sie nahm ein Mikrophon zur Hand und begann mit leiser Stimme zu singen. Ihre Stimme schallte von der Außenwand der Kirche zurück. »Dieses kleine Licht wird ewig leuchten...« Mit einem ohrenbetäubenden Getöse erwachte der Motor des Peterbilt zum Leben.

Gina glaubte es mit zwei Verrückten zu tun zu haben, und seufzte verzweifelt auf.

Buddy Buck legte den Gang ein und legte seine rechte Hand kurz auf Ginas linkes Knie. »Sie können das alles uns überlassen. Wir werden Ihr kleines Mädchen wieder holen. Wie war noch mal ihr Name?«

»Hillary.«

»Also los! Wie weit ist die Scheune entfernt?« wollte er von Zipporah wissen.

»Vielleicht eine Meile die Straße runter. Zuerst wirst du den ausgebrannten Toyota sehen.«

»Spiel ›Vorwärts, christliche Soldaten‹«, sagte er.

»Manchmal wünschte ich mir, daß ich noch ein Paar Hände zusätzlich hätte«, sagte Zipporah mit mildem Vorwurf in der Stimme. Sie hatte jetzt viel zu tun. ›Vorwärts, christliche Soldaten‹ hatte sie auf einer anderen Kassette als Aufnahmen von Buddy Bucks Predigten, die sie ebenfalls brauchen würden. »Manchmal kann ich meine eigene Schrift nicht lesen... Hier ist sie.«

»Sedalia«, sagte Buddy Buck in sein Mikrophon, und er meinte den Schwarzen hinten im Anhänger, »nimmst du bitte alles auf?«

»Ich nehme alles auf.« Die Antwort kam klar und deutlich aus einem kleinen Lautsprecher, der unter der Decke des Führerhauses montiert war.

»Und jetzt die Beleuchtung. Leuchtschrift eins, Leucht-schrift zwo.«

»Ist eingeschaltet.«

Überall am Anhänger leuchteten jetzt kleine Glühbirnen auf, und alle zusammen ergaben sie die beiden Schriftzei-len: BUDDY BUCK MAYHEW und GOTTES KRIEGER AUF RÄDERN.

»Ich habe noch keine Leuchtschrift«, sagte Zipporah. »Aber das wird sich ändern. Ich werde sie mir zu meinem nächsten Geburtstag wünschen.«

»Vorwärts, christliche Soldaten, vorwärts in den Kampf...«

»Das bin ich«, sagte Zippora stolz zu dem Lied, das jetzt aus den Lautsprechern schallte. »Das bin ich zusammen mit der New Damascus High School Band.«

»Ich sehe kein Auto«, rief Buddy Buck.

Zipporah sah aus dem Fenster. »Natürlich nicht. Und auch die Spuren, die wir im Schnee hinterlassen haben, sind verschwunden. Schau da rauf zu der Scheune, Buddy Buck. Da sieht jetzt alles ganz friedlich aus, und noch vor ein paar Minuten habe ich die schwarzen Flammen der Hölle dort gen Himmel lodern sehen.«

»Mein Gott! Sie sind alle weg! Und Hillary ist auch weg!«

»Da wäre ich nicht so sicher«, sagte Zipporah ruhig und zeigte auf die Scheune. »Wissen Sie, Gina, ich war das sieb-te Kind meiner Elten, und von den siebten Kindern sagt man doch, daß sie besondere Fähigkeiten haben. Ich fühle, daß die da oben nur auf der Lauer liegen und warten, daß wir enttäuscht und frustriert wieder umdrehen. Sehen Sie, Ihre Tochter ist noch keine von denen. Um eine von denen zu werden, müßte sie ihren Glauben aufgeben, und ich kann mir nicht vorstellen, daß Sie ein Kind aufgezogen ha-ben, das den so schnell aufgibt. Also müssen die sie ganz schön hart bearbeiten, mit jeder Art von Gehirnwäsche. Das geht nicht so schnell. Ohhh, Buddy Buck, ich kriege so ein komisches Gefühl. Es ist, als wenn der pure Haß auf meiner Haut runterrieseln würde. Uhhh! Je näher wir kom-men, desto schlimmer wird es. Fühlst du es auch, Honey?«

»Ja«, sagte er, zog den Kopf tief zwischen die Schultern

und packte das Lenkrad, so fest er konnte. »Ich fühle, daß man Gottes großer grüner Maschine ganz schön viel Widerstand entgegensetzt.«

»Wir dürfen uns nicht aufhalten lassen.«

»Ha! Ich werde mir einen ganzen Haufen Teufel eingesackelt haben, noch bevor der Tag um ist. Halte die Predigt mit den Kakerlaken bereit, Zipporah. Und spiel die Hymne!«

»In Ordnung!«

Sie hatten ein Tor aus rostigen Eisenrohren erreicht, das an einem dicken Holzpfeiler befestigt war, der fast ganz im Schnee steckte. Auf der anderen Seite des Tores begann ein einigermaßen passierbarer Weg — eine Straße konnte man das beim besten Willen nicht nennen —, der zwischen Bäumen hindurch zu der Scheune führte, von der man jetzt nur das Dach sehen konnte.

»Was machen wir mit dem Tor?« fragte Zipporah.

»Da fahren wir einfach drüber. Paß auf!«

»Wo wohl die ganzen Vögel hingeflogen sind? Ich glaube, das waren gar keine richtigen Vögel. Gina, bist du bereit für alles, was auf uns zukommen wird? Denn es wird mit Sicherheit was kommen.«

Die Stoßstange des Peterbilt stieß gegen das breite Tor. Es sah nicht sehr stabil aus, aber obwohl Buddy Buck das Gaspedal ganz durchtrat, hielt es stand. Der Lastzug stand, bewegte sich kein Stück vorwärts.

»FREUNDE, WISST IHR, WAS SATAN IST? SATAN IST NICHTS ANDERES ALS EINE KAKERLAKE IN DER KÜCHE GOTTES, DER NICHTS ANDERES ÜBRIGBLEIBT, ALS SICH VON DEN ÄRMLICHEN KRÜMELN ZU ERNÄHREN, DERER SIE IN DER EWIGEN DUNKELHEIT HABHAFT WERDEN KANN, IN DIE SIE VERBANNT WURDE. AUCH WENN SATAN UND SEINE SPIESSGESELLEN SICH FÜR SO FURCHTBAR WICHTIG HALTEN, ICH BIN HEUTE ABEND HIER, UM EUCH FOLGENDES ZU ERKLÄREN: ALLES ÜBEL, DAS SIE SEIT DEM MORGENGRAUEN DER MENSCHLICHEN GESCHICHTE ANGERICHTET HABEN, IST NICHT EINMAL ANNÄHERND SO GROSS WIE DAS GUTE, DAS AUCH NUR

EIN EINZIGER WIEDERGEBORENER GOTTESGLÄUBI-
GER TUN KANN, WENN ER NUR SEINEN GEIST DAR-
AUF RICHTET. AMEN!«

Der Peterbilt stemmte sich weiter vergeblich gegen das eiserne Tor.

»Sedalia, gib uns jetzt Nummer zwölf!« schrie Buddy Buck in das Mikrofon.

»Wird gemacht.«

»Zipporah? ›Wie groß bist du, mein Gott.‹«

»Kommt sofort.«

Der Prediger betätigte die Hupe des Peterbilt. Über ihnen ertönte das Geknalle und Gepfeife von Leuchtraketen und Kanonenschlägen. Sanft schwebten über dem Dach der Scheune die bunten, leuchtenden Lichterblüten herab und tauchten es in Grün und Rosa und Gelb. Zur gleichen Zeit öffneten sich die großen Türen an der Seite des Anhängers. Hinter der einen erschien eine leuchtend bunte Nachbildung des berühmten Abendmahls auf schwarzem Samtuntergrund. Hinter der anderen Tür erschien eine Neonreklame mit zwei stilisierten betenden Händen und der Schrift: ›ICH BIN DER WEG‹.

Buddy Buck Mayhew drückte das Gaspedal noch einmal ganz durch. Das Tor flog zur Seite, und der Lastzug konnte röhrend seinen Weg zur Scheune fortsetzen. Aber fast im selben Moment wurden sie von einem unglaublichen Chaos empfangen. Ein schwarzer Sturm fuhr über sie hinweg, Schutt und Geröll wurde gegen die Führerkabine und den Anhänger geschleudert, auf der Windschutzscheibe hinterließen fliegende Steinchen Dutzende von kleinen Sternen. Durch alle Ritzen drang jetzt ein entsetzlicher Gestank, der ihnen allen den Magen umdrehte.

Aus dem Anhänger beschwerte sich Sedalia über Lautsprecher: »Hilfe, ich bekomme keine Luft mehr!«

»Halte aus! Wir werden in einer Sekunde durch sein!«

Und wie durch ein Wunder war es wirklich so. Der Gestank ging vorbei, aber dafür wurden sie mit etwas so Schrecklichem konfrontiert, daß Buddy Buck zu einer Notbremsung gezwungen wurde, die den Lastzug beinahe umgeworfen hätte.

»Was ist das?« keuchte Gina mit heiserer Stimme.

Die Scheune lag jetzt etwa achtzig Meter von ihnen entfernt im Hintergrund, aber davor hatte sich ein Hindernis aufgebaut, eine Barriere, die in gebremster Kraft erzitterte wie eine aufgestaute Flutwelle. Dieser Wall bestand aus nichts anderem als aus Fleisch, aus lebendigen menschlichen Wesen, die miteinander verknotet waren, gegeneinander gepreßt wurden. In diesem Wall aus Leibern entdeckten die drei in der Führerkabine des Peterbilt-Lasters all die Menschen, die sie im Verlaufe ihres bisherigen Lebens kennen- und liebengelernt hatten. Gina erkannte die Gesichter ihrer Jungen, Dean und Charley-Cuck, und Conor, ihren Mann. Buddy Buck sah seinen Vater, seine Mutter und seine Ehefrauen Numero zwei, Numero vier und Numero fünf. Zipporah entdeckte ihre Schwestern Moxie Ann und Zelda Fern, ihre Brüder und alle Liebhaber, denen sie sich seit ihrem fünfzehnten Lebensjahr hingegeben hatte. Und alle in dieser schrecklichen Wand aus menschlichen Körpern schrien, daß es ihnen entgegenhallte wie ein Orkan: *Halt! Zurück! Fahrt nicht weiter! Tötet uns nicht!*

Tränen liefen über das Gesicht des Predigers. Der Anblick war so gräßlich, so herzzerreißend. »Da fahre ich nicht durch«, sagte er mit heiserer Stimme.

»Buddy Buck, du mußt! Es ist nur ein Trick, eine Täuschung! Siehst du das denn nicht? In diesem Menschenhaufen ist nichts wirklich!«

Aber Buddy Buck hatte schon den Rückwärtsgang eingelegt.

»Ich kann nicht! Da ist Mama! Und der kleine Tommy. Gott segne seine kostbare Seele.«

»Hör zu, Liebling! Jetzt ist es Zeit für die große Schau. Nummer 22. Das ist das einzige, was jetzt noch helfen kann.«

»Nummer 22? Aber das müssen wir uns für das große Finale unseres Kreuzzuges auf der Spitze des Aussichtsberges aufheben. Wir haben es noch nicht einmal getestet. Sedalia befürchtet sogar, daß es die Rückseite der Kabine zum Schmelzen bringen könnte. Gott weiß, was diese Hitze aus uns machen wird.«

»Du mußt nichts tun, als den Vorwärtsgang einlegen und auf die... Auf das da vorne losfahren, was auch immer das sein mag. Du wirst niemanden verletzen. Das versprech' ich dir.«

Als er nicht antwortete, übernahm Zipporah das Kommando.

»Sedalia, hörst du mich? Ich werde jetzt von zehn bis null zurückzählen. Wenn du null hörst, dann wirst du die Nummer 22 abfeuern.« Zum Prediger sagte sie: »Buddy Buck, wenn du dir die Hoffnung erhalten willst, daß ich deine Ehefrau Numero 7 werde, dann rate ich dir, sofort loszufahren. Wir müssen den Teufel kaputt machen, bevor er uns kaputt macht!«

Mit einem Aufschrei des Schmerzes legte der Prediger den ersten Gang ein, und der Lastzug rumpelte über den gefrorenen Untergrund vorwärts. Buddy Buck sah Ohren und Nasen, Zungen und zuckende Finger und machte seine Augen ganz fest zu.

»Sieben... sechs... fünf.« Zipporah zählte ruhig und gleichmäßig, während sie auf die Wand aus menschlichen Leibern zurollten. Auf dem Vorderdach des Anhängers öffnete sich eine Luke und es schob sich ein riesiges Kreuz hervor wie das Periskop aus dem Gefechtsturm eines Unterseebootes.

»Drei... zwei... eins.«

»Mama!« Gina konnte Charley-Cucks Stimme deutlich verstehen. »Er soll anhalten! Er wird uns zerquetschen!«

Er sah so wirklich aus, jede Einzelheit seines Gesichts, bis hin zu dem niedlichen kleinen Muttermal in der Nähe des rechten Auges stimmte so genau, daß Gina sich in blankem Entsetzen zusammenkauerte, sich auf die Zunge biß und das Gesicht in ihren Armen verbarg.

»NULL!« Zipporah schlug die Hände vor die Augen.

Für einen Augenblick schien es so, als sei über der Scheune die heiße, leuchtende Sonne eines Hochsommertages aufgegangen. Das riesige Kreuz auf dem Anhänger war entzündet worden. Genau vierundsechzig kleine Glühbirnen rahmten seine Form ein, und jede von ihnen hatte sechseinhalb Dollar gekostet und war in der Lage, inner-

halb einer knappen Sekunde die Helligkeit von 25000 Licht-
einheiten zu produzieren, bis sie ausgebrannt war. Nie zuvor hatte die Welt etwas so Eindrucksvolles gesehen wie
dieses Kreuz. Eine einzige Glühbirne hätte ausgereicht, einen Betrachter für mehrere Minuten erblinden zu lassen.
Jetzt löschten vierundsechzig von ihnen die grausige Barriere in Sekundenschnelle auf. Der Blitz tauchte die Scheune in gleißendes Licht und reichte mit seinen Tausenden
von glühenden Nadelspitzen auch bis in deren Inneres. Ein
paar schattenhafte, menschliche Gestalten kamen hervor,
verrauchten aber sogleich zu ewiger Verdammnis.

»Halt! Buddy Buck! Wir rammen die Scheune!«

Erst jetzt öffnete der Prediger die Augen und trat im selben Moment auf die Bremse. Der Lastzug schlitterte noch
ein paar Meter weiter und kam unmittelbar vor der steinernen Mauer zum Stehen.

In andächtiger Stille sahen die drei sich um. Nur noch die
unzähligen Sternchen und Risse auf der Windschutzscheibe zeugten von den Hindernissen, die sie hatten überwinden müssen.

»Ich fühle... Ich fühle ganz deutlich den Frieden, der
jetzt über diesem Ort liegt. Wir müssen sie alle vertrieben
haben.«

»Wir haben es geschafft! Wir haben es geschafft!« krähte
Buddy Buck.

»Aber wir haben Hillary noch nicht. Sie muß in der
Scheune sein. Ich will raus!«

»Warten Sie!« Zipporah hielt Gina zurück.

»Zipporah, die Scheunentür öffnet sich«, schrie Buddy
Buck.

Sie sahen das hintere Ende eines alten Cadillac aus dem
Dunkel der Scheune hervorkommen. Die Scheiben waren
verschmutzt und sie konnten niemanden im Inneren des
Wagens erkennen. Gina legte eine Hand auf den Griff des
Colt Python in ihrer Tasche und hielt den Atem an. Der Ca-
dillac kam im Schneckentempo auf den Lastzug zu. Buddy
Buck legte den Rückwärtsgang ein und setzte langsam zu-
rück.

»Willst du ihn überrollen?«

»Ich will nicht, daß er uns überrollt«, antwortete er fast neckisch.

Aber dann sahen sie, wie der Cadillac sich ganz von selbst in einen Abfallhaufen verwandelte. Er fiel auseinander, die Reifen lösten sich in einzelne Gummistreifen auf, die Karosserie überzog sich in Sekundenschnelle mit Rost, das Metall wurde so dünn, daß man hindurchsehen konnte wie durch ein Spitzendeckchen. Das Auto verwandelte sich keine zwanzig Meter außerhalb der Scheune in einen Haufen aus rostigem Stahl, Glas, Gummi und Plastik.

Und mitten zwischen den Wrackteilen lag, ausgestreckt auf der Rückbank aus verwittertem Leder Hillary Devon. Sie trug ihren Schulpullover von der Blessed Sacrament School und lag da in lautlosem Schlaf, das friedliche Gesicht dem Himmel zugewandt. Selbst aus der Entfernung erkannte Gina, während ihr Herz in Dankbarkeit anschwoll, daß der schreckliche Abdruck der Knochenhand von ihrer Stirn verschwunden war. Jetzt war erst einmal alles wieder gut.

»Herr im Himmel, wir danken dir«, sagte Zipporah Honeycutt neben ihr mit Demut in der Stimme, und alle drei senkten sie andächtig die Köpfe.

66

Als Conor zusammen mit Pater Merlo um halb fünf am Nachmittag die Auffahrt zu seinem Haus hochfahren wollte, war die Einfahrt durch ein Polizeiauto versperrt. Sie stiegen aus und wurden von zwei Cops empfangen. Conor sah ängstlich zum Haus hinauf. Es brannten keine Lichter, obwohl es doch schon dunkel wurde.

»Was ist los?« fragte Conor den älteren der beiden Polizisten, einen Mann mit kurzem grauen Haar und vielen Sorgenfalten.

»Sind Sie Mr. Devon?«

»Ja. Ist was passiert?«

»Sir, wenn Sie nichts dagegen haben, werde ich hier die

Fragen stellen. Haben Sie Ihre Frau heute nachmittag schon gesehen?«

»Nein, habe ich nicht. Ich habe Pater Merlo vom Flughafen abgeholt. Würden Sie mir jetzt bitte erzählen...«

»Mr. Devon, es könnte sein, daß Ihre Frau sich in ernsten Schwierigkeiten befindet. Nach unbestätigten Berichten wurde heute mittag vor dem Watkins Mill Shopping Center geschossen. Eine Frau, die der Beschreibung Ihrer Frau gleicht, soll in einen blauen Toyota hineingeschossen haben, der an einer Verkehrsampel wartete...«

»Sie sind verrückt. Es kann nicht sein, daß Sie von meiner Frau sprechen.«

»Doch, Sir. Eine Mrs. Louise Briggins hat sie eindeutig identifiziert. Sie kennt Ihre Frau, weil ihre Kinder dieselbe Schule besuchen. Besitzt Ihre Frau einen Revolver?«

Conors Aufmerksamkeit wurde inzwischen von etwas anderem in Anspruch nommen. Ganz aus der Ferne erklang eine Hymne gegen den Wind.

»... denn zertreten wird er den Weinberg, wo die Früchte des Zorns man angebaut...«

Der Gesang wurde immer lauter. Conor und Merlo sahen sich verwundert nach dessen Quelle um. Ganz am Ende der Straße sahen sie einen alten Peterbilt-Lastzug näher kommen, dessen Dutzende von Lichtern durch die Dämmerung funkelten wie bei einem Karnevalsumzug.

»Glory, glory, Halleluja...«

Die Hupe des Lastzugs quäkte unaufhörlich, zerstörte den Frieden der ruhigen Wohnstraße. Die Nachbarn erschienen an den Fenstern und auf den Veranden ihrer Wohnhäuser.

»Conor! Conor!« Gina lehnte weit aus dem Fenster des Führerhauses und winkte. Conor guckte ein paar Augenblicke lang ungläubig, dann rannte er Gottes großer grüner Maschine entgegen. Dahinter erkannte er den Ford-Kombiwagen, an dessen Lenkrad Zipporah Honeycutt saß.

Sowie die kleine Prozession angehalten hatte, sprang Gina aus der Kabine, flog Conor in die Arme und küßte ihn wild. Conor konnte nur einen flüchtigen Blick auf Buddy Buck, der über das ganze Gesicht grinste, und auf seine

Tochter Hillary werfen, die erschöpft, aber glücklich drein-
schaute und ihrem Vater zuwinkte.

»O je, die Cops«, sagte Gina, als sie den Polizeiwagen
entdeckte.

»Was, zum Teufel, hast du bloß angestellt? Sie suchen
dich wegen Mordversuchs!«

»Sie werden mir nichts anhängen können«, sagte Gina
mit fester Stimme. Dann fügte sie etwas kleinlauter und mit
dem deutlichen Bemühen, die Tränen zu unterdrücken,
hinzu: »Ich fürchte, ich werde einiges erklären müssen. Conor, was hältst du davon, wenn wir heute abend alle in die
Pizza-Hütte gehen? Wir werden Gäste zum Abendessen
haben, und ich bin einfach zu müde zum Kochen.«

67

Als Merlo erfahren hatte, was Hillary in den vergangenen
Wochen alles zugestoßen war, traf er sofort Vorkehrungen
für ihre sichere Unterbringung in einer Klosterschule, die
etwa vierzig Kilometer entfernt in einer ruhigen, ländlichen
Gegend New Hampshires lag. Dort konnte man sie Tag
und Nacht vor weiteren, möglicherweise noch gefährliche-
ren Angriffen schützen.

»Eine Klosterschule?« sagte Hillary und war sichtlich em-
pört.

»Das ist so etwas Ähnliches wie ein Internat«, erklärte
Pater Merlo!

»Mutter!«

»Hillary«, sagte Gina mit Nachdruck in der Stimme, »hat
es dir etwa Spaß gemacht, was man heute mit dir angestellt
hat? Mir jedenfalls nicht! Wir können von Glück sagen, daß
wir beide noch am Leben sind.«

Ginas Probleme mit dem Gesetz dauerten nicht viel länger als diese Auseinandersetzung mit ihrer Tochter. Sie
wurde zusammen mit Buddy Buck Mayhew und Zipporah
Honeycutt eineinhalb Stunden lang auf dem Polizeipräsi-
dium verhört. Sie hatten sich vorher eine Geschichte zu-

rechtgelegt, die all die übernatürlichen Dinge ausließ, die passiert waren. Das hätte die Ermittlungsbeamten nur verwirrt und möglicherweise gegen sie aufgebracht. Buddy Buck sagte aus, daß er Gina bei ihrer verzweifelten Verfolgung des blauen Toyota beobachtet hätte und sich an der Jagd beteiligt hätte. Es sei ihnen gelungen, den Toyota von der Straße abzubringen. ›Richards‹ habe daraufhin zu Fuß seine Flucht fortgesetzt und Hillary erschöpft, aber unverletzt auf dem Rücksitz seines Autos zurückgelassen. Das plötzliche Verschwinden ›Richards‹ und Hillarys aus der Kapelle der Schule wurde von Pater Toomey bestätigt. Die Cops konnten keinerlei Hinweise auf die Hintergründe dieser Entführung finden, noch fanden sie eine Spur des falschen Arztes. Auch der blaue Toyota tauchte nicht wieder auf. Die Beschreibungen des Verdächtigen und des Fahrzeugs wanderten in den Polizeicomputer. Gina wurde ihr Colt-Python-Revolver abgenommen, der Waffenschein wurde vorläufig eingezogen.

Um halb drei am Morgen, als alle satt und zufrieden im Bett lagen, kroch Gina neben ihrem schnarchenden Mann, mit dem sie sich noch eine Stunde zuvor wild und heftig geliebt hatte, aus dem Bett, ging ins Badezimmer, setzte sich auf die Toilette, wobei sie ein nacktes Bein über das andere schlug und weinte etwa eine Viertelstunde lang in ein zusammengefaltetes Handtuch, das sie sich gegen das Gesicht gepreßt hatte. Danach war sie endlich in der Lage, sich ins Bett zu legen und friedlich einzuschlafen.

DRITTER TEIL

Die Sonnenuhr

68

Der Fang war in den reichen Fischgründen des Kanals von Fuerteventura während der letzten Monate sehr ergiebig gewesen, so ergiebig, daß Francisco Aponte Olaya, der Kapitän und Teilhaber des Schoners *San Patricio*, der ihm und seinen beiden Brüdern gehörte, genug Geld verdient hatte, um endlich die alte Pumpe ersetzen zu können, die ihnen während der letzten Fahrten soviel Ärger gemacht hatte. Die außerordentliche Gelegenheit fiel zufällig mit dem Begräbnis eines Vetters in Teneriffa zusammen, wo die neue Pumpe abgeholt und eingebaut werden mußte. Am Dienstag nach der ›heiligen Woche‹ brach Olaya mit seiner ganzen Familie von Heraclio, der nördlichsten der Kanarischen Inseln auf. Sie sollten sich alle mal ein paar Tage lang in der berühmten Hafenstadt erholen und amüsieren, die alljährlich von so vielen europäischen und auch amerikanischen Touristen besucht wird. Unter ihnen war auch einer der größten Männer, die Olaya jemals in seinem Leben über den Weg gelaufen waren.

Er hieß Conor Devon, ein Name, dessen Aussprache dem Kapitän einige Schwierigkeiten bereitete. Der bärtige Mann schwitzte trotz der frischen Brise, die vom Hafen her wehte. Er hatte zwei französische Studentinnen bei sich, die außer Englisch auch noch Spanisch sprachen und deshalb bei der Verständigung behilflich sein konnten. Er war am selben Morgen nach einem sehr langen Flug von einem Ort angekommen, der Massachusetts hieß, und er wollte so schnell wie möglich weiter nach Heraclio. Er war bereit, zweihundert Dollar zu zahlen, falls Olaya sich bereiterklärte, die Ferien seiner Familie ein wenig abzukürzen und noch am selben Tag zurückzufahren.

Der Kapitän überdachte das Angebot nur kurz. Die Arbeiten an Bord der San Patricio waren abgeschlossen, und sie hatten bereits vier Tage in Teneriffa verbracht, hatten die Nächte in den unbequemen Kojen unter dem Vordeck verbringen müssen, und außerdem machte Olaya soviel Zusammensein mit der Familie auf die Dauer doch etwas nervös.

Das Geld würde in etwa die Ausgaben decken, die die vier Tage Teneriffa mit der ganzen Familie verursacht hatten, und so kam Olaya das Angebot des rotbärtigen Ausländers in diesem Moment sehr gelegen. Warum der Passagier unbedingt so schnell nach Heraclio wollte, interessierte ihn nicht sonderlich. Olaya bat den Fremdling an Bord und schickte seinen ältesten Sohn Socorro los, um die restlichen Familienmitglieder in den Basaren rund um den Hafen zusammenzusuchen.

69

Ein heftiges Stampfen und Rollen des Schiffes weckte Conor, der in der obersten Koje im hinteren Teil des Vordecks ein Nickerchen gehalten hatte. Die *San Patricio* war seit zwei Stunden auf See. Conor spürte das Hämmern des Dieselmotors, und aus der kleinen Kombüse drang der Geruch nach Essen. Das Vordeck wurde von einer einzigen Glühbirne schwach beleuchtet, die unter der Decke hin und her baumelte und abwechselnd die Gesichter der Kinder beleuchtete, die an dem kleinen Tisch, der auf den Fußboden geschraubt war, Platz genommen hatten.

Conor mußte sich seitwärts aus der Koje rollen, um sich den Kopf nicht an der niedrigen Decke zu stoßen. Eine Frau in einem braunen Kleid kam aus der Kombüse. Sie trug eine Schüssel mit knusprig gebackenen Fischfilets und einen Korb mit Brotscheiben, die mit Tomatensoße beträufelt waren; sie stellte beides auf den Tisch und lächelte ihm zu.

»*Come usted*?« fragte sie und deutet auf einen Platz am Tisch, der offensichtlich für ihn gedeckt war. Er rieb sich den Bauch, um anzudeuten, daß er sich nicht besonders wohl fühlte. Schließlich war er kein Seemann. Eines der Kinder deutete auf den Abtritt, weil es glaubte, daß er sich erleichtern wollte. Die Idee kam ihm gar nicht so schlecht vor. Er zwängte sich in die winzige Kabine und schloß die Tür. Von draußen hörte er zuerst Gekicher und dann die strenge Stimme der Mutter, die ihre Kinder an die Regeln taktvollen Benehmens erinnerte.

Als er wieder herauskam, wartete Socorro schon auf ihn. »Mein Vater ist der Meinung, daß Sie es vorne bei uns im Ruderhaus bequemer hätten. Dort ist es nicht so eng.«

»Vielen Dank«, sagte Conor, höchst erstaunt darüber, von dem Jungen ein so vorzügliches Englisch zu hören.

Er folgte Socorro durch die Ausstiegsluke und mußte dabei die Schultern einziehen, um sich durchquetschen zu können; draußen an Deck wurde er überrascht von dem Anblick von so viel Wasser ohne die geringste Spur von sicherem Land, von der grünen Wüstenei eines Ozeans, der jetzt mit meterhohen Wellen auf ein Boot einschlug, das an der Hafenmauer in Teneriffa noch so stabil ausgesehen hatte und das ihm jetzt vorkam wie eine schaukelnde Nußschale, die auf Gedeih und Verderb der Gnade des Windes ausgeliefert war. Der Himmel war von einem schwefligen Gelb; der Wind trieb tintenfarbene Wolken in rasender Geschwindigkeit vorbei.

»Wie lange wird die Fahrt noch dauern?« fragte Conor, nachdem Francisco Aponte Olaya ihn im Ruderhaus mit einem kurzen Nicken begrüßt hatte. Socorro hatte seinem Vater ein Fischbrot mitgebracht und übernahm jetzt das Steuer, damit der Alte in Ruhe essen konnte.

»Fünf Stunden, bei diesem Seegang vielleicht fünfeinhalb«, beantwortete Socorro die Frage.

»Ist es ein schlimmer Sturm?«

»Das? Bis jetzt noch nicht. Wenn wir Glück haben...« Er zuckte mit den Achseln.

Um sich von seiner Besorgtheit ein wenig abzulenken, fragte Conor den Jungen: »Wo haben Sie so gut Englisch gelernt?«

»In der Schule.«

»In Heraclio?«

»Ja. In der Schule der Sonnenuhr. Ich bin sechs Jahre dort gewesen, bis mein Vater vor ein paar Monaten meinte, ich müßte mit ihm zusammen zum Fischfang rausfahren.«

»Gehört die Schule zur Gemeinde der Sonnenuhr?«

»Ja. Es leben viele dort, die Englisch sprechen. Ich mochte die Schule sehr. Aber mein Vater meint, man hätte mir dort zu viele Flausen in den Kopf gesetzt.«

»Kennen Sie Edith Leighton?«

Der Junge schüttelte den Kopf. »Nein. Das war keine von meinen Lehrerinnen.«

»Ich habe den ganzen weiten Weg gemacht, um sie zu treffen. Ich hoffe, daß sie mich empfangen wird.«

Eine besonders hohe Welle, höher als das Ruderhaus, ließ das Boot nach Steuerbord hinüberrollen. Socorro wirbelte das Ruder herum und das Boot arbeitete sich langsam wieder aus der schäumenden Gischt heraus. Conor schluckte. Sein Herz begann wie wild zu hämmern. Und das sollte noch länger als fünf Stunden dauern. Vielleicht hätte er doch auf das nächste Flugzeug warten sollen.

»Das wird kein Problem sein«, nahm Socorro ihre Unterhaltung wieder auf. »Die Gemeinde heißt alle Besucher willkommen. Schwieriger dürfte es sein, die Sonnnenuhr überhaupt zu finden. Sie werden jemanden brauchen, der den Weg kennt.«

»Würden Sie mich führen?«

»Ich weiß nicht. Vielleicht.«

Mit gerunzelter Stirn sah Socorro auf das Barometer. Dann wechselte er ein paar Worte mit seinem Vater. Offensichtlich waren sie von der Heftigkeit des Sturmes überrascht und machten sich Sorgen. »*Viento de diabolo*«, murmelte der Vater. Der Wind kreischte ihm seine Antwort entgegen. Conor kam es vor, als würde jede einzelne Planke und jeder Balken des Schiffes im nächsten Moment auseinanderbrechen.

Der Himmel draußen wurde immer dunkler, während drinnen die Minuten zäh verrannen. Conor schwitzte, in seinem Kopf schien sich alles zu drehen. Er brauchte dringend frische Luft und ging zur Tür.

»Seien Sie vorsichtig«, rief ihm Socorro zu.

Conor stolperte hinaus, und sogleich taumelte er hilflos zur Seite, als sich in dem Moment der Bug dem finsteren Himmel entgegenreckte, der nun überall mit den grünlichen Blitzen eines unheimlichen Wetterleuchtens überzogen war. Conor hatte schreckliche Angst. Bevor er die Reling erreichen konnte, hatte er sich schon erbrochen. Seine seeuntüchtigen Beine wollten ihn nicht mehr tragen, und so rollte er hilflos auf dem Deck hin und her. Ein Brecher nach dem anderen ergoß seine weiße Gischt über ihn. Plötzlich wurde er, zusammen mit dem ganzen Deck, hoch, ganz hoch über die Linie des finsteren Horizonts gehoben, aus dessen Richtung ihm der Wellenschaum immer wieder entgegenspritzte wie aus einem Feuerwehrschlauch. Gleich darauf krachte der Bug mit ungeheurer Wucht zurück in das Wellental. Über sich sah Conor die gepanzerte Faust einer riesigen Drahtreuse, die am Ladebaum der Backbordseite zerrte und rüttelte.

Conor kam das offene Wasser jetzt wie ein Friedhof vor. Fast wäre er über Bord gespült worden, aber im letzten Moment konnte er sich an einem Drahtseil festhalten. Er sah mit brennenden Augen nach oben und nahm gerade noch wahr, daß das stählerne Fanggerät sich vom Ladebaum löste und im Begriff war, auf ihn herunterzufallen. Selbst wenn es leer war, hatte es allemal noch genug Gewicht, um ihn zu zerquetschen wie eine überreife Tomate.

›Ich sollte es wohl nicht schaffen‹, dachte er.

Dann fühlte er, wie Hände nach ihm griffen, und er stemmte sich mit den Füßen noch einmal mit aller Kraft gegen die Reling. In einem letzten Aufbäumen warf er sich auf die Seite, und unmittelbar neben ihm krachte die Reuse auf das Deck. Sie hatte ihn um Zentimeter verfehlt. Gleich darauf folgte der gesplitterte Arm des zerbrochenen Ladebaums, der nur noch an einem einzigen Seil hin und her schaukelte. Das scharfe Ende schwebte knapp an Conors Kopf vorbei. Hinter sich hörte er einen Schrei. Er drehte sich um und sah gerade noch, wie der hölzerne Arm mit seinen Splittern von Unterarmeslänge dem jungen Socorro Olaya den Kopf vom Rumpf trennte und zusammen mit einem purpurroten Sprühregen in die tosenden Wogen schleuderte.

Es war nicht unbedingt die bedeutendste Nachricht an diesem ersten April. Konkurrenz machten ihr ein Völkermord in einer lateinamerikanischen Republik, die angegriffene Gesundheit des Kremlführers, der Tod eines beliebten Country-Music-Stars bei einem Busunglück und eine Drogenrazzia, bei welcher der Sohn eines bekannten Politikers aus der Hauptstadt aufgeflogen war. Trotzdem brachte die *New Yorker Daily News* die Geschichte auf Seite drei unter der Überschrift: ›Kein Aprilscherz! Der Teufel hat es ihm befohlen!‹ Die *New York Times* handelte die Story erwartungsgemäß unter einer etwas seriöseren Überschrift auf Seite sieben ab, die allerdings optisch von einer Modereklame des Bloomingdale-Kaufhauses beherrscht wurde. ›Verteidigung bei Vermonter Mordprozeß will dämonische Besessenheit geltend machen.‹ Der *Boston Globe*, der ja auch näher am Ort des Geschehens erschien, setzte die Nachricht auf die Titelseite, zusammen mit einem kurzen Interview mit dem Vertreter der Anklage, der die beabsichtigte Linie der Verteidigung ›eine Schande für das amerikanische Rechtssystem‹ nannte.

Adams Telefon hatte ab halb sieben am Morgen zu klingeln begonnen und seitdem nicht mehr aufgehört. Er nahm keine Gespräche entgegen, der Anrufbeantworter hatte bereits dreizehn Anrufe aufzeichnen müssen, allein zwei davon kamen vom vorsitzenden Richter Nathaniel ›Natty‹ Eames, der auch ein Frühaufsteher zu sein schien. Lindsay sah sich mit Adam zusammen einen Ausschnitt der Nachrichtensendung *Today* der NBC an, die auch ein kurzes Interview enthielt, bei dem ein blonder Reporter der Nachrichtenabteilung der NBC Adam die intelligentesten Fragen gestellt hatte, die er den ganzen gestrigen Nachmittag über gehört hatte.

»Mr. Kurland, was genau wird der Nachweis der dämonischen Besessenheit vor Gericht erfordern?«

»Nun, es wird letzten Endes darauf ankommen, die Existenz einer ›bösen‹, negativen Kraft und ihre Wirksamkeit auf das Verhalten eines Menschen zu beweisen.«

»Das ist etwas, das Theologen seit Hunderten von Jahren versuchen.«

»Genau. Die katholische Kirche ist sich dieser Kräfte sehr bewußt, die so alt sind wie menschliches Denken und menschliche Motivation überhaupt, und die zu der natürlichen Ordnung der Dinge und den Gesetzen Gottes in erbitterter Opposition stehen.«

»Welche Hilfe könnnen Sie bei Ihrer Verteidigung von der Kirche erwarten?«

»Sachverständigengutachten.«

»Eine Frage noch, Mr. Kurland: Sind Sie katholisch?«

»Nein. Das bin ich nicht.«

Adam schaltete mit der Fernbedienung auf ein anderes Programm um. Porky Pig erschien auf dem Bildschirm in einem alten Zeichentrickfilm und sagte gerade: »Alsooo, meine Freundeee, das wär's wieder mal für heute...«

Sie lachten beide und Lindsay gab ihm einen Kuß auf die Wange. »Der ist für den tapfersten Mann, den ich je kennengelernt habe.«

»Oder den dämlichsten.«

Das Telefon klingelte wieder.

»Wir sollten vielleicht allmählich die Anrufe entgegennehmen, Linds.«

Sie nahm ab. Und dann bekam sie etwa eine halbe Minute lang keine Chance, auch nur ein Wort zu sagen. Sie rieb sich das Ohr, als hätte jemand Pfeffer reingeschüttet und reichte Adam den Hörer. Sie mußte ihm nicht sagen, wer am Apparat war.

»Ich möchte Ihnen nur sagen, daß Sie eine Schande für die beiden Männer sind, deren Andenken ich in höchsten Ehren halte, für Ihren Vater und Ihren Großvater.«

»Es tut mir leid, daß Sie so denken, Euer Ehren.«

»Um Punkt zehn erwarte ich Sie in meinem Büro!«

»Jawohl, Sir!«

Adam drückte den Hörer ein paar Augenblicke lang gegen seine Brust und senkte den Kopf. Lindsay lehnte sich tröstend an ihn.

»Ich frage mich, was Conor wohl erreichen wird«, sagte er. »Wenn er keinen Erfolg hat, dann kann ich genausogut einen Krämerladen aufmachen.«

71

Für Conor war an diesem Tag die Sonne über der Hölle aufgegangen.

Nach der späten Ankunft der *San Patricio* und den Verhören durch die Hafenbehörde von Heraclio, die den tragischen Todesfall an Bord betrafen, war er in seinem Pensionszimmer in einen Schlaf der Erschöpfung gefallen. An seine Brust gepreßt hielt er dabei eine fast leere Flasche Pflaumenschnaps. Er wurde durch den fröhlichen Straßenlärm unter seinem Fenster geweckt. Durch die geschlossenen Läden drangen ein paar Strahlen der Morgensonne. Es war schon sehr warm.

Er kroch aus dem flachen Bett, wo er mit angezogenen Beinen gelegen hatte und entleerte seinen Magen erst einmal in ein großes Emaillewaschbecken, das auf einem Eisenständer montiert war. Der Scham und der Trauer über das Leid der Familie, welcher der Sohn geraubt worden war, konnte er sich nicht so schnell entledigen. Er gab sich die Schuld an dem Tod des Jungen.

Er wischte sich die Tränen aus den Augen, stieß die Fensterläden weit auf und kam so zu seinem ersten ausgiebigen Blick über die Insel Heraclio. Er sah eine merkwürdige, verschwommene Landschaft, die von den Schlackenkegeln und den schlafenden Vulkanen im Hintergrund beherrscht war, die baumlos und übersät mit kleinen Kratern in der strahlenden Sonne lagen, und trotzdem finster und nackt wirkten wie die Haut eines alten Elefanten. Der kleine Hafen Puerto Arroyo lag zwischen diesem Ödland und dem Meer, das wie eine Fläche von Stahl im Sonnenlicht gleißte, als sei darüber soeben das Gewölbe der Welt geöffnet worden. Keine einzige Wolke stand am Himmel, und das Land sah aus, als habe es noch nie inen Regentropfen gesehen.

Conor zog sich an und nahm in einem kleinen Straßencafé auf der Hauptstraße von Puerto Arroyo einen schwachen Kaffee und ein trockenes Brötchen zu sich. Es war Freitag, und die Stadt war sehr voll. Busse aus anderen Teilen der Insel kamen in der kleinen Busstation in der Nähe der Saline, am südlichen Ende des Hafens, an. Conor schleppte sein einziges Gepäckstück dorthin und versuchte jemanden zu finden, der seine Sprache verstand.

Ein älterer Herr, der mit Khakishorts und sonst gar nichts bekleidet war, hatte seine junge, heraclionische Ehefrau auf einer klapprigen Vespa zur Busstation gebracht und beobachtete nun Conors verzweifelte Versuche, mit dem Sprachführer in der Hand den freundlich lächelnden Einheimischen sein Begehren vorzutragen, die ihn jedoch nicht verstanden. Der Alte bestand aus kaum mehr als Haut und Knochen, war sonnengebräunt und hatte flinke kleine Augen. Sein unnachahmlicher Akzent verriet den europäischen Weltenbummler.

»Sie wollen zur Sonnenuhr? Ja, ich weiß, wo das ist. Am anderen Ende von Heraclio, auf der Westseite des Montaña del Fuego. Das heißt Berg des Feuers. Um Viertel nach neun geht ein Bus nach La Loma. Von da aus sind es noch fünf Meilen zu laufen. Die Gemeinde der Sonnenuhr liegt auf einem Felsplateau, von dem aus man die Lagune und die Playa Cascajo überblicken kann. Kennen Sie jemanden, der in der Gemeinschaft lebt?«

»Nein.«

»Sie dürfen sich keinen allzu herzlichen Empfang erwarten. Das sind alles verrückte Hühner. Bleiben am liebsten unter sich. Sie führen ein fleißiges, aktives Leben, dagegen habe ich absolut nichts. Und sie sind gläubig, wenn auch nicht ganz klar ist, welcher Religion oder Philosophie sie anhängen. Für mich wäre das nichts. So ein zurückgezogenes Leben. Ich denke jung, handle jung und bleibe deshalb auch jung. Das ist *meine* Philosophie.« Er legte einen Arm um seine Frau, die reizend aussah. Sie war vielleicht noch nicht ganz erwachsen, dafür aber hochschwanger. Conor hatte den Eindruck, daß sie kaum älter als Hillary war.

»Kann ich vom Dorf bis zur Sonnenuhr zu Fuß gehen?«

»Das würde ich Ihnen nicht raten. Die meiste Zeit ist es da sehr stürmisch. Und wenn Sie von den ausgetretenen Pfaden abkommen... Nun, von den Unvorsichtigen erzählt man sich, daß sie durch die Oberfläche gebrochen und direkt im Lavastrom des Montaña del Fuego versunken sind. Man darf nicht vergessen, daß die Temperatur nur einen halben Meter unter der Oberfläche mehr als 360 Grad Celsius beträgt. Sie erkundigen sich am besten an Ort und Stelle nach der günstigsten Möglichkeit. Ich glaube, der blaugelbe Bus dort ist der nach La Loma. Ich wünsche Ihnen eine sichere Reise.«

Conor hatte auf seiner Fahrt nach Westen wenig Gesellschaft. Nur ein paar Insulaner, die wie Fischer aussahen. Conor war verzweifelt vor Heimweh, aber was blieb ihm anderes übrig. Die letzte Chance für Rich war eine Frau, die er noch nie zuvor gesehen hatte. Aber sie hatte Pater Merlos Anfrage schon beantwortet. Freundlich, aber bestimmt. ›Es tut mir leid, aber ich kann Ihnen im Augenblick nicht helfen.‹ »Aber wie kann ich mich mit dieser Antwort zufriedengeben?« hatte Conor Pater Merlo gefragt. »Rich wird sterben müssen, und möglicherweise sind wir dann alle verloren.«

Der Bus hatte in einem Dorf gehalten, das aus nicht viel mehr als einer Wegkreuzung bestand. Die weißgekalkten Häuser in mediterranem Stil hoben sich eindrucksvoll von dem Rostbraun und Schiefergrau der Lavafelder des Montaña del Fuego ab. Der Himmel war von einem so tiefen Blau, daß er dort, wo er sich um die Schultern des Berges legte, fast einen Stich ins Purpurfarbene bekam. Aus Nordosten wehte ein kräftiger Wind, der Sand und feinen Split gegen eine Seite des Busses prasseln ließ.

Bis auf Conor stiegen alle aus. Der Fahrer hatte den Motor laufen lassen. Ein Junge stieg ein und wollte Conor Zigaretten, Orangensaft und Feigen verkaufen. Conor schüttelte den Kopf und wartete müde und mit schweren Augenlidern darauf, daß der klapprige Bus seine Fahrt nach La Loma fortsetzen würde. Die Kamele, die neben dem Bus lagerten, waren sehr unruhig. Eines von ihnen war weggelaufen und die anderen brüllten unaufhörlich hinter ihm her.

Plötzlich gesellte sich ein anderes Brüllen dazu, das aus der Erde zu kommen schien, und dann begann es zu krachen, als würde eine riesengroße Walnußschale unter ungeheurem Druck zerbrechen. Der Bus wurde kräftig durchgerüttelt, dann begann er sich langsam, aber stetig nach vorne zu neigen.

Conor sprang von seinem Sitz auf, wobei er sich den Kopf am Gepäcknetz stieß. Eine Wolke aus Staub und Hitze hüllte jetzt den vorderen Teil des Busses ein. Das langsame Kippen setzte sich fort, bis die stumpfe Schnauze des Busses in einem Winkel von vierzig Grad nach unten zeigte. Der Bus rutschte langsam ab, und die Hitze wurde immer unerträglicher. Von draußen hörte Conor warnende Rufe. Er packte seinen Koffer, öffnete ein Fenster und warf ihn irgend jemandem zu. Für ihn selbst war das Fenster viel zu eng, und er wußte, daß es jetzt darum ging, ganz schnell einen Weg nach draußen zu finden.

Nur noch der Notausgang im hinteren Teil befand sich auf festem Grund. Der Bus rutschte immer weiter in die aufgebrochene Erde hinein, sein Versinken wurde jetzt begleitet von knallenden, krachenden und ächzenden Geräuschen, wie sie entstehen, wenn mehrere Kubikmeter Glas und Kieselsteine von einer Art Höllenmaschine zermahlen werden. Conor machte sich an den steilen Aufstieg in den hinteren Teil des Busses, wobei er die Sitze als Handgriffe benützte. Der Staub und der Rauch erschwerten ihm das Atmen. Die Hitze war furchtbar. Hustend und keuchend ergriff er den Türhebel des Notausgangs und versuchte die Tür aufzuziehen. Der Hebel widerstand ihm. Er bog ihn mit aller Kraft, die ihm zur Verfügung stand, nach oben und trat die Tür auf. Jetzt konnte er hinausspringen.

Neben ihm rutschte der Bus jetzt ganz in die brodelnde Grube. Auf seinem Hemd und in den Haaren schwelten kleine Rußpartikel. Irgend jemand warf ihm eine Wolldekke zu, die penetrant nach Kamelmist stank. Hände halfen ihm auf die Beine, und er machte, daß er von der Stelle fortkam, wo der Bus in der Erde versunken war. Als er sich umdrehte, sah er nichts als eine Wolke aus Asche und Rauch, die das Loch in der Straße verhüllte. Das ganze Dorf war inzwichen zusammengelaufen, um den Vorfall zu bestaunen. Conor hatte sich zusammengekrümmt und hustete unaufhörlich.

»Trinken Sie«, sagte ihm eine Frau leise ins Ohr. »Es hört sich an, als hätten Sie's nötig, mein Lieber.«

Er ergriff die Weinflasche, ohne einen Blick auf die Spenderin zu werfen, und nahm einen kräftigen Schluck. Der Wein kitzelte auf der Zunge und wusch seine ausgetrocknete Kehle frei von dem Staub. Allmählich hörte er auf zu husten.

»Da sind Sie ja gerade noch mal davongekommen. Wahrscheinlich hat dieser Bus jahrelang auf diesem Fleck gehalten, ohne daß etwas passiert ist. Und auf einmal tut sich ein Lavakanal auf, von dem niemand etwas gewußt hat. So ist diese Insel. Ich nehme an, daß außer Ihnen niemand an Bord war?«

»Nein«, sagte Conor. »Keine Toten dieses Mal.« Er gab ihr die Flasche zurück und bedankte sich. Sie war eine kleine Engländerin. Ihr rötliches Gesicht war von vielen Runzeln durchzogen, die kurzen grauen Haare zitterten im Wind. Sie hatte kluge, aufmerksame Augen und einen trotzigen Mund. Durchaus möglich, daß sie ziemlich temperamentvoll war.

»Dieses Mal?«

Er zuckte mit den Achseln. Es war ihm nicht danach, einer Fremden gegenüber groß Erklärungen abzugeben. Der Junge, der ihm ein paar Augenblicke, bevor die Erde sich öffnete, Erfrischungen angeboten hatte, brachte ihm seinen Koffer. Conor gab ihm etwas Geld.

»Also, kein Bus mehr«, sagte er und sah sich um. »Und ich muß nach La Loma.« Er verspürte eher Ärger als Erleichterung darüber, daß er dem Tod zum zweitenmal innerhalb von vierundzwanzig Stunden um Haaresbreite entkommen war.

»Ich könnte Ihnen mit einer Transportmöglichkeit aushelfen«, sagte sie. »Ich muß ebenfalls dorthin.«

Aus einem Korb, der zu ihren Füßen stand, nahm sie einen Strohhut mit breiter Krempe und einem schwarzen Hutband. Sie setzte ihn auf und befestigte ihn mit einem Band unter dem Kinn. Der Hut spendete ihrem Gesicht Schatten.

»Sie meinen einen Ritt auf Ihrem Kamel?«

»Es erfordert ein wenig Gewöhnung, aber die Gräfin ist sehr geduldig, vor allem dort, wo man von Straßen nicht mehr sprechen kann.«

»Also... Also gut. Vielen Dank. Warum auch nicht! Meinen Sie, daß Ihr Kamel jemanden von meiner Größe aushält?«

»Wenn sie sich dazu entschließt. Sie müssen eine genaue Prüfung über sich ergehen lassen. Kommen Sie mit.«

»Wo leben Sie?«

»In einer kleinen Gemeinschaft oberhalb des Strandes von Cascajo.« Sie deutete in westliche Richtung.

»Meinen Sie die Sonnenuhr?«

»Ja.«

»Kennen Sie Edith Leighton?«

Die Frau ging ein paar Schritte weiter, ohne zu antworten, und Conor nahm schon an, daß sie ihn wegen des unermüdlich blasenden Windes nicht verstanden hatte. Dann drehte sie sich plötzlich zu ihm um und blickte ihm unter der Hutkrempe hervor direkt ins Gesicht.

»Ich stehe seit ziemlich genau achtundsechzig Jahren auf allerbestem Fuß mit ihr.«

»Das heißt, Sie sind...«

»Ja. Aber wer, zum Teufel, sind Sie, mein Lieber?«

»Conor Devon.«

»Devon?« Sie wiederholte den Namen noch einmal für sich, dann schien es ihr wieder einzufallen. »Ah, ich verstehe. Ganz schön unfair von Ihnen, auf diese Art hier aufzutauchen.« Sie setzte ihren Korb ab und klopfte sich den Staub von dem langen Rock aus blauer Seide. »Ich muß Ihnen sagen, daß ich keinerlei Lust verspüre, meine Entscheidung, die ich Pater Merlo bereits schriftlich mitgeteilt habe, rückgängig zu machen.« Sie sah ihn an und nahm seine Enttäuschung mit einem trotzigen Zusammenpressen der Lippen zur Kenntnis. Ihre schwarzen Augen wandte sie von seinem Gesicht der Stelle in der aufgerissenen Erde zu, wo der Bus verschluckt worden war und aus der es immer noch qualmte.

»Aber da Sie schon einmal hier sind«, sagte sie, nachdem sie ein paar Augenblicke lang nachgedacht hatte, »sollte ich

Sie für den Rest Ihres Aufenthaltes auf der Insel unter meine Fittiche nehmen. Sonst sehe ich keine Chance, daß Sie die Insel lebend verlassen.«

72

Richter Natty Eames war ein kleiner Mann mit einem grauen Bürstenhaarschnitt, einer flachen Nase und einem aggressiven Lächeln, das kleine, spitze Zähne entblößte. Manchmal konnten seine Augen böse und feindselig schauen wie die eines wütend kläffenden Pekinesen. Wie viele andere Menschen hatte er nicht viel übrig für Leute, die ihn an der Nase herumführen wollten, besonders wenn es sich um ehrgeizige junge Anwälte handelte. Der Gerichtssaal war für ihn geheiligter Grund. Dort war *er* Gott der Allmächtige.

Ein paar Sekunden, nachdem Adam sein Büro betreten hatte, sagte er: »Woher nehmen Sie eigentlich die Frechheit zu glauben, Sie könnten meinen Gerichtssaal in eine Monstrositätenschau verwandeln?«

»Das ist sicherlich nicht meine Absicht. Euer Ehren, wenn ich Ihnen...«

»Setzen Sie sich und hören Sie zu!«

»Sir, mit allem Respekt, aber ich bin fest davon überzeugt, daß mein Klient...«

»Setzen!«

Adam setzte sich hin.

»Ich habe zufälligerweise einigen Einfluß in diesem Staat, in dem Sie als Rechtsanwalt tätig sind. Und ich nehme an, daß Sie noch einige Zeit damit fortfahren wollen, diese Tätigkeit auszuüben, und ich nehme weiter an, daß Sie diese Ankündigung eines Plädoyers auf dämonische Besessenheit, die Sie bei Gericht eingereicht haben, nicht als eine Form selbstmörderischen Aderlasses in aller Öffentlichkeit verstanden wissen wollen. Wenn Sie also die Absicht haben, Ihre Tätigkeit als Strafverteidiger in Vermont fortzusetzen, dann würde ich Ihnen raten, sich die Sache noch einmal in Ruhe durch den Kopf gehen zu lassen. Sagen wir achtundvierzig Stunden. Danach können Sie dann Ihre Ankündigung zurückziehen und eine neue einreichen, die für das Gericht akzeptabel ist, und ich werde die Sache vergessen und kein Wort mehr darüber verlieren. Ich glaube, daß ich für alle Juristenkollegen spreche, wenn ich Ihnen mein Mißfallen dieser Art von Farce gegenüber ausdrücke. Und damit Sie in Ruhe über diesen guten Rat nachdenken können, untersage ich Ihnen, diesen Fall mit Vertretern der Presse zu diskutieren. Guten Morgen, Herr Rechtsanwalt!«

73

Es gab keine hohe Schule des Kamelreitens, fand Conor. Es war eher eine Sache des Durchhaltevermögens. Er saß in einem von zwei Stühlen aus Holz und Rohr, die an den beiden Seiten des riesigen Höckers der Gräfin befestigt waren. Edith Leighton saß in dem anderen Stuhl. Conors Größe machte es unvermeidlich, daß seine Füße irgendwo da vorne in der Reichweite der großen Mahlzähne der Gräfin baumelten, und ohne Zweifel bürdete sein massiger Leib dem Tier ein durchaus ungewohntes Zusatzgewicht auf, aber es gelang Edith, die Aufmerksamkeit des Kamels auf den Weg zu lenken, der sich mäanderförmig gen Westen schlängelte. Die Gräfin begnügte sich damit, einige markerschütternde Schreie auszustoßen, und nahm Abstand von der Versuchung, Conor einen seiner großen Füße abzubeißen.

Sie durchquerten eine wilde, unbewohnte Landschaft aus Felsen und vulkanischem Gestein. Überall lagen Brokken rauchender Basaltlava, die bunter waren als die Perlenketten der Zigeuner. Der Schwefelgeruch erwies sich überraschenderweise als Balsam für Conors Kater, dessen Auswirkungen erst gegen Schluß des Ausflugs wieder spürbar wurden, als der unbequeme Sitz von Meter zu Meter härter zu werden schien. Auf der linken Seite sah man jetzt das Meer; dann wandte sich der Weg nach Norden, entlang einer Klippe, die so karg war, daß nicht einmal das anspruchsloseste Gestrüpp dort wuchs. Unter ihnen lagen Windmühlen und die Trockenbetten von Salinen. Edith erklärte ihm, wie die Windmühlen das Wasser in diese Betten pumpten, in denen die Sonne es verdampfen ließ, so daß das Salz sich dort sammeln konnte, dessen Großteil von den Fischern für die Konservierung ihres Fangs benötigt wurde.

Der Pfad wand sich jetzt nach unten auf eine Lagune zu, die in den verschiedensten Schattierungen von Grün in der Sonne leuchtete. Es war Balsam für seine Augen. Conor sah Badende auf einem halbrunden schwarzen Strand, das Wasser war bevölkert von Windsurfern und kleinen Booten. Hinter dem Strand, etwa hundert Meter davon entfernt, sah man einen rötlichen Felsvorsprung, der wie eine versteinerte Sturzwelle des Meeres aussah. Auf diesem Felsvorsprung standen die kubischen weißen Häuschen und die Windmühlen der Gemeinschaft der Sonnenuhr.

Die Gemeinschaft bewohnte das ganze Plateau zwischen dem Auge der Lagune und der blutroten Schnauze des zentralen Vulkankraters des Montaña del Fuego, der sich im Hintergrund drohend erhob. Conor fand, daß es ein merkwürdiger Platz war, um sich niederzulassen. Im Rücken hatte man die Hölle und vor sich das Paradies. Aber es gab niemanden hier, der nicht hier sein wollte. Von Merlo wußte er, daß Edith Leighton zu Englands besten und bekanntesten Strafverteidigern gehört hatte. Sie war Mitglied des Queen's Counsel, und darin saßen ohne Zweifel die erlesensten Vertreter des britischen Rechtssystems. Edith hätte sich ein Leben in den teuersten Gegenden und in der vornehmsten Gesellschaft durchaus leisten können. Aber sie schien Geschmack an der ländlichen Idylle dieser vergessenen Insel gefunden zu haben. Jeden Tag arbeitete sie in ihrem Garten, in der Gesellschaft eines störrischen, wehleidigen Kamels.

Edith gab der Gräfin einen Klaps mit der Peitsche, damit sie den Weg frei machte für einen alten Landrover, von dem beinahe aller Lack abgeblättert war und der sich jetzt von unten heraufquälte. Der Briefträger hinter dem Steuerrad grinste und winkte Edith zu.

»Wie viele Leute wohnen da unten?« fragte Conor.

»Die Zahl schwankt ständig. Vielleicht fünfhundert, wenn man die Studenten nicht mitzählt, die während der Woche zu Gast bei uns sind. Viele von uns arbeiten noch woanders und kommen und gehen regelmäßig, andere wohnen ständig hier. Ich hasse es herumzureisen, und ich komme kaum einmal weiter fort als bis nach La Loma. Ich hoffe, es macht Ihnen nichts aus, die letzte halbe Meile zu Fuß zu gehen. Von hier aus ist es für die Gräfin ein beschwerlicher Abstieg.«

Sie erreichten das Dorf und kamen an niedrigen, offenen Häusern vorbei, zwischen denen das Meer hindurchschimmerte. Conor hörte die Stimmen von Kindern und sah sie in kleinen Gruppen um ihre Lehrer herumsitzen. Neben der Schule war ein großer Platz, der mit mosaikartigen Salzmalereien bedeckt und von einer niedrigen Felsmauer eingerahmt war. Auf einer der Malereien war ein großer Pelikan dargestellt, der sich selbst in die schneeweiße Brust gebissen hatte und in einen goldenen Kelch blutete. Mitten auf diesem großen Platz befand sich ein riesiges Objekt aus Bronze, das einen Durchmesser von mindestens vier Metern hatte. Es stand auf einem Podest von unbehauenen Granitblöcken. Es handelte sich um eine uralte Sonnenuhr, die man mit peinlichster Sorgfalt instand gehalten hatte und die aussah, als würde sie mehrere Tonnen wiegen. Die Gemälde und die Sonnenuhr schienen zusammen ein religiöses Motiv darzustellen, ohne daß man auf eine bestimmte Konfession hätte schließen können.

»Religion?« sagte Edith auf Conors Nachfrage. »Wir haben Gott hier, aber nicht Gott den Sohn. Wir haben hier keine Religion mit ihren Ge- und Verboten, mit ihren blutigen Ritualen der Abhängigkeit und des emotionalen Fegefeuers und mit ihren priesterlichen Hierarchien. Wir wechseln uns zum Beispiel in der Führung unserer Glaubensgemeinschaft ab.

Da draußen«, fuhr sie fort und deutete mit dem Zeigefinger auf die finstere Landschaft hinter dem Plateau, »wohnt Satan. Er ist es, den wir fürchten, und das ist Grund genug für Angst und Respekt. Ihm stellen wir uns entgegen, wo immer wir ihm begegnen, und das war immer das Ziel dieser Gemeinschaft, seit ihrer Gründung vor fast zweitausend Jahren. Die Wahrheit der menschlichen Existenz kann man ziemlich einfach ausdrücken. Es gibt das Gute in der Welt, und es gibt das Böse, und der Kampf zwischen diesen beiden Elementen hat die Menschheit seit dem Beginn ihrer Geschichte nicht zur Ruhe kommen lassen. Alles, was wir versuchen, dient dem Ziel, den Einfluß des Guten zu vergrößern, und zwar nicht durch Rituale und unmenschliche Martyrien, sondern durch die Kraft des Gebetes und durch psychische Interventionen, welches letzten Endes sowieso dasselbe ist.«

»Wie hat man eine Sonnenuhr von dieser Größe den Berg herunterbringen können?«

»Sie wurde nicht hergebracht, jedenfalls nicht von menschlichen Händen. Während der großen Eruptionen, Erdbeben und Flutwellen zwischen 1730 und 1736 wurde die Sonnenuhr aus dem Meer heraufgespült und blieb dort auf der Seite liegen, wo Sie sie jetzt sehen können.«

Ihr Haus lag ziemlich am Rand des Felsplateaus. Es war von zwei weißgekalkten Zementmauern eingerahmt, von denen eine etwas höher war als die andere. Die beiden Mauern schützten Zitronen- und Orangenbäume, die in voller Blüte standen, vor dem sandgeschwängerten Wind. In Ediths Aschengarten sah Conor Tomatenpflanzen, Pepperonistauden, sogar ein Beet mit Wassermelonen. Die Früchte und Gemüse sahen unwirklich aus, so groß waren sie. Sie blieb stehen und pflückte eine Tomate, die größer war als Conors Faust.

Auf der Veranda des Hauses saßen zwei Personen, ein Mann, der etwa in Ediths Alter war, und ein junges Mädchen Anfang zwanzig. Er saß an einer Seite des großen, runden Tisches und hatte das Gesicht dem Meer zugewandt. Das Mädchen arbeitete an einer Salzmalerei in einem flachen Holzkasten. Etwa dreißig weithalsige Flaschen mit gefärbtem Salz standen auf dem Tisch. Der Mann drehte sich nicht einmal um, als Edith die Veranda betrat.

»Hallo, Philip«, sagte Edith zu ihrem Ehemann. »Ich habe mich etwas verspätet. Tut mir leid.« Sie sah auf das unberührte Mittagessen, das neben ihm auf einem Tablett stand. Das Mädchen zuckte mit den Achseln. »Es gab unterwegs etwas Aufregung«, fuhr Edith fort. »Ein Lavakanal ist eingebrochen, und die Erde hat den Bus nach La Loma verschluckt. Dieser Gentleman hier konnte im letzten Moment abspringen. Er war zum Glück der einzige Passagier. Conor, stimmt's? Ja. Conor Devon aus den Vereinigten Staaten. Das ist mein Mann, Philip Leighton.«

Leightons Hände blieben zusammengefaltet in seinem Schoß liegen. Er nickte und lächelte, aber er sah Conor nicht an. Und er sagte auch nichts. Nach einem Moment verschwand das Lächeln wieder. Er hatte die Augen eines Wandersmannes, der sehnsüchtig und gedankenverloren unerreichbaren Horizonten hinterherblickt.

»Er hat heute morgen eine oder zwei Minuten mit mir gesprochen«, sagte das Mädchen, »und hat mir ein paar ganz nützliche Ratschläge für mein Bild gegeben. Oh, ja, und dann ist er noch auf der Toilette gewesen.«

»Mein Mann«, sagte Edith Leighton und sah Conor dabei an, »hat die Alzheimersche Krankheit.«

»Ich glaube nicht, daß ich schon etwas darüber gehört habe.«

»Vor nicht allzu vielen Jahren konnte man diese Krankheit noch gar nicht diagnostizieren, ihre Symptome wurden anderen Krankheiten zugeordnet. Aber inzwischen ist sie als ziemlich weit verbreiteter Killer erkannt worden. Es handelt sich um eine irreversible Form frühzeitiger Senilität.« Edith wählte diesen Moment um ihm zu erklären: »Vielleicht verstehen Sie jetzt, warum ich hier nicht weg kann. Aber ich muß trotzdem zugeben, daß die Tragödie Ihres Bruders mich sehr berührt hat. Ich würde gerne mehr darüber erfahren. Vielleicht fällt uns zusammen etwas ein, wie wir ihm helfen können. Oh, das habe ich völlig vergessen. Ich würde Ihnen gerne Sigrid Torgeson vorstellen, ohne die ich hier ziemlich verloren wäre.«

Conor hatte schon bei jeder sich bietenden Gelegenheit zu Sigrid hinübergeschielt. Vielleicht war sie nicht gerade die schönste Frau, die er jemals gesehen hatte, aber je länger er sie ansah, desto schwerer fiel es ihm, sich an das Gesicht seiner eigenen Frau zu erinnern. Es stimmte einfach alles bei Ingrid, der Schnitt ihres blonden Haares, die Anordnung ihrer lebhaften Augen, die Linie ihres Kinns und die Ausmaße jedes Grübchens, das aus ihrem Gesicht hervorleuchtete, wenn sie lächelte. Ihr Körper, der nur spärlich von knappen Jeansshorts und einem Bikinioberteil bedeckt war, wies ebenfalls keinen Makel auf, sondern nur wohlproportionierte Fülle an jeder Rundung und jeder jugendlichen Schwellung des Fleisches. Vielleicht, dachte er, vielleicht hatte sie ja wenigstens häßliche Schwielen unter den Sohlen ihrer nackten Füße. Sie mußte dort doch einfach Schwielen haben. Aber als er, fast schon übermütig, zu diesen wunderbaren Füßen hintersah, entdeckte er, daß sogar ihre staubigen Zehen wohlgeformt und so perfekt gespreizt waren, als hätte sie niemals Schuhe getragen. Er war so hingerissen, daß er keinen Ton hervorbrachte.

»Ich habe von Ihrem Bruder gehört«, sagte Sigrid. »Ich weiß verdammt gut, was er durchmachen muß, und ich bete, daß er bald erlöst wird.«

Conor sagte etwas gereizt: »Ich war ein paarmal bei ihm, als er... Ich glaube nicht, daß sich irgend jemand von uns vorstellen kann, was er durchmachen muß. Ich weiß ja nicht einmal, ob es Rich noch gibt.«

»O doch. Es gibt ihn noch. Und er macht Entsetzliches durch. Die ganze Zeit. Ich war besessen, als ich sechzehn Jahre alt war. Das dauerte länger als drei Monate. Natürlich kann ich mich an den Exorzismus nicht mehr erinnern, aber ich weiß, daß ich dabei fast mein Leben verloren hätte.«

»Besessen? Vom...«

»Ja. Ich habe Fotografien davon. Aber Sie hätten nichts von dem Anblick, außer daß er Ihnen den Magen umdrehen würde, und ich weiß, daß Sie davon wahrlich schon genug hatten in letzter Zeit.«

Conor lächelte etwas nachsichtig. Er glaubte ihr natürlich kein Wort. »Sie scheinen das alles aber ganz gut überstanden zu haben.«

»Einigermaßen gut«, sagte sie. »Aber es wird mir für immer die Mahnung in den Körper geritzt bleiben, daß wir

niemals so schön sind, wie wir gerne wären, oder so häßlich, wie wir es befürchten.«

Sie drehte Conor ihren Rücken zu, und der sah aus, als
hätte sie die drei Monate der Besessenheit auf einem Nagel-
brett zugebracht. Die Narben, kleine, weiße Kerben vom
Nacken bis zum Bund ihrer Shorts, waren nicht zu zählen.
Ihr Rücken sah aus wie ein Stück Bimsstein.

Conor hielt den Atem an, er wurde fast erdrückt von dieser Tragödie einer zerstörten Jugend und einer verstüm-
melten Schönheit. Und trotzdem fühlte er ein Verlangen
nach ihr, das ihn schwindelig werden ließ.

Sigrid drehte ihm selbstzufrieden wieder die Vorderseite
zu, als ahnte sie etwas von seinen Gefühlen, noch bevor sie
sie erkannt hatte.

»Aber warum... Warum lassen Sie...«

»Etwas dran machen lassen? Eine Hauttransplantation
wäre ein langwieriger Prozeß. Außerdem machen mir die
Narben nicht so viel aus, wie Sie vielleicht glauben. Sie sind
meine Kriegsverletzungen, und ich will mich immer daran
erinnern, daß der Krieg gegen Satan nicht nur eine Angelegenheit meines Lebens ist, sondern eine Angelegenheit für
alle Zeiten. Ich möchte niemals das Gefühl haben müssen,
daß es mir lieber wäre, mich da rauszuhalten.«

74

Der Gefangene tat viel für seinen Körper. Er machte regelmäßig jeden Tag vierzig Minuten lang gymnastische Übungen in dem heruntergekommenen Erholungsraum des Ge-
fängnisses, dessen Zerstreuungsangebot aus einem ver-
schmierten Kartenspiel, einem Schwarzweiß-Fernsehgerät,
dessen einziger intakter Kanal in der Lage war, Bilder zu
empfangen, wie sie bei der Projektion eines Films auf ein
langsam dahinziehendes, ölüberzogenes Gewässer entstehen würden, und einigen abgegriffenen alten Nummern
von Magazinen wie *Yankee* oder *The Rotarian* bestand.

Während seiner Übungen wurde er von zwei Wärtern

bewacht; der eine trug ein kurzläufiges Gewehr vom Typ High-Standard M-10, dessen Hülsen nicht mit Schrot, sondern mit kleinen Messingsplittern geladen waren. Diese hatten die Eigenschaft, die getroffenen Fleischpartien in Fetzen zu zerreißen, wurden dagegen nicht zu gefährlichen Querschlägern, was sich besonders in engen Räumen mit Betonwänden als günstig erwiesen hatte. Der Häftling füllte die vierzig Minuten normalerweise mit Liegestützen, Rumpfbeugen und Laufen auf der Stelle aus. Er machte selten eine Pause, und wenn er eine machte, dann sprach er nicht und nahm auch sonst keinerlei Notiz von seinen Wärtern.

Aber Duke Fridley fühlte, daß der Häftling irgendwann in der nächsten Zeit mal wieder aus der Rolle fallen würde. Und Duke würde darauf vorbereitet sein. Duke war derjenige mit der Schrotflinte, und Duke hatte für den Häftling etwa genausoviel übrig wie für eine Made in seinem Filetsteak. Duke konnte es kaum erwarten, daß der wieder durchdrehen würde. Seine Versuche, den Häftling zu reizen, etwa durch verbale Unverschämtheiten, waren bisher nur auf eisige Nichtbeachtung gestoßen. Er mußte sich Tag für Tag damit zufriedengeben, den Häftling nach dessen Übungen wieder in seine Zelle zu führen.

An diesem Tag aber hatte er einen besonderen Grant. Auf seine Ex-Frau nämlich, die seine gesamte Alimentenzahlung für das gemeinsame Kind ihrem neuen Freund in den Hintern gesteckt hatte, so daß nichts übriggeblieben wäre, wovon man die dringend notwendige Zahnregulierung für den Jungen hätte bezahlen können. An diesem Tag dachte er deshalb besonders intensiv darüber nach, was er machen würde, wenn der Häftling plötzlich von seinen eintönigen Liegestützen aufstehen und sich auf ihn stürzen würde, um ihm zum Beispiel das Gewehr zu entreißen. BA-RUUM! BA-RUUUMMM! Zwei schnelle Schüsse, und der Typ würde die Ohren nach innen gestülpt tragen und durch die Speiseröhre pfeifen. Das würde dem Staat außerdem 'ne Menge Zeit und Geld sparen. Also, komm nur her, du Arschloch! Du Stück Hundescheiße! Guck mich nur mal 'n bißchen schief an!

»Zeit ist vorbei«, sagte der andere Wärter, dessen Name Parker war. Er schaute von seiner Armbanduhr auf und gähnte. Der Häftling setzte seine Liegestütze fort, als hätte er Parker nicht gehört. Jetzt sieh sich einer den an! Duke baute sich direkt neben dem Häftling auf und versetzte ihm eins mit der Fußsohle, daß er ausgestreckt am Boden liegenblieb.

»Hey, Duke«, sagte Parker beruhigend. »Was soll denn das?«

»Dieses Arschloch denkt, daß es tun und lassen kann, was ihm paßt und wann es ihm paßt. So läuft das aber nicht. ›Zeit ist vorbei‹ hat der Mann gesagt, Devon! Das bedeutet aufstehen und die Arme für die Zwangsjacke ausstrecken! Klar?«

Der Häftling sah Duke an. Es war kein Ärger in seinem Gesicht, den Duke eventuell als Vorwand für einen weiteren Tritt hätte nehmen können. Das Gesicht war völlig ausdruckslos.

Duke sah — oder glaubte jedenfalls zu sehen — kleine rote Lichtpunkte in den Augen des Häftlings. Dann fühlte er eine heiße Welle durch seinen Kopf laufen, die ihn so benommen und träge hinterließ, daß er die Kontrolle über seinen eigenen Körper verlor.

Und dann wurde, zu seiner Überraschung, die Kontrolle für ihn übernommen. Er wußte nicht, von wem oder was. Er fühlte, wie er umgedreht und dazu veranlaßt wurde, in die entfernteste Ecke des Raumes zu gehen, und dort ließ man ihn strammstehen. Die Mündung der Schrotflinte, die er mit der rechten Hand hielt, drückte er sich gegen seinen Willen in seine linke Armbeuge.

»Duke, was, zum Teufel, tust du da?« schrie Parker.

Der Häftling hockte auf einem Knie und sah Duke direkt in die Augen. Mit einer Hand wischte er sich ganz langsam den Schweiß von der Stirn.

»Ich weiß nicht, was ich tue!« stieß Duke kreischend hervor. »Ich kann nichts dagegen machen! Bleib weg von mir, Parker! Mein Gott, die Knarre geht gleich los! Es wird meinen Arm in Fetzen reißen! Hilfe! Scheiße, der Abzug! Es wird mir den Arm zerreißen! Hilf mir! Neeiiiin!«

In dem Augenblick senkte der Häftling den Blick. Das Gewehr ging nicht los. Aber der Verlust des Arms wäre ein Vergnügen gewesen gegen den Schrecken der Bilder, die Duke in den nächsten Augenblicken durch den Kopf gejagt wurden.

Er sah seine Welt, die paar Quadratmeilen ländlicher Vermonter Landschaft, in der er sein ganz normales Leben führte, sich ab und zu betrank und am Sonntagnachmittag seine Kinder ins Kino begleitete. Nur sah er diese Welt jetzt als ewig verdunkelten, verbotenen Platz, in dem die lebenden Überreste der menschlichen Zivilisation einander durch Ruinen verfolgten und einander das lebende Fleisch von den Körpern rissen, um sich die hungrigen Mäuler damit vollzustopfen. Dukes Kopf begann apathisch hin und her zu rollen, seine Augen überzogen sich mit einem stumpfen Schleier. Er streckte seinen rechten Arm aus und die Schrotflinte fiel ihm aus der Hand. Der Häftling fing sie geschickt auf, bevor sie auf den Boden poltern konnte.

Duke sackte auf die Knie. Er wimmerte leise vor sich hin. Parker trat einen Schritt von dem Häftling zurück. Er wagte es nicht, seinen Revolver zu ziehen.

Der Häftling bedeutete ihm mit einer Handbewegung, sich nicht zu bewegen, und Parker erstarrte zu einer Salzsäule. Nur die falschen Zähne klapperten noch in seinem Mund.

Der Häftling ging hinüber zu Duke, der sich in Erwartung eines Blutbades noch weiter zusammenkrümmte.

»Du hast das fallen lassen, Duke«, sagte der Häftling und gab ihm die Schrotflinte zurück.

Duke nahm sie entgegen. Er zitterte am ganzen Körper, und er wußte jetzt mehr über seinen Gefangenen, als er jemals hatte wissen wollen. Er verspürte keinerlei Verlangen mehr, sich auf den Häftling zu stürzen und ihn mit seinem Schlagstock durchzuprügeln.

Duke war sich jetzt darüber im klaren, daß der Gefangene sie, die Wärter, unter Kontrolle hatte und nicht umgekehrt. Wenn er nur wollte, könnte er jederzeit dieses Gefängnis verlassen, und keine Macht der Welt könnte ihn daran hindern.

Sowie Steve, der Aufseher der Wärter, Parkers Bericht gehört hatte, bestellte er Duke zu sich.

»Duke, du kannst gehen! Ich will dich hier nicht mehr sehen.«

Duke versuchte zu grinsen, aber es gelang ihm nicht. Er war in einen tiefen Morast der Hoffnungslosigkeit gefallen, und er selbst hatte nicht mehr die Kraft, sich herauszuziehen. Er antwortete, und diese Antwort entsprach im vollen Umfang der Wahrheit: »In dieses Gefängnis würde ich nicht einmal in einem M-60-Panzer zurückkehren.«

75

Conor hatte in Edith Leightons Haus am Meer lange geredet; jetzt war er heiser. Man mußte die handgeflochtenen Jalousien gegen die tiefstehende Sonne vor die Fenster ziehen.

Edith hatte ihn gebeten, seinen Bericht auf Tonband aufnehmen zu dürfen. Er hatte ihnen alles erzählt, was wußte – oder zumindest zu wissen glaubte –, zum Beispiel, wie Rich von Zarach' Bal-Tagh erst eingelullt und dann in Besitz genommen worden war. Er hatte von den schrecklichen Existenzbeweisen des Dämons berichtet, die er selbst hatte mitansehen müssen, von den mysteriösen Unglücksfällen, die einen Augenzeugen der Tat nach dem anderen hinweggerafft hatten, von Adam Kurlands mutiger Entscheidung, auf dämonische Besessenheit zu plädieren, obwohl er genau wußte, daß das seine Karriere ruinieren konnte. Er hatte von den teuflischen Angriffen auf seine Tochter Hillary und auf sich selbst erzählt, von seiner kurzen Zeit als Priester und von seinen Schuldgefühlen nach dem Widerruf des Gelübdes. Nicht zuletzt hatte er auch von seiner Liebe zu seiner Familie berichtet, von seiner Angst um deren Sicherheit und von der noch spezifischeren Angst, daß sein Bruder Richard gar nicht mehr zu retten sein könnte.

»Es gibt nur einen Weg, um ihn zu retten«, antwortete Edith Leighton. »Der Prozeß wird eine sehr gefährliche Angelegenheit. Aber die einzige Art, die Existenz Zarach's zu beweisen, ist, ihn zu zwingen, sich vor Gericht zu zeigen. Aber Sie können sich vorstellen, wie das aussehen wird. Sie haben ja schon einige Erfahrung mit dem Sohn der endlosen Nacht. Und ich kann Ihnen versichern, daß er sein Repertoire noch lange nicht ausgeschöpft hat. Er kann noch einen ganz anderen Zirkus veranstalten, als er es bis jetzt getan hat.

Und vor allem: Ein Urteil, das Ihren Bruder entlastet, rettet ihn noch nicht. Es geht nicht um die juristische Entlastung Ihres Bruders, es geht darum, Zarach' von dieser Erde zu vertreiben. Es gibt nur zwei Wege, um Zarach' zu veranlassen, Ihren Bruder freizugeben. Die erste ist der Tod Ihres Bruders, und die zweite besteht in dem Eingreifen einer mächtigen positiven Kraft. Wenn wir Zarach' entlarven, dann müssen wir gleichzeitig auch die Mittel haben, ihn zu kontrollieren. Das ist der springende Punkt.«

»Wollen Sie damit sagen, das Leben meines Bruders sei das Risiko einer Gerichtsverhandlung nicht wert?«

»Das habe ich damit nicht gemeint. Aber ich will damit sagen, daß dies keine Angelegenheit für Amateure ist. Auch wenn mir nicht daran gelegen ist, Ihrem Mr. Kurland zu nahe zu treten.«

»Und Sie können uns wirklich nicht helfen?«

»Wir alle von der Sonnenuhr könnten einen Kreis des psychischen Lichts herstellen und für seine Erlösung beten. Unterschätzen Sie das nicht, es könnte von großem Wert für Ihren Bruder sein. Was meinen persönlichen Beitrag betrifft: Selbst wenn es das Problem mit meinem Mann nicht gäbe, es ist immerhin schon ein paar Jahre her, daß ich zum letztenmal in einem Gerichtssaal gestanden ha. Ich fürchte, meine Fähigkeiten sind während der langen Pause etwas eingerostet.«

Sigrid schüttelte ungläubig den Kopf, sagte aber nichts.

»Nun, ich glaube, wir haben für heute genug über das Problem geredet. Sie sehen ziemlich erschöpft aus. Wir wollen essen und uns dann zur Ruhe begeben. Vielleicht kann Sigrid Ihnen morgen etwas mehr von unserer Gemeinschaft zeigen.«

76

Die Höhle, in die Conor und Sigrid Torgeson hinabstiegen, war sehr hell und etwa fünfundzwanzig Meter hoch. Anders als die Kalksteinhöhlen, die durch die unterirdischen Aktivitäten des Meerwassers im Laufe der Jahrtausende ausgewaschen worden waren, war diese Höhle durch den dramatischen Durchbruch eines Lavastroms vom Montaña del Fuego entstanden. Die zackigen Basaltwände wiesen Schattierungen von Grau und Rot auf, die Stalaktiten waren lange Lanzen hartgewordener Lava.

»Nach der Eruption«, erklärte Sigrid, »ist die Lava auf der Oberfläche schnell abgekühlt und hart geworden und hat so einen Kanal geschaffen, durch den immer mehr Lava nachfließen konnte. Es gibt hier Plätze, da findet man Rohre, die auf Rohren entlanglaufen, Tunnel, die noch viel länger sind als dieser hier. Es sind noch längst nicht alle Höhlen erforscht.«

»Wo gehen wir hin?«

»Ein kleines Stück in Richtung Meer, zu einem Lieblingsplatz von mir, dem Lago de Ilusión.«

Sigrid trug heute ein langärmeliges Hemd. Es war kühl in der Höhle. Sie hatten beide einen Stock, um auf dem unebenen Grund einigermaßen die Balance halten zu können. Conor erinnerte sich wieder der Narben auf ihrem Rücken und fragte sie: »Wie war das damals mit Ihrer Besessenheit?«

»Oh, es passierte, als ich noch jung und ein bißchen dumm war. Vielleicht nicht dumm, aber doch leichtgläubig. Und das hat die falschen Geister angezogen. Ein Ouijabrett war der Auslöser. Das sind diese Buchstabenbretter, die man bei spiritistischen Sitzungen benützt.«

Conor nickte.

»Das sind nicht die harmlosen Spielzeuge, für die die meisten Leute sie halten. Ein Ouijabrett ist ein Kanal der Kommunikation, durch den unbekannte Geister Verbindung zu den Lebenden aufnehmen können. Und es gibt kosmische Gesetze der Einladung und der Anziehung, denen diese Geister zu gehorchen haben.

Meine Freunde und ich machten über so ein Ouijabrett Bekanntschaft mit einem Geist, der vorgab, positiv zu sein, engelsgleich, und das tat er nur, um unser Vertrauen zu gewinnen. Nun, meine Freunde wurden dieses Spiels sehr schnell müde, aber ich machte mit dem Brett weiter und hielt so den Kontakt zu dem unbekannten Geist über mehrere Monate hinweg aufrecht. Auch des nachts, wenn ich eigentlich schlafen sollte. Und das ist die schlechteste Zeit, um Kontakt zu Geistern aufzunehmen. Dieser Dämon war ein richtiger Schmeichler, und ich verfiel ihm allmählich. Seine kleinen Voraussagen auf die Zukunft bewahrheiteten sich immer wieder. Und es war mir nicht genug, in der Nacht seine Nachrichten zu empfangen. Ich wollte ihn jetzt auch noch sehen. Und da ging es los. Ich wurde heimgesucht. Nicht nur von einem Dämon, sondern von vielen.«

»Warum bleiben Sie hier, Sigrid?«

»Um mich so gut ich kann für die Hilfe zu bedanken, die ich von der Sonnenuhr erhalten habe. Und wegen der besonderen Schwingungen hier, die dem Bösen jede Einflußnahme verwehren. Haben Sie es nicht auch schon bemerkt?«

»Ich weiß nicht. Allerdings habe ich seit Wochen nicht mehr so gut geschlafen wie letzte Nacht. Und vor allem habe ich diesmal nicht mindestens vier Drinks gebraucht, um überhaupt einschlafen zu können. Ich hatte nicht einmal Lust, etwas zu trinken.«

»Wahrscheinlich müßten Sie nur noch ein paar Tage länger hierbleiben, und Sie würden gar nicht mehr weg wollen.«

»Aber ich muß wieder weg. Mein Bruder wird vielleicht sterben.«

Sie zog den Kopf etwas ein, als hätte man sie gescholten, und ging eine Weile schweigend weiter. Sie kamen an einen Geröllhaufen, der die Sohle des zerklüfteten Zylinders versperrte, durch den sie schon die ganze Zeit gingen. Sie mußten darüberklettern, und von der Spitze des Haufens aus sah Conor in einen Abgrund hinunter, der ebenso hell war wie die Höhle um sie herum.

»Sind wir hier am Ziel? Wie tief ist das Loch?«

Sigrid gab ihm ein Stück Basalt. »Werfen Sie es hinunter und zählen Sie die Sekunden, bis Sie es unten aufschlagen hören. Eine Lektion in Physik.«

Conor warf den Stein, aber er hatte kaum seine Hand verlassen, als der Abgrund zitternd vor seinen Augen verschwand, wie durch ein Wunder. Zusätzlich hatte er ein leises Plätschern gehört, als der Stein auf die Wasseroberfläche getroffen war, auf die schwarze Oberfläche eines Teiches, der so ruhig dagelegen hatte, daß er die Höhle, in der sie sich befanden, gespiegelt und einen Abgrund vorgegaukelt hatte.

»Das Wasser ist nur wenige Zentimeter tief. Wir können durchgehen und zu den Gezeitenbecken hinuntersteigen. Dort zeige ich Ihnen ein paar interessante Seetiere, die es sonst nirgendwo auf der Welt zu sehen gibt. Dann ist es nicht mehr weit bis zum Strand. Wir könnten ein bißchen schwimmen.«

»Okay«, sagte Conor, obwohl er sich gar nicht so sicher war, daß er die Höhle, in der es so angenehm kühl und windstill war, so schnell verlassen wollte, um an die Oberfläche zurückzukehren. Hier, in dieser Einsamkeit, konnte er mit einer Frau zusammensein, die er auf eine Art zu bewundern gelernt hatte, die das Herz zufriedenstellte, ohne daß Sexualität eine Rolle spielte.

»Sigrid, was glauben Sie, wird sie tun?«

»Edith? Nun, ich weiß nicht. Sie müßten Sie viel länger und genauer kennen, um ermessen zu können, wie nahe ihr das Martyrium Ihres Bruders geht. Sie dürfen nicht glauben, daß sie die Lust auf Kampf verloren hat oder ihren Haß auf das Böse, das Zarach' repräsentiert.«

»Aber ihr Mann stirbt.«

»Ja. So wie ich es verstanden habe, wird die Krankheit nach und nach alle seine Sinne lahmlegen, bis er irgendwann einfach vergessen wird zu atmen. Sie sind schon sehr lange verheiratet. Man kann sich vorstellen, was sie während dieser langen Zeit alles miteinander erlebt haben: Kunst, Musik, Bücher.« Sigrid deutete auf den Teich, dessen Oberfläche wieder bewegungslos war. »Jetzt bleibt ihr nur noch eine Illusion, die nur in den wenigen Augenblicken Wirklichkeit wird, in denen sein Kopf klar ist und er plötzlich so redet, als wäre er überhaupt nicht krank. In diesen Momenten ist Edith glücklich und dankbar, weil sie ihr dieses wunderbare Leben zurückbringen, das sie mit ihm geführt hat. Aber irgendwann wird der Stein auf die Wasseroberfläche fallen, das Wasser wird zittern und nicht einmal mehr die Illusion wird zurückkommen. Dann wird er gar nicht mehr sprechen. Er wird vielleicht noch eine Weile leben, aber er wird sie schon für immer verlassen haben.«

77

Richter Natty Eames fand das zweite Aprilwochenende — in Vermont spricht man von der schlammigen Jahreszeit — zu kühl für ein Barbecue im Garten, aber seine Tochter Olivia hatte ihren sechsten Hochzeitstag, und während der vergangenen anderthalb Jahre hatte er so viel zu tun gehabt, daß er und seine Frau wenig Gelegenheit gefunden hatten, ihre Enkel zu besuchen, von denen es inzwischen zwei gab. Natty und Violet (solange sie zurückdenken konnte, war sie ›Buff‹ genannt worden) fuhren also absichtlich etwas früher nach Dorset rüber, wo sie kurz nach eins ankamen. Entlang der mit Kies bedeckten Auffahrt hatten die gelben Blüten der Forsythien schon ihre Spitzen herausgestreckt, und die langen vergoldeten Vorhänge der Weiden hingen über den Rand des kleinen Teiches, auf dem das letzte Eis des Winters bereits zu bleichen, hauchdünnen Platten geschmolzen war. Nattys Enkelkinder durften nicht in der Nähe des Teiches spielen, der gleich vor der Eingangstür lag. Ihr eingezäunter Spielbereich befand sich hinter dem Haus in einem Birkenhain. Dort gab es stabile Geräte zum Klettern und Springen, Sandkästen, Schaukeln und Rutschen.

Greg und Olivia waren von dem Geschenk zum Hochzeitstag, einem dunkelroten Bowlegefäß aus Glas, das Buff in einem abgelegenen Antiquitätengeschäft in der Nähe des Chester Depots ausgegraben hatte, schlichtweg hingerissen. Buff hatte Natty nicht erzählt, was sie dafür bezahlt hatte, aber sie kannte sich bei Antiquitäten besser aus als die meisten der gerissenen Händler in der Gegend, und man konnte sicher sein, daß sie hartnäckig feilschen konnte.

Buff schlich sich in die Küche, um Olivia zu begrüßen, ehe der Rest des Anhangs sie in Beschlag nahm. Der kleine Thaddeus, der dreieinhalb war, und die fünfjährige Tussy buhlten bereits um die Aufmerksamkeit ihres Großvaters. Er ging mit ihnen auf den Spielplatz und setzte sie auf die beiden Schaukeln, die er abwechselnd anschubste.

Während er mit den Kindern spielte, fand Natty Eames Zeit, über den Fall Devon nachzudenken. Er wußte, daß er recht gehandelt hatte, als er den aufmüpfigen jungen Anwalt in seine Schranken verwiesen hatte. Die ganze Publicity würde sich jetzt schnell wieder in nichts auflösen, am Montag aber würde der junge Kurland sich noch den ganzen Eier- und Tomatendreck der Presse aus dem Gesicht wischen müssen. Gewinnen konnte dabei nur Natty. Er hatte allen gezeigt, daß dieser Fall ausschließlich nach seiner Façon gehandhabt werden würde.

»Höher, Nattypop!« schrie die kleine Tussy.

»Kannst du mich nicht runterlassen?« fragte Thaddeus, der etwas ängstlicher war. Er mußte es zweimal sagen, bevor Natty ihn hörte.

»In Ordnung, Kleiner.« Natty hielt die Schaukel des Jungen abrupt an, indem er direkt über den kleinen Fäusten in die Ketten griff. Tussy fuhr vergnügt damit fort, sich in die Höhe zu schwingen. Ihre Zehen zeigten dabei auf die kahlen Spitzen der Bäume.

Natty fand es auf einmal ziemlich kalt. Vielleicht sollten sie besser hineingehen. Er drehte sich um, um Tad auf sei-

nem Weg zu der größten der hölzernen Rutschen zu beobachten, die Greg gebaut hatte.

»Schau mir zu, Nattypop!«

»Sei vorsichtig.«

Natty lachte, und seine Zähne klapperten. Der Wind
blies jetzt scharf vom Hügel herunter, er war so stark, daß
er Tussy fast aus ihrem Schaukelsitz blies, in dem sie sich
inzwischen so hoch geschwungen hatte, daß die Ketten auf
dem Höhepunkt der Schwingbewegung parallel zum Boden zu stehen schienen. Die Kette der anderen Schaukel,
die Natty noch immer in der Hand hielt, zittete von der
Kraft, die auf das ganze Gerüst übertragen wurde.

»Tussy, du wirst runterfallen.« Er mußte sich schneuzen
und suchte mit der freien Hand nach einem Taschentuch in
seiner Hose.

»Nein. Werde ich nicht. Ich hab' dich lieb, Nattypop!«

»Ich hab' dich auch lieb, Tussy!« Tad schlidderte inzwischen jubelnd die Rutsche herunter. Natty lachte, aber das
Lachen gefror ihm noch im selben Moment in der Kehle zu
Eis. Die Kette, die er in der Hand hielt, hatte sich völlig unerklärlicherweise und ganz von selbst fest um sein Handgelenk gelegt.

›Was, zum Teufel, ist denn los?‹ dachte Natty.

Der Sitz der Schaukel hob sich ein paar Zentimeter,
und die Kette bildete eine Schlinge. Er hatte gar keine
Zeit, darüber nachzudenken, wie er sich befreien könnte
und warum die andere Kette sich jetzt sanft über seinen
Kopf legte, kalt über seine abstehenden Ohren glitt und
ihm direkt unterhalb der Kieferknochen den Hals abzu-
schnüren begann.

Denn schon begann die Schaukel sich zu bewegen, riß
den kleinen Richter von den Füßen und zog den hilflosen
Körper vor und zurück, wobei Nattys Gesicht langsam die
Farbe von schwarzem Johannisbeersaft annahm. Er war
noch etwa sechs Sekunden lang bei Bewußtsein, gerade
noch lange genug, um Tussys ersten Schrei des Entsetzens
zu hören, als sie noch dreimal neben ihm hin und her
schaukelte, bevor sie die Kraft fand, ihre Absätze in den Boden zu bohren, um anzuhalten. Sein Genick war jämmer-

lich verdreht, aber seine Augen waren noch offen. Er lächelte Tussy an. Das Lächeln füllte sich langsam mit frischem Blut. Tussy rannte ins Haus.

78

»Wir wollen uns hier für ein paar Minuten hinsetzen, Philip«, sagte Edith Leighton zu ihrem Mann. Sie hatte sein leichtes Keuchen, die schwache Weigerung, die Füße über den schlackigen Weg weiterzubewegen, deutlich gespürt.

Er lächelte erleichtert und reagierte auf den sanften Druck ihrer Finger in seiner Armbeuge. Sie waren jetzt schon seit einer Viertelstunde am Rand der Klippe auf und ab gegangen und Edith hatte die Zeit mit einem Gespräch über Musik, über eine Ausstellung von Philips Bildern, die seine langjährige Londoner Galerie vorbereitete, und über eine Biografie von Leopold Mozart ausgefüllt, die heute mit der Post gekommen war, und auf die sie sehr neugierig war.

Sie setzten sich nebeneinander auf eine der Bänke neben dem großen, überhängenden Dach eines der Schulpavillons. Hier war es schattig, und auch der Wind war etwas weniger heftig. Die Schulkinder waren schon für das Wochenende nach Hause zurückgekehrt.

Edith hatte eine Mappe mit neueren Zeichungen eines ehemaligen Schülers ihres Mannes mitgebracht, der jetzt in Italien und in Amerika zu einigem Ansehen gekommen war. Sie blätterte für ihn die losen Zeichnungen durch, er sah herunter auf sie und nickte ein paarmal, um schließlich den Blick abzuwenden und auf das Meer hinauszusehen. Sein Haar flatterte im Wind.

»Ich habe den Namen des jungen Mannes vergessen, mit dem wir soviel Zeit verbracht haben«, sagte er mit Bedauern in der Stimme.

Mit ihm war es ein wenig wie mit einem Radio, das man immer eingeschaltet hat, von dem man aber aufgrund der atmosphärischen Störungen nie weiß, wenn es etwas Brauchbares von sich geben würde.

»Sein Name ist Conor Devon«, sagte sie.

»Es kommt mir sehr wichtig vor, Edith.«

»Was meinst du?«

»Dieser Prozeß um die dämonische Besessenheit. Zarach' Bal-Tagh ist daran beteiligt?«

»Ja. Leider.«

»Und du willst wegen mir nicht gehen?«

»Natürlich will ich dich nicht verlassen. Aber ich fürchte auch, daß ich nicht mehr die Kraft habe.«

»Kraft hat viel mit Überzeugung und Glauben zu tun. Hast du denn deinen Glauben verloren?«

»Nein.«

Sie beobachtete sein Gesicht. Er lächelte ganz schwach. Aber sie hätte nicht sagen können, was er dachte, oder ob er überhaupt etwas dachte.

»Was sagt der Rat?« fragte er.

»Ich bin noch nicht soweit, die Sache vor den Rat zu bringen.«

»Aber du hast es vor.«

»Ja. Und dann...«

»Ich denke, wir sollten uns, wie immer, nach dem Willen der Mehrheit richten.« Er wandte seinen Kopf und sah Edith direkt in die Augen. Seine Hand ergriff die ihre. Sie hatte plötzlich ein überwältigendes Gefühl der Gemeinsamkeit. »Du weißt, daß es mir hier gutgehen wird. Sigrid ist eine ausgezeichnete Beschützerin. Da habe ich großes Glück.«

Und das war alles. Der Griff seiner Hand löste sich, und sie wußte genau, daß er jetzt wieder um eine Ecke gebogen war und ihm ein langer, leerer Abschnitt auf seinem Weg bevorstand. Edith senkte den Kopf, dann sah sie aufs Meer hinaus. Auf einmal kam ihr die ungeheure Entfernung bedrohlich vor. Sie hatte vor so langer Zeit damit begonnen, ihr Leben nach innen zu wenden. Eine so weite Reise, nur um sich noch einmal gegen diese Macht zu stemmen, die sie so sehr verabscheute. Ihre Lippen begannen bei diesem Gedanken zu zittern. Sie hatte Angst, und das war nur natürlich. Aber gleichzeitig spürte sie eine trotzige Versteifung im Rückgrat.

›Vielleicht‹, dachte sie.

79

Im südlichen Gerichtsbezirk von Vermont gab es vierzehn Strafrichter. Nach dem furchtbaren Tod von Natty Eames ging der Fall Vermont gegen Devon an den jüngsten dieser Richter über, Knox Winford, der erst vierunddreißig Jahre alt war.

In den fünf Jahren, in denen er das Amt jetzt ausübte, hatte sich Knox als integrer, ehrgeiziger Mann erwiesen. Jedermann wußte, daß er schon die Tage zählte, bis die achte Amtszeit des alten Senators des Green Mountain States Vermont abgelaufen sein würde, weil er sich dann für diesen vakanten Posten bewerben wollte. Aber Knox war auch in der Zwischenzeit nicht faul. Er studierte weiter fleißig die Gesetze des Staates und deren Auslegung und hatte sich bereits einen Namen als Fachmann für Verfassungsrecht gemacht. Er war nicht ganz immun gegen Vetternwirtschaft, aber er verstand es, sich die richtigen Vettern auszusuchen, und was Beförderungen betraf, so hatte er sich noch nicht korrumpieren lassen. Das lag auch daran, daß er das Geld nicht nötig hatte. Seine Großmutter hatte einmal damit begonnen, Ahornsirup zu verkaufen, und sie hatte ihrem Enkel, dem Liebling ihres Herzens, ein nicht unbeträchtliches Vermögen hinterlassen. Auch der Familie seiner Frau ging es recht gut, und sie war bereit, seine Karriere zu unterstützen.

Knox hatte, noch bevor sein Freund Adam Kurland Richter Eames den schwer verdaulichen Brocken der Ankündigung einer Verteidigung hingeworfen hatte, die sich auf die Annahme dämonischer Besessenheit gründen sollte, gewußt, daß dieser Prozeß eine ziemlich unerfreuliche Angelegenheit werden würde. Er war froh gewesen, nicht den Vorsitz zu haben.

Jetzt hatte er ihn. Und er hätte zahllose Möglichkeiten gehabt, ihn von sich abzuwälzen. Er hätte zum Beispiel die Sache so lange hinauszögern können, bis es an der Zeit wäre, sein Amt niederzulegen, um die Kandidatur für das Senatorenamt vorzubereiten. Aber Richter Winford hatte ein paar Charaktereigenschaften, die ihm diese Kandidatur einmal erleichtern, möglicherweise aber auch erschweren könnten. Er war neugierig, und er war der Ansicht, daß das Recht keine feststehende Sache war, sondern einem ständigen Entwicklungsprozeß unterlag. Und Knox Winford war ein Mann, der keinen Mißbrauch mit der Macht trieb, die man ihm übertragen hatte.

So traf er sich also ganz informell mit Adam und sprach in seinem Büro bei Coke und Hamburgern die Sache mit ihm durch. Dieses Mal war Adam besser darauf vorbereitet, seine Verteidigungsstrategie zu verkaufen. Er brachte die beiden Tonbänder mit, die während der Zirkusveranstaltungen entstanden waren, die Zarach' Bal-Tagh in Richs Zelle zum Besten gegeben hatte. Und er hatte eidesstattliche Erklärungen von Pater Merlo, Conor und Lindsay dabei.

Es war eine lange Sitzung. Knox war beeindruckt von Adams Aufrichtigkeit und Überzeugungskraft. Weniger beeindruckt war er von den Tonbändern. Er hatte schon von zu vielen Prozessen gehört, bei denen es um die Manifestationen gespaltener Persönlichkeiten gegangen war. Knox war nahe dran, Adam einen Handel anzubieten, der die Sache für beide Teile glatt über die Bühne gebracht hätte, aber dann sparte er sich das noch für zwei Tage auf, um den Häftling erst einmal selbst in Augenschein zu nehmen.

Zuerst sprach er mit Steve, dem Oberaufseher mit dem flammend roten Schnurrbart. Steve sagte: »Ich kann Ihnen nur soviel sagen, Euer Ehren, es ist kein Häftling wie jeder andere, auch wenn er seit einiger Zeit ziemlich ruhig ist. Ich bin einer, der gerne auf die Grizzlyjagd geht, und bestimmt kein Angsthase, aber Sie können mir glauben, daß ich jetzt lieber so einem grauen Ungetüm irgendwo im Wald gegenüberstehen würde, als hier zu sitzen und zu wissen, daß der da unten ist. Möchten Sie, daß ich ihn hole, Euer Ehren?«

»Das ist nicht nötig. Ich werde ihn in seiner Zelle aufsuchen.«

Steve grinste erleichtert. »Ich hatte gehofft, daß Sie das sagen würden.«

Das Licht in der Zelle brannte hell. Der Häftling lag auf seiner Pritsche und las. Als er das Schlurfen der Schritte auf dem Betonfußboden hörte, senkte er sein Buch mit dem Titel *Der psychopathische Gott* — es handelte sich um eine Abhandlung über Hitler —, und schirmte schützend mit einer Hand die Augen ab, um einen Blick auf Richter Winford und den Wärter werfen zu können.

Der Häftling sagte kein Wort, und auch Winford schwieg erst einmal. Er konnte Steves Angst nicht recht verstehen. Der Häftling war von mittlerer Größe. Man hatte ihm einen Gefängnishaarschnitt verpaßt, der nicht gerade der letzte Schrei war, und seine ausgehöhlten Wangen waren so bleich, daß sie in diesem Licht wie durchsichtig wirkten, aber etwas Bedrohliches war an ihm wirklich nicht zu entdecken. Aber man durfte einen Geistesgestörten nie nach seinem Aussehen beurteilen. Sie waren zuweilen hinterlistig und konnten unglaubliche körperliche Kräfte freisetzen. Vorsicht war also geboten.

»Ich bin Knox Winford«, sagte der Richter.

»Wie geht es Bonnie?« antwortete der Häftling.

Nun gut, es war vorstellbar, daß die Gefangenen hier und da etwas von den Klatschgeschichten mitanhörten, die die Wärter einander erzählten, aber es schien fast unmöglich, daß er wissen konnte, daß Winfords Frau Bonnie hieß. Und es war etwas in der Art, wie er den Namen ausgesprochen hatte, das Knox kleine Schauder dunkler Vorahnungen über den Rücken jagte.

Das war alles, was sie miteinander sprachen. Nach ein paar Augenblicken drehte sich der Häftling auf die Seite und widmete sich wieder seiner Lektüre.

In dieser Nacht versuchte Knox Winford in seinem Arbeitszimmer eine Entschließung zu formulieren, die der Verteidigung das Plädoyer auf dämonische Besessenheit untersagte. Er machte mehrere Versuche, zerriß aber einen Entwurf nach dem anderen. Er ging in die Küche, um sich ein Bier zu holen, und kam zurück in den vorderen Teil des Hauses. Draußen auf der Veranda hörte er das Knarren der Sitzschaukel, die mit zwei Ketten an eisernen Bolzen unter dem Verandadach befestigt war. Es war ein rhythmisches

Knarren. Manchmal kam das vom Wind, aber heute nacht fühlte er, daß es etwas anderes war. Er hatte einen Besucher.

Knox ging zum Fenster und lehnte sich über den Fenstersims, um das Rollo hochzuziehen, aber es ging nicht. Er erstarrte. Ein dicker Klumpen kalten Schreckens saß ihm in der Kehle und ließ sich nicht hinunterschlucken. Er ging vom Fenster weg und schaltete im Salon und auf dem Flur das Licht an. Dann ging er zurück in den Salon und starrte auf den sich bewegenden Schatten der Schaukel, der von einer entfernten Straßenlaterne auf das Rollo geworfen wurde. Er erkannte im Schaukelsitz ganz deutlich die Gestalt eines Mannes. Keine Einbildung. Knox schlich sich zurück auf den Flur und öffnete dort einen Wandschrank, aus dem er ein geladenes Gewehr nahm. Dann ging er hinaus auf die Veranda.

Die Schaukel war leer und bewegte sich nicht. Nur der Wind spielte um die Ecken des Verandadaches. Er machte mit dem Gewehr in den Händen einen Rundgang über den immer noch matschigen Hof. Die hohen Bäume, die schon bald wieder Blätter tragen würden, warfen spinnenartige Schatten auf die vom Mond beschienene Rasenfläche. Knox überraschte die Katze der Hubbards mit dem Flügel einer Drossel im Maul, aber sonst gab es keine Eindringlinge.

Im Bett warf er sich immer wieder von einer Seite auf die andere, bis Bonnie neben ihm aufwachte und sich beschwerte.

»Bonnie, wann warst du das letzte Mal im Gerichtsgebäude in Chadbury?«

»Vor Monaten. Wahrscheinlich ist es ein Jahr her. Warum?«

»Ach nur so. Ich denke, wir sollten Daddy Perce am Freitag zum Abendessen einladen.«

»Ach so. Aber glaube nicht, daß ich am Freitag Zeit habe, nach Ripton zu fahren um ihn zu holen.«

»Das werde ich tun.«

»Wenn du nicht müde bist«, sagte sie und kraulte mit einem Finger zärtlich seinen Nacken, »könntest du eigentlich in die Küche gehen und mir ein Glas Milch holen. Äh, und mein Diaphragma könntest du eigentlich auch gleich mitbringen.«

80

Knox Winfords Großvater mütterlicherseits war siebenundsiebzig Jahre alt. Er lebte ganz allein in einem Holzhaus an einem reißenden, glasklaren Bach in einer dünn besiedelten Gegend des Staates in der Nähe des Breadloaf Mountain. Er hatte schon drei Laseroperationen wegen Hornhautablösung hinter sich, von denen die letzte nicht ganz zufriedenstellend verlaufen war, aber er konnte immer noch genug sehen, um seine paar Hektar Land bestellen und fischen gehen zu können. Um so schärfer war seine andere Art zu sehen: Daddy Perce war Hellseher.

Als sie von Ripton losfuhren, sagte Knox zu seinem Großvater: »Ich mache einen Umweg über Chadbury. Dort ist jemand, den du dir mal ansehen solltest.«

Im Gefängnis von Chadbury ging Knox mit seinem Großvater hinunter in die Isolationszelle. Der Häftling lag auf seiner Pritsche. Er öffnete die Augen, als er die beiden kommen hörte, und sah Daddy Perce an. Sein Mund verzog sich zu einem Lächeln.

Perce stand eine lange Minute vor den Gitterstäben. Die Augen hatte er zusammengekniffen, und sein Adamsapfel hüpfte unaufhörlich auf und ab. Der Häftling lachte einmal kurz auf. Knox hatte ein taubes Gefühl auf seiner Zunge. Er war unruhig und wollte schnell wieder raus aus dem Keller.

Endlich sagte Perce: »Ich habe alles gesehen«, und sie gingen beide hinauf.

Im Auto auf dem Weg nach Braxton fragte Knox den Alten: »Was hast du in der Zelle gesehen?«

»Eine schwarze Aura. Pechschwarze Flammen sind aus seinem Körper geschossen, in jede Richtung etwa zwei Meter hoch.«

»Hast du vorher schon mal so etwas gesehen?«

»Nein. Jedenfalls nicht bei einem menschlichen Wesen.«

»Und was bedeutet es?«

»Es bedeutet, daß dieser Körper von zwei Geistern bewohnt wird, einem menschlichen, der aber so schwach war, daß ich ihn kaum noch ausmachen konnte, und einem unmenschlichen Geist.«

»O je«, murmelte Knox und fuhr ein paar Meilen ohne etwas zu sagen. »Du weißt, daß ich an dieses Zeug nie geglaubt habe, Daddy Perce«, setzte er dann das Gespräch fort. Der alte Mann schwieg nachdenklich. Seine strahlend blauen Augen glitzerten hinter den Wülsten seiner vielen Falten. »Ich glaube an Auren, die man fotografieren kann, und ich akzeptiere auch, daß Auren viel darüber aussagen können, wie sich eine Person fühlt. Das Leben nach dem Tod? Nun, meinetwegen. Aber böse Geister? Da halte ich mich doch lieber an den Grundsatz: Sehen ist glauben.«

»Damit sagst du nichts anderes, als daß es Dinge auf der Welt gibt, mit denen du nicht belästigt werden willst. Warum ist der Junge im Gefängnis?«

»Mord. Er hat seine Freundin umgebracht. An den Tatsachen ist nicht zu zweifeln.«

»Hast du den Vorsitz?«

»Ich weiß noch nicht, ob ich ihn akzeptiere. Die Verteidigung will auf dämonische Besessenheit plädieren.«

»Für diejenigen, die fähig sind zu sehen, ist die Existenz von Geistern aller Art ganz offensichtlich. Für die anderen... Nun, offensichtlich gibt es Gründe, warum sie diese Fähigkeit nicht haben sollen. Hilft dir das bei deiner Entscheidung, ob du die Sache übernehmen sollst?«

»Nein.«

Als sie vor dem Haus vorfuhren, war Perce auf einmal sehr angespannt. Er sah nicht auf. Dann starrte er auf die Veranda, ohne Anstalten zu machen, aus dem Auto auszusteigen. Knox wurde es unbehaglich zumute.

»Du hast doch irgendwas.«

Der alte Mann antwortete nicht. Er öffnete die Autotür, und nachdem er ausgestiegen war, streckte er sich ausgiebig. Die Sonne schien ihm ins Gesicht. Sie hatten schon drei warme Tage gehabt. Der Monat Mai stand vor der Tür. Perce ging langsam die Stufen zur Veranda hinauf und stapfte dort in seinen schweren Stiefeln auf und ab, wobei er dem Schaukelsitz besondere Aufmerksamkeit widmete.

»Knox, du hast Besuch gehabt«, sagte er schließlich.

»Letzte Nacht glaubte ich, daß ich jemanden...«

Perce machte ihm ein freundliches Zeichen, nicht weiterzureden. Er kniff die Augen nachdenklich zusammen. »Also gut, er war hier. Er hinterläßt einen ganz ordentlichen Geruch. Wie 'ne läufige Hündin.«

»Wer war hier? Du meinst...? Perce, bitte...!«

»Ich wollte, es wäre nicht so. Es gefällt mir nicht. Es gefällt mir ganz und gar nicht.«

Bonnie kam heraus, um Perce zu begrüßen. Es wurde nicht weiter über Geister geredet. Daddy Perces finstere Stimmung heiterte sich ein wenig auf, als die Kinder fröhlich lärmend aus der Schule zurückkamen.

Nach dem Abendessen mußte Knox ein langes Telefongespräch führen. Perce half Bonnie beim Abwasch. Er quoll nur so über von Anekdoten über Robert Frost, der ein Nachbar von ihm gewesen war. Bonnie war dabei, sich ernsthaft an ihre Magisterarbeit in englischer und amerikanischer Literatur zu machen, und war deshalb ganz begierig, Geschichten über den Poeten zu hören, die bis jetzt noch niemand ausgegraben hatte.

Als der Richter aus seinem Arbeitszimmer kam, saß Bonnie in der Küche und kritzelte Notizen in einen Ringhefter. Die Kinder saßen vorm Fernseher im Salon, nur Perce war nirgends zu sehen.

Knox sah zuerst im Badezimmer nach, dann ging er nach draußen. Der alte Mann war auch nicht auf der Veranda. Vielleicht hatte er beschlossen, einen kleinen Spaziergang zu machen. Knox schlenderte langsam auf den großen Garten an der Seite des Hauses zu. Dann blieb er stehen und lauschte. Er glaubte, ein Geräusch gehört zu haben, ein unterdrücktes, panisches Grunzen, als würden jemandem Schläge versetzt. Knox lief einen Pfad entlang, der unter wildwachsenden Weinranken zu einer hübschen kleinen

Gartenlaube führte. Er hörte das mysteriöse Grunzen wieder und beeilte sich.

In der Gartenlaube fand er seinen Großvater ausgestreckt auf dem Boden liegen. Seine Beine bewegten sich schwerfällig. Trotz seines hohen Alters und seiner abnehmenden Sehkraft hatte sich Daddy Perce viel von seiner körperlichen Kraft erhalten, und auch von der stolzen, aufrechten Haltung, die damit verbunden war. Jetzt aber sah er erschreckend hilflos aus.

»Perce, was ist passiert?«

»Er war hier.« Die Augen des alten Mannes, die sonst immer in einem geheimnisvollen Blau leuchteten, hatten sich mit einem weißen Schleier bedeckt. Er mußte etwas Furchtbares gesehen haben.

»Wer?«

»Jetzt weiß ich, warum.«

»Perce, hör mal, es war falsch von mir, dich in das Gefängnis...«

Die Hand seines Großvaters streckte sich nach ihm aus. Die harten Knöchel taten Knox auf der Brust weh. »Er hat dich ausgewählt. Deshalb mußt du es tun.«

»Was muß ich tun? Redest du von dem Fall Devon?« Knox half Perce, sich aufzusetzen. »Ich habe mich schon entschlossen...«

»Du mußt den Vorsitz bei diesem Prozeß übernehmen. Er verlangt das von dir. Wenn du es nicht tust, dann wird er Nacht für Nacht hier erscheinen. Du hast ja keine Ahnung, was er mit deinem Leben anstellen kann, Knox. Er wird dein Haus unbewohnbar machen. Er wird Bonnie terrorisieren und die Kleinen. Er wird aus euren Leben... die Hölle auf Erden machen.«

»Perce, hör bitte auf!«

Der alte Mann weinte für seinen Enkel. Seine Augen bekamen langsam wieder ihre alte Farbe zurück. »Es gib nichts, was du sonst tun könntest. Gib ihm den Prozeß, dann wird er dich in Ruhe lassen.«

»Wer? Von wem redest du? Doch nicht von Richard Devon.«

»Nein.« Etwas kam aus Perce heraus, aus den tiefsten

Tiefen seiner Seele, und es klammerte sich kalt um Knox Winfords Kehle, ein seelenloses Ding, etwas Totes, wie eine gläserne Spinne. »Sein Name ist Zarach'.«

Knox mußte sich hinsetzen. Ihm war, als wäre alle Atemluft mit einem Schlag aus seinem Körper entwichen. Er hatte diesen Namen schon einmal gehört. Er hatte Adam Kurland sogar noch gefragt, wie man ihn buchstabiert. Aber sein Großvater wußte nichts von seinem Treffen mit dem Anwalt, er konnte die Tonbandprotokolle nicht gehört haben und konnte auch die eidesstattlichen Erklärungen nicht gelesen haben, die jetzt im Aktenschrank des Richters eingeschlossen waren. Deshalb konnte er auch den Namen Zarach' nicht kennen.

Aber Perce kannte ihn. Er sagte ihn sogar noch einmal.

Alle Erklärungen, die Knox sich für dieses Phänomen hätte ausdenken können, wären unlogisch und absurd gewesen.

Die Wahrheit, zu der er sich jetzt allmählich durchringen mußte, war niederschmetternd, in jeder Hinsicht niederschmetternd.

81

Kurz nach Knox Winfords historischer Entscheidung, der Verteidigung zu erlauben, in der Sache Vermont gegen Devon auf dämonische Besessenheit zu plädieren, ließ Tommie Harkrider sich nach Vermont chauffieren, um Gary Cleves zu besuchen.

Der berühmte Strafverteidiger verbrachte einen ganzen Tag mit dem Ankläger, feilte ihn sich zurecht, als wäre Gary ein altes Rasiermesser, das er in einem Trödelladen gefunden hatte. Danach waren Gary und Tommie bereit, sich der Presse zu stellen.

Die vielen Lichter ließen Garys Hände zittern, während Tommie sich selbstzufrieden in ihrem Schein zu sonnen schien und leutselig alte Freunde unter den Reportern und Fernsehleuten begrüßte. Gary las die vorbereitete Erklärung vor. Seine Stimme überschlug sich dabei ein paarmal. Tommie vesuchte, keine Miene zu verziehen.

»Obwohl ich glaube, daß die Entscheidung, ein Plädoyer auf ›Nicht schuldig wegen dämonischer Besessenheit‹ vor Gericht zuzulassen, einen gefährlichen Präzedenzfall in der amerikanischen Rechtsgeschichte schafft, beabsichtige ich nicht, den Versuch zu unternehmen, diese Entscheidung von einer höheren Instanz rückgängig machen zu lassen. Solch ein Unternehmen würde den Prozeß nur noch länger hinauszögern, und das wäre nicht in unserem Sinne. Ich bin überzeugt davon, daß wir genug Beweise zusammentragen werden, um das Gericht jenseits jeglichen Zweifels davon zu überzeugen, daß Richard Devon schuldig ist im Sinne der Anklage des Mordes ersten Grades, und ich bin darüber hinaus davon überzeugt, daß die Jury den angemessenen Schuldspruch fällen wird.«

82

Der Häftling wartete.

Er wartete ganz ruhig in dem dreckigen, unmöblierten Kellerraum des Gerichtsgebäudes von Haden County. Er hatte die Zwangsjacke an. Zusammen mit ihm waren drei Wärter in dem Raum. Sie waren alle bewaffnet. Keiner von ihnen hielt sich direkt in der Nähe des Häftlings auf.

Pater Merlo, bekleidet mit seinem Priestergewand, und Adam Kurland betraten den Raum.

Kurland nickte den Wärtern zu, und sie begaben sich vor die Tür.

Die Tür blieb offen.

Den Häftling versetzte die offensichtliche Lässigkeit in Unruhe. Das wirkte ja beinahe wie eine Einladung zu ein paar dummen Streichen. Man konnte es auch als symbolische Herabsetzung seines Status betrachten. Dann wurde seine Aufmerksamkeit auf etwas anderes gelenkt — oder auf jemanden, der sich der Grenze seiner übernatürlichen Wahrnehmung näherte. Der Häftling stieß einen Laut aus, der sich anhörte, als würde ein Tropfen Wasser auf eine glühende Herdplatte fallen, und zog sich in Richtung der entfernten Wand zurück. Fasziniert sah er zur Tür.

Edith Leighton betrat den Raum.

Das Zischen des Häftlings wurde lauter. Sie trug ein dunkelgraues Kostüm, das in seiner Schlichtheit fast wie eine geistliche Tracht wirkte. In einer Hand hielt sie eine glänzende schwarze Aktentasche. An einer Kette um ihren Hals war die goldene Miniatur einer Sonnenuhr befestigt.

Jetzt wurde die Tür geschlossen und von außen verriegelt.

»EDITHHHHHHH.«

Er spuckte sie an wie ein Wasserspeier, der einen Schluckauf hat. Seine Augen traten grünlich aus ihren Höhlen hervor, schlangenförmige Speichelfäden schossen durch die Luft und verwandelten sich in eine Substanz, die wie Spinnenseide aussah, die aber die Härte von Stahl hatte. Die Fäden formten ein Gitter um ihren Kopf und ihre Schultern. Sie sah ihm währenddessen direkt in die Augen, und als sie an dem Gitter zog, lösten sich die durchsichtigen Stränge in ihren Händen auf.

Plötzlich führte der Häftling einen Veitstanz mit den abenteuerlichsten Verrenkungen aus, um sich der Zwangsjacke zu entledigen. Gleichzeitig erfüllten betäubende Dämpfe den Kellerraum. Adam preßte schnell ein in Weihwasser getränktes Taschentuch gegen seine Nase, während der Priester und die ehemalige Anwältin des Queen's Counsel diese Attacke mit stoischer Ruhe ertrugen. Merlo war neben sie getreten, um sie unterhaken zu können. Ein Kruzifix aus Ebenholz und Silber baumelte in Bauchhöhe vor seiner enganliegenden Soutane.

Der Häftling, der von dem Kampf mit der Zwangsjacke noch ganz krumm dastand, glitt jetzt mit dem Rücken ganz langsam an der Kellerwand hoch. Dabei zischte und geiferte er fortwährend. Seine Nase schien sich aufzulösen, eine gespaltene Zunge zuckte aus seinem Mund wie Blitzstrahlen. Die Augen waren so trüb, sie wirkten wie eitrige Gruben, wie kranke Flecken des Hasses.

Edith betrachtete sich das Spektakel mit äußerlicher Ruhe. Nur an einer Stelle ihres Halses konnte man die erhöhte Pulsfrequenz deutlich sehen.

»Ja«, sagte sie, »die Schlange. Es ist eine uralte Angst, die wir immer noch nicht besiegt haben. Aber ich versichere dir, Zarach', du wirst mit solchen Strategien nicht gewinnen.«

Der Häftling fuhr fort, sich an der Wand hin und her zu winden. Seine Füße schwebten jetzt über dem Boden. Das einzige Licht im Raum hatte sich zu einem bernsteinfarbenen Schimmer verdunkelt.

Edith ging langsam auf den Häftling zu, der sofort bewegungslos auf der Stelle verharrte.

»Edith!« warnte Merlo.

»Es ist schon in Ordnung«, versicherte sie ihm. Sie drehte sich nicht um, sondern sah den Häftling mit einer Intensität an, die ihren Augen einen Glanz der Reinheit gab, gegen den er mit ohrenbetäubendem Zischen und Fauchen angehen mußte.

Plötzlich sprang er von der Wand herunter und landete zu ihren Füßen. Sein Mund öffnete sich so weit, daß die Kieferknochen zu knacken begannen. Anstelle einer Zunge erschien ein zweiter Kopf, der Kopf einer Schlange. Der Körper des Häftlings war aufs äußerste angespannt, man sah sein Herz deutlich gegen die Brust schlagen.

Und dann sprach die Schlange: »WENN DU DICH MIR ENTGEGENSTELLST, WERDE ICH IHM SEIN ARMSELIGES LEBEN NEHMEN.«

Edith sah die doppelköpfige Kreatur weiter durchdringend an. Der eine Kopf war hell und durchscheinend, während der andere aufgebläht und dunkel wirkte, als wäre er mit Blut gefüllt.

»Das glaube ich nicht. Dafür war ihm viel zu schwer beizukommen.«

Der Körper sprang vom Boden hoch und klammerte sich an ein altes rostiges Rohr unter der Decke. Er hing jetzt direkt vor ihr, die Köpfe, die aus seinem Mund herausschauten, züngelten dicht vor ihrem Gesicht. Sie zuckte mit keiner Wimper.

Edith und Merlo sagten gleichzeitig: »Richards Seele gehört Gott, nicht dir!«

Die Schlange antwortete mit höhnischen Obszönitäten.

»Du stehst unter dem Befehl des Herren!«

Noch schlimmere Obszönitäten.

»Deine Kräfte sind schwach, verglichen mit seinen!«

»ICH WERDE EUCH BEIDE TÖTEN!«

»Gehorche den Befehlen Gottes, Sohn der endlosen Nacht!«

Das Zischen der Schlange wurde schwächer.

»Verlasse Richard Devon und lasse ihn in Frieden!«

In dem Moment explodierte der Kopf der Schlange wie ein Mündungsfeuer vor einem Kanonenrohr, und der Körper des Häftlings schlug leblos zu Boden. Merlo drehte ihn mit einigen Schwierigkeiten auf den Rücken. Er war steif und kalt. Erst nach ein paar Augenblicken begann er wieder zu atmen, die Farbe des Lebens kehrte auf seine wächsernen Wangen zurück. Seine Augenlider zuckten, dann sah er in die Gesichter des Priesters und der ehemaligen Strafverteidigerin.

Richard Devon begann vor Angst und Schrecken zu schluchzen, als sei er gerade aus einem fürchterlichen Alptraum erwacht.

»Helft mir! Bitte helft mir!«

Edith kniete sich neben ihn und legte ihm eine gespreizte Hand sanft auf das Brustbein.

»Wir sind hier, um Ihnen zu helfen, Richard. Aber vor allem müssen Sie sich selber helfen.«

»Ich habe sie getötet. Ich habe Karyn umgebracht. Ich verdiene nichts anderes als den Tod.«

Edith Leighton blieb neben ihm knien. Sein geschundener Körper kam langsam zur Ruhe. Als Edith sich erhob, wirkte sie ein bißchen grauer als vorher, die Arme hingen schlaff an ihren Seiten herunter. Sie runzelte die Stirn ein wenig, als sie sagte: »Es gibt viel schlimmere Verbrechen als Mord. Der Mord war erst der Anfang.«

83

Gary Cleves rief Tommie Harkrider sofort an, nachdem er von dem Zuwachs des Teams der Verteidigung erfahren hatte. »Wissen Sie, wer sie ist?«

Tommie kaute auf einer kalten Zigarre. »Der Name kommt mir bekannt vor. Ich werde mich bei ein paar Freunden in London erkundigen.«

Achtundvierzig Stunden später hatte er einen vollständigen Bericht über das ehemalige Mitglied des Queen's Counsel. Nachdem er ihn gelesen hatte, machte sich in ihm eine gewisse Ratlosigkeit breit. Gary Cleves gegen Adam Kurland im Gerichtssaal, das war eine Sache. Aber in dem Moment, in dem Gary sich bücken würde, um den Fehdehandschuh aufzunehmen, würde das alte, kampferprobte Schlachtroß aus dem Old Bailey auch schon hereingaloppiert kommen und ihn über den Haufen reiten, bevor er auch nur hochschauen könnte, um zu sehen, was da über ihn hinwegfegte.

Tommie gehörte schon als sozusagen ehrenamtliches Mitglied zur Mannschaft des Staatsanwaltes von Haden County. Eigentlich war es jetzt seine Aufgabe, Edith Leighton entgegenzutreten. Aber er wußte, daß Gary Cleves eine derartige Einschränkung seiner Kompetenzen niemals hinnehmen würde. Sicher, Gary hatte seine Qualitäten. Er konnte Fakten zusammentragen und sie den Geschworenen einhämmern, so wie man die einzelnen Planken in eine Holzbrücke nagelt. Aber in diesem Fall würde man viel trübes und unerforschtes Wasser überspannen müssen, bevor man das andere Ufer erreichte. Von den Geschworenen würde verlangt werden, sich mit rein theoretischen Dingen auseinanderzusetzen, und Tommie dachte dabei nicht nur an die Gutachten von Psychiatern. Die Aufgabe, eine Jury auszuwählen, die man damit betrauen konnte, zu einem Urteil von so großer Tragweite zu kommen, und vor allem, sie zu dem richtigen Urteil zu führen, diese Aufgabe erforderte einen Mann des allergrößten Kalibers, ein Genie des Gerichtssaals. Darrow. Nizer. Harkrider. Und Tommie wollte den Fall. Ihm kochte das Blut. Er würde ihnen allen

eine Lektion erteilen, und er würde diesen Spuk mit der dämonischen Besessenheit für alle Zeiten aus den Gerichtssälen der Vereinigten Staaten verbannen.

Eine Titelgeschichte im *Time*-Magazin könnte ein ganz
guter Start für ihn sein. Tommie griff nach dem Telefonhörer.

84

Richard Devon wollte seinen Bruder sehen. Sie hatten seit
über fünf Wochen keinen Kontakt mehr miteinander gehabt.

Die Aufforderung machte Conor unerklärlicherweise
sehr nervös. Er sprach darüber mit Gina, aber weder mit
Adam Kurland noch mit Edith Leighton. Gina meinte, daß
er gehen müsse; die Wärter wurden schon auf ihn aufpassen.

»Und ich werde beten, während du dort bist«, fügte sie
noch hinzu.

Im Gefängnis von Haden County wurden Conor die
Grundregeln erklärt. Rich durfte nicht aus seiner Zelle heraus. Conor mußte durch die Gitterstäbe mit ihm sprechen,
und er durfte sich ihm nicht auf Armeslänge nähern. Er
hatte zehn Minuten Zeit.

»Hallo, Conor«, sagte Rich, aber er sah dabei nicht auf.

»Du wolltest mich sehen, Kleiner?«

»Ja.«

»Sag mir nur eines. Bist du allein hier?«

»Ich bin's, Conor. Ich bin's wirklich.« Jetzt zeigte er seinem Bruder sein Gesicht. Conor fühlte, wie ihn beim Anblick seines leibhaftigen Bruders ein Glücksgefühl durchlief.

Richs Gesicht zitterte vor Erregung. »Conor, ich bin ein
toter Mann.«

»Nein!«

»Ich will, daß du mir folgendes glaubst: Ich weiß nicht,
warum es passiert ist. Ich wollte nur Polly helfen. Gut, es

ist passiert. Und hier stehe ich jetzt. Du fehlst mir. Gina und die Kinder fehlen mir. Und ich will nur noch eines. Vielleicht verlange ich zuviel.«

»Sag es mir.«

»Ich möchte, daß du mir vergibst!«

»Ich vergebe dir. Und ich weiß, daß auch Gott dir vergibt.«

Weiter passierte nichts zwischen ihnen. Conor stand da und starrte auf seinen verängstigten Bruder, bis die Besuchszeit abgelaufen war und einer der Wärter ihn aufforderte zu gehen.

Nach dieser Versöhnung mit seinem Bruder lief Conor schnurstracks zu Edith Leighton. Tränen der Freude liefen ihm über die Wangen.

»Er ist nicht mehr besessen!«

Edith ließ ihn vor ihrem Schreibtisch in der Kanzlei von Kurland, Bates und Harpold Platz nehmen und verbrachte ungefähr eine Viertelstunde damit, ihm klarzumachen, daß dies nicht der Fall sei.

»Zarach' hat sich nur eine Weile zurückgezogen. Je näher wir dem Prozeß kommen, desto häufiger werden diese kleinen Pausen möglicherweise werden. Aber Zarach' hat Ihren Bruder noch lange nicht freigegeben. Zarach' ist ein Ungeheuer von ungeheuren Ausmaßen, und er ist auch ein gerissener Stratege. Wir treten jetzt in die letzte Phase einer Auseinandersetzung, die er so gewünscht hat.«

»Meinen Sie den Prozeß?«

Edith nickte. »Zarach' will, daß Richard aussagt. Und er wird es tun müssen, sonst kommen auch wir nicht weiter. Nur Richard kann von den Ereignissen berichten, die zu dem Mord geführt haben, von seiner unseligen Verbindung zu Polly Windross und den anderen Mitgliedern dieser ketzerischen Gesellschaft, die ihn so geschickt eingefangen haben. Das ist der Handel, den Zarach' mit mir eingegangen ist. Ich kann Richard haben, aber nur, wenn ich *ihn* besiege.«

»Können Sie Zarach' besiegen?«

»Das weiß nur Gott«, antwortete Edith mit leiser Stimme.

85

Zweimal schlug Edith die Einladung Tommie Harkriders zum gemeinsamen Abendessen mit der Begründung aus, sie hätte zuviel zu tun. Er mußte erst persönlich mit den Armen voller Blumen und einer geballten Ladung seines außergewöhnlichen Charmes bei ihr erscheinen, um sie umzustimmen. Sie wurden in ein französisches Restaurant gefahren und nahmen ihr Abendessen auf einer Veranda ein, die nur von Kerzen beleuchtet war und von der aus man in eine Schlucht sehen konnte, durch die ein wilder Bach donnerte.

Ihn interessierte die Bedeutung der kleinen Sonnenuhr, die sie um den Hals trug.

»Die Sonnenuhr bedeutet Licht und Schatten, sie ist kosmisch und damit ewig, aber sie begrenzt auch die Zeit, hat also mit Sterblichkeit zu tun. Unsere Gemeinschaft hat ihren Ursprung im Alexandria des letzten vorchristlichen Jahrhunderts, und sie hat die Tyrannei von Bischof Clemens und das Konzil von Nizäa überlebt.«

»Ich nehme an, es ist eine sehr mystische Gemeinschaft.«

»Mystizismus ist eine ziemlich problematische Angelegenheit, er tendiert dazu, den Geist zu unterdrücken. Wir haben nur ein Minimum an Doktrinen, und bei uns gibt es keine Geheimnisse, die von Metaphern verschleiert werden. Wir haben keinerlei Machtinteressen, seien sie nun religiöser oder politischer Art. Wir sind der Ansicht, daß der Wille Gottes die höchste Macht im Universum und auf der Erde darstellt. Unser einziges Ritual, wenn Sie es so nennen wollen, ist das Gebet, und wir verstärken dessen Kraft durch die gemeinsame Anstrengung der gesamten Gemeinschaft. Ich sitze hier, sagen wir mal, als Exponentin dieses Glaubens und des Geistes, der dahintersteht.«

»Und außerdem sind Sie eine verdammt gute Strafverteidigerin«, sagte er augenzwinkernd. »Man hat mich vor Ihnen gewarnt, Edith.«

»Ich hatte geglaubt, Gary Cleves sei der Ankläger?«

»Oh, ja. Das ist er natürlich. Aber ich arbeite eng mit dem Jungen zusammen. Ich mag ihn, und ich habe sehr viel Vertrauen zu ihm.«

»Aber Ihr Vertrauen zu Ihnen selbst ist natürlich größer.«

»Ohne Zweifel. Denn was wirklich zählt, ist die Erfahrung. Aber das muß ich so einem alten Haudegen wie Ihnen ja nicht erzählen.«

Edith tat so, als fühle sie sich gekränkt. »Das hört sich fast so an, als gehörte ich eigentlich schon an eine Herz-Lungen-Maschine.«

Tommie lachte. »Natürlich nicht. Aber immerhin muß es ein sehr ritterlicher Impuls gewesen sein, der Sie diese weite Reise hat machen lassen. Und dabei kann ich Ihnen nur sagen, daß Ihre Strategie aussichtslos ist, Edith.« Er schüttelte in der Manier eines weisen Schulmeisters den Kopf. »Vollkommen aussichtslos.«

»Warum?«

»Es gibt keine Chance, daß der Junge von der Jury freigesprochen wird. Die Menschen in diesem Land sind es leid, daß das Recht vergewaltigt wird.«

Edith befreite eine kleine Auster aus ihrer Schale und teilte sie mit der Seite ihrer Gabel sorgfältig in zwei Hälften.

»Ein Freispruch«, sagte sie, »könnte der uninteressanteste Ausgang dieses Prozesses sein.«

86

Elf Tage vor dem Beginn der Verhandlung geschahen zwei Dinge von großer Bedeutung. Das *Time*-Magazin erschien mit einer Titelgeschichte über Tommie Harkrider, die auch eine ausführliche Kritik des Strafrechtssystems der Vereinigten Staaten enthielt und dabei weitgehend der Argumentation Tommie Harkriders folgte. Dem bevorstehenden Verfahren in der Sache Vermont gegen Devon widmete man anderthalb Seiten.

Und Gary Cleves schoß sich, bei dem Versuch, einen Einbrecher zu stellen, der sich hinterher auch noch als Waschbär herausstellte, mit seiner Police Special in den linken Fuß.

Den Bericht über sein Mißgeschick las er im Krankenhausbett zusammen mit dem Artikel im *Time*-Magazin, in dem er einmal als der vielversprechende junge Staatsanwalt von Haden County erwähnt wurde. Soviel war klar: Wenn er Mist baute, dann würde das, was das *Time*-Magazin und das Fernsehen als einen der bedeutendsten Prozesse des Jahrhunderts bezeichneten, verloren sein. Und alle Welt würde in ihm den Schuldigen sehen.

Aber konnte er denn überhaupt verlieren?

Aber wenn er tatsächlich verlor?

Die Schußverletzung entzündete sich, und er mußte noch vier Tage im Krankenhaus bleiben. Er hatte also viel Zeit, alleine vor sich hinzubrüten.

Es war ohne Zweifel ein bedeutender Prozeß. Man hatte Gary mitgeteilt, daß 337 Vertreter der Weltpresse um Akkreditierung für die Verhandlung nachgesucht hatten. Der Gerichtssaal bot nur 150 Zuschauern Platz. Knox Winford hatte eine Fernsehübertragung und die Zulassung von Fotografen verboten.

Als Gary endlich, an Krücken humpelnd, aus dem Krankenhaus entlassen wurde, mußte er feststellen, daß die Medien ihre Truppen bereits in die Stadt geschickt hatten. Überall traf man auf mobile Fernsehteams. Er selbst wurde noch auf der Treppe des Krankenhauses interviewt, dann stellte man ihn vor seinem Büro zum zweitenmal und schließlich noch einmal vor seinem Haus. Seine Frau war bereits zweimal interviewt worden, und sie hatte ihn mit der Frage empfangen, ob sie sich für den Prozeß zwei neue Kleider kaufen dürfe. Gary setzte sich mit Tommie zusammen, um sich von ihm die wichtigsten Neuigkeiten erklären zu lassen, aber er hatte trotzdem das Gefühl, hoffnungslos hinter dem Berg zu sein. Sein Fuß schmerzte und seine Nerven waren auf das äußerste angespannt. Er hatte im Krankenhaus schlecht geschlafen, und er hatte deshalb Probleme, die Augen offen zu halten und sich zu konzentrieren.

»Wird dieser ganze Zirkus es nicht sehr schwer machen, eine Jury zusammenzustellen?« fragte er Tommie.

»Ich glaube, daß wir im Augenblick einen Vorteil davon haben. Öffentliches Interesse heißt ja nicht unbedingt Voreingenommenheit. Ich will, daß jeder Mensch in diesem Staat, der als Mitglied der Jury in Frage käme, um die große Bedeutung dieses Gerichtsverfahrens weiß.«

In der darauffolgenden Nacht schlief Gary überhaupt nicht, und als er am nächsten Morgen aufwachte, hatte er seine Stimme verloren.

Seine Ärzte — es wurde eigens ein Halsspezialist hinzugezogen — konnten an seinen Stimmbändern keinen organischen Befund feststellen. Man schrieb seinen Zustand den Nebeneffekten der Schmerzmittel und Antibiotika zu, die er während der Behandlung seines Fußes erhalten hatte. Die Stimme würde schon in ein bis zwei Tagen zurückkehren. Oder es würde eben etwas länger dauern.

»Gary«, tröstete ihn Tommie Harkrider, »machen Sie sich keine Sorgen. Sie haben bis jetzt hervorragende Arbeit geleistet, das ganze Team war wunderbar. Es wird mir eine Ehre sein, die Gelegenheit wahrzunehmen, Ihren Standpunkt vor Gericht solange vertreten zu dürfen, bis Sie selbst dazu wieder in der Lage sein werden. Sie sind ein prima Kerl, und wir beide werden das Ding hier zusammen gewinnen.«

Tommie war ganz sicher, daß Garys Problem rein psychischer Natur war, und einer der Psychiater, die er angeheuert hatte, um den Angeklagten zu untersuchen, bestätigte ihm seine Vermutung.

Tommie kam zu der Überzeugung, daß gerade dieser Nervenarzt das Honorar wert war, daß man ihm für seine Dienste in dieser Sache gezahlt hatte.

87

Der Gerichtssaal war hoch und schmal; er hatte eine gewölbte Decke, von deren Mitte an langen Messingketten eine einzelne Reihe von Leuchtstoffröhren in ihren Fassungen herunterhing, die an kurzen, sonnenlosen Winternachmittagen oder verregneten Sommertagen keineswegs ausreichte, den Saal bis in die Ecken auszuleuchten, denn von den finsteren Eichenpaneelen an der Wand wurde keine Helligkeit reflektiert. Die dunkelbraunen Vorhänge an den Fenstern verströmten einen muffigen Geruch, wie alte Handschuhe, die zu lange in der hintersten Ecke einer Schublade gelegen haben.

Die Auswahl der Jury begann am vierten Juni. Es regnete, nicht sehr stark, dafür aber gleichmäßig den ganzen Tag über. Der Gerichtssaal hatte zwar großblättrige Deckenventilatoren, aber je älter der Tag wurde, desto stickiger wurde die Luft. Es waren einfach zu viele Menschen im Saal, sie saßen auf den harten Holzbänken zu dicht nebeneinander. Einhundertunddreißig potentielle Geschworene nahmen den meisten Platz ein. Fünfundzwanzig Plätze waren für die Presse reserviert worden.

Rich saß ohne Handschellen am Tisch der Verteidigung. Er trug einen dunkelblauen Anzug und die blauweiß gestreifte Krawatte der Yale University. Neben ihm saßen Adam Kurland, Edith Leighton, Lindsay Potter und die Psychologin Maggie Renquist. Während der kommenden Tage sollten Lindsay und die Psychologin ihr Augenmerk ausschließlich auf die potentiellen Geschworenen richten, während sie befragt wurden. Sie sollten jede noch so subtile Reaktion registrieren, die einen Grund für die Ablehnung des oder der Betreffenden hätte darstellen können.

Am Tisch der Anklage auf der rechten Seite des Saales saß der außerordentliche Beauftragte des Staatsanwalts, Thomas Horatio Harkrider, der einem Team vorstand, zu dem neben Jean Landetta, einem erfahrenen Mitarbeiter Harkriders, und zwei Beobachtern der Kandidaten für die Jury auch der momentan indisponierte Gary Cleves gehörte.

Conor Devon saß unbequem in der dritten Bankreihe hinter den Pressevertretern. Er hatte sich ganz an den Rand gequetscht, um jederzeit auf die Herrentoilette verschwinden zu können.

Richter Winford las von seinem Platz aus die Anklage vor, die auf Mord ersten Grades lautete. Richard Devon hatte die Hände vor sich auf dem Tisch gefaltet. Den Kopf hielt er leicht gesenkt. Fast alle Männer und Frauen schauten jetzt auf ihn, ihre Gefühle schienen dabei zwischen Neugier und Unbehagen zu schwanken.

Dann erhob sich Edith Leighton, um den Kandidaten für die Jury die Präliminarien der Verteidigung zu verlesen.

»Sie sind davon in Kenntnis gesetzt«, begann sie, »daß ein Mord begangen wurde. Wir streiten das nicht ab.

Eine hübsche junge Frau, die ihre Eltern und viele Freunde sehr gerne hatten, ist erschlagen worden.

Richard Devon, der sie vielleicht mehr geliebt hat als alle anderen, sitzt hier vor Ihnen, überwältigt von Kummer und Schuld.

Ist Karyn Vale von seiner Hand getötet worden?

Ja, das ist sie.

Waren das Herz und die Seele von Richard Devon an dem Verbrechen gegen das Mädchen beteiligt, das er heiraten wollte?

Wir sagen: Nein, das war nicht so.

Die Greueltat, die den Tod dieses unschuldigen Opfers zur Folge hatte, wurde von einer Macht begangen, deren unberechenbare Brutalität und deren bösen Geist es seit dem Sturz der Engel gibt. Sie wurde von einer Macht begangen, die in der Nacht des Mordes vollkommenen Besitz von unserem Klienten genommen hat und ihn unfähig gemacht hat, seine eigenen Handlungen...«

Unruhe in den Reihen der Kandidaten für die Jury unterbrach die Ausführungen. Eine füllige junge Frau in einem hellen Trenchcoat und mit einer runden Nickelbrille auf der Nase stand auf. Sie hielt eine Bibel in der einen Hand, mit der anderen, deren Zeigefinger sie anklagend erhoben hatte, fuchtelte sie in der Luft herum.

»Ich kann das alles nicht mehr hören!« schrie sie und Schweiß lief über ihr Gesicht. »Denn das Gebot sagt: ›Du sollst nicht töten!‹« Ihre Stimme hob und senkte sich in hysterischem Wechsel. »Wenn Teufel von ihm Besitz ergriffen haben sollten, dann ist es an Jesus, sie auszutreiben! Gib dich Jesus hin, Richard Devon, dann wirst du gerettet werden!«

Rich hatte sich von seinem Platz erhoben. Er sah sich nach der Frau um. Ein Zittern durchlief seinen Körper.

457

Knox Winford hämmerte auf sein Pult. Schon am ersten Tag drohten ihm die Dinge aus der Hand zu gleiten. »Gerichtsdiener!«

Die junge Frau ließ die Bibel fallen und riß sich den Trenchcoat auf. Sie war darunter völlig nackt. »Halleluja, wir werden Jesus gemeinsam suchen!« Sie versuchte über die Bank zu klettern, um zum Tisch der Verteidigung zu kommen. Mehrere Gerichtsdiener hinderten sie daran.

»Nimm mich, Satan«, schrie die Frau jetzt. Jesus schien sie inzwischen vergessen zu haben. »Laß Richard Devon frei und nimm mich statt dessen!« Dann ergab sie sich langsam, fast könnte man sagen lustvoll, dem Zugriff der Gerichtsdiener.

»Ich glaube, das arme Ding hatte gerade ihren ersten Orgasmus«, meinte Maggie Renquist.

Rich setzte sich langsam wieder, und während der ersten Augenblicke machte er einen sehr deprimierten Eindruck. Aber dann, als Lindsay ihn beobachtete, veränderte sich sein Gesicht. Ein verqueres Lächeln schien auf einmal eine finstere Freude über die Ergüsse der irregeleiteten Heilspredigerin zu signalisieren. Lindsay fühlte, wie ein Blitz des Schreckens sie durchfuhr, als Rich unter den Tisch langte und mit seinem deutlich erigierten Glied zu spielen begann. Etwas war von ihm auf die ahnungslose, wahnsinnige Frau übergegangen, ein schrecklicher Geist, der nur zu bereit war, deren Opfer anzunehmen. Lindsay preßte ihre Hände gegen den Mund. Einen Augenblick lang glaubte sie ohnmächtig zu werden.

Als die junge Frau in ihren Trenchcoat gewickelt und aus dem Saal geführt wurde, fühlte auch Adam die Aufregung, die der Vorfall in seinem Magen verursacht hatte. Er machte sich Sorgen wegen des Eindrucks, den die Frau bei den anderen Kandidaten für die Jury hinterlassen haben könnte. Die könnten die ganze Angelegenheit jetzt als makabre Posse mißverstehen, die hier von ein paar geistig zurückgebliebenen und sexuell verklemmten Fanatikern inszeniert wurde.

Erst als sich alle wieder beruhigt hatten, kam Edith mit ihren Ausführungen zum Ende.

»Ihnen als Geschworenen kommt eine außergewöhnliche Aufgabe zu. Sie werden von Richard Devon die schreckliche Geschichte hören, wie er zum Gefangenen in seinem eigenen Körper gemacht wurde. Die Geschichte von diesem furchtbaren Alptraum, der noch lange kein Ende gefunden hat.

Wir werden den Beweis führen, daß Richard Devon ein genauso hilfloses Opfer dieses mörderischen Akts ist wie Karyn Vale, die Frau, die er über alles liebte. Sie werden Zeugenaussagen von anderen Menschen hören, die ein ähnliches Schicksal hatten wie Richard Devon, und die nur das Glück hatten, daß sie nicht zu einem verabscheuungswürdigen Verbrechen gegen einen Mitmenschen gezwungen wurden. Sie werden Fotografien von Individuen zu sehen bekommen, die sich den fürchterlichen Torturen eines Exorzismus unterziehen mußten. Es sind keine schönen Fotos, aber sie zeigen die Wahrheit über den ewigen Krieg zwischen dem Licht Gottes und der Finsternis Satans, der überall auf der Welt auch in diesem Moment tobt, und der uns alle angeht, die wir ein Interesse am Überleben der Menschheit haben.«

Tommie Harkrider sah so ungepflegt aus wie immer, als er die kleine Arena betrat, die von der Richterbank, der jetzt leeren Bank der Geschworenen, dem Zeugenstand und den Tischen von Anklage und Verteidigung gebildet wurde. Der Knoten seiner altmodischen schwarzen Häkelkrawatte saß schief, eine der Hemdmanschetten war durchgescheuert und der dunkle Anzug glänzte an den Ellenbogen und auf der Sitzfläche der Hose. Aber der Klang seiner Stimme wischte diesen Eindruck hinweg wie nichts. Er kleidete ihn in die strahlende Robe eines Engels, eines mächtigen Erzengels der donnernden Allwissenheit und der Wahrheit. Er war ein Redner der alten Schule, dem es gelang, jedem einzelnen Zuhörer eines großen Auditoriums den Eindruck zu vermitteln, er und nur er werde angesprochen, nur er sei der Vertraute des großen Thomas Horatio Harkrider.

Tommie sagte, und er legte nicht übertrieben viel Besorgnis in seine Stimme: »Wir haben eben eine erste Demonstration dessen erhalten, wozu verwirrte Geister und fehlgeleitete Emotionen fähig sind. Der armen Frau gebührt unser Mitleid, nicht unser Tadel, aber wir müssen uns natürlich auch Gedanken über die Antriebe machen, die sie zu einem derartigen Akt öffentlicher Schamlosigkeit veranlaßt haben. Und dann müssen wir darüber nachdenken, zu wieviel mehr an Planung und Ausführung ein wirklich gestörter Geist in der Lage ist, alles im Namen einer falschen Wahrheit, oder Gerechtigkeit. Oder Liebe. Oder auch... *Rache* für unerwiderte Liebe!

Die Anklage hat sich vorgenommen, anhand von wissenschaftlichen psychiatrischen Gutachten jeden sogenannten ›Beweis‹ einer Besessenheit von Dämonen und bösen Geistern vom Tisch zu wischen und als das zu entlarven, was es ist, nämlich als ein rein theoretisches theologisches Konzept, das keinerlei Begründung in beobachtbaren Tatsachen hat. Wir werden beweisen, daß Richard Devon weit davon entfernt ist, von einem Dämonen besessen zu sein. Wir werden weiterhin zeigen, daß eben jenem Richard Devon in seiner Schuldverstrickung gar nichts anderes übriggeblieben ist, als diese Schuld zu verdrängen, sie einem bösen Geist zuzuschieben, einem bösen Geist, den es nicht gibt und den es nie gegeben hat.

Meine Damen und Herren, es mag durchaus sein, daß alle Mörder im Moment ihrer Tat, einer unsinnigen und asozialen Tat, geistesgestört sind. Vielleicht sind sie im übertragenen Sinne tatsächlich besessen von Dämonen, nämlich den Dämonen ihrer Habgier, ihres Hasses, ihrer Eifersucht. Es bleibt die Tatsache, daß es dieses Verbrechen gibt, das wir Mord nennen und das auch die Gesetze des Staates Vermont so nennen, also bleibt uns nur die Beantwortung der Frage, ob Richard Devon im Sinne dieser Gesetze als schuldig oder als nicht schuldig anzusehen ist. Sein Geisteszustand und seine emotionale Befindlichkeit zum Zeitpunkt der Tat sind für die Beantwortung dieser Frage völlig unerheblich.«

Es dauerte zwölf Tage, bis die eine Jury zusammengestellt war.

Anklage und Verteidigung hatten je zwanzig Ablehnungsmöglichkeiten zur Verfügung. Für Tommie Harkrider war der Prozeß des Verhörs und der Zustimmung oder Ablehnung wesentlich schwieriger und bedeutungsvoller als für Adam und Edith. Unter bestimmten Umständen wären ihm Kandidaten mit tiefen religiösen Empfindungen ganz willkommen gewesen, denn für sie war der Akt des Tötens ein wirklicher Greuel. Aber religiös empfindende Menschen könnten auch eher bereit sein, an die Existenz eines Teufels zu glauben. Katholiken, selbst abtrünnige Katholiken, kamen nicht in Frage, ebensowenig Fundamentalisten und orthodoxe Juden. Presbyterianer und Kongregationalisten waren ganz in Ordnung, noch besser waren freilich Unitaristen. Tommie wußte, daß er bei der Verteidigung weder einen Agnostiker noch einen Atheisten durchkriegen würde, also versuchte er es gar nicht erst.

Nicht besonders scharf war Tommie auf Tagträumer, gesellschaftliche Außenseiter oder Studenten. Auch Künstler waren ein unberechenbarer Haufen.

Edith hatte es da wesentlich leichter. Sie wollte keinen Geschworenen, der eine Verwandte hatte, die schon einmal in Lebensgefahr geschwebt hatte, und sie wollte kein ehemaliges Raub- oder Vergewaltigungsopfer. Sie hielt Ausschau nach Aufgeschlossenheit, sie wollte Geschworene, die sich nicht so leicht würden einschüchtern lassen. Tommie konnte vielleicht etwas einschüchternd wirken, wenn es ihm taktisch richtig erschien, aber noch viel besser konnte das Zarach', und das bereitete ihr die größeren Sorgen.

Die erste Geschworene, die akzeptiert wurde, war Mary Adelaide Hotchkiss, Mutter von drei Jungen; sie kam aus Coldwater. Sie war eine Methodistin und hatte an der Sonntagsschule unterrichtet. Sie war sich nicht sicher, ob sie alle Dinge, die in der Bibel standen, als historische Tatsachen ansehen sollte, aber sie begrüßte die ›moralischen

Lektionen, die einem die Parabeln erteilen‹ konnten. Sie hatte schon früher als Geschworene fungiert, aber dies war ihr erster Mordprozeß. Sie hatte einen zierlichen Nacken und ein nettes Lächeln, und sie trug eine Brille, um damit ihren Astigmatismus auszugleichen. Tommie wollte sie, weil sie an der Temple University ihr Diplom in Psychologie mit ›sehr gut‹ gemacht hatte, und Edith gefiel die Tatsache, daß sie in ihrer Freizeit mit dem Kajak die wildesten Flüsse bezwang. Weil sie als erste gewählt worden war, wurde Mary Adelaide die Sprecherin der Jury.

Der letzte Geschworene, auf den sich die gegnerischen Parteien einigen konnten, war der achtundsechzigjährige Walter Durrah aus Gelndinning. Der Mann trank keinen Alkohol und rauchte nicht. Er war ein alter Republikaner, ein früherer Wahlmann. Er und seine Frau züchteten irische Setter. Er las die Bibel, die für ihn Literatur war, aber er ging nicht in die Kirche. Unter anderen Beschäftigungen hatte er auch einmal ein Jahr lang als Krankenpfleger in einem psychiatrischen Krankenhaus gearbeitet. Diese Erfahrung bezeichnete er als ›faszinierend‹. Edith hatte etwas Bedenken wegen seiner Einstellung den ›geistig Beschädigten‹, wie er sie nannte, gegenüber. Das roch schon sehr nach Herablassung, und dahinter dürfte die Überzeugung gestanden haben, daß die Insassen der geschlossenen Anstalten nichts anderes waren als Simulanten und Schwindler. Walter Durrah war in seinem ganzen Leben niemals krank gewesen, er hatte sich selten gefürchtet, und er wußte ganz genau, daß die meisten Menschen dazu tendieren, ›sich selbst zu verhätscheln‹. Aber Edith hatte nur noch einmal das Recht zur Ablehnung, und der nächste Kandidat hätte noch schlimmer sein können. Also ließ sie den Hundezüchter passieren, und damit war die Jury komplett. Die beiden Kontrahenten konnten ihre Aufmerksamkeit jetzt dem Hauptereignis zuwenden.

Kurz nach Sonnenaufgang am 21. Juni, dem Tag der Sommersonnwende, standen an die tausend Menschen vor dem Gebäude des Distriktgerichts auf dem Rasen und hofften, unter den Glücklichen zu sein, denen man den Zutritt zum Gerichtssaal gewähren würde. Im Norden waren Gewitterwolken aufgezogen, es roch zeitweise nach Regen, aber mit der aufsteigenden Sonne verzog sich das Gewitter aus der Gegend von Chadbury.

Conor Devon betrat das Gerichtsgebäude durch eine Nebentür. Er nahm seinen Platz sehr früh ein, ein paar Minuten, bevor Martin und Louise Vale von Tommie Harkrider in den Saal eskortiert wurden. Martin Vale sah Conor an, er erkannte wohl, um wen es sich handelte, aber er sagte nichts. Er war am Wochenende segeln gewesen, und seine Haut war wind- und sonnengebräunt; trotzdem sah er immer noch sehr ausgezehrt aus. Seine Frau trug einen Hauch von einem Schleier am Hut, der den Eindruck der Trauer aufrechterhalten sollte. Sie starrte geradeaus auf die Flaggen des Staates und der Nation, die hinter der Richterbank an der Wand befestigt waren.

Die Zuschauer — die Sitzplätze waren verlost worden —, wurden eingelassen, nachdem die Pressevertreter ihre Plätze eingenommen hatte. Zehn Minuten nach zehn setzte sich Richter Knox Winford auf seinen Richterstuhl und nickte einem Saaldiener zu, der die Prozedur zu eröffnen hatte.

»Die Vertreter des Staates Vermont sind bereit, Euer Ehren«, sagte Tommie Harkrider in Vertretung von Gary Cleves. Garys Stimme kam zwar langsam zurück, aber bis jetzt konnte er sich noch nicht lauter als im Flüsterton unterhalten.

»Die Verteidigung ist bereit, Euer Ehren«, sagte Adam Kurland fur seinen Mandanten Richard Devon, der denselben blauen Anzug trug wie bei der Zusammenstellung der Jury. Ein Sonnenstrahl, der durch ein Fenster hinter den Bänken der Geschworenen direkt auf sein Gesicht fiel, schien ihn zu irritieren. Lindsay bat einen Gerichtsdiener, die Jalousien etwas zu verstellen.

Knox Winford räusperte sich und wandte sich dann an die Jury. »Aus vierhundert Kandidaten wurden Sie, meine Damen und Herren, ausgewählt, ein Urteil zu fällen, dessen Bedeutung weit über diesen Gerichtssaal hinausreichen wird. Es ist nicht nur wünschenswert, sondern unabdinglich, daß Sie sich frei halten von allen Erwägungen wie Sympathie oder Antipathie, daß Sie alle ihre Vorurteile vergessen, daß Sie sich Ihre freie Urteilskraft erhalten, egal wie lange dieser Prozeß dauern wird, und daß Sie Ihr Urteil nur auf das gründen, was Ihnen Ihr gesunder Menschenverstand nach sorgfältiger Abwägung aller Fakten eingibt. Es geht um die ganz einfache Frage: Ist Richard Devon schuldig oder nicht schuldig im Sinne der Anklage auf Mord ersten Grades.«

Nach ein paar Augenblicken erhob sich Tommie Harkrider und stolzierte gemessenen Schrittes auf das Pult vor den Bänken der Jury zu, um seine Eröffnungserklärung zu beginnen, die insgesamt eindreiviertel Stunden dauern sollte.

»Würde der ehrwürdige Gerichtshof bitte zur Kenntnis nehmen...«

Er sprach ohne schriftliche Notizen. Er hatte sich längst Einzelheiten aus Richard Devons Leben ins Gedächtnis gepflanzt, die nicht einmal Conor bekannt waren. Hinter dieser Vorbereitung steckten mehrere hundert Arbeitsstunden seines Ermittlungsteams.

Geschickt zeichnete er ein psychologisches Porträt des jungen Richard Devon, der als aggressiver Junge von der Straße immer unter seiner geringen Körpergröße gelitten hatte und der gerade deshalb besonders heißblütig und impulsiv gewesen sei, immer an Auseinandersetzungen interessiert, immer fähig zu plötzlichen gewalttätigen Ausbrüchen. Harkrider berichtete von Richs Händeln mit dem Gesetz, von der Strenge, mit der sein Bruder Conor, der damals Priester war und für den Halbwaisen eine gefürchtete Autorität dargestellt hatte, ihm Disziplin beibringen wollte. Als er nach Yale ging, war Rich bereits von der Kirche abgefallen, war gewissermaßen aus ihr herausgewachsen. Aber hatte er sich auch, fragte Tommie Harkrider, von den psychologischen Fesseln befreien können, von den Schuldgefühlen, die dieser Verrat am Glauben seiner Kindheit ausgelöst haben mußte?

An diesem Punkt brachte Harkrider Karyn Vale ins Spiel, und etwa fünfzehn Minuten lang pries er sie mit solcher Inbrunst und mit solch tiefem Gefühl für den unersetzlichen Verlust, daß man den Eindruck gewinnen konnte, er habe sie besser gekannt als ihre leiblichen Eltern oder als alle ihre Liebhaber.

Louise Vale saß leise schluchzend auf ihrem Platz. Tommie ließ keine Einzelheit der Liebesaffaire zwischen Karyn und Rich aus, er sprach von den Freuden, dem vielen Lachen, dem Zauber, aber auch von den Streitereien. Denn Streitereien hatten natürlich nicht ausbleiben können. Schließlich kamen die beiden aus ›zwei völlig verschiedenen Welten‹: Rich aus dem ›Hexenkessel der Straßen des südlichen Boston‹ und Karyn von den ›herrlich grünen Rasenflächen‹ des reichen, vornehmen Rye im Staate New York. Und Karyn hatte andere Liebhaber vor ihm gehabt. Rich hatte davon gewußt, aber wie hatte er es verkraftet?

Tommie schüttelte feierlich den Kopf und sah jeden einzelnen der Geschworenen an, die atemlos gespannt in ihren Bänken saßen. »Nicht gut«, sagte er dann und lenkte die allgemeine Aufmerksamkeit für einen Moment auf den Angeklagten. Rich sah kurz zur Jury hinüber, wandte dann aber ganz schnell den Kopf, als sei er nicht in der Lage, jemandem in die Augen zu blicken. Tommie schüttelte noch einmal den Kopf, dann kam er auf den schicksalhaften Skiurlaub im Januar zu sprechen, der seinen furchtbaren Höhepunkt in der brutalen Tat gefunden hatte. Karyn hatte Freunden und ihrer Mutter gegenüber ja bereits vorher ihre Bedenken wegen dieser Beziehung geäußert, und während dieses Skiwochenendes nun hatte sie sich endgültig dazu entschlossen, Rich zu verlassen und sich ihrer alten Liebe, Trux Landall, zuzuwenden.

»Es war ein vollkommener Bruch«, sagte Tommie und machte eine effektvolle Pause, damit diese Worte bei den Geschworenen ihre Wirkung tun konnten. »Karyn wollte

Rich nie mehr sehen. Und als ihm das klar geworden war...«

Dann fuhr er mit einer minutiösen Schilderung der Mordtat fort, die jedem im Saal einen kalten Schauder über den Rücken jagte.

Louise Vale mußte von ihrem Mann nach draußen gebracht werden.

Zwei der Geschworenen brachen in Tränen aus.

Die anderen bedachten den Angeklagten mit Blicken, die von finsterer Abscheu bis zu nacktem Haß reichten.

Tommie wischte sich mit einem Taschentuch die Augen und überließ Edith Leighton mit der Geste eines gebrochenen Mannes die Arena.

Edith stand ganz langsam auf und machte sich auf den Weg zur Geschworenenbank. Vielleicht hatte sie früher schon auf eindrucksvollere Auftritte reagieren müssen, erinnern konnte sie sich aber an keinen.

Sie war viel zu klug, um jetzt den Versuch zu machen, gegen die Stimmung anzugehen, die Tommie Harkrider mit seinem dramatischen Talent geschaffen hatte. Sie entschied sich im Gegenteil dafür, sich diese Stimmung zunutze zu machen.

»Ein Mord wurde begangen. Erschreckend in seiner Irrationalität. Eine leidenschaftslose Abfolge von tödlichen Schlägen, die man in ihrer Unmenschlichkeit nur als bestialisch bezeichnen kann. Und fünf Menschen wurden Zeugen dieses scheinbar endlosen, roboterhaften Anschlags auf ein menschliches Wesen. Fünf junge Leute hatten mitansehen müssen, wie die hilflose Karyn Vale zu Tode geknüppelt wurde. Wir haben ihre Aussagen, aber unglücklicherweise haben wir nicht sie selber, denn von den fünfen ist heute nur noch einer am Leben, kaum fünf Monate, nachdem Karyn Vale zur letzten Ruhe gebettet wurde. Der Überlebende, Warren Hasper, besucht eine Schule in Europa, und er weigert sich hartnäckig, in dieses Land zu kommen und auszusagen, weil er Angst hat, er könnte den Zeugenstand nicht lebend erreichen.

Er hat Angst!

Aber wovor?

Das ist die Frage, die wir uns stellen müssen. Vier groteske, unerklärliche Todesfälle in einer so kurzen Zeitspanne. Das können wir nicht einfach als Zufall abtun. Auch das rätselhafte Verschwinden des Polizisten Norm Granger von der Vermonter State Police, einem der beiden Polizisten, die als erste am Tatort erschienen waren, und den merkwürdigen Selbstmord seines Kollegen Peter Raff können wir nicht auf das Konto des Zufalls buchen.

Noch bevor dieses Verfahren beendet sein wird, werden Sie, meine Damen und Herren Geschworenen, wissen, daß diese seltsamen Todesfälle in direkter Verbindung mit dem Mord an Karyn Vale stehen, und Sie werden wissen, warum das so ist. Sie werden wissen, daß das Motiv für Karyns Tod ein anderes ist als das, welches die Anklage uns hier so erschöpfend dargestellt hat. Sie werden die ganze schreckliche Geschichte dessen erfahren, was mit Richard Devon von dem Augenblick an passiert ist, in dem er am achtzehnten Januar nach Chadbury gekommen ist.

Eine Person hat sich des Mordes ersten Grades schuldig gemacht, wenn er den Tod einer anderen Person mit der Absicht herbeigeführt hat, diesen Tod herbeizuführen.«

Edith hielt inne zu einer langen, nachdenklichen Pause. Sie hatte sie dort, wo sie sie haben wollte.

»Mit der Absicht, diesen Tod herbeizuführen«, wiederholte sie. »Ich bitte Sie eindringlich, sich die Bedeutung dieses Satzes klarzumachen.

Meine Damen und Herren Geschworenen, ich bin voller Zuversicht, daß Sie, wenn wir Ihnen alle Beweise vorgelegt haben, zu der Überzeugung gelangt sein werden, daß bei Richard Devon nicht nur diese Absicht fehlte, sondern daß er tatsächlich das Mädchen, das er liebte, nicht getötet hat.«

90

»Nun«, sagte Tommie zu seinem Kollegen Jean Landetta in der Cocktail Lounge des Gasthofs, in dem sie abgestiegen waren, »sie führt eine ganz schön scharfe Klinge. Ich würde nicht sagen, daß sie die Jury zurückgewonnen hat, nachdem ich sie weichgekocht hatte, aber sie hat es geschafft, die Geschworenen neugierig zu machen.«

»Ich wünschte, wir hätten diesen Jungen, der den Mord gesehen hat«, sagte Jean.

»Wir brauchen Warren Hasper nicht. Wir haben Trux Landell und jede Menge anderer Zeugen, die aussagen können, daß Devon sich vor und nach dem Mord an dem Mädchen wie ein Tier benommen hat.«

»Glaubst du, daß Edith ihn in den Zeugenstand rufen wird?«

»Sie wird es tun müssen. Ohne ihn ist ihre ganze Konstruktion nichts wert. Aber ich verspreche dir, egal was für eine Geschichte er sich ausdenkt, er wird auch den letzten Rest von Glaubwürdigkeit verloren haben, wenn ich mit ihm fertig bin.«

91

Trux Landall war der erste Zeuge, den die Seite des Staates Vermont am nächsten Morgen aufrief.

Im Gegensatz zu Rich, der Schatten um die Augen hatte und nervös auf seinem Stuhl hin und her rutschte, machte Trux Landall eine eindrucksvolle Figur im Zeugenstand. Sein französischer Blazer und die dazu passende Krawatte waren von untadeligem Sitz. Er hatte gerade ein paar Tage Müßiggang in Virgin Gorda hinter sich; seine Augen leuchteten aus dem schön geschnittenen, sonnengebräunten Gesicht.

»Mr. Landall«, fragte ihn Tommie Harkrider, »wann haben Sie Karyn Vale zum erstenmal gesehen?«

Tommie stellte, wie jeder gute Strafverteidiger, keine Frage, deren Antwort er nicht schon im voraus kannte. Er führte den Zeugen geschickt durch eine Schilderung seiner Romanze mit Karyn Vale und der anschließenden Trennung.

»Und dann begegneten Sie Karyn Vale erst wieder an jenem 19. Januar am Hermitage Mountain?«

»Ja, Sir. Das ist richtig.«

»Wurden Sie bei dieser Gelegenheit dem Angeklagten Richard Devon vorgestellt?«

Trux sah hinüber zu Rich, der mit gesenktem Kopf an seinem Tisch saß und kleine Streifen von einen Notizblock riß. »Ja, Sir.«

»Wie war Ihr erster Eindruck von dem Angeklagten?«

»Er hatte nicht viel zu sagen. Er war nicht etwa schüchtern. Nur... zurückhaltend. Als wenn er mit uns nichts zu tun haben wollte.«

»Hat Karyn sich gefreut, als sie Sie traf?«

»Ja, Sir, ich hatte schon den Eindruck.«

»Wie lange haben Sie mit Karyn gesprochen?«

»Nur ein paar Minuten. Dann bin ich mit meinen Freunden zu den Lifts gegangen.«

»Können Sie uns erzählen, was passierte, als Sie mit Ihren Freunden am Sessellift anstanden?«

»Karyn und Rich hatten eine Auseinandersetzung. Sie war ziemlich laut, und sie weinte.«

»Wissen Sie noch, worüber die beiden stritten?«

»Alles was ich hörte, war der Satz: ›Dann kannst du mich auch gleich vergessen.‹«

»Haben Sie Karyn an dem Tag noch einmal gesehen?«

»Ja, Sir. Ein paar von uns saßen am Abend im Restaurant ›Zum Froschkönig‹ zusammen. Das ist in Londonderry.«

»War der Angeklagte bei ihr?«

»Nein. Sie war mit ein paar Mädchen dort.«

»Machte sie einen wütenden Eindruck, weil er nicht da war?«

»Nein, sie hat sich amüsiert. Sie erwartete ihn, aber er tauchte nicht auf.«

»Was passierte nach dem Abendessen?«

»Nun, wir fuhren alle zurück zum Davos Chalet. Ich ging mit Karyn nach oben, Rich war nicht in ihrem gemeinsamen Zimmer. Als ich sie fragte, ob sie Probleme mit ihm habe, antwortete sie: ›Jeder hat Probleme.‹ Wir haben uns noch ein bißchen unterhalten, dann bin ich gegangen.«

»Haben Sie ihr einen Kuß gegeben?«

»Das war nur ein harmloser Gutenachtkuß. Der hatte nichts zu bedeuten.«

»Aber Rich hat sie dabei gesehen.«

»Ja.«

»Und wie hat er reagiert? Hat er sich vernünftig verhalten, oder...«

»Einspruch, Euer Ehren«, sagte Edith Leighton.

»Stattgegeben.«

»Wie hat er reagiert, Mr. Landall«, formulierte Tommie die Frage um.

»Er hat kein Wort gesagt. Er hat mich angestarrt, dann ist er mit erhobenen Fäusten auf mich zugekommen.«

»Hat er Sie angegriffen?«

»Er hat versucht, mich in die Leistengegend zu treten.«

»Wie haben Sie reagiert?«

»Ich wollte keine Schlägerei. Das war mir die Sache nicht wert, aber er ging weiter auf mich los. Karyn bat ihn aufzuhören. Nachdem er mir ein paar Schläge versetzt hatte — er hat mich am Arm und an der Schulter getroffen —, wurde es mir zu bunt.«

»Nach Ihrer Meinung hatte sich der Angeklagte also nicht mehr unter Kontrolle?«

»Einspruch, Euer Ehren!«

Tommie fuhr herum zu Edith und sagte: »Die Meinung des Zeugen, der heftigen Angriffen ausgesetzt war, ist hier sehr wohl von Interesse.«

»Ich erlaube die Frage«, teilte Winford mit.

»Sie sahen sich also heftigsten Angriffen ausgesetzt und wurden praktisch gezwungen zurückzuschlagen, um einer ernsthaften Verletzung zu entgehen?« fragte Tommie den Zeugen.

»Das ist richtig, Sir. Ich habe zurückgeschlagen. Nur einmal. Es war eine kurze, harte Gerade unters Brustbein. Er knickte zusammen.«

»Wie reagierte Karyn darauf?«

»Sie war aufgebracht und wütend.«

»Wütend auf den Angeklagten?«

»Ja. Ich habe mich für den Schlag entschuldigt, und sie sagte: ›Er ist unmöglich, wenn er in diesem Zustand ist.‹«

»War der Angeklagte in der Lage, etwas zu sagen?«

»Er ließ ein paar Obszönitäten vom Stapel. Ich weiß nicht, ob ich sie hier wörtlich wiederholen soll. Er beschuldigte mich und Karyn... es miteinander getrieben zu haben.«

»In Wahrheit aber hatten Sie in dieser Nacht keinen sexuellen Verkehr mit Karyn Vale.«

»Nein, Sir.«

»Hat der Angeklagte noch etwas gesagt, bevor Sie gingen?«

»Ja. Er sagte: ›Dich werde ich schon noch kriegen.‹«

»Zu wem hat er das gesagt?«

»Er hat es zu Karyn gesagt.«

Tommie schwieg und schlenderte auf die Reihen der Geschworenen zu. Er blickte jedem einzelnen wie ein großzügiger Onkel ins Gesicht. Er mochte sie alle in diesem Moment, und er ließ es sie merken. Und er wurde immer vertrauter mit jeder Einzelheit in ihren Gesichtern. Er hatte den Rücken immer noch dem Zeugenstand zugewandt, als er seine nächste Serie von Fragen einleitete.

»Wann haben Sie Karyn Vale zum letztenmal lebend gesehen?«

Trux beschrieb die Begegnung mit Karyn in der Taverne der Davos Chalet Lodge und den anschließenden mitternächtlichen Spaziergang durch den Schnee. Er erzählte von ihrer Entscheidung, mit Rich zu brechen, und von ihrer Erleichterung, daß sie sich endlich zu diesem Entschluß hatte durchringen können.

»Ich brachte sie zurück in die Empfangshalle des Hotels und wünschte ihr eine gute Nacht. Ein paar von meinen Freunden waren gerade am Aufbrechen und nahmen mich mit in mein Hotel.«

Trux' Stimme war etwas heiser geworden. Er machte eine lange Pause, schneuzte sich, die strahlende Erscheinung wurde durch die Tragödie, die er in Gedanken noch einmal durchleben mußte, etwas verfinstert.

»Am nächsten Morgen rüttelte mich einer von meinen Freunden wach und sagte: ›Mein Gott, Trux, steh auf! Karyn ist ermordet worden.‹ Das war das erste...«

Trux brach in Schluchzen aus und legte eine Hand auf den Mund. Er sah hinüber zum Tisch der Verteidigung.

Rich hob jetzt den Kopf. Er hatte die Augen auf den Zeugen gerichtet, und sie drückten nichts anderes als eisige Verachtung aus. Edith, die am anderen Ende des Tisches saß, brauchte gar nicht zu ihm hinzusehen, um sich der bösen Ausstrahlung von Zarach' bewußt zu werden. Sie wurde davon überfallen wie von einer Migräne.

»Keine weiteren Fragen«, sagte Tommie.

Ediths Augenlider zitterten. Sie gab Adam einen leichten Stoß.

»Euer Ehren, darf ich um eine kleine Pause bitten«, sagte Adam.

Rich wandte seine Aufmerksamkeit jetzt den Geschworenenbänken zu. Er lächelte. Alle zwölf Geschworenen waren aufs äußerste abgestoßen von dieser Demonstration unglaublicher Herzlosigkeit.

»Hör auf«, murmelte Edith. Sie legte sich eine Hand auf die Stirn, Daumen und Zeigefinger preßte sie gegen die Schläfen.

»Wir unterbrechen für fünfzehn Minuten«, verkündete Richter Winford. Zu Edith sagte er: »Soll ich Ihnen einen Arzt holen lassen?«

Mit großer Anstrengung richtete sich Edith in ihrem Stuhl auf und öffnete die Augen. Sie sah sehr verwirrt aus, und noch verwirrter klang ihre Antwort: »Danke, Herr... Ich meine, Danke, Euer Ehren. Es geht schon. Vielleicht ein Glas Wasser.«

Tommie hatte sogar so etwas wie den Ausdruck von echter Besorgnis auf seinem Gesicht, als er leise zu Jean Landetta sagte: »Sie wird diesen Prozeß niemals durchstehen.«

Der Angeklagte konzentrierte sich wieder darauf, dünne Papierstreifen von seinem Notizblock abzureißen. Sein Haß war verflogen, und an Ediths Zusammenbruch hatte er kein Interesse. Abgesehen von seinem Interesse für die Papierstreifen schien er in tiefste Gleichgültigkeit zurückgefallen zu sein.

Als sie sich wieder versammelt hatten, näherte sich Edith Leighton mit der gewohnten Forschheit dem Zeugenstand. Der milchige Schleier des Schmerzes war aus ihren Augen verschwunden.

»Mr. Landall, als Sie am Morgen nach dem Mord an Karyn Vale geweckt wurden, was haben Sie da zu Ihren Freunden gesagt, als die Sie über die schockierenden Einzelheiten der Tat informiert hatten?«

Trux zögerte, dachte nach und biß sich dabei auf die Unterlippe. »Ich... Ich glaube, ich habe gesagt: ›Das kann doch nur ein Ungeheuer getan haben.‹«

»Ein Ungeheuer! Danke, Sir. Ich habe keine weiteren Fragen.«

93

Tommie Harkrider wollte ganz sicher gehen, daß der Jury kein einziger der grausamen Umstände der Bluttat vorenthalten wurde, deshalb rief er den Leichenbeschauer von Haden County in den Zeugenstand, der Abzüge von den Fotos mitgebracht hatte, die während der Autopsie gemacht worden waren. Edith hatte keine Einwände.

Nach dem Leichenbeschauer machte der Polizeiarzt Arthur Harbison seine Aussage.

»Dr. Harbison«, fragte Harkrider, »seit wann arbeiten Sie als Polizeiarzt?«

»Seit fünfundzwanzig Jahren.«

»Wann haben Sie den Beschuldigten Richard Devon zum erstenmal untersucht?«

»Ungefähr um drei Uhr am Morgen des einundzwanzigsten Januar dieses Jahres«

»Wie war sein körperlicher Zustand zum Zeitpunkt dieser Untersuchung?«

»Sein Puls war stark beschleunigt, mehr als einhundertzwanzig. Die Pupillen waren starr und stark erweitert. Seine Haut fühlte sich kalt und feucht an.«

»Mit anderen Worten: Er stand unter Schock.«

»Das ist richtig.«

»Wußte er, warum man ihn auf die Polizeiwache gebracht hatte?«

»Ich glaube nicht. Nein. Zu diesem Zeitpunkt sicher nicht.«

»Warum war das so, Dr. Harbison?«

»Seine Weigerung, sich der Ereignisse bewußt zu werden, war ein Teil einer völlig normalen, gefühlsmäßigen Abwehrreaktion nach solch einem schockierenden Erlebnis.«

»Also würden Sie sagen, daß Richard Devon sich in einem Schockzustand befand, der ganz verständlich war, aber er war Ihrer Meinung nach nicht geistesgestört?«

»Einspruch, Euer Ehren! Der Zeuge ist praktischer Arzt, kein Psychiater. Schocksymptome können ohne weiteres andere Symptome überlagern oder verdecken, die erst lange nach dem entscheidenden Ereignis zu Tage treten können.«

»Dem Einspruch wird stattgegeben.«

»Ich glaube«, fuhr Tommie Harkrider unverdrossen fort, »daß auch ein praktischer Arzt, ebenso wie mancher Laie, mit den Symptomen zeitweiliger Amnesie vertraut sein dürfte. Ist das nicht so, Doktor Harbison?«

»Sie sind mir ohne Zweifel vertraut.«

»Ist zeitweilige Amnesie eine Form von Geisteskrankheit?«

»Meines Wissens nicht. Es ist ein Zustand, der direkt mit dem Schocktrauma zusammenhängt und der in der Regel nach einigen Stunden, spätestens aber nach ein paar Tagen wieder verschwindet.«

»Litt Ihrer Expertenmeinung nach Richard Devon unter Amnesie, als Sie ihn zum erstenmal sahen?«

»Ja.«

»Danke, Dr. Harbison. Ich habe keine weiteren Fragen.«

»Keine Fragen, Euer Ehren«, sagte Edith Leighton.

Beim Abendessen mit Richs Anwälten bei Morecambe's fragte Conor Edith Leighton, warum sie Trux Landall im Kreuzverhör nur diese eine Frage gestellt hatte, deren Beantwortung Rich doch eher geschadet haben müsse.

»Es gibt keine Möglichkeit, an den grundlegenden Tatsachen zu rütteln, die die Anklage bis jetzt zusammengetragen hat. Ich will erreichen, daß sich die Geschworenen immer wieder die Unmenschlichkeit und das Abscheuliche dieser Tat vor Augen führen. Nur ein Ungeheuer kann sie begangen haben. Und dieses Ungeheuer ist nicht Richard, sondern Zarach'. Und ich denke, daß ich in gar nicht so langer Zeit Gelegenheit bekommen werde, das zu beweisen.«

»Edith, Sie haben ja nicht einmal Ihren Salat angerührt«, sagte Lindsay. »Ich habe Sie seit drei Tagen keinen Bissen essen sehen. Ich mache mir ernstlich Sorgen um Sie.«

»Ich bin nicht krank, meine Liebe. Ich nehme freiwillig nichts zu mir. Es muß sein. Auf die Art halte ich meine Wahrnehmungskanäle frei. Ich muß einen klaren Kopf haben.«

»Aber heute morgen sind Sie beinahe ohnmächtig geworden«, sagte Adam.

»Heute morgen bin ich überrascht worden«, gab sie zu.

»Von Zarach'«, fragte Conor.

»Ja. Aber das wird nicht wieder passieren.«

Die Anklage brauchte nur dreieinhalb Tage, um ihren Fall zum Abschluß zu bringen. Der letzte Zeuge, den Tommie Harkrider aufrief, war einer der drei Psychiater, die Rich untersucht hatten, Dr. Lewis Shea, Direktor des Zentrums für forensische Psychiatrie am Columbia-Presbyterian Medical Center in New York City.

»Nach Ihrer fachmännischen Meinung, Sir«, fragte Tommie Harkrider, nachdem er einige Zeit darauf verwandt hatte, die Qualifikationen seines Zeugen ins rechte Licht zu rücken, »glauben Sie, daß Richard Devon an irgendeiner Form von Geisteskrankheit litt, als er Karyn Vale ermordete?«

»Nein, das glaube ich nicht.«

»Ist er jetzt im Augenblick geisteskrank?«

»Nein, Sir.«

Rich, der damit beschäftigt war, aus den vielen Papierstreifen, die er inzwischen zusammengesammelt hatte, einen Korb zu flechten, nahm sich einen Moment Zeit, um einen kurzen Blick auf diese außergewöhnliche Kapazität zu werfen.

»Zu keinem Zeitpunkt Ihrer Gespräche mit Richard Devon, die immerhin neuneinhalb Stunden im Laufe von vier Wochen in Anspruch nahmen, haben Sie irgendeinen Anhaltspunkt für eine Psychose bei dem Angeklagten gefunden?«

»Mr. Devon ist nicht psychotisch.«

»Ich verstehe. Und hat er irgendwann während der Interviews einmal ein Wesen mit dem Namen Zarach' erwähnt, das angeblich mit ihm zusammen in seinem Körper leben soll?«

»Oh, ja«, sagte Dr. Shea ganz ruhig. »Von Zarach' hat er mir einiges erzählt.«

»Hat er?« Tommie drehte sich schwungvoll vom Zeugenstand weg und machte ein Gesicht, als habe er große Schwierigkeiten, sein Erstaunen zu verbergen. »Nun Doktor, verzeihen Sie meine Verwirrung, aber wenn ich jemandem begegnen würde, der mir allen Ernstes weismachen wollte, er sei gar nicht derjenige, für den ich ihn hielte, sondern eine ganz andere Persönlichkeit würde zur Zeit seinen Körper bewohnen, dann würde ich denjenigen – und ich behaupte bestimmt nicht, besonders viel von den Grundbegriffen der Psychologie zu verstehen – für, vorsichtig ausgedrückt, nicht ganz richtig im Kopf halten.« Tommie legte einen Finger an die Schläfe, rollte mit den Augen und zwitscherte dazu wie ein Vogel. Der Saal brach in schallendes Gelächter aus.

»Ruhe!« rief Knox Winford und warf Harkrider einen

mißbilligenden Blick zu, als dieser mit einem verschmitzten Lächeln auf den Lippen zum Zeugenstand zurückging.

Shea lächelte ebenfalls. Tommie sah ihm lange und tief in die Augen.

»Sie meinen also, daß so einer nicht unbedingt verrückt sein müßte, Doktor?«

»Ganz und gar nicht, Sir.«

»Können Sie uns einen verständlichen Ausdruck an die Hand geben, mit dem man ein solches Verhalten bezeichnen könnte?«

»Nun, im allgemeinen bezeichnet man so etwas als Verdrängung. Man könnte auch, etwas genauer, von einem Schuldverdrängungsmechanismus sprechen.«

»Dr. Shea, haben Sie das Wirken eines solchen Mechanismus bei dem Angeklagten beobachten können?«

»Jawohl, Sir.«

»Die Schuld, die er verdrängen muß, resultiert natürlich aus dem Mord an Karyn Vale.«

»Ja, Sir.«

»Einspruch, Euer Ehren. Der Ankläger legt dem Zeugen Antworten in den Mund.«

»Stattgegeben. Die Antwort wird aus dem Protokoll gestrichen.«

»Sagen Sie mir, Dr. Shea, haben Sie während der langen Gespräche mit dem Angeklagten auch über den Mord gesprochen?«

»Ich habe mehrere Versuche gemacht, es zu tun.«

»Und er wollte nicht darüber sprechen?«

»Nein. Zuerst reagierte er ausweichend. Aber es war eindeutig, daß jede Erwähnung des Mädchens ihn unglaublich angespannt machte. Erst später, als ich immer wieder auf der Erörterung der Mordtat bestand, fing er an, Zarach' zu beschuldigen. Er sagte etwa: ›Nein, nein. Ich wollte es nicht. Es war Zarach'. Er hat mich dazu gezwungen.‹«

»›Er hat mich dazu gezwungen‹«, wiederholte Tommie langsam und sah dabei die Geschworenen an. »Hat Ihnen der Angeklagte etwas von diesem Zarach' erzählt, der ihm plötzlich die Befehle gegeben hatte?«

»Ja. Er bezeichnete Zarach' als einen nicht menschlichen Geist und als einen der gefallenen Engel.«

»Als einen Teufel?«

»Das wäre die theologisch korrekte Bezeichnung. Ja.«

»Hat er Ihnen erzählt, wie dieser Teufel in ihn gefahren ist?«

»Nein, das hat er nicht.«

»Haben Sie eine Vorstellung, woher dieser angebliche Zarach' gekommen sein könnte?«

»Nun, Devon ist streng katholisch erzogen worden. Er war der Kirche gegenüber gehorsam, aber er hatte auch Angst vor ihr, so wie es die Priester und Nonnen ihm beigebracht haben. Ich bin selber Katholik, und ich kann Ihnen versichern, daß es Ordensschwestern gibt, die kleine Kinder zu Tode ängstigen können, wenn sie erst einmal mit ihren Geschichten von den armen Sündern anfangen, die im Höllenfeuer schmoren müssen, weil sie am Sonntag keine Lust hatten, in die Messe zu gehen. Der Zarach', der jetzt in Richards Geist herumspukt, ist ein Gespenst aus den Tagen seiner Kindheit. Vielleicht hat er irgendwann einmal den Namen in der Bibel gelesen. Nur dadurch, daß er diesem Zarach' die Schuld an dem fürchterlichen Verbrechen gibt, kann er selbst einigermaßen damit fertig werden.«

»Aber der Glaube an die Existenz dieses Teufels ist kein Beweis dafür, daß Richard Devon geisteskrank ist.«

»Solch ein Glaube ist rein neurotischer Natur. Devon benützt diese eingebildete Besessenheit so, wie ein Zahnarzt ein Schmerzmittel spritzt, um den Nerv zu betäuben.«

»Und Sie halten es für ausgeschlossen, daß es diesen Zarach' schon gab, bevor der Angeklagte Karyn Vale umbrachte?«

»Höchstens als einen der Jungschen Archetypen, tief verborgen in seinem Unbewußten.« Dr. Shea lächelte. »Aber so gesehen haben wir alle unsere Zarach's.«

»Haben Sie vielen Dank, Doktor. Euer Ehren, ich habe keine weiteren Fragen.«

Edith lächelte herausfordernd, als sie auf den Zeugenstand zuging.

»Dr. Shea, würden Sie sagen, daß man jedes pathologische Verhalten klassifizieren kann?«

»Ja, das würde ich sagen.«

»Würden Sie auch sagen, daß es vom psychiatrischen Standpunkt aus kein Verhalten gibt, hinter dem nicht irgendein Motiv steckt?«

»Ja, diese Aussage würde ich unterschreiben.«

»Doktor, üben Sie Ihre Religion immer noch aus?«

Der plötzliche Richtungswechsel bei der Befragung irritierte ihn etwas. »Oh, ja. Sicher.«

»Und Sie stimmen den Doktrinen Ihrer Religion grundsätzlich zu?«

»Wenn ich das nicht täte, könnte ich mich wohl kaum einen Katholiken nennen.«

»Sie glauben an die jungfräuliche Geburt, die Marienverehrung, die Auferstehung des Leibes Christi, die Beichte und das Sakrament der Versöhnung?«

»Ja«, erwiderte der Arzt etwas ungeduldig.

»Glauben Sie auch, wie es Ihre Kirche tut, an die Existenz des Teufels?«

»Als... Nun, sagen wir als Metapher.«

»Dr. Shea, Sie sind ein katholischer Psychiater. Ist es da nicht vorgekommen, daß Mitglieder des Klerus in Ihrer Erzdiözese an Sie herangetreten sind und Sie um Rat gebeten haben?«

»Manchmal. Auch Priester können seelische Probleme haben.«

»Und Nonnen? Haben auch Nonnen seelische Probleme?«

»Sicher.«

»Haben Sie jemals eine Nonne untersucht, bei der die Symptome so hartnäckig und so rätselhaft waren, daß Sie sich nicht in der Lage sahen, ihr Verhalten zu kategorisieren oder sie gar erfolgreich zu behandeln?«

Lewis Shea schaute ziemlich verwundert drein. »Es... Es gab da mal solch einen Fall. Ja.«

»Und zu welchem Urteil kamen Sie damals?«

»Ich kam zu dem Schluß, daß es ein Fall für die Kirche war.«

»Und nicht für die Psychiatrie? Wie kann das angehen?«

»Nachdem ich sie sehr gründlich untersucht hatte, fühlte ich, daß ihr Verhalten so tief in einer... ja in einem religiösen Wahn wurzelte, daß sie nur durch... durch die Rituale geheilt werden konnte, welche die Kirche für solche Fälle vorsieht.«

»Was für Rituale?«

»Das... Das ›Rituale Romanum‹.«

»Erklären Sie uns das bitte auf Englisch.«

»Das römische Ritual des Exorzismus.«

»Das heißt, Sie haben damals geglaubt, daß dieser Frau die Psychiatrie nicht mehr helfen konnte, weil sie von einem Dämon oder einem Teufel aus der Hölle besessen war?«

»Ich habe nie an derlei geglaubt! Wie ich schon sagte, kann es hartnäckige Fälle von religiösem Wahn geben, gegen die am besten mit den Mitteln der Kirche und der Religion angegangen werde kann.«

»Vielen Dank, Dr. Shea«, sagte Edith Leighton mit vielsagendem Lächeln. »Ihre Ausführungen waren sehr hilfreich. Ich habe keine weiteren Fragen.«

96

Da es schon zehn Minuten vor zwei war, bat Edith um eine Vertagung der Verhandlung auf den nächsten Tag. Sie hielt es aus taktischen Gründen für angeraten, den Geschworenen Zeit zu geben, über die Verteidigungslinie nachzudenken, die ihnen eben so deutlich vorgezeichnet worden war.

»Woher konnte Sie wissen, daß Shea in seiner Praxis schon einmal einem Fall von dämonischer Besessenheit begegnet ist?« fragte Adam das ehemalige Mitglied des Queen's Counsel, nachdem sie das Gerichtsgebäude verlassen und das Spießrutenlaufen durch Fotografen und Fernsehreporter hinter sich hatten.

»Ich habe es nicht gewußt«, antwortete Edith munter. »Ich habe einen Versuchsballon losgelassen.«

Lindsay hätte das Auto vor lauter Schreck beinahe gegen eine Betonwand am Straßenrand gelenkt.

»Edith!« schimpfte sie. Edith versuchte ein zerknirschtes Gesicht zu machen, aber es wollte ihr nicht gelingen.

97

An dem Morgen, an dem die Verteidigung damit beginnen sollte, ihren Standpunkt zu erläutern, hob Edith ihren Kopf, um an Adam und Lindsay vorbei zu Rich hinüberzusehen, der am äußersten Ende des Tisches der Verteidigung saß. Er war sich dieser Musterung im selben Augenblick bewußt, aber er sah nicht zu ihr hin.

»Wie fühlen Sie sich heute morgen?« fragte Edith. Seine Antwort bestand in der schwachen Andeutung eines Lächelns. Edith hatte in letzter Zeit ganz deutlich gespürt, daß wieder weniger von ihm im Gerichtssaal saß, dafür aber mehr von Zarach'. Sie hatte ein stechendes Gefühl unter dem Brustbein und am Ansatz ihres Nackens, und sie wußte, daß sie auf der Hut sein mußte.

›Wirst du ihn sprechen lassen‹, fragte sie sich. Was Rich zu sagen haben würde, war der Kern einer erfolgreichen Verteidigung, es konnte aber genausogut den endgültigen Absturz bedeuten.

»Ist etwas nicht in Ordnung, Edith?« fragte Lindsay.

Edith lächelte und schüttelte den Kopf. Sie wünschte sich, ihrer Kollegin erzählen zu können, was ihnen allen bevorstand, wenn sie ihren Hauptzeugen präsentieren würde.

›Meine liebe Lindsay. In diesem Gerichtssaal stehen sich zwei feindselige Kräfte gegenüber, die eine steht für das Gute, die andere für das Böse. Es herrscht das alte Gesetz der Dualität, welches das Geheimnis des Lebens darstellt. Wenn man an dieses Geheimnis rührt, das im Mythos des Baumes der Erkenntnis steckt, so kann das den Tod bedeuten, und nur im Tod können die beiden feindseligen Mächte letzten Endes versöhnt werden.‹

Sie sah, wie so oft in den vergangenen Tagen, hinüber zu den zwölf Geschworenen. Zwölf. Auch das eine mythische Zahl. Sie mußte an die zwölf Urängste der Menschen denken. An die größte Angst von allen, die Angst vor Gott, vor dem Verlust der Seele. Jedes der zwölf Gesichter bekam auf einmal eine andere Bedeutung für sie. Plötzlich wußte sie, wohin Zarach' die volle Kraft seines Vernichtungsschlages richten würde. Auf dem vierten Platz der ersten Bankreihe saß Iwan Mandelko, ein kleiner, bärtiger Mann, gesammelt und ernst. Er besaß einen Gärtnereibetrieb und war der Sohn eines Russen, der während der stalinistischen Säuberungen ums Leben gekommen war. Würde Zarach' ihn auswählen, oder würde er vielleicht...

»Ist die Verteidigung bereit?«

Edith erhob sich und kam hinter dem Tisch hervor. »Ja, Euer Ehren. Wir sind bereit.«

»Würden Sie bitte Ihren ersten Zeugen aufrufen?«

»Die Verteidigung ruft Conor Devon in den Zeugenstand.«

98

Edith verwandte einen großen Teil des Vormittags darauf, den Mitgliedern der Jury durch ihre Fragen und seine Antworten möglichst viel Wissen über den Mann zu vermitteln, der für den Rest des Tages im Zeugenstand stehen würde. Erst als sie der Überzeugung war, daß die Geschworenen Conor Devon als einen ehrlichen, rechtschaffenen Mann akzeptiert hatten, begann sie mit der inhaltlichen Befragung.

»Mr. Devon, würden Sie uns bitte berichten, wann Sie zum erstenmal davon erfuhren, daß man Ihren Bruder wegen Mordes an Karyn Vale verhaftet hatte.«

Von hier führte sie ihn behutsam zu einem Bericht über seine erste Begegnung mit Rich im Gefängnis des County, über den Schrecken und die Angst, die er dabei empfunden hatte. Conor liefen die Tränen über die Wangen, als er Richs Worte wiederholte.

»Er sagte: ›Du bist doch Priester, Conor. Du kannst mir doch helfen, oder? Schmeiß ihn raus aus mir! Bevor er mich wieder so etwas Furchtbares tun läßt!‹«

Am Tisch der Verteidigung schlug Rich seine Schuhe gegeneinander und leckte sich über die Lippen. Er warf Conor durchdringende Blicke zu, so als bezweifle er dessen Aussage.

»Können Sie uns sagen, ob die Polizei jemals eine der Personen verhört hat, von denen Ihr Bruder damals gesprochen hat?«

»Nein, das hat sie nicht getan.«

»Warum nicht?«

»Weil... Henry Windross wurde ein paar Tage später von einem Zug getötet. Polly Windross ist verschwunden, und von Inez Cordway fehlt bisher jede Spur.«

»Haben Sie Ihrem Bruder geglaubt, als er behauptete, er sei von einem Dämon besessen?«

»Nein, das habe ich nicht.«

»Warum nicht?«

»Ich habe nicht geglaubt, daß es so etwas wirklich gibt. Im Seminar hatte ich mal einen Kurs in Dämonologie belegt, aber... Wahrscheinlich wollte ich über diese Sachen nicht zu intensiv nachdenken.«

»Später wurden Sie Priester. Sind Sie während dieser Zeit einem Fall von dämonischer Besessenheit begegnet?«

»Nein. Ich kannte auch keinen Priester, dem so etwas passiert war. Es wurde nicht über diese Dinge gesprochen.«

»Und wann änderten Sie Ihre Meinung?«

Conor beschrieb jetzt die bizarren Vorkommnisse und das anhaltend befremdliche Verhalten seines Bruders während der nächsten Besuche, er erzählte von den Zweifeln, die an ihm zu nagen begannen und die ihn schließlich zu Monsignore Garen und in die Bostoner Stadtbibliothek trieben. Er berichtete von seinem Experiment mit dem goldenen Kruzifix; Lindsay Potter rieb sich über die Stirn, wo eine Narbe an die Verletzung erinnerte, die sie bei dieser Gelegenheit davongetragen hatte.

»Wenn das hohe Gericht keine Einwände hat, dann würde ich Mr. Devon jetzt bitten, der Jury die Brandnarben zu zeigen, die das geschmolzene Goldkreuz an jenem Vormittag an seiner Hand verursacht hat.«

Das Gericht hatte keine Einwände und Conor defilierte selbstbewußt mit Edith an den Bänken der Geschworenen vorbei und hielt dabei seine linke Hand ausgestreckt, die Handfläche nach oben gewandt. Tommie Harkrider hatte die Arme vor der Brust verschränkt und betrachtete Conor höchst interessiert. Er wußte bereits, wie er auf diese Demonstration zu reagieren hatte. Bis jetzt hatte die Gegenseite noch nichts vortragen können, was ihn hätte beunruhigen müssen. Zu diesem Zeitpunkt des Prozesses fühlte sich Tommie Harkrider sehr wohl in seiner Haut.

Als sie mit Conor zum Zeugenstand zurückgekehrt war, sah Edith hinüber zu Mary Adelaide Hotchkiss, der Sprecherin der Jury, die etwas weniger wach und aufmerksam wirkte als sonst. Mit einer Hand massierte sie sanft ihren Hals. Ihre Augen hatte sie nicht auf Conor gerichtet.

Sie starrte Rich an, und man konnte den Ausdruck auf ihrem Gesicht nur als angsterfüllt bezeichnen.

Edith wandte sich dem Tisch der Verteidigung zu. ›Du hast also angefangen. Aber ich werde Richard Devon in den Zeugenstand stellen, und nicht Zarach' Bal-Tagh. Ich werde dir nicht erlauben, diese Menschen hier zu terrorisieren.‹

Der Angeklagte wandte den Kopf etwas zur Seite. Er wirkte gelangweilt.

99

Es war kurz vor halb fünf, als Conor seinen Bericht von der zweiten Manifestation Zarach's beendet hatte, die er zusammen mit Adam und Pater Merlo im Keller des Gerichtsgebäudes hatte erleben müssen. Edith wurde langsam klar, daß Conors lange Zeugenvernehmung eine zu harte Dosis für die Geschworenen gewesen war. Sogar sie selbst war müde und tendierte zu gereizten Reaktionen. Nur wenige der Geschworenen würden in der kommenden Nacht gut schlafen können. Sie waren einfach mit zu vielen schwerwiegenden Informationen überhäuft worden, waren verunsichert und würden morgen um so empfänglicher für Tommie Harkriders Kreuzverhör sein, bei dem er alles daransetzen würde nachzuweisen, daß Conor zwar ein durchaus ehrenwerter Mann war, daß er aber so sehr wegen seines Bruders hatte leiden müssen, daß es auch ihm die Sinne ein wenig verwirrt hatte.

Edith hatte wirklich hart gearbeitet, sie hätte Conor den Geschworenen kaum besser präsentieren können, aber sie mußte sich jetzt eingestehen, daß sie diesen Tag eindeutig verloren hatte.

100

Mary Alaide Hotchkiss hatte nicht viel über das nachgedacht, was Conor Devon an diesem Tag alles berichtet hatte. Die meiste Zeit über hatte sie nicht sehr genau zugehört, obwohl sie sich bemüht hatte, den äußeren Anschein der Aufmerksamkeit zu wahren. Der Tag war für sie ein Martyrium gewesen, und in dieser Nacht konnte sie lange kein Auge zutun, so sehr sie sich auch bemühte, es sich auf dem durchgelegenen Bett in dem Zimmer des Gasthofes, in dem man die Jury untergebracht hatte, bequem zu machen. Sie war einfach zu sehr damit beschäftigt, über das Entsetzen hinwegzukommen, das es ihr bereitet hatte, Zuschauerin bei ihrem eigenen Tod gewesen zu sein.

In ihrer Freizeit und zu ihrem Vergnügen pflegten Mary Adelaide und ihr Ehemann Andy in schmalen, zerbrechlichen Booten, die man Kajaks nannte, die reißendsten und wildesten Bäche der Gegend hinunterzuschießen. Sie hatten sich zu diesem Zweck sogar einem Club angeschlossen.

In ihrer Vision, oder was immer es gewesen war, das sie plötzlich während der Verhandlung überfallen hatte, hatte sie sich selbst ganz deutlich gesehen, wie sie, wild pad-

delnd, mit dem Boot immer wieder an nasse schwarze Fels-
vorsprünge anstoßend, durch einen engen Schlund gespült
wurde. Sie kannte solche Situationen, in denen es neben
dem Geschick auch auf eine gewisse Portion Glück ankam,
aus ihrer Erfahrung, aber in dieser Vision war sie vom
Glück verlassen worden. Ihr Kajak war von der reißenden
Strömung in diesem Flaschenhals umgeworfen und zwischen zwei Felsblöcken eingeklemmt worden. Sie selbst
steckte mit dem Kopf nach unten in anderthalb Meter tiefem Wasser. Das alles war Mary Adelaide während der
Verhandlung wie ein Blitz durch den Kopf geschossen,
während sie den Angeklagten ansehen hatte. Aber sie hatte
es nicht nur gesehen, sie hatte deutlich gespürt, wie ihr das
eiskalte Wasser in die Lungen schoß.

Stunden später brach sie in einen Weinkrampf aus, und
danach gelang es ihr besser, die erdrückenden Empfindungen eines Todes durch Ertrinken aus ihrem Gedächtnis zu
verbannen. Sie wußte sehr gut, daß sie den Kajak nie mehr
von dem Wandregal in der Garage nehmen durfte. Sie *wollte* leben. Aber irgend etwas war zurückgeblieben, das diese
Vorstellung vom Weiterleben auflöste. Auch der Gedanke
an ihre Kinder konnte sie nicht aus dieser Lethargie reißen.
Es war, als habe jemand ein Licht in ihrer Seele ausgeblasen
und als wäre sie, weil es nun nicht mehr brannte, der großen Dunkelheit ein Stück näher gekommen.

101

»Also, Mr. Devon, als Sie glaubten gesehen zu haben...«

»Einspruch, Euer Ehren! Mr. Devon hat hier glaubhaft
beschrieben, was er im Verhörzimmer am Morgen dieses
vierten Februar tatsächlich gesehen hat. Die Anklage versucht, die Genauigkeit seiner Beobachtungen und sein
Erinnerungsvermögen in Zweifel zu ziehen.«

»Stattgegeben.«

»Mr. Devon, als Sie sahen, was Sie für ein...«

»Euer Ehren, ich erhebe Einspruch!«

Das Gerangel um den Fragestil Tommie Harkriders wurde so hitzig, daß Richter Winford die beiden Anwälte zu sich bat, um die Gemüter zu beruhigen und zu verhindern, daß noch mehr böses Blut den Fortgang der Verhandlung belasten konnte.

»Euer Ehren«, sagte Tommie Harkrider, und seine Wangen verzogen sich zu einem Lächeln, das bis an das Weiße seiner Augen reichte, »ich weiß nicht, wie das im Old Bailey gehandhabt wird, aber ich meine, daß es vor einem amerikanischen Gericht möglich sein müßte, die Verläßlichkeit des Gedächtnisses eines so wichtigen Zeugen, von dessen Aussagen soviel abhängt, einer genauen Prüfung unterziehen zu dürfen. Es ist ja wohl eine allgemein bekannte Tatsache, daß Berichte von Augenzeugen, die ihre Beobachtungen unter Streß machen mußten, oft sehr stark voneinander abweichen, daß die Erinnerung eines solchen Zeugen durchsetzt sein kann mit Tatsachen, die mit dem Ereignis nicht sonderlich viel zu tun haben. Ich suche nach offensichtlichen Widersprüchen, und ich habe Grund zu der Annahme, daß es solche gibt und daß sie den Wert der Aussage Mr. Devons erheblich einschränken.«

»In Ordnung«, sagte Knox Winford, »wenn Sie an Widersprüche glauben, dann dürfen Sie diese natürlich aufdecken, aber erst, wenn die Aussagen des Zeugen sich tatsächlich widersprechen und nicht, indem Sie von solchen Widersprüchen bereits ausgehen, bevor Sie überhaupt Ihre Fragen gestellt haben.«

»Keine dieser ›allgemein bekannten Tatsachen‹, auf die sich Mr. Harkrider hier bezieht, wurde in diesem Gerichtssaal durch Sachverständigengutachten bestätigt, und es würde mir mißfallen, wenn Mr. Harkrider nun versuchen würde, diese Bestätigung auf Kosten von Mr. Devon zu erzwingen.«

»Ich glaube, das werde ich nicht nötig haben, Edith. In diesem Fall wird der Zeuge selbst zu meinem Sachverständigen für Unzulänglichkeiten des Erinnerungsvermögens werden, und er wird seinen Beweis schon bald ganz besondes schlüssig führen.«

Edith lächelte zweifelnd, während Harkriders Gesicht

das eines Straßenkaters war, den man mit Wellensittichfedern im Maul erwischt hat.

Der Ankläger arbeitete sich länger als drei Stunden an dem Zeugen ab, aber Conor erwies sich allen Ansprüchen an ihn gewachsen. Er wußte nur nicht mehr ganz genau, wo der Heizkörper in dem Verhörzimmer montiert war. Und einmal mußte er zugeben, daß es in dem Tumult sehr wohl möglich gewesen wäre, daß er mit seiner Hand an eines der heißen Heizungsrohre an der Wand gekommen war. Aber Conor blieb bei seiner Aussage, er habe sich die Hand an dem schmelzenden Goldkreuz verletzt.

Als man Conor endlich erlaubte, sich zu setzen, sahen ihm die meisten Geschworenen mit Wohlwollen und Sympathie nach. Niemand am Tisch der Verteidigung konnte auf den Gesichtern Hinweise auf Feindseligkeit entdecken. Lindsay lehnte sich zu Edith hinüber und sagte: »Mr. Aughtman sieht nicht besonders gut aus.«

Edith sah hinüber zu dem fraglichen Geschworenen und machte Winford auf den Mann aufmerksam, der auf dem dritten Platz in der zweiten Reihe saß. Winford unterbrach die Verhandlung für fünfzehn Minuten.

»Es geht mir gut«, sagte Aughtman zu dem Richter. »Es... Es ist nur irgendwas über mich gekommen. Ich weiß nicht, was es war.« Er lächelte und sah dabei aus wie ein Mann, der mit seinem Lächeln den Impuls unterdrücken will loszuschreien. Winford ließ ihn ein paar Minuten in seinem Zimmer ausruhen.

Edith schlenderte durch den halbleeren Saal, als konzentriere sie sich auf ihren nächsten Zeugen, aber in Wirklichkeit war sie bei Rich. Er war am Tisch sitzen geblieben und trank ein Coke aus einem Pappbecher. Rich war sich der Aufmerksamkeit Ediths durchaus bewußt, aber er zeigte es nicht. Er hatte schon eine kleine Sammlung von geflochtenen Papierkörbchen vor sich auf dem Tisch stehen.

›Ein Körbchen für jede Seele‹, dachte sie. Der Ausdruck auf den Gesichtern von Mary Hotchkiss und Gerald Aughtman war ihr Beweis genug, daß Zarach' seinen Schlag vorbereitete. Schon bald würde im Gerichtssaal die Hölle losbrechen, und sie sah es als direkte Herausforderung für sie und die Macht an, die sie hier repräsentierte.

Edith berührte die kleine Sonnenuhr, die sie um ihren Hals trug, und senkte für einen Moment den Kopf. Ganz hinten in ihrem Bewußtsein hörte sie das Knurren eines tollwütigen Wolfes. Der Angeklagte stellte den Colabecher beiseite und griff nach einem neuen Notizblock. Scheinbar abwesend begann er, dessen Blätter in saubere dünne Streifen zu zerlegen.

102

Nach einer kurzen Ruhepause im Richterzimmer konnte Mr. Aughtman seinen Pflichten wieder nachkommen, aber er zitterte immer noch. Er konnte die unglaublich klare und deutliche Vision nicht vergessen, die ihn vorhin überkommen hatte. Er war in eine Art Whirlpool mit glühend heißem Wüstensand hineingezogen worden. Mr. Aughtman war seit seiner Kindheit Asthmatiker, und es gehörte deshalb zu seinen schrecklichsten Ängsten, plötzlich keine Luft mehr zu bekommen.

Als er seinen Platz auf der Geschworenenbank wieder einnahm und kurz zu dem Angeklagten hinübersah, hatte er ein Gefühl, als würde sein Hals immer enger. Seine Lungen schienen sich zu glühenden Holzscheiten zusammenzuziehen. Mr. Aughtman vermied es daraufhin, irgendwoanders hinzuschauen als zum Zeugenstand.

Die Verteidigung rief Pater James Merlo auf.

Edith hatte in Merlo einen hervorragenden Zeugen. Er sagte mit der ausdrücklichen Billigung seiner Vorgesetzten im Vatikan aus, und das allein war schon Zeugnis genug dafür, für wie wichtig dieser Prozeß dort gehalten wurde.

»Pater Merlo, Sie sind Exorzist der katholischen Kirche, ist das richtig?«

»Ja, das ist richtig.«

»Was bedeutet es, ein Exorzist zu sein?«

»Meine Aufgabe besteht darin, den Teufel durch verschiedene Rituale dazu zu zwingen, sich dem Willen Gottes zu unterwerfen.«

»An wie vielen Exorzismen haben Sie bisher teilgenommen, Pater?«

»Es waren mehr als hundert.«

»Können Sie uns erklären, was dämonische Besessenheit bedeutet?«

Merlo erklärte vorsichtig die Umstände, durch die dämonische Geister dazu veranlaßt werden, menschliche Wesen zu quälen.

»Gibt es so etwas wie einen typischen Fall von Besessenheit?«

»Immer, wenn ein Teufel oder ein Dämon die Herrschaft über eine menschliche Seele gewonnen hat, zeigt sich seine Anwesenheit durch physische und physikalische Störungen in der Umgebung des Besessenen. Dazu gehören faulige Gerüche, laute Geräusche, Zerstörungen, unerklärliche und furchteinflößende Ereignisse. Dämonen haben schon ganze Häuser einstürzen lassen. Es kann auch zu Deformationen des besetzten Körpers kommen, das muß aber nicht sein. Aber immer gibt es diesen Blick der Verworfenheit, diese manische Intensität in den Augen, die man nicht so leicht vergessen kann, wenn man sie einmal gesehen hat. Der Besessene kann manchmal unglaubliche körperliche Kräfte entwickeln. Wenn man mit den Riten des Exorzismus begonnen hat, dann treten einige dieser Phänomene, möglicherweise sogar alle, wieder auf, manchmal mit solcher Heftigkeit, daß der Körper des Besessenen bis hin zur Unkenntlichkeit entstellt wird.«

»Vielen Dank, Pater Merlo. Würden Sie uns jetzt bitte erzählen, was Sie beobachtet haben, als Sie den Angeklagten Richard Devon am Morgen des 23. Februar zum erstenmal sahen?«

Merlo berichtete, und er ließ keine Einzelheit aus, so abstoßend sie auch sein mochte. Er ersetzte vielleicht einmal das Wort Scheiße durch das Wort Exkremente, aber ansonsten nahm er bei seiner Schilderung keinerlei Rücksicht auf Gefühle.

Obwohl es der Priester war, der redete, stand wieder einmal Richard Devon im Zentrum der Aufmerksamkeit. Er saß in sich gekehrt und ein wenig mißmutig auf seinem Stuhl. Aber von einem heidnischen roten Licht, das aus seinen Pupillen leuchtete, war beim besten Willen nichts zu erkennen. Weder hörte man ihn furzen, noch rülpste oder geiferte er. Es war einfach nicht möglich, diesen in sich gekehrten Mann mit Merlos Erzählungen in Zusammenhang zu bringen.

Edith schien in ihrer Begeisterung diese Tatsache völlig zu entgehen.

»Würden Sie als Fachmann sagen, daß die Phänomene, die Sie bei dem Angeklagten beobachten konnten, deutliche Hinweise auf seine Besessenheit waren?«

»Sehr deutliche Hinweise. Ja.«

»Hat der Dämon sich Ihnen zu erkennen gegeben, als Sie ihn dazu aufforderten?«

»Ja. Er nannte seinen Namen, Zarach' Bal-Tagh. Das bedeutet: ›Sohn der endlosen Nacht.‹ Der Name kommt aus der hethitischen Sprache, dem ältesten der indogermanischen Dialekte.«

Tommie Harkrider rutschte ungeduldig auf seinem Stuhl herum. Mit leiser Stimme, so daß nur Gary Cleves ihn verstehen konnte, sagte er: »Stuß, Stuß, Stuß. Das ist ein Wort aus dem Dialekt der Strafverteidiger und bedeutet: ›Verarschen Sie mich nicht!‹«

»Hatten Sie vorher schon einmal von Zarach' Bal-Tagh gehört, Pater Merlo?« fragte Edith Leighton weiter.

»Ja. Die Kirche kennt ihn seit mehr als zehn Jahrhunderten.« Tommie Harkrider hatte so versessen darauf gewartet, endlich mit seinem Kreuzverhör beginnen zu können, daß er mit einem Satz aufsprang, als Edith mit dem Zeugen fertig war.

»Pater Merlo, waren die Gefängniswärter, die den Angeklagten in den Kellerraum gebracht hatten, noch so lange anwesend, daß sie einige der Phänomene beobachten konnten, von denen Sie uns hier berichtet haben?«

»Nein, Sir, sie warteten draußen.«

»Wissen Sie noch, wo sie dort warteten? Gingen sie vielleicht den Gang auf und ab, um eine Zigarette zu rauchen?«

»Ich glaube, sie warteten direkt vor der Tür.«

»Und als Sie mit diesem ... äh ... Zarach' redeten, in welcher Lautstärke unterhielten Sie sich mit ihm? Im normalen Gesprächston?«

»Nein, ich sprach deutlicher, mit fester Stimme.«

»Und lauter? LAUTER, ALS ICH JETZT MIT IHNEN SPRECHE?«

»Vielleicht sogar noch etwas lauter.«

»Würden Sie jetzt bitte so zu uns sprechen, wie Sie mit Zarach' gesprochen haben? Und würden Sie sich bitte derselben Worte bedienen?«

»Es tut mir leid, das kann ich nicht tun. Diese Worte waren Teil eines religiösen Rituals, und ich bin von meiner vatikanischen Dienststelle angehalten, diese Worte nicht auszusprechen, ohne auch die anderen Regeln des Rituals zu beachten. Es könnte sonst großer Schaden entstehen.«

»Also gut, Pater Merlo, dann seien Sie wenigstens so gut, uns mitzuteilen, ob Sie von Mr. Zarach' eine Antwort erhielten.«

»Einspruch, Euer Ehren! Diese Anrede ist sarkastisch und völlig überflüssig.«

»Stattgegeben. Mr. Harkrider ...«

»Ja, Sir. In Ordnung, Euer Ehren. Nennen wir ihn — oder, wenn ich so frei sein darf, von der Annahme auszugehen, daß man nichtmenschlichen Geistern kein Geschlecht zuteilt —, nennen wir es also Zarach'. Meine Frage lautet also: Ist Zarach' Ihrer Aufforderung, seinen Namen zu nennen, sofort nachgekommen, oder mußten Sie ihn aus ihm rauskitzeln, Hochwürden?«

Merlo lächelte. »Ich mußte ihn rauskitzeln.«

»Fing er Streit mit Ihnen an? Hat er Sie beschimpft?«

»Ja, das hat er.«

»Es scheint jedenfalls ganz schön lebhaft da drinnen zugegangen zu sein, und Sie mußten wohl richtig laut werden. Haben Sie ihn niedergeschrien?«

»Ich habe nicht direkt geschrien.«

»Und seine Antwort? Wie laut war die?« Tommie senkte die Stimme zu einem Flüstern: »Sprach er so?«

»Nein. Seine Stimme klang wesentlich kräftiger.«

»ALSO SCHRIE ER SO LAUT, DASS MAN IHN BIS IN

DEN PARK VON CHADBURY HÄTTE HÖREN MÜS-
SEN?«

»Ja, etwa so laut.«

»Und während dieser Streitereien sind ja noch andere
Dinge vor sich gegangen. Es muß doch furchtbar ausgesehen und gestunken haben in dem Kellerraum. Ich hörte
von so etwas wie Dunghaufen auf dem Fußboden, um das
hier mal mit der angemessenen Feinfühligkeit auszudrük-
ken, aber ich bin sicher, daß Sie alle wissen, was ich meine.
Würden Sie sagen, Pater Merlo, daß Sie sich zu diesem
Zeitpunkt im Kampf mit Zarach' befanden, daß es darum
ging, wer den stärkeren Willen hatte?«

»Ja.«

»Und? Sie trugen den Sieg davon?«

»Ich war in der Lage, seine Manifestation unter Kontrolle
zu halten.«

»Durch die Kraft des Rituals?«

»Ja.«

»Ist es Ihnen gelungen, den Dämon aus Richard Devons
Körper herauszutreiben?«

»Das habe ich keinen Augenblick lang versucht.«

»Wie bitte?« rief Harkrider erstaunt aus. Er drehte sich
um und warf in theatralischem Erstaunen einen Blick auf
den Angeklagten, bevor er seine Aufmerksamkeit wieder
dem Priester zuwandte. »Pater, Sie wollen also damit sagen, daß der Teufel zusammen mit Richard Devon den Kellerraum wieder verlassen hat, als die Wärter ihn in seine
Zelle zurückbrachten?«

»Ich habe an dem Zustand der Besessenheit nichts verändert.«

»Aber die armen Wärter müssen doch laut schreiend
weggelaufen sein, nachdem sie sich im Kellerraum umge-
sehen hatten. Dieser Gestank! Und die Deformationen des
Angeklagten! Mein Gott, wie haben die das ausgehalten?«

»Als die beiden den Raum betraten, hatten sich die Fäka-
lien und die anderen organischen Substanzen bereits de-
materialisiert.«

»Soll das heißen, daß sich alles in Luft aufgelöst hatte?
Verschwunden war?«

»Aufgelöst ist richtig. Das ist völlig normal. Mr. Devon lag ohne Zwangsjacke flach auf dem Boden ausgestreckt. Die Verformungen, vor allem im Gesichtsbereich, waren nicht mehr zu sehen.«

»Sie wollen damit sagen, daß alles, was in dem Raum vor sich gegangen war, von den Wärtern gar nicht bemerkt werden konnte, trotz der Tatsache, daß sie direkt vor der Tür standen, als da drinnen das große Gebelle und Katzengejaule vor sich ging. Oder, mit anderen Worten, diese bemerkenswerte Abfolge von Ereignissen war exklusiv denen vorbehalten, die bereits in die Mysterien der dämonischen Besessenheit eingeführt waren. Sozusagen den Überzeugten und Gläubigen.«

»Ich glaube kaum, daß Mr. Kurland zu diesem Zeitpunkt schon zu den Gläubigen gehört hatte«, sagte Merlo trocken. »Aber das können Sie ihn ja selber fragen.«

»Ich beabsichtige nicht, Mr. Kuland irgend etwas zu fragen.« Harkrider wandte sich zum Tisch der Verteidigung um. »Pater Merlo, Sie behaupten also, daß Richard Devon, so, wie er da drüben vor uns sitzt, noch immer von einem dämonischen Geist besessen sei?«

»Davon bin ich überzeugt... Ja.«

»Haben Sie während Ihrer jahrelangen Praxis als Exorzist schon einmal erlebt, daß der Teufel, meinetwegen aus Langeweile, einen menschlichen Körper einfach sang- und klanglos wieder verlassen hat?«

»Nein, das habe ich nicht.«

»Aber, Pater, was ist mit den grausigen, nervenzerfetzenden Dingen, die wir erwarten dürfen? Was ist mit den entstellten, tierhaften Gesichtszügen? Was mit dem unmenschlichen Glühen des Hasses und der Niedertracht in seinen Augen? Ich sehe nichts davon, wenn ich mir den Angeklagte betrachte. Sehen Sie etwas? Zeigen Sie uns wenigstens eine Spur dieses abscheulichen Ungeheuers, vor dem wir eigentlich alle in Angst erstarren sollten. Wo bitte, Pater Merlo, ist Zarach'?«

Der Priester kniff die Augen kurz zusammen, als sehe er etwas ganz Fürchterliches. Eine dunkle Vene auf seiner Stirn schwoll an; sie reichte bis hinauf zu seinem grauen

Haaransatz. Merlo streckte seine langen Finger, versuchte Kontrolle über sich zu bekommen. Er sah über die Köpfe der Zuschauer hinweg.

»Ich kann Ihnen versichern, daß er hier ist«, sagte er widerwillig.

»Dort?« Harkrider streckte seinen Zeigefinger in Richtung des Angeklagten aus.

»Im Gerichtssaal«, sagte Merlo.

Tommie Harkrider machte auf seinen schmerzenden Fußsohlen eine langsame Drehung um sich selbst. Er schaute dabei nach oben, nach unten, in alle Ecken, und den Mund hielt er in fragendem Erstaunen weit geöffnet.

»Aber wo ist er? Ist er dort oben bei Richter Winford? Versteckt er sich vielleicht hinter unserer Nationalflagge? Oder sitzt er als kleiner Junikäfer auf der Fensterbank? Ich wünschte, Sie könnten mir helfen, Pater Merlo. Woher wissen Sie denn so genau, daß Zarach' hier und heute unter uns weilt?«

»Durch die Kraft übersinnlicher Wahrnehmung.«

»Eine Kraft, die uns normalen Sterblichen leider völlig abgeht.«

»Vielleicht nicht allen von uns.«

Tommie schüttelte den Kopf, als sei er der Sache jetzt endgültig überdrüssig. Er ging auf den Angeklagten zu, auf halbem Weg überlegte er es sich und lenkte seine Schritte auf die Bänke der Jury zu.

»Nur ein kleines Zeichen«, sagte er. »Einen kleinen Hinweis, an den wir Minderbemittelten uns halten könnten, der uns zeigen würde, daß Ihre sogenannten ›Gesetze der Besessenheit‹ auch in diesem Falle wirksam sind. Ist das denn zuviel verlangt?« Der Vertreter der Anklage hob verzweifelt die Hände in die Höhe. »Da gibt es eine Frage, auf die wir alle eine Antwort suchen. Aber ich fürchte, auf diese Frage gibt es keine Antwort. Weil es, Pater James Merlo, keinen Zarach' Bal-Tagh gibt und niemals gegeben hat!«

»Einspruch, Euer Ehren!« sagte Edith verdrießlich. »Wir sind schließlich noch lange nicht bei den Plädoyers.«

»Stattgegeben. Mr. Harkrider, haben Sie noch Fragen an den Zeugen?«

»Keine weiteren Fragen, Euer Ehren.«

103

Tommie Harkrider war fest entschlossen, die nächste Zeugin der Verteidigung nicht vereidigen zu lassen. Als ihr Name aufgerufen wurde, sprang er auf und bat um Beratung der Anwälte mit dem Vorsitzenden.

»Euer Ehren, ich sehe nicht, was Sigrid Torgeson mit diesem Fall zu tun hat. Sie war zum Zeitpunkt der Tat nicht einmal in diesem Land, und sie hat den Angeklagten nie zuvor gesehen.«

Edith erwiderte: »Miß Torgesons Martyrium als Opfer einer Besessenheit durch einen Dämon ist lückenlos dokumentiert. Wir halten ihre Aussage für einen wichtigen Beweis für die Existenz des Phänomens dämonischer Besessenheit.«

»Aber die Frage, die wir zu beantworten haben, lautet: War Richard Devon von einem Dämon besessen, als er den Mord an Karyn Vale beging. Nichts, aber auch gar nichts, was Miß Torgeson hier sagen könnte, würde uns der Beantwortung dieser Frage näher bringen, Euer Ehren. Es mag sein, daß Miß Torgeson in den Sieben-Uhr-Nachrichten eine umwerfende Figur abgibt, aber uns sollte jetzt nichts anderes als die Aussage von Richard Devon interessieren.«

Es war bereits nach vier, deshalb sagte Winford: »Weil es schon sehr spät geworden ist, werden wir uns auf morgen vertagen, und ich schiebe meine Entscheidung bis dahin auf.«

104

Edith hatte weiterhin gefastet und meditiert. Sie kam mit vier Stunden Schlaf täglich aus, aber es ging ihr nicht schlecht dabei. Die Tatsache, daß Sigrid hier war und daß sie Nachrichten von ihrem Mann hatte, dem es nicht schlechter ging, gab ihr Kraft.

Auch wenn sie sich nur von Frucht- und Gemüsesäften ernährte, machte es Edith nichts aus, die anderen zum Abendessen zu begleiten.

»Glauben Sie, daß man Sigrid aussagen lassen wird?« fragte Conor, als er ein Stück von seinem riesigen T-Bone-Steak schnitt.

»Es dürfte kaum eine Chance bestehen. Tommie hatte mit seinen Einwänden eigentlich recht. Ich hätte an seiner Stelle genauso argumentiert.«

»Sieht so aus, als hätte sie die lange Reise ganz umsonst gemacht.«

»Überhaupt nicht. Ich brauchte sie hier.« Sie lächelte Sigrid zu.

»Welche Zeugen kannst du jetzt noch aufrufen?« fragte Sigrid.

»Maggie Renquist, Lindsay Potter, vielleicht Benny Childs. Der könnte was über Richs plötzliches Interesse an der Dämonologie kurz vor dem Mord erzählen. Keine der Aussagen wird für uns großen Wert haben, aber wir gewinnen dadurch Zeit. Anderthalb Tage, vielleicht sogar zwei.«

»Worauf warten Sie?« fragte Conor und schaute auf das blutige Stück von dem Steak, das er gerade auf die Gabel gespießt hatte. Auch Sigrid sah auf den Fleischfetzen, allerdings mit einigem Mißfallen. Conor legte die Gabel wieder hin. Sein Appetit war doch nicht so groß, wie er geglaubt hatte.

»Sie wartet darauf, daß es einen weiteren Geschworenen erwischt«, antwortete Sigrid an Ediths Stelle.

»Das verstehe ich nicht.«

»Zarach' hat bereits zwei der Geschworenen in Angst und Schrecken versetzt«, erklärte Edith. »Er wird das auch bei anderen versuchen, aber einer mehr wird für unsere Zwecke ausreichen.«

»Was für Zwecke? Was haben Sie vor?«

»Wir brauchen drei Geschworene, damit die Tetrade komplett wird«, sagte Sigrid.

»Was ist das?«

»Die Tetrade ist die Dreieinigkeit plus eins. Das ergibt die Zahl vier. Diese Einheit brauchen wir, um die Doktrin von der Dreieinigkeit zu erklären. Dreieinigkeit, das bedeutet drei Menschen in Gott.«

»Ich weiß, was die Dreieinigkeit ist, aber...«

»Auch vier ist eine perfekte Zahl. Sie ist die Quelle aller numerischen Kombinationen. In fast allen alten Sprachen hat der Name Gottes vier Buchstaben.«

»Ich verstehe nicht, was die Tetrade mit Richs Schuld oder Unschuld zu tun haben soll.«

»Die Tetrade«, erklärte jetzt wieder Edith, »könnte für uns die einzige Möglichkeit sein, Richs Unschuld darzulegen. Aber damit die absolute Reinheit des Lichts der Tetrade den Sieg davontragen kann, muß sich zuerst der Schatten, die Finsternis zeigen. Ich frage mich, wie viele von uns die Kraft haben werden, diese Erfahrung zu überleben.«

Nach einer langen Pause fragte Conor: »Was wäre, wenn Sie Rich nicht in den Zeugenstand stellen würden, Edith?«

»Dann wäre der gesamte Prozeß umsonst. Zarach' würde seine Seele besitzen. Endgültig und für alle Zeiten.«

105

Conor telefonierte noch am selben Abend mit Gina. »Rich muß in den Zeugenstand. Es ist unsere letzte Hoffnung.«

»Wann wird das sein?«

»Wahrscheinlich übermorgen.«

»Ich werde kommen.«

»Gina... Vielleicht ist das keine gute Idee. Ich habe Angst, daß...«

»Angst? Conor, er braucht uns jetzt alle. Er braucht unsere Unterstützung und unsere Gebete. Ich werde kommen.«

»Martin«, sagte Tommie Harkrider zu seinem früheren Klienten Martin Vale, nachdem er zugeschaut hatte, wie der sich innerhalb kürzester Zeit den vierten Wodka mit Tonic hinter die Binde gekippt hatte, »ich werde jetzt einmal alle Vorsicht bei der Beurteilung der Aussichten beiseite lassen, was ich sonst nicht zu tun pflege. Aber Tatsache ist einfach, daß ich nicht sehe, wie wir den Prozeß noch verlieren könnten.«

»Und wie lange wird er sitzen müssen?« murmelte Vale. »Wie viele Jahre für die Jahre, die er meiner Tochter geraubt hat? Würden Sie da auch eine Voraussage wagen?«

Tommie legte seinem Gegenüber eine Hand auf die Schulter. »Ich weiß es nicht, aber ich kann Ihnen versichern, daß wir das Maximum verlangen werden.«

»Was immer er auch kriegen mag, es wird nicht ausreichen.«

Tommie faßte Vales Schulter noch ein wenig fester. Es war schon nach Mitternacht, und sie saßen auf der Veranda des luxuriösen Ferienhauses, das die Vales für die Dauer des Prozesses gemietet hatten.

»Warum gehen Sie nicht nach oben und versuchen, ein wenig zu schlafen? Ich finde schon allein hinaus.«

Aber Martin Vale saß noch lange, nachdem ihn der berühmte Anwalt allein gelassen hatte, auf der Veranda, zusammengesunken in seinem Korbstuhl. Es brannte nur noch eine Kerze, und es war höchstens noch ein Fingerbreit Wodka in der Flasche, die er erst vor wenigen Stunden geöffnet hatte.

Irgendwo im finsteren Gebüsch sangen ein paar Grillen. Das Spiegelbild des Mondes lag gefiedert wie ein Farnblatt auf der leicht gewellten Oberfläche des kleinen Sees. Der letzte Rest Wodka sollte Martin Vale noch einmal dabei helfen, einen klaren Blick für die Dinge zu bekommen. Plötzlich erschien ihm Karyn. Er sah sie ganz deutlich. Ein wenig bleich, aber in der vollen Blüte ihrer Jugend. Der Mond schien durch die bewegungslose Gestalt hindurch, nur die beiden Ellipsen ihrer dunklen Augen hoben sich wie mandelförmige Schatten ab und sahen Martin direkt in sein Herz. Diese Augen schätzten ihn ab, sie beurteilten ihn. Als Vater. Als Mann.

Der kleine Smith & Wesson-Revolver, den Martin Vale in der rechten Hand hielt, wog nur vierzehneinhalb Unzen. Wenn er die fünf 38er Patronen in die Trommel steckte, die er in der linken Hand hielt, würde das ganze nur ein wenig mehr wiegen.

Martin Vale lud den Revolver und blies die letzte Kerze aus. Karyns Gestalt verschwand langsam vor seinen Augen. Er schlief in seinem Korbstuhl ein. Den Revolver hatte er in der Hand behalten.

107

Edith versuchte, Zeit zu gewinnen. Sigrid befand sich auf dem Rückweg nach Heraclio. Edith wußte, daß sie Rich erst in den Zeugenstand rufen konnte, wenn ihr Schützling dort angekommen war.

Tommie verlor zweimal die Geduld, während sie mit Benny Childs theologische Probleme erörterte, die Rich vor der Mordtat besonders interessiert zu haben schienen. Tommie stritt mit Winford, und er stritt mit Edith.

»Alles, was ich von Ihnen wissen will, und mir genügt ein Ja oder ein Nein, ist: Haben Sie die Absicht, Richard Devon aufzurufen?« Da Edith ihm nicht antworten wollte, wandte er sich an den Richter. »Es tut mir leid, Euer Ehren, aber es mangelt mir an Verständnis für die Tatsache, daß wir uns jetzt seit geschlagenen drei Stunden mit den Erinnerungen des Mr. Childs herumschlagen.«

Tommie unterlag in dieser Auseinandersetzung und war gezwungen, sich durch weitere fünfundvierzig Minuten gewissenhaftester Befragung zu quälen, bevor der Zeuge Benny Childs ihm überlassen wurde. Es war inzwischen Viertel vor fünf und die Luft im Gerichtssaal war zum Schneiden.

»Keine Fragen!« schnauzte Tommie Harkrider.

Die Verhandlung wurde vertagt.

Am Mittag des folgenden Tages versammelten sich auf der Insel Heraclio fast zweihundert Menschen um die bronzene Sonnenuhr auf der Plaza. Sigrid Torgeson befand sich unter ihnen. In dem Augenblick, als nicht die Spur eines Schattens auf der Fläche der Uhr lag, gaben sich die Mitglieder der Gemeinschaft die Hände und begannen ihre Gebete, die sie fortsetzten bis zu dem Augenblick, in dem die Sonne neun Stunden später vollständig im Meer versunken war.

In Chadbury, im U.S. Bundesstaat Vermont, war es zu diesem Zeitpunkt neun Uhr morgens.

109

Um sechs Minuten nach zehn kündigte Edith Leighton dem Gericht an: »Die Verteidigung ruft Richard Devon in den Zeugenstand.«

Die einschläfernde Langeweile des Vortages war einer knisternden Spannung gewichen. Edith reagierte auf diese negative Aufladung des Saales, indem sie sich mit einem kleinen weißen, psychischen Licht schützte. Sie setzte die genaue Musterung des Angeklagten fort, mit der sie in dem Augenblick begonnen hatte, als die Saaldiener Rich hereingeführt hatten. Mehr denn je wirkte er gefesselt von Ketten der Schuld, als er sich in seinen Stuhl am einen Ende des Tisches fallen ließ. Die Bewegungen seiner Hände waren fahrig, das Gesicht schien noch nicht richtig erwacht zu sein und war bleich, obwohl es von einem kräftigen Sonnenstrahl getroffen wurde. Edith konnte keinerlei Hinweise darauf finden, wem sie gleich gegenüberstehen würde, dem jungen Mann, der zur Hölle verdammt sein sollte, oder dem, der ihn dazu verdammen wollte, dem Falschspieler aus der ewigen Finsternis.

Was getan werden mußte, war getan. Sie wollte nicht

über die Möglichkeit eines Scheiterns ihrer Mission nachdenken.

Auf ihrem Platz in der zweiten Reihe der Zuschauerbänke lehnte sich Gina Devon ein wenig vor, um Rich auf seinem Weg zum Zeugenstand besser sehen zu können. Sie
mußte ganz schnell wieder wegsehen, sonst wäre sie in
Tränen ausgebrochen. Sie lehnte sich etwas fester gegen ihren Mann Conor.

»Was haben Sie da in der Hand?« fragte Richter Winford
den Angeklagten, noch bevor dieser den Zeugenstand erreicht hatte. Rich blieb stehen, wäre beinahe gestolperte. Er
wirkte sehr verwirrt.

»Ich... ich weiß nicht. Was... sagten Sie?«

»Ich habe Sie gefragt, was Sie in der rechten Hand haben.«

Rich hob die Hand. Eine Kette kleiner Körbe aus gelbem
Papier hing heraus. Insgesamt waren es zwölf.

»Das sind...« Richs Stimme klang sehr leise. »Das sind
Körbe, die ich geflochten habe.« Auf den Bänken der Geschworenen hatte man ihn kaum, im Zuschauerraum überhaupt nicht verstehen können. Ein Murren des Protests
hob an.

Edith war inzwischen zu Rich gegangen. »Geben Sie mir
die Körbe. Während Ihrer Aussage werden Sie sie nicht
brauchen.«

Rich nickte und hielt ihr die Körbchen hin. Für einen Augenblick sah sie ihm in die Augen. Sie fühlte sich in deren
unermeßliche Tiefen hineingesogen. Aus den Pupillen
leuchteten zwei winzig kleine, rote Punkte.

›Du bist also da!‹

»Sie dürfen sie behalten. Ich habe die Körbe für Sie gemacht«, sagte Rich. Er lächelte. Ganz kurz waren die beiden durch einen Lichtbogen des Unheils verbunden, der
heller leuchtete als das Tageslicht um sie herum. Von allen
Anwesenden hatte das nur Pater Merlo bemerkt.

Edith sah in einen der miteinander verbundenen Körbe.
Er schien eine lebendige Gestalt zu enthalten, eine Miniatur, und als sie genauer hinsah, erkannte sie den gekrümm-
ten Körper des Geschworenen Ivan Mandelko. Er war

nackt und grausam verletzt. Die Augen hatte man aus dem winzigen Kopf gestochen, aus deren Höhlen rauchte es noch, als seien die glühenden Eisen gerade eben erst herausgezogen worden. An manchen Stellen hingen Haut und Fleisch in Streifen und Fetzen von den Knochen. Auch das Geschlechtsteil war von dem heißen Eisen zu einem verkohlten Stumpf verstümmelt worden.

Edith konnte gerade noch einen Aufschrei unterdrücken. Sie sah zu dem echten Ivan Mandelko auf der Geschworenenbank hinüber. Er war kreidebleich vor Schrecken. Es gelang ihr nicht, einen Blickkontakt mit ihm herzustellen.

Edith konnte jetzt deutlich fühlen, daß auch die anderen Körbe in ihrer Hand schwerer geworden waren. Sie wußte nur zu genau, was sie darin entdecke würde, deshalb sah sie gar nicht erst hin. Sie brachte die Körbe zum Tisch der Verteidigung und legte ein schweres Gesetzbuch darauf. Dann ging sie langsam zurück zum Zeugenstand. Es waren nur ein paar Schritte, aber es erschien ihr beschwerlicher als eine Bergbesteigung, auf dieses Licht des feuerroten Zorns zuzugehen, das ihr aus den Augen des Angeklagten entgegenglühte.

Aber so plötzlich es begonnen hatte, so schnell war der Spuk auch wieder vorbei. Der Dämon, der sich seiner Sache sehr sicher zu sein schien, überließ ihr Rich wie eine überzählige Trumpfkarte und zog sich in den Hintergrund zurück. Rich saß da und spielte mit seinen Fingern herum. Den Kopf hielt er gesenkt. Bei der Vereidigung murmelte er so unverständlich, daß Richter Winford ihn mehrmals auffordern mußte, sich näher ans Mikrofon zu setzen.

Dann war Edith an der Reihe.

»Mr. Devon, würden Sie uns bitte sagen, wann Sie Polly Windross zum erstenmal gesehen haben?«

Schweigen. Rich griff sich an den Hals. Er atmete keuchend. Edith fragte sich, ob ihm wohl erlaubt werden würde, ihre Fragen zu beantworten.

»Mr. Devon, geht es Ihnen gut?« fragte der Richter von seinem erhöhten Sitz herunter. Rich rieb sich weiter den Hals. Er nickte kaum merklich.

Edith blieb sehr ruhig. »Darf ich meine Frage wiederholen? Wann haben Sie Polly Windross das erste Mal gesehen?«

»Es... war... es war im... August. Vor einem Jahr.«

»Ist es für Sie schwierig, mit mir zu sprechen, Mr. Devon?«

»Ja.«

»Ich bin hier, um Ihnen zu helfen. Und Ihnen wird geholfen werden. Aber vor allem müssen Sie sich selber helfen.«

Tommie Harkrider schlug mit der flachen Hand auf den Tisch. »Einspruch, Euer Ehren! Was soll das alles? Kann der Zeuge nun aussagen, oder kann er nicht?«

»Ich... Ich kann aussagen«, sagte Rich. Er verdrehte den Kopf, als müsse er gegen eine Verstopfung im Hals ankämpfen. Was immer es gewesen sein mochte, es gelang ihm, es hinunterzuschlucken. Danach saß er ganz ruhig da.

»War Karyn bei Ihnen, als Sie Polly Windross letztes Jahr trafen?«

»Ja... Ja, sie war dabei.«

»Lassen Sie sich Zeit«, riet ihm Edith. »Sie haben alle Zeit, die Sie brauchen, Rich.«

Langsam, durch ihre ruhigen Fragen geführt, erzählte Rich von seiner Beziehung zu Polly. Die Kassette mit der Nachricht auf dem Anrufbeantworter wurde als Beweismittel zugelassen, und so ertönte im Gerichtssaal die Stimme von Polly Windross.

Richs Gesicht veränderte sich schon bei den ersten Worten in sehr rascher Folge. Wie die Bälle zwischen den Händen eines Jongleurs wechselten sich die verschiedenen Stimmungen ab: Angst, Ärger, Mitleid, Trauer. Dann hörte er nur noch atemlos zu. Sein Gesicht färbte sich so dunkel, als bekäme er keine Luft mehr.

»Mr. Devon«, sagte Edith, »gibt es irgendeinen Zweifel daran, daß wir eben die Stimme von Polly Windross gehört haben?«

»Nein, das... das war Polly.«

»Als Sie mit Karyn im Post Road Inn ankamen, am 18. Januar dieses Jahres, haben Sie Polly da gleich wiedergesehen?«

»Ich... ah... ich habe sie berührt. Sie... sie war so...
wirklich.« Er begann mit dem Kopf zu nicken. Die Augenbrauen zusammengezogen, schien er sich ganz auf Polly zu
konzentrieren, bis Edith ihn fragte: »Haben Sie meine Frage
verstanden? Können Sie...«

»Was ist wirklich und was nicht? Das ist doch die eigentliche Frage, oder? Das Traurige ist bloß: Die Dinge, die in
einer Minute wirklich sind, sind es in der nächsten nicht
mehr. Es kommt darauf an, wie dunkel unsere Vorahnung
ist. Und... Und... Das Licht ist sehr wichtig. Unter anderem.«

»Richard...«

»Also! Um Ihre Frage zu beantworten, Polly war... wirklich. Das ist so wahr, wie ich hier sitze.« Er schaute seiner
Verteidigerin in die Augen, als erwarte er jetzt ein Lob für
seine Aufrichtigkeit.

Edith lächelte aufmunternd. »Also gut, Richard. Und
nun wollen wir zurückkehren zu unserer Geschichte. Erzählen Sie mir jetzt bitte, was passierte, als Sie sich nach
Polly erkundigten.«

Sie war auf alles mögliche vorbereitet, aber Rich dachte einen Moment nach und beantwortete ihre Frage dann ohne
weitere Abschweifungen. Seine Stimme wurde lauter und
mit viel Vertrauen in sein Erinnerungsvermögen schilderte er
seine Schwierigkeiten, etwas über Pollys Aufenthaltsort zu
erfahren. Er berichtete von der Klettertour über das vereiste
Dach, von seinem Entsetzen, als er feststellte, daß man Polly
körperlich mißhandelt hatte. Und er erzählte von dem größten Schrecken der Nacht, als er nämlich mit der Polizei zurückkam und von ihr keine Spur zu finden war.

An dieser Stelle wurde Richs Stimme wieder dünner, er
verlor den Mut. Es war halb eins. Rich hatte zermürbende
zwei Stunden im Zeugenstand hinter sich. Richter Winford
unterbrach die Verhandlung für eine Mittagspause. Der
Angeklagte wurde abgeführt. Er trank zwei Tassen schwarzen Kaffee, aß nichts und hielt ein Schläfchen in seiner Zelle. Er atmete durch den Mund. Die Landschaft seines nach
oben gewandten Gesichts wurde ununterbrochen von den
Blitzen und Zuckungen eines Traumgewitters bewegt.

Die Verhandlung wurde um halb zwei wieder aufgenommen. Um drei Uhr war die Jury über alle schrecklichen Einzelheiten des Abendessens im Courdeway-Haus informiert und über die Riten der Besetzung, die sich daran anschlossen. Von da an mußte sich Rich sehr anstrengen. Seine Stimme wurde immer schwächer. Conor, der sich sein neues Oberhemd im Schweißbad des Mitgefühls ruiniert hatte, biß sich die Unterlippe wund.

Bevor sie ihre letzten Fragen stellte, hatte sich Edith mit einem Blick auf die Uhr im Gerichtssaal davon überzeugt, daß die Sonne in Heraclio bald untergehen würde. Die Mitglieder der Gemeinschaft würden um die Sonnenuhr versammelt bleiben und ihre Gebete fortsetzen.

Trotzdem fühlte sie den Drang, sich zu beeilen und fertigzuwerden.

»Können Sie sich erinnern, wie Sie das Courdeway-Haus verließen und zum Davos Chalet Lodge zurückfuhren?«

Richs Augen flackerten unruhig. »Nein, ich kann mich nicht erinnern.«

»Erinnern Sie sich, daß Sie die Eisenstange eines Wagenhebers aus dem Kofferraum nahmen und sich auf die Suche nach Karyn machten?«

Er stieß einen leisen Schrei aus, aber er schüttelte den Kopf.

»Und können Sie sich daran erinnern, daß Sie sie mit einer Eisenstange geschlagen haben?«

»Das war ich nicht! Ich weiß, daß jeder es behauptet, aber ich war es nicht!«

Edith stellte ihm keine Fragen mehr. Rich ließ sich auf den Stuhl im Zeugenstand fallen und vergrub das Gesicht in den Händen. Er stöhnte leise. Sie sah wieder auf die große Uhr. Es war zwanzig nach drei. Tommie Harkrider erhob sich, um sein Kreuzverhör zu beginnen.

Edith sagte schnell: »Euer Ehren, ich glaube nicht, daß mein Mandant in der Lage ist, noch mehr Fragen zu beantworten. Ich beantrage eine Vertagung auf morgen. Dann...«

»O nein. Nun mal langsam«, protestierte Harkrider.

»Aber es ist bereits spät am Nachmittag«, erinnerte ihn Richter Winford.

»Aber noch nicht zu spät, Euer Ehren. Ich beabsichtige keine weitschweifige Befragung durchzuführen. Im Gegenteil, ich kann Ihnen versprechen, daß ich«, Tommie drehte sich ebenfalls um und warf einen Blick auf die Wanduhr, »daß ich um Viertel nach vier mit dem Zeugen fertig bin.«

Winford überlegte einen Moment, dann blickte er zum Zeugenstand.

»Mr. Devon, ich überlasse Ihnen die Entscheidung. Wenn Sie sich nicht wohl fühlen, werden wir uns vertagen.«

Edith sah Rich an, der mit gesenktem Kopf auf seinem Stuhl saß. Es gelang ihr, ihre Anspannung zu verbergen. Der Angeklagte hob den Kopf und sah ihr genau ins Gesicht. Edith schluckte einen Klumpen bittere Galle, als sie in seinen Augen den roten Sonnenuntergang, das Nahen der endlosen Nacht sah.

»Ich werde im Zeugenstand bleiben«, sagte er und lächelte hintergründig. »Wenn ich nur einen Schluck Wasser haben könnte.«

Man brachte ihm ein Glas Wasser. Er nippte daran. Es verging Zeit. Tommie Harkrider lief ungeduldig auf und ab. Edith hielt ihre kleine Sonnenruhr zwischen den Fingern und beobachtete die Geschworenen. Besondere Aufmerksamkeit schenkte sie dabei der Sprecherin, Mary Adelaide Hotchkiss, dem Emigranten Mandelko und dem Autohändler Mr. Aughtman, der immer so gräßliche Schlipse trug.

»Mr. Devon«, sagte Tommie, »Sie haben uns bisher verschiedene Beschreibungen des Teufels gegeben. Einmal war er ein hübsches kleines Mädchen mit weißen Söckchen, dann erschien er in der Gestalt eines prähistorischen Ungeheuers, daß etwa die Größe einer Cessna 150 gehabt haben muß. Und dann kam er wieder als unmenschlicher Geist, der auf den Namen Zarach' hört, von dem Sie uns aber keine Beschreibung gegeben haben. Aber einmal angenommen, daß Sie wirklich die letzten Monate zusammen mit diesem Zarach' Bal-Tagh verbracht haben, dann müßten Sie doch eigentlich in der Lage sein, uns sein Aussehen zu schildern.«

»Er sieht aus wie ich«, antwortete Rich.

»Ach, tut er das?«

»Oder wie Sie. Oder...« Er suchte mit den Blicken die Zuschauerbänke ab. »Oder wie Gina. Oder wie irgend jemand, dem er gerne ähnlich sehen möchte. Oder er sieht aus wie nichts und niemand.«

»Sie wollen also damit sagen, daß er kein eigenes Gesicht hat.«

»Das habe ich nicht gesagt.«

»Aber ich würde Ihnen gerne was sagen. Daß ich es nämlich gar nicht liebe, wenn jemand dumme Spielchen mit mir spielt, und ich glaube, daß ich für den Großteil der Leute hier im Saal spreche, wenn ich sage...«

»Einspruch, Euer Ehren!«

»Mr. Harkrider...«

»Ja, ist schon gut«, sagte Tommie ärgerlich. »Also, Mr. Devon, kommt es vor, daß dieser Zarach', von dem Sie sagen, daß er Sie besetzt hält, daß er alle Ihre Gedanken und Handlungen kontrolliert und der wahrscheinlich auch hier im Saal die Antworten für Sie formuliert, kommt es vor, daß der mit Ihnen redet?«

»Redet?«

»Ja, redet. Sich mit Ihnen unterhält. Daß er Ihnen zum Beispiel erzählt, was er zu einem bestimmten Zeitpunkt von Ihnen erwartet?«

»Nein. Das braucht er nicht zu tun.«

»Dann sagen Sie uns, wie die Kontrolle aussieht. Was ist das für ein Mechanismus? Ist es eine Art Denkprozeß? Telepathie? Ich wäre Ihnen verbunden, wenn Sie mich erleuchten würden.«

»Ich bin er, und er ist ich.«

»Es handelt sich also um so etwas wie eine symbiotische Beziehung?«

»Nein.«

»Das heißt also, daß Sie beides wollen, oder? Wenn Sie nicht für Ihre Handlungen verantwortlich gemacht werden wollen, dann geben Sie Zarach' die Schuld. Ist es nicht so?«

»Man kann Zarach' nicht die Schuld geben. Es gibt kein Konzept von Schuld, das man auf ihn anwenden könnte.«

»Gibt es auch keine Schuld an dem Tod eines unschuldigen Mädchens?«

»Nur Richard fühlt sich deswegen schuldig.«

»Nur Richard . . .«, Tommie unterbrach sein Auf-und-ab-Gehen vor dem Zeugenstand und sah den Angeklagten an. »Spreche ich denn jetzt überhaupt mit Richard?«

»Ja.«

»Und mit wem spreche ich außerdem noch?«

Schweigen.

»Würden Sie bitte meine Frage beantworten?«

»Euer Ehren, ich erhebe Einspruch.«

Tommie machte weiter, als habe er nichts gehört. »Kann es sein, daß ich mit dem allmächtigen Zarach' spreche, von dem wir schon so viel gehört haben?«

»Tommie, hören Sie auf!« sagte Edith mit scharfer Stimme.

Der Angeklagte wandte den Kopf langsam in ihre Richtung. Ein prahlerischer Blick traf sie.

»Edithhh.« Es war ein trockener Ton, ein schwaches Knistern der Feindseligkeit, wie es alte Seide in einem frisch geöffneten Grab erzeugen könnte.

In dem Versuch, die Aufmerksamkeit des Angeklagten zurückzugewinnen, lehnte sich Tommie Harkrider auf den Zeugenstand und mit lauter, einschüchternder Stimme: »Ich will mit Ihnen sprechen, Zarach'. Ich will endlich einmal die Wahrheit hören, und ich weiß inzwischen verdammt gut, daß ich die von Richard Devon nicht zu hören bekommen werde.«

Winfords Hammer knallte aufs Pult. »Mr. Harkrider!«

»Edith«, sagte der Angeklagte und wurde so benommen, als hätte ihm der Tod gerade die Rippen gekitzelt, »die Sonne ist untergegangen. Jetzt ist die Zeit.«

»Gehen Sie weg von ihm, Tommie!« Eine Spur Verzweiflung schwang in ihrer eindringlichen Warnung mit.

Harkrider drehte sich schnell um, starrte sie an, war offensichtlich erbost über ihre Einmischung, dann schob er sein Gesicht bis auf Zentimeter an das des Angeklagten heran. Er war jetzt wie ein wildes Tier, das an dem Blut schnupperte, welches aus der zerrissenen Kehle seines Opfers sickerte.

»Komm! Komm nur heraus!« sagte er drohend. »Komm heraus und sprich mit mir, Zarach' Bal-Tagh!«

Tommie stand auf den Zehenspitzen, die Kraft seiner verwegenen Herausforderung ließ ihn erzittern. Mit beiden Händen krallte er sich am Geländer des Zeugenstands fest. Der Angeklagte zeigte keine Regung. Er sah zur großen Uhr an der Wand. Es war neun Minuten vor vier am Nachmittag. Ein leichtes Zittern durchlief ihn.

Und wenn Tommie Harkrider oder irgend jemand anders ihm jetzt in die Augen geschaut hätte, dann hätte er darin den Beginn einer stürmischen Finsternis erkennen können.

110

In Heraclio war die Plaza jetzt verlassen. Nur Sigrid Torgeson saß noch dort.

Die polierte, bronzene Sonnenuhr glänzte in den letzten Strahlen der untergehenden Sonne.

Seevögel kreischten heiser über ihrem Kopf.

Es war windstill, aber die Schwingungen, die von der Sonnenuhr ausgingen, wehten Sigrids blondes Haar von ihren Schläfen. Ihr Körper, der nur mit einem Unterhemd bedeckt war, war von einer Aura aus schillernd funkelndem, weiß schäumendem Licht umgeben.

111

Die Uhr im Gerichtssaal von Chadbury war stehengeblieben.

Edith, die ihre Kräfte für die bevorstehende Entscheidung sammelte, hielt den Kopf gesenkt.

Der Gerichtssaal verwandelte sich in eine Hölle.

112

Etwa um zehn Minuten vor vier an diese Nachmittag des 29. Juni wurde das Städtchen Chadbury in Vermont aus heiterem Himmel von einer Insektenplage überfallen. Die Tiere schienen sich wie blutroter Wein aus einem unsichtbaren Gefäß über das Gerichtsgebäude, über die Rasenfläche davor und die Robinien, die dort wuchsen, zu ergießen. Sie bedeckten die Bürgersteige, die Straße und Teile des Stadtparks. Ein wenig ähnelten sie Pferdebremsen, sie sahen aber auch ein bißchen wie Heuschrecken aus. Die Tierchen gaben hohe, klagende Töne von sich, die sich zu einem ohrenbetäubenden Konzert verdichteten. Hunde, Katzen, ja sogar Vögel flüchteten in panischem Schrecken aus der Umgebung.

Die Insekten schienen lieber zu krabbeln als zu fliegen. Sie krochen über alles, ohne dabei gefräßig zu sein, nur mit dem Effekt, daß si alles zudeckten und erstickten. Sie hüllten die Fassade des Gerichtsgebäudes völlig ein, verdunkelten die Fenster, begruben das Dach unter einer zentimeterdicken Schicht aus ihren kleinen Körpern. Die große Uhr am Gerichtsgebäude blieb sehr bald stehen, weil das Uhrwerk von Insekten völlig verklebt war. Die Sonne, die durch Millionen rosaroter Flügelchen scheinen mußte, warf ein Leichentuch über das Gebiet. Jeder, der das Gebäude betreten oder verlassen wollte, mußte im wahrsten Sinne des Wortes ein Bad in Insekten nehmen. Die roten Käferchen bissen nicht, aber sie lösten sich sehr leicht auf und verströmten dabei einen widerlichen, betäubenden Gestank und sonderten eine Flüssigkeit ab, die einem die Haut verbrannte. Nach solcherlei Erfahrungen hielten sich die Einwohner von den Tieren fern. Es wurde spät.

Insektenkundler und Seuchenexperten wurden an Ort und Stelle gebracht. Die Insekten starben bereitwillig, als die ersten chemischen Giftwolken auf sie abgefeuert wurden, aber der Gestank, den sie sterbend hinterließen, drohte große Teile der Umgebung unbewohnbar zu machen. Und für jedes Tierchen, das starb, schienen zwei andere nachzurücken. Millionen von Menschen sahen die Live-Berichte von den Ausrottungsversuchen im Fernsehen. Man zeigte auch Großaufnahmen von den mysteriösen Insekten. Nicht einmal eine Stunde später hatten die ersten berufsmäßigen Autoritäten auf dem Gebiet der prähistorischen Fossilien und auch einige Freizeitwissenschaftler herausgefunden, daß es die letzten Exemplare dieser längst ausgestorbenen Art vor etwa einhundertsechzig Millionen Jahren auf der Erde gegeben hatte.

In der Zwischenzeit war keinerlei Kommunikation mit den Menschen im Gerichtssaal möglich. Die Telefone waren tot. Man machte sich ernsthaft Sorgen. Die Feuerwehr versuchte mit Wasser einen Weg zu den Eingangstüren des Gerichtsgebäudes freizuspritzen. Die Tierchen schienen Wasser zu mögen. Sie waren fast so schnell wieder da, wie man sie weggespritzt hatte. Männer in furchteinflößenden weißen Anzügen, mit Kapuzen und schweren Stiefeln versuchten, sich zu den Türen durchzuschlagen, aber schon bald waren sie mit einer so dicken Schicht aus krabbelnden Insektenleibern überzogen, daß sie nicht mehr sehen konnten, wohin sie traten. Sie rutschten aus und fielen auf eine weiche Unterlage aus toten Tierchen.

Nicht wenige brachten die Insektenplage mit dem Prozeß in Zusammenhang, und zwei Blocks vom Gerichtsgebäude entfernt versammelte sich eine Menge, um gemeinsam für ein göttliches Eingreifen zu beten. Schon bald aber wurden sie von Millionen der roten Tiere umschwirrt und flohen in heller Aufregung.

Es war Viertel nach acht am Abend. Seit mehr als vier Stunden war niemand mehr aus dem Gerichtsgebäude gekommen, hatte man keinen Ton aus dessen Inneren gehört.

113

Im Saal des Gerichts, vor das man Zarach' Bal-Tagh zitiert hatte, war die Zeit schon längst nicht mehr von Bedeutung.

In dem Augenblick, in dem die Uhr stehenblieb, verwandelte sich das Licht des Tages, das so undurchschaubar in seiner Zusammensetzung war, es fädelte sich in einer spiralenförmigen Bewegung in das Zentrum der Finsternis.

Das Licht änderte sich langsam. In dem verwirrend dunklen Schimmer des Zinnoberrots wirkten die Gesichter der Anwesenden wie Barren aus einer rosafarbenen Legierung. Ein magnetischer Sturm von der Gewalt eines Sternengewitters fegte durch ihre Reihen.

An jedem Fenster schillerten Tausende von winzigen Flügeln. Ihr Saal war zu einem Nest geworden, und sie waren die Würmer, die in diesem Nest verspeist werden sollten.

Auf dem Zeugenstand erhob sich der Angeklagte und ließ seinen Blick zuerst über die Zuschauer, dann über die Jury schweifen. Sie alle waren jetzt nicht mehr seinesgleichen. Das Strahlen aus seinen Augen tauchte den Raum in ein zusätzliches Rot.

Er gab ihnen allen die Gabe zu sehen, aber er raubte ihnen gleichzeitig den Verstand.

Sie fühlten sich in die äußerste Ecke des Universums zurückgedrängt, wo die Seele eines Menschen nicht mehr Chancen zum Überleben hat als ein Wassertropfen in der Wüste. Sie alle schrien laut vor Furcht.

Der Angeklagte nahm die Schreie als Anerkennung für seinen Akt der Einführung und er lächelte. Dann wurde seine Zauberei ungemütlicher.

Diejenigen, die versuchten, von ihren Sitzen zu flüchten, die bereit waren, die anderen niederzutrampeln und sich gegen die Türen, ja sogar gegen die harten Wände zu werfen, wurden von einem Moment auf den anderen bewegungsunfähig.

Tommie Harkrider war nur zwei Schritte gegangen, als er einen fürchterlichen Schmerz am rechten Fußgelenk verspürte. Als er hinunterblickte, bemerkte er, daß er in eine Falle besonderer Art getreten war: Die schnappenden Kiefer eines Totenschädels zerbissen ihm das Fleisch bis auf die Knochen.

Am Tisch der Anklage konnte Gary Cleves zwar seine Hände und seine Füße bewegen, nicht aber seinen Kopf. Sein bärtiges Kinn wurde gegen die Tischplatte gepreßt, und die lange Zunge, die ihm aus dem Hals hing, war mit einem Holzpflock aufgespießt. Er versuchte, sich zu befreien, aber der Pfahl wurde zu einem riesigen Baum, der aus der Wurzel der Zunge zu wachsen schien und der seine Nahrung aus dem dahinfaulenden Fleisch von Gary Cleves Körper bezog.

Ihm gegenüber saß Edith Leighton. Sie hielt den Kopf auf die Brust gesenkt. Sie allein leuchtete aus diesem schrecklichen Rot hervor, das die Gesichter der anderen zu verängstigten Masken hatte werden lassen, die sich wie von einem Sog gezogen dem Schatten der absoluten Finsternis zuwandten. Sie wirkte wie eine einsame Laterne in diesem roten Meer blutgesprenkelter Düsternis. Nur an einigen Stellen ihres sonst völlig leblosen Körpers sah man den kräftigen Pulsschlag. Sie versuchte sich undurchlässig für den Schrecken zu machen, der jetzt über sie hereinbrechen sollte, sie schottete sich ab gegen die vernichtende Eitelkeit dessen, der sich zu ihrem Herren, zu ihrem Unterdrücker machen wollte. Sie kniff die Augen zu engen Schlitzen zusammen, aber dahinter herrschte tiefe Wachsamkeit. Innerlich war sie ein Geflecht von Nerven, in Bereitschaft gehalten durch eine kalte Glut, ein Medium.

Louise Vale, die trauernde Mutter Karyns, fand sich auf dem Rücken liegend, die Beine angezogen und gespreizt. Ihr Bauch war ein pulsierender Hügel, aus dem heraus sie speicheltriefende Nagetiere gebar, die, sowie sie im Freien waren, ihr die Krampfadern an ihren Beinen aufbissen, um sich daraus mit Nahrung zu versorgen.

Der Blick des Unterdrückers berührte sie alle, der Reihe nach, seine blutige Alchemie wütete in den verstecktesten Ecken ihrer Gehirne.

Einige aber wurden durch die Angriffe nur gestärkt, ihr Geist hielt ihnen stand. Pater Merlo, dem solcherlei Schrecken nichts Unbekanntes waren, betete inbrünstig, um Edith zu unterstützen bei ihrem Versuch, diesem schwarzen Wirbelsturm Einhalt zu gebieten.

Aber immer noch hatten sie längst nicht die ganze Macht der Gewalt des Unterdrückers zu spüren bekommen. Sie hatten Zarach' Bal-Tagh noch nicht ins Gesicht gesehen.

Gina Devon, deren Verstand stillstand, so still wie ein

glasklarer Teich, der unter dem drohenden Licht eines untergehenden Mondes liegt, suchte Hilfe bei der Kraft ihres Ehemannes. Als sie sich zu Conor umdrehte, sah sie, daß er von der Hüfte ab in zwei reißende Wölfe geteilt war, die sich mit gelben, haßerfüllten Blicken gegenseitig in die Köpfe bissen.

Lindsay Potter, die zum zweitenmal von solch finsteren Auswüchsen böser Mächte überfallen wurde, versuchte ihren Schmerz und ihren Peiniger zu umarmen. Sie wurde so lange von den heftigsten Orgasmen geschüttelt, bis ihre Haut wundgescheuert war und ihr das Fleisch in dicken, schwarzen Tropfen von den Knochen fiel.

»WER SUCHT MICH?« flüsterte es durch die Köpfe aller.

Edith fühlte den Aufruhr in den Körpern der drei Geschworenen, die auch sie benötigte: Mary Adelaide Hotchkiss, Ivan Mandelko und Gerald Aughtman. Sie spürte die Verwirrung ihrer nackten Seelen, und sie kämpfte an gegen die Übergriffe von Zarach' Bal-Tagh, der wie eine Schlange lügen konnte und der aus starren Augen zu schmeicheln verstand. Ediths Umrisse traten in dem funkelnden Licht, das von der Sonnenuhr an ihrem Hals ausging, immer deutlicher hervor.

Ihre Kraft zwang den Unterdrücker zu einer Pause. Aber dann, gestärkt durch die Exzesse der Gewalt um ihn herum, durch die furchtbaren Ängste seiner Opfer und das viele Blut, kam er hinter dem Zeugenstand hervor. Und mit jedem Schritt, den er tat, wurde seine Gestalt größer.

Tommie Harkrider warf sich dem Unterdrücker zitternd vor die Füße, der aber sah über ihn hinweg, sah Edith an. Ediths Augen schimmerten ganz fern hinter dem Schirm aus weißem Licht, der sie umgab und der sie schützte.

Er wußte genau, daß sie aus eigener Kraft seine Verwandlung, sein stürmisches Wachsen nicht verhindern konnte.

Mit einer wunderschönen, entwaffnenden Geste offenbarte sich Zarach' Bal-Tagh.

In der Sprache, die jetzt alle verstehen und sprechen konnten, hörten sie ihn sprechen. Es war, als spielte seine

Zunge auf der Lyra seines Gaumens eine verführerische Melodie.

Sein Blick paßte zu dieser Stimme: Inmitten des roten Chaos, dieser Anarchie der Sinne, der quälerischen Akte der Selbstverstümmelung glänzten die goldenen Augen eines Erlösers wie ein rettendes Licht aus der Asche verbrannter Knochen.

»ICH BIN ZARACH'«, verkündete er ihnen.

»NUR ICH KANN EUCH RETTEN!«

»Ja, rette uns, Zarach'! Zarach'! Zarach'! Rette uns!«

In ihrer Angst bettelten sie um ein Fünkchen seines Mitleids.

Edith stöhnte wie im Delirium.

»WER BIN ICH?« verlangte Zarach' zu wissen.

»Du bist der Herr!« antworteten sie. Sie hatten ihren Schmerz vergessen, waren von seiner Schönheit berauscht.

Er nickte, war geschmeichelt. Er war jetzt etwa zweieinhalb Meter groß; gekleidet in das Gewand eines Phönix breitete er die Arme aus, als wolle er sie alle umarmen.

»Nein!« schrie Edith in der einzigen Sprache, die sie jetzt verstanden. Kaum jemand hörte sie.

»IHR WERDET ERRETTET WERDEN«, sagte Zarach'. »UND MIT EUCH ALLE EURE ANGEHÖRIGEN, ALLE, DIE IHR LIEBT!«

»Alle! Alle!«

»ALLE MENSCHEN, DIE SICH MIR UNTERWERFEN, WERDE ICH ZU MEINEN KINDERN MACHEN!«

»Wir werden alle zu dir kommen, o Herr! Wir werden dir folgen, wohin du willst!«

»Er ist nicht der Messias!« schrie Edith warnend. »Er ist schlimmer als der Tod. Er zieht euch in die endlose Nacht!«

Aber sie hatten zu sehr gelitten. Sie glaubten den Lügen Zarach's. Viele von ihnen jauchzten und jubelten der trügerischen Majestät des falschen Engels zu. Sie sahen die Höhlen des Lichts an seinen Schläfen, die Wangen von Milch und Blut, die Gnade seiner ihnen zugewandten Handflächen, und sie jubelten ihm zu. Sein starker Körper zog sie an, wie der freie Himmel die Vögel anzieht.

Selbst in diesem Moment, als er versuchte, die anderen

zu verführen, fühlte sie, wie die Unverfrorenheit Zarach's zunahm, wie sie anschwoll wie eine sturmgepeitschte See, die das Licht der Sonnenuhr bedrohte, die Edith so sorgsam gehütet hatte. Die Gewalt und das tiefe Schwarz der anrollenden Woge ließen sie bis ins Mark erschauern. Auf diesem Leichentuch aus Salz wuchsen schwere, großmäulige Ungeheuer, die sich bereitmachten, das Licht der Sonnenuhr vor ihrer Brust zu verschlucken und ihre ungeschützten Glieder ebenfalls.

»Sei stark!« murmelte sie sich selbst zu. Sie war jetzt blind von dem Sturm, der um ihren Kopf tobte, und sie war taub von den Aufschreien der schon fast wahnsinnigen Seelen, die sie Zarach' auf irgendeine Art wieder entreißen mußte.

Edith hatte die Hände vor ihrer Brust gefaltet. Die Sonnenuhr glühte zwischen ihren Händen wie ein Stern, der sich anschickt, sich explosionsartig in den Verstand zu bohren.

Dann schleuderte sie die Strahlen des Lichts hinüber zu den Bänken der Jury, damit es die verdunkelten Gehirne von Hotchkiss, Mandelko und Aughtman erhellen konnte.

Bei diesem ersten, probeweisen Angriff der Tetrade, noch bevor ihre wahre Kraft entfaltet war, beendete Zarach' seinen verführerischen Sirenengesang und flüchtete sich in die Raserei des Hasses. Mit allen Mitteln des dämonischen Hexenmeisters schlug er wieder auf sie ein. Neue Schrecken breiteten sich im Gerichtssaal aus.

Martin Vale fand sich in einer trostlosen Winterlandschaft wieder. Er saß schluchzend im Schnee, umgeben von auseinandergerissenen Teilen seiner Tochter. Er wühlte sich durch Hände, Füße, Arme, innere Organe und versuchte verzweifelt, sie wieder zusammenzusetzen, während ganz in seiner Nähe Richard Devon saß, der mit irrem Blick Stücke aus ihrem Herzen biß, das er zwischen den blutüberströmten Händen hielt. Dunkle Strahlen fielen von der Sonne herab wie die Blütenblätter einer schwarzen Rose.

»WER SUCHT MICH?« verlangte Zarach' zu wissen.

Das Geheule hob von neuem an. »Zarach'! Zarach'!«

Richter Knox Winford hielt die Gesichter seiner kleinen

Kinder zwischen den Händen, ihre Hälse waren geschwollen von dem grausamen Druck seiner Handgelenke, aber die Augen waren von einem strahlenden Blau. Er begann langsam und traurig zu applaudieren, achtete dabei weder auf ihre Schreie noch auf das Krachen der Schädelknochen. Er schlug die Hände weiter gegeneinander, immer und immer wieder, bis die Gesichter zerquetscht und völlig unkenntlich waren.

Innerhalb eines Augenblicks verdoppelte sich die Zahl der Anwesenden im Gerichtssaal. Ameisenartige Gestalten, fächerförmige Schlangen und ekelhafte, schleichende Ungetüme, die man keiner Spezies zuordnen konnte, waren wie aus dem Nichts erschienen. Man sah verlebte Damen, auf deren Schultern sich Skorpione ringelten und deren Augen treulos wirkten wie Gold. Eine Horde Jugendlicher, die zwar schöne Gesichter hatten, denen aber ein dikker Pelz um die Hüften wuchs, bewegte sich auf ekligen langen Krallen durch den Saal. Große Katzen tauchten auf, die pechschwarz waren und böse aussahen und auf deren Rücken Rabenflügel schlugen. Alte Dämonen, sie hatten Rouge aufgelegt und sich in Seide gewandet, stachen mit ihren langen Fingernägeln wie mit Rapieren nach den ungeschützten Seelen. Sie waren die hinterlistigsten, korruptesten, weil sie erst spät auf diese Erde gekommen waren, und sie beteiligten sich so lange an dem allgemeinen Tumult, bis das Licht der Tetrade durch die blutrote Finsternis schien.

Die Dämonen von geringerem Status wurden bei dem Anblick des leuchtenden Kreuzes, das von Ediths Brust quer durch den Gerichtssaal bis zu den Bänken der Geschworenen strahlte, sofort in Angst und Schrecken versetzt. Sie stürzten sich heulend und wimmernd kopfüber zurück in die endlose Nacht. Sie gingen mit leeren Händen, während Zarach' fluchte und donnerte. Sein Zorn richtete sich jetzt allein gegen Edith, die er als Quelle seiner Schmach und seiner möglichen Niederlage erkannt hatte. Sein Blick hatte die Gewalt eines stürzenden Felsbrocken, aus ihm heraus brodelte es wie aus dem Vulkan, der sich über der Sonnenuhr in Heraclio in den Himmel türmte.

Dem Gesetz des Lichts folgend, ihre ganze Kraft in die Waagschale werfend, krallte Edith sich zitternd an ihr Leben, das jetzt ungefähr so viel wog wie ein feuchtes Blatt, das an einer Fensterscheibe klebt.

»DU ALSO SUCHST MICH, EDITH?«

Sie hatte versucht, sich auf den Schmerz vorzubereiten, auf die Qual, die es bedeutete, wenn einem der Verstand aus dem Kopf gepreßt wird, bis er in kleinen, schwarzen Rinnsalen über die nackten Stirnknochen läuft.

»Ich suche dich nicht!«

Ihre Wut auf Zarach' erschöpfte sie völlig, noch nie hatte sie sich so schwach gefühlt.

Er kam näher, kam so nah an den schützenden Schild aus Licht, wie er es wagen konnte, ja er schaute sogar hindurch, wie ein Riese, der durch ein Schlüsselloch schaut. Ihre Augenlider begannen zu zittern, ihre Pupillen wurden von dem Schatten seines schönen Kopfes verdunkelt.

»WIR WERDEN ES SEHEN.«

Als er sich zurückzog auf eine Distanz, die er leichter ertragen konnte, tat er das mit einem Achselzucken. Im nächsten Augenblick schnippte er mit dem Finger und warf das gefiederte, schwelende Gewand der Auferstehung ab. In gläserner Nacktheit stand er vor ihr, ein Turm aus Spiegeln und zauberhaften Prismen, in denen sie, durch die geschlossenenn Lider ihrer Augen, das sah, was sie am meisten gefürchtet hatte:

Sich selbst.

›Nein!‹

Es ging ein Zittern durch die Luft, welches auch die kalten Spiegel erfaßte. Die Venen wurden ihr aus dem Fleisch gezogen und um ihren Schild aus Licht gewunden wie der Draht eines Würgers.

Die Kraft der Tetrade wurde schwächer. Das Licht erstarb.

In den Spiegeln, aus denen der Körper des Dämonen bestand, sah Edith sich langsam versinken, hinunter in Tiefen, wo das ewige Leiden beginnt.

›Ich darf nicht scheitern!‹

In einer anderen Facette seiner Zauberspiegel zeigte ihr

Zarach' jetzt die Kehrseite ihrer Natur, wobei jede Schwäche, jeder Fehler ins Unermeßliche vergrößert wurde.

»WIR WERDEN GUT ZUSAMMENARBEITEN, EDITH.«

Es war nur noch sehr wenig von ihrem Licht geblieben, sein Schatten fiel langsam und verhängnisvoll auf sie.

Es war der Wille Gottes, daß es diesen Schatten gab, und Zarach' war nicht mehr als ein Teil Gottes. Er war mächtig, ja, aber er war auch unvollkommen. Er konnte sie quälen, er konnte sie leiden lassen, aber in ihrem Leiden wurden sie erlöst. Das war die Macht, die Edith über Zarach' hatte, und als sie schwächer wurde, als sie sich darauf vorbereitete, in sein ewiges Grab gezogen zu werden, da gab es ein letztes, triumphierendes Aufflackern von Edith Leightons Geist.

Sie griff nach der Sonnenuhr an der Kette um ihren Hals, und sie fand die Kraft, die Kette zu lösen.

Sie wandte sich um und schleuderte die Sonnenuhr auf die rauchenden, rotäugigen Spiegel des dämonischen Hexenmeisters.

Auf halbem Wege begann die kleine Sonnenuhr wieder zu leuchten. Sie traf den Körper Zarach's mit der Gewalt und der Leuchtkraft eines Kometen. Grelles Licht explodierte, seine Intensität wurde von jeder zerbrochenen Facette der Spiegel noch gesteigert. Dolche von Licht schossen in jede Ecke des Gerichtssaals, als die weißglühende Sonnenuhr sich durch weitere Glaswände bohrte. Zarach' drehte sich, er zerfiel in einzelne Scherben, die mit dem Heulen eines Wirbelsturms in einen großen, schwarzen Fleck hineingesogen wurden. Der Gerichtssaal glühte wie ein tropischer Mittag, aber es war eine Glut ohne Hitze. Nur der schwarze Fleck der Finsternis blieb. Es war der Eingang zur endlosen Nacht, ein Mahlstrom von stygischer Schwärze, fürchterlich anzusehen.

»Gib ihn uns zurück«, betete Edith. »Gib ihn uns! Jetzt!«

Aus der Tiefe der Finsternis kam etwas geflogen. Es war zunächst so winzig, daß man es kaum erkennen konnte. Dann sah Edith einen menschlichen Körper, klein, aber wohlgeformt, der auf das Licht zugetaumelt kam. Erst als er vor ihr auf dem Fußboden aufschlug, hatte er die Größe eines ausgewachsenen Mannes erreicht.

Richard Devon lag, mit dem Gesicht nach unten, ausgestreckt auf dem Fußboden. Zitternd und zuckend rang er um Atem. In diesem Moment schrumpfte der schwarze Hölleneingang zu der Größe eines Stecknadelkopfes, und mit einem letzten, ohrenbetäubenden Kreischen aus einer Kehle, die keinem Menschen gehören konnte, verschwand er ganz.

Rich hielt die Sonnenuhr in der ausgestreckten Hand. Ihr Licht überflutete sie wie ein warmes, mütterliches Meer. Es war Balsam für die Augen. Keiner von den Anwesenden hatte die Kraft, zu sprechen oder auch nur klar zu denken. Aber es gab auch keine Notwendigkeit für klare Gedanken. Sie hatten alle nur das eine unersättliche Bedürfnis, in diesem Licht zu baden und von ihm gereinigt zu werden.

114

In Heraclio trugen ein paar Mitglieder der Gemeinschaft der Sonnenuhr Sigrid vorsichtig von der Plaza und legten sie ins Bett. Sie zitterte unkontrolliert, die Muskelkrämpfe hielten noch eine Weile an. Drei der Frauen wechselten sich bei sanften Massagen ihres Rückens ab. Manchmal war sie bei Bewußtsein. Sie plapperte dann selig vor sich hin, so ähnlich, wie es eine Mutter tut, die ihr neugeborenes Baby in den Armen hält. Als Sigrid endlich einschlafen konnte, schlief sie vierundzwanzig Stunden durch.

115

Kurz vor elf Uhr in der Nacht wurden die Menschen, die das Gerichtsgebäude noch immer beobachteten, Zeuge des plötzlichen Verschwindens der Insekten. Die formlose Masse ordnete sich, wie von einer unsichtbaren Kraft gezogen, kegelförmig an. Dann zerbarst die Spitze des Kegels wie ein aufgeschnittenes Furunkel, und die Insekten ergossen sich in den Nachthimmel, wobei sie den Mond blutrot färbten. Dieser rote Fleck wurde immer kleiner, bis er nur noch einem roten Punkt auf einer Blutorange ähnelte. Er wurde immer kleiner, bis man ihn mit bloßem Auge nicht mehr erkennen konnte.

Um das Gerichtsgebäude herum erinnerte nichts mehr an die ungebetenen Gäste, nicht einmal ein einziger abgerissener Flügel klebte noch an einer Scheibe oder lag auf dem Rasen.

An der Westseite der großen Rasenfläche, wo die Polizeifahrzeuge in einer langen Reihe in Bereitschaft gehalten wurden, stand Captain Moorman neben Polizeichef Jim Melka. Beide Männer beobachteten den Eingang des Gerichtsgebäudes mit Ferngläsern.

»Kein einziger von den beschissenen Käfern ist übriggeblieben«, murmelte Melka.

Moorman setzte sein Fernglas ab und sagte zu einem seiner Untergebenen: »Ich gehe jetzt mit Jim hinein. Halten Sie bitte alle anderen Leute zurück.«

Sie fuhren in Moormans Wagen die beiden Blocks bis zum Gerichtsgebäude. Als sie aus dem Auto stiegen, öffnete sich eine Tür des Gebäudes, und eine energische Dame mittleren Alters mit einem Aktenkoffer in der Hand kam heeaus. Sie blieb stehen, schaute sich erstaunt um und sah dann auf ihre Armbanduhr. Sie schüttelte sie und hielt sie sich ans Ohr. Ihre Lippen zitterten, als sie versuchte zu lächeln.

»Wieso ist es schon dunkel?« fragte sie Melka. Ihre Stimme überschlug sich dabei.

»Was ist da drinnen los?« wollte Moorman wissen. Die Frau sah ihn befremdet an und runzelte die Stirn. Sie hatte seinen Tonfall als vorwurfsvoll empfunden.

»Wie bitte? Guter Mann, ich weiß nicht, was Sie meinen. Ich komme soeben aus dem Büro des Protokollführers. Ich bin aber doch nicht länger als fünfzehn oder zwanzig Minuten...« Verängstigt schaute sie in den schwarzen Himmel. »Es kann doch noch nicht so spät sein.«

Von irgendwo aus dem Gebäude hörte man einen Pistolenschuß, gefolgt von einem markerschütternden Schrei.

Die Frau machte einen Satz, dann begann sie unverständlich vor sich hinzujammern.

Moorman achtete nicht weiter auf sie und sah Melka an. Er wußte genau, woher dieser Schuß gekommen war.

»Erster Stock«, rief er. »Hauptsaal. Beeilen wir uns.«

116

An der Schwelle zum Bewußtsein begann Richard Devon sich langsam zu bewegen. Seine Wange schrammte über den ausgetretenen Marmorfußboden, er bog und streckte seine Finger. Edith Leightons Sonnenuhr war ihm aus der Hand gefallen. Sie hatte den Großteil ihrer Energie abgegeben, war nur noch von einer sanften Aura warmen Lichts umgeben.

Das helle Licht, in dem sie den Saal hatte erstrahlen lassen, war einem schattenlosen Zwielicht gewichen, in dem sich die Körper der Männer und Frauen bewegten. Um sich herum hörte Rich ihr Seufzen, ihr leises Wimmern oder das flüsternde Frohlocken. Er fühlte, daß sie eine Gemeinschaft bildeten, zu der er nicht gehörte.

Und er fühlte etwas andes: Dort, wo ein häßliches Geschwür in seinem Gehirn Wurzeln geschlagen hatte, wo eine dunkle, verzweigte Alraune ihn an den äußersten Rand seines Bewußtseins gedrängt und ihm nur noch erlaubt hatte, seinem seelenlosen Tun willenlos zuzusehen, dort war eine Leere entstanden, die sich langsam zusammenzog. Trotzdem fühlte er noch die letzten Reste des Mahlstroms, der ihm die Knochen fast verbogen hätte, als er ihn ausspuckte, er konnte die sengende Finsternis noch riechen, wie man ein Streichholz im Augenblick seines Erlöschens noch riechen kann. Seine Nasenlöcher waren verstopft von diesem brenzligen Gestank. Seine Hände begannen sich hektischer zu bewegen, er krallte mit den Fingern nach dem Leben, nach Sicherheit und Ruhe. Der Marmor war zu glatt, zu hart, er fand keinen Halt. Seine Augenlider zitterten, das Blut kam in Bewegung. Adrenalin schoß ihm

durch den Körper wie ein kräftiger Schluck hochprozenti-
gen Branntweins, er begann zu spüren, daß er lebte, aber er
spürte auch seine Angst und seinen Schmerz. Sein Aufschrei klang, als käme er aus einem tiefen Delirium.

117

Conor umklammerte seine Frau mit seinen Armen. Er zitterte unkontrolliert, ein Mann, der geschlagen und am Ende war, aber er spürte, daß er an der Schwelle zur Erlösung
stand. Die selbst beigefügten Wunden von Jahren, sie waren alle auf einmal aufgebrochen, sie waren jetzt vom Feuer
ausgebrannt, und sie würden heilen. Er würde stärker sein
als je zuvor. Gina streichelte ihm über das Gesicht, halb
blind von Tränen. Ihre schreckliche Angst vor den Wölfen
war in dem Moment verschwunden, als sie mit den Fingerspitzen die vertrauten, rauhen Zotteln seines Bartes gefühlt
hatte. Sie küßte ihn.
»Du bist gesund. Du ist wieder du. Der Herrgott sei gepriesen.«
»Der Herrgott sei gepriesen«, wiederholte auch er mit
vertrauensvoller Stimme. Dann wandte er den Kopf,
lauschte. Er hatte einen Schrei aus dem allgemeinen Ge-
murmel herausgehört.
»Hörst du? War das nicht Rich? Er braucht Hilfe.
Komm.«

118

Aber Edith war schon bei ihm.
Mit ruhiger Hand nahm sie die Sonnenuhr vom Boden.
Ihr Gesicht wirkte in dem stetigen Licht, das sie alle wie ur-
alter Bernstein umfing, so verbraucht und so furchig wie
das einer Greisin. Der Ausdruck von Mut und Verwegen-
heit war ausgelöscht. Die Augen lagen in tiefen Höhlen. Sie

hatte fast alles geben müssen, was sie an Kraft gehabt hatte.

Aber nun bettelten seine Augen, die er eben geöffnet hatte, um noch mehr.

»Nein, Richard. Sie müssen jetzt auf Ihren eigenen Füßen stehen. Noch mehr kann ich für Sie nicht tun.«

Er erhob sich auf wackligen Beinen, fast wäre er vornüber wieder auf den Marmorfußboden gestürzt. Er richtete sich auf. Als sein Bruder, gefolgt von Gina und Adam Kurland, auf ihn zukam, stand er schon etwas sicherer auf den Beinen.

»Muß ich jetzt sterben, Conor?« schluchzte er.

»Aber nein, Kleiner. Jetzt wird alles gut werden.«

Edith ging ein paar Schritte zur Seite, um sich auf den Tisch der Verteidigung aufzustützen, während Rich von anderen, darunter auch Mitgliedern der Jury, umringt wurde. Einige, die vorher Angst gehabt hatten, ihn auch nur anzusehen, wie zum Beispiel Lindsay Potter, sprachen ihm jetzt Mut zu. Aber Rich schluchzte weiter.

Niemand achtete auf Martin Vale, niemand sah den Revolver, den er in der Hand hielt, bis plötzlich Knox Winford von seinem Richtersitz aus einen Warnschrei ausstieß.

Aber da wurde der kurze Lauf der Waffe schon gegen Richs Stirn gedrückt.

»Es hat sich nichts geändert«, schrie Vale mit sich überschlagender Stimme. »Sie ist immer noch tot. Sieht das denn keiner von euch? Es hat sich nichts geändert.«

Rich biß die Zähne aufeinander. Er spürte jetzt den Druck der Mündung etwa zwei Zentimeter über seiner linken Augenbraue. Sein Kopf wurde nach hinten gedrückt. Richs Augen starrten ins Nichts. Martin Vale war für ihn nur ein Schatten, eine Wolke des Hasses außerhalb des Bereichs seiner Wahrnehmung.

Hinter sich fühlte Rich Conors gewaltigen Leib, die riesige Hand seines Bruders entließ seinen Oberarm vorsichtig aus ihrem festen Zugriff.

»Nicht, Conor«, sagte Rich. Der kräftige Pulsschlag in seiner Schläfe schien die Kugel herausfordern zu wollen. Aber in der Bedrohung durch den Tod spürte er eine klare, glühende Kraft in sich aufkommen. ›Sie müssen jetzt auf Ihren eigenen Füßen stehen.‹ Er sagte zu Martin Vale: »Wenn Sie meinen, daß sich nichts geändert hat, dann müssen Sie mich töten.«

Seine Herausforderung an Martin Vale hatte keine unmittelbare Wirkung. Sie blieben so nebeneinander stehen, in einer Atmosphäre der Anspannung, wie vor einem Gewitter. Der folgenschwere Schuß fiel noch nicht, aber Vale, der selbst von der Zwangsläufigkeit seiner Handlung überwältigt zu sein schien, konnte offensichtlich an nichts anderes denken als an das Ding, das er in seiner ausgestreckten Hand hielt. Er hatte nur den Wunsch, das tödliche Gift endlich loszuwerden, das sich während des Prozesses in seinem Körper angesammelt hatte, und das sich jetzt wie eine schmerzhafte Blutblase auf der Zungenspitze konzentriert zu haben schien.

»Martin«, sagte seine Frau hinter ihm, aber ihre leise Stimme klang ihm so vertraut, daß sie keine Veränderung auf seinem Gesicht hervorzurufen vermochte, »es hätte doch genausogut ein Lastzug sein können, dessen Fahrer eine rote Ampel übersehen hat. Oder ihr Boot hätte sich überschlagen können. Oder ein Blutgerinnsel bei einer Mandeloperation. Oder ein Sturz von der Treppe. Eine Klapperschlange. Eine Krankheit. Ein Feuer.«

Jetzt begann ihre Stimme zu zittern, genauso wie die Hand zu zittern begann, die den Revolver gegen Richs bleiche Stirn drückte. Louise kam näher. Sie fuhr beruhigend über den Hals ihres Mannes. Ihr Gesicht, das von seinem großen, bewegungslosen Kopf halb verdeckt wurde, trug den flammenden Ausdruck der Aufrichtigkeit und der tiefen Überzeugung, den man bei Mitgliedern der Heilsarmee so oft beobachten kann.

»Sie wurde ganz einfach... von uns genommen. Die Wahrheit ist schrecklicher als alles, was wir uns vorgestellt hatten, aber jetzt kennen wir wenigstens die... die Wahrheit. Martin... Bitte hör mir zu! Komm mit mir und setz dich wieder hin! Ich weiß nicht, ob wir jemals wieder froh werden können, aber es ist vorbei!«

Ein Schauder durchlief Martin Vale, als hätte er einen

ganz leichten Schlaganfall. Niemand rührte sich, alle beobachteten ihn. Vales Mund öffnete sich wie zu einem Grinsen. Der Tod grinste Richard Devon noch einmal an, dann ließ er von ihm ab.

Vales Hand schwenkte in einem leichten Bogen weg von Richards Stirn. Conor riß Rich mit einer Hand aus der Schußlinie, mit der anderen entwand er Martin Vale den Revolver. Dabei löste sich ein Schuß. Die Kugel zerschmetterte eine der nachttopfförmigen Wandlampen in der Nähe des Richterpults. Es regnete Scherben, und eine Frau schrie laut auf, aber es wurde niemand verletzt.

»Gerichtsdiener«, schrie Richter Winford, »machen Sie bitte Licht.«

Nach fünfzehn oder zwanzig Sekunden leuchteten die Neonröhren an der Saaldecke auf.

Captain Moorman und Jim Melka, der Chef der Stadtpolizei kamen mit gezogenen Revolvern in den Gerichtssaal gerannt. Als er die beiden sah, ließ Conor den kleinen Smith & Wesson-Revolver, den er Vale abgenommen hatte, schnell in einer Tasche seiner Jacke verschwinden. Martin Vale zitterte auch noch in der Umarmung seiner Frau. Die langen weißen Strähnen seines Haars hingen ihm ins Gesicht. Jetzt, da der Docht seiner Leidenschaft erloschen war, waren seine Augen leer und ohne Leben. Seine Frau führte ihn behutsam zu einer Bank, wo sie sich setzten und sie ihn tröstete, ihn streichelte, ihm Liebe gab.

»Euer Ehren...«, wollte Jim Melka beginnen.

»Was soll das bedeuten?« schnitt ihm der Richter das Wort ab.

Moorman sagte: »Wir hörten einen Schuß, und da...«

Winford, der damit beschäftigt gewesen war, sich die Schläfen zu reiben, sah auf und sagte: »Ach, Sie meinen die Wandlampe, die explodiert ist? Niemandem ist etwas passiert. Gerichtsdiener, holen Sie bitte einen Besen und kehren Sie die Scherben zusammen.«

»Jawohl, Euer Ehren«, sagte der verblüffte Gerichtsdiener.

»Meine Herren«, wandte sich Winford an die beiden Polizisten, und er spielte seine Empörung sehr überzeugend,

»Sie befinden sich hier vor einem Gerichtshof. Würden Sie bitte sofort Ihre Waffen einstecken? Sie haben eine Verhandlung gestört.«

»Gestört?« wiederholte Melka ungläubig. Er sah sich im Saal um, während er versuchte, den Revolver in das Halfter zu stecken. Nur wenige Leute saßen auf ihren Plätzen. Die meisten Anwesenden sahen aus, als hätten sie gerade einem Flugzeugabsturz überlebt. Mehrere Geschworene standen neben dem Angeklagten. Conor Devon hatte eine Hand auf der Schulter seines Brudes liegen, als wolle er ihn von etwas abhalten. Tommie Harkrider stützte sich mit einer Hand auf den Tisch der Ankläger, die andere hatte er gegen seine Brust gepreßt. Sein Gesicht hatte die Farbe von Schichtkäse.

»Euer Ehren«, fuhr Melka fort, »wissen Sie eigentlich, wie spät es ist? Wissen Sie, was da draußen passiert ist? Und das Gericht tagt immer noch?«

Winford ließ den Hammer hart auf sein Pult krachen. »Jawohl, das Gericht tagt immer noch! Und wenn es sich nicht vermeiden läßt, wird es auch nächste Woche um diese Zeit noch tagen! In der Zwischenzeit können wir sehr gut auf Ihre Unterbrechungen verzichten! Habe ich mich klar genug ausgedrückt?«

Es entstand eine kleine Unruhe im Saal. Alle, auch der Angeklagte, hatten sich Richter Winford zugewandt.

Dann setzte ganz spontan brausender Applaus ein.

Winford schaute einen Moment lang geschmeichelt drein. Er ließ sie ein paar Sekunden lang applaudieren, dann sorgte sein Hammer für Ruhe.

»Bitte! Jeder zurück an seinen Platz! Würde sich der Angeklagte bitte in den Zeugenstand begeben?«

Rich schien zu verwirrt, um sich zu bewegen. Conor führte seinen Bruder nach einem kurzen Blick auf den Richter zum Zeugenstand. Tommie Harkrider begab sich vor das Richterpult. Er ging sehr langsam. Sein Gesicht war noch immer bleich. Er öffnete und schloß den Mund ein paarmal hintereinander, als müsse er die Worte erst hochpumpen.

Knox Winford lehnte sich ihm entgegen. »Ich fürchte, ich habe Sie nicht verstanden, Mr. Harkrider.«

»Ich wollte sagen...« Tommie stotterte etwas, aber dann kam das alte Feuer wieder zurück. »Ich wollte sagen: Was, zum Teufel, geht hier eigentlich vor?«

»Ein Gerichtsverfahren geht hier vor sich, Mr. Harkrider, und wenn Sie sich noch einmal in diesem Ton an mich wenden, werden Sie sich wegen Mißachtung des Gerichts eine Ordnungsstrafe einhandeln. Fahren Sie jetzt bitte fort.«

»Fortfahren? Ja, mit was denn bitte? Dies ist ein Unprozeß! Ich verlange Aussetzung des Verfahrens wegen gravierender Verfahrensfehler! Wir haben hier alle unter einer Art von... Halluzination gelitten. Jawohl. Das war, bei Gott, so etwas wie eine Massenhypnose.«

»Gott hat damit nichts zu tun gehabt«, murmelte Edith Leighton, die mit gesenktem Kopf an ihrem Tisch saß. Niemand hatte sie gehört, aber der Klang ihrer eigenen Stimme, der Anflug ihres alten Humors gaben ihr wieder Mut. Sie richtete sich auf und sah Tommie Harkrider an.

»Und was war mit denen da?« fragte Harkrider und zeigte auf die Geschworenen. »Beglückwünscht haben sie den Mörder, als sei er so eine Art Volksheld.«

»Das ist nicht fair«, protestierte Mary Adelaide Hotchkiss.

»Mr. Harkrider, das ist meine letzte Warnung«, polterte Richter Winford und schlug mit dem Hammer auf den Richtertisch.

Thomas Horatio Harkrider trat einen Schritt zurück und wippte auf den Zehenspitzen. Seine Lippen bebten. Er schlug sich mit den Fäusten gegen die Oberschenkel. Dann nahm er sich zusammen und sagte mit kontrollierter Stimme: »In diesem Gerichtssaal ist es zu einem Fiasko für den gesunden Menschenverstand gekommen. Und zu einer Vergewaltigung der Justiz. Wie diese... Vorstellung, der wir hier alle beiwohnen durften, auf die Beine gestellt wurde, weiß ich nicht, aber ich werde nicht, auch auf die Gefahr hin, eine Ordnungsstrafe zu bekommen, ich werde nicht aufhören...«

»Mr. Harkrider!«

»Ich gehöre zu den Leuten, für die der Gerichtssaal ein

heiliger Ort ist, Sir. Ich werfe hier mein Leben, meinen Ruf, meine Aufrichtigkeit und meine Liebe, jawohl, Sir, meine Liebe zum Beruf des Juristen in die Waagschale.« Plötzlich verlor Tommie die Kontrolle über sich. Seine Gesichtszüge fielen zusammen, und er brach in Tränen aus. Mit dem Gesicht eines Jungen, dem man bitter Unrecht getan hat, sah er zum Platz des Richters hinauf.

Der Richter schien der Sache überdrüssig zu sein. Er lehnte sich in seinen Ledersessel zurück.

»Mr. Harkrider...«

»Es tut mir leid, Euer Ehren.«

»Wenn Sie sich ein wenig zusammennehmen würden, könnten wir die Verhandlung jetzt fortsetzen. Natürlich will ich Ihnen und Ihren Kollegen von der Anklage nicht verbieten, Ihre Gefühle in die Waagschale zu werfen, wenn Sie meinen, daß es der Rechtsfindung dient. Aber lassen Sie mich jetzt einige Worte sagen. Ich glaube, daß meine Urteilskraft und mein Vermögen, Einbildung und Realität voneinander zu unterscheiden, ebensogut ausgebildet sind wie bei den meisten meiner Mitmenschen. Ich bin seit meinem siebzehnten Lebensjahr nicht mehr betrunken gewesen. Ich habe niemals eine Droge genommen, die stärker war als Aspirin, und ich war auch noch nicht wegen geistiger Defekte in psychiatrischer Behandlung. Ich schlafe nachts gut, ich habe keine Alpträume, und ich würde niemals behaupten, eine besonders ausgeprägte Fantasie zu haben.

Ich bin mir nur zweier Dinge verdammt sicher: Wenn ich im Krieg wäre, dann würde ich genau merken, wenn einer auf mich geschossen hätte, und wenn ich in der Hölle wäre, dann würde ich den Teufel erkennen, wenn er mir über den Weg liefe.«

Winford machte eine lange Pause. Als er weitersprach, tat er es mit so leiser Stimme, daß das Mikrofon kaum seine Worte so verstärken konnte, daß man sie überall im Saal verstand.

»Heute ist er mir über den Weg gelaufen. Und deshalb gebietet es die simple Logik, zu der Einsicht zu kommen, daß ich heute für eine gewisse Zeit in der Hölle war. Wir alle hier waren in der Hölle. Einige von uns werden es verleugnen, andere werden versuchen, es zu vergessen. Aber jeder wird auf seine Weise mit dem fertig werden müssen, was er hier erfahren und gesehen hat. Jetzt geht es zunächst einmal darum, mit dem Verfahren weiterzukommen. Ich habe Kopfschmerzen und möchte bald nach Hause. Also, lassen Sie uns so schnell wie möglich fortfahren.«

Richter Winford sah Edith Leighton an.

»Mrs. Leighton, fühlen Sie sich in der Lage, die Verteidigung fortzuführen?«

»Ja, Euer Ehren.«

»Es ist immer noch Ihr Zeuge, Mr. Harkrider.«

Rich wandte dem Vertreter der Anklage sein Gesicht zu. Selbst auf dem Schafott hätte er nicht armseliger und verlorener aussehen können. Seine Zähne schlugen klappernd aufeinander.

Tommie musterte ihn verwirrt. Er schien etwas sagen zu wollen, dann beschränkte er sich jedoch darauf, mit den Schultern zu zucken.

»Mr. Harkrider, haben Sie weitere Fragen an den Zeugen?«

Tommie schüttelte den Kopf, drehte sich schnell um und ging zu seinem Tisch, wo er sich neben Gary Cleves in den Stuhl fallen ließ. Gary sah ihn an, sah wieder weg.

»Mrs. Leighton?« fragte der Richter. »Möchten Sie weitermachen?«

Edith erhob sich sehr langsam. Sie mußte sich mit beiden Händen an der Tischkante festhalten.

»Nein, Euer Ehren«, sagte sie. »Die Verteidigung hat keine Fragen mehr.«

11

Im Verlauf ihres Plädoyers sagte Edith Leighton zu den Geschworenen: »Ich habe in meinem Herzen keinen Zweifel, daß Sie Richard Devon von der Anklage des Mordes ersten Grades freisprechen werden. Aber es gibt noch Fragen, die beantwortet werden müssen, von uns allen, heute nacht noch, obwohl es schon sehr spät ist und wir alle müde sind.

Solange es böse Menschen gibt, die von dieser Erde scheiden, um in der endlosen Nacht weiterzuleben, wird es für das Böse die Möglichkeit geben, auf die Erde zurückzukehren und uns Menschen heimzusuchen. Gibt es ein Gegenmittel gegen das Böse?

Die Möglichkeit der Sünde und des Irrtums hängt mit dem Leben selbst zusammen, gehört untrennbar dazu. Aber ohne Zweifel zeigt derjenige mehr Charakter und mehr Glauben an Gott, der seine Sünden eingesteht und sich selber erlöst, als derjenige, der nur lammfromm höheren Weisungen folgt. Diese Kraft ist das Wertvollste, was wir besitzen: die Kraft, Herren unserer selbst zu sein. Mit ihr können wir die Mächte der Finsternis besiegen.

Ohne sie ist unser Schicksal besiegelt.

Richard hat bis zur Grenze des Erträglichen unter dem Mord an Karyn Vale gelitten. Es wird Ihre Macht sein, die ihn langsam wieder aufrichten und von dieser gräßlichen Schuld entlasten wird. Durch Ihren Urteilsspruch wird es ihm möglich sein zu leben, wird er die Gelegenheit erhalten, sich selbst wieder zu einem ganzen Menschen zu machen.«

EPILOG

Heraclio

Das Verfahren gegen Richard Devon endete am ersten Juli kurz nach Mitternacht. Nach einer Beratung, die weniger als zwanzig Minuten dauerte, kam die Jury zu ihrem Spruch: Nicht schuldig, aufgrund dämonischer Besessenheit.

Die Ereignisse, die am letzten Tag des Prozesses stattgefunden hatten, der Einfall vorzeitlicher Insekten und das offensichtliche Aussetzen der Zeit im Gerichtssaal, hatten bereits für einiges Aufsehen gesorgt, das natürlich durch die Nachricht vom Urteilsspruch der Geschworenen noch verstärkt wurde.

Die Nachricht selber wurde von den fünfundzwanzig Journalisten, die dem Prozeß von Anfang an beigewohnt hatten und die auch an der Marathonsitzung des letzten Tages teilgenommen hatten, umgestaltet. Ihre Berichte vor den Kameras ihrer Fernsehstationen und die Artikel, die sie über die Fernschreiber ihrer Zeitungsredaktionen tickern ließen, glichen sich in Tonfall und Inhalt so sehr, als hätten sie sich vorher abgesprochen, was zu sagen und wie es zu sagen wäre. Keiner von ihnen erwähnte Zarach' Bal-Taghs Auftritt im Gerichtssaal. Jeder der Journalisten war von seiner Objektivität, seiner Urteilskraft, seiner Nüchternheit und seiner Faktentreue überzeugt, weil er ja schließlich seinen Lebensunterhalt damit verdiente. Und jeder von ihnen wußte sehr genau, was er im Gerichtssaal gesehen hatte. Aber Zarach' zu erleben war eine Sache, ihn zu beschreiben eine andere.

Das menschliche Gehirn ist sehr gut dafür ausgerüstet, mit Irrationalem umzugehen und die Ungereimtheiten, die das tägliche Leben für einen bereithält, in eine erträgliche Anordnung zu bringen. Menschliches Verhalten ist in einer Welt, in der es darum geht zu überleben, in der es zuviel Konkurrenz zwischen den Menschen gibt, manchmal unerklärlich, unverstehbar, nicht selten pervers und bizarr. Wir hören von Schullehrern, die Videofilme mit Kinderpornografie vertreiben, von nekrophilen Orgien in einem kalifornischen Leichenschauhaus, von angesehenen Bürgern, die bei Vollmond zu hinterlistigen Heckenschützen werden. Immer wieder lesen wir von teuflischen Ritualen, von Drogenexzessen und von religiösen Fanatikern, die auch ihre Kinder in ihre aberwitzigen Glaubenskriege hineinziehen.

Und weil es eben keinen Anfang und kein Ende der Aktivitäten von Zarach' gibt, findet man auch nicht den Abstand, der nötig wäre, um sie zu beschreiben. Ein paar von den Journalisten versuchten es, heimlich im stillen Kämmerlein, aber sie zerrissen ihr hilfloses Geschreibsel schnell wieder. Nach Chadbury blieben nicht viele der fünfundzwanzig Journalisten in ihrem Beruf. Die meisten kamen zu der Einsicht, daß sie an einen Punkt angelangt waren, wo bescheideneres Streben, weniger losgelöstes Engagement für die Belange der Mitmenschen für ihren Seelenfrieden von Vorteil sein könnte.

Andere Teilnehmer an diesem endlosen letzten Verhandlungstag hüllten sich über die Ereignisse noch mehr in Schweigen. Sie fanden überhaupt keinen Weg, einen Ausdruck für das Erlebte zu finden. Aber ihr Schweigen war nicht etwa hysterisch, es war eher meditativer Natur.

Thomas Horatio Harkrider kehrte nach New York zurück. Er erging sich in düsteren Prophezeihungen über die Zukunft der amerikanischen Strafgerichtsbarkeit, falls der höchste Gerichtshof das Urteil im Falle ›Vermont gegen Devon‹ nicht aufheben würde. Aber Gary Cleves reichte den entscheidenden Antrag gar nicht erst ein. Zehn Tage nach dem Urteil des Gerichts zog er sich plötzlich und überraschend als Staatsanwalt von Haden County zurück. Er machte mit einer privaten Kanzlei sein Glück. Im folgenden Jahr wurden vor fünf Gerichten in fünf verschiedenen Staaten Plädoyers auf dämonische Besessenheit eingereicht. In allen fünf Fällen wurden sie zurückgewiesen, und der Angeklagte wurde verurteilt. Das Plädoyer auf dämonische Besessenheit wurde nicht zu dem Damoklesschwert für die Justiz, als das Tommie Harkrider es hatte sehen wollen. Er starb knapp ein Jahr später friedlich in seinem Bett an einem Herzversagen.

Conor und Gina hatten auf dem Heimweg noch ihre

Tochter Hillary aus der Klosterschule in New Hampshire abgeholt. Conor trank von nun an wieder weniger und nahm seinen Beruf als Catcher wieder auf. Nach fünf Monaten zwang ihn eine Knieverletzung zum endgültigen Rückzug aus dem Ring. Gina verlegte ihre Boutique in das neue Einkaufszentrum in Lowell. Da der Umzug mit einem Aufblühen der wirtschaftlichen Konjunktur zusammenfiel, liefen die Dinge für sie sehr gut. Sie konnte die Familie so lange versorgen, bis Conor seinen Magister in Literaturgeschichte gemacht hatte und eine Lehrtätigkeit an einem kleinen College in der Nähe von Joshua aufnehmen konnte.

Adam und Lindsay wurden vier Tage vor Weihnachten in der kleinen katholischen Kirche von Braxton getraut. Schon vor dem Prozeß hatte Lindsay ab und zu wieder an einer Messe teilgenommen. Die Begegnung mit Zarach' Bal-Tagh war genau der Anstoß gewesen, den sie gebraucht hatte, um sich dem Glauben ihrer Kindheit wieder ganz zuzuwenden. Sie schenkte Adam zur Hochzeit eine kleine Sonnenuhr aus massivem Gold, auf deren Rückseite das Datum von Richs Freispruch eingraviert war. Sein Hochzeitsgeschenk war die volle Mitgliedschaft in der Kanzlei Kurland, Bates, Harpold und Potter.

Pater Merlo war zur Hochzeit eingeladen worden, aber zu der Zeit hatte er mit einem Fall von Besessenheit im Hochland von Kamerun zu tun. Er konnte nicht kommen.

Die Hauptfigur in diesem Prozeß hätte sich ohne weiteres zum Gegenstand des größten Presserummels machen lassen können; es gab wesentlich mehr Fragen als Antworten, was die Person von Richard Devon betraf. Aber bereits sechzehn Stunden nach seinem Freispruch enttäuschte er Horden von Reportern, indem er spurlos verschwand.

Edith Leighton weigerte sich ebenfalls, Interviews zu geben und reiste, nach einem kurzen Zwischenaufenthalt in London, nach Heraclio zurück.

Als sie den Landrover vor dem Haus vorfahren hörte, erhob sich Sigrid Torgeson von der Matte, auf der sie meditiert hatte, und sagte zu dem Mann, der ganz in ihrer Nähe saß: »Edith ist wieder da.« Sie bemerkte eine Bewegung in seiner Gesichtsmuskulatur. Vor nicht allzu langer Zeit hätte daraus ein Lächeln werden können, aber heute nachmittag war das Licht trügerisch, und sie war nicht einmal sicher, ob Philip Leighton überhaupt reagiert hatte. Sie schlüpfte in ihre Sandalen und ging zum geöffneten Gartentor.

Edith war aus dem Landrover ausgestiegen und hatte ihr Gepäck vom Rücksitz gezogen. Sie bewegte sich hastig und ungeduldig. Im Sonnenlicht sah ihr Gesicht bleich aus. An einer der eingefallenen Schläfen pulsierte eine Vene. Strähnen ihres grauen Haars fielen ihr in die Stirn. Sie war so blaß und mager, daß Sigrid erschrak. Aber dann fiel ihr auf, daß sich Ediths Gesicht schon in diesen ersten Momenten der Heimkehr veränderte, daß das tödliche Grau davon abzufallen schien wie ein Schleier.

Sigrid gab Edith einen herzlichen Willkommenskuß und wollte ihr dann das Gepäck abnehmen. Edith schüttelte den Kopf, zuckte mit den Achseln und deutete dann mit einer Kopfbewegung hinter sich auf den jungen Mann, der am Lenkrad des Landrovers saß und der mit leerem Blick durch das staubige Autofenster sah. Er hatte sie den ganzen Weg vom Flugplatz in Los Arroyos hierher gefahren. Jetzt saß er nur da, schaute von der finsteren Wand des Montaña del Fuego zu der grünen Lagune und wieder zurück.

»Wie geht es ihm?« fragte Sigrid mit leiser Stimme.

»Er ist gerade in diesem miserablen Übergangsstadium. Er hat zwar schon etwas von seinem Selbstmitleid und seinen Schuldgefühlen verloren, aber er ist noch lange nicht in der Lage, sich als nützliches menschliches Wesen zu begreifen. Er ist davon überzeugt, daß sein Leben keinen Wert haben kann, weil Karyn nicht mehr lebt. Es ist der alte Unsinn. Aber ich bin zu alt und zu ungeduldig, um mich noch damit rumzuschlagen.«

»Ich bin es nicht. Aber was soll ich zu ihm sagen?«

Edith sah sie ein paar Augenblicke lang mit einem rätselhaften Lächeln an. »Es würde mich erstaunen, wenn du überhaupt etwas sagen müßtest.« Dann ging sie ins Haus,

dem Ehemann schon von der Schwelle herzlich entgegen-
rufend.

Sigrid drehte sich nachdenklich um und sah Rich an, der
sie noch nicht einmal bemerkt zu haben schien. Sie blieb einen Moment unentschlossen stehen, dann ging sie hinüber
zum Landrover. Der Schatten ihres Kopfes verdunkelte
sein erhitztes Gesicht, als sie ihn in sein Blickfeld schob. Er
machte einen verwirrten Eindruck. Ihre Augen waren tief-
blau und ruhig, aber es lag auch ein Anflug von Streitlust in
ihrem Blick.

»Ich bin Sigrid. Willkommen in der Gemeinschaft der
Sonnenuhr.«

Er nickte und befeuchtete seine trockenen Lippen mit der
Zunge. Zwischen seinen Augen hatte sich eine traurige Falte gebildet. Er sah wieder hinauf zu dem finsteren Berg,
und sein Gesicht schien die Befürchtung auszudrücken,
daß der Flug hierher ihn nur in ein luftigeres Gefängnis gebracht hatte.

Sie wußte nur allzu genau, wie er sich jetzt fühlte. Sigrid
hatte während ihres Martyriums niemanden umgebracht,
aber noch ein Jahr nach dem Exorzismus hatte sie sich so
mißbraucht und beschmutzt gefühlt, daß sie Schwierigkeiten hatte, ihren Mitmenschen in die Augen zu schauen. Die
Zeit und dieser Ort, die Gemeinschaft der Sonnenuhr hatten sie geheilt. Auch Richard würde damit fertig werden,
dessen war sie sich sicher. Er mußte. Denn sie brauchten
ihn hier.

»Von mir aus kannst du den ganzen Tag dort sitzenbleiben. Aber bist du nicht müde? Möchtest du nicht reinkommen?«

Sie war zur Seite getreten, und ein Sonnenstrahl traf sein
Gesicht wie ein brennender Speer. Er kniff die Augen zusammen und sah sich nach einem ruhigeren Anblick, vielleicht nach einer kühlen, schattigen Rasenfläche um.

»Ich ... ich habe so etwas noch nie gesehen«, sagte er,
und seine Stimme klang ziemlich verzagt. »Ich weiß nicht,
was ich davon halten soll.«

»Ach, wer weiß«, sagte Sigrid nur. Sie legte eine Hand
auf seinen linken Unterarm, der hart wie Stein war. Noch

immer hielt er das Lenkrad fest umklammert. Sie lehnte sich näher zu ihm. Der Wind spielte mit ihrem blonden Haar, das sich sanft über seine sonnenverbrannte Wange und um seinen Hals legte. Wieder suchte sie seinen Blick, dieses Mal hielt sie ihn fest. Der Ausdruck auf seinem Gesicht veränderte sich nicht, aber seine Lippen öffneten sich etwas. Sie merkte, daß er schneller zu atmen begann, und unter seiner Haut glaubte sie ganz deutlich den Impuls zu spüren, auf den wir mit unserem Verstand keinen Einfluß auszuüben vermögen, die Sehnsucht, das vitale Verlangen nach der Zuneigung eines anderen Menschen.

Sie nickte, nur ganz leicht, und sie lächelte ihn an.

»Vielleicht wird das hier ein Zuhause, Richard«, sagte sie.

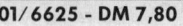